LA ESTACIÓN

LA TRAMA

LA ESTACIÓN

Jacopo De Michelis

Traducción de Teófilo de Lozoya
y Juan Rabasseda Gascón

Papel certificado por el Forest Stewardship Council®

Penguin
Random House
Grupo Editorial

Título original: *La stazione*

Primera edición: febrero de 2023

© 2022, Jacopo De Michelis.
Publicado por acuerdo con Jacopo De Michelis junto con sus agentes MalaTesta Lit. Ag.
y The Ella Sher Literary Agency.
© 2023, Penguin Random House Grupo Editorial, S. A. U.
Travessera de Gràcia, 47-49. 08021 Barcelona
© 2023, Teófilo de Lozoya y Juan Rabasseda Gascón, por la traducción

Printed in Spain – Impreso en España

ISBN: 978-84-666-7339-6
Depósito legal: B-22.363-2022

Compuesto en Llibresimes

Impreso en Rodesa
Villatuerta (Navarra)

BS 7 3 3 9 6

A Chiara y a Matteo, por su paciencia
A Cesare, por sus enseñanzas

I

Arriba

La Estación Central de Milán es por sí sola un planeta, es como una reserva de pieles rojas en medio de la ciudad.

GIORGIO SCERBANENCO

1

Centenares de ojos examinaban las vías más allá de las inmensas marquesinas de hierro y vidrio ennegrecido por la contaminación, donde en ese momento, en el aire tembloroso, solo se distinguían las viejas cabinas de control abandonadas.

Entre los hombres debidamente alineados acababa de difundirse la noticia pasando de boca en boca. El que un noticiario radiofónico había rebautizado ya como el «tren del terror» se hallaba a las puertas de Milán. En pocos minutos, con casi cuatro horas de retraso sobre el horario previsto, iba a entrar en la estación.

Hacía por lo menos media hora que lo estaban esperando. Un cordón de agentes de las Brigadas Móviles vestidos con trajes antidisturbios rodeaba los andenes en torno a la vía 4, la primera de las vías de larga distancia, que estaba situada en un lateral y, por lo tanto, se consideraba más fácil de controlar. Todo el recinto ferroviario había sido cerrado al público. Hasta nueva orden, estaba prohibido que los trenes entraran o salieran de la estación. Era domingo, mucha gente regresaba a casa después del fin de semana, y las molestias para los viajeros, que ya protestaban enfurecidos al otro lado de las vallas, habían empezado a hacerse notar; aun así, el prefecto en persona había decidido que eso era lo más prudente, a instancias del comité de crisis reunido en las oficinas de la Policía Ferroviaria. El comité en cuestión estaba formado por funcionarios de las Brigadas Móviles y de la Digos, la División de Investigaciones Generales y Operaciones Especiales, un representante de los Ferrocarriles Estatales y otro de los bomberos, así como el oficial al mando de la Unidad Polfer, el comisario Dalmasso, en contacto directo con la Jefatura Provincial de la Policía, la Prefectura y el Departamento de la Policía Ferroviaria responsable de Lombardía.

El inspector Riccardo Mezzanotte estaba sudando y la gorra le rascaba el cuero cabelludo. La guerrera era demasiado pesada y tenía la impresión de que entorpecía sus movimientos. No estaba acostumbrado al uniforme, en Homicidios no se lo ponía prácticamente nunca.

Tenía poca experiencia en los servicios de orden público, pero percibía la tensión en los antidisturbios que había a su alrededor. Hasta hacía unos instantes, charlaban, bromeaban, alguno que otro fumaba un cigarrillo. Desde que se había propagado la noticia de la llegada inminente del tren, permanecían inmóviles y mudos, con las mandíbulas contraídas y los ojos reducidos a una rendija, las manos enguantadas apretando nerviosamente las porras y los mangos de los escudos de plexiglás, como si buscaran un agarre mejor, más sólido.

Hacía pocos días que Mezzanotte había sido trasladado a la Policía Ferroviaria, sector operativo de Milán Central, y de repente había terminado en medio de semejante fregado. Ni siquiera había tenido tiempo de aclimatarse, cosa que, por lo demás, no le estaba resultando fácil. Y no era que eso lo sorprendiera, teniendo en cuenta la situación. Las cosas iban solo ligeramente mejor que en la Jefatura Provincial de la Policía, cuando todavía estaba en la Tercera Sección, la de Homicidios. En realidad, tampoco allí, en la Policía Ferroviaria, habían sido muchos los que le habían manifestado una hostilidad declarada; la mayor parte de sus compañeros se limitaba a mantenerse a distancia, con una mezcla de temor y desconfianza, como si fuera el portador sano de a saber qué enfermedad sumamente infecciosa. En cualquier caso, le resultaba muy duro acostumbrarse a ciertas cosas. Corrillos que se deshacían en cuanto él se acercaba, conversaciones que se interrumpían cuando entraba en una habitación, frases susurradas al oído mientras lo miraban a hurtadillas. En definitiva, había sido trasladado. Sería más exacto decir «desterrado». Porque de eso se trataba, ni más ni menos: de un destierro. Había tenido que aceptarlo, dando incluso las gracias por haber evitado consecuencias peores.

—Cardo, ¿y ahora qué pasa, eh? ¿Qué tenemos que hacer nosotros exactamente?

A su lado estaba Filippo Colella, con su cara gorda chorreando sudor de pura ansiedad. Se quitó la gorra, se pasó una mano por sus ricitos rubios y volvió a ponérsela. Colella tenía unos años menos que él y muchos kilos de más. Habían coincidido en el curso para agentes hacía cuatro años y se habían vuelto a encontrar ahí, en la Ferroviaria. Era uno de los pocos que no se mantenía a distancia de él. Es más, cabría decir que era el único amigo que tenía en el despacho.

—No te preocupes, Filippo. El trabajo gordo les tocará a los compañeros de las Brigadas, nosotros solo estamos aquí para prestar apoyo. Tú quédate cerca de mí, ya verás como todo sale bien.

Mezzanotte intentó que sus palabras resultaran tranquilizadoras, pero él tampoco sabía qué iba a pasar. Y, respecto a que todo saliera bien, no habría puesto la mano en el fuego. Ni la punta de un dedo.

Por lo demás, las noticias que habían empezado a llegar del tren desde por la mañana parecían boletines de guerra. El Intercity 586 debía salir de la estación Roma Termini a las 9.40 de ese domingo 6 de abril de 2003. Todo estaba tranquilo y las autoridades no esperaban que hubiera problemas. Otro convoy cargado de hinchas con destino a Milán para asistir aquella noche al encuentro Inter-Roma había salido ya sin incidentes. Se esperaba que en el Intercity viajaran cerca de doscientos seguidores de la Roma, pero en el andén se había presentado por lo menos el doble, muchos de ellos sin billete. Al parecer, numerosos ultras se habían quedado en tierra debido al embrollo causado por una empresa de alquiler de autocares. La multitud ruidosa e impaciente parecía firmemente decidida a tomar el tren por asalto, tanto si tenía derecho a montarse en él como si no, de modo que un cordón policial había tenido que poner orden para permitir que el personal de los Ferrocarriles del Estado pudiera controlar los billetes. Sin embargo, la lentitud de las operaciones había caldeado en exceso los ánimos. Las fuerzas del orden primero habían sido blanco de cánticos e insultos y luego del lanzamiento de botellas de plástico, latas, monedas y objetos diversos. Se habían producido disturbios y los hinchas habían aprovechado para subirse al tren, ocupando incluso los asientos de los viajeros con billete. Algunos de ellos, ya sentados, habían sido insultados y amenazados para que se levantaran. Cuando la policía logró volver a formar el cordón, la tensión estaba por las nubes. Mientras los de la Roma que se habían quedado en tierra presionaban con cólera, habían dado comienzo las negociaciones con los que habían conseguido subir a los vagones sin billete. Para desbloquear la situación había llegado una disposición urgente de la Prefectura que, por razones de orden público, autorizaba la salida del Intercity con los hinchas a bordo. Se habían añadido unos cuantos vagones y los viajeros normales habían sido invitados a ceder su sitio a los ultras. Aunque indignados y furiosos, la mayor parte de ellos había aceptado soluciones de viaje alternativas, pero, a pesar de todo, algunos se habían quedado en el tren. Por fin, el convoy lleno hasta los topes de hinchas eufóricos había salido de la estación Termini con más de una hora de retraso. Debido a la carencia crónica de personal, a bordo solo iban cuatro agentes de la Polfer, la Policía Ferroviaria, de escolta.

Se esperaba que, una vez en marcha, los ánimos de los rojiamarillos se calmaran. Pero no fue así. Algunos grupos de exaltados se habían entregado a la destrucción de los compartimentos —cortinillas y moquetas arrancadas, paredes pintarrajeadas con escritos y grafitis, asientos rajados e incluso arrancados— y algunos viajeros habían sido atracados y golpeados. Entre estos últimos, el revisor, que solo intentaba hacer su trabajo. El freno de emergencia fue accionado varias veces, interrumpiendo la marcha. Durante aquellas paradas algunos hinchas habían bajado a aprovisionarse de piedras que arrancaron del balasto de las vías.

Los agentes de la Ferroviaria decidieron cambiar de sitio a los viajeros y concentrarlos en los vagones de cabeza, con la intención de aislarlos de los gamberros, cada vez más exaltados, entre otras razones porque, al parecer, el alcohol y las drogas circulaban en abundancia por los distintos compartimentos. A partir de ese momento, tres cuartas partes del tren quedaron completamente en manos de los ultras.

Cuando llegó a Florencia, el Intercity había acumulado ya un retraso de dos horas. Muchos viajeros salieron huyendo en cuanto se abrieron las puertas y no se dejó subir a nadie. A bordo, aparte de los hinchas, quedaron solo unos pocos valientes o inconscientes. Casualidad especialmente desgraciada fue que el tren se parara justo en la vía situada al lado de otro convoy del que estaban bajando los seguidores del Perugia, que se dirigían a Bolonia. Los romanistas se encargaron de destrozar algunas ventanillas y desencadenaron una densa granizada de tornillos y piedras contra los perusinos, al tiempo que estallaban petardos y bengalas. Se dejó que el Intercity reemprendiera la marcha a toda prisa para evitar que la cosa degenerara todavía más.

En realidad la situación estaba ya totalmente fuera de control. Cargados de adrenalina, alcohol y estupefacientes, los ultras eran presa en aquellos momentos de una furia ciega y desenfrenada. Entre Florencia y Bolonia el vandalismo continuó en los vagones, y los agentes de escolta comunicaban por radio que cada vez les costaba más trabajo impedir las incursiones de los gamberros en los vagones en los que se encontraban los pocos pasajeros pacíficos que no se habían bajado. Luego, de repente, las comunicaciones se interrumpieron.

El Intercity fue bloqueado en la estación de Bolonia. Cincuenta hombres de las Brigadas Móviles —no había sido posible movilizar a más con tan poca antelación— estaban esperándolo. Los últimos pasajeros que quedaban se precipitaron, aterrorizados y desquiciados, fuera del convoy. Inmediatamente después, tres hombres de la escolta de la Polfer, magullados y ensangrentados, fueron arrojados del tren. Habían intervenido —según el testimonio que prestaron luego en el hospital— en defensa de una muchacha que había sido acosada por un grupo de ultras que la habían acorralado en un compartimento vacío. Habían conseguido que la chica escapara, pero la llegada de más hinchas impidió que también ellos pudieran batirse en retirada y los habían molido a palos. No tenían ni la menor idea de lo que le había podido pasar al cuarto compañero.

A las invitaciones de las fuerzas del orden a bajar y entregarse sin oponer resistencia, los hinchas respondieron con pedradas y lanzando petardos. Los guardias que intentaron irrumpir en el tren fueron rechazados a patadas y golpes. El estallido fragoroso del primer cartucho explosivo desanimó definitivamente a la policía, que desistió de su intento de expugnar el convoy por la fuerza.

En aquellos momentos se plantearon dos alternativas: esperar la llegada de refuerzos, que no se sabía cuándo estarían disponibles, o dejar marchar el tren y prepararle un recibimiento digno en Milán. Se escogió la segunda opción.

Una vez más, se permitió que el Intercity reemprendiera la marcha. Los ultras, que eran ya los dueños absolutos del tren, recibieron lo que consideraban una victoria con gritos y cánticos salvajes. Durante un rato, las autoridades que monitorizaban el trayecto se quedaron sordas y ciegas. Luego, el último agente de la Polfer que quedaba a bordo pudo ponerse en contacto con su unidad de Nápoles a través del móvil; contó que había logrado escapar de la paliza y encerrarse en el retrete del vagón 7. Había salido bastante mal parado, y durante al menos media hora había permanecido semiinconsciente en el servicio. Apenas le quedaba batería al móvil y solo le dio tiempo a avisar de un posible conato de incendio —veía el humo por la ventanilla— antes de que la comunicación se cortara. A partir de ese momento, silencio.

Empezaba a anochecer, y poco a poco la luz iba debilitándose. Mezzanotte miró el reloj. Habían pasado más de diez minutos desde el anuncio de su llegada y el tren no aparecía ni por asomo. No puede decirse que estuviera ansioso por verlo entrar en la estación. Las órdenes eran muy sencillas: había que detener a los hinchas, identificarlos y conducirlos a la Jefatura Provincial de la Policía en autobuses requisados a la empresa municipal de transportes de la ciudad, que estaban esperando fuera de la Estación Central, junto con algunas ambulancias. Órdenes sencillas de dar, pero difíciles de poner en práctica. Dos núcleos de las Brigadas Móviles, cada uno compuesto por diez equipos de diez hombres, más una veintena de agentes de la Polfer, contra más de cuatrocientos ultras desenfrenados. Aquello no iba a ser un paseo.

Mezzanotte había leído la nota informativa de la Brigada Hinchas de la Digos, que había llegado por fax a primera hora de la tarde. Comunicaba la presencia a bordo del Intercity de algunas peñas extremistas de la hinchada rojiamarilla particularmente peligrosas y violentas, cuadrillas enloquecidas de irreductibles sin relación alguna con los grupos más grandes y organizados. Hablaba en especial de una de esas peñas, los Lords of Chaos, un nombre altisonante tras el cual se escondía una banda de una treintena de auténticos matones, todos ellos ligados a ambientes neofascistas. Una pandilla de vándalos y delincuentes, siempre en primera línea si de lo que se trataba era de llegar a las manos y de destrozarlo todo, a muchos de los cuales ya les habían prohibido la entrada en los estadios. Además, hacía ya tiempo que se sospechaba que dirigían el tráfico de estupefacientes y una red de prostitución en el fondo del estadio que controlaban. Los cabecillas eran Fabrizio «Ninja» Jannone, veintiocho años, instructor de artes marciales, en cuyo gimnasio se reunía el grupo y tenía antecedentes penales por altercados, daños, lesiones y resistencia a la autoridad; Juri De Vivo, veintitrés años, apodado «el Cirujano» por la precisión milimétrica con la que rajaba a sus adversarios en las nalgas con su navaja, con antecedentes por diversos delitos contra la propiedad y por violencia; Carlo Butteroni, llamado «la Montaña», veintiséis años, metro ochenta y nueve, ciento catorce kilos, con una ficha policial igual de voluminosa, y, por último, Massimiliano «Max» Ovidi, treinta y un años, líder indiscutible de la banda, procesado por intento de homicidio, tenencia ilícita de armas, atraco y tráfico de drogas, sospechoso de vínculos con la camorra. El viaje de los Lords of Chaos había sido organizado precisamente para festejar la salida de la cárcel de este último hacía pocos días, y ahora se sabía cuál era su idea de festejo. No, decididamente no iba a ser un paseo.

En la burbuja de silencio e inmovilidad que rodeaba al recinto, una paloma surcó el aire con las alas desplegadas, ligera y a su manera grácil, para acabar aterrizando precisamente en el andén de la vía 4, a pocos pasos de la larga fila de botas tácticas de los antidisturbios. Mezzanotte observó cómo la paloma picoteaba con tranquilidad el suelo, sin preocuparse de los centenares de hombres inmóviles como estatuas que la rodeaban, hasta que la ráfaga de chasquidos de las viseras protectoras de los cascos bajando al unísono le hizo dar un respingo. Riccardo levantó la vista y ¡ahí estaba! El Intercity 586 avanzaba despacio, recortándose contra el cielo incendiado por los destellos de color rojo oscuro del ocaso. Tras de sí iba dejando una columna de humo negro. Mezzanotte pensó que parecía un buque fantasma a la deriva.

Con una lentitud enervante, el tren entró en la estación y se detuvo en la vía 4. De inmediato se abrió la portezuela de la locomotora, los dos maquinistas saltaron al suelo y se alejaron corriendo, con el rostro descompuesto de quien ha vivido una larga pesadilla.

El oficial al frente del contingente de la Unidad de Intervención Rápida Antidisturbios dio un paso adelante con un megáfono. Lo encendió, trajinó un poco con las clavijas para hacer que desapareciera un molesto silbido y, a continuación, lo sostuvo en alto ante sí con una mano, mientras con la otra se llevaba a la boca el micrófono externo.

—Vale, chicos. Os habéis divertido, pero ahora se acabó el juego. No empeoréis la situación, bajad del tren con calma y orden. No opongáis resistencia y nadie se hará daño.

Por un instante, la única respuesta proveniente del tren fue el silencio.

¡PUUUM!

A aquel primer golpe seco le siguió otro, y otro, y otro, hasta que una de las ventanillas del primer vagón estalló y un váter evidentemente arrancado de un retrete voló por los aires y cayó en el andén, a pocos centímetros del cordón policial. Los agentes más cercanos levantaron los escudos para protegerse de las esquirlas que saltaban en todas direcciones. Mezzanotte murmuró:

—¡Me cago en la puta!...

Inmediatamente después, del interior del convoy salió un cántico entonado por centenares de voces con burlona suavidad.

Me contento solo si
veo morir a un madero.
¡Maderos, maderos de mierda!
¡Acabaréis bajo tierra!

Me contento solo si
veo a un madero por tierra.
¡Patadas y golpes en toda la jeta!
¡No nos dais ninguna pena!

La respuesta había llegado y no podía ser más elocuente. El meollo era: nosotros de aquí no nos movemos. Si queréis, venid a cogernos, no os tenemos miedo.

En Bolonia, las fuerzas del orden no habían conseguido tomar el tren, pero esta vez, recordando la humillación sufrida, adoptaron una táctica distinta. Mientras desde los vagones arreciaba el lanzamiento de piedras, tornillos, botellas y cualquier otra cosa que los hinchas tuvieran a mano, el frente compacto de los escudos se abrió lo suficiente para dejar pasar desde la segunda fila a algunos agentes armados de lanzagranadas, que dispararon cartuchos de gases lacrimógenos al interior del convoy a través de las ventanillas rotas.

Durante unos minutos no pasó nada, solo se distinguían las volutas de humo que salían por las ventanillas, mientras en el aire se propagaba el olor acre y picante del gas. Luego, las puertas de los vagones se abrieron una tras otra y los ultras se lanzaron al exterior gritando. Se tapaban la cara con bufandas rojiamarillas, pañuelos y pasamontañas, en parte para no ser reconocidos y en parte para protegerse de los gases lacrimógenos, e iban armados con barras de hierro, largos palos para las banderas, cadenas y cinturones con gruesas hebillas de metal. Daban miedo.

La marea de hinchas arremetió contra el cordón policial con la furia del embate del agua en una inundación. Al principio, la barrera resistió, y los dos bandos se intercambiaron golpes furibundos por encima de la delgada línea de escudos que los separaba. Pero los romanistas eran muchísimos, muchos más que los agentes, y, a medida que bajaban del tren, aumentaba la presión que ejercían contra la policía. La formación de los cascos azules retrocedió, poco a poco fue perdiendo densidad, y se rompió. La batalla se transformó en una pelea confusa y furibunda, en la que ninguna de las partes ahorraba esfuerzos.

Del interior del Intercity salieron petardos y bengalas, cuyas volutas de colores envolvieron a los combatientes y se mezclaron con el humo negro del vagón incendiado. De vez en cuando, el ruido ensordecedor de un cartucho explosivo resonaba por encima del clamor de los enfrentamientos. Con los ojos enrojecidos y la garganta escociéndole por el humo y el gas, Mezzanotte pensó que, si alguna vez se había preguntado qué aspecto tenía la guerra, aquella era una buena aproximación.

Él era uno de los dos suboficiales de la Polfer presentes en el lugar y el responsable de una decena de agentes. Siguiendo las órdenes que habían recibido, permanecieron en la retaguardia, sin participación directa en la batalla, aunque se veían obligados a propinar algún que otro golpe y también a recibirlo. Su tarea se limitaba a hacerse cargo de los hinchas que ya eran inofensivos o, a lo sumo, a placar a los que intentaban huir, a esposarlos con bridas de plástico de las cuales estaban bien provistos, a identificarlos y a escoltarlos hasta que, una vez fuera de la estación, se montaran en los autocares o, en su caso, en las ambulancias. A algunos tenían que arrancarlos literalmente de las garras de los antidisturbios, que continuaban dándoles patadas y golpeándolos con las porras aunque estuvieran ya en el suelo. Mezzanotte no los justificaba, pero lo cierto era que, en parte al menos, comprendía a los agentes del orden. No debía de resultar fácil en situaciones como aquella mantener la lucidez y la sangre fría.

Quien lo sacaba de quicio, en cambio, era el subinspector Manuel Carbone, el otro suboficial de la Policía Ferroviaria. Alto, ancho de hombros, músculos marcados por el gimnasio y —sospechaba Riccardo— por los esteroides, nariz aplastada de jugador de rugby y cabello a cepillo sobre la frente, Carbone era, dentro de la Unidad, el que más se metía con él. No perdía la menor ocasión para provocarlo y demostrarle a la cara su desprecio. Por eso Mezzanotte intentaba mantenerlo lejos, y hasta ese momento había fingido no darse cuenta de cómo, tanto él como un par de agentes que llevaba siempre a su espalda, se ensañaban a bofetadas con los hinchas inermes mientras se los llevaban. Eran golpes en frío, infligidos por mero gusto, para los que no había excusa.

Luego lo pilló poniendo la zancadilla a un ultra joven atemorizado que llevaba la camiseta con el número 10 de Totti y por cuya frente corrían regueros de sangre, mientras lo acompañaba hasta uno de los arcos que había que cruzar para salir del recinto de acceso a los andenes. Al no poder el muchacho amortiguar la caída con los brazos, esposados a su espalda, fue a dar de bruces contra el suelo. Carbone lo levantó de mala manera burlándose de él, y unos pasos más adelante volvió a ponerle la zancadilla. En esa ocasión, Mezzanotte no pudo contenerse y se dirigió hacia él a grandes zancadas.

—Carbone, ¿qué cojones estás haciendo?

El subinspector se dio la vuelta, y, en cuanto se percató de que era él, apretó su cuadrada mandíbula. Luego abrió los brazos con una sonrisa falsamente inocente.

—Tranquilo. El tipo solo ha tropezado. Son cosas que pasan —dijo con cierta dosis de burla en su tono, dando un fuerte empujón al hincha, al que sujetaba de un brazo como si fuera un monigote—. Vuelve a ocuparte de tu trabajo, Mezzanotte, que el mío lo sé hacer a la perfección yo solito.

Riccardo no cedió.

—Creo que no me has entendido. Deja de hacer el gilipollas y de poner la mano encima a los detenidos. Ya mismo.

La sonrisa de Carbone se esfumó al instante dando lugar a una expresión ceñuda. Se acercó a Mezzanotte irguiéndose amenazador en toda su envergadura; le sacaba media cabeza.

—Ni se te ocurra decirme lo que tengo que hacer —gruñó con la cara perennemente bronceada a pocos centímetros de la suya, señalándole el pecho con el índice—. Yo de ti no admito órdenes. Ni siquiera escucho lo que tenga que decirme un traidor.

Nunca, ni cuando era pequeño, había representado un problema para Mezzanotte liarse a puñetazos. Durante un breve periodo había pensado incluso que el boxeo podía ser su vida. Aunque era más robusto que él, Carbone no le daba miedo, y la nariz de este tan cerca de su frente constituía una tentación casi irresistible en ese momento. Un simple respingo hacia delante con la cabeza y todo habría acabado antes incluso de empezar. Pero habría sido una gilipollez. Bastantes problemas tenía ya, y era precisamente por haber cedido a una provocación de ese estilo por lo que ahora se encontraba en la Polfer.

—Pues a mí me vas a oír. Desde luego que me oirás —dijo haciendo un esfuerzo sobrehumano por controlarse—. Yo soy el de mayor graduación aquí, así que haz lo que te digo y punto.

Aunque el comisario Dalmasso no le había confiado explícitamente el mando de las operaciones, técnicamente Mezzanotte tenía razón. Su rango era superior al de Carbone, quien, sin embargo, no parecía dispuesto a reconocerlo.

—¿Y si no? ¿Me denuncias? —lo desafió.

Riccardo apretó los puños e intentó echar de su mente el sonido irresistible de los cartílagos haciéndose trizas y la imagen igualmente atractiva del rostro de Carbone cubierto de sangre.

Fue en ese instante cuando, abriéndose paso entre los agentes de la Polfer que se habían congregado en torno a ellos, se acercó un hombre de unos cincuenta años, de pelo gris y rostro anguloso. Mezzanotte ya se había fijado en él a lo largo de la tarde y en cómo daba vueltas por la estación; pese a que iba vestido de paisano, a ojos de un experto como él no cabía la menor duda de a qué unidad pertenecía: la Digos. El hombre se interpuso entre Carbone y él y, dirigiéndose al primero, dijo con voz glacial:

—Subinspector, yo le sugeriría que hiciera caso al inspector, de lo contrario me veré obligado a dar cuenta de su comportamiento en mi informe oficial.

Descolocado, Carbone abrió y cerró la boca varias veces, pero, al no encontrar ninguna respuesta, acabó por mascullar una blasfemia, dar media vuelta y alejarse hecho una furia.

El hombre acercó su rostro al oído de Mezzanotte y susurró:

—Dentro del cuerpo hay quienes aprecian lo que ha hecho usted, inspector. Quería que lo supiera.

Le saludó con un gesto de la mano y se alejó con la misma discreción con la que había aparecido.

Mezzanotte quedó tan sorprendido que ni siquiera se le pasó por la cabeza la idea de darle las gracias. Permaneció unos segundos como ensimismado, pero enseguida se recuperó y exclamó dirigiéndose a sus hombres:

—¡Ánimo, chicos! ¡La función se ha acabado, tenemos mucho que hacer!

Al cabo de un rato, todavía tenso y excitado por la pelea —que por un pelo no tuvo lugar— con Carbone, la perspectiva de continuar quién sabía cuánto tiempo recogiendo hinchas pasados por la máquina de picar carne de la Unidad Antidisturbios empezó a parecerle bastante deprimente.

La columna de humo negruzco que seguía saliendo del vagón incendiado era cada vez más espesa y por la ventanilla de un retrete asomaban algunas llamaradas. Las órdenes eran limitarse a desempeñar el papel de apoyo, pero Mezzanotte pensó que no había nada de malo en ir a apagar aquel incendio antes de que resultara peligroso de verdad, en vista de que los bomberos todavía no podían intervenir y nadie se ocupaba de él.

Llamó a cuatro hombres y con un gesto les mandó que lo siguieran. Se había fijado en el que el grueso de los enfrentamientos estaba teniendo lugar en el andén principal de la vía; al otro lado del tren, en cambio, la situación era más tranquila, allí había solo alguna que otra trifulca aislada. Lo que él pretendía era intentar abrirse paso para llegar.

Mientras avanzaba corriendo en esa dirección acompañado por los agentes, notó que Colella hacía ademán de seguirlos. El agente Filippo Colella no era un hombre de acción. En las pruebas físicas del curso preparatorio había sido un desastre y en el polígono de tiro no daba en el blanco ni por casualidad. Fue un milagro que aprobara. Sin embargo, era tan torpe y desmañado en sus movimientos como despierto y ágil de cabeza, y, además, sabía manejar los ordenadores. Habría sido perfecto para la

Científica, pero no tenía santos protectores en las altas esferas, así que lo habían destinado a la Polfer. Mezzanotte sabía que no era el valor lo que lo impelía a ir tras él: simplemente, se sentía más seguro si estaba a su lado.

—¡Tú no, Filippo! Quédate aquí, es mejor.

Rodearon la locomotora y empezaron a recorrer el andén, a lo largo del cual había una fila de pilares metálicos que sostenían las arcadas de las marquesinas. Corrían con la cabeza gacha para evitar que los ocasionales lanzamientos de objetos por parte de los pocos ultras que aún quedaban dentro del tren los alcanzaran. En un momento dado, Mezzanotte vio salir por una ventanilla una especie de paquete de cartón esférico del tamaño de una naranja. Como a cámara lenta, observó con curiosidad las piruetas que iba haciendo mientras se dirigía hacia ellos, sin llegar a comprender de qué se trataba. Solo cuando se fijó en que del paquetito sobresalía una mecha corta encendida lo intuyó, pero ya era demasiado tarde.

Únicamente tuvo tiempo de gritar: «¡Cuidado! ¡Cuidado!», y luego la deflagración del explosivo lo borró todo.

Mezzanotte se encontró de pronto tendido boca abajo, con la cara sobre el adoquinado. Los oídos le silbaban como una olla a presión enloquecida, el esternón le aplastaba los pulmones y le cortaba la respiración, tenía la garganta taponada y sentía náuseas. Le costó trabajo levantarse, todavía aturdido; las piernas le flaqueaban y la cabeza le daba vueltas. Un reguero de sudor frío le recorría la espalda.

«¡Santo cielo! —pensó—. ¡Qué poco ha faltado!».

Miró a su alrededor. Sus agentes también estaban en el suelo, medio atontados, pero parecía que todos estaban bien. Les gritó algo que ni ellos ni él oyeron, debido al silbido persistente de sus oídos. Entonces les hizo señas para que se levantaran.

Continuaron flanqueando el convoy, con más cautela esta vez, avanzando encorvados y pegados a los vagones. De vez en cuando, Mezzanotte estiraba el cuello para echar una ojeada al interior de las ventanillas. Cuando llegaron al séptimo vagón, el anterior al incendiado, Riccardo se paró en seco, como si de repente se le hubiera ocurrido algo. Se asomó a la portezuela abierta de par en par. No había nadie a la vista y la puerta del retrete, forzada y arrancada de las bisagras, colgaba atravesada en medio del rellano. Mezzanotte hizo una seña a sus hombres y reanudó la marcha, pero ahora más despacio, lanzando ojeadas al interior de cada ventanilla. Al llegar más o menos a mitad del vagón se detuvo. Se acordaba muy bien. En el compartimento situado al otro lado del pasillo había visto al agente de la Polfer, el que se había atrincherado en el baño del coche 7 y del que no habían tenido más noticias desde que su móvil se había quedado sin batería. Estaba desplomado en un asiento, rodeado por tres ultras. Uno de ellos lo apuntaba con una navaja.

Mezzanotte se apoyó en el costado del vagón para reflexionar. Intervenir en aquella situación excedía, sin duda, las órdenes que había recibido. Lo más correcto habría sido que se ocuparan del asunto las Brigadas Móviles, pero los pocos antidisturbios que había por allí cerca estaban demasiado ocupados pegándose, sin que les faltara razón, con los hinchas, y si pedía refuerzos por radio tardarían demasiado en llegar, visto el grave peligro en el que se encontraba su compañero, amenazado con una navaja en el cuello. Debía contactar con la Unidad, pero sabía de sobra que el comisario Dalmasso no le habría autorizado nunca a intervenir, así que decidió no consultar a nadie, a pesar de que una vocecita le decía que estaba a punto de meterse en un lío del que no tenía necesidad alguna. Por lo demás, hacía siglos que aquella vocecita se desgañitaba dentro de su cabeza sin que él le hiciera caso.

El silbido en los oídos se había reducido a un molesto zumbido y sus piernas habían dejado de temblar. Podía hacerlo, pensó. Indicó a tres de sus hombres que volvieran a la puerta que acababan de dejar atrás, mientras él y el cuarto agente se dirigían al extremo opuesto del vagón. Los cinco subieron al tren y fueron a dar a una y otra punta del pasillo. El vagón parecía desierto; por el estado en el que había quedado, daba la impresión de que hubiera albergado a una horda de vándalos. Mezzanotte ordenó a sus hombres por gestos que avanzaran sin hacer ruido. En cuanto vio que uno de ellos estaba desabrochando la funda para sacar la pistola, le indicó enérgicamente por señas que no lo hiciera. Solo faltaba que se cargaran a alguien, como había ocurrido un par de años antes en la reunión del G8 en Génova. No habían dado más que unos cuantos pasos cuando del compartimento de mitad del vagón salieron dos personas. Llevaban la cara descubierta. El más joven iba vestido con unos vaqueros de marca y una camisa azul, y tenía pinta de buen chico de la alta burguesía. El otro, con pantalones militares y sudadera, era más alto, y tenía un rostro demacrado y pálido. Riccardo los reconoció por las fotos de advertencia que llevaba adjuntas la nota informativa de la Digos. Eran Juri De Vivo y Fabrizio Jannone, más conocidos entre los Lords of Chaos como el Cirujano y el Ninja.

Al encontrarse ante los maderos, ambos tuvieron un instante de incertidumbre, luego intercambiaron un gesto de entendimiento y empezaron a avanzar, Jannone por el lado de los tres agentes, y De Vivo hacia Mezzanotte y el otro policía.

El Cirujano extrajo la navaja automática del bolsillo trasero de los pantalones y la abrió. Tenía las pupilas dilatadas como si se hubiera metido más de una raya. «La hemos liado», pensó Mezzanotte. Enfrentarse con las manos desnudas a un hombre armado con una navaja no es nunca una broma, sobre todo si sabe lo que se hace y la estrechez del sitio dificulta las posibilidades de esquivar la acometida. Iba a tener que ser jodidamente rápido y preciso. Hizo señas al agente que iba con él para que se mantuviera detrás, se colocó de lado con el fin de ofrecer un blanco menos fácil y levantó los brazos con las palmas de las manos vueltas hacia fuera, los ojos fijos en los del adversario para intentar adelantarse al momento en el que se lanzara al ataque.

Durante unos minutos se enfrentaron en silencio. De Vivo

hizo alguna que otra finta, pero Mezzanotte no mordió el anzuelo; luego intentó asestarle un navajazo fulminante en el vientre echándose hacia delante, pero Riccardo estaba preparado. Había notado la contracción casi imperceptible de las pupilas de su adversario en el mismo instante en que este había decidido lanzarse contra él. Se apartó a un lado y con el brazo izquierdo extendido interceptó el antebrazo del otro desviando la dirección de la navaja, al tiempo que le propinaba un violento guantazo en la mandíbula con la mano abierta. Apretando como si fuera una tenaza el brazo con el que había parado la embestida, aprisionó en el hueco del codo el brazo armado del Cirujano y le propinó una descarga de rodillazos en el pecho, hasta que al muchacho se le escapó la navaja de entre los dedos. En ese instante, un codazo en la nuca hizo que De Vivo cayera al suelo sin sentido.

Jadeando, Mezzanotte se apoyó contra la pared y se pasó el dorso de la mano por la frente empapada de sudor, mientras el agente que lo acompañaba se arrodillaba para esposar al ultra. Al otro extremo del pasillo, los otros tres policías habían conseguido neutralizar a Jannone. No sin dificultad, a juzgar por el ojo morado de uno de ellos y el labio ensangrentado de otro.

—Juri, Fabrizio, ¿qué pasa? ¿Qué es ese follón? ¡Venga, responded! ¿Dónde cojones habéis ido?

La voz procedía del compartimento del que habían salido Jannone y De Vivo. Mezzanotte no se arredró y se acercó a él para echar una rápida ojeada a su interior. El agente estaba en el centro del compartimento, en malísimas condiciones, al parecer, prácticamente exánime. Se mantenía en pie porque un hombre lo sujetaba por detrás con un brazo alrededor del cuello mientras que con la otra mano lo apuntaba con una pistola en la sien. No era muy alto, cabello y bigote oscuros, piel cetrina y pinta de duro. Se trataba de Max Ovidi, el cabecilla de los Lords of Chaos.

Mezzanotte intentó infundir a su voz la mayor calma y autoridad posibles.

—Ovidi, soy inspector de policía. A tus amigos ya los hemos

detenido. Estás solo, no tienes escapatoria. Las cosas pintan mal para ti. Te conviene rendirte de inmediato. No querrás ser acusado también de secuestro, ¿verdad?

—¡Yo al talego no vuelvo! No intentéis acercaros o a este lo dejo tieso aquí mismo. ¿Me habéis oído, maderos de mierda? ¡Le abro un agujero en la cabeza y punto!

—Tranquilo, Ovidi, tranquilo. Aquí nadie va a hacer nada, ¿vale? Escucha, ¿por qué no hablamos e intentamos encontrar una solución? Entraré desarmado, nos sentamos tranquilamente y hablamos. ¿Qué te parece?

—¡No hay nada de qué hablar, cojones! No lo habéis entendido. Yo lo mato. Os mato a todos. Hago una carnicería. ¡Vosotros manteneos lejos y largaos a tomar por culo!

A juzgar por el tono sofocado de su voz, Max Ovidi debía de estar de coca hasta las cejas y por completo fuera de sí. Un hombre desesperado y dispuesto a todo. En verdad era capaz de matar a cualquiera. Por otra parte, teniendo en cuenta su currículum delictivo, era harto probable que lo hubiera hecho ya.

Mezzanotte empezaba a preocuparse en serio. Corría el riesgo de que la situación se le escapara de las manos, ya no podía manejarla solo. Negociar con un delincuente armado que ha tomado un rehén es un asunto grave y él no sabía por dónde tirar. Intentó contactar por radio con el oficial de las Brigadas Móviles, pero no obtuvo respuesta. Entonces ordenó a sus hombres dar marcha atrás e ir a avisarlo y, ya puestos, llevarse a aquellos dos Señores del jodido Caos que estaban tumbados en el pasillo, mientras él se quedaba allí vigilando la situación, a la espera de refuerzos y pautas que seguir. Los cuatro agentes agarraron a los ultras por los sobacos, los pusieron en pie y los bajaron del tren a rastras.

Al cabo de unos minutos, Ovidi volvió a dejarse oír.

—¡Eh, maderos! ¿Estáis ahí todavía? ¿Estáis o no?

—Aquí estoy —respondió Riccardo—. ¿Qué quieres?

—Yo salgo. Me largo, joder. ¡Echaos atrás y no intentéis detenerme!

Mezzanotte empezó a inquietarse. ¿Qué diablos se suponía que debía hacer? Intentó pensar, sin conseguirlo, cuál era la peor alternativa: dejar que el cabecilla de los ultras se pirara delante de sus narices o intentar cortarle el paso poniendo en peligro la vida de su compañero. Quiso entablar conversación con el ultra.

—Ovidi, no me parece una buena idea, mira, ¿por qué no...?

—¡Estoy saliendo! —lo interrumpió el otro a gritos—. ¡Abrid paso si no queréis que esto se convierta en una carnicería!

El ultra se asomó por el umbral del compartimento resguardándose detrás del rehén, al que seguía sujetando por el cuello. Miró a su alrededor con ojos desorbitados y expresión descompuesta en el rostro, sorprendido de encontrarse a un solo policía. Empezó a retroceder por el pasillo, apuntando con la pistola unas veces a Mezzanotte y otras a la cabeza del agente. Sin la más mínima idea de cómo reaccionar, Riccardo fue avanzando despacio, sin hacer ningún movimiento brusco, intentando mantener siempre una distancia constante entre los dos.

—¡Estate quieto! ¡No te acerques, joder! Que me lío a tiros, ¿te enteras o no, que me lío a tiros?

Luego todo sucedió en un santiamén. A Ovidi se le torció el pie y a punto estuvo de perder el equilibrio. Durante una fracción de segundo miró al suelo y bajó el arma. Mezzanotte actuó sin pensar, por puro instinto. Dio un salto hacia delante, a la desesperada, con los brazos extendidos hacia la mano que sujetaba la pistola. Acabó encima del ultra y del rehén y los tres se precipitaron al suelo del estrecho pasillo del vagón, uno encima de otro. Ovidi pateaba y se removía como un poseso intentando liberarse de aquel amasijo de cuerpos que tenía encima, mientras Mezzanotte, haciendo caso omiso de los golpes que recibía, le sujetaba la muñeca con la mano izquierda para mantener el arma a distancia y con la derecha intentaba frenéticamente quitarse de encima el cuerpo inerte del agente de la Polfer que le impedía moverse. El sonido de un tiro procedente de la pistola lo estremeció y le destrozó los tímpanos, pero siguió aplastando contra el suelo el brazo armado del ultra. Sin parar de gritar debido al esfuerzo, logró dar un empujón al agente desmayado y levantarse lo necesario para ponerse encima de Ovidi. Lo molió a puñetazos en la cara con una furia cada vez mayor, hasta que el otro dejó de moverse por completo, convertido en una máscara irreconocible de sangre.

Mezzanotte se irguió y se sentó de golpe. Y a pesar del dolor que sentía en las manos, por sus nudillos desollados, se puso a dar puñetazos y patadas contra la pared del vagón repitiendo:

—¡Joder, joder, joder, joder!

Cuando se hubo desahogado lo suficiente y se sintió un poco más tranquilo, escondió el rostro entre las manos y dio un profundo suspiro. «Se acabó. Si Dios quiere, se acabó».

Exhausto y dolorido, se levantó para comprobar las condiciones en las que se encontraba su compañero. Le latía el corazón y su respiración era regular, pero necesitaba con urgencia un médico. Se lo cargó a la espalda y lo tumbó en los asientos de un compartimento. El agente emitía débiles gemidos con los ojos cerrados. Mientras esperaba ayuda, a Mezzanotte se le ocurrió que limpiarle la cara y humedecerle los labios agrietados le proporcionaría alivio. Salió del compartimento y se dirigió al retrete. En el rellano vio que el humo se colaba por la puerta corredera que comunicaba el vagón con el siguiente y notó un olor muy fuerte de plástico quemado. Con todo lo sucedido, se había olvidado por completo del vagón incendiado. Una sonrisa afloró en sus labios al pensar que entre las numerosas ideas descabelladas que había tenido a lo largo de su vida, que lo habían llevado a meterse en líos de todo tipo, la de ir a apagar aquel puto incendio no se contaría entre las primeras.

Justo en ese instante la puerta corredera se abrió dejando salir una densa nube de humo que lo envolvió. Cuando se disipó, en el umbral de la puerta apareció una silueta. Una silueta gigantesca que lo llenaba casi por completo, y de la que se despegó un brazo también enorme que removió el aire como si quisiera espantar una mosca. El brazo lo golpeó y él salió volando como una hoja seca, rebasó la portezuela del vagón y cayó al suelo, peldaños abajo.

Sin entender muy bien lo sucedido, Mezzanotte se encontró de pronto tumbado de espaldas sobre el andén. Lo habían pillado por sorpresa, se había descuidado y había bajado las defensas. Mientras el coloso de cabeza afeitada, grotescamente pequeña, y orejas de soplillo, vestido con una camiseta calada que le ceñía la tripa, bajaba los peldaños del vagón, sintió que el pánico ascendía por su garganta. Su corazón latía como loco y empezó a respirar con dificultad.

El gigante se dirigió hacia él con una mueca feroz en su obtuso rostro, que le arrugaba la nariz de cerdo y reducía sus ojillos a un par de rendijas abiertas hundidas entre la carne. En la mano derecha empuñaba el extremo de un cinturón de cuero que se había enrollado alrededor de la palma; del otro extremo colgaba una gruesa hebilla de acero con forma de calavera.

Arrastrándose hacia atrás con el fin de mantener a distancia a Carlo Butteroni, apodado la Montaña, que avanzaba haciendo girar el cinturón, Mezzanotte tragó saliva y miró febrilmente a su alrededor en busca de auxilio, pero los escasos policías que tenía a la vista estaban lejos y seguían muy atareados. Aunque se encontraba atenazado por el terror, el impulso de salir por piernas era fortísimo; sin embargo, un obstinado residuo de orgullo se lo impidió. Más de una vez había pensado que ese orgullo era a un tiempo su peor defecto y su mejor cualidad. En ese caso en concreto, sospechaba que no sería una cualidad. Butteroni era en verdad enorme; Riccardo nunca se había enfrentado a nadie tan grande, ni remotamente. Estaba gordo, eso sí, pero a Mezzanotte no le cabía duda de que debajo de aquella grasa había poderosos músculos. No tenía la menor esperanza, la Montaña iba a hacerlo trizas, lo aplastaría como a una cucaracha.

Debía calmarse, de eso estaba seguro, debía volver a tomar el control. El miedo es peligroso: ofusca el pensamiento, agarrota los músculos y entorpece los reflejos. El miedo es el verdadero enemigo. Recordó lo que le decía su entrenador en la esquina del cuadrilátero, cuando en mitad de un combate difícil se dejaba dominar por la ansiedad y el desánimo, y los guantes empezaban a parecerle pesados como piedras: respira con la tripa y piensa en positivo.

Mezzanotte se puso en pie y, sin dejar de retroceder, se esforzó por inspirar a fondo, como si quisiera empujar el estómago hacia abajo, retener el aire en los pulmones unos segundos y luego espirar con la mayor lentitud posible. Mientras tanto, movía los hombros y el cuello para desentumecer los músculos y se daba ánimos mentalmente diciéndose que, por fuerte que fuera la Montaña, con toda seguridad era lento y, mirándolo bien, no parecía un tipo muy despierto.

Poco a poco, también esa vez se produjo el milagro. Si bien el pánico aumentaba la frecuencia cardiaca, obligando a los pulmones a acelerar a su vez para satisfacer la mayor necesidad de oxígeno, aquella respiración profunda ralentizaba las pulsaciones, lo que contribuía a disipar el pánico. Y aunque, a decir verdad, no se lo acabara de creer, el mero hecho de seguir repitiéndose que todo saldría bien, que podía conseguirlo, le infundió una pizca de confianza.

Mezzanotte dejó de retroceder, abrió las piernas, las flexionó en busca de mayor equilibrio y alzó los puños a la altura del rostro para ponerse en guardia. La Montaña levantó el brazo e intentó golpearlo con el cinturón, que vibró con una fuerza espantosa. Él lo esquivó dando un brinco hacia un lado. La hebilla con forma de calavera chascó al chocar con el adoquinado soltando chispas a pocos centímetros de él. Antes de que el coloso consiguiera enderezarse, Riccardo se metió por debajo de él y le propinó un gancho de derecha en el costado, para luego colocarse de nuevo a una distancia de seguridad.

Cobrando nuevos ánimos después de que aquel primer golpe diera en el blanco, empezó a creer que tenía una mínima posibilidad de batir a su adversario.

Siguió moviéndose con rapidez, dando saltitos de puntillas a un lado y a otro, con continuos cambios de ritmo y de dirección. Intentaba quedarse siempre a un lado, no de frente, de modo que su propio cuerpo estorbara al gigante en sus ataques, y sobre todo tenía cuidado de permanecer siempre fuera del alcance de aquellas manos grandes como palas.

Y, en efecto, al ultra le costaba trabajo seguirlo. Tanto saltito a derecha y a izquierda lo desorientaba, lo ponía nervioso y le arrancaba gruñidos de furia. Era demasiado lento de reflejos. Sus cintarazos, aunque fortísimos, siempre llevaban un poco de retraso, los zarpazos con los que intentaba atraparlo no agarraban más que aire, y, cada vez que al lanzar un golpe se ponía al descubierto, tenía encima a Mezzanotte, que, con un ataque fulminante, atinaba con sus puños en los riñones o le propinaba patadas en las pantorrillas o en las canillas, para luego retirarse con agilidad y quedar fuera de su alcance.

Eso sí, parecía que a Butteroni sus golpes no le daban ni frío ni calor, los puños de Riccardo se hundían en la grasa de su adversario, que parecía absorberlos por completo, y las patadas no eran para él más que molestos picotazos de mosquito. Aun así, Mezzanotte esperaba que tarde o temprano empezara a acusarlos.

A pesar del cansancio, a medida que se desarrollaba el combate, Mezzanotte iba adquiriendo seguridad y soltura, y cobraba nuevos ánimos. Se sentía en estado de gracia, como a veces le había sucedido en el ring. Todo le resultaba fácil, natural. Lo suyo era ahora una danza fluida, armoniosa, precisa. Butteroni, en cambio, parecía tener dificultades. Sus movimientos eran cada vez más pesados, arrastraba los pies y a menudo se llevaba una mano al costado haciendo una mueca.

Su táctica estaba dando resultado, el adversario mostraba los primeros signos de empezar a ceder, había llegado el momento de acosarlo sin darle ni un minuto de tregua. Mezzanotte se volvió más audaz, redujo la distancia entre Butteroni y él, las incursiones en la guardia de su contrincante se volvieron más frecuentes y profundas. Ya le había tomado la medida, había logrado leerle los movimientos a la perfección.

Sin embargo, al acercarse tanto a él, el riesgo que corría era mayor. Mientras saltaba hacia atrás después de atizarle un uno-dos en los costados, sintió cómo un manotazo lo rozaba, pero el ultra no consiguió atraparlo. Una vez más sus dedos se cerraron en el vacío. De todos modos, el golpetazo que recibió en el hombro bastó para desnivelar a Mezzanotte, que titubeó y tuvo que dar unos cuantos pasos antes de recuperar el equilibrio. Vio que la calavera de acero se precipitaba sobre él cuando el cintarazo ya había salido disparado, intentó apartarse de su trayectoria con una pirueta, pero esta vez la hebilla le dio en la espalda de refilón. Por un instante se sintió como si le hubieran puesto una barra de metal incandescente en el lomo.

Mezzanotte se agachó lanzando un alarido, y fue en ese momento cuando los brazos de la Montaña, gruesos como troncos de árbol, lo rodearon y lo levantaron del suelo. Tuvo tiempo de darse la vuelta para ponerse de frente antes de que le atenazaran el pecho como un tornillo de banco. Tenía los brazos aprisionados y sus forcejeos eran vanos. Butteroni seguía apretando con la evidente intención de asfixiarlo.

—¡Estás muerto, madero! —rugió con una alegría feroz echándole en la cara su fétido aliento. Eran las primeras y las únicas palabras que le había oído pronunciar.

Mezzanotte empezaba a respirar con dificultad y la vista se le estaba empañando cuando con el rabillo del ojo vislumbró tres figuras vestidas de azul grisáceo que avanzaban por el andén. Eran Carbone y sus dos secuaces. Riccardo intentó llamarlos y pedir ayuda, pero de sus labios no salió más que un estertor ahogado. Con un gesto burlón en la cara, Carbone le dijo adiós con la mano antes de desaparecer en el coche 7 junto con los dos agentes.

«Cabrón», pensó Mezzanotte, pero, muy a su pesar, le daban ganas de reír. Se sentía agarrotado y cada vez más débil, la cabeza ligera y las percepciones como amortiguadas. Se abría paso en su interior la tentación de cerrar los ojos y abandonarse al abrazo mortal del coloso, que lo zarandeaba de un lado a otro en una especie de extraño vals.

«¡No!».

En un último atisbo de lucidez, intentó dar una sacudida y trató una vez más de liberarse, pero no había nada que hacer. La opresión del gigante seguía atenazándolo, y Mezzanotte sintió cómo crujían sus costillas. Entonces, con la fuerza de la desesperación, echó la cabeza atrás y le largó un violento cabezazo en el plexo solar. La Montaña soltó un gruñido de dolor y Riccardo tuvo la sensación de que el gigante aflojaba ligeramente. Era como dar de cabeza contra un muro; aun así, apretó los dientes y volvió a golpear una vez y otra y otra, hasta que Butteroni abrió los brazos y él consiguió soltarse y sentir de nuevo los pies en el suelo. El ultra se curvó hacia delante llevándose una mano al pecho y Mezzanotte aprovechó el momento para escabullirse por detrás de él. Disponía de un escaso instante antes de que su adversario se recuperara.

La sangre le corría por la frente y se sentía aturdido. Tal vez por eso no descartó de inmediato por absurda la idea que, a saber cómo, se le acababa de ocurrir. Dando un salto, logró pasar el brazo derecho alrededor del cuello de Butteroni y apretó todo lo que pudo, hasta agarrar con la mano el bíceps de su brazo izquierdo. A continuación, apoyó fuertemente la palma de la mano izquierda en la nuca del gigante. Mientras el ultra se enderezaba, lo levantaba una vez más del suelo y se meneaba para quitárselo de encima, Mezzanotte empezó a hacer presión en su cuello, acercando los codos.

Aquel movimiento de pinza se lo había enseñado hacía años un tipo que solía pasar por el gimnasio que frecuentaba. Decía que lo había aprendido en un curso de krav magá reservado a los miembros de los cuerpos especiales israelíes. Probablemente fuera una trola, pero la jugada funcionaba, desde luego. El *mata leão* es una llave de control del jiu-jitsu brasileño, una técnica mortífera de estrangulación que interrumpe la afluencia de sangre al cerebro. Aplicada correctamente, provoca una rápida pérdida del conocimiento, con independencia de la talla, la fuerza o la tenacidad del adversario. Si se ejerce una presión excesiva o demasiado prolongada, puede incluso resultar letal. El problema, aparte de que el cuello de Butteroni era tan grande que Mezzanotte a duras penas podía rodearlo con su brazo, estribaba en que se trata de una llave que normalmente se efectúa con el adversario en el suelo. Intentar llevarla a cabo con un contrincante que está de pie y, además, de las dimensiones de la Montaña, era algo que solo podía ocurrírsele a un inconsciente o a un desesperado.

Agarrado a los hombros del ultra, que se movía como un elefante encabritado y lanzaba los brazos por encima de la cabeza en un intento de golpearlo, Mezzanotte gritaba para darse ánimos y apretaba con todas sus fuerzas a fin de no soltar la presa. No aflojó ni siquiera cuando, dando boqueadas en busca de aire, aquella bestia se echó hacia atrás y lo aplastó contra el costado del Intercity; la herida que tenía en la espalda le hizo ver las estrellas. Aquello duró varios minutos que le parecieron horas hasta que, por fin, la Montaña cayó al suelo sin sentido y ahí se quedó.

Incapaz todavía de creer que se había salvado, Mezzanotte permaneció unos minutos tumbado sobre la espalda descomunal del ultra para recuperar el aliento. Luego, con mucha cautela, se puso en pie. Estaba hecho polvo y, a medida que iba bajándole la adrenalina, empezó a sentir dolores por todo el cuerpo. La espalda le latía de forma preocupante y tenía la parte trasera de la camisa empapada de sangre.

Con manos temblorosas, se agachó para recoger del suelo la gorra y esposó a Butteroni utilizando no una, sino dos bridas, que apretó alrededor de sus muñecas hasta que las vio desaparecer entre la carne; luego, arrastrándose, subió al vagón, pero no encontró ni a Ovidi ni al agente de la Polfer. Carbone y los suyos debían de habérselos llevado. Tambaleándose, con las piernas que apenas se sostenían en el suelo, recorrió el andén para volver atrás.

En cuanto lo vio reaparecer por el andén, Colella se apresuró a su encuentro. Le preguntó cómo estaba y qué había pasado, pero Riccardo hizo caso omiso.

—¿Por qué cojones ha venido Carbone? —le gritó a la cara agarrándolo por las solapas de la guerrera—. Te dije claramente que avisaras al responsable de las Brigadas.

Colella le explicó que había sido una decisión del propio Carbone, quien había interceptado a los cuatro agentes que llegaban con los dos ultras detenidos y había ordenado que le contaran lo que había sucedido. Luego dijo que ya se ocuparía él de todo y ordenó a los muchachos que retomaran de inmediato el trabajo.

—¿Y ahora dónde está? —preguntó Mezzanotte mirando a su alrededor. La situación estaba mucho más tranquila y parecía que los enfrentamientos con los hinchas estaban tocando a su fin.

—Cuando volvió con el colega herido haciendo el signo de la victoria, los hombres prorrumpieron enseguida en aplausos. Alguien llamó a Dalmasso, que se tomó la molestia de venir personalmente a felicitarlo. Ahora me parece que está brindando con los peces gordos en el despacho. Le pregunté qué había sido de ti, Cardo, y me contestó que no te había visto.

¡Qué grandísimo hijo de puta! No solo lo había dejado en manos de la Montaña sin mover un dedo para ayudarlo, sino que además se había arrogado todo el mérito del salvamento del agente de escolta.

Invadido por la furia, Mezzanotte pensó en encaminarse a la Unidad, pero se le aflojaron las piernas y una punzada desgarradora le atravesó la espalda. Se vio obligado a agarrarse al brazo de Colella para no caer al suelo.

—Filippo, acompáñame fuera. Creo que necesito una ambulancia.

2

Mezzanotte se impacientaba maldiciendo entre dientes en medio de la multitud que se agolpaba en la embocadura de las escaleras mecánicas. Eran las ocho pasadas y llegaba con retraso a la reunión de los lunes. El comisario Dalmasso no habría pasado por alto su ausencia, daba mucha importancia a aquellas reuniones plenarias en las que se hacía balance de las investigaciones y las operaciones en curso, se planificaba el trabajo de la semana y, según decía, se consolidaba el espíritu de grupo.

De nuevo le habían pinchado las ruedas del coche, a pesar de que desde hacía bastante tiempo, por precaución, tenía la costumbre de aparcar a una o dos manzanas de distancia de su casa, no justo en la puerta. Por eso se había visto obligado a coger el metro. La semana anterior, la fiscalía había cerrado las investigaciones preliminares y había presentado la solicitud de procesamiento, y desde entonces las amenazas y las intimidaciones contra su persona habían ido en aumento: cartas anónimas, llamadas telefónicas amenazantes en plena noche, arañazos en los laterales del coche y pinchazos en las ruedas. Incluso habían prendido fuego al felpudo de la puerta de su casa. Querían sacarlo de quicio y estaban camino de conseguirlo. En unos días se fijaría la fecha de la vista preliminar y, aunque la señora Trebeschi le había asegurado que solo le haría subir al estrado si era absolutamente necesario, Riccardo sabía que, de un modo u otro, al final le tocaría prestar declaración en la sala, delante de todo el mundo. Prefería no pensar en ello, la mera idea de tener que hacerlo hacía que sintiera cómo una ansiedad viscosa y fría como una serpiente le recorría el cuerpo.

—Perdón, perdón.

Con la bolsa que contenía el uniforme al hombro, y sin demasiados cumplidos, fue abriéndose paso entre la gente que se dejaba llevar cansadamente hasta la superficie por los peldaños metálicos. La cicatriz de la espalda le tiraba un poco debajo del esparadrapo, pero ya no le dolía, aunque solo hacía unos días que le habían quitado los puntos.

Salió al exterior a los pies de la mole de la estación, que parecía venírsele encima, de una blancura que el aire envenenado por los tubos de escape había ensuciado y descolorido. Severa y solemne, la fachada del colosal edificio, a medio camino entre una catedral y unas termas romanas, dominaba la piazza Duca d'Aosta. A su derecha sobresalía el rascacielos Pirelli, contra el cual hacía un año había chocado un pequeño avión de turismo, lo que durante unas horas sumió a la ciudad en la pesadilla del 11-S; a la izquierda tenía la embocadura de la via Vitruvio, con sus hoteluchos piojosos de una estrella frecuentados por furcias e individuos turbios, mientras que, al fondo, frente a los soportales de la via Vittor Pisani, se abría la piazza della Repubblica, rodeada de edificios de los años treinta y de rascacielos.

Inaugurada en 1931, en pleno fascismo —aunque la fecha de la presentación del primer proyecto databa de mucho tiempo atrás, del mismísimo 1912—, la Estación Central fue definida por su arquitecto, Ulisse Stacchini, como «una catedral en movimiento». Sobrecargada de ornamentos y decoración, no tenía un lenguaje arquitectónico bien definido, probablemente debido a las largas y turbulentas vicisitudes que se sucedieron durante su construcción. Liberty, art déco, neoclásico, racionalismo, estilo *littorio*, propio de los tiempos del *fascio*: todas estas modalidades artísticas se hacinaban una sobre otra en un batiburrillo que rayaba en lo kitsch. En la ciudad, ese estilo ecléctico y pomposamente monumental había sido etiquetado irónicamente como «asirio-milanés». Probablemente no se podía calificar de bonita a la Estación Central, pero, desde luego, era única a su manera. Y, sobre todo, grande. Descarada, desmesuradamente grande.

En el imponente cuerpo central del edificio, sobre cuyos contrafuertes sobresalían dos mastodónticos caballos alados de piedra con sus palafreneros al lado, se abrían tres altísimas puertas cuadradas flanqueadas por columnas que daban a la Galleria delle Carrozze, una especie de grandiosa calzada cubierta en la que el tráfico era ya frenético. Mezzanotte pasó por la puerta del centro y, haciendo una especie de eslalon entre mendigos y vendedores ambulantes africanos y chinos, recorrió la amplia acera peatonal, atestada de gente, que separaba la zona de la galería reservada a los taxis de la que podían utilizar los coches particulares. Con el rabillo del ojo, se fijó en un grupito de personas, medio escondidas detrás de los coches aparcados en la base de uno de los pilares del ala oeste de la galería, ataviadas con ropas sórdidas y harapientas, que discutían animadamente mientras se pasaban un cartón de vino de cuatro perras. No se sabía si estaban bromeando o peleándose, y Mezzanotte era consciente de que, tratándose de los alcoholizados que acampaban habitualmente en la estación, una cosa podía desembocar en la otra con extrema facilidad. Entre ellos estaba Amelia, una vieja vagabunda que vivía en la Central desde hacía muchos años. La pordiosera la conocía como al fondo de sus bolsillos y lo sabía todo de todo el mundo. Arrugada y huesuda, con una enmarañada madeja de cabellos grises en lo alto de la cabeza, arrastraba sus pertenencias en un carrito de la compra escacharrado, del que no se separaba nunca. Aunque a primera vista podía parecer una viejecita frágil, de indefensa no tenía nada, ni mucho menos: era mala como una culebra y terriblemente vengativa, más valía pensárselo dos veces antes de hacer nada que pudiera incomodarla. Sin embargo, tenía un punto flaco: la volvían loca los bombones, y Mezzanotte se había servido de esa debilidad, a fuerza de bombones Baci Perugina y Ferrero Rocher, para conquistar su confianza y alistarla como confidente.

Sin ralentizar el paso, entró en el vestíbulo de las taquillas, y por un instante, como de costumbre, se sintió pequeño e insignificante en aquellos inmensos espacios. La bóveda de cañón del majestuoso salón decorado con frisos y bajorrelieves tenía una altura vertiginosa, de más de cuarenta metros. Sobre ella se elevaba en el exterior una especie de cúpula que era la parte más alta de todo el edificio y que recordaba vagamente a un observatorio astronómico. La luz lívida de la mañana se filtraba a través de las vidrieras historiadas de la cubierta de la bóveda y de los ventanales de las paredes laterales, sumiendo todo el lugar en la claridad líquida de un acuario. Ni los quioscos comerciales ni los paneles publicitarios que durante los últimos años habían surgido como setas venenosas e invadían todos los rincones de la estación lograban eliminar por completo la impresión de encontrarse en un templo.

Entre la gente que hacía cola delante de las taquillas estaba ya trabajando, madrugador como siempre, Chute, que ese día llevaba un chándal de colores chillones, conseguido a saber cómo, cuya sudadera, demasiado grande y floja, le colgaba de los hombros hundidos. Chute era un «postulante», uno de los muchos drogadictos que se pasaban el día en la estación intentando reunir lo necesario para una dosis pidiendo calderilla a los viajeros. A diferencia de la mayor parte de sus colegas, que se esforzaban por inventar historias elaboradas y fantasiosas para convencer a la gente de que soltara la pasta, Chute lo apostaba todo a una sinceridad descarada y una carga natural de simpatía. Su manera de abordar a la gente era inmediata y directa:

—¡Eh, tío! ¿Tienes cien liras, que me hace falta un chute?

No había forma de que se le metiera en la cabeza que hacía

más de un año que la moneda oficial de Italia era el euro, y que las viejas liras habían desaparecido de la circulación.

La mirada de Mezzanotte se cruzó por un instante con la del toxicómano, y los dos intercambiaron una seña imperceptible de entendimiento. Chute era el otro confidente que hasta el momento había conseguido reclutar en la estación. Esta era una de las principales enseñanzas que había recibido de su padre, el legendario comisario Alberto Mezzanotte, y la había extraído de una de sus escasas entrevistas. Incluso en los tiempos de las pruebas de ADN y otras diabluras tecnológicas, seguían siendo fundamentales dos cosas para llevar a buen puerto una investigación: un conocimiento meticuloso del terreno y una sólida red de confidentes. Hablar con la gente y gastar las suelas de los zapatos, eso era lo que debía hacer un buen policía. Por desgracia, había aprendido esta lección demasiado tarde para poder darle las gracias. Demasiado tarde, como tantas otras cosas referentes a las relaciones con su padre.

A través de tres aberturas enmarcadas por columnas de mármol rosa, dos escalinatas y una doble escalera mecánica comunicaban el vestíbulo de las taquillas con la llamada «planta de hierro», o sea, el nivel de las vías, que a lo largo de más de un kilómetro discurrían elevadas a cerca de siete metros por encima del nivel de la calzada, sobre un terraplén delimitado por robustos murallones. Mezzanotte optó por las escaleras mecánicas. Cuando llegó a la altura de las terrazas situadas encima de las ventanillas de las taquillas, un pordiosero que estaba leyendo un periódico arrugado, sentado en un banco de mármol, tras el cual había un gran cubo iluminado que giraba sobre sí mismo proyectando imágenes publicitarias, levantó la vista y le sonrió. Era el General, otro habitante histórico de la estación. De edad indefinida, entre los setenta y los ochenta años, constitución enjuta, barba y cabellos blancos, largos y sorprendentemente plateados para un sintecho, arrastraba una pierna y no hablaba: era mudo. Inocuo, amable y siempre alegre, cuando podía echar una mano a alguien o invitar a beber no dudaba en hacerlo, de modo que todos lo querían. El origen de su mote no estaba claro. Puede que hubiera estado realmente en el ejército o puede que no, pero lo cierto era que su actitud ceremoniosa y su manera de moverse, siempre tieso y rígido, tenían ecos ridículamente marciales. Nadie sabía dónde pasaba la noche, lo cual no tenía nada de extraño porque, entre los habitantes de la Central, cualquier buen sitio donde dormir, al calorcito y con seguridad, era un secreto celosamente guardado. A veces desaparecía, incluso varios días seguidos, pero cuando la gente empezaba a preguntarse si le habría pasado algo o a olvidarse de él, ahí estaba de nuevo, cojeando, con su cómico porte marcial. Había quienes aseguraban que en realidad tenía una casa en las cercanías y que poseía sus buenos ahorrillos, pero que, por el motivo que fuera, prefería vivir en la calle. Alguien había intentado seguirlo en vano, y una vez lo habían agredido y maltratado, pero solo le habían encontrado encima unas pocas liras.

Mezzanotte le devolvió la sonrisa y se llevó la mano extendida a la frente haciendo un saludo militar. Lleno de felicidad, el General se puso en pie de un salto como un soldadito de juguete y respondió a su saludo permaneciendo quieto en posición de firmes y observando cómo subía hasta que llegó a lo alto de la rampa.

Amplia y suntuosa, la Galería Principal, a la que daban la sala de espera, la consigna, bares, tiendas y otros servicios para los viajeros, atravesaba el cuerpo principal de la estación. Entre sus pomposas decoraciones, destacaban unos grandes frescos a base de azulejos de colores con vistas de las principales ciudades italianas y lámparas ciclópeas. A uno y otro extremo estaban el Gran Bar y la oficina de información, además de dos escalinatas que bajaban a los vestíbulos de las salidas laterales. En el lado opuesto al de las taquillas, cinco entradas en forma de arco daban acceso a la zona de salidas.

Mezzanotte atravesó a toda prisa la galería pasando bajo el

gran cartel de los horarios, cuyas piezas móviles con cifras y letras blancas sobre fondo negro no dejaban de cambiar rechinando ruidosamente. Se dirigió a la derecha y recorrió todo el recinto flanqueando la cabeza de las vías, hacia la sede de la Policía Ferroviaria, cuya entrada se encontraba enfrente de la vía 21, junto a la capilla de la estación. Las primeras páginas de los diarios colgados con pinzas alrededor del puesto de periódicos hacían referencia a los progresos de la invasión de Irak por la coalición multinacional capitaneada por Estados Unidos. Bajo las gigantescas marquesinas sostenidas por poderosas arcadas de acero claveteado, los anuncios de las llegadas y las salidas de los trenes resonaban chillones.

En la recepción, el viejo Fumagalli estaba rociando con un pulverizador una calatea plantada en una maceta sobre el mostrador. Se le daban muy bien las plantas, hasta tal punto que su garita, llena de plantas de todo tipo, parecía más bien un invernadero.

Al verlo entrar jadeante, exclamó:

—Inspector, la reunión ya ha comenzado. ¡Dese prisa o el comisario mandará que lo llamen por los altavoces por toda la estación!

—Ya voy, Pietro, ya voy. Y te he dicho mil veces que me trates de tú.

El suboficial ayudante primero Pietro Fumagalli era el policía más antiguo de la Unidad, y había desarrollado toda su carrera en la Central. A punto de jubilarse, era la memoria histórica del departamento; por ese motivo, además de desempeñar las funciones de guardia y telefonista, era también responsable del archivo. Había conocido y admiraba mucho al padre de Mezzanotte, y quizá también por eso le tenía aprecio.

Riccardo corrió a cambiarse, recogió algunos papeles de su escritorio y se precipitó a la sala de reuniones.

Cuando abrió la puerta, el comisario Dalmasso, de pie al fondo de la sala atestada de agentes, interrumpió lo que estaba diciendo y le dio la bienvenida en tono sarcástico.

—¡Inspector Mezzanotte! ¡Qué amable por su parte honrarnos con su presencia! Espero que con las prisas por unirse a nosotros no se le haya atragantado el *cappuccino*.

Todos se volvieron hacia él. Mezzanotte adoptó una expresión contrita y esbozó un gesto a modo de disculpa. Como de costumbre, tuvo la desagradable sensación de que sus compañeros o bien apartaban la vista demasiado deprisa o bien se lo quedaban mirando unos segundos más de lo necesario.

Pero el comisario todavía no había acabado con él.

—De cualquier forma, ha llegado usted justo a tiempo, Mezzanotte. Teníamos un problema con los turnos de servicio que aún estaban por cubrir durante el fin de semana del 25 de abril, el aniversario de la liberación de Italia. Pero, ahora que se ha ofrecido usted voluntario, ya está todo resuelto, ¿verdad? ¡Ánimo, chicos! ¡Un aplauso al inspector, que nos ha sacado del apuro!

Al encaminarse en medio de las palmadas y la carcajada generalizada hacia la silla que había quedado vacía en la primera fila, destinada a los oficiales, Mezzanotte pensó en la casa rural ecológica de Liguria cuya reserva tendría que cancelar. No era que él se muriera de ganas de ir, pero Alice, su novia, sí. Haría un drama de aquello, iban a ser las primeras vacaciones de verdad que se tomaban juntos desde hacía casi un año, y, con todo lo que le había pasado en los últimos tiempos, solo Dios sabía la falta que les hacían.

Laura Cordero salió chorreando de la ducha entre los vapores del agua caliente que había dejado correr largo rato sobre su cuerpo con la esperanza de que la ayudara a relajarse al menos un poco. Cogió una toalla y se envolvió en ella sujetándosela por debajo de la axila. Aquella mañana se sentía tensa, nerviosa. La esperaba una jornada tan importante como ardua. Tenía que estar fuera todo el día y relacionarse con la gente no le resultaba nada fácil, le exigía un esfuerzo de concentración continuo y a la larga era agotador. Además, aquel día no solo tenía que ir a clase a la universidad, sino que por la tarde empezaba el servicio de voluntariado en el Centro de Escucha de la Estación Central. Hacía tiempo que sentía la necesidad de ocuparse de algo así, de una actividad de ayuda a los demás. Unas semanas antes había leído en el *Corriere* una entrevista con el responsable del centro, Leonardo Raimondi, y enseguida pensó que aquel podía ser el sitio adecuado. Había vacilado mucho antes de decidirse, preguntándose si sería capaz de hacerlo, si no sería tal vez un poco osado para una chica como ella. Pero luego se había dicho que precisamente era lo más apropiado para una chica como ella echar una mano a quien se siente desgraciado y sufre, y que valía la pena correr el riesgo que pudiera implicar. Quizá incluso le sentaría bien.

Delante del lavabo, pasó una mano por el espejo cubierto de vaho y empezó a secarse la larga melena negra y lisa con el secador. Que era guapa lo sabía más por leerlo continuamente en las miradas de los chicos y de los hombres que porque fuera íntimamente consciente de ello. Su aspecto era igualito que el de su madre. Los ojos de color verde esmeralda, ligeramente en forma de almendra, los pómulos altos y la nariz un poco respingona eran iguales que los de mamá, aunque esta se obstinaba en teñirse el pelo de rubio y rizárselo en una de las peluquerías más exclusivas de Milán.

Se soltó la toalla, la dejó caer al suelo y extendió crema hidratante por toda la superficie de su cuerpo: las piernas largas y finas, las nalgas redondas, la cintura delgada, el vientre liso y los senos pequeños. No sabía si sentirse agradecida a su madre por haber heredado de ella su cuerpo esbelto y cimbreante. No le gustaba llamar la atención; por el contrario, la mayor parte de las veces le hacía sentirse cohibida y la turbaba. De haber podido elegir, habría preferido con mucho pasar desapercibida. De lo que estaba segura era de que agradecía al cielo no haber heredado su carácter.

En eso Laura se parecía más a su padre, un hombre reservado y reflexivo. Sensible, inteligente en extremo y de una determinación férrea a la hora de perseguir sus objetivos.

Hacía unos meses, Enrico Cordero había salido en la portada de *Uomini & Business*, en su papel de presidente y administrador delegado de Farmint, la empresa farmacéutica fundada por el abuelo de Laura. El artículo que le dedicó la revista contaba cómo, después de tomar las riendas de la compañía apostándolo todo a la investigación, la innovación y la apertura a los mercados internacionales, la empresa había experimentado un desarrollo imparable y se había convertido en una industria de vanguardia. En ese momento Farmint tenía ciento cincuenta empleados, facturaba al año cerca de cuarenta millones de euros y exportaba sus productos a más de veinte países en el mundo.

Entre Laura y su padre había una relación especial. Él la comprendía —si es que alguien podía comprenderla de verdad— y la adoraba. Ojalá el trabajo no lo tuviera tan ocupado. Siempre se quedaba en el despacho hasta tarde, cuando no estaba de viaje por negocios. Se veían demasiado poco y ella lo echaba en falta.

Con su madre, en cambio...

Su madre y su padre eran tan distintos que a veces Laura llegaba a preguntarse cómo había podido él enamorarse de ella; luego recordaba cómo todos se la comían con los ojos cuando su madre lucía alguno de sus trajes de noche, ajustados y escotados hasta el límite de lo lícito, y sabía que ahí estaba la respuesta. Respecto a lo que pudiera haber atraído a su madre de su padre, no le cabía la menor duda.

Lo conoció a los veintidós años, en un teatrucho *off* de la *banlieue* parisina en el que ella, una actriz joven, pobretona y sin talento, interpretaba una escandalosa *pièce* de vanguardia que no preveía el uso de vestidos en el escenario, y hasta el cual él, brillante empresario de treinta y ocho años, había sido arrastrado en una noche de parranda después de que un negocio que llevaba entre manos hubiera salido bien. Su madre era de una belleza verdaderamente deslumbrante por entonces, y sabía perfectamente cómo beneficiarse de ella. Dos años después, casada y con una hija recién nacida, vivía rodeada de lujos en Milán, servida y tratada como una reina.

Laura se metió en su habitación y se vistió. Vaqueros, blusa blanca y unas Superga. Ni maquillaje ni joyas. El cuarto estaba amueblado con sencillez, solo con lo esencial, casi desnudo. El futón, un pequeño sofá, el escritorio, unas cuantas estanterías llenas de libros. Una puerta de cristal conducía al balcón con vistas a la lozanía y el verdor del jardín particular del edificio, y la ventana daba a la tranquila via dei Cavalieri del Santo Sepolcro, en pleno corazón del exclusivo barrio de Brera. En las paredes solo había colgado el original de un estudio preparatorio para las *Bailarinas* de Degas. Laura había visto el cuadro en el Museo d'Orsay cuando era pequeña, en un viaje a París en compañía de sus padres, y se había enamorado de él, así que, para su cumpleaños, su padre le había regalado aquel maravilloso dibujo a carboncillo, que a saber cómo habría conseguido, con toda seguridad a cambio de una fortuna. Durante algunos años, cuando era una niña, Laura hizo danza clásica. Le gustaba y era buena, la profesora no paraba de decirle que se le daba muy bien, y su madre, que la veía ya convertida en una estrella de la Scala, no cabía en sí de gozo. Pero a ella no le sentaba bien. Bailar le provocaba unas emociones demasiado intensas, y para ella las emociones eran peligrosas, había que tenerlas bajo control. Al final, se vio obligada a dejarlo.

Se colgó del hombro el bolso con los libros y todo lo demás, salió de su cuarto y bajó por la sinuosa escalera de caracol que conducía a la planta baja, a la zona de día del lujoso apartamento de dos pisos. En el inmenso salón —que su madre había vuelto a amueblar hacía poco por enésima vez con la ayuda de su arquitecta de confianza además de mejor amiga, convirtiéndolo en un compendio de las últimas tendencias en materia de diseño hiperminimalista, todo lo refinado que se quiera, pero de una frialdad digna de una cámara mortuoria— no había nadie. Laura dio un suspiro de alivio y con pasos silenciosos se dirigió a la puerta de la calle.

—¿Laura? ¿Laura? ¿Eres tú?

La voz de su madre, marcada por un fuerte acento francés, pese a llevar viviendo en Italia más de veinte años, provenía de la cocina. Laura se imaginó qué estaría haciendo allí. Solange Mercier, señora de Cordero, no había cocinado en toda su vida ni un huevo duro; el desayuno se lo llevaba a la cama la sirvienta filipina. Que se encontrara allí pese a que no eran ni las nueve de la mañana solo podía deberse a un único motivo. Aunque no podía verla, a Laura no le costó ningún trabajo visualizarla de pie, apoyada en la superficie de mármol negro africano de la isla, con una copa en la mano y una botella de vino delante. Solange bebía. Cada vez más, en los últimos tiempos. Bebía a escondidas de su marido y estaba convencida de que tampoco su hija sospechaba nada. Sin embargo, Laura estaba perfectamente al corriente de todo, al igual que desde hacía bastante tiempo sabía que aquello no era lo único que Solange ocultaba su marido.

—¿Qué quieres, mamá? Tengo que irme. Voy a llegar tarde a clase —gritó para que la oyera desde la cocina, con la mano ya en el tirador de la puerta.

—¿Vendrás a comer? ¿Tengo que decir que te preparen algo?

—No. Ahora voy a la universidad y por la tarde empiezo el voluntariado. Volveré por la noche, espero no llegar tarde a cenar.

No hubo respuesta. Laura estaba a punto de abrir la puerta cuando Solange apareció en el umbral del salón. Apoyada en la jamba, con los brazos cruzados, tenía la frente arrugada y los labios fruncidos en un gesto de desaprobación.

A sus cuarenta y cuatro años, Solange era todavía una mujer espléndida, pero, por imperceptibles que fueran, Laura podía reconocer ya las primeras grietas que resquebrajaban aquella belleza suya perfectamente tersa. Las finas arrugas alrededor de los ojos que el maquillaje no lograba ocultar del todo, la leve hinchazón que empezaba a alterar los rasgos de su rostro, una pesadez apenas esbozada en las caderas. Pronto empezaría a oír el reclamo del bisturí.

Como su madre seguía mirándola sin decir nada, Laura saltó.

—¿Qué pasa?

—Estoy preocupada, Laura. Cuanto más lo pienso, menos me gusta. No es algo para ti.

—¡Ay, mamá! Pero si ya hemos hablado de ello. Lo siento, ya he tomado una decisión. Quiero vivir esta experiencia, es importante para mí.

—¡Pero tú no te das cuenta! La estación es un sitio horrible. ¿Acaso no lees los periódicos? Acabarás rodeada de drogadictos, prostitutas y delincuentes. Puede ser peligroso. Y, además, ¿qué pensará la gente? Si de verdad lo quieres, están los Voluntarios del Rotary, ya me he informado de sus programas y...

—Con todo el respeto, organizar galas de beneficencia y llenar cajas de comida y de ropa para mandarlas a África no es lo que yo tenía en mente. Lo que quiero es hacer algo concreto, algo real. Y lo que piensen tus amigas, me vas a perdonar, pero es lo último que me importa.

La expresión que se dibujó en el rostro de Solange, ofendida y decepcionada, rayana en la repugnancia, era algo que con el paso de los años Laura había aprendido a reconocer muy bien. Su madre había desaprobado casi todas las decisiones que ella había tomado en lo concerniente a su vida desde que fue capaz de hacerlo: desde la manera de vestir hasta las amistades, desde la idea de abandonar la danza hasta la de no participar en el baile de las debutantes, e incluso la de matricularse en la facultad de Medicina, que, en cambio, había entusiasmado a su padre, quizá porque en el fondo esperaba que fuera el preludio de su futura entrada en la empresa, mientras que Solange la consideraba una carrera poco «femenina».

Sin embargo, Laura nunca había dejado de sentir un doloroso asombro al ver cómo una madre y una hija podían alejarse tanto y que entre las dos se hubiera abierto un abismo de incomprensión tan profundo que las convertía en dos desconocidas. O, peor aún, en dos enemigas.

Solange hizo ademán de irse, pero se detuvo un instante y en tono despreocupado le preguntó:

—¿Y si tuvieras una de tus crisis? ¿Lo has pensado?

Laura agachó la cabeza y agarró el tirador de la puerta con tanta fuerza que los nudillos se le pusieron blancos. Era un golpe bajo; su madre no sospechaba ni de lejos con cuánta precisión había dado en el blanco. ¿Que si lo había pensado? Sí, claro que lo había pensado. Se había pasado noches enteras despierta pensándolo.

Hizo un esfuerzo por controlar el temblor de su voz y se limitó a decir:

—No sucederá.

A continuación salió dando un portazo.

El comisario Dalmasso estaba sudando. Más que de costumbre. El sudor le pegaba al cráneo el emparrado cuidadosamente colocado para cubrir su calvicie, le chorreaba por la frente, por las mejillas rubicundas, se insinuaba entre los pliegues de su grueso cuello y formaba grandes rodales húmedos en la camisa.

El hombre se disponía a enumerar las cifras de las últimas estadísticas suministradas por la Jefatura Provincial de la Policía sobre los delitos cometidos en la zona de la Estación Central durante los tres primeros meses del año. Los burócratas de los pisos de arriba eran muy aficionados a las estadísticas, se pasaban el día elaborándolas. En la policía había gente que dedicaba más tiempo a diseñar columnas de números y a intentar ajustarlos a sus exigencias que a detener delincuentes. Las estadísticas eran moneda contante y sonante que gastar en la esfera política. Sobre ellas se habían construido carreras enteras. Otras, en cambio, habían naufragado miserablemente.

Los números, en este caso, eran despiadados: 53 denuncias por trapicheo de drogas, 24 por ejercicio de la prostitución, 42 entre tirones y actos de ratería, 61 atracos, 38 agresiones con lesiones, 5 muertes por sobredosis, 4 violaciones y 2 homicidios. En total, un aumento de los delitos de un 17 % respecto al mismo trimestre del año anterior. Cifras que hablaban por sí solas e indicaban que la situación estaba fuera de control.

—Ya habéis leído los periódicos de estos días pasados —dijo Dalmasso, pasándose por la cara el pañuelo ya empapado—: «Estación Central: emergencia por la criminalidad. La violencia se desborda en la estación», y no cito más. La Junta Municipal de Distrito anda revuelta, los comités de barrio andan revueltos, las asociaciones de comerciantes andan revueltas, los políticos andan revueltos. Todo el mundo reclama legalidad y seguridad. Todo el mundo solicita una intervención más decidida de las fuerzas del orden.

El comisario hizo una pausa y se enjugó la frente.

—¿Y quién está en el ojo del huracán? Nosotros, por supuesto. Nada nuevo bajo el sol, digámoslo claramente. Ya hemos pasado por ello. Se trata de una crisis que se presenta de manera cíclica. Por lo demás, con los hombres y los recursos de los que disponemos, ya es un milagro que la situación actual sea la excepción y no la norma. Pero esta vez es distinto. Alguno de vosotros lo habrá oído ya: hace tiempo que está estudiándose un proyecto faraónico de recalificación de la estación. Se trata de un reajuste radical que cambiará por completo su rostro y la convertirá en una especie de centro comercial lleno de tiendas, bares, restaurantes y a saber qué más, un sitio por el que la gente no pasará solo para subir o bajar de un tren, sino que vendrá aquí a comer, a comprar o a divertirse. Si os fijáis bien, algo así han hecho recientemente en la estación Termini de Roma. Hasta ahora el proyecto ha tenido una trayectoria difícil, entorpecido por polémicas y enfrentamientos sin fin. Pero en marzo el CIPE, el Comité Interprovincial de Programación Económica, lo aprobó definitivamente y ya han sido asignados los primeros fondos. Se prevé que las obras comiencen antes de fin de año. Es posible que su inicio se aplace una vez más, pero tarde o temprano la bendita reestructuración dará comienzo, de eso no cabe duda. Y para entonces hay que tener la situación de la Central bajo control. Está en juego un montón enorme de dinero y de intereses, tanto económicos como políticos. En la reunión del Comité provincial encargado del orden y la seguridad de la semana pasada prácticamente no se habló de otra cosa, e incluso el subsecretario de Interior intervino desde Roma por teléfono. Dio a entender que, si no se ven enseguida resultados concretos, rodarán cabezas. En conclusión, hay que limpiar la estación de toda la escoria, y en esta ocasión hay que hacerlo de verdad, de una vez por todas.

El comisario Dalmasso pasó la siguiente media hora escuchando las protestas de sus agentes. La Unidad sufría una grave carencia de personal, las estructuras y los medios eran inadecuados y obsoletos, a los hombres encargados del servicio no podía exprimírseles más de lo que ya lo estaban, serían necesarias bastantes más que las miserables treinta cámaras de vigilancia activas con las que de momento podían contar, en realidad los problemas más importantes no se producían dentro de la estación, sino en las zonas aledañas, que no eran exactamente competencia de la Polfer. Quejas que en el fondo compartía el comisario, quien, por desgracia, no tenía argumentos válidos para refutarlas, dado que, en lo tocante a la concesión de mayores recursos, no había obtenido de sus superiores inmediatos más que vagas promesas, carentes por completo de concreción.

Al término de la reunión, los policías empezaron a dispersarse refunfuñando. Las caras eran sombrías y el malhumor, generalizado. Se preveía un periodo de vacaciones suspendidas y turnos prolongados. Mezzanotte continuaba sentado, atareado con los papeles que tenía que ordenar. Al pasar a su lado, Carbone golpeó aposta la tabla plegable de su silla haciendo volar un puñado de folios. Siguió adelante sin volverse siquiera, acompañado por Lupo y Tarantino, sus odiosos secuaces, que pisaron las hojas diseminadas por el suelo mientras hacían ostentosos globos de color rosa con el chicle que tenían en la boca. El vicio de masticar a todas horas chicles Big Babol hacía que aquellos dos sujetos parecieran todavía más obtusos de lo que ya eran.

Después del altercado que habían protagonizado los ultras un par de semanas antes, Mezzanotte había evitado cualquier enfrentamiento con Carbone. A la vuelta de los cinco días de baja por enfermedad, el cabreo se le había pasado en parte, y en esos momentos ya no tenía mucho sentido reabrir la cuestión. En cualquier caso, aunque Carbone le había robado el mérito de la liberación del rehén, el modo en que Riccardo se había comportado durante la incursión en el «tren del terror» había impresionado profundamente a los cuatro agentes que lo habían acompañado, que se encargaron de hacer correr la voz. Tenía la sensación de que aquello había contribuido a que su cotización subiera un poco en la Unidad, así que en cualquier caso tenía motivos para alegrarse.

Mientras Carbone y sus matones se alejaban haciendo muecas y chocándose los cinco, Mezzanotte hizo ademán de levantarse de un salto, pero Colella, que estaba detrás de él, lo detuvo poniéndole una mano en el hombro.

—Olvídalo, Cardo —le susurró al oído—. No vale la pena.

Detrás de ellos pasó la agente especializada Nina Spada, que con todo cuidado evitó pisar los folios caídos al suelo y le dirigió una larga mirada acompañada de una sonrisa entre irónica y maliciosa. De origen pullés, era bajita, pero su cuerpo era todo curvas y ni siquiera el uniforme era capaz de ocultarlas y desactivar su exuberante sensualidad. A la mitad de los hombres de la Unidad se le caía la baba al verla, pero Nina Spada era una tía dura y no tenía problemas a la hora de mantenerlos a raya. Sabía cómo arreglárselas en aquel ambiente mayoritariamente masculino y con un alto nivel de testosterona. No tenía pelos en la lengua, era cinturón negro de yudo y, cuando estaba fuera de servicio, se paseaba por ahí con una chupa de piel cubierta de tachuelas, montada en una vieja Harley Davidson Sportster. Corría el rumor de que se acostaba con Carbone.

—¡Eh, Cardo! ¿Has visto cómo te ha mirado? —le dijo Colella dándole un codazo—. Creo que le gustas.

—No digas gilipolleces, Filippo. Si casi ni me saluda. Desde que estoy aquí a duras penas habremos intercambiado cuatro palabras.

En realidad, aunque Nina, como la mayor parte de sus compañeros, guardaba prudentemente las distancias y no daba pie a ninguna muestra de familiaridad, no era la primera vez que la sorprendía lanzándole miradas insistentes que él no sabía muy bien cómo interpretar.

—Hazme caso. Esa te tira los tejos.

—Déjalo ya. Anda, ayúdame a recoger estos putos folios.

Sentado en su sitio en la sala de oficiales, Mezzanotte bostezó y se desperezó. Desolado, clavó la vista en los montones de papeles que tenía delante: denuncias de delitos, partes de servicio, informes de todo tipo. Llevaba horas encadenado al escritorio, y no había reducido, ni de lejos, el trabajo atrasado. Detestaba las tareas de despacho, no lograría nunca acostumbrarse a la cantidad de papeleo que la actividad policial generaba a diario. Así que recibió con alivio la llamada de Fumagalli, el encargado de la garita de guardia: una patrulla tenía problemas y solicitaba con urgencia refuerzos. Mezzanotte habría podido limitarse a mandar a un par de hombres, pero, con tal de encontrar un motivo para quitarse de encima aquel aburrimiento mortal, decidió ocuparse personalmente del asunto. Pasó por la sala de los agentes, se asomó a la puerta y, al ver a Colella, que estaba trasteando con el ordenador, como solía hacer en cuanto tenía un momento libre, le dijo que lo siguiera.

Salieron al aire libre, más allá de las marquesinas de la cubierta, y, a grandes zancadas, recorrieron el andén que se extendía por el extremo este del recinto bordeando la vía 21. A la altura de la entrada permanentemente cerrada del Pabellón Real, la aparatosa sala de espera reservada originalmente a la familia y a la corte de los Saboya, la mirada de Mezzanotte se posó por un instante en una de las grandes lunetas decorativas de cerámica pintada que coronaban las puertas, como hacía siempre desde que le habían hecho fijarse en ella. En el mural aparecía retratado Mussolini, cuyo rostro había sido eliminado a tiros por un partisano después de la Liberación, y desde entonces nadie se había atrevido a restaurarlo. Aquella cicatriz de la historia que el tiempo no había logrado reabsorber lo fascinaba.

—¿De qué se trata? —le preguntó Colella, que a duras penas era capaz de seguir sus pasos.

—Una patrulla ha sorprendido a tres chicos con unos espráis que estaban decorando el costado de un tren detenido en una vía muerta. Han detenido a dos de ellos, pero el tercero se ha subido a uno de los depósitos y amenaza con tirarse desde lo alto.

En el primer tramo del largo terraplén peraltado sobre el cual corría el haz de vías que salían de la Central había edificios y construcciones de distintos tipos, muchos de ellos ya en desuso o medio derruidos, como las lúgubres cabinas de control que se erguían en medio de los raíles. Entre ellos había también dos depósitos de agua hechos de cemento armado. Hacia allí se dirigían los dos policías.

Eran las tres de la tarde de un día de sol. No hacía mucho calor, pero el aire estaba inmóvil. Las ventanas de los pisos altos de las casas y los edificios que daban al paso elevado que dividía la ciudad parecían los palcos de un teatro vacío. Riccardo trotaba sobre el balasto, en el que, aquí y allá, entre las traviesas y las agujas, crecían matas de hierba amarillenta y plantas macilentas, cuando de pronto se fijó en algo que había en el suelo. De primeras, no entendió qué era aquella especie de hatillo informe abandonado sobre la grava. Luego, al acercarse, distinguió el hocico de un animal; una pequeña lengua rosa sobresalía entre los colmillos afilados y unos ojos opacos se abrían de par en par hasta lo inverosímil, hasta casi salirse de sus órbitas. Era un gato muerto, el cuerpecillo rígido y retorcido, y el pelo completamente sucio de tierra, hasta el punto de haber adquirido un tono amarillento. Las cuatro patas habían sido amputadas y un enjambre de moscas se agolpaba zumbando furiosamente sobre un largo tajo que recorría su vientre.

Colella, que se había quedado bastante atrás, llegó jadeando como un fuelle hasta donde estaba Riccardo y se detuvo a su lado.

—¿Qué pasa?

Mezzanotte se limitó a señalarle el gato con la barbilla.

—¡Qué asco! Bueno, algún tren lo habrá atropellado al pobre. ¿Qué hacemos? ¿Vamos?

Riccardo permaneció todavía un instante contemplando el cadáver del animal horriblemente torturado hasta que por fin se recobró.

—Sí, vamos.

La puerta, de hierro desconchado y oxidado, se encontraba en el edificio que flanqueaba el lado este de la estación, por la parte de la piazza Luigi di Savoia, justo delante de la estación de autobuses. En uno de sus batientes, una sencilla placa de plástico rezaba «CDE - Centro de Escucha» y, debajo, «Reservado a los pasajeros de última clase».

Estaba abierta. Laura, quieta en medio de la acera, a unos metros de distancia, hacía ya un rato que la observaba. Era un continuo ir y venir de gente con aspecto desamparado y desaliñado. Había intentado echar una ojeada al interior, pero no había logrado ver gran cosa. Vaciló unos minutos, trasladando de una pierna a otra el peso de su cuerpo, hasta que por fin se decidió. Respiró hondo y retomó la marcha. Una vez dentro, miró a su alrededor, cohibida.

Las paredes del local, de techo altísimo, bajo el cual corrían gruesas tuberías vistas, estaban decoradas con murales variopintos que daban una nota de alegría a un ambiente por lo demás sombrío. Aparte de unos cuantos armarios y algunos ficheros metálicos, en la sala solo había tres mesas de escritorio ocupadas por un hombretón corpulento con una espesa barba negra, que Laura reconoció como Leonardo Raimondi, el responsable del centro, y por dos hombres que debían de ser voluntarios. Estaban hablando con otras tantas personas sentadas frente a ellos: una mujer procaz con la ropa muy ajustada y una piel que no podía ser más negra, un tipo gordísimo y sucio del que emanaba un hedor penetrante que llegaba hasta las ventanas de su nariz, y un chico demacrado y nervioso cuyas manos temblaban visiblemente. En los dos bancos de madera dispuestos contra la pared a uno y otro lado de la puerta, una pequeña multitud de pordioseros, drogadictos e inmigrantes, en su mayoría hombres, esperaban a que les tocara la vez. Todos ellos se quedaron mirándola con una curiosidad insistente que la hizo sentir incómoda.

En cuanto la vio, el hombretón de la barba le hizo una seña para indicarle que esperara un poco y continuó hablando con la mujer que tenía delante; Laura imaginó que era una prostituta nigeriana. Al cabo de unos minutos, Raimondi estrechó calurosamente las dos manos a la mujer durante un largo rato, luego se levantó y se dirigió hacia Laura. Era altísimo. Su rostro reseco, marcado por arrugas precoces, reflejaba fatiga, y sus ojos eran vagamente tristes, a pesar de la sonrisa que le dirigió. En el fondo de su mirada, sin embargo, como Laura intuyó enseguida, ardían una fuerza y una determinación inquebrantables.

—Tú debes de ser Laura, ¿verdad? Encantado. Leonardo, pero aquí todos me llaman Leo —le dijo con aquella voz baja y pastosa, rebosante de tranquilizadora autoridad, que ya la había impresionado cuando hablaron por teléfono—. Ánimo, no te quedes ahí parada. Venga, hablemos un rato, yo te explico cómo funcionan aquí las cosas y tú me cuentas algo de ti.

Laura lo siguió hasta su escritorio y se sentó en la silla que había ocupado la mujer de color. Raimondi permaneció unos segundos en silencio con los ojos cerrados, los codos clavados en la mesa y las manos apoyadas en uno y otro lado de la nariz, como si quisiera ordenar sus pensamientos. Al cabo de un momento empezó a hablar.

—Mira, Laura, existen tres tipos de pobreza. El primero a causa de la miseria, la falta de dinero, de una casa, el hambre y el frío; el segundo debido la enfermedad, física o mental, en la que yo incluyo también todas las drogadicciones, y luego está el peor de todos, consecuencia de la soledad, de la ausencia de relaciones personales y sociales, de vínculos familiares o de amistades. Aquí, en la estación, tenemos los tres en abundancia. La Central es el punto de llegada de cualquier modalidad de miseria y malestar que hay en la ciudad, una encrucijada de dolor y desesperación. Muchas de las personas más débiles y desgraciadas, que no pueden seguir adelante y son empujadas a los márgenes de la sociedad, tarde o temprano acaban aquí. Y para ocuparnos de esa multitud de inadaptados estamos nosotros. Solo nosotros. Porque, en el fondo, nadie se interesa por ellos. Desde luego, no la política, ni las instituciones, ni la ciudadanía. Excepto cuando los ven como una amenaza para la seguridad y el orden público, por supuesto, como está ocurriendo ahora. Y entonces la única respuesta, la única solución que se les ofrece es la represión. No comprenden que la represión por sí sola no basta; si no va aparejada con la solidaridad, no conduce a nada. Hay que hacer frente a las causas de todas esas dificultades, ayudar a esas personas a restablecer las relaciones con la sociedad, a reinsertarse; de lo contrario, el problema seguirá presentándose una y otra vez hasta el infinito, invariablemente. Por lo que a nosotros respecta, hacemos lo posible y lo imposible, con los escasos medios de que disponemos, conscientes de que la pobreza más grave y más difícil de erradicar es la soledad. Porque para la miseria puede encontrarse una solución, tal vez un puesto de trabajo, y las enfermedades pueden curarse, pero la soledad, a la larga, acaba por destruir la personalidad de quien la sufre, privándole de identidad. Para reconstruirla hay que seguir un camino muy largo y muy difícil, cuyo resultado es, cuando menos, inseguro.

Raimondi se interrumpió. Sin saber muy bien qué decir, Laura asintió vigorosamente con la cabeza, como, por lo demás, había hecho ya varias veces mientras él hablaba.

—Y es que, ¿sabes?, hay mucho sufrimiento y mucha infelicidad, incluso en una sociedad rica como la nuestra. Mucho más de lo que puedas imaginarte. No es necesario echar muchas cuentas: drogadictos, gente sin domicilio fijo, alcohólicos, enfermos mentales, gente que está o que ha estado en la cárcel, y no hablemos, por el momento, de los inmigrantes que han llegado de forma irregular. Son dos millones y medio. Y en todas y cada una de esas situaciones se ven envueltos, por término medio, cuatro familiares. Eso supone diez millones de personas. Uno de cada seis transeúntes con los que te cruzas por la calle quizá se esfuerce por sonreír, pero tiene la muerte en el corazón.

«El caso es que ya lo sé —pensó Laura—. Lo sé demasiado bien». Pero no dijo nada, se limitó a asentir por enésima vez.

—Nuestro trabajo puede ser duro, no te lo voy a ocultar —prosiguió Raimondi—. Por supuesto, no faltan las satisfacciones, pero por cada una hay que pasar por muchas desilusiones y derrotas. Desde que estoy aquí he conocido abismos e infiernos, he visto morir a gente, he tocado con mis manos la desesperación y la angustia más profundas. Se requiere mucha paciencia y mucha tenacidad, hay que aprender a defenderse de las emociones. Pero no pierdo la fe porque sé que lo que hago, lo poco que consigo hacer, significa algo para estas personas, y estoy convencido de que hasta la madeja más enredada tiene en algún sitio un cabo del que tirar. Solo hay que insistir hasta conseguir encontrarlo.

De todo lo que había dicho Raimondi, fueron estas pocas palabras las que quedaron grabadas en la mente de Laura: «Hay que aprender a defenderse de las emociones». «Sí —pensó—, eso es lo que yo necesito desesperadamente». Al oírlas, empezó a convencerse de que había tomado la decisión correcta.

—Cuatro cafés, por favor.

Tras entregar los tres grafiteros a sus padres, con una buena regañina, pero sin presentar denuncia bajo la promesa de que en adelante irían por el buen camino, Mezzanotte había llevado a Colella y a los otros dos agentes al Gran Bar, en el extremo este de la Galería Principal, para invitarlos a un café. Se lo habían ganado, todo había salido bien, pero habían necesitado varias horas para convencer al chaval de que bajara del depósito del agua, y no habían faltado momentos de tensión. Giulio Sgambati, más conocido entre los *writers* de Milán como Kaboom, había saltado la barandilla metálica y se había sentado en la estrecha cornisa del depósito, sujetándose con los brazos a los barrotes de hierro, con las piernas colgando, a más de diez metros de altura. Sudadera negra con capucha, vaqueros con la cintura bajísima de los que sobresalían unos bóxers de colores, pelo a cepillo y pendiente; aparentaba unos dieciséis años, pero, según su documentación, solo tenía catorce. Su padre, que trabajaba como transportista, al parecer no conocía otra forma de intentar inculcar un poco de disciplina a aquel hijo sinvergüenza y rebelde que levantar la mano y quitarse el cinturón. El muchacho estaba literalmente aterrorizado ante la sola idea de que su padre se enterara de que había sido detenido por la policía.

—Ese es capaz de matarme a palos. Pero antes me mato yo —repetía sin parar, clavando la vista en el vacío con los ojos abiertos como platos.

Mezzanotte había subido a lo alto del depósito y se había sentado con la espalda apoyada en la barandilla, no demasiado cerca del grafitero, pero lo suficiente para poder agarrarlo ante el más mínimo atisbo de movimiento. Le había hablado largo y tendido, buscando con paciencia el camino para abrir una brecha en el muro de abatimiento, rabia y desconfianza tras el cual se había atrincherado el chico. A él su padre no le había puesto nunca la mano encima, excepto aquella única y terrible vez, pero Riccardo sabía qué significaba crecer a la sombra de un progenitor demasiado duro y severo. Por eso, probablemente, había conseguido encontrar las palabras adecuadas para ganarse la confianza del muchacho y para ir tranquilizándolo poco a poco.

Vertió un sobrecito de azúcar en la tacita apoyada sobre la barra y lentamente fue dando pequeños sorbos al café, mientras escuchaba la charla de Colella y de los dos agentes. Tras ponerse al día sobre los particulares del caso —el asesinato del subinspector Petri a manos de unos miembros de las Brigadas Rojas en un control rutinario en un tren— que, hacía poco más de un mes, había conmocionado a todo el cuerpo de la Policía Ferroviaria, empezaron a cotillear acerca de algunos colegas, con cuyos nombres a Riccardo todavía le costaba trabajo asociar una cara. Solo cuando notó en el bolsillo de los pantalones la vibración del móvil, que a menudo tenía en silencio mientras estaba de servicio, se acordó de que ya había vibrado varias veces mientras estaba en lo alto de la torre del agua y en la Unidad con los grafiteros y sus padres. Lo sacó. Era Alice: había toda una serie de llamadas sin respuesta y de mensajes en el contestador.

—¿Oye? Ali, disculpa, pero...

Alice no le dejó acabar. Estaba fuera de sí, jadeaba, tenía un tono de voz entre acusatorio y suplicante.

—¡Cardo, te he llamado mil veces! ¿Dónde te habías metido? ¿Por qué no contestabas? Yo... —La voz se le quebró en un sollozo.

—Perdona, estaba ocupado. Una intervención difícil. ¿Qué pasa?

—¡Oh, Cardo! ¡Ha sido horrible! Acababa de volver a casa y..., y... —Volvió a interrumpirse. Por un instante intentó contener las lágrimas, pero al final cedió y se puso a llorar.

Mezzanotte empezaba a preocuparse. Ante la mirada de Colella y de los otros agentes, que habían dejado de hablar y lo observaban con cara de curiosidad, dijo levantando la voz más de lo que habría querido:

—¡Alice, por favor, cálmate! No te entiendo. ¿Qué pasa?

Al otro lado de la línea, solo había silencio. Luego oyó cómo sorbía con la nariz y un susurro tembloroso.

—Tengo miedo, Cardo. Tengo mucho miedo. Te lo ruego, vuelve a casa. Ven enseguida.

—Ya voy. Espérame ahí.

Mezzanotte salió precipitadamente sin despedirse siquiera ni pasar por la Unidad para cambiarse. Empezaba a vislumbrar la sospecha de lo que podía haber sucedido y eso lo llenó de una rabia sorda y punzante.

Cuando abrió la puerta del apartamento, un pequeño piso de dos habitaciones en la cuarta planta de un edificio sin ascensor de la via Padova, alquilado a su regreso a Milán, después de los dos años que estuvo en Turín trabajando como agente de servicio en las unidades motorizadas, comprobó que el salón estaba a oscuras y vacío. Llegó jadeando, pues había subido las escaleras corriendo, encendió la luz y echó un vistazo rápido a su alrededor. Ya se había percatado de que en la cerradura no había indicios de que hubiera sido forzada, pero, por si acaso, mantuvo la pistolera desabrochada. Todo parecía en orden, todo estaba en su sitio, salvo las dos bolsas de plástico con la compra, abandonadas encima de la mesa, junto a la cocina americana. Llamó varias veces a Alice, pero no hubo respuesta. La puerta del baño estaba abierta y no había nadie en su interior, de modo que, si ella todavía se encontraba en casa, debía de estar en el dormitorio. Quizá no podía contestar, quizá había algo que se lo impedía. O alguien. Los latidos del corazón de Riccardo se aceleraron mientras se dirigía de puntillas a la habitación, con los dedos rozando la culata de la Beretta.

Permaneció unos segundos inmóvil delante de la puerta entreabierta. La luz de la habitación estaba apagada. No se oía ningún ruido. Intentando contener la respiración, todavía agitada, empujó la puerta muy despacio.

Alice se encontraba allí, sola. En la penumbra iluminada por el resplandor de las farolas de la calle, estaba acurrucada en un extremo de la cama, rodeando las piernas encogidas con los brazos y apoyando la cabeza en las rodillas. Sus espesos cabellos rojizos resplandecían en la semioscuridad como brasas ardiendo. Cuando levantó la cara bañada en lágrimas y vio una figura oscura recortarse en el marco iluminado del umbral, dio un respingo.

—Soy yo —susurró Riccardo—. Estoy aquí.

Alice no dijo nada, no hizo gesto alguno, solo dirigió la mirada hacia la cómoda, arrimada a la pared delante de la cama, sobre la cual descansaba la base del teléfono inalámbrico. Un led verde parpadeaba indicando la existencia de mensajes en el contestador automático.

Mezzanotte se acercó a él y apretó el botón de escucha. La voz que sonó después del bip era ronca, cavernosa, probablemente camuflada por un pañuelo apretado en la boca. Ningún acento reconocible.

—Hablas demasiado, Mezzanotte. Debes mantener esa puta boca cerrada y no mezclarte en asuntos que no te conciernen, si no quieres que ocurra algo malo. Te tenemos vigilado, inspector, a ti y a tu putita pelirroja. No está nada mal, ¿sabes? Bonito culo. A saber cómo lo menea cuando te la tiras. Podría darnos ganas de probar. ¿Tú qué dices? ¿Crees que le gustaría que por una vez se la follara como es debido un grupo de hombres de verdad, y no un mierdecilla como tú? A mí me parece que sí, tiene pinta de no estar saciada...

Otro bip cortó el mensaje una vez concluido el tiempo disponible.

Hasta que se interrumpió la grabación, Mezzanotte no se dio

cuenta de que, mientras la escuchaba, había apretado los puños con tanta fuerza que se había clavado las uñas en las palmas de las manos y se había hecho sangre.

En cuanto habían empezado las intimidaciones, unos meses antes, había acudido a la fiscalía que coordinaba las investigaciones que se habían emprendido a raíz de sus revelaciones. Conocía a la señora Trebeschi, ya había tenido ocasión de colaborar con ella con anterioridad, la apreciaba y confiaba en ella. Por eso la escogió para contarle todo lo que había descubierto. «Hablemos claro, inspector. ¿Qué quiere usted hacer? —le había dicho la fiscal recolocándose sobre la nariz unas gafitas que le daban un aire de profesora severa—. ¿Presentar una denuncia formal? ¿Y luego? ¿Pedirá protección a la policía? ¿Con el riesgo de que le pongan a la puerta de su casa un amigo o incluso un cómplice de los investigados? No. Hágame caso, se lo aconsejo como fiscal y como amiga. Lo mejor para usted ahora es apretar los dientes y aguantar. Las investigaciones preliminares están muy avanzadas y el expediente elaborado por la acusación es sólido, también y sobre todo gracias a usted. Pronto solicitaremos el procesamiento y no me cabe duda de que al final las condenas serán importantes. Ya verá. Todo habrá acabado antes de lo que nos imaginamos. Además, se trata de policías, aunque sean corruptos, no de mafiosos ni camorristas. No creo que ejecuten en ningún momento sus amenazas, por muy desagradables, no se lo voy a negar, que sean».

Mezzanotte no estaba tan seguro. Ya había indicado a la fiscal que quizá la investigación no podía considerarse acabada todavía. De hecho, sospechaba que aún no se había citado al jefe de la banda. Entre los detenidos no había ninguno que tuviera la categoría de líder, y el hecho de que ninguno de ellos hubiera hablado, a pesar de las pruebas aplastantes que se presentaron, hacía pensar que esperaban la intervención de alguien que se había escabullido de la telaraña de la investigación, alguien que, si estaba en disposición de ayudarlos, debía de ocupar un puesto muy elevado en la escala jerárquica. Pero Trebeschi, segura de tener ya todas las cartas que necesitaba, estaba decidida a actuar. Si quedaba algún detalle por descubrir, le replicó, saldría en el curso de la vista oral.

A pesar de no compartir del todo las convicciones de la fiscal, según la cual los que lo atormentaban no pasarían nunca de las palabras a la acción por el simple hecho de vestir de uniforme, pues ya se sabía de lo que eran capaces, ni tampoco su optimismo acerca de la rapidez y el resultado del proceso, Riccardo no pudo negar que el razonamiento de Trebeschi tenía sentido.

Pero no había sido por eso, o por lo menos no solo por eso, por lo que había acabado por seguir su consejo. Denunciar las intimidaciones, pedir ayuda, habría significado mostrarse débil y atemorizado, y esa era una satisfacción que por nada del mundo estaba dispuesto a dar a sus acosadores, ni a todos aquellos compañeros que lo consideraban un traidor por haber metido en un lío a otros policías.

Así que había optado por apretar los dientes, aunque por entonces no se imaginaba todo lo que iba a tener que aguantar, incluido el traslado forzoso de Homicidios a la Polfer. Pero si a él ya le resultaba difícil soportar esa situación, no digamos a Alice. La había conocido al volver a Milán con los galones de subinspector nuevecitos, recién pegados al uniforme. Al término del curso de perfeccionamiento al que había accedido al ganar las oposiciones restringidas, había sido asignado a la Sección de Homicidios de la Brigada Móvil, en la Jefatura de la via Fatebenefratelli, justo la que su padre había dirigido durante mucho tiempo, siendo, según muchos, el mejor jefe que había ocupado aquel cargo.

Hija de un periodista y de una profesora universitaria, licenciada en Filosofía y Letras en la rama de Historia del Arte, Alice Zanetti trabajaba a media jornada en una galería del centro y el resto del tiempo pintaba unos cuadros abstractos muy raros que Mezzanotte encontraba horribles, aunque nunca había tenido el valor de confesárselo. Ella, en cambio, le gustó desde el primer momento, no solo por lo guapa y deliciosamente sexy que era, sino sobre todo por la desenfadada alegría con la que se tomaba la vida, típica de quien siempre ha vivido entre algodones, sin preocupación alguna. La ligereza de Alice era precisamente lo que sentía que necesitaba en aquella nueva fase de su vida, él, que, a pesar de su juventud, había pasado ya por tantas cosas y al que ella a menudo le plantaba los dedos en las comisuras de los labios y se los subía hacia arriba al tiempo que se lamentaba de que nunca sonriera. Entre ellos las cosas habían marchado de maravilla hasta que la fiscal Trebeschi había empezado a indagar sobre el asunto acerca del cual, tras muchas vacilaciones, Riccardo había decidido hablarle. Al principio, Alice lo apoyó, intentó estar a su lado, a pesar de que su humor era cada vez más sombrío y furioso y de su tendencia a cerrarse como una ostra en los momentos de dificultad. Pero cuando comenzaron las llamadas amenazantes y las demás formas de intimidación, todo cambió. Asustada y angustiadísima, Alice empezó a pensar que acaso Mezzanotte habría debido dejarlo correr y retractarse de sus acusaciones. No entendía ni compartía aquella terquedad que lo empujaba a seguir adelante a pesar de todo, y comenzó a desarrollar una especie de resentimiento hacia él, como si quisiera echarle la culpa de lo que le estaba pasando. El asunto era fuente de agrias discusiones y peleas que en los últimos tiempos se repetían muy a menudo y los alejaban cada vez más uno de otro.

Hasta entonces, sin embargo, no la habían tomado nunca directamente con ella. «No es de extrañar que esté sobrecogida —pensó Mezzanotte—. Esos cobardes han localizado en mí un punto débil y no tienen el menor escrúpulo en servirse de él». Habría querido decirle que se tranquilizara, que todo iría bien, que ya se ocuparía él de todo, pero sabía que no habrían sido más que palabras huecas. Se sentía impotente, y no había un estado de ánimo que le resultara más insoportable.

Se quitó los zapatos, se tumbó en la cama y la abrazó. Ella se abandonó sobre él, sollozando ahogadamente con la cara apretada contra su pecho. Permanecieron así largo rato, mientras fuera, a medida que anochecía, los ruidos del tráfico iban apagándose poco a poco, dando lugar a ese murmullo bajo y continuo que es la respiración de la ciudad dormida. Finalmente, Alice se calmó. Mezzanotte sintió que entre sus brazos se deshacía la tensión que le atenazaba el cuerpo. Ella levantó la cabeza y Riccardo se inclinó para besarla. Al principio con dulzura, solo con los labios, y cada vez con más pasión, a medida que aumentaba el deseo y que, para sorpresa de ambos, se apoderaba de ellos una especie de ansiedad. Se desnudaron con impaciencia. Sus manos febriles desabrocharon botones, bajaron cremalleras, levantaron bordes de tela para liberar la carne de la ropa.

Al cabo de unos instantes estaban desnudos, de rodillas sobre la cama, uno frente a otro. El cuerpo de ella, suave y voluptuoso, de senos grandes y turgentes, la cintura fina, las caderas anchas, la piel, de un blanco lechoso, moteada de pecas. El de él, atlético y compacto, no muy ancho de hombros, pero recubierto de una musculatura marcada y llena de tatuajes; entre ellos, legado indeleble de su época punk, destacaba una calavera con una cresta de mohicano, el símbolo de The Crass, constituido por una serpiente estilizada alrededor de una cruz, un magnífico grifo con las alas desplegadas y las leyendas: *«No future»* y *«I Don't Need This Fucking World»*.

Riccardo agarró los pechos de Alice entre sus manos y se los llevó a los labios. Succionó los pezones, primero uno, después el otro, arrancándole gemidos ahogados. Sintió un estremecimiento al notar los dedos frescos de ella cerrarse alrededor de su sexo. Cuando se echó sobre ella, Alice levantó la pelvis y le agarró las nalgas, guiándolo con determinación dentro de sí. Hicieron el amor enganchados el uno a la otra, con una fogosidad casi rabiosa, sin mirarse. Se aferraban mutuamente con desesperación, como náufragos colgados de un madero flotante. El orgasmo fue un desahogo breve y violento que los obligó a separarse como si hubieran sentido una descarga eléctrica. Cayó cada uno en su correspondiente lado de la cama, los dos exhaustos y jadeantes. Vaciados.

Durante un tiempo que no habría sabido cuantificar, Mezzanotte permaneció tumbado, inmóvil, con la mirada clavada en el techo. Hasta que se dio cuenta de que Alice se había puesto a llorar de nuevo junto a él, en posición fetal, en silencio. Alargó una mano para acariciarle la espalda sacudida por los sollozos, pero ella se la quitó de encima con brusquedad.

De pie, en el tranvía que corría y hacía chirriar las vías, zarandeada de un lado a otro junto con los demás pasajeros, Laura se sujetaba al asidero para no caerse. Eran casi las ocho, no llegaba a tiempo para la cena. Solange debía de estar sentada ya a la mesa, puesta para toda la familia. Sola, pues ya se sabía cómo eran los horarios de su padre. Lo más probable era que su madre estuviera intentando ahogar la rabia trasegando una copa de vino tras otra. Tras la pelea de la mañana, aquel retraso se convertiría en la gota que colma el vaso; sin embargo, no le importaba. Estaba agotada, pero feliz. En el curso de su conversación, Raimondi le había contado su propia historia, sobre la cual ya había leído algo en el *Corriere*: la infancia difícil; la huida de casa a los dieciséis años; la caída en la droga, primero como consumidor y luego también como traficante; una primera estancia en la cárcel, y luego más drogas, robos y atracos hasta la siguiente detención; encerrado en su celda, el arrepentimiento y la desesperación; dos intentos de suicidio; el encuentro con el capellán de la cárcel, gracias al cual había vuelto a descubrir la fe y las ganas de vivir; el comienzo de una nueva vida cuando salió en semilibertad; su decisión de dedicarse a los últimos de la sociedad y la apertura del Centro de Escucha con la ayuda de la curia de Milán, en aquella nave que los Ferrocarriles del Estado habían puesto a su disposición gratuitamente. Después, Raimondi había puesto a

Laura en manos de algunos voluntarios, que le habían explicado con detalle cómo estaba organizado el Centro y en qué consistía el trabajo. Enseguida se había sentido aceptada, cómoda, y eso en particular la había sorprendido agradablemente.

Perdida en sus pensamientos, no hizo caso de la repentina sensación de frío ni el estremecimiento que recorrió todo su cuerpo. Sin embargo, era así como se anunciaba, lo sabía muy bien. Luego notó un hormigueo en la base de la nuca, como si alguien clavara los ojos en ella. Al principio era solo una molestia apenas perceptible. Intentó que aquella sensación se disipara, pero no hubo nada que hacer. Y de pronto sintió aquella mirada clavada en ella. Ávida e insistente, recorría su cuerpo de pies a cabeza, la envolvía entera. Rezumaba puro deseo, sin el menor rastro de afecto o de ternura, solo un ansia brutal, feroz, de posesión.

Entonces empezó a alarmarse. Estaba ocurriendo de nuevo. Se sentía cansada y excitada a la vez. Se había distraído y había permitido que ocurriera. En cuestión de segundos. ¡Había sido todo tan rápido! Cerró los ojos, apoyó las manos en las sienes e intentó concentrarse, recomponer en su mente la campana de cristal que tenía constantemente a su alrededor para protegerse, para dejar fuera al mundo y a los demás, pero era demasiado tarde. Aquel deseo extraño había superado ya todas las barreras, lo notaba dentro, repugnante y obsceno; crecía, se inflaba, se expandía con la furia imparable de una ola. Ya no se trataba de una simple mirada, eran manos que la palpaban, la registraban, se le insinuaban por doquier, de las que no había escapatoria ni defensa alguna.

La náusea fue en aumento junto con el pánico. Tenía la frente perlada de sudor y la respiración quebrada. Siempre era así, sentirse invadida por las emociones ajenas, sentirlas en la propia mente y en la propia carne como si fueran suyas, con la misma intensidad: una experiencia horrible, perturbadora, a la que no conseguiría acostumbrarse nunca.

Con los latidos del corazón redoblando igual que un tambor

dentro del pecho, como si quisiera salírsele de la caja torácica, echó frenéticos vistazos a su alrededor, como un animal acorralado, bajo las miradas llenas de hostilidad de los demás pasajeros. Debían de pensar que estaba loca, o que era una drogadicta con el mono. Sentía vergüenza, pero aquello era superior a sus fuerzas, no era capaz de controlarse. Y entonces lo localizó, sentado al fondo del tranvía, en uno de los bancos de madera, con un brazo alrededor de un pequeñajo de seis años empeñado en meterse el dedo en la nariz y hacer pelotillas, y rodeando con el otro los hombros de una mujer sofisticada y engreída, con aire ausente. El hombre estaba mirándola con los labios fruncidos y gesto complacido. Era él. Chaqueta y corbata bajo un elegante abrigo oscuro, cabello corto de la misma tonalidad de gris que sus gafas de montura de acero y un maletín negro entre las piernas. Un ejecutivo respetable, un cariñoso padre de familia. En apariencia. Pero ella podía sentir los deseos perversos que bullían en su interior, podía ver las cosas repugnantes que habría querido hacerle, con las que su fantasía enferma se regodeaba mientras, tranquilo y feliz, permanecía sentado entre su mujer y su hijo. No podía creer que semejantes cosas pudieran dar placer a nadie. No le cabía en la cabeza siquiera que fuera posible imaginárselas.

Se le revolvió el estómago. Con la espalda cubierta de un sudor helado y un nudo tan fuerte en la garganta que no habría podido tragar ni un alfiler, se precipitó hacia la puerta del tranvía. Entre bocanadas en busca de aire pulsó el botón para pedir parada. Siguió haciéndolo sonar sin parar, ante las miradas reprobatorias y los gruñidos de la gente, hasta que el conductor se detuvo y abrió la puerta.

Apenas tuvo tiempo de saltar del vehículo cuando las arcadas la obligaron a doblarse casi por completo. En cuclillas, en medio de la acera, con una mano apoyada en una pared para no acabar en el suelo, vomitó todo lo que llevaba dentro.

El aire de la noche era húmedo y frío, envuelto en una bruma que irradiaba un halo amarillento alrededor de las farolas. Corriendo por la acera, Mezzanotte pasó por delante de las persianas bajadas de los puestos de kebab, locutorios telefónicos, peluquerías chinas, droguerías egipcias y locales sudamericanos. La via Padova no solo era una de las calles más largas de la ciudad —casi cuatro kilómetros que transcurrían entre el piazzale Loreto y los umbrales de Cascina Gobba, detrás de la ronda de circunvalación—, sino también una de las más multiétnicas. Una realidad difícil, llena de contradicciones y conflictos, y, aun así, enormemente viva, que, de uno u otro modo, a Mezzanotte le gustaba mucho. Eran las tres de la madrugada y no se veía ni un alma en la calle. Aparte de algún que otro coche, pocos, que circulaban como una exhalación cegándolo durante un instante con sus faros, solo se había cruzado con un grupito de magrebíes bajo las arcadas del puente del ferrocarril, sin duda ocupados en algún trapicheo poco claro. Al pasar por su lado, no le quitaron los ojos de encima, los rostros tensos y torvos.

Los cascos del iPod le metían por las orejas música a todo volumen, bajo la capucha de la sudadera. Hardcore punk, su música, la que, hacía unos años, lo había acompañado hasta llegar a un paso de la autodestrucción.

>*Oh, well, things crumble to an end*
>*Hell, we all die in the end*
>*Die in the end*

La voz de Jello Biafra, el cantante de los Dead Kennedys, era un alarido rabioso y enloquecido que luchaba por elevarse por encima del caos explosivo de la música, convirtiendo la canción en el equivalente sonoro de un carro armado que lo arrolla todo a su paso. Mezzanotte aceleró sus zancadas intentando acomodar sus pulsaciones a aquel ritmo insensatamente endiablado, a pesar de no estar en forma, a pesar de que empezaba a resultarle difícil respirar y de que sus músculos le imploraban que pusiera fin a aquel suplicio.

Después de que por fin Alice dejara de llorar y se durmiera, él había permanecido horas tumbado en la cama, incapaz de conciliar el sueño, con la cabeza atestada de ideas sombrías que revoloteaban a su alrededor picoteándole el cerebro como buitres que se ensañan con un trozo de carroña. Hasta que no pudo más. Sin hacer ruido, se levantó y salió del cuarto. No había cenado y estaba hambriento. De pie delante del frigorífico abierto, todavía desnudo, devoró unas sobras heladas de pasta al horno en versión vegetariana. Luego se puso su viejo y deshilachado chándal, las zapatillas de correr, y se echó a la calle en plena noche. A pesar de haber abandonado el boxeo, no había dejado nunca por completo de entrenarse. Un poco porque cuesta trabajo abandonar algunas costumbres —y al cansancio físico se habitúa uno como a una droga— y otro poco porque quería mantenerse en forma. Pero en los últimos tiempos se había descuidado mucho. Hacía semanas que no salía a correr y que no pisaba un gimnasio, y ya casi ni se acordaba de la última vez que se había puesto los guantes de boxeo. Tenía la sensación de asistir al progresivo e inexorable desmoronamiento de su vida, sin que pudiera hacer nada por remediarlo. En algunos momentos se sentía tan lleno de frustración y de angustia que le parecía que estaba a punto de estallar.

It's a dead end
Dead end
Dead end

Un callejón sin salida. Así era precisamente como se sentía: atrapado en un callejón sin salida. Todavía no le cabía en la cabeza que todo se hubiera ido a la mierda con tanta rapidez. Hacía solo seis meses, las cosas parecían ir viento en popa. De todas las vidas que, pese a tener solo veintiocho años, había vivido —Riccardo el gamberrete, Riccardo el boxeador, Riccardo el músico punk, Riccardo el madero—, era precisamente esta última, la más improbable e inesperada en vista de sus antecedentes, la que, para sorpresa de todo el mundo —empezando por él mismo—, había elegido tras resurgir del pozo de dolor, remordimientos y sentimientos de culpabilidad al que la muerte repentina de su padre lo había arrojado, la que estaba resultando la más acertada.

Tras su decisiva aportación a la solución del caso del asesino de las rondas fue considerado casi como un héroe. El ascenso a inspector por méritos extraordinarios le llegó en un tiempo récord, y en los pasillos de la Jefatura Provincial de la Policía había ya quienes murmuraban que en el joven Mezzanotte podían reconocerse las maneras de su padre. A Alice y a él les iba todo bien, se querían y estaban siempre de acuerdo, habían decidido irse a vivir juntos y, provisionalmente, ella se había trasladado a su piso, a la espera de encontrar otro mejor. Quizá por primera vez en su vida se sentía casi sereno, se hacía la ilusión de haber encontrado un asomo de estabilidad.

Luego, en cambio...

3

Entré por primera vez en la sala en la que se reunía el grupo especial operativo antimonstruo el 26 de julio de 2002. Llevaba solo unos meses de servicio en la Brigada Móvil de la Jefatura Provincial de Policía de Milán —Tercera Sección, Homicidios y Delitos Contra la Persona—, recién salido del curso de formación para subinspector. Había conseguido el ascenso ganando una oposición restringida después de pasar dos años en Turín, en las unidades motorizadas. Más que en cualquier otro sitio, allí, en la via Fatebenefratelli, donde se había creado la leyenda de mi padre, mi apellido era una pesada herencia. Intentaba mantener un perfil bajo y me esmeraba al máximo, con el fin de ahuyentar cualquier sospecha de favoritismo y para demostrar con hechos que merecía estar donde estaba. Yo era muy susceptible, y sospechaba que Dario Venturi, excolaborador de papá y uno de sus mejores amigos, que para mí era una especie de tío adoptivo, debió de meter mano en la asignación del puesto que me confiaron. Venturi era subcomisario jefe en funciones, es decir, el número dos de la policía milanesa, así que, si hubiera querido hacerlo, para él no habría habido ningún problema.

Hacía unos días que la ciudad se hallaba asediada por un bochorno sofocante y, por si fuera poco, algo no andaba bien en la instalación del aire acondicionado de la Jefatura y funcionaba con intermitencias. En la gran sala del grupo especial operativo, atestada de gente, se respiraba sudor y desasosiego.

A caballo entre los meses de mayo y junio, a cuarenta días de distancia entre uno y otro, se habían encontrado en las calles de Milán los cadáveres de dos mujeres muertas a cuchilladas. El asesino se había ensañado ferozmente con ellas antes de descargar el golpe mortal en la garganta y cortarles la carótida. Los cuerpos presentaban también indicios de abusos sexuales y de malos tratos físicos. Después de las primeras averiguaciones resultó que las dos eran prostitutas extranjeras, carecían de permiso de residencia y su desaparición databa de varios días antes de que se descubrieran los cadáveres. Por lo tanto, su asesino debía de haberlas mantenido escondidas en alguna parte, luego las había matado y se había deshecho de sus cuerpos. La autopsia reveló en ambos casos indicios de haber ingerido sedantes. Según el forense, era probable que las víctimas hubieran pasado gran parte de su cautiverio en un estado de semiinconsciencia o de fuerte aturdimiento. La investigación de unos casos anteriores permitió localizar otros dos homicidios de características muy similares acaecidos aquel mismo año, a tanta distancia temporal entre uno y otro que no se habían relacionado entre sí. Una de las analogías entre todos los casos era que se había encontrado a las víctimas al borde o en las cercanías de las rondas de circunvalación, y que habitualmente hacían la calle en las zonas limítrofes. El móvil de los delitos sin duda no era económico, pues no se había sustraído el dinero de los bolsos hallados junto a los cadáveres. En cambio, el asesino había conservado algunos trofeos de sus presas: las chicas asesinadas no llevaban ropa interior bajo sus vestidos y a todas les había cortado un mechón de pelo.

Todo hacía pensar que se trataba de un asesino en serie, y había fundados motivos para temer que volviera a actuar. En cuanto el caso se volvió de dominio público, los medios de información se lanzaron de cabeza y no tardaron en bautizar al criminal desconocido como «el asesino de las rondas».

Bajo la presión cada vez mayor de la prensa, el 28 de junio la Jefatura Provincial creó un grupo especial operativo del que, además de la fiscalía que coordinaba las investigaciones y de los mandos y agentes de Homicidios, también formaban parte algunos exponentes de los carabineros y del Servicio de Vigilancia Aduanera, para una mejor colaboración entre unas fuerzas y otras, además de un asesor invitado de la UACV, la Unidad para el Análisis del Crimen Violento, creada hacía unos cuantos años en la Policía Nacional con el fin de servir de apoyo a los órganos encargados de las investigaciones, y a las autoridades judiciales, en las pesquisas relacionadas con los asesinatos en serie.

Desde el principio quedó claro que el caso sería difícil. El asesino tuvo la cautela de deshacerse de los móviles de las víctimas inmediatamente después de haberlas secuestrado. En los cadáveres de las prostitutas y en sus efectos personales se habían localizado restos de esperma, otros residuos orgánicos y huellas digitales. Tanto el ADN como las huellas eran iguales en todas las víctimas, lo que confirmaba, más allá de cualquier duda razonable, que era una sola mano la que les había quitado la vida, pero esos datos no figuraban en ningún otro banco de datos de las fuerzas del orden, de modo que el asesino no estaba fichado. Ni el examen de las imágenes de las cámaras de seguridad localizadas en las inmediaciones de los puntos en los que habían sido secuestradas las prostitutas ni el realizado en los lugares donde se habían encontrado los cuerpos habían dado resultados. Los interrogatorios de amigos y conocidos de las víctimas que había sido posible localizar, de los chulos y de las mujeres que hacían la calle en las mismas zonas que ellas, no habían dado el menor fruto: un montón de «No sé nada» y de «No he visto nada», y un puñado de testimonios difusos y contradictorios. Según el experto en perfiles criminales de la UACV, si los cinturones de ronda eran territorio de caza del asesino se debía a que los conocía bien y a que en ellos se movía con comodidad, de modo que su hipótesis era que eso tenía mucho que ver con el trabajo que desempeñaba. Se tuvieron en *consideración las distintas posibilidades: gente de las afueras que iba y venía a diario a trabajar a la ciudad, taxistas, transportistas, repartidores, personal del servicio de ambulancias, empleados de la limpieza urbana... Pero eran demasiadas personas, aunque solo fuera para elaborar una lista completa, no digamos para llevar a cabo cualquier tipo de averiguación sobre ellas. Tampoco las labores de patrullaje y los controles de carreteras dispuestos a lo largo de las rondas habían conducido a nada. Por lo demás, el espacio formado por la ronda oeste, la ronda este, la ronda este externa y la ronda norte constituía el sistema más extenso de autopistas urbanas alrededor de una ciudad de Italia, un anillo de asfalto que rodeaba completamente Milán, con una longitud total de más de cien kilómetros, recorrido a diario por decenas de millares de vehículos. No habrían sido suficientes siquiera todos los policías de la ciudad para patrullar con eficacia una zona tan amplia como aquella.*

En resumen, las pesquisas se hallaban en un punto muerto y entre los investigadores empezaba a instalarse el temor de que, si el asesino no cometía algún error o imprudencia, no lo pillarían nunca.

El 22 de julio, a un mes de distancia de la última, encontraron otra prostituta muerta. El cadáver fue localizado en la via Cusago, bajo el puente del ferrocarril de la ronda oeste, por un conductor que enseguida avisó a la guardia urbana. Loreta Walla, veintitrés años, de nacionalidad albanesa, se prostituía habitualmente cerca de la salida de Linate de la ronda este. Su desaparición no había sido denunciada, pero pudo averiguarse que no se tenían noticias suyas desde hacía ocho días. Las características del homicidio eran siempre las mismas. No cabía duda: había que considerarla a todos los efectos la quinta víctima del asesino de las rondas.

Los periodistas se desmadraron: en las primeras páginas de los periódicos y en todos los telediarios las fuerzas del orden fueron acusadas sin ambages de indolencia y de incompetencia, y Milán fue calificada como una ciudad indefensa y sobrecogida, abandonada al terror. Entonces se reforzó el grupo especial operativo y, junto a otros, también yo pasé a formar parte de él.

Al margen del follón mediático, lo que preocupaba especialmente a los responsables de la investigación era que en la secuencia en la que se desarrollaban los homicidios fueran disminuyendo constantemente tanto los periodos durante los cuales el asesino mantenía cautivas a sus presas como el lapso de tiempo transcurrido entre el hallazgo de una víctima y la desaparición de la siguiente. Como había explicado el asesor de la UACV, estaba acortándose el intervalo emotivo que en casos de ese estilo transcurre entre un asesinato y otro, o sea el tiempo que tarda el impulso homicida, satisfecho transitoriamente, en manifestarse de nuevo. El asesino había probado el sabor de la sangre y ya no podía vivir sin ella, pues se había convertido en una droga para él. Y al igual que sucede con un drogadicto, para sentirse saciado necesitaba dosis cada vez más grandes y más frecuentes. En definitiva, no solo cabía esperar que continuara matando, sino también que lo hiciera cada vez más a menudo.

Por todos esos motivos, la tensión en la sala de reuniones era palpable, aquel 26 de julio. El oficial al mando de la unidad antimonstruo, el comisario Altieri, repasó brevemente, en consideración a los recién llegados, la evolución del caso y las diversas pistas seguidas hasta el momento. Llevaba el cuello de la camisa desabrochado y se había aflojado la corbata; era evidente que estaba de un humor de perros. El día anterior, el comisario jefe lo había convocado a su despacho junto con los mandos de la Brigada Móvil y los de Homicidios, y, a pesar de que la puerta permaneció cerrada, sus gritos se oyeron en toda la planta. A su lado, la fiscal Cristina Trebeschi, embutida en un severo traje de chaqueta gris, lo escuchaba con una impasibilidad glacial en el rostro. Era la única de la sala que no estaba sudando.

A continuación, el asesor de la UACV trazó el perfil psicológico del asesino, actualizado tras el hallazgo de la última víctima.

No pude dejar de notar que era un tipo joven y nervioso, gesticulaba demasiado y de vez en cuando la voz se le iba y hablaba en falsete. Me dio la impresión de que era competente, pero inexperto, uno de esos individuos que ha visto a muchos asesinos en serie en los libros, pero a bastantes menos en persona.

—Nuestro hombre es un depredador solitario relativamente organizado. Actúa solo, planifica y ejecuta sus crímenes con lucidez y autocontrol. Escoge siempre al mismo tipo de víctimas, que para él tienen un significado particular. Es un asesino sedentario, aunque tiene un radio de acción bastante amplio, y su técnica de caza es la del águila: da vueltas por su territorio —las rondas— hasta que localiza una presa y, una vez capturada, se la lleva a su nido —con toda probabilidad su casa—, donde la tortura antes de matarla. Se queda con fetiches y trofeos de sus víctimas y no sería extraño que también les sacara fotografías durante su cautiverio.

»A modo de hipótesis, podemos conjeturar que se trata de un varón blanco heterosexual, de nacionalidad italiana, de entre treinta y cincuenta años. Bastante inteligente, aunque con un grado de instrucción medio-bajo; no tiene familia y ejerce un trabajo no cualificado y de poca responsabilidad. En definitiva, es una persona aparentemente normal, integrada en la sociedad, aunque lleva una vida retirada y solitaria.

»En cuanto a su personalidad, es un individuo introvertido y acomplejado. Ha tenido una infancia difícil, marcada por un trauma de algún tipo, y quizá por una educación demasiado represiva. Su vida social es muy pobre, debido a una incapacidad fundamental para relacionarse con los demás, sobre todo con las mujeres, ante las cuales experimenta una poderosa sensación de inferioridad. El hecho de que su esperma haya sido encontrado en la cavidad oral y sobre el cuerpo de las mujeres asesinadas, pero nunca en su vagina, nos lleva a pensar que es impotente. Con este panorama, no es de extrañar que escoja como blanco de sus crímenes a prostitutas. En efecto, son presas especialmente fáciles, y con toda probabilidad él es un cliente habitual.

»Matar le provoca un placer intenso, así como una estimulante sensación de poder y control. Con toda seguridad hay también en su comportamiento un componente de venganza simbólica respecto de las mujeres en general. Para él matarlas es una forma de desquite, la manera que ha encontrado de afirmar su superioridad y su virilidad. Solo anulándolas recupera la autoestima. En este sentido, resulta significativo el uso del cuchillo, que adquiere un valor de sustitución del pene —al no conseguirlo con el órgano sexual, las penetra con la hoja del cuchillo—, así como el hecho de que las heridas que les inflige se concentren en los senos y en el pubis, como si quisiera eliminar la esencia misma de la feminidad.

Todo enormemente interesante, pero, en resumidas cuentas, de poca utilidad práctica. En concreto, no proporcionaba ninguna vía de investigación nueva y tampoco contribuía a restringir el ramillete de posibles sospechosos, tan grande por el momento que no cabrían en el estadio de San Siro.

A mí, que en Homicidios no era más que un novato, me confiaron la coordinación del pequeño grupo de agentes encargados de reunir las notificaciones telefónicas que llegaban a diario a la Jefatura Provincial a un ritmo cada vez más acelerado. Nuestra tarea consistía en evaluarlas y transmitir a los investigadores del grupo especial operativo aquellas que no fueran claramente infundadas y merecieran que se profundizara en ellas. Desde los primeros días coleccionamos un rico surtido de chiflados y mitómanos. Elementos útiles reunidos: cero.

Aunque no era el mejor de los ambientes y pese a que no estaba directamente envuelto en las labores de investigación, me sentía feliz y animado por poder participar en unas pesquisas tan importantes. El caso me apasionaba y, en cuanto podía, estudiaba el expediente, compuesto ya entonces por varias carpetas, de modo que a menudo me quedaba en la Jefatura hasta mucho después de que acabara mi turno. Había buscado también dosieres e investigaciones del FBI sobre asesinos en serie, que me leía en casa por la noche hasta que se me cerraban los párpados y mi cabeza se caía encima de las páginas abiertas, cosa que a Alice, con quien las cosas empezaban a ir en serio, no la satisfacía demasiado.

Empezaba a darme cuenta de lo complejas que eran las pesquisas acerca de los asesinatos cometidos en serie. El criminal no tiene un móvil claro y preciso, y tampoco ninguna relación directa que lo una a sus víctimas, de modo que, a falta de testimonios, a los investigadores no les quedan más que la información y los indicios que puedan sacar del examen de la escena del crimen y de los cuerpos de las víctimas. En nuestro caso, solo de estos últimos, dado que no teníamos ni idea de dónde había cometido el asesino los homicidios.

Pasaron unos diez días, parecía que el bochorno no tenía la más mínima intención de conceder una tregua a la ciudad y las pesquisas no permitían dar un solo paso adelante. Entre los miembros del grupo especial operativo, agotados por el calor y el estrés, empezaba a reinar cierta sensación de desánimo. Una noche, al acabar la criba de las notificaciones del día, me puse a leer de nuevo la documentación de las pesquisas. Estaba hojeando la lista de los efectos personales contenidos en el bolso de Loreta Walla, que, como siempre, el asesino había tenido buen cuidado de dejar junto al cadáver, y me fijé en la descripción de uno de los objetos enumerados: un manojo de llaves en las que había rastros de sangre. Nada extraño, en apariencia. La víctima había sido acuchillada y la sangre era suya, la Policía Científica la había analizado. Por otra parte, el propio bolso tenía salpicaduras de sangre. Entonces ¿qué era lo que de repente me había llamado la atención justo de aquel detalle? Me quedé pensando hasta que en mi mente fue tomando forma una pregunta: si las llaves estaban dentro del bolso, ¿cómo habían podido mancharse? Efectivamente eran de la tal Walla, y yo no era capaz de imaginarme ningún motivo plausible por el que ella o el asesino hubieran tenido que sacarlas del bolso en el momento del homicidio. No tuve más que echar una ojeada rápida a la lista para confirmar que el manojo de llaves era el único objeto contenido en el bolso en el que se mencionaban rastros de sangre.

Policías mucho más capaces y expertos que yo habían examinado aquella lista, quizá aquello no tenía importancia, pero algo no me cuadraba, aunque no era capaz de explicar exactamente qué. Verifiqué todos los dosieres de las prostitutas asesinadas: había dos casos más —el de la segunda y el de la cuarta— en cuya lista de efectos personales se mencionaban manchas de sangre en las llaves halladas en sus bolsos. Busqué entonces las fotos de los llaveros de las víctimas y las estudié con mucha atención con la ayuda de una lente de aumento. Cuando volví a levantar la vista, el corazón me latía con fuerza en el pecho. Pero antes de entregarme al júbilo, para mayor seguridad decidí efectuar una verificación ulterior observando los propios objetos. Cuando regresé del depósito de pruebas ya no me cabía duda alguna. Por sorprendido e incrédulo que yo mismo me sintiera, había descubierto algo: no solo había manchas de sangre en los cinco manojos de llaves y no solo en tres (en dos casos, la persona encargada de elaborar la lista, por prisa o por distracción, no las había reseñado), sino que se encontraban en una única llave, más pequeña que las demás, de la misma marca y del mismo modelo en todos los casos. Cinco llaves perfectamente idénticas eran el único objeto manchado de sangre de todos los que los bolsos contenían. No podía ser ni una casualidad ni una coincidencia: aquellas llaves nos las había puesto allí el asesino.

Tuve la tentación de llamar inmediatamente a alguien para contarle mi descubrimiento, pero eran ya más de las doce de la noche y la Jefatura estaba casi desierta. Además, decidí que era mejor reflexionar un poco sobre todo ello con la cabeza fría antes de hablar con nadie, para estar completamente seguro de que no metía la pata y no correr el riesgo de hacer el ridículo.

De vuelta en casa, a pesar del cansancio no fui capaz de conciliar el sueño, en parte porque todavía estaba eufórico y en parte por el calor que hacía. Seguía pensando en las llaves. Si el asesino las había dejado allí a propósito, para él debían de ser importantes, debían de significar algo. ¿Pero qué? No tenía ni idea, y al mismo tiempo, sin embargo, aquellas pequeñas llaves ensangrentadas me suscitaban vagos y confusos recuerdos que apenas llegaban a aflorar de los márgenes de mi conciencia y no conseguía enfocar el objetivo en ellos. Era una sensación frustrante, como cuando tienes una palabra en la punta de la lengua y no logras recordarla.

Fue en medio de la noche, después de pasarme horas y horas dando vueltas en la cama empapado en sudor, justo cuando estaba a punto de dormirme, cuando me vino la iluminación: «¡Barba Azul!». Ahí era donde había oído hablar de ellas, en el cuento de Perrault que de niño me había leído una de las innumerables niñeras en las que mi padre delegó la tarea de criarme. La historia me turbó hasta tal punto que tuve pesadillas durante semanas.

¡Los cuentos de Perrault! Todavía debía de tenerlos. Nunca he tirado los libros de mi infancia. Si no recordaba mal, estaban en el desván, en alguna parte, dentro de una caja grande de cartón. Me costó un poco de trabajo localizarla, pero por fin encontré el volumen y leí el cuento.

Barba Azul era un hombre muy rico, pero el color azul de su barba le daba un aspecto tan espantoso que las mujeres huían de él; lo peor era que en el pasado se había casado varias veces y nadie sabía qué había sido de sus esposas. Aun así, logra casarse con una chica joven impresionándola con sus riquezas. Un día tiene que salir a atender unos negocios y deja a su mujer un manojo con las llaves de todas sus posesiones. Solo le prohíbe utilizar una, una llavecita que abre una pequeña estancia de la planta baja, so pena de despertar su cólera. La muchacha, por supuesto, no puede resistirse a la curiosidad y abre la puertecita de la estancia prohibida, donde encuentra, colgados de las paredes, los cadáveres degollados de las anteriores esposas de Barba Azul. Tan asustada está la muchacha que la llave se le escapa de entre los dedos y acaba en el suelo cubierto de sangre. Como está hechizada, no hay manera de limpiarla, de modo que, al ver a su regreso la llavecita ensangrentada, Barba Azul descubre que su esposa le ha desobedecido y decide castigarla asesinándola como ha hecho con las anteriores. Los dos hermanos de la chica la salvarán in extremis matando a Barba Azul.

¿Un asesino en serie de prostitutas fascinado por un cuento que habla de un pluriuxoricida? Podría tener sentido. Y, bien mirado, el hecho de que ambos fueran asesinos de mujeres no era la única analogía entre nuestro caso y la historia de Perrault. Al igual que la muchacha se casa con Barba Azul por su riqueza, las prostitutas iban con el asesino de las rondas por dinero. Y el arma del delito era la misma: también nuestro hombre utilizaba un cuchillo y acababa con sus víctimas cortándoles el cuello.

A la mañana siguiente, al comienzo de la reunión, levanté la mano como en el colegio y, con voz un tanto insegura por la emoción, conté lo que había descubierto. Miradas perplejas y murmullos molestos acogieron al último mono que pretendía subir a la palestra, pero se me permitió hablar y al final todo el mudo se mostró de acuerdo: las llaves manchadas de sangre que había dentro de los bolsos de las prostitutas asesinadas forzosamente debía de habérnoslas dejado allí el asesino. Esta nueva pista devolvió al grupo operativo un rayo de confianza y de optimismo. El comisario Altieri puso de inmediato a algunos hombres a trabajar en ella. Mi interpretación, según la cual en las llaves se ocultaba una alusión al cuento de Perrault, suscitó, en cambio, cierto escepticismo. En general, la consideraron muy osada y traída por los pelos. Solo el asesor de la UACV se mostró posibilista al admitir que a priori no podía descartarse como hipótesis, aunque no era la única.

Por desgracia, el entusiasmo por el nuevo indicio duró poco. En las llaves se encontraron huellas del asesino, pero resultó que abrían un modelo muy habitual y económico de candado, a la venta en cualquier ferretería, en todas las tiendas de menaje del hogar y supermercados de la ciudad. Imposible rastrear a su comprador. Era un callejón sin salida. En cuanto a mi convicción de que el asesino se había inspirado de alguna manera en la historia de Barba Azul, tanto si era verdad como si no era más que una teoría rebuscada, debía reconocer en mi fuero interno que por el momento no ayudaría mucho a orientar las investigaciones en ninguna dirección concreta. Lo cierto era que seguíamos andando a tientas.

La llamada telefónica que anunciaba un cambio de dirección del caso que no admitiría vuelta atrás llegó un par de días después, a las cuatro de la madrugada del 7 de agosto. Contesté casi sin abrir los ojos, después de buscar a tientas el teléfono en la mesilla. Era de la Jefatura. Todos los hombres del grupo operativo habían sido convocados para una reunión extraordinaria.

—¿Cuándo? —logré balbucir, mientras intentaba desperezarme.

—¿Cuándo? Ahora. Ya —fue la respuesta tajante que recibí, seguida del clic que indicaba la interrupción de la comunicación.

Media hora más tarde ya estaba en la sala de reuniones, junto a varias decenas de policías más, vestidos de cualquier manera y sin afeitar, que intercambiaban miradas de curiosidad y murmullos de inquietud. Nadie tenía ni la menor idea de qué había sucedido. Solo sabíamos que el comisario Altieri y la fiscal Trebeschi se habían encerrado en el despacho del comisario jefe junto con otros peces gordos, y que en cuanto fuera posible bajarían a poner al día al equipo.

Estuvimos esperando casi una hora. En cuanto Altieri y la señora Trebeschi aparecieron por la puerta, las primeras luces de otro día tórrido ya iluminaban el cielo al otro lado de los cristales cubiertos de polvo de las ventanas. El comisario tenía la cara desencajada y, comparado con la primera vez que lo había visto, en la nave asignada al grupo operativo, hacía apenas quince días, parecía que hubiera envejecido diez años. No era de extrañar. Su sillón estaba que ardía en aquellos momentos, y aquel caso, que quizá en un primer momento pensó que sería un trampolín para su carrera, corría el riesgo de convertirse en la lápida que marcara su tumba. Incluso la imperturbabilidad de la fiscal empezaba a mostrar alguna grieta.

En esta ocasión fue ella quien tomó la palabra. A la luz de lo que vino a decir, la gravedad de lo sucedido y sus implicaciones para la investigación quedaron de inmediato meridianamente claras para todos.

Durante la noche, alrededor de la una, Matilde Branzi, de veintiséis años, de nacionalidad italiana, residente en Milán, había tenido una avería en su automóvil en la ronda norte. El último en tener noticias de ella había sido su padre, a quien había llamado por teléfono para avisarlo, diciéndole que no se preocupara, que ya se las arreglaría como pudiera, en el peor de los casos llamando a la grúa. El hombre, viudo y de salud precaria, se volvió a meter en la cama. Se despertó sobre las tres de la madrugada, asaltado por un presentimiento espantoso. Intentó comunicarse con su hija, tanto a través del móvil como a través del teléfono fijo de su casa, sin éxito. Profundamente angustiado, llamó a su hermano, concejal de centro derecha del Ayuntamiento de Milán. Este último avisó al alcalde, que sacó de la cama ni más ni menos que al mismísimo comisario jefe de la policía. Mandaron una unidad motorizada, que encontró el coche abandonado al borde de la carretera con los cuatro intermitentes todavía encendidos, el maletero levantado y una puerta abierta. De Matilde Branzi, ni rastro. Imposible tener una seguridad absoluta, pero había que tomar seriamente en consideración la hipótesis de que la joven hubiera sido secuestrada por el asesino de las rondas. La Policía Científica ya estaba trabajando en la escena del secuestro y era de esperar que encontrara algún indicio útil para las investigaciones.

Si realmente era obra de nuestro hombre —y yo, personalmente, no albergaba muchas dudas de que así fuera—, para nosotros, las fuerzas del orden, era una catástrofe. En cuanto la noticia empezara a circular se desencadenaría un verdadero infierno.

Los medios de comunicación ya habían arremetido contra la policía cuando las víctimas del monstruo eran inmigrantes irregulares y, por si fuera poco, prostitutas. Ahora que su objetivo era una italiana de buena familia, nos arrancarían la piel a tiras. En adelante, la imagen de Milán como «una ciudad presa del terror» no podría seguir siendo considerada una mera exageración periodística. Además, dado que la señora Branzi era sobrina de un concejal, tendríamos encima incluso a los políticos. Trabajar con un mínimo de serenidad sería sencillamente imposible.

El joven especialista en perfiles criminales, que había llegado jadeante, apretando entre las manos unos cuantos folios arrugados, se encargó de añadir más motivos de ansiedad. Por lo pronto, se declaró convencido de que detrás del secuestro estaba nuestro hombre, que, con mayor descaro a medida que iba adquiriendo seguridad y confianza en sus métodos, había cazado al vuelo una oportunidad inesperada. Luego nos informó del resultado de los cálculos que había hecho. Matilde Branzi, dijo consultando sus apuntes, había desaparecido dieciséis días después de que se encontrara el cadáver de Loreta Walla, seis menos que los transcurridos entre el hallazgo de la cuarta víctima y el secuestro de la propia Walla. Eso venía a corroborar su teoría de que el intervalo emotivo entre los delitos iba disminuyendo constantemente. La prostituta albanesa estuvo en manos del monstruo ocho días antes de ser asesinada, mientras que el cautiverio de la anterior víctima había durado doce días. En vista de aquellos datos, él calculaba que el asesino dejaría que encontráramos el cadáver de Matilde Branzi dentro de cinco días, seis como mucho.

Parecía que aquel 7 de agosto no finalizaría nunca. El bochorno era todavía peor que en los días anteriores, si es que eso era posible: la humedad era tan alta que el aire había adquirido una especie de consistencia acuosa. En cuanto los medios de comunicación empezaron a difundir la noticia, la centralita de la Jefatura se volvió loca, y mi equipo y yo estábamos literalmente con el agua el cuello de llamadas.

El finísimo hilo al que se habían agarrado las esperanzas de todo el mundo, o sea, que el asesino de las rondas no tuviera nada que ver con la desaparición de la mujer, se quebró alrededor de las doce del mediodía: en el maletero del coche se habían encontrado sus huellas digitales. Por desgracia, eso era más o menos todo lo que la Policía Científica había sido capaz de sacar en claro de la escena del secuestro.

En la cabeza de los integrantes del grupo operativo empezó a resonar un siniestro tictac que iba marcando el paso del tiempo que le quedaba a Matilde Branzi antes de que el monstruo acabara con ella a cuchilladas.

Al final de una tarde tan convulsa como ineficaz, Altieri, que ya tenía constantemente la cara de un hombre al que acaba de arrollar un camión, se presentó en la sala de reuniones para anunciar las medidas que habían decidido tomar las altas esferas: al día siguiente daría comienzo una gigantesca caza al hombre con la movilización conjunta de elementos de la policía, los carabineros, el Servicio de Vigilancia Aduanera e incluso un contingente del ejército, puesto a disposición por las autoridades militares. Estaban previstos patrullajes en las carreteras y los aeropuertos, controles de carretera y registros domiciliarios e interrogatorios sistemáticos de potenciales sospechosos.

La operación dio comienzo al día siguiente de madrugada, pero por impresionante que fuera el despliegue de hombres y medios, me daba la sensación de que era un vano movimiento a ciegas, una medida más bien fruto de la desesperación que de una estrategia lúcida de investigación, emprendida más con vistas al efecto escenográfico que pudiera tener sobre los medios de información y sobre la opinión pública que por sus verdaderas posibilidades de éxito. El rugido de las hélices de los tres helicópteros que habían empezado a sobrevolar la ciudad podía sonar tranquilizador a oídos de la ciudadanía, pero difícilmente resultaría beneficioso para Matilde Branzi, y tampoco supondría una ayuda eficaz para las investigaciones. En cuanto a los registros y los interrogatorios de individuos pescados más o menos al azar en el gran caladero de los posibles sospechosos, las probabilidades de que uno de los que acabara en la red fuera el asesino no eran mucho mayores que las de que te tocara el gordo. Aquel caso estaba convirtiéndose en el Titanic, y ya había empezado la fase del «sálvese quien pueda». Ya nadie intentaba llevar el barco a buen puerto, todos buscaban con afán un bote o un salvavidas capaz de salvarles el culo.

En aquellas horas frenéticas, las llaves ensangrentadas y su posible conexión con la historia de Barba Azul habían caído en el olvido. En cambio yo, tal vez porque había sido idea mía, seguía convencido de que, aunque de momento no sabíamos cómo abrirla, aquellas llaves representaban la única verdadera ventana que nos permitía asomarnos a la mente del asesino, el único rastro que podía conducirnos hasta él.

En los momentos libres, cada vez más raros, de los que disponía en el trabajo, y luego en casa, robando tiempo a Alice, a la comida y al sueño, seguí leyendo y releyendo el cuento hasta quemarme literalmente las pestañas, hasta que las palabras comenzaban a confundírseme en la cabeza y a perder su sentido. Lo que sentía por el caso ya no podía calificarse de simple pasión. No pensaba en otra cosa, no había espacio para nada más. Empezaba a entender mejor a mi padre —su entrega total y obsesiva al trabajo, que lo obligaba a estar lejos de casa días enteros y que, cuando venía, lo mantenía distraído y ausente—, y el hecho de descubrir que en algunos aspectos yo era similar a él me aterrorizaba y al tiempo me proporcionaba algún consuelo.

Mientras leía el texto de Perrault, me esforzaba por ponerme en el lugar del asesino, por entrar en sus pensamientos. Intentaba entender qué era lo que lo había impactado tan profundamente que lo había llevado a identificarse con el protagonista. Los dos, desde luego, se dedicaban a matar mujeres, pero ¿era eso suficiente? Si nuestro hombre estaba verdaderamente fascinado por el cuento, era probable que su interés hubiera surgido antes de que empezara secuestrar y a degollar prostitutas —tal vez en su infancia— y que quizá hubiera sido el propio cuento el que le inspirara la idea o el que contribuyera al menos a sugerírsela.

Había una frase, al comienzo del relato, en la que me detenía una y otra vez antes de reanudar la lectura; tenía la sensación de que había algo en ella que se me escapaba.

«Mas para su desgracia, tenía este hombre la barba azul, y esta particularidad lo volvía tan feo y le daba tan siniestra apariencia que todas las mujeres, solteras y casadas, huían asustadas al verlo».

Otro día transcurrido sin resultados y yo no conseguía quitarme de la cabeza la idea de que, mientras nosotros gastábamos energías y recursos valiosísimos en aquella operación de fachada tan inútil como faraónica, lo más probable era que Matilde Branzi estuviera siendo torturada por el monstruo.

El 10 de agosto por la tarde estaba otra vez ahí, devanándome los sesos con Perrault, cuando de golpe fue como si me quitaran una venda de los ojos. En su perfil, el asesor de la UACV describía al asesino como un individuo acomplejado, incapaz de entablar relaciones normales con las mujeres, motivo por el cual se había convertido en un cliente habitual de prostitutas. Por fin se me hizo la luz y comprendí cuál era el detalle en el que habría podido reconocerse, el que debió de hacer vibrar en él una resonancia íntima mucho antes de que empezara a matar, la razón por la cual se habría identificado con el protagonista del cuento: también él, como Barba Azul con la barba, tenía algo que le afeaba el rostro —una cicatriz, una quemadura o cualquier otra cosa—, algo de lo que se avergonzaba y que lo volvía poco atractivo a los ojos del sexo opuesto.

Cierto, no había nada concreto que confirmara mi hipótesis, era solo una intuición, pero me producía la misma emoción que se siente, al hacer un rompecabezas, cuando se coloca la pieza que permite contemplar finalmente la imagen de conjunto, tras lo cual, como por arte de magia, parece que todas las demás encuentran su sitio por sí solas.

Esta vez no esperé a reflexionar mejor con el fin de reafirmarme en mi convicción. El tiempo era un recurso del que andábamos terriblemente escasos. Me precipité al despacho de Altieri. La secretaria intentó detenerme, pero hice caso omiso y abrí la puerta. El comisario estaba en compañía de la fiscal Trebeschi. No pude evitar preguntarme si estarían estudiando nuevas estrategias de investigación o la forma de salvar sus sillones. Al fin y al cabo, la cuenta atrás no solo estaba en marcha para la pobre Matilde Branzi, sino también para ellos. En la Jefatura corría la voz de que el Ministerio del Interior estaba a punto de hacer rodar cabezas. Y tampoco habría sido extraño que la Fiscalía General del Estado pensara en dar un paso análogo. Además, en caso de que la señora Branzi resultara muerta, sería preciso encontrar chivos expiatorios que echar como carnaza a los medios de comunicación y a la ciudadanía, y ellos eran los candidatos ideales.

Antes de que tuvieran tiempo de abrir la boca, con pocas y acaloradas palabras les hablé de mi convencimiento de que el asesino se identificaba con Barba Azul porque tenía el rostro desfigurado. Con indisimulado gesto de disgusto, el comisario apenas me escuchaba. Estaba ya a punto de ponerme de patitas en la calle, cuando la señora Trebeschi lo detuvo poniéndole una mano en el brazo y me pidió que me explicara mejor. Entonces repetí lo que consideraba que había descubierto con más calma y más detalles.

—Dígame, subinspector, ¿en qué elementos se basa esta teoría suya? —me preguntó finalmente el comisario. Y cuando respondí que lo había intuido leyendo el cuento de Perrault con los ojos del asesino, me soltó en tono sarcástico—: Esta mañana he rechazado la oferta de una vidente que afirmaba estar en contacto con los espíritus de las víctimas del monstruo. ¿Y ahora debería fiarme de sus intuiciones paranormales?

La fiscal, sin embargo, no estaba de acuerdo con él. No sé si lo hizo porque de verdad estaba convencida o por simple desesperación, pero le dijo a Altieri que mi teoría concordaba con el perfil psicológico del asesino y que, en cualquier caso, en el punto en el que estábamos, valía la pena no desestimar nada y verificar también esa hipótesis. Hasta tal punto insistió que el comisario consintió de mala gana concederme dos hombres y cuarenta y ocho horas de tiempo.

Cuando ya me iba me arrepentí de haber dudado de que la principal preocupación de la fiscal siguiera siendo la resolución del caso. Al apoyarme frente a Altieri, la señora Trebeschi se había jugado también su propia credibilidad, y con ello se había ganado mi respeto y mi gratitud.

Me puse manos a la obra aquella misma noche. En compañía de los dos agentes que me habían asignado, empecé a peinar todas las zonas de prostitución conocidas en los alrededores de las rondas, empezando por aquellas en las que habían sido localizadas las víctimas del monstruo. Preguntando al mayor número posible de prostitutas, con un poco de suerte encontraríamos a alguna que se acordara de un cliente con el rostro desfigurado. Como las que habían sido interrogadas durante las primeras fases de la investigación se habían mostrado sumamente reticentes, decidí que no nos presentáramos como policías. Vestidos de paisano, en coches sin identificaciones especiales, les diríamos que éramos periodistas que estábamos haciendo una investigación sobre los crímenes del monstruo. El método no era demasiado ortodoxo y los testimonios no habrían sido admitidos como prueba ante un tribunal, pero creía que en este caso el fin justificaba los medios. El tiempo apremiaba, dentro de muy pocos días el asesino mataría a su prisionera, y, si lográbamos descubrir algo que nos permitiera salvarla, dudaba mucho que nadie me reprochara haberlo hecho sin seguir el procedimiento reglamentario.

Dos días después, mi idea ya no me parecía tan brillante, y mi convencimiento de que estaba en el buen camino había ido debilitándose. Habíamos recorrido de arriba abajo las rondas en medio de un calor asfixiante e interrogado a centenares de prostitutas. Hasta ese momento no habíamos sacado nada en claro, y el tiempo que me habían concedido estaba a punto de agotarse.

Eran las once de la noche del 12 de agosto. Los dos agentes y yo estábamos en un área de descanso donde nos habíamos reunido para hacer balance. Yo había marcado las últimas zonas que cada cual debía recorrer en un plano de la ciudad desplegado en el maletero de mi coche, a la luz de una farola, rodeados de enjambres de mosquitos, y tenía que decidir qué íbamos a hacer. Me sentía abatido y desanimado, una angustia cada vez mayor me cerraba la boca del estómago. Si los cálculos del experto en perfiles criminales eran correctos, la cuenta atrás para Matilde Branzi estaba llegando a su fin, el asesino podía matarla de un momento a otro. Los dos agentes estaban dispuestos a seguir adelante, pero ¿para qué? Si no habíamos encontrado nada hasta ese momento, lo más probable es que no hubiera nada que encontrar. La mía había sido una idea descabellada, no tenía más remedio que reconocerlo. Me había hecho la ilusión de que mi intuición era acertada, yo, el último en llegar a un equipo compuesto por algunos de los mejores policías de la ciudad, pero no había sido así.

Había llegado el momento de rendirme. Lo había intentado y había salido mal. Mandé a casa a los dos agentes recomendándoles que se metieran en la cama y durmieran bien, y me subí a mi coche. A mí también me habría venido bien seguir ese consejo. Durante los últimos días no había dormido más de un par de horas seguidas, pero tampoco creía que entonces fuera a conseguirlo, consciente como era de que aquellas podían ser las últimas horas de vida de Matilde Branzi.

Salí del cinturón de ronda y conducía por una carretera oscura rodeada de manchas desordenadas de vegetación, en las traseras de un conjunto de bloques de viviendas populares, cuando me fijé en una prostituta solitaria que esperaba a la luz de una farola. «Esta sería una presa fácil», pensé para mi sorpresa. E inmediatamente después se me pasó por la cabeza esta idea: «¡Dios mío, estoy empezando a razonar como él!».

Acababa de dejarla atrás cuando por un impulso repentino pegué un frenazo y retrocedí. Antes de ser plenamente consciente de lo que estaba haciendo, me había detenido delante de ella y estaba bajando la ventanilla. Aquello, evidentemente, era más fuerte que yo, pero no era capaz de dejarlo pasar.

La mujer era una nigeriana de edad indefinida, de piel lisa y muy oscura, con un cuerpo escultural enfundado en un vestidito estrecho de colores llamativos. Después de presentarme como un periodista que estaba siguiendo la historia del asesino de las rondas y de hacerle una serie de preguntas banales e inocuas, casi como quien no quiere la cosa cambié de tema y abordé el asunto que me interesaba. «Sí», respondió la prostituta, mientras yo intentaba no reflejar mi regocijo. En efecto, se acordaba de un cliente que era feo como un demonio. Tenía la cara torcida, como si alguien la hubiera emprendido con ella a martillazos. Resultaba difícil olvidarlo. Había ido varias veces con él y siempre había sido amable y generoso. Por lo general, ella se limitaba a hacerle trabajitos con las manos y con la boca porque a él no se le levantaba nunca lo suficiente para follarla. Un par de veces, después de haberlo intentado sin éxito, se había echado a llorar con su rostro monstruoso hundido entre las tetas de ella. Hacía meses que no lo veía por ahí y no, no sabía cómo se llamaba ni dónde vivía, siempre habían hecho sus cosas en un colchón viejo que el tipo tenía en la parte trasera de su furgoneta. No tenía ni la más mínima idea de la marca ni del modelo del vehículo; en cuanto al color, estaba bastante segura de que era verde. Sí, probablemente tenía un logo o un rótulo en el costado, pero no se le había quedado en la cabeza. ¿Que si había alguna otra cosa, cualquier detalle que recordara? En realidad sí había algo: la parte trasera del furgón a menudo estaba cargada de plantas.

Cuando volví al coche, llamé inmediatamente por radio a la sala de crisis de la Jefatura. Pedí que con la máxima urgencia hicieran una búsqueda de las tiendas de flores y plantas de Milán situadas cerca de las rondas y otra sobre las matrículas de las furgonetas de color verde, y que cruzaran los datos que obtuvieran para ver qué resultaba de todo ello.

Esperé un rato que me pareció insoportablemente largo en el coche, impaciente por saber si había encontrado algo importante en el momento en el que ya había dejado de albergar esperanzas. Cuando por fin me llamaron, me comunicaron que de las comprobaciones llevadas a cabo había resultado que en el área metropolitana de Milán había alrededor de setecientas tiendas de plantas y flores y varias decenas de furgonetas verdes. Una en particular, una Peugeot Expert, estaba a nombre de un vivero de Corsico, un pequeño municipio en el hinterland *por el que pasaba el cinturón de ronda oeste.*

«¡He dado en el blanco!», me dije. Pedí que me proporcionaran los datos y la dirección del titular de la empresa, Ciro Casagiove, sesenta y cuatro años, nacido en Caserta y residente en Corsico desde hacía más de treinta años, casado, con dos hijos, sin antecedentes. En lo tocante a los aspectos profesional, familiar y personal, el sujeto no se correspondía con el perfil del asesino, por lo que, si no estábamos dando palos de ciego por enésima vez, debía de tratarse de alguno de sus colaboradores o subordinados.

Lo llamé a su casa. Era más de la una; corría el riesgo de sacarlo de la cama, cosa que, indudablemente, no contribuiría a que se mostrara bien dispuesto ni a que tuviera muchas ganas de cooperar, pero no podía esperar a la mañana siguiente, cada minuto era demasiado valioso. Después de que el teléfono sonara varias veces, me respondió una voz adormilada, con un fuerte acento napolitano. Saltándome todas las formalidades, me presenté como un inspector de policía que estaba llevando a cabo una serie de averiguaciones para una investigación de la máxima importancia. Tenía que jugar con la sorpresa; si le apretaba las clavijas cuando todavía no estaba muy lúcido ni despierto, quizá conseguiría sacarle algo antes de que se pusiera a la defensiva.

—¿Es usted el propietario de una furgoneta Peugeot Expert de color verde?

—Sí. Está a nombre de la empresa, pero en realidad la condu-

ce mi sobrino, que la usa para hacer entregas. ¿Por qué me lo pregunta? ¿Ha pasado algo? ¿Algún accidente? ¿La han robado?

—¿Su sobrino dice usted?

—Sí, ese pobre desgraciado del hijo de mi hermana, un pobre chico medio inadaptado. Lo acogí en mi negocio hace unos años por hacerle un favor a ella, en vista de que no conseguía encontrar trabajo...

—¿Su sobrino tiene algo raro en la cara?

—¿Qué? ¿Pero cómo puede usted...? Vamos a ver, ¿quiere decirme lo que está pasando?

—Esa información podría resultar importante para una investigación sobre ciertos delitos muy graves. Se lo vuelvo a preguntar. ¿La cara de su sobrino tiene alguna deformación o está desfigurada?

—Bueno, sí. Tiene una malformación congénita, el síndrome de no sé quién... Pero yo no...

—¿Nombre y dirección?

—¿Qué?

—Su sobrino. ¿Cómo se llama y dónde vive?

—Yo... Pero ¿por qué tengo yo que decirle nada? Oiga, ni siquiera estoy seguro de que sea usted realmente policía. O me explica qué pasa y qué tiene que ver mi sobrino con todo esto o cuelgo.

Llegados a ese punto no me quedaba más remedio que descubrir mis cartas.

—Trabajo en el Departamento de Homicidios de la Brigada Móvil de Milán y estoy investigando los crímenes del asesino de las rondas. Su sobrino podría estar involucrado en el caso y tenemos que localizarlo lo antes posible. Si se niega usted a colaborar, se arriesga a ser acusado de complicidad en cinco o quizá seis homicidios.

Esperaba que mis palabras sonaran lo bastante amenazadoras. Si colgaba el teléfono y me dejaba con la palabra en la boca debería pedir una orden judicial y llamarlo oficialmente a la Je-

fatura para que prestara declaración, lo que llevaría un tiempo valiosísimo del que no disponíamos. O, mejor dicho, del que Matilde Branzi no disponía. Al cabo de unos minutos de vacilación, el hombre se rindió. Me dio el nombre y la dirección de su sobrino y me explicó cómo llegar a su casa. Se llamaba Raul Valle y vivía también en Corsico, a las afueras de la localidad.

En ese momento ya tenía suficientes elementos, era hora de llamar al comisario Altieri. Aunque, desde luego, no podía decir que me tuviera mucha simpatía, estaba seguro de que esta vez tendría que reconocer que los indicios que había logrado reunir eran sólidos. Evidentemente me equivocaba. Marqué el número de su móvil y respondió a la primera llamada.

—Comisario, perdone que lo llame a estas horas, pero es verdaderamente importante. Espero no haberlo sacado de la cama.

—No, Mezzanotte, estoy en el despacho. Y usted, ¿dónde está? ¿Todavía buscando personajes de cuento? El tiempo que le había dado ha vencido más que de sobra, me parece.

Intentando ser lo más claro y conciso posible para no abusar de su paciencia, a todas luces escasa, le conté lo que había descubierto.

—Necesitamos una orden de registro. Necesitamos entrar en esa casa lo antes posible. La señora Branzi podría seguir viva, pero con toda seguridad no le queda mucho tiempo.

—No, subinspector, ni hablar. Según parece, ha encontrado usted a alguien que se corresponde con el retrato robot de su Barba Azul, pero no tiene nada que lo relacione con los homicidios. En cualquier caso, ya no tiene importancia. Lo hemos encontrado, Mezzanotte. Estamos yendo a detenerlo.

—¿Quééé?

—El asesino de las rondas. Sabemos quién es y dónde vive. Todas las patrullas disponibles están dirigiéndose allí en estos precisos instantes. ¿Y sabe a quién debemos agradecérselo? A su equipo del servicio de notificaciones, al que usted ha dejado colgado para ir detrás de ogros y gnomos.

En pocas palabras y de forma expeditiva me explicó que una mujer había llamado por teléfono a la Jefatura para contar que había pasado junto al automóvil de la señora Branzi cuando iba por el cinturón de ronda la noche del secuestro. Había otro coche parado junto al suyo, y la mujer, que tenía una memoria excelente, se acordaba del modelo y de algunos números de la matrícula. Mis hombres habían registrado la notificación y localizado a su propietario, un hombre de treinta y cinco años, soltero, que vivía en Rho e iba y venía a diario a Milán, donde trabajaba. Según el asesor de la UACV, no era incompatible con el perfil del asesino. Pero había más: indagando en su pasado, mis hombres habían encontrado una denuncia, posteriormente retirada, por lesiones a una prostituta.

Cuando Altieri cortó la comunicación sin despedirse, yo no había sido capaz todavía de asumir el shock que había supuesto para mí la noticia. «¡Menuda ironía, desde luego —pensé con amargura—, que el caso se resuelva gracias a ese servicio de notificaciones en el que nunca me he sentido cómodo, justo cuando yo estoy en otra parte, en busca de la gloria, siguiendo una de mis descabelladas ideas!».

Pero ¿y si no era así? ¿Y si, aunque todo hiciera pensar lo contrario, la pista buena era la de Barba Azul? Esperar a que la redada en curso resultase un fracaso absoluto para volver a la carga con Altieri suponía correr el peligro de llegar demasiado tarde. Si la rehén seguía con vida, aguardar hasta entonces implicaría con toda probabilidad encontrar tan solo su cadáver.

Me sentía terriblemente solo e inseguro. Por un lado, tenía la tentación de volver a la Jefatura para participar, aunque, por supuesto, no como protagonista, en el posible triunfo junto al resto de los integrantes del grupo operativo. Desde luego nadie iba a notar mi ausencia, puesto que a nadie se le había ocurrido llamarme para avisarme de las últimas novedades. Por otro lado, todavía no era capaz de resignarme y darme por vencido. Y no solo porque era demasiado cabezota y demasiado orgulloso para reconocer que me había equivocado. La vida de una persona era lo que estaba en juego.

Intenté llamar a la fiscal Trebeschi, pero tenía el móvil apagado. ¿Qué podía hacer?

Acabé tomando una decisión. Encendí el motor y me largué a toda velocidad hacia Corsico. Si me perdía la celebración de la solución del caso por mi obstinación en seguir una pista en la que solo yo creía, haría el ridículo. Pero ante todo y sobre todo lo que quería era cumplir con mi deber, y si había una posibilidad, por mínima que fuera, de que la salvación de la rehén dependiera de mí, no podía ignorarla, aunque fuera a costa de quedar como un pardillo con ansias de protagonismo ante mis compañeros y mis superiores.

Cuando llegué eran las dos y media de la madrugada. La dirección que me había dado el propietario del vivero se encontraba al final de una calle flanqueada por almacenes y naves industriales. Correspondía a una modesta casita de dos plantas, rodeada de un pequeño jardín bastante descuidado, detrás del cual se levantaba la mole oscura del terraplén sobre el que discurría la carretera de circunvalación. Las cortinas de las ventanas estaban corridas, pero detrás de algunas de ellas se veían luces encendidas. Aparcada junto a la acera de enfrente estaba la Peugeot Expert verde.

Me detuve a una distancia prudencial y me quedé esperando. Aunque las nubes habían empezado a invadir silenciosamente el cielo y oscurecían las estrellas, el bochorno, si es que eso es posible, resultaba todavía más insoportable que de día. El cemento y el asfalto despedían el calor acumulado a lo largo de la jornada, y parecía que el aire estuviera al rojo vivo. Entre la parte trasera de la casa y el cinturón de ronda había un tramo de terreno sin cultivar por el cual debía de correr una acequia o algo por el estilo, ya que la zona se hallaba infestada de mosquitos que estaban comiéndome vivo y subir las ventanillas resultaba impensable debido al calor.

Una hora después estaba a punto de volverme loco, empapado en sudor y lleno de picaduras. Aparte de una sombra que había pasado por delante de una ventana en un par de ocasiones —o sea, había al menos una persona en casa que no estaba durmiendo—, no había visto absolutamente nada, y empezaba a preguntarme si podría ver algo útil quedándome ahí mano sobre mano sentado en el coche.

Tenía que hacer algo si no quería volver a la Jefatura con el rabo entre las piernas. Pese a que la vocecita que tenía dentro de la cabeza empezaba a protestar con timidez diciéndome que aquella no era una buena idea, agarré la linterna, bajé del coche y me acerqué sigilosamente a la furgoneta. Di una vuelta alrededor del vehículo, examinándolo y examinando tanto las puertas laterales como la puerta trasera. Estaban cerradas con llave, pero desde la época en que, siendo todavía un adolescente, andaba en compañía de una banda de jóvenes delincuentes que se dedicaba a cometer pequeños hurtos, a robar radios de coche, por ejemplo, había aprendido un par de truquitos que en aquellos momentos podían resultarme útiles. En pocos minutos forcé la puerta trasera y me metí dentro de la furgoneta. A la luz de la linterna pude ver una vieja colchoneta enrollada y algunas macetas con plantas necesitadas de un poco de sol y agua. Me disponía a salir para registrar la cabina cuanto un destello proveniente de detrás de una de las macetas atrajo mi atención. Me acerqué y recogí el objeto que brillaba: un colgante con la cadena rota. Un colgante que yo ya había visto. Era idéntico al que Matilde Branzi llevaba en la fotografía que nos había facilitado su padre, y del que, según él, que era quien se lo había regalado, no se separaba nunca.

Salí de la furgoneta y me precipité corriendo al coche. Intenté volver a llamar a Altieri, que rechazó la llamada dos veces. Al tercer intento, respondió por fin.

—Subinspector, ¿y ahora qué pasa? Aquí estamos bastante ocupados.

Antes de que me dejara con la palabra en la boca, le conté a toda prisa lo que había descubierto.

—¡Espere! ¿Me está diciendo que se ha metido sin orden judicial en una propiedad privada forzando la entrada? ¿Está usted loco o qué?

No fui capaz de contenerme.

—No tenía una orden judicial porque usted se negó a proporcionármela. Y, en cualquier caso, me ha dicho usted que yo no tenía nada que relacionara a mi hombre con los homicidios. Pues bien, ¡ya lo tengo!

—Mezzanotte, ¿se entera usted de que ya hemos detenido al asesino o no? Lo están trayendo para acá, lo van a interrogar y ya está llevándose a cabo el registro de su vivienda.

—¿Ha reconocido algo? ¿Han encontrado a la señora Branzi? ¿Hay correspondencia entre las huellas dactilares o cualquier otro elemento que lo vincule con los delitos sin la menor sombra de duda?

Noté una vacilación en su voz mientras me respondía que no, que todavía no.

—Pues, entonces, ¿cómo puede estar tan seguro? Comisario, yo le estoy diciendo que en la furgoneta estaba el colgante de la rehén. Han cogido a un hombre equivocado. No le pido que crea mis palabras, solo que me dé los medios para verificar si es verdad lo que digo. Y para intentar salvar a Matilde Branzi, si no es ya demasiado tarde.

Al otro lado de la línea, silencio. Me imaginé al comisario sopesando los pros y los contras de la situación: complacerme significaba reconocer implícitamente su error de juicio inicial, pero si se negaba y al día siguiente resultaba que yo tenía razón, y entre una cosa y otra la rehén aparecía asesinada, lo crucificarían.

—¿De verdad está seguro, Mezzanotte?

—Es su colgante, señor, no me cabe la menor duda.

—Así lo espero, por usted. Vale. Necesito un poco de tiempo,

pero intento mandarle un par de patrullas con la orden judicial.
Mientras tanto, quédese ahí esperando y no tome ninguna inicia-
tiva más. Mantenga vigilada la casa, pero no haga absolutamente
nada. No tiene usted ni la experiencia ni las competencias para
manejar una situación como esta.

Tras cortar la comunicación, permanecí largo rato con la vista
clavada en la casita y las manos prietas en el volante, mientras la
adrenalina entraba en mi flujo sanguíneo en oleadas sucesivas.
Algunos destellos en el horizonte, seguidos de rugidos lejanos,
anunciaban una tormenta que prometía acabar de una vez con el
calor, pero, de momento, el aire, inmóvil y cargado de electrici-
dad, era más sofocante que nunca.

Así que lo había logrado. Había seguido el débil rastro de las
llaves ensangrentadas hasta llegar a él, a mi Barba Azul, como lo
había definido despectivamente Altieri. La sombra que de vez en
cuando veía recortarse en las ventanas —entonces ya estaba se-
guro— pertenecía al imparable asesino en serie que durante me-
ses había tenido en jaque a toda la policía de Milán.

Dentro de poco todo habría acabado. En cuanto aparecieran
los refuerzos prometidos por el comisario, irrumpiríamos en la
casita liberando de una vez por todas a la ciudad de aquella
pesadilla. Lo único que yo deseaba era que llegáramos también
a tiempo de salvar la vida de Matilde Branzi. Eso era lo que
hacía que la espera me resultara insoportable: la conciencia de
que cada minuto que pasaba aumentaban las probabilidades
de que lo único que recuperáramos fuera el cadáver de la rehén.
Quizá el tipo estuviera cortándole el cuello en aquellos momen-
tos —o se encontrara a punto de hacerlo—, a pocas decenas de
metros de donde yo me encontraba. Prácticamente ante mis na-
rices.

¿Cómo reaccionaría, si descubriera que la pobre Branzi había
sido degollada mientras yo estaba allí, cruzado de brazos?

Distraído por aquellos pensamientos funestos, no me di cuen-
ta de inmediato de que dentro de la casa estaba ocurriendo algo.

La sombra aparecía cada vez más a menudo detrás de las ventanas, se movía con rapidez, a trompicones, como si diera vueltas por la casa presa de una gran agitación.

Darme cuenta de ello y decidir que no podía quedarme allí mirando fue todo uno. Las órdenes de Altieri habían sido perentorias: «No tome ninguna iniciativa». Me había dicho también que vigilara la casita y en el fondo lo único que quería hacer yo era echar una ojeada de cerca para ver qué estaba sucediendo. Al menos eso fue lo que me dije, pero en mi fuero interno sabía que, si bajaba del coche, no me limitaría solo a eso.

Mientras empezaban a estrellarse contra el parabrisas las primeras gotas de lluvia, comprobé que la Beretta estaba cargada y le quité el seguro. Salí del coche empuñando la pistola bajo un chaparrón ya persistente y corrí hacia la casa en medio de una oscuridad rota por los relámpagos. Dentro de mi cabeza la vocecita que siempre me acompañaba gritaba como loca para hacerse oír entre el fragor de los truenos. No iba a ser esta la ocasión en que le hiciera caso. Salté la pequeña valla y dando unos cuantos brincos atravesé el césped lleno de calvas.

Cuando me pegué a la pared del edificio estaba calado hasta los huesos y mi corazón bramaba dentro del pecho. Era preciso tener mucho, pero que mucho cuidado. Si aquel hombre me veía, podía matar a su prisionera, intentar darse a la fuga o a saber qué otra cosa, y todo sería culpa mía.

Con extrema cautela, me asomé a la ventana más cercana y miré al interior a través de una rendija de las cortinas. En el centro de lo que debía de ser el salón vi a un hombre alto y corpulento. Se encontraba de espaldas y gesticulaba animadamente. Parecía que estaba hablando o, mejor dicho, despotricando contra alguien, pero los dobles cristales me impedían captar una sola palabra. Se volvió un instante y entonces le vi la cara. En verdad tenía algo monstruoso: la frente prominente aplastaba hacia abajo los ojos, hundidos y asimétricos, apenas tenía pómulos y, bajo la protuberancia informe de la nariz, la boca era una amplia hendidura irregular que le cortaba el rostro al bies dejando ver unos cuantos dientes torcidos de una forma extraña.

Me acerqué todavía más al cristal forzando el cuello con el propósito de ver a quién estaba dirigiéndose, y divisé una figura femenina acurrucada contra una pared. Estaba desnuda y se protegía la cabeza con los brazos, como si esperara que fuera a asestarle un golpe de un momento a otro. Tenía el cuerpo cubierto de manchas, no conseguí distinguir si eran de suciedad o cardenales. No le veía la cara, pero solo podía ser Matilde Branzi.

De pronto, el individuo salió precipitadamente de la habitación. Reapareció a los pocos instantes con un cuchillo en la mano y empezó a dar vueltas por la sala gritando presa de una rabia furibunda. De un modo instintivo, volví la vista atrás, con la esperanza de ver aparecer las patrullas que deberían haber mandado ya en mi ayuda, pero ningún destello intermitente iluminaba las tinieblas a través del diluvio. Tendría que arreglármelas solo. Matilde Branzi estaba viva, pero, si no se me ocurría algo deprisa, no seguiría estándolo mucho tiempo más.

Di la vuelta al edificio mirando a mi alrededor. Tanto la puerta principal como la trasera estaban blindadas, imposible forzarlas. Las ventanas de la planta baja tenían rejas, pero no las del primer piso. Una de ellas, situada en el flanco derecho de la casa, estaba entreabierta, y junto a ella discurría un canalón del bajante. Era de metal y parecía bastante sólido, había una vaga posibilidad de que aguantara mi peso. Era consciente de que aquella no era la ocurrencia más brillante, pero no tenía a mano ninguna mejor. Guardé la pistola en la funda debajo de la axila y empecé a trepar por la tubería. Enseguida quedó claro que la empresa resultaría más ardua de lo previsto. La lluvia, que caía a cántaros, como si alguien estuviera tirándome cubos de agua encima, me cegaba y la tubería estaba muy resbaladiza. Cuanto más subía, más chirriaban de forma preocupante las abrazaderas que la mantenían pegada a la pared. Esforzándome con la mayor tenacidad logré llegar a la altura de la ventana y descubrí que la distancia entre esta y el canalón era mayor de lo que había calculado desde abajo. Por más que me estirara y alargara al máximo el brazo, no lograba llegar al estrecho saliente del alféizar. Mientras tanto, el tubo había empezado a inclinarse un poco y a separarse de la pared. No seguiría aguantando mucho rato. No me quedaba otra opción, tenía que saltar. Miré al suelo. Me encontraba a una altura de unos cinco metros o poco más, quizá saldría ileso si cayera, pero no tendría una segunda oportunidad. Y para Matilde Branzi sería el final. Sin pararme demasiado a pensar, me impulsé con todas las fuerzas que me quedaban y me lancé hacia la ventana. Logré agarrarme al alféizar, pero solo con una mano. Unas desgarradoras punzadas me recorrieron el brazo al quedar colgado, balanceándome en el vacío. No sé cómo me las arreglé para no soltarme. Con un último esfuerzo sobrehumano, casi dislocándome el hombro, conseguí elevarme a la altura de la ventana y me dejé caer como un peso muerto en el interior de la habitación. Estaba exhausto, tenía las piernas y sobre todo los brazos entumecidos y doloridos, pero no había tiempo que perder. Volví a sacar la Beretta de la funda y bajé las escaleras corriendo para dirigirme a la planta baja.

Al asomarme a la entrada del salón, vi la figura imponente de Raul Valle que se erguía sobre la de Matilde Branzi. Con una mano sujetaba un brazo de la mujer, que se debatía débilmente, y en la otra empuñaba el cuchillo, cuya hoja estaba manchada de rojo. En el cuerpo desnudo de Matilde percibí algunas heridas ensangrentadas.

—¡Quieto o disparo! ¡Policía! —grité apuntándole con la Beretta que sujetaba con las dos manos.

Él se dio media vuelta y abrió los ojos, incrédulo, mientras en su rostro deforme se dibujaba un gesto de incomprensión y terror. Como si lo único que le importara fuera acabar lo que había empezado, se volvió hacia la mujer y levantó el cuchillo. Disparé tres veces en rápida sucesión. Uno de los tiros le traspasó la mano y soltó el arma.

Raul Valle se desplomó en el suelo soltando una especie de aullido, apretándose la mano herida. Permaneció allí inerte, con la cabeza agachada, por completo ajeno a lo que sucedía a su alrededor. No tuvo la más mínima reacción ni siquiera cuando le sujeté las manos a la espalda y le puse las esposas.

Por fin pude dedicarme a Matilde Branzi. Parecía aturdida y gemía quedamente. Por fortuna, sus heridas eran solo superficiales. Se las vendé como pude y la tapé con el mantel de la mesa del comedor. Luego me puse en cuclillas a su lado, dejé que apoyara la cabeza en mi hombro y le susurré al oído: «Ya ha acabado todo. Ya ha acabado todo». Se lo decía a ella y me lo decía también a mí mismo. No paré hasta que oí el aullido de las sirenas a lo lejos.

Tras una parada en el cercano hospital Fatebenefratelli, donde Matilde Branzi fue ingresada y a Raul Valle le trataron la mano, condujimos a este último a la Jefatura. Mientras tanto, dándole toda clase de disculpas, pusieron en libertad al otro individuo que habían detenido. En efecto, aquella fatídica noche se había parado junto al coche averiado de la señora Branzi y se había ofrecido a llevarla en el suyo donde quisiera, pero la mujer no se había fiado y había declinado la oferta.

Los días siguientes, Valle fue sometido a varias pruebas periciales de carácter psiquiátrico y a largos interrogatorios. Tranquilo y siempre amable, dio la impresión de sentirse aliviado con la detención, como si le hubieran quitado un peso de encima. Se mostró deseoso de colaborar y nada reacio a hablar de sí mismo y de sus delitos.

Raul Valle había nacido en Corsico hacía cuarenta y dos años. Desde el mismo momento del parto quedó patente que había algo defectuoso en su cara. El diagnóstico sonó como una condena inapelable en los oídos de sus padres: síndrome de Treacher-Collins, una malformación congénita rara e incurable. El padre se limitó a reconocerlo y a darle su apellido, luego desapareció y no se volvió a saber nada más de él, de modo que el niño se crio con su madre, Rosa Casagiove, ama de casa. Al haberse quedado sola con el pobre niño, la mujer desarrolló por la criatura un afecto excesivo y morboso. Siempre vivieron juntos, ella y él solos, Raul y Rosa, Rosa y Raul, en una simbiosis total y malsana, hasta la muerte de la madre, acaecida hacía apenas un año. Posesiva y protectora en exceso, la mujer siguió cuidando a su hijo y dándole órdenes en todo momento, como si fuera un niño, incluso cuando era ya un hombre hecho y derecho. Al enfermar Rosa de alzhéimer, los papeles fueron invirtiéndose paulatinamente y le tocó a Raul atenderla, cosa que estuvo haciendo durante años y años, hasta el último momento, con absoluta entrega. Tímido e introvertido, muy acomplejado debido a la monstruosidad de su cara, Raul no tenía amigos y, naturalmente, no había estado nunca con una mujer. En el colegio, todos se reían de él y lo atormentaban de manera cruel, de modo que cuando acabó la enseñanza secundaria abandonó los estudios, pese a que hasta aquel momento había sido un alumno excelente. Entonces pasó varios años sin hacer nada, aparte de sacarse el carnet de conducir a los dieciocho para poder acompañar a su madre a hacer la compra y otros recados; luego, cuando el dinero que Rosa había ahorrado empezó a agotarse, se dedicó a hacer trabajitos ocasionales, hasta que su tío lo contrató en su negocio. Yendo solo de acá para allá por las carreteras de circunvalación con la furgoneta del vivero, hizo un descubrimiento que le abrió todo un mundo: la existencia de las prostitutas. No tenía que cortejarlas y no se echaban atrás al ver su fealdad; bastaba con pagarles y le hacían todo lo que habrían hecho con cualquier otro hombre. A partir de ese momento empezó a ir con ellas con regularidad, tanta como le permitía su frágil economía. Su descubrimiento, sin embargo, fue acompañado de otro más desagradable y humillante: no era capaz de cumplir plenamente como hombre. No se le ponía nunca lo bastante dura para poder metérsela. A ellas no parecía importarles mucho, y además conocían otras maneras de hacerle alcanzar el placer, pero, al dejarlas, Raul se quedaba con un regusto amargo y con una dolorosa sensación de frustración.

Muy pronto, ya desde la cuna, Rosa adquirió la costumbre de

leer a su hijo un cuento antes de que se durmiera. Con el tiempo, aquello se convirtió en su ritual más íntimo y preciado, y se prolongó mucho más allá de la infancia de Raul; solo se interrumpió cuando la madre, a medida que fue agravándose su enfermedad, perdió la capacidad de leer. Durante los primeros años cada noche tocaba un cuento distinto, hasta que en una ocasión Rosa le leyó Barba Azul de Perrault, y desde aquel momento él no quiso escuchar ningún otro. Tenía que ser siempre ese, una vez y otra y otra, incansablemente. Él tenía cinco años. Al instante se había reconocido en el protagonista de la historia, que era espantoso debido a su barba, como él lo era a causa de su deformidad, y, quién sabe, quizá desde entonces la violencia atroz que impregnaba aquella historia había despertado en él oscuras vibraciones. Para Raul, Barba Azul era un príncipe encantador en quien la gente, y las mujeres en particular, eran incapaces de ver, además de una barba horrenda, el coraje y la nobleza de ánimo. Un hombre fuerte y orgulloso, que se había abierto camino solo, contra todo y contra todos, ganándose el derecho a ser temido, en vez de ridiculizado y despreciado. Había sido capaz de acumular un enorme patrimonio que no se avergonzaba de utilizar para satisfacer todos sus deseos, como el de tener una mujer joven y hermosa. Raul se veía reflejado en él como en un modelo inalcanzable. Era su héroe. Consideraba perfectamente legítimo que aquel hombre duro pero justo castigara a sus esposas, a cuya disposición había puesto todas sus riquezas que les permitían vivir como reinas, en el momento mismo en el que descubría que aquellas ingratas lo habían traicionado y engañado. Por eso, cuando al acabar el cuento, lo asesinaban, se sentía siempre muy mal. Hasta que su madre, al intuir el problema, empezó a omitir de sus lecturas los últimos renglones del cuento. Raul había tenido así la libertad de imaginarse un final alternativo, y todo había resultado perfecto: obligado a matar a innumerables esposas, Barba Azul encontraba por fin una que lo quería de verdad y los dos eran felices y comían perdices.

A la muerte de su madre, cuando se quedó solo en la casita, sin nadie a su lado que lo mantuviera anclado a la realidad, se desencadenó su locura latente. Se enamoró de una prostituta a la que frecuentaba con regularidad y decidió imitar a Barba Azul y llevársela a vivir con él, con la delirante ilusión de que la mujer le correspondería. Se lo propuso en uno de sus encuentros y, al rechazar ella su oferta, le dio un golpe para aturdirla y la secuestró. La mantuvo encerrada varias semanas. Al principio se esforzó por ser atento y amable, pero, si intentaba acercársele, ella se rebelaba, e intentaba escapar en cuanto tenía ocasión, lo que provocaba su enojo. Al cabo de unos días descubrió que, si le administraba tranquilizantes, se mostraba más dócil y complaciente. La sensación de tenerla por completo dominada, sometida a cualquiera de sus deseos, le resultaba embriagadora. Empezó a hacer con ella jueguecitos que habían ido volviéndose cada vez más violentos, hasta convertirse en auténticas barbaridades. Un día, ante el enésimo intento de fuga de la mujer, dominado por la ira, se vio de pronto empuñando el cuchillo. En aquel momento la identificación con Barba Azul fue total, como nunca lo había sido. Mientras la acuchillaba, primero tímidamente y luego cada vez con más saña, hasta que por fin le cortó el cuello, tuvo una sensación tan intensa y absoluta de poder que se corrió en los calzoncillos. Le habría gustado quedarse con el cadáver, como hacía su héroe, pero al cabo de unos días el hedor era tal que se vio obligado a deshacerse de él. Entonces se le ocurrió la idea de dejar en su bolso la llavecita ensangrentada, como una especie de homenaje a Barba Azul y como testimonio de que la chica se merecía por su desobediencia el castigo que le había infligido. Durante algún tiempo, entretenerse con los trofeos que había conservado y las fotos que había hecho fue suficiente, pero, a la larga, empezó a echar de menos las fuertes emociones que había sentido al torturarla y luego al matarla. Le dominó el deseo de volver a hacerlo. Y ya no había parado.

Después de contar su historia, aclarar todas las dudas y satis-

facer la curiosidad de investigadores y psiquiatras, Raul Valle se quitó de en medio cortándose las venas de las muñecas a dentelladas en su celda.

Mientras tanto, mi vida había dado un giro total. En la Jefatura mi prestigio había subido hasta las estrellas. Cuando, poco después del amanecer, bajé del coche de la brigada móvil con Raul Valle esposado, en el patio de via Fatebenefratelli me esperaba todo el grupo operativo al completo, que me dedicó un largo aplauso. La señora Trebeschi me abrazó y hasta Altieri, aunque se veía a la legua que habría preferido no hacerlo, se me acercó y me estrechó la mano. En la rueda de prensa que se convocó para anunciar la detención del asesino de las rondas me pidieron que me sentara a su lado y subrayaron enfáticamente mi contribución decisiva a la resolución del caso. Unos días después, el director de la Brigada Móvil en persona me llamó a su despacho para comunicarme que había solicitado al comisario jefe que me concedieran un ascenso por méritos extraordinarios, y lo había obtenido. El decreto de ascenso al grado de inspector, firmado por el comisario jefe de la policía, llegó un par de semanas después y fue motivo de una nueva celebración en mi honor, durante la cual más de un compañero no dudó en comentarme que se alegraba mucho de que hubiera otro Mezzanotte en la Brigada Móvil.

Aquel fue mi momento de gloria. Había empezado a demostrar cuánto valía, era admirado por mis compañeros y estimado por mis superiores. Me sentía realizado y me parecía haber alcanzado el equilibrio, hasta tal punto que Alice y yo habíamos empezado a hacer planes de futuro.

Durante toda mi vida no había deseado otra cosa que ser aceptado y apreciado, sentirme en mi casa, ver que formaba parte de algo. Y conseguirlo por fin en el que había sido el reino de mi padre era en cierto modo como obtener, después de su muerte, lo que él, cuando estaba vivo, no había sabido o no había querido nunca darme. Era casi una especie de resarcimiento póstumo.

Todo perfecto salvo por un detalle. Entonces no le di demasiada importancia, había cosas más urgentes que atender, pero en aquel momento no lograba quitarme una idea de la cabeza, un gusano que iba carcomiéndome por dentro.

Cuando estaba a la búsqueda de Barba Azul, algunas prostitutas a las que había interrogado, convencidas de que era un periodista y no un madero, habían comentado como de pasada que desde hacía un tiempo un grupito de policías las extorsionaban sacándoles dinero y favores sexuales a fuerza de amenazas y golpes. Me habría encantado no creérmelo, pero me habían hablado de ello mujeres de nacionalidades variadas que hacían la calle en distintas zonas; era verosímil que no se conocieran, pero sus versiones, grosso modo, coincidían. Además, ¿por qué iban a mentir? Esas revelaciones solo podían causarles líos. Así que, por mi cuenta y con toda discreción, emprendí unas pesquisas y acabé convencido de que todo era verdad.

¿Qué debía hacer? Mencioné de pasada el asunto a un par de compañeros con los que tenía más confianza. Su reacción fue tajante. Parecían molestos por el solo hecho de que les hablara de ello. No querían saber nada, y me aconsejaron sin rodeos que lo olvidara y que me ocupara de mis asuntos. En efecto, las cosas me iban de maravilla, ¿para qué correr el riesgo de comprometerlo todo hurgando en cuestiones que no me concernían? Olvidarme de aquello y seguir por mi camino habría sido, con toda seguridad, la opción más conveniente. Pero ¿era la buena? Sabía perfectamente que no: callando me habría vuelto cómplice de todas aquellas inmundicias y, por otra parte, tampoco habría sido capaz de hacerlo. Lo que había descubierto me había llenado de amargura. Quedándomelo dentro estaba echando a perder el placer que me daba ser policía.

Intenté dirigirme a uno de mis superiores directos, un jefe adjunto de Homicidios al que consideraba una buena persona. Me dio las gracias y me dijo que no me preocupara, que ya se encargaría él de todo. Un par de semanas después, viendo que no pasaba nada, volví a presentarme en su despacho. Se me quitó de encima de malas maneras dándome a entender que, por mi propio bien, me convenía no seguir insistiendo.

Me pregunté si no sería conveniente hablar del asunto con Dario Venturi. Había trabajado al lado de mi padre en la época de oro de su carrera. Había sido uno de sus colaboradores más estrechos, junto con Tommaso Caradonna. Estaban tan unidos, tanto en el trabajo como fuera de él, que les habían puesto el mote de «Los Tres Mosqueteros». Los conocía a los dos desde niño y tras la dramática muerte de mi padre estuvieron siempre a mi lado, sobre todo Venturi. Representaban lo más cercano a una familia que me había quedado. Pero, por un lado, no me apetecía recurrir a él cada vez que tenía un problema, me hacía sentir un privilegiado o, peor aún, un enchufado, cosa que yo odiaba. Por otro lado, aunque nunca se me habría pasado por la cabeza poner en duda su honradez, sabía que Venturi era un policía de gran sensibilidad «política» y —lo confieso— tenía miedo de que encontrara la forma de taparlo todo. En aquellos momentos no habría soportado que él también me decepcionara.

Seguía preguntándome qué habría hecho mi padre de haber estado en mi lugar. No era capaz de imaginármelo, pero había una cosa de la que estaba seguro: el inflexible e integérrimo comisario Mezzanotte no habría tolerado nunca que un puñado de uniformes corruptos anidara como un cáncer dentro del cuerpo de policía de la ciudad. De un modo u otro, se habría asegurado de que los castigaran.

Al final, después de largas vacilaciones, atormentado por las dudas y la incertidumbre, me decidí a acudir a la fiscal Trebeschi, quien, basándose en mi denuncia, abrió una investigación.

Durante algunas semanas me quedé como quien dice suspendido en el limbo. Luego, cuando, a petición de la señora Trebeschi, el juez de instrucción dictó las primeras medidas cautelares y órdenes de custodia, y la investigación pasó a dominio público, todo cambió.

De repente, sentí un frío glacial a mi alrededor. Me convertí en una especie de apestado en la Brigada Móvil. De la noche a la mañana dejé de ser el héroe del caso del asesino de las rondas para convertirme en el traidor, el chivato que había delatado a sus compañeros. A decir verdad, los que me mostraban abiertamente su hostilidad y su desprecio eran unos pocos, la mayoría se limitaba a guardar las distancias conmigo, y yo tenía la impresión de que más de uno lo hacía por temor a ser juzgado mal por los otros, no porque personalmente desaprobara mi actuación. Fueron pocos, poquísimos, y casi nunca en público, los que me manifestaron su solidaridad y su apoyo.

Lo cierto es que con mi denuncia había abierto una caja de Pandora. Las investigaciones preliminares de la fiscalía estaban sacando a la luz una corrupción mucho más extendida y ramificada de lo que inicialmente hubiera cabido imaginar. En ella estaban implicados no solo varios agentes de la Brigada Móvil —sobre todo de la Sección Segunda, Criminalidad Extranjera y Prostitución—, sino también de las más diversas comisarías de zona e incluso algunos mandos. La lista de los distintos tipos de delito iba tomando forma y era larguísima: asociación para delinquir, explotación de la prostitución, extorsión, golpes y lesiones, violencia sexual y hasta homicidio (se sospechaba que la banda estaba implicada en la muerte de un proxeneta albanés).

Aislado y hostigado de mil maneras, cada vez me resultaba más difícil llevar a cabo mi trabajo con normalidad. Y no puedo decir que no me esperara algo por el estilo; ya había previsto cierto grado de incomprensión y de hostilidad por parte de los compañeros, pero no hasta ese punto. En cambio, lo que me pilló desprevenido fueron la frialdad y el disgusto de mis superiores. Me hirió profundamente que ninguna autoridad de la Brigada Móvil me diera el más mínimo apoyo. Fingían no ver el ostracismo y las provocaciones de las que era objeto continuamente, y no movían un dedo para ponerles freno. Tenía la impresión de que me reprochaban tácitamente que me hubiera dirigido a la fiscalía y no a ellos (¡como si no lo hubiera intentado!), impidiéndoles así lavar en casa los trapos sucios, sin hacer ruido.

Las cosas empeoraron más todavía cuando se supo que uno de los agentes que había acabado implicado en las redes de la investigación tenía una hija enferma que necesitaba cuidados muy costosos. La animosidad hacia mi persona aumentó, como si aquella apariencia de justificación moral, que afectaba a uno solo, pudiera, por extensión, aplicarse a todos los investigados.

Durante algunos meses aguanté, pese a que ya había empezado a ser objeto de auténticas amenazas anónimas y de intimidación. Lo soportaba todo en silencio, me tragaba un sapo tras otro sin reaccionar, acumulando rabia y frustración. Hasta que un día, mientras guardaba cola en el comedor, con la bandeja en la mano, un inspector de la Sección Delincuencia Menor, que yo sabía que era muy amigo de algunos de los investigados, tras susurrarme al oído una ráfaga de insultos, escupió en mi plato. Fue la gota que colmó el vaso. Fuera de mí, salté encima de él y la emprendí a patadas. Se necesitaron cuatro personas para quitármelo de las manos. Me arriesgaba a que me impusieran graves sanciones disciplinarias: como mínimo, ser suspendido de empleo y sueldo, si no incluso la expulsión directa del cuerpo. Aunque en teoría habría podido alegar el atenuante de la provocación, no podía esperar mucha comprensión. En las altas esferas de la Jefatura, eran muchos los que no esperaban más que un pretexto cualquiera para librarse de mi incómoda presencia. Evité lo peor únicamente gracias a la intervención del subcomisario jefe Venturi, cuya ayuda en aquellos momentos no estaba yo en condiciones de rechazar. Utilizando su influencia, el viejo amigo de mi padre logró parar el expediente disciplinario, pero solo con una condición. Una condición, eso sí, no indolora: tendría que aceptar el traslado —«provisional», me aseguró Venturi, «solo hasta que se ponga fin a esta historia tan desagradable y se calmen las aguas»— a un destino en el que pasara más desapercibido. Él había pensado en la Unidad de la Policía Ferroviaria de la Estación Central, cuyo

máximo responsable era un amigo suyo de confianza que me trataría con un cuidado especial.

Me sentía víctima de una injusticia, no había hecho nada
malo, todo lo contrario, y, en vez de darme las gracias, me pedían
que renunciara a Homicidios. Pero no tenía elección, era eso o
arriesgarme a tener que despedirme para siempre del uniforme,
tirando a la basura los últimos cuatro años de mi vida. Con gran
dolor de mi corazón, me resigné y acepté.

4

La Estación Central. Una superficie de 220.000 metros cuadrados, 500 trenes y 320.000 visitantes diarios. De vigilar el lugar y de garantizar la seguridad de los viajeros se encargaba un puñado de unos treinta agentes de la Polfer destinados a las actividades de vigilancia y control, que, distribuidos en cuatro turnos, solo permitía disponer de tres o cuatro patrullas simultáneas de servicio durante el día y, a lo sumo, un par por la noche. No era de extrañar que resultara una empresa tan difícil impedir con eficacia la proliferación de actividades ilegales en la estación: actos variados de ratería, hurtos en las tiendas y en los andenes, venta de mercancías falsificadas y de contrabando, timos... Eso sin tener en cuenta a los mozos de carga no autorizados, los mendigos y los postulantes de supuestas colectas. Y, por supuesto, a las hordas de individuos sin domicilio fijo en busca de un sitio en el que dejarse caer, que se podían encontrar en las salas de espera, en las terrazas situadas en el piso superior sobre las taquillas, en las cabinas telefónicas, en los trenes parados durante la noche... En definitiva, en cualquier sitio.

Y luego estaba todo lo que sucedía fuera, en las zonas adyacentes a la Central. En rigor, no era competencia de los hombres de la Ferroviaria, pero las patrullas motorizadas de la comisaría

Garibaldi no pasaban por allí más de dos o tres veces al día y, en caso de emergencia, la Polfer no podía negarse a intervenir. Los vagabundos y los borrachos merodeaban preferentemente entre las columnas de la Galleria delle Carrozze y los quioscos de refrescos y bocadillos situados en sus extremos. En la piazza Duca d'Aosta, tapizada permanentemente de basuras y jeringuillas usadas, pues los camiones de la limpieza urbana a menudo optaban por mantenerse a distancia, había a todas horas diversos grupos de chorizos y gente desocupada de múltiples nacionalidades; los robos por tirón y los atracos estaban a la orden del día, y los camellos hacían grandes negocios. Estaba el rincón en el que los chicos jóvenes hacían piruetas en sus skateboards, el de los peristas, y otro donde colocaban los trileros las mesitas plegables cuando eran expulsados de los pasillos del metro. La piazza Luigi di Savoia, a la derecha según se mira la fachada de la estación, era el reino de los emigrantes venidos del Este, repanchigados en los bancos y en el césped de los jardincillos, que se ofrecían como albañiles para realizar trabajos en negro, para chapuzas de todo tipo o como cuidadores de enfermos o ancianos. Se veían hombres que vendían cigarrillos de contrabando y mujeres que cortaban el pelo por unos pocos euros. A la izquierda, la piazza IV Novembre era, en cambio, un zoco abigarrado y caótico dominado por los extracomunitarios de origen africano, en el que, entre las marquesinas de las terminales de los tranvías y los parterres, se compraba y se vendía de todo: ropa, especias, hachís, objetos robados, sexo... Periódicas reyertas y ajustes de cuentas incendiaban ora una ora otra de aquellas zonas delimitadas por fronteras invisibles pero netamente marcadas. De vez en cuando alguien quedaba tendido en un charco de sangre.

Sobre todo después del anochecer, la zona de la Central era una tierra de nadie compuesta de degradación, miseria y violencia, un lejano oeste poblado de marginados y delincuentes en el que la única ley era la del más fuerte y la del más listo. Los viajeros que llegaban o salían de ella la atravesaban con la cabeza gacha y con paso rápido, conteniendo la respiración, hasta que se sentían fuera de peligro. Los vecinos de la zona se encerraban en sus casas y los que se veían obligados a trabajar en ella —comerciantes, taxistas, ferroviarios, conductores de la empresa municipal de transportes— volvían constantemente la cabeza para ver qué ocurría a su espalda y, si tenían fe, encomendaban su alma al Señor.

Mezzanotte era cada día más consciente de que así estaban las cosas. La irresistible atracción que la Estación Central parecía ejercer sobre los tirados y los desamparados de toda condición la había convertido en una especie de basurero social al aire libre, en el que iban acumulándose los desechos producidos por la vida frenética y competitiva de la metrópoli. Aquel lugar era un insulto para la imagen de sí misma que Milán deseaba proyectar y, teniendo en cuenta que constituía la puerta de entrada en la que muchos viajeros se formaban la primera impresión de la ciudad, resultaba fácilmente comprensible el disgusto que suscitaba en los políticos locales.

La «limpieza general» anunciada por el comisario Dalmasso había dado comienzo. Dos días antes había habido una maxirredada ordenada por el jefe provincial de la Policía, y estaban programadas otras. Una operación imponente en la que participaron cerca de cien agentes, unidades caninas y de la Policía Científica, agentes a caballo y hasta un helicóptero. Fueron acordonadas las entradas de la estación y los accesos al metro. Hubo centenares de identificaciones y de cacheos, que dieron lugar a decenas de detenciones de extracomunitarios clandestinos y de camellos, y a la confiscación de una notable cantidad de estupefacientes, algunas navajas y una pistola. En cuanto a los hombres de la Polfer, a fuerza de permisos denegados y de horas extraordinarias obligatorias, se potenció al máximo el servicio de patrullaje de la estación, uno de cuyos coordinadores era Mezzanotte, y se aplicó una política de tolerancia cero. El calabozo de la Unidad estaba ya lleno hasta los topes y en la mesa de Riccardo el montón de notificaciones de delitos, denuncias sin detención de los delincuentes y expedientes diversos había alcanzado ya unas dimensiones inquietantes. Sin embargo, él tenía la impresión de que eran escasos los resultados concretos que se obtenían. Después de ese tipo de operaciones, los trapicheos cambiaban de sitio y se corrían unas cuantas calles, pero, al cabo de unos días, todo volvía a ser como antes. Era como tirar piedras a un estanque: se producía una salpicadura, ondas concéntricas que iban ampliándose dentro del agua durante unos instantes, y luego la superficie volvía a estar lisa e inmóvil, como si no hubiera pasado nada. Puede que Raimondi, el responsable del Centro de Escucha, que había criticado duramente la maxirredada en una entrevista, no estuviera del todo equivocado. Ante problemas de semejante envergadura la represión por sí sola no era suficiente.

Eran las seis y media del viernes 25 de abril, una tarde tibia de primavera. Mezzanotte estaba cansado y nervioso. Para complicar más aún un día ya duro de por sí, la afluencia de viajeros era extraordinaria, debido a la llegada a la ciudad de un gran número de personas atraídas a Milán por la manifestación conmemorativa de la Liberación. Lo cierto era que Riccardo no se sentía a gusto en ese tipo de trabajo y echaba mucho de menos las actividades relacionadas con la investigación. Por eso, en cuanto le dieron el traslado, le pidió a Dalmasso que le asignara el pequeño equipo de policía judicial de la Unidad. Los dos sumarios más interesantes en curso tenían que ver con el tráfico de droga proveniente de Francia a través de correos que viajaban con la tripa llena de óvulos de cocaína y con los robos de cables de cobre a lo largo de las vías. Puede que resulte sorprendente, pero este metal, considerado un magnífico conductor eléctrico y fácilmente reciclable, es muy buscado en el mercado negro, hasta el punto de que lo llaman el «oro rojo», y el que se utiliza en la catenaria de la red ferroviaria destaca por su calidad y su pureza. Sin embargo, su superior no quiso saber nada del asunto. Le explicó que, dada la delicada situación en la que se encontraba, no debía hacerse notar en absoluto, y lo mandó al servicio de patrullaje.

Su turno estaba a punto de acabar y Riccardo se hallaba dando la última vuelta de reconocimiento antes de volver a casa, donde iba a encontrarse a Alice de morros debido al fin de semana en Liguria que se había desvanecido. Salió del vestíbulo de las taquillas, atravesó la Galleria delle Carrozze y se asomó al exterior. A lo lejos, a su derecha, divisó una aglomeración de gente junto a una de las dos fuentes situadas a uno y otro extremo de la fachada, en las que, cuando funcionaban, la boca de dos mascarones de piedra de rasgos escuadrados vomitaba agua. Entre aquella pequeña multitud había dos hombres vestidos de azul grisáceo, probablemente una de sus patrullas, así que se encaminó hacia ellos. Al acercarse se fijó en la presencia de algunos parroquianos de la Central, entre ellos el General y Amelia. Colocados en semicírculo, todos cabizbajos, como con recogimiento, estaban mirando algo que había en el suelo. El General, que debía de haberse hartado del espectáculo, se separó del grupo alejándose con su paso irregular. Al cruzarse con Mezzanotte, se puso firme de golpe y le dirigió su habitual saludo militar. En su rostro se dibujó una sonrisa tan radiante que resultaba casi conmovedora, cuando Riccardo, a modo de respuesta, se llevó por un instante la mano a la visera.

Se abrió paso entre los presentes, se colocó junto a los dos policías y se quedó mirándolos con gesto interrogativo.

—Nada grave, inspector. Solo un gato muerto. Ya hemos dado aviso para que se lo lleven.

Mezzanotte miró al suelo. Ahí abajo, en un rincón, había un cadáver de un gato común. Destripado y con las cuatro patas cortadas. La piel del animal, sucia y salpicada de porquería, tenía un color amarillento. A Riccardo le vino inmediatamente a la cabeza el gato que Colella y él habían encontrado en las vías, fuera de la estación, unos días antes. Se agachó para examinarlo mejor. «Prácticamente las mismas heridas —pensó—, pero a este desde luego no ha podido atropellarlo un tren». En ese momento apareció el hombre del servicio de limpieza con una bolsa de plástico negro. Mezzanotte lo detuvo levantando una mano, miró a su alrededor como si buscara algo, a continuación se le encendió el cerebro y sacó el móvil del bolsillo. Era un modelo de nueva generación, uno de los primeros capaces de hacer fotos, que Alice había comprado durante un viaje a Nueva York por motivos de trabajo y le había regalado por Navidad. Pasándoselo de una mano a otra después de desenvolver el paquete, se había preguntado entonces qué utilidad podía tener una máquina fotográfica en un teléfono. ¿Y por qué no incorporar también una cafetera, llegados a este punto? Sin embargo, en ese momento, se veía obligado a cambiar de opinión. Trasteó un poco con el aparatejo intentando averiguar cómo funcionaba la cámara fotográfica, hizo con toda rapidez unas cuantas fotos del gato y a continuación indicó al limpiador con un gesto que ya podía seguir con su trabajo.

El pequeño grupo empezó a dispersarse. Mezzanotte aceleró el paso para alcanzar a Amelia, que caminaba unos metros por delante de él empujando su carrito de la compra.

La anciana vagabunda torció la boca sin dignarse siquiera mirarlo.

—¿Qué quieres, madero?

Siempre tan amable, Amelia. Era menuda y grácil, pero tenía un alma de acero.

—¿Sabes algo por casualidad? ¿Has visto quién ha sido?

Amelia extendió hacia él una mano huesuda dirigiéndole una sonrisa desdentada.

—¿Tienes algún bombón? ¿Eh? Algún bombón para mí. ¿No tendrás uno por casualidad?

Mezzanotte hurgó en los bolsillos del uniforme. No había previsto que pudiera necesitar alguno, pero por fortuna encontró un par de bombones medio derretidos en el fondo de uno de ellos.

—¿Solo dos? —soltó Amelia—. Con eso no te digo ni qué hora es.

—Si te doy demasiados te harán daño. Mira en qué estado tienes los dientes.

—¡Hasta esto puede hacer daño en un ojo, chaval! —siseó la vieja sacando con extraordinaria rapidez una aguja de punto del cúmulo de cachivaches que llevaba en el carrito.

—Vale, tranquila. Te los daré la próxima vez, te lo prometo.

—Será mejor que lo hagas, madero.

—Entonces ¿qué?

—No sé quién habrá despachado a ese animalejo. Pero una cosa puedo decirte: no ha sido el único. Desde hace un tiempo se encuentran muchos animales muertos aquí en la Central.

—¿Qué quieres decir?

—Quiero decir lo que he dicho. ¿No me has oído? Destápate los oídos. Al principio, ratas. Y, ahora, gatos.

Aquella era una noche especial en casa de los Cordero. Los tres, Laura, su madre y su padre, estaban sentados a la mesa, cenando juntos; no solía ocurrir a menudo. Enrico había tenido que hacer verdaderas piruetas para poder estar allí: al día siguiente iba a salir en viaje de negocios a Oriente y debía hacerse perdonar por su mujer, como también ponía de manifiesto el enorme ramo de flores colocado al otro extremo de la mesa high-tech de fibra de carbono, sabiamente iluminada por una lámpara de diseño que parecía una nube suspendida sobre sus cabezas. Solange no había digerido el hecho de que su marido no quisiera llevarla con él, pero el viaje iba a ser un auténtico *tour de force* —Pekín, Hong Kong y Tokio en cuatro días—, y Enrico no tendría tiempo ni para respirar, y menos aún para estar pendiente de su consorte, siempre tan exigente.

Pese a ser una ocasión poco habitual, el ambiente no era de los mejores. Saboreaban la cena intercambiando breves miradas y frases anodinas sobre la comida y lo que cada uno de ellos había hecho durante el día. Parecía que todos tuvieran la mente en otro sitio, como si sus pensamientos estuvieran volcados en algo no dicho que revoloteaba por encima de sus cabezas.

Laura no tenía apetito, presentía que se acercaba una tormenta. Hurgaba en su plato con los cubiertos mientras escrutaba a sus padres, sobre todo a su madre. Normalmente era de ella de donde procedían las amenazas. Hasta ese momento se había fijado en dos cosas: Solange lucía uno de los vestidos de las grandes ocasiones y, como la conocía muy bien, sabía que la función de su vertiginoso escote, que dejaba muy poco lugar a la imaginación, no era otro que excitar en su marido el deseo de lo que iba a negarle aquella noche. Además, todavía no había vaciado la primera copa de vino. En presencia de Enrico siempre intentaba contenerse, para no despertar sus sospechas.

Como Laura temía, fue su madre la que decidió poner fin a los preámbulos.

—Tu padre tiene algo que decirte.

Enrico permaneció unos instantes con la mirada fija en el plato y una mano apoyada en la frente, como si quisiera poner orden en sus pensamientos. Luego, suspirando, levantó la vista y la dirigió hacia su hija. Daba la impresión de que tenía tantas ganas de entablar aquella conversación como de someterse a una colonoscopia, pero no era el momento adecuado para disgustar a su mujer.

—Mamá me ha hablado de lo del voluntariado...

—Ah, ¡sí! —lo interrumpió Laura con entusiasmo—. Precisamente quería comentártelo. ¡Es una experiencia tan intensa y apasionante! La verdad es que estoy...

—Déjalo terminar —terció con gelidez Solange.

—Sí, bueno, no niego que estoy un poco preocupado —prosiguió Enrico—. Has escogido una carrera muy difícil. No me gustaría que eso te distrajera de tus estudios.

—Son solo tres tardes a la semana, papá. No es ningún problema, de verdad. Te lo prometo. No se notará en mis calificaciones.

Enrico —se veía a la legua— habría estado dispuesto a darse por satisfecho, pero una mirada de fuego de su mujer le exigió que continuara con el guion acordado sin saltarse ni una coma.

Las palabras que vinieron a continuación fueron pronunciadas por la voz de su padre, pero provenían de su madre. A Laura no le cabía la menor duda. El ambiente de la estación era peligroso e inadecuado, el problema que tenía obligaba a Laura a no exponerse a excesivas tensiones que pudieran provocarle nuevas crisis, por su bien le pedía que se lo pensara mejor, no querían verse obligados a prohibírselo.

—Soy mayor de edad. No podéis prohibirme que vaya, y yo no tengo la menor intención de dejarlo.

—Por supuesto que podemos. Mientras estés viviendo en esta casa y seamos nosotros los que te mantengamos —soltó Solange perdiendo la paciencia.

—¿Nosotros, mamá? —replicó Laura con hiriente sarcasmo.

Su madre enrojeció de indignación y buscó de inmediato los ojos de su marido. Laura se dio cuenta de que se había equivocado. Atacarla de frente delante de su padre normalmente no era buena idea. Por mucho que adorara a su hija, el hechizo al que lo tenía sometido Solange desde hacía veinte años casi nunca le permitía ponerse de parte de Laura frente a su esposa.

—¿Te parece que es ese el tono que debes usar con tu madre? Discúlpate ahora mismo.

La muchacha casi dejó caer la silla al levantarse de golpe.

—Disculpadme los dos —anunció sin conseguir ocultar el temblor de su voz—, pero se me ha pasado el hambre y estoy cansada. Voy a acostarme.

Se marchó corriendo, se encerró en la habitación dando un portazo y se tiró en la cama. Como siempre que su madre se salía con la suya en una disputa en la que además se jugaba el apoyo de su padre, la humillación la quemaba por dentro de un modo insoportable. Las lágrimas hacían que le escocieran los ojos, pero no quería ceder al llanto. Habría significado reconocer que Solange tenía ese poder sobre ella, y no estaba dispuesta a hacerlo costara lo que costase, ni siquiera ante sí misma, aunque su madre no pudiera verlo y no llegara a saberlo nunca. En cualquier caso, ni en sueños pensaba dejar de ir al Centro de Escucha. Para impedírselo tendrían que atarla a la cama.

Cuando hablaban del «problema que tenía», Enrico y Solange se referían a las crisis epilépticas que sufría desde niña. Tras los primeros ataques la habían llevado a ver a la flor y nata de los especialistas, que la habían sometido a todo tipo de pruebas. Al final, le habían diagnosticado una forma leve de epilepsia. Sin embargo, el motivo de que la padeciera seguía siendo un misterio; aparentemente no había nada irregular en ella.

Ni los médicos ni sus padres tenían idea de qué era lo que causaba aquellas crisis. ¿Cómo iban a saberlo? Laura no les había hablado nunca de ello. Porque ella sí que conocía el motivo. Lo conocía perfectamente. Y también sabía cuál era el verdadero problema; los ataques epilépticos eran solo un efecto secundario.

Laura tenía una facultad especial, podría decirse que poseía un sexto sentido. En su fuero interno estaba acostumbrada a llamarlo «el don», porque así lo llamaba su abuela, la única persona a la que había confiado su secreto, aunque ella lo consideraba más bien una condena o una maldición.

Aurora Cordero, la madre de Enrico, había muerto cinco años antes y Laura seguía echándola muchísimo de menos. Era una mujer extraordinaria, a la que la joven estaba unida por una relación especial. La única persona capaz de entenderla de verdad, la única con la que podía abrirse por completo. Porque la abuela lo sabía.

El don de Laura consistía en la capacidad de percibir, de manera inmediata y directa, lo que sentían las personas que tenía a su lado. Sus emociones y sus sentimientos se proyectaban, reverberaban dentro de ella, y los notaba con la misma fuerza que si fueran suyos. Una forma de empatía extrema y absoluta. En aquellos momentos, a menudo tenía visiones del suceso que —vivido, recordado o imaginado— las había suscitado. A veces le pasaba lo mismo con ciertos lugares y ciertos objetos, como si en ellos pudieran permanecer impregnadas unas emociones particularmente profundas. Si la sacudida interna era demasiado violenta e impetuosa, en un momento dado, acaso por una especie de mecanismo defensivo, su cerebro sufría un cortocircuito y ella se desplomaba sin sentido, presa de convulsiones.

No era algo que ella pudiera decidir voluntariamente: ocurría y punto. La rabia, la tristeza, el miedo, la alegría de quienes la rodeaban, si superaban cierto umbral de intensidad, se le venían encima y la invadían. Verse expuesta sin filtros a aquellas emociones ajenas —casi siempre negativas, no pocas veces sórdidas y repugnantes—, obligada a su pesar a sentir cómo estallaban en su interior, era una experiencia profundamente desestabilizadora, a la que no había podido acostumbrarse nunca. De vez en cuando se preguntaba cuánto dolor, deseo, angustia, vergüenza, gozo, remordimiento, envidia, celos, esperanza, odio, amor o nostalgia podía soportar una persona antes de hacerse pedazos. Porque, de todos esos sentimientos, a ella ya le habían tocado en suerte más de los que la mayor parte de la gente experimenta en toda la vida.

Desde que tenía memoria, Laura siempre había tenido ese don. Probablemente estaba en ella desde su nacimiento. Sus padres le habían contado que de pequeña era frecuente que, sin ningún motivo aparente, se abandonara a un repentino e inconsolable llanto. En una ocasión, cuando tenía unos dos años, un amigo de su padre al que hacía tiempo que no veían fue a visitarlos para conocer al nuevo miembro de la familia, y, en el momento en el que se acercó a ella para hacerle una carantoña en la mejilla, la niña estalló en un llanto incontenible. Pese a la gran incomodidad de sus padres, no hubo forma de hacerla callar. Al día siguiente, se enteraron de que el hombre se había suicidado. Su empresa estaba en bancarrota y él estaba hasta el cuello de deudas. «¡Siempre has sido tan sensible!», era el comentario con el que su madre solía zanjar aquellas situaciones, y por su tono era evidente que no pretendía que fuera un cumplido.

Había sido una niña introvertida y taciturna. La soledad era la única defensa que conocía frente a la acometida de las emociones ajenas. No había revelado nunca a nadie lo que ocurría en su interior. De algún modo, era consciente de que se trataba de algo que la hacía distinta de todos los demás y de que nadie la habría creído ni entendido. Solo la abuela Aurora, que había intuido algo, fue capaz de hacer que se abriera y se confiara a ella, prometiéndole que no diría jamás ni una palabra. Laura siempre había tenido la impresión de que su abuela sabía del asunto más de lo que estaba dispuesta a reconocer, pero sus sospechas de que ella también poseía el don no se habían visto confirmadas nunca.

Con el tiempo, había aprendido a tener bajo control esa capacidad suya, al menos en parte. Ante todo, se había dado cuenta de que debía frenar sus propias emociones, pues, cuanto más nerviosa estaba, con más facilidad se manifestaba el don. En cuanto al truco de la campana de cristal, fue la abuela quien se lo sugirió. No siempre funcionaba, y no funcionaba a la perfección, pero por lo general la ayudaba. Cuando creaba mentalmente a su alrededor aquella barrera transparente que era para ella una pantalla y una protección, aunque a costa de aislarla de la gente y del mundo, a lo sumo le llegaban solo ecos amortiguados de las emociones de los demás. Pero aquello exigía un esfuerzo de concentración constante, que, a la larga, la agotaba. Así que Laura pasaba mucho tiempo sola, iba a sitios llenos de gente únicamente cuando no podía evitarlo, se quedaba allí el tiempo estrictamente indispensable, e impedía que las personas se le acercaran demasiado, pues una intimidad excesiva podía resultar arriesgada para ella. Por eso muchos la consideraban fría y huraña, una esnob antipática. Su vida social era casi inexistente, veía a pocos amigos y con los chicos solo había tenido historias breves y esporádicas. Hasta ese momento no había ido nunca en serio con ninguno de ellos.

Pese a ser todavía virgen, había tenido su primera —y única— experiencia sexual completa a los catorce años. Fue un domingo por la mañana. Como estaba sola en casa y se aburría, se puso a dar vueltas por el piso y acabó dedicándose a curiosear en la habitación de sus padres. En el suelo, a los pies de la cama sin hacer, estaba el suntuoso vestido de noche rojo de chifón y encaje que se había puesto su madre la noche anterior para acudir al estreno de la Scala. No pudo resistir a la tentación: se quitó los vaqueros y la camiseta y se lo probó. Al mirarse en el espejo, se apoderó súbitamente de ella una ráfaga de excitación arrebatadora que la pilló desprevenida. Al cabo de un instante ya no estaba allí, sino delante de otro espejo, el de la fastuosa *toilette* de la Scala. Llevaba el vestido rojo, se le había caído un tirante dejándole un pecho al descubierto e, inclinada hacia delante, se sujetaba firmemente con las manos a los bordes del lavabo. El rostro que le devolvía el espejo, sin embargo, no era el suyo, sino el de Solange, con el cabello despeinado, las mejillas enrojecidas y una expresión lasciva que no le había visto nunca. Detrás de ella había un hombre en el que reconoció a un joven ejecutivo de la empresa de su padre. Incitado por Laura con la voz de su madre, el hombre se bajó los pantalones del esmoquin y los bóxers hasta los tobillos, le levantó la falda por encima de la cintura, le bajó las bragas y, agarrándola por las caderas, la penetró con fuerza. Pese a que en aquella escena todo le inspiraba repulsión, Laura no encontró la manera de sustraerse de ella. No pudo impedir que la invadiera el placer de Solange mientras aquel hombre, jadeando y dando gruñidos, se abría paso en su carne con envites brutales. Hasta que, al llegar al culmen del orgasmo, se desmayó. Se despertó en una cama de hospital. La criada la había encontrado tendida en el suelo de la habitación de sus padres, presa de violentas convulsiones. Desde aquel momento no volvió a mirar a su madre con los mismos ojos.

Cuando le preguntaban por qué había elegido estudiar medicina, con la intención de especializarse en neurología, Laura solía responder que el cerebro la fascinaba profundamente. Era el órgano más extraordinario que existía en la naturaleza. Sus cien mil millones de neuronas —tantas como estrellas tiene la Vía Láctea— lo convertían en la estructura más compleja y misteriosa del universo. ¿Cómo a partir de un cúmulo de células nerviosas y una serie de impulsos eléctricos podía surgir la conciencia, capaz de reflexionar sobre sí misma y sobre el mundo, producir obras de arte y teoremas matemáticos? ¿Cuál era el mecanismo en el que se basaba la memoria? ¿De dónde venían los sueños y qué función tenían? Preguntas a las que todavía no se había empezado siquiera a dar respuesta. Pero el motivo que la impulsaba a hacerse neuróloga era otro en realidad, un motivo más urgente y personal: quería descubrir qué era el don, por qué lo tenía y, de ser posible, cómo liberarse de él. Entre todos los misterios del cerebro, no había ningún otro que le importara tanto descubrir. Hacía algún tiempo había leído que un investigador italiano había localizado una familia de células cerebrales a las que llamó «neuronas espejo». Estas neuronas en concreto se activan cuando sentimos una emoción o cuando vemos a otra persona que la siente. En el segundo caso, reflejan lo que se verifica en el sujeto observado como si sucediera dentro de la persona que lo observa, un mecanismo imitativo que podría ser la base de la empatía. Pues bien, Laura pensó que quizá el don era una derivación de alguna anomalía o hipertrofia de sus neuronas espejo. Con independencia de que la causa fuera esa u otra, ella la iba a encontrar, aunque le llevara toda la vida.

«Policía Nacional - Unidad de Policía Ferroviaria - Sector Operativo Polfer - Milán Central - Objeto: acta de registro en virtud del art. 4 de la ley 152/1975 al que dice llamarse Ismail Mastour, de nacionalidad marroquí, indocumentado, con residencia y domicilio desconocidos. Los abajo firmantes, el suboficial ayudante Arrigo Gollini y el agente Marco Minetti, pertenecientes al servicio citado en el encabezamiento, hacemos saber que a las 8.15 horas del 28 de abril de 2003...».

Un acta más y me muero, pensó Mezzanotte sofocando un bostezo. Miró a su alrededor. Desde los ventanales que daban a la piazza Luigi di Savoia se veían las copas de los árboles agitadas por el viento, que se había llevado la contaminación y las partículas finas de polvo y regalaba al cielo una tonalidad azul de una intensidad rara en Milán. Solo había dos compañeros sentados a sus mesas, los demás estaban efectuando servicios externos. Uno era Carbone, que, a juzgar por su postura repanchigada, estaba haciendo un solitario en el ordenador y en cuanto se dio cuenta de que Mezzanotte lo observaba se sintió en la obligación de lanzarle una mirada amenazadora.

Al coger el móvil para comprobar si tenía alguna llamada o algún SMS, le volvieron a la cabeza las fotografías que había hecho al gato muerto unos días antes. Entre unas cosas y otras no había tenido ni un momento para mirarlas. A decir verdad, se había olvidado casi por completo del asunto. Mientras abría la galería de imágenes del móvil se preguntó qué era lo que lo había impulsado a tomarlas. En el fondo, se trataba solo de un animal muerto, hallado en un sitio donde la violencia era el pan nuestro de cada día y en el que solían ocurrir cosas bastante peores. Sin embargo, mientras pasaba las imágenes del pequeño cadáver martirizado, volvió a experimentar aquella sensación: no era más que eso, una sensación, pero en la deliberada y metódica crueldad infligida a aquel pobre animalito había algo que le helaba la sangre, que le daba escalofríos. «Y ha ocurrido por lo menos dos veces —pensó—. Más incluso, si lo que dice Amelia es verdad».

Intentó ampliar la imagen con el zoom para resaltar algún detalle, pero en aquella pantalla minúscula no veía ni tres en un burro. Levantó el auricular del fijo, marcó el número interno de la sala de agentes y pidió que le mandaran a Colella. Al cabo de unos minutos la cabeza rubia del agente asomó por la puerta de la sala de oficiales.

—Ven, mira —le dijo Mezzanotte enseñándole el móvil—. ¿Serías capaz de pasar al ordenador algunas de las fotos de aquí dentro?

—Claro, sin problema. Es solo un instante.

Colella desapareció para volver al cabo de unos minutos con un pequeño cable. Mientras lo conectaba al ordenador, suspiró con los ojos brillantes.

—Desde luego este móvil es una pasada. —Tecleó alguna orden y a continuación le enseñó una nueva carpeta en el escritorio—. Ya está. Ahí las tienes.

Hizo amago de marcharse, pero Mezzanotte lo retuvo.

—Espera, míralas tú también. —Abrió las imágenes y las fue pasando una tras otra por la pantalla. La resolución era la que era, pero se veían mucho mejor que en el móvil.

—¿Te recuerda algo? —le preguntó Riccardo.

Colella puso cara de asco y a continuación negó con la cabeza.

—¡Claro, hombre! El gato muerto que vimos en las vías el otro día.

—Ah, ¡sí!

—Tú dijiste que probablemente lo habían atropellado. Pero estaba herido y mutilado como este, que se encontraba junto a una de las fuentes de fuera de la estación, de modo que seguro que no lo ha pillado ningún tren.

—¡Ya! ¿Y entonces? —preguntó Colella, que no entendía adónde quería ir a parar su amigo.

—Entonces los ha matado alguien, tanto a uno como a otro. ¿Quién habría podido cometer una bestialidad semejante, en tu opinión?

—Ni idea. Algún gamberrete con ganas de hacer burradas, quizá. O algún drogata. Con todos los pirados que andan por la Central, hay mucho donde elegir.

—Sí, quizá —dijo Mezzanotte aumentando algunos detalles de las imágenes. Con una inquietud cada vez mayor examinó primero el corte que atravesaba el vientre y el pecho del animal, desde la altura de las patas traseras hasta las de delante, entre cuyos márgenes irregulares se entreveían las vísceras y la caja torácica, también partida, y luego los muñones de las extremidades amputadas—. Es solo que dos animales muertos de un modo exactamente igual, con esa violencia, feroz y al mismo tiempo fría, lúcida... No sé, no me parece que pueda explicarse sencillamente como un juego macabro o un *trip* asqueroso.

—Si tú lo dices.

—Además —continuó Mezzanotte, razonando más para sí mismo que dirigiéndose a su amigo—, no hay manchas de sangre en el suelo alrededor del cuerpo. No lo han matado allí. Sea quien sea el autor, lo ha hecho en otro sitio, para dejarlo luego a propósito a la vista de todos. Casi..., casi como si buscara aprobación. Como si estuviera orgulloso de su trabajo y quisiera mostrar a todo el mundo lo bien que lo ha hecho.

—¡Qué asco! —exclamó Carbone al pasar por detrás de ellos camino de la salida—. No sabía que te excitaban estas cosas, Mezzanotte. ¡Eres un verdadero pervertido!

—Vete a tomar por culo, Carbone —gritó Riccardo, y Colella y él volvieron a las imágenes de la pantalla.

—No sé, Cardo —dijo al final Colella encogiéndose de hombros—. Yo en esas fotos sigo viendo solo un gato muerto. ¿A quién quieres que le importe quién se lo ha cargado y por qué?

Instintivamente a Mezzanotte le dieron ganas de decir: «¡A mí!», pero no habría podido explicar el motivo.

—Gracias, señorita. De verdad. Gracias de todo corazón.

La delicada mano de Laura desapareció entre las manos grandes y callosas del hombre que se la estrechaba, casi hasta aplastársela, mientras le daba las gracias con una efusión rayana en la torpeza, de pie al otro lado del escritorio. Era un tipo de unos cincuenta años de aspecto apacible, con el rostro surcado de profundas arrugas. Durante toda la conversación, el sentimiento predominante que Laura había percibido en él había sido el de vergüenza, pero en ese momento le parecía que escondía también una chispa de esperanza. Había salido de la cárcel de San Vittore hacía un par de semanas. Su mujer lo había dejado y había vuelto a Calabria con sus hijos; él se había encontrado sin casa y sin dinero, y había acabado en la estación, donde dormía en los bancos de las salas de espera y comía lo que encontraba rebuscando en la basura, porque pedir limosna le daba vergüenza. Lo único que deseaba era un trabajo honrado, para intentar volver a empezar desde el principio. Laura le había entregado un folio con una lista de albergues, comedores sociales, centros de reparto de ropa y lugares en los que ducharse, y le había explicado los procedimientos para acceder a los distintos servicios. En cuanto se lavara y se arreglara un poco, el Centro lo ayudaría a ponerse en contacto con alguna agencia de trabajo y diversas cooperativas sociales.

Tras los primeros días, durante los cuales se había sentido torpe e insegura, Laura estaba empezando a coger confianza con las que eran sus tareas. El planteamiento del Centro de Escucha era flexible, estaba orientado a la acogida de los usuarios, no había filtros de entrada y no era obligatorio rellenar ninguna ficha ni firmar un verdadero contrato terapéutico. Como indicaba su propio nombre, a los voluntarios se les pedía ante todo que escucharan. Era importante establecer un diálogo con las personas que acudían al Centro, y había que ganarse su confianza y animarlas a que se abrieran. La escucha debía ser proactiva, con el fin de localizar problemas y necesidades específicas, así como las soluciones más idóneas para hacerles frente. En caso de que hubiese una solicitud explícita de ayuda, los operadores se mostraban disponibles a trazar conjuntamente una vía de recuperación adecuada y realizaban una labor de orientación y de apoyo, no solo práctico, sino también psicológico. Con este fin, el Centro recurría a profesionales que desempeñaban gratuitamente funciones de asesoramiento en los ámbitos legal, burocrático y sanitario. Ese día, por ejemplo, le tocaba al médico, y en el local se había montado una sala de visitas improvisada.

Laura se sentía muy a gusto con los demás voluntarios. Enseguida la habían acogido como a una más y habían conseguido que no echara en falta ni apoyo ni consejos. Entre otros, estaban Gigi, empleado de Correos; Wilma, exprostituta; Maria, ama de casa, madre de un chico muerto de sobredosis; Giancarlo, dirigente de una empresa jubilado; Loris, exmodelo, con algún que otro desliz de cocainómano en el pasado. «¡Mi intrépida armada Brancaleone!», los definía con afecto Raimondi. «Por fin una persona normal en esta pandilla de zarrapastrosos», había dicho también en cierta ocasión guiñándole un ojo a Laura, que había sonreído para sus adentros pensando que en realidad la más extraña allí sin duda alguna era ella.

En el Centro, por una vez, el don le era de gran ayuda, pues gracias a él le resultaba más fácil ponerse en la longitud de onda de las personas con las que trataba e intuir sus necesidades y demandas. Pero sobre todo era hacer voluntariado lo que estaba ayudándola. Utilizar sus capacidades para aliviar la tristeza y el dolor que sentía continuamente a su alrededor, sin limitarse a ser un testigo pasivo, le proporcionaba una gran satisfacción y daba sentido a todos los sufrimientos que aquella peculiaridad le había causado y le causaba. Además, exceptuando el incidente de la primera noche en el tranvía, hacer frente continuamente a emociones tan duras e intensas como aquellas a las que se veía expuesta allí, en la estación, parecía que le sentaba bien, que le daba fuerzas. Aunque resultaba agotador, tal vez la solución, en lo que concernía al don, consistiera en hacerle frente, y no en intentar en vano rechazarlo y huir de él, como había hecho toda la vida.

Mientras el expresidiario se marchaba, Laura releyó los apuntes que había tomado y añadió algunas notas a la ficha de la entrevista, luego levantó la mirada para ver quién era el siguiente. La chica que salió de entre la pequeña multitud que esperaba apoyada contra la pared de la entrada la dejó por un instante con la boca abierta. Alta y delgada —quizá demasiado, pensó Laura—, vestía una vaporosa faldita de tul de bailarina, de color rosa, como sus cabellos, cortados en una melenita a lo paje, y una chaqueta vieja de piel, medio rota, decorada con piedrecitas brillantes de *strass*. Sus largas piernas iban enfundadas en unos leotardos de rayas de colores que desaparecían dentro de unas pesadas botas militares. A juzgar por su carita de muñeca excesivamente maquillada, no tenía más de dieciocho años. Caminaba con movimientos fluidos y ligeros, mirando a un lado y a otro con ojazos medrosos de cervatilla. A Laura aquel look increíble le recordó a algún personaje de uno de esos dibujos animados japoneses, los *anime*, y quedó totalmente fascinada.

—Hola. Soy Laura. Siéntate, por favor. ¿Cómo te llamas?

La chica de los cabellos rosa se dejó caer con todo su peso en la silla. Parecía nerviosa y se rascaba a menudo el cuello, como si tuviera una especie de tic. Sus pupilas, reducidas a la punta de un alfiler, hacían que los ojos parecieran todavía más grandes.

—¡Qué bonitos! ¿Quién los ha hecho? —preguntó con una voz ligeramente pastosa, refiriéndose a los abigarrados murales que cubrían las paredes de la nave.

—¿Verdad que sí? Gente de la que acude al Centro, no sé nada más. Hace poco que vengo por aquí. ¿Me dices tu nombre, por favor?

La chica se puso tensa.

—Yo no... Pensaba que no hacía falta —dijo echando una mirada de preocupación a su espalda—. Tal vez sea mejor que me vaya.

—Tranquila. Si no quieres darme el apellido, no importa. Me basta con el nombre de pila. Si no, no sé cómo encabezar la ficha de la entrevista —la tranquilizó Laura dirigiéndole una sonrisa.

—Ah, entonces vale. Me llamo Sonia.

—¿Cuántos años tienes?

Por su forma de vacilar antes de responder «dieciocho», Laura tuvo la seguridad de que todavía no era mayor de edad.

—Vale, Sonia. ¿Te apetece contarme algo de ti?

—Bueno, yo en realidad he venido aquí solo por esto. Me han dicho que aquí podríais curarme —contestó la muchacha levantando la mano izquierda. En ese momento Laura se fijó en que la llevaba envuelta de cualquier manera con un jirón de tela empapada en sangre.

—¡Claro! Ven.

La acompañó detrás del reservado situado al fondo de la nave, donde el médico le pidió que se quitara la chaqueta y la invitó a sentarse en la camilla, antes de liberarle la mano de aquel vendaje improvisado. Tenía un corte en la palma de varios centímetros de longitud, pero no era muy profundo, no necesitaba puntos. Mientras le desinfectaba la herida y se la vendaba como es debido, el médico frunció el ceño y miró a Laura, atrayendo con un gesto su atención hacia el brazo extendido de Sonia. Al ver los pequeños puntos oscuros en la cavidad del codo, se le encogió el corazón. Debería haberse dado cuenta antes. La voz pastosa, las pupilas contraídas, la tendencia a rascarse: indicios por los que, según le habían explicado, podía reconocerse a las personas que se inyectan heroína.

Cuando volvieron a su escritorio, se esforzó por entablar una conversación y prolongar el encuentro. Sonia era tan dulce y tan mona... Parecía tan inocente todavía... ¡Cuánto le habría gustado hacer algo por ayudarla! En los pocos días que había pasado en el Centro de Escucha ya había conocido a varios drogadictos y había oído a los otros voluntarios contar un montón de historias sobre ellos. Raramente tenían final feliz. Por lo general acababan en la cárcel, muriendo de sida o de sobredosis.

—Te gusta bailar, ¿verdad?

Por la cara de la muchacha cruzó una sombra.

—¿Y tú cómo lo sabes?

—Bueno..., la falda, y sobre todo la forma en que te mueves. Yo antes también bailaba, ¿sabes? Danza clásica. Por desgracia tuve que dejarlo.

—Yo moderna y contemporánea. —Por un instante dio la impresión de que Sonia estaba a punto de dejarse llevar y abrirse, pero su tono se volvió áspero enseguida, casi rabioso—. Pero no era nada serio. Solo estúpidas fantasías infantiles. Yo también lo dejé. Perdona, pero ahora tengo que irme —concluyó, echando de nuevo un vistazo a su espalda, y esta vez Laura se dio cuenta de que había intercambiado una mirada con un chico que estaba junto a la puerta de la calle con los brazos cruzados y una expresión torva en el rostro.

—¿Es tu novio?

—Él... Sí, estamos juntos. Está esperándome. Tenemos cosas que hacer —contestó Sonia, pero Laura no captó el menor rastro de amor o de afecto en sus palabras. Por el contrario, lo que percibía en ella era inequívocamente miedo.

La cogió de las manos e, inclinándose hacia ella, dijo en voz más baja:

—Nosotros podemos ayudarte, ¿sabes? Si quieres, puedes salir de todo esto antes de que sea demasiado tarde. Todavía eres muy joven...

—Mira, es que te equivocas —exclamó Sonia apartándose—. No necesito nada. Estoy bien, de verdad. Ahora, es que tengo que irme.

—Vale. Pero vuelve cuando quieras, ¿de acuerdo? Para lo que sea. Aunque solo sea para hablar. Yo estoy por aquí todos los lunes, miércoles y viernes por la tarde. Me gustaría volver a verte.

Observó con tristeza cómo Sonia se dirigía a donde estaba el chico esperándola. Cuando llegó a su altura, él la agarró bruscamente del brazo y se la llevó a rastras a la calle.

Laura deseó de corazón que volviera.

Eran las siete de la tarde. Atrapado en el tráfico infernal del corso Buenos Aires al volante de su Panda destartalado, con Alice a su lado que no decía una palabra desde que habían salido de casa,

Riccardo estaba todavía dándole vueltas al tema de los animales muertos. Por si acaso, por la tarde había estado interrogando sobre el asunto a todos los agentes de patrulla presentes en la Unidad. La mayor parte de ellos no le habían sido de mucha ayuda, pero alguno recordaba haberse encontrado con gatos muertos en las últimas semanas, mientras daban vueltas por la Central. Por desgracia, ninguno de ellos había considerado que valiera la pena hablar del asunto, ni recordaba con precisión qué tipo de heridas presentaban los animales. Probablemente, mejor dicho, con toda seguridad, no era nada, pero aquella historia había activado en algún rincón de su cabeza un timbre de alarma que no dejaba de sonar como una molesta música de fondo. Al día siguiente tenía previsto llevar a cabo algunas comprobaciones más y luego decidiría qué hacer.

En el cielo se encendían los primeros destellos del atardecer y el río de chapa de los coches en fila discurría lento entre las aceras todavía atestadas de gente que entraba y salía de las tiendas. Alice suspiraba a su lado sin dejar de mirar la calle por la ventanilla. Hasta el último momento había dudado si acompañarlo, debido al fuerte dolor de cabeza que sentía, y Mezzanotte había abrigado la esperanza de que se quedara en casa. Ya tenía bastantes problemas a los que hacer frente, pero lo cierto era que con ella las cosas iban de mal en peor. El péndulo de su relación últimamente oscilaba entre dos extremos: o no se hablaban o discutían, saltándose por completo todo lo que pudiera haber entre medias. Alice suspiró.

—¿Qué pasa, Ali?

—Cardo, sobre lo de mañana...

¡Mañana, joder! Se había pasado todo el día intentando no pensar en lo que pasaría al día siguiente, y lo había conseguido de maravilla, pero ahora, de pronto, se le venía todo encima.

—Dime —murmuró mirando fijamente al frente y apretando con las manos el volante hasta que los nudillos se le pusieron blancos.

—Te lo ruego, Cardo. Mañana, dile que te equivocaste. Retira las acusaciones. Me dijiste que la fiscalía ha reunido un montón de pruebas, así que no sería muy grave que te echaras atrás. También pueden condenarlos sin tu ayuda.

Al día siguiente tendría lugar la vista preliminar del proceso basado en sus revelaciones. La señora Trebeschi le había asegurado una y otra vez que no estaba prevista su comparecencia en la sala, pero le había pedido que fuera de todos modos al tribunal y estuviera a su disposición por si el juez de instrucción consideraba necesario su testimonio. Si eso llegara a suceder, se encontraría por primera vez cara a cara con los compañeros a los que había denunciado. Por lo menos, la vista sería a puerta cerrada, no habría público en la sala.

—No es tan sencillo, ya te lo he dicho. Ya sé que también para ti es muy duro, y lo siento muchísimo, pero no puedo echarme atrás. Si lo hiciera, no sería capaz de volver a mirarme al espejo.

Finalmente, Alice se volvió hacia él con los ojos brillantes.

—¡Pero es que yo ya no aguanto más! Sigo oyendo aquella voz al teléfono, las cosas horribles que decía que me haría. Por la noche sueño con ella. Tengo miedo de salir de casa.

En realidad, Mezzanotte ya lo había pensado. Algunas noches interminables, a altísimas horas de la madrugada, cuando ya era imposible que llegara el sueño y la angustia le pesaba como una piedra en el pecho, había tenido la tentación de ceder. Pero al final el orgullo, su maldito orgullo, más incluso que el sentido del deber y de la justicia, acababa siempre por prevalecer. Y total, por mucho que diera marcha atrás, en el punto en que se encontraba, además de parecer débil y cobarde, seguiría siendo el Judas, el traidor que había hecho que metieran en la cárcel a unos compañeros.

—¡Mierda, no puedo hacerlo! —gritó dando un puñetazo al volante, con la rabia que llevaba dentro desde hacía meses desbordada. Ante la violencia de ese desahogo Alice se estremeció y se echó a llorar—. No hay nada que pueda hacer, ¡joder! Nada de nada —añadió él.

Le abrió la puerta Dario Venturi, que, como de costumbre, incluso cuando estaba fuera del trabajo, vestía con una elegancia severa e impecable. De unos sesenta años, alto y delgado, cabello gris muy corto, llevaba un traje oscuro y corbata.

—¡Ya estáis aquí! Empezábamos a preguntarnos dónde os habíais metido. La cena estará lista enseguida.

—Perdona, ya sabes cómo está el tráfico —se justificó Mezzanotte estrechándole la mano.

Venturi lo absolvió dándole una palmada en la espalda, y a continuación se dirigió a Alice sonriendo.

—¡Qué contento estoy de que hayas podido venir tú también! ¿Cómo te encuentras?

—Yo... Bien, señor Venturi. No era grave, solo una ligera migraña.

Mezzanotte estaba seguro de que a Venturi no se le habían pasado por alto los ojos enrojecidos de Alice, pero el anfitrión no dijo nada y los hizo pasar. Guiados por las notas cristalinas de una sonata de Chopin recorrieron el pasillo en penumbra hasta llegar al umbral de un salón amueblado con un gusto austero y un poco anticuado. Se notaba enseguida que en aquella casa faltaba un toque femenino.

Tommaso Caradonna y su esposa, Vanessa, ya habían llegado. A sus cuarenta y cinco años, los hombres aún se daban la vuelta por la calle para mirarla. Larga melena castaña, ojos persuasivos de color avellana, labios carnosos, un sencillo traje primaveral de flores que subrayaba sin ostentación sus formas generosas, la mujer se encontraba de pie junto a una ventana abierta, con un cigarrillo encendido entre los dedos. Caradonna estaba sentado en el sofá hojeando distraídamente una revista. Llevaba una chaqueta Armani con camiseta y pantalones vaqueros. Había echado un poco de tripa en los últimos tiempos, y el ceño fruncido revelaba algún tipo de preocupación; aun así, no aparentaba los cincuenta y cuatro años que tenía, y el extraordinario parecido con Robert Redford, al que debía su fama de Casanova irresistible, seguía saltando a la vista.

—¡Ah, esto es para ti! —dijo Mezzanotte tendiendo a Venturi la botella de whisky que llevaba en la mano.

—¡Gracias, Cardo! Talisker, diez años. Un escocés estupendo, pero hoy no lo abriremos. Esta noche os daré a probar algo especial. En la tienda de uno de mis proveedores he localizado una botella de Ardbeg Uigeadail, una auténtica rareza. Lo fabrica una vieja destilería de la isla de Islay, en las Hébridas. Su nombre, que significa «lugar oscuro y misterioso», procede del lago del que toman el agua con que lo elaboran. Tiene un fuerte regusto a turba, por supuesto, pero también un aroma de jerez que lo suaviza. Su áspera dulzura os conquistará.

La pasión por el whisky, junto con su afición por la música clásica, era una de las pocas debilidades humanas de Dario Venturi. Soltero, ninguna relación sentimental conocida, ni hobbies, ni vicios, en la Jefatura lo habían apodado «el Monje».

Después de los saludos y las formalidades de rigor, Riccardo se alejó de los demás, que estaban volcados en la conversación, y, con una copa en la mano, se dirigió hacia un aparador situado al fondo de la sala. Apoyadas en la superficie del mueble y colgadas de las paredes sobre él, había decenas de fotografías enmarcadas, de formas y dimensiones diversas. Algunas, las más recientes, mostraban a Venturi en actos oficiales o junto a algunas autoridades, pero no eran estas las que a él le interesaban. Las que Mezzanotte buscaba eran las fotos en blanco y negro, amarillentas ya por el paso del tiempo. Decenas de imágenes descoloridas y agrietadas que contaban la epopeya de los Tres Mosqueteros, y a través de ella quince años de historia delictiva milanesa. Había una, en particular, que siempre se detenía a contemplar. La tomaron en el patio de la via Fatebenefratelli en 1977, inmediatamente después de la detención de Turatello. Riccardo tenía dos años entonces. En el centro, apoyado en un Alfa Romeo Alfetta sin distintivos y con el dispositivo luminoso de emergencia en el techo, estaba su padre, con su fornido cuerpo envuelto en una gabardina ajada, y el indefectible puro sobresaliendo por debajo de su bigotazo. A su izquierda, un Tommaso Caradonna con patillas, vaqueros de pata de elefante y camisa de cuadros, empuñaba una metralleta M12 haciendo el signo de la victoria con los dedos, mientras que, al otro lado, Dario Venturi, vestido con un traje oscuro prácticamente idéntico al que llevaba aquella noche, aparecía tieso y con gesto encogido, como si estuviera posando para la foto de la primera comunión. Los tres sonreían; su sonrisa era franca, radiante de felicidad y satisfacción. Riccardo no recordaba haber visto nunca la cara de su padre iluminada por una sonrisa como aquella. Un año más tarde, su madre, de la que casi no conservaba ningún recuerdo, murió a causa de una leucemia fulminante. El comisario Mezzanotte no se repuso nunca por completo de la pérdida de su esposa. Su carácter, ya de por sí más bien huraño y ceñudo, se agrió todavía más. La persona que conoció Riccardo al crecer era un hombre hosco, encerrado en sí mismo, y un padre ausente y demasiado severo. Solo en compañía de sus dos colegas y amigos llegaba de vez en cuando a relajarse un poco, dejando traslucir algún reflejo del hombre que había sido antes.

En 1970, cuando Alberto Mezzanotte se trasladó junto con su esposa a Milán procedente de Varese, donde ambos habían nacido y se habían criado, tenía veintiocho años y el grado de subcomisario. Lo destinaron a la Brigada Móvil, en la Jefatura de la via Fatebenefratelli, donde desarrollaría toda su carrera, primero en la Brigada Antiatracos y luego en la de Homicidios, al frente de la cual llegó en 1981. En 1988 asumió la dirección de la Brigada Móvil, cargo en el que se mantuvo durante diez años, hasta su trágica muerte.

Milán era por aquel entonces una ciudad rica y violenta. Un hueso muy suculento que se disputaban varias jaurías de perros hambrientos, dispuestos a todo con tal de hincar sus colmillos en él. Con una media de ciento cincuenta homicidios al año, poco tenía que envidiar al Chicago de Dillinger y Al Capone. Silbaban las balas, corría la sangre, la gente tenía miedo.

Eran los años de la contestación, manifestaciones y choques de diverso tipo inflamaban las plazas, y el terrorismo segaba vidas y causaba víctima tras víctima. La delincuencia organizada empezaba a extender en silencio sus tentáculos sobre la ciudad, dedicada al lavado de dinero sucio y a la lucrativa industria de los secuestros, mientras que las bandas de gánsteres ambiciosos y sin escrúpulos se disputaban el territorio al son de ráfagas de ametralladora. Entre ellas, destacaban sobre todo dos, divididas por una cruenta rivalidad: la de los cataneses de Francis «Cara de Ángel» Turatello, que controlaba los garitos clandestinos, el negocio de la prostitución y el tráfico de cocaína, y la banda de la Comasina de Renato Vallanzasca, especializada en atracos y secuestros. Era una delincuencia audaz y despiadada, que, si se veía acorralada, no dudaba en enfrentarse a tiros a las fuerzas del orden.

En aquella época oscura y sangrienta ser policía en Milán no era ninguna broma. Pero Alberto Mezzanotte no tenía miedo. Antes bien, había deseado con ardor aquel reto, y él mismo lo había buscado. De carácter huraño y poco dado a los compromisos, poseía un código moral muy rígido y un fuerte sentido de Estado. Era un madero de la vieja escuela, un mastín de ciudad. Siempre presente en las escenas de los crímenes y en primera fila en las redadas, tenía intuiciones geniales en el curso de las investigaciones y carecía de reparos, cuando era necesario ensuciarse las manos. Para él detener a los delincuentes no era solo un trabajo: lo consideraba una vocación, una misión. Cuando ponía la mira en una presa iba tras ella con una tenacidad y un empeño implacables, y no se quedaba tranquilo hasta que la metía entre rejas. En su despacho tenía un catre del ejército y no era extraño que, en las fases cruciales de cualquier investigación importante, pasara la noche en él. Con sus hombres, que por él se habrían tirado de cabeza a un pozo, era duro y exigente, pero siempre leal y protector en extremo. Los criminales lo temían y lo respetaban.

Un par de años después de su llegada a la Brigada Móvil, ya tenía a su lado a sus dos lugartenientes. Hijo de un obrero de la Falck, emigrado del Véneto para escapar de la miseria, Dario Venturi se había criado en un bloque de viviendas sociales de Sesto San Giovanni, en la periferia norte de Milán. Destinado por sus padres, que eran muy religiosos, a hacerse cura, había estudiado en el seminario menor de la archidiócesis milanesa, pero, decepcionando las esperanzas que sus progenitores habían depositado en él, al acabar el servicio militar se enroló en la policía y, preparando los exámenes por la noche, durante los primeros años de servicio se licenció en Derecho a fin de poder acceder a las oposiciones a oficial. Inteligente y ambicioso, metódico y decidido, enseguida se distinguió por sus capacidades. Se conocía al dedillo las leyes y los procedimientos, y ni siquiera en las situaciones más críticas perdía la lucidez ni la sangre fría. Hábil mediador, poseía una marcada sensibilidad para los aspectos periodísticos y las implicaciones políticas de los casos.

En cuanto a Tommaso Caradonna, era el vástago calavera de una aristocrática familia palermitana. Se había puesto el uniforme por espíritu de aventura y como acto de rebeldía contra el legado familiar. Era un fanfarrón simpático y fascinante, generoso, impulsivo, y de una temeridad rayana en la inconsciencia. Hábil al volante y dotado de una puntería admirable, nunca se echaba atrás cuando había que arriesgar el pellejo. Había acabado en Milán como castigo tras destrozar su coche patrulla y otros cinco automóviles en el curso de una intrépida persecución por las calles de Palermo. Su pasión por la buena vida, las mujeres guapas y los juegos de azar lo asemejaba en cierto modo a los granujas a los que debía dar caza, tanto que a veces cabía pensar en lo poco que le había faltado para encontrarse al otro lado de la valla. Su profundo conocimiento del ambiente de los clubes nocturnos y de los garitos de la ciudad resultó más de una vez valiosísimo para las investigaciones de las fuerzas del orden.

Entre aquellos tres hombres tan distintos y en muchos sentidos complementarios nació un vínculo profesional y humano indestructible. Se hicieron inseparables, tanto en el trabajo como fuera de él. Con Venturi y Caradonna celebró Alberto Mezzanotte el nacimiento de su hijo. Y con ellos lloró la muerte de su esposa. La amistad que los unía sobrevivió incluso a la irrupción de Vanessa Fabiani en sus vidas. La conocieron en 1984, durante una redada en una sala de juego clandestina, en la que ella se vio obligada a trabajar como chica de alterne para saldar una deuda de su padre con unos usureros. Tenía veintiséis años y era de una belleza arrebatadora. Tanto Dario Venturi como Tommaso Caradonna perdieron la cabeza por ella. Los dos la cortejaron, pero al final Vanessa escogió a Caradonna. Venturi consiguió resignarse, hasta el punto que accedió a ser el padrino de boda de su amigo.

Capitaneados por el comisario Mezzanotte, los Tres Mosqueteros se apuntaron una extraordinaria serie de casos resueltos y de detenciones sobresalientes que los convirtieron en una leyenda. Fueron ellos los que pusieron las esposas en las muñecas de Renato Vallanzasca en 1972 tras el atraco en la Esselunga del viale Monterosa. Al «bel René» volvieron a pillarlo en 1980 después de una de sus numerosas evasiones, al término de una rocambolesca persecución con su correspondiente tiroteo en los túneles del metro. En 1977, en pleno centro de Milán, detuvieron a Francis Turatello, poniendo fin a su reinado criminal.

Sin embargo, su obra maestra fue la captura de Angiolino Epaminonda, llamado «el Tebano». Hijo de humildes emigrantes cataneses, llegó a ser el chófer y después el brazo derecho de Francis Turatello. Tras la detención de este último y con el fin de heredar su cetro, Epaminonda se unió a los tristemente famosos «Indios», una pandilla de asesinos locos y drogados, y no dudó en enfrentarse a la banda de los hermanos Mirabella, que se habían mantenido fieles a «Cara de Ángel», enzarzándose en una guerra feroz que sobrecogió a toda la ciudad y dejó tras de sí más de sesenta cadáveres. Poner en manos de la justicia al Tebano se convirtió en una obsesión para el comisario Mezzanotte. Durante años se dedicó a acosarlo sin darle tregua y se convirtió en su némesis, hasta el punto de que en cierta ocasión Epaminonda intentó cargárselo lanzando contra a él a sus Indios, que fallaron el golpe debido a un chivatazo. El comisario lo metió entre rejas por primera vez en 1980, pero fue puesto en libertad por insuficiencia de pruebas. Logró atraparlo definitivamente una noche cuatro años más tarde, tras localizar el piso convertido en refinería de coca en el que, sintiendo ya el aliento de los maderos en la nuca, se había refugiado el malhechor. La jugada maestra de Alberto consistió en conseguir el santo y seña usado para acceder a la guarida de los delincuentes y pronunciarlo en dialecto catanés cerrado para que le abrieran la puerta blindada antes de irrumpir en la vivienda con las armas desenfundadas.

En la cárcel, el Tebano tenía una fotografía suya colgada de la pared de su celda, a la que escupía cada mañana en cuanto se levantaba de la cama. Sin embargo, acabó doblegándose. Durante un duro interrogatorio, y aprovechando el talón de Aquiles del delincuente —el amor por sus hijos—, el comisario lo convenció de que debía desembuchar. Epaminonda confesó diecisiete homicidios y colaboró con los investigadores en la reconstrucción de otros cuarenta. Su arrepentimiento permitió a Mezzanotte y a los suyos efectuar durante los años siguientes una espectacular serie de detenciones, con lo que desmantelaron redes enteras de delincuentes y consiguieron bajar el telón de una época de sangre y violencia.

Los caminos de los Tres Mosqueteros se separaron poco después del ascenso de Alberto Mezzanotte al frente de la Brigada

Móvil con el grado de subcomisario jefe adjunto, aunque para todos seguiría siendo siempre «el comisario Mezzanotte». Tras pasar a la Digos en 1989 y posteriormente a la Interpol, Dario Venturi dio comienzo a una carrera fulgurante que, gracias entre otras cosas a las relaciones influyentes que había sabido cultivar a lo largo del tiempo, lo conduciría a la cima de la policía de Milán. En cuanto a Tommaso Caradonna, presentó la dimisión del cargo que ocupaba en el cuerpo en 1994, a raíz de un episodio cuyos perfiles no llegaron a aclararse nunca y en el que, al parecer, lo rozaron ciertas sospechas de corrupción, y entonces creó una empresa de vigilancia privada. La amistad entre los tres, sin embargo, siguió en pie, hasta que en 1998 un asesino cuyo nombre no llegó a conocerse nunca dejó tieso a Alberto Mezzanotte descerrajándole tres tiros.

—¿Sabes que todavía no me he acostumbrado del todo a verte sin cresta?

La voz de Caradonna sacó bruscamente a Mezzanotte de su ensimismamiento. No se había dado cuenta de que estaba a su lado desde hacía un rato.

—Hace ya años que no la llevo —respondió pasándose instintivamente una mano por la coronilla. Lució una cresta mohicana teñida de rojo durante la época en la que había sido el bajo de los Ictus, el grupo punk más zarrapastroso que había puesto los pies en los ambientes *underground* de Milán. Se la cortó en el momento en que decidió hacerse policía, al tiempo que cortaba por completo los puentes que lo habían unido a aquel mundo.

—Es verdad, pero entre el curso de formación y tu traslado a Turín, tampoco nos hemos visto mucho desde que entraste en la policía. Y, además, ¿qué quieres que te diga? A mí me gustaba, aunque cuando te la dejaste poco faltó para que a Alberto le diera un ataque.

Desde luego aquella no había sido la vez que más cerca había estado de que le diera uno, pensó Mezzanotte, y no pudo impedir que su mente volviera al último encuentro que había tenido cara a cara con su padre, dos años antes de que lo mataran. Era su recuerdo más doloroso y también el que más remordimientos le causaba. Después de aquella noche terrible no habían vuelto a tener ningún contacto, aparte de un par de conversaciones telefónicas muy breves. La muerte de su padre había privado para siempre a Riccardo de la posibilidad de hacer las paces con él.

—Bueno..., ¿y cómo te va en la Ferroviaria? —dijo Caradonna para cambiar de tema y romper el silencio que se había creado entre los dos.

—Algo mejor que en la Jefatura, no lo puedo negar. Pero desde luego no es como Homicidios.

—Te entiendo. Si tienes estómago y suficientes huevos, Homicidios es lo máximo para un madero. Aunque te confieso que mi brigada preferida era Antiatracos.

—¿Y eso?

—Más persecuciones y más tiroteos —dijo Caradonna, y los dos se echaron a reír.

—¿De qué os reís tanto? —preguntó Venturi uniéndose a ellos.

—De nada, Dario. Total, no lo aprobarías —replicó Caradonna dando un codazo a Mezzanotte.

Permanecieron unos instantes los tres juntos contemplando las fotos en silencio, y luego Venturi dijo:

—Es mañana, ¿verdad?

—Sí. Mañana por la mañana. Probablemente tendré que testificar.

—Espalda recta y cabeza alta, Cardo —apuntó Caradonna—. Puede que te sorprenda, teniendo en cuenta lo que muchos piensan de mí en la Jefatura, pero, a mi juicio, no tienes nada de que avergonzarte. Cumpliste con tu deber. Alberto estaría orgulloso de ti.

—¿Tú crees? Yo sigo preguntándome cómo habría actuado él en mi lugar.

—No sé lo que habría hecho, tu padre podía ser imprevisible, pero de una cosa estoy seguro: no habría dejado que se salieran con la suya. ¿No es cierto, Dario?

—Bueno, habría sido capaz de ir él mismo a buscarlos uno a uno para llevarlos a patadas a San Vittore —comentó en tono de broma Venturi. Luego, poniéndose más serio añadió—: Pero él no era un policía cualquiera. Era el comisario Mezzanotte.

Riccardo se lo quedó mirando.

—Tú crees que he hecho mal acudiendo a la fiscal, ¿verdad? Debería haber hablado primero contigo.

—Sí, Cardo. Habría sido mejor. El asunto se habría llevado con más cautela y con más discreción, y se habrían limitado los daños. Pero, lo hecho, hecho está, así que es inútil darle vueltas.

—Ya. Tú eres un maestro en ese tipo de cosas —terció Caradonna posando un brazo alrededor de los hombros de Mezzanotte y abrazándolo con afecto—, pero nosotros somos hombres de acción. La prudencia y la diplomacia no son lo nuestro.

—Tú has razonado siempre más con los huevos que con el cerebro, Tommaso. De eso no cabe duda —replicó Venturi—. Con Cardo todavía abrigo alguna esperanza.

Mezzanotte se abandonó a la carcajada que los unió con una mezcla de alivio y gratitud. Durante un largo instante liberador, sintió que no se encontraba en territorio hostil. Eso era algo que en los últimos tiempos no le sucedía muy a menudo.

Cuando salió del Centro de Escucha, el crepúsculo estaba ya muy avanzado. La oscuridad empezaba a caer sobre la piazza Luigi di Savoia, y las farolas y los faros de los coches arrojaban una luz espectral sobre las cosas y las personas. También aquella tarde Laura se había entretenido largo rato después de acabar su turno. Y es que en el Centro había siempre mucho que hacer, y para ella, que hasta ese momento había vivido en un aislamiento estéril y ocioso, resultar útil, formar parte de algo, constituía una experiencia electrizante que hacía que se sintiese viva y fuerte como nunca se había sentido hasta entonces. De todas formas, estaba en guerra abierta con su madre, y un retraso más a la hora de cenar no empeoraría la situación.

Con la cabeza baja y sujetando con fuerza el bolso, caminaba por la acera que flanqueaba el lateral de la estación, en dirección a la parada del tranvía. Dos inmigrantes del Este que estaban tirados en los escalones de un portal bebiendo cerveza se la quedaron mirando con insistencia. Un poco más adelante, vio a un hombre meando contra la trasera de una furgoneta aparcada. De día era otra cosa, pero Laura debía confesar que, al oscurecer, la Central le daba un poco de miedo. Además, estaba cansadísima, las sienes le latían dolorosamente por el prolongado esfuerzo de concentración que estaba haciendo. No veía la hora de darse una ducha y meterse en la cama. Quizá se saltaría incluso la cena.

Apresuró el paso cuando un tipo fornido se le acercó para intentar venderle droga y la miró de arriba abajo con una sonrisa viscosa. Poco después la notó: una sensación repentina de frío, acompañada de un estremecimiento que le recorrió toda la espina dorsal. Se quedó paralizada y su corazón empezó a palpitar a lo loco. Le costaba trabajo respirar, como si de repente el aire se hubiera vuelto más espeso. No, en ese momento no. No podía ser, a pesar del cansancio había tenido cuidado, no había bajado la guardia ni un instante, la campana de cristal envolvía con fuerza su mente. Y, sin embargo, una emoción extraña estaba abriéndose paso en su interior, junto con una siniestra sensación de opresión, sin obstáculos que se lo impidiesen. O, mejor dicho, un conjunto de emociones. Era una lacerante mezcla de tristeza, dolor y miedo, que, muy a su pesar, le llenó los ojos de lágrimas. Miró a su alrededor, como si se hubiera perdido, intentando localizar la fuente, que parecía cercana y tremendamente lejana a un tiempo, en todas partes y en ninguna, era como si aquellas emociones de desgarradora intensidad no estuvieran vinculadas a una persona en concreto, sino que flotaran en el aire, como una nube tóxica. No había experimentado nunca nada parecido, le daba la impresión de que un abismo de desesperación y de angustia iba a tragársela.

Luego se fijó en los niños. Un niño y una niña, de unos doce y ocho años. Él llevaba unos pantaloncitos cortos con tirantes, una camisa clara y una gorra; ella lucía un vestidito floreado de verano y llevaba el pelo recogido con unos lazos. Iban dando saltitos cogidos de la mano por uno de los senderos del jardincillo situado en medio de la plaza, al otro lado de la calle. Le resultó extraño que unos niños tan pequeños anduvieran por ahí solos a aquellas horas, pero en las inmediaciones no se veía a ningún adulto que tuviera pinta de acompañarlos. En un momento dado, el niño se detuvo y volvió la cabeza con el rostro muy serio. Durante un largo rato Laura tuvo la impresión de que estaba mirándola a ella con una extraña luz en los ojos; luego el pequeño se puso de nuevo a dar saltitos arrastrando tras de sí a la que Laura habría apostado que era su hermanita. Tuvo el impulso de ir tras ellos, pero la tormenta emotiva que seguía arreciando en su interior la obligó a permanecer quieta donde estaba. Mientras los veía alejarse en dirección al túnel que atravesaba el paso ferroviario elevado y comunicaba la via Tonale con la via Pergolesi, como si se tratara de una ola en retirada, las emociones que la desgarraban fueron debilitándose poco a poco hasta desaparecer, dejándola asustada y temblorosa en medio de la acera.

Eran más de la una y Mezzanotte se disponía a dar la tercera vuelta alrededor de la manzana en busca de un sitio para aparcar. Había dejado a Alice delante del portal hacía ya más de veinte minutos, y encontrar un hueco en el que soltar el coche empezaba a resultar una necesidad imperiosa. De hecho, tenía muchísimas ganas de mear y poco había faltado para que chocara un par de veces. Los arañazos y las abolladuras no escaseaban precisamente en la carrocería de su viejo cacharro, pero ese no era un buen motivo para aumentar la colección.

A decir verdad, Mezzanotte estaba más bien borracho. Al final, se habían bebido entero el «lugar oscuro y misterioso», hasta la última gota. Había sido una velada muy agradable, algo que de verdad necesitaba. Al día siguiente, durante la vista le costaría trabajo concentrarse, pero quizá fuera mejor así. También el humor de Alice parecía haber mejorado un poco. Casi todo el rato había estado hablando con Vanessa. Solidaridad entre esposas de maderos, sin duda.

Finalmente divisó un sitio libre. Pisaba un poco un vado, pero qué más daba, ya no podía más. Con una serie de maniobras bruscas logró aparcar el Panda sin causarle daño alguno, milagrosamente. Cuando bajó del coche, calculó enseguida que estaba demasiado lejos de casa, de modo que, por mucho que no estuviera muy en consonancia con un representante de la ley, se metió entre dos contenedores de basura en mitad de aquella calle oscura y desierta, y, dando un largo suspiro de alivio, vació la vejiga.

Se dirigió a su casa siguiendo una trayectoria no precisamente rectilínea, la cabeza le daba vueltas como un tiovivo. No había avanzado mucho cuando oyó una voz a sus espaldas:

—Inspector Mezzanotte...

Se dio la vuelta, sin tiempo apenas para sorprenderse de que alguien se dirigiera a él por su nombre y por su grado a aquellas horas de la noche, cuando un violento puñetazo le golpeó en la boca del estómago. Doblándose en dos por el dolor, extendió a ciegas una mano y agarró la camisa del hombre que tenía delante. Aunque lo había pillado de improviso y estaba algo mamado, habría sido capaz de salir airoso frente a su agresor si hubiera estado solo. Por desgracia, tenía un cómplice, que, atacándolo por la espalda, le arreó un golpe de porra en los riñones. Sofocando un gemido, Riccardo cayó de rodillas y ya no hubo nada que hacer. Los dos tíos se le echaron encima y lo molieron a golpes y a palos. Tenían buen cuidado de no darle en la cara, quizá para no dejarle marcas demasiado visibles, pero, por lo demás, no se anduvieron con chiquitas. No dijeron ni una palabra más, pero a Mezzanotte no le cabía la menor duda de por qué le pegaban. La vista preliminar, qué casualidad, tendría lugar al día siguiente por la mañana.

No le quedó más remedio que acurrucarse en posición fetal en pleno asfalto para protegerse como buenamente pudo y esperar a que terminaran de una vez, confiando en que no se pasaran de la raya y acabaran matándolo allí mismo.

5

—¿Que si en las últimas semanas hemos registrado un aumento de las denuncias de muertes de animales? —repitió desde el otro extremo de la línea el operador de la sede milanesa del ENPA, la sociedad nacional protectora de animales—. No, inspector, no me consta.

—Quiero decir de animales a los que hayan matado de manera brutal y atroz, tras ser sometidos a verdaderas torturas. Abiertos en canal, con las patas amputadas o cosas así —precisó Mezzanotte con el auricular encajado entre la oreja y el hombro, mientras sacaba del blíster un par de pastillas, que se tragó con un sorbito de agua de una botella de plástico. A continuación añadió—: Especialmente en las cercanías de la Estación Central.

—Pues yo no... Espere... Ahora que me habla de patas amputadas, la semana pasada una señora nos comunicó que había encontrado un gato machacado a la puerta de su casa. No me ha venido inmediatamente a la cabeza porque la clasificamos como una muerte accidental. La señora estaba convencida de que lo había atropellado un tranvía. El pobre animalito estaba abierto en canal y tenía las cuatro patas cortadas.

—¿Y dónde vive esa señora?

—Deje que lo compruebe... Aquí está: en la esquina de la via Tonale y la via Sammartini.

«Justo enfrente de la estación», pensó Riccardo.

—Muchas gracias, me ha sido de gran ayuda.

Al alargar el brazo para colgar el auricular se provocó él solo una punzada que le arrancó un gemido. Pese a seguir atiborrándose de analgésicos, le dolía todo. Tenía el cuerpo cubierto de cardenales y probablemente una fisura en alguna costilla. De todas formas, debía considerarse afortunado: no tenía nada roto y tampoco había sufrido ninguna hemorragia interna, por lo que parecía.

Apoyó los codos en la mesa y se tapó la cara con las manos. Una cuerda tensa hasta la angustia, obligada a soportar una carga demasiado pesada: así era como se sentía. La cuestión no era si se rompería o no, sino cuándo. Notaba claramente las hebras que la componían y cómo iban deshilachándose hasta partirse, una tras otra.

La noche anterior había logrado arrastrarse hasta su casa, se había tragado un puñado de analgésicos y se había metido en la cama sin despertar a Alice. No le dijo nada de la paliza; en el estado en el que se encontraba últimamente lo habría tomado por loco. Por la mañana, cuando aguardaba en un pasillo del Palacio de Justicia, estaba tan atontado por los fármacos que se había quedado dormido en un banco, y el secretario del tribunal tuvo que darle unos empujoncitos para hacerle saber que lo llamaban a comparecer en la sala. Una vez dentro, le costó un esfuerzo sobrehumano caminar con normalidad hasta el estrado sin hacer gestos de dolor. Estaba tan lleno de rabia que no tuvo dificultad ni vacilación alguna a la hora de responder a todas las preguntas del juez de instrucción mirando directamente al grupo de los acusados sin bajar la vista en ningún momento.

Más tarde, en la Unidad, corrió la noticia de su declaración, a saber cómo, y los compañeros empezaron a tratarlo otra vez como un apestado. Necesitaba desesperadamente algo que le mantuviera la mente ocupada, algo en qué concentrarse para no pensar en toda la mierda que le había caído encima. Y lo único que tenía a mano era la historia de los animales muertos.

Antes de llamar a la protectora de animales, dio una vuelta por la estación preguntado a los empleados de los Ferrocarriles, a los trabajadores de la limpieza y al personal de las distintas tiendas. Interrogó también a los hombres del servicio de vigilancia del supermercado. Durante la cena en casa de Venturi, hablando con Tommaso Caradonna —del que sospechaba que últimamente los asuntos no le iban muy bien—, se había enterado de que era su empresa la que se ocupaba de la seguridad del supermercado de la Central, así que le pidió que le permitiera hacer algunas preguntas a los vigilantes. Incluidas las dos de las que había sido testigo directo, supo de cinco muertes de gatos atribuibles con relativa certeza a la misma mano, más un puñado de otros casos sobre los cuales las informaciones eran demasiado vagas e imprecisas para tener alguna seguridad. Y ordenó, tanto a los agentes del servicio de patrullaje como a sus dos confidentes, que a partir de entonces mantuvieran los oídos y los ojos bien abiertos y le comunicaran directamente a él cualquier cosa que pudiera estar relacionada con la muerte de otros animales.

Ya no le cabían muchas dudas: desde hacía más o menos un mes, alguien había comenzado a matar gatos para luego dejarlos en la estación y sus inmediaciones. Por qué demonios lo hacía, y por qué precisamente en la Central, era un misterio. Ciertamente no se trataba más que de animales, sí, delito para el que solo estaban previstas penas pecuniarias, pero Mezzanotte no podía ignorar la sutil inquietud que seguía suscitando en él la modalidad de aquellas muertes. Decidió que debía informar al comisario Dalmasso. Marcó los lugares de los hallazgos en un plano y se puso a redactar un informe oficial sobre el asunto.

Cuando entró en el despacho de su superior, Mezzanotte lo encontró sentado a la mesa, firmando documentos. Vestía un traje beis arrugado sin corbata y un mechón de pelo del emparrado le colgaba tristemente de un lado dejando al descubierto su calvicie. Cuando le puso delante el informe, el comisario levantó brevemente la cabeza y le dio las gracias con un gesto. Al cabo de un instante, al darse cuenta de que Mezzanotte seguía en pie en medio de la habitación y no hacía ademán de marcharse, levantó de nuevo los ojos arqueando las cejas.

—Mire, comisario, pensaba que tal vez podría echarle una ojeada de inmediato, creo que es importante...

Dalmasso se sintió tentado de atrincherarse detrás del pretexto de que estaba demasiado ocupado, pero suspiró, resignado a soltar el bolígrafo, hizo una seña al inspector para que se sentara y alargó una mano para coger el informe.

Mientras su superior leía las páginas que había escrito durante las dos últimas horas, Mezzanotte miró a su alrededor. No cabía decir que el comisario se hubiera esforzado mucho en personalizar su despacho. Además del escritorio, en la pequeña estancia solo había un fichero metálico y un armario-librería con los estantes atestados de archivadores. Ni plantas ni objetos decorativos. De las paredes, del mismo color verdoso desteñido que el resto de la Unidad, solo colgaban el indefectible calendario de la Policía Nacional y una foto del presidente de la República. Las aportaciones de Dalmasso al mobiliario parecían ser las dos fotos enmarcadas que había junto al ordenador. Su mujer y el pequeño barco de vela que tenía amarrado en el lago Maggiore. En la Unidad a nadie le cabía duda de cuál de los dos ocupaba el primer puesto en el orden de los afectos del comisario. En cuanto tenía un momento libre, Dalmasso se precipitaba al lago para navegar en aquel cascarón. Marinero de agua dulce: una definición que, según Mezzanotte, le iba como anillo al dedo. Consideraba al comisario una buena persona y no era el peor jefe que había tenido, pero, eso sí, no era ningún corazón de león. Habría sido un buen policía, si no hubiera mostrado cierta tendencia a orillar los problemas, en vez de hacerles frente con diligencia, y si no hubiera estado siempre demasiado atento a complacer a las altas esferas y a no incomodar a nadie que pudiera causarle problemas.

Una vez terminada la lectura, el comisario volvió a poner el informe encima de la mesa, se apoyó en el respaldo del sillón enlazando las manos sobre el saliente de su barriga y se dedicó a escrutar a Mezzanotte estrechando los ojos, pequeños y demasiado juntos.

—Excelente informe, inspector, preciso y detallado. Le felicito por su escrupulosidad...

—Gracias, comisario —lo interrumpió Mezzanotte con demasiado ímpetu—. Creo que deberíamos poner en marcha una investigación oficial. Me gustaría ocuparme yo mismo de ella.

—... una escrupulosidad digna de mejor causa, permítame añadir —concluyó Dalmasso, ignorando la interrupción.

—Yo... ¿Cómo? —balbució Mezzanotte, pillado a contrapié. Incapaz de disimular su desilusión, añadió—: Entonces ¿no tiene intención de confiarme la investigación?

—Ni a usted ni a nadie, inspector. Estamos en el ojo del huracán, por si se le ha olvidado. Tengo al jefe del departamento pisándome los talones, me llama todos los días, quiere resultados y por ahora, pese a todo el empeño que estamos poniendo en ello, no puedo ofrecerle muchos. Amo a los animales como el que más, pero, de momento, un puñado de gatos muertos no es precisamente una de mis prioridades.

—En la Central hay alguien que tortura y mata sistemáticamente animales con una brutalidad inusitada —dijo un tanto exaltado Mezzanotte—. A mí me parece que algún motivo para preocuparse sí que lo hay. ¿No deberíamos intentar averiguar qué se esconde detrás de eso?

—Vale, Mezzanotte, vale —comentó Dalmasso abriendo los brazos y esbozando una sonrisa conciliadora—. Si realmente desea mantener una luz encendida sobre este asunto, no se lo impediré. Pero nada más. No hay que desperdiciar ni el tiempo ni los recursos de la Unidad. ¿He sido suficientemente claro?

—Sí, señor, clarísimo.

Mezzanotte se levantó con cierta brusquedad, lo que le produjo otro desgarrador pinchazo en el pecho.

—¿Le pasa algo, inspector? ¿Se encuentra bien?

—Estoy bien. No es nada —contestó Riccardo apretando los dientes, mientras salía del despacho con paso rígido e inseguro.

—Disculpe, no lo he entendido...

Laura no era capaz de concentrarse. Ni siquiera sabía muy bien de qué había tenido clase aquella mañana en la universidad, y también en ese momento, en el Centro de Escucha, se distraía continuamente. Seguía aturdida por lo que había sucedido dos días antes. Y abatida. Estaba tan contenta... Las cosas iban por buen camino, tenía la sensación de haber empezado a tomar las riendas de su vida, pero toda su confianza se había resquebrajado en pocos minutos, como un castillo de arena destrozado por una ola. Sucedía siempre así con el don. Cada vez que le parecía que había alcanzado un punto de apoyo firme, que había conseguido ponerle freno y domarlo, ocurría algo que la situaba de nuevo en el punto de partida.

No dejaba de pensar en ello. ¿Cómo era posible? No le había sucedido nunca que la campana de cristal resultara por completo ineficaz, que las emociones traspasaran aquella barrera mental sin la menor dificultad. Era la primera vez que no lograba descubrir su origen, como si no provinieran de una persona en concreto, sino que saturaran completamente el espacio circundante. No recordaba haber sentido en su vida nada semejante: un concentrado de emociones negativas de tal intensidad que temió que se le partiera el corazón. Como si el mundo se hubiera convertido en un páramo desolado e inhóspito, un lugar de infelicidad y de tormentos del que había desaparecido para siempre cualquier rastro de amor, piedad y esperanza. «El infierno en la tierra», esa era exactamente la imagen que le sugerían aquellas emociones. La mera idea de experimentar de nuevo algo semejante la horrorizaba. Y luego estaban los dos niños que había visto en el jardincillo. De alguna manera, tenía la impresión de que estaban relacionados con lo que estaba sintiendo, pero, pensándolo bien, no lo consideraba posible, su aspecto era tan alegre y despreocupado... A saber qué estaban haciendo en un sitio tan peligroso como la estación. Quizá vivían por allí cerca, o tal vez fueran hijos de alguno de los emigrantes del Este que pasaban el día en la plaza. Sin embargo, en aquel momento estaban solos, sin que nadie los acompañara, de eso estaba bastante segura.

—¿Puede repetirlo, por favor?

Acabó a duras penas la entrevista con el joven senegalés en busca de ayuda para renovar el permiso de residencia, garabateó rápidamente alguna nota en su ficha, y luego hizo una seña a otra voluntaria para advertirla de que iba a hacer una pausa, agarró su mochilita y se precipitó al cuarto de baño. Había notado como un pequeño tirón en la ingle y una sensación de humedad entre las piernas, hacía unos días que la esperaba y mira por dónde ahí estaba. Lo único que faltaba era la regla. Entró en el baño de señoras, se desabrochó deprisa y corriendo los vaqueros y se los bajó junto con las braguitas. Un desastre. Arrancó una larga tira de papel higiénico y empezó a limpiarse con ímpetu casi histérico, pero el vendaval de sollozos que le subió a la garganta la obligó a parar mientras las lágrimas corrían libremente por sus mejillas. Se dejó caer en la taza del váter y se abandonó a un llanto desconsolado. Le habría gustado echar la culpa a los cambios hormonales debidos al ciclo menstrual, pero sabía que no era cierto; al menos no por completo. Era todo tan difícil... Su vida era un gran embrollo y ella se sentía terriblemente cansada y sola. Necesitaba con desesperación hablar con alguien, el calor de un abrazo, pero no tenía novio ni amigas con las que pudiera confiarse, su abuela había muerto hacía años y con sus padres, por distintos motivos, no podía contar. Nadie podía darle consuelo y apoyo. Solo contaba con ella misma, como siempre, tenía que seguir adelante con sus propias fuerzas, mientras le quedara alguna.

Acurrucada en el váter, dejó que las lágrimas corrieran libremente, sin oponer resistencia. En cuanto se sintió un poco más tranquila, se sorbió la nariz, acabó de limpiarse y se puso una compresa. Inclinada sobre el lavabo desportillado, se enjuagó la cara varias veces con agua fría, dirigió una forzada sonrisa de ánimo a la imagen de sí misma reflejada en el espejo y salió del baño.

De vuelta en la sala, reconoció al vuelo la grácil figura que se recortaba en el marco de la puerta y fue a su encuentro. Sonia estaba en la entrada del Centro mordisqueándose la mejilla por dentro. La faldita rosa de bailarina y la chaqueta de piel eran las mismas de la otra vez, pero aquel día llevaba unas medias de malla rotas por varios sitios y un top negro de encaje. Una encantadora hada *dark* con las alas ajadas.

—El otro día me dijiste que podíamos hablar —comentó la chica con una ligera vergüenza en cuanto se acercó a ella, apartándose de los ojos el flequillo rosa—. Pasaba por aquí y he pensado en entrar, si no te molesto.

—¡Por supuesto que no! Me alegra que hayas vuelto. Ven, vamos a sentarnos.

A Laura no se le habían escapado ni el ojo morado ni la hinchazón y el corte del labio inferior de la muchacha. La facilidad con la que Sonia se hacía daño le parecía un poco excesiva para tratarse de simples accidentes. Nadie podía ayudarla a ella, pero ella podía ayudar a los demás, e intentaría ayudar a Sonia. De ahí era —pensó mientras se dirigían a su mesa— de donde debía sacar la fuerza para no rendirse.

Una vez sentadas frente a frente, para romper el hielo, dirigió la conversación hacia la pasión que las dos sentían por la danza.

Sonia le contó que siempre, desde niña, le había gustado bailar y a los diez años había empezado a ir a clases de danza. Soñaba con convertirse en una corista de la tele. Se había visto obligada a dejarlo hacía dos años, cuando se fue de casa. Laura le preguntó por qué se había ido, pero Sonia se puso tensa y se limitó a decir que la relación con su familia se había vuelto insostenible.

Tras un silencio, Laura le dirigió la pregunta que tenía en la punta de la lengua desde el primer momento.

—¿Qué te ha pasado, Sonia? ¿Quién te ha dejado en este estado?

La muchacha vaciló. Por su aspecto frágil y desconcertado parecía aún más joven de lo que era.

—No, nada, me he dado...

—Dime la verdad. Ha sido él, ¿no? Tu novio. ¿Te ha pegado?

Sonia asintió con la cabeza.

—De vez en cuando lo hace. Cuando yo no... —El labio herido le temblaba, tenía los ojos brillantes y luchaba por contener las lágrimas. Al rato añadió—: Quiere que yo..., me obliga a..., a... ¡Yo no quiero seguir haciendo esas cosas!

No pudo seguir hablando. Gruesas lágrimas recorrieron, junto con el maquillaje, sus mejillas formando regueros oscuros.

Entre sollozo y sollozo de Sonia, a Laura le costó bastante trabajo y una buena dosis de paciencia sacar en claro de las frases entrecortadas que su novio Artan, un pequeño camello albanés, la obligaba a prostituirse y que la mantenía atada a él con la droga y, por si fuera poco, a fuerza de golpes.

Intentó convencerla de que debía dejarlo, tanto a él como a la heroína, pero Sonia no tenía adónde ir —a casa no quería volver por nada en el mundo— y no era capaz de dejar de pincharse, ya lo había intentado un par de veces, pero siempre había vuelto a recaer.

Cuando le mencionó la posibilidad de entrar en una comunidad terapéutica, Sonia pareció animarse y por un instante Laura sintió que en su ánimo asomaba un brote de esperanza. Sí, estaría muy bien, de verdad, pero, por desgracia, no era posible. Artan le daba demasiado miedo, la controlaba constantemente y cuando se enfadaba se volvía muy malo. Si abrigara la más mínima sospecha de que tenía previsto abandonarlo, se lo haría pagar. Una vez le dijo que antes que verla marcharse con otro le rajaría la cara con la navaja de afeitar, para que ya no la quisiera nadie.

Deseosa de tranquilizarla y animarla, Laura le prometió que ella la ayudaría, se trataba solo de organizar bien la fuga, pero Sonia, dándose cuenta de pronto del tiempo que llevaba allí, la interrumpió. Tenía que irse de inmediato si no quería que Artan descubriera que había salido de casa sin su permiso. Laura solo logró darle su número de teléfono antes de que se fuera y arrancarle la promesa de que se lo pensaría y, en cuanto tomara una decisión, se pondría en contacto con ella.

—¿Quieres que te lleve, Laura? Tengo el coche aquí al lado.

Eran las nueve pasadas y se encontraba en la terraza de un bar en la esquina de la piazza Duca d'Aosta y la via Vitruvio con Leonardo Raimondi y otros voluntarios. Era ya de noche; la fachada iluminada de la estación resplandecía, colosal y lúgubre, en medio de la plaza, junto a la silueta dominante de la torre Pirelli.

Después de cerrar el Centro, Raimondi los había invitado a tomar algo. De vez en cuando lo hacía. Hasta entonces Laura siempre había declinado la oferta, pero esa noche, pese a que estaba cansadísima, sintió la necesidad de concederse un poco de distracción y también quería aprovechar la ocasión para hablar con calma a Leo de Sonia y que él la aconsejara sobre cómo tratar su caso. En vez de un cóctel pidió un zumo de tomate —si había algo que la hacía particularmente vulnerable a la acometida de las emociones era la embriaguez alcohólica—, pero eso no le impidió pasar una hora muy agradable con los demás. Raimondi le confirmó que, en una situación como la de Sonia, el ingreso en una comunidad era la mejor solución, le dio además algunas indicaciones y varias sugerencias prácticas. También le recordó que la política del Centro era hacerse cargo solo de quien pidiera expresamente ayuda y manifestara una clara voluntad de emprender una vía de recuperación. Insistir y forzar las cosas para que así fuera podía resultar contraproducente.

Entre los voluntarios presentes estaba también Loris, el exmodelo y excocainómano, que acababa de ofrecerse para llevarla a casa en su coche y esperaba respuesta con una sonrisa esperanzada. Alto, ancho de hombros, vestido con un Lacoste y unos vaqueros ajustados ciñendo su cuerpo musculoso, era en verdad un chico atractivo. Siempre se mostraba atento y amable, y Laura sabía de su debilidad por ella. Era uno de los privilegios que le concedía el don: intuía casi siempre si gustaba a alguien y cuánto.

Habría sido fácil aprovecharse de ello para aliviar la sensación de soledad que la atenazaba. Una parte de ella deseaba meterse en el coche de Loris y echarse en sus brazos, pero a decir verdad lo único que sentía por aquel joven era una atracción genérica, no era su tipo, y sabía que él no quería solo divertirse un rato, sino que estaba colado por ella. Prefería causarle una pequeña decepción en ese momento a partirle el corazón más adelante.

—Gracias, pero no hace falta. Me vendrá bien caminar un poco.

Se despidió de todos, dio a un Loris descorazonado un par de besos especialmente cariñosos en las mejillas y se marchó. Para coger el tranvía debía cruzar toda la explanada de la estación hasta la piazza IV Novembre, pero, llevada por una especie de presentimiento, condujo sus pasos de nuevo hacia el Centro. Mientras caminaba en dirección a la piazza Luigi di Savoia, el corazón empezó a palpitarle con más fuerza, y la invadió una sensación sombría y oprimente que no tardó mucho en reconocer.

Los divisó a lo lejos entre los árboles y los parterres del jardín, y no le cupo duda alguna, eran ellos. Un niño y una niña, él tres o cuatro años mayor que ella. Solos también esa noche, y eso que quizá era más tarde que la otra vez. Permanecían inmóviles, cogiditos de la mano, mirando en dirección a ella. En cuanto se aseguraron de que los había visto, se dieron media vuelta y empezaron a dar saltitos por uno de los senderos. Era absurdo, pero a Laura le dio la impresión de que la estaban esperando.

Entonces, como un viento que se levanta de repente y adquiere fuerza a toda velocidad hasta convertirse en un tornado, las emociones empezaron a azotarla con violencia. Las mismas de la otra vez —miedo, tristeza y dolor en estado puro—, y, como también en aquella ocasión, aunque ella ya se lo esperaba y se había preparado para reforzar al máximo la campana de cristal, arrollaron y superaron sus defensas psíquicas con una facilidad desconcertante. Cuando hincaron sus dientes en ella, Laura se sintió como si todas las partículas de luz y de calor que había a su alrededor se diluyeran y cayera en una gélida oscuridad poblada de horrores.

Vaciló. Tuvo la tentación de ceder y tirarse al suelo llorando porque en medio de aquellas tinieblas ya nada tenía sentido y no le quedaba esperanza alguna, pero con gran esfuerzo de voluntad se obligó a seguir adelante. Quería averiguar qué le estaba pasando y por qué. De alguna manera que no lograba imaginar ni de lejos, los dos niños tenían mucho que ver en todo aquello.

En ese momento, uno de los autobuses que entraban y salían continuamente de la plaza dio un bufido y se detuvo delante del sendero por el cual habían echado a andar los dos hermanos, ocultándolos de su vista. Por miedo a perderlos, Laura aceleró el paso, aunque eso le suponía un esfuerzo enorme. De pronto se vio corriendo por la acera que flanqueaba el lateral de la Central a la que daba la puerta del Centro de Escucha. Adelantó al autobús aparcado y los volvió a divisar. Iban dando alegremente saltitos por la acera que delimitaba el jardincillo, al otro lado de la calle. Como había sucedido dos días antes, se dirigían al fondo de la plaza, donde se abría la boca del túnel que cruzaba el puente sobre el que discurrían las vías del tren.

Redoblando su esfuerzo, Laura aceleró el paso y bajó de la acera para cruzar la calle, con los ojos clavados fijamente en los dos niños. Al llegar al centro de la calzada, cuando solo la separaban unos metros de ellos, se percató de que estaban cantando algo. A duras penas logró oír la letra, sus voces le llegaban como un débil susurro llevado por el viento, pero le bastó para reconocer la cancioncilla, aunque la letra de la que ella se acordaba era distinta.

> *Estrella, estrellita,*
> *las tinieblas se acercan,*
> *el cuarto está ya oscuro,*
> *y la noche da miedo.*
> *La lechuza en el tejado,*
> *los monstruos bajo la cama,*
> *hacen ruidos espantosos*
> *y a dormir no te atreves.*
> *Pero aquí está mamaíta,*
> *ya puedes cerrar los ojos.*

Le faltaban unos pocos pasos para llegar a ellos cuando el berrido ensordecedor de un claxon la estremeció. Volvió la cabeza de golpe y quedó deslumbrada por dos faros enormes que se le venían encima. Con un chirrido desgarrador de neumáticos, el autobús logró frenar a pocos centímetros de ella. Laura tardó unos segundos en reponerse del susto, mientras el conductor asomaba la cabeza por la ventanilla lateral gritándole de todo. Buscó a los niños con la mirada, pero ya estaban lejos y también el torbellino emocional que había barrido su interior había desaparecido.

Fue una mañana de la que más valía olvidarse, saturada de problemas e imprevistos. Mezzanotte volvía de tomar parte en una intervención particularmente difícil. Un hombre se había desnudado y se había subido al parapeto de una de las terrazas situadas encima de las taquillas, había agarrado un cuello de botella y se lo había acercado a la garganta. Resultó ser un tipo de unos treinta y tantos años aquejado de trastornos psicológicos, un individuo más de esos que, abandonados por la familia y por las estructuras sanitarias, acababan empantanados en la Estación Central. Delgado y huesudo, con el cabello largo y la barba descuidada, parecía un Cristo desnutrido y delirante. Quería hablar con el jefe de estación, de lo contrario amenazaba con matarse. Sus alaridos, amplificados por el inmenso vestíbulo, habían atraído a sus pies a una multitud de curiosos a los que los agentes de la Polfer se esforzaban por mantener a distancia. No había forma de entender qué quería. Quizá ni él lo sabía. Fue necesaria una hora entera de negociaciones, llevadas a cabo por un directivo de los Ferrocarriles Estatales, durante la cual el hombre estuvo en más de una ocasión a punto de clavarse de verdad el trozo de cristal en la carótida, para darle tiempo a Mezzanotte a acercarse a él lo suficiente, sin que se diera cuenta, sujetarle el brazo armado y conseguir que bajara.

Ya había quedado patente que aquel iba a ser un mal día desde la habitual reunión de los lunes, durante la cual Riccardo mantuvo una acalorada discusión con el comisario Dalmasso. El joven inspector propuso aumentar la utilización de patrullas vestidas de paisano, a su juicio mucho más eficaces para impedir los delitos que las que iban vestidas de uniforme, invirtiendo las proporciones actuales. Pero su superior no quería ni hablar del asunto. Según él, la presencia de uniformes por la Central tenía un efecto disuasorio en los delincuentes y, sobre todo, tranquilizaba a los viajeros. Sustancia contra apariencia, y la que había acabado por imponerse había sido esta última. No era la primera vez que Riccardo veía que así se escribía la historia, pero no por ello estaba menos cabreado.

Mientras tanto, la operación «limpieza general» empezaba a sufrir contratiempos. La semana anterior había habido otra maxirredada y de nuevo a los pocos días los camellos detenidos y los emigrantes clandestinos expulsados habían sido sustituidos por otros nuevos. Se había anunciado una tercera, pero en ese momento no estaba claro que se fuera a llevar a cabo. Por falta de recursos, al parecer. Por lo demás, en los últimos tiempos no se había producido ningún episodio particularmente grave, por fortuna, de modo que el asedio de los medios de comunicación se había suavizado, y como, además, el comienzo de las obras de reestructuración anunciadas por Dalmasso había sufrido un aplazamiento, el lavado de cara de la estación había perdido urgencia. En definitiva, aunque los problemas no se hubieran resuelto ni mucho menos, la emergencia estaba menguando poco a poco. Hasta la próxima crisis.

En cuanto al pelagatos —así era como Riccardo había oído que lo llamaban en la Unidad algunos compañeros a los que había sorprendido criticando su obsesión—, hacía dos semanas que no había habido novedades. No se habían producido nuevos hallazgos, al menos de los que él hubiera tenido conocimiento. Quizá había metido la pata al dar demasiada importancia a algo que no la tenía. Quizá aquel tipo, fuera quien fuese, se había cansado de abrir en canal a unos pobres animalitos y había encontrado otro entretenimiento.

Algo de lo que podía alegrarse era de que las intimidaciones hacia su persona parecían haber cesado, al menos de momento. Tras la vista preliminar, que había concluido con el procesamiento de todos los imputados, no había recibido más llamadas anónimas ni amenazas. Quizá hubieran comprendido que no valía la pena intentar asustarlo, sobre todo teniendo en cuenta que ya había testificado ante el tribunal. A menos que hubieran decidido resolver el problema de raíz y estuvieran planeando quitarlo de en medio, cosa que, desde luego, no podía descartar.

Subió por una de las escalinatas laterales al término de las cuales las altas columnas daban acceso a la Galería Principal. La luz del sol entraba en ella a raudales a través de las marquesinas, y los mármoles de las paredes, los mosaicos de los paneles decorativos y el latón de las lámparas art déco resplandecían. Hacía ya un rato que había pasado la hora de almorzar y Mezzanotte estaba intentando decidir si se concedía una pausa de verdad sentado en alguna de las mesas del Gran Bar, o si compraba cualquier cosa en la barra de los bocadillos del *free shop*, dispuesta en una horrorosa estructura prefabricada que ocupaba el centro de la galería estorbando el paso, y se lo comía en su mesa mientras despachaba unos cuantos informes atrasados, cuando le sonó el móvil.

—Chute, ¿qué pasa? —dijo al ver el nombre escrito en la pantalla.

—Eh, inspector, ¿qué tal? Me comentaste que te interesa todo lo relacionado con animales muertos, ¿no?

—Exacto. ¿Tienes algo para mí?

—Hay un tío que conozco, un punk de esos que suele pasar por la Central de vez en cuando con sus perros y se queda unos días aquí. Bueno, el caso es que ayer..., o sea, han matado a uno de sus perros.

—¿Un perro? ¿No habrá acabado atropellado por algún coche o algo por el estilo?

—¡Qué va, amigo! ¡Qué va! Lo han dejado hecho trizas, según me ha dicho. Estaba fatal, el tío. Hecho una mierda, ¡coño!

—Vale, Chute. Tenemos que hablar. Enseguida.

—A la orden, inspector. Nos vemos delante del súper. Tú tráeme mis diez mil liras, ¿eh?

—Diez euros, Chute. Euros.

—Lo que sea. Pero no te los olvides, amigo. La economía tiene que funcionar.

Se encontraron al cabo de unos minutos en la calle, junto a la entrada lateral que da a la piazza IV Novembre. Chute estaba ya esperándolo frente a las puertas automáticas del pequeño supermercado de la planta baja de la estación, donde, al ir y venir de los clientes de las etnias más diversas, se sumaba el de los pordioseros que acudían a abastecerse de vino barato en tetrabrik y el de los toxicómanos, dispuestos a chorizar cualquier cosa para revenderla después. El confidente llevaba unos pantalones de pana deshilachados y una camisa hawaiana de colores melancólicamente desteñidos. Más que de un armario, parecía que aquellas ropas habían salido de un contenedor de basura. No tenía buena cara. Su rostro parecía más demacrado que de costumbre y unas ojeras oscuras y profundas rodeaban sus ojos.

—¿No has pensado en dejarlo? —preguntó Mezzanotte mientras caminaban por el lateral de la estación hacia la embocadura de la via Sammartini.

Chute le lanzó una mirada de sincera sorpresa.

—¿De ponerme? No podría nunca. ¿Tú estás casado, inspector?

—No.

—¿Y no tienes novia?

Mezzanotte vaciló un instante antes de contestar que sí. Tal como iban las cosas con Alice, no estaba muy seguro de que siguiera teniéndola mucho más tiempo.

—Bueno, yo es como si me hubiera casado con la heroína, amigo. La amo, a esa putita blanca, no puedo evitarlo, y ya sabes lo que se dice: en la salud y en la enfermedad, hasta que la muerte nos separe.

Dejando atrás el paso subterráneo a la altura de la via Tonale, flanquearon el lado izquierdo de la estación hasta la entrada de una zona de carga y descarga delimitada por un pórtico, que se correspondía con el punto en el que, siete metros por encima de sus cabezas, al nivel de las vías, terminaban las marquesinas que cubrían la zona de salidas. Más allá, a lo largo de más de un kilómetro, se extendían los llamados almacenes enlazados, largas filas de locales originalmente destinados a albergar depósitos y comercios construidos a uno y otro lado del terraplén de las vías, en su mayoría en completo estado de abandono.

En la base de una de las columnas laterales del pórtico, semioculto detrás de los coches aparcados, había un pequeño campamento improvisado. Sentados sobre unos sacos de dormir hechos jirones, entre cachivaches de todo tipo y montones de latas de cerveza vacías, había un hombre de unos treinta años y una chica bastante más joven, los dos con aspecto sucio y descuidado. A sus pies dormitaban tres perros igual de sucios, de pequeño tamaño y raza indeterminada.

El hombre, que tenía los brazos llenos de tatuajes y varios piercings en la cara, entre los que destacaba un tornillo clavado en el medio del labio inferior, estaba ensayando sin demasiado éxito un número de malabarista con tres manzanas. Interrumpió lo que hacía para saludar a Chute, que se le acercó y se puso en cuclillas frente a él. Mezzanotte se quedó unos pasos por detrás, esperando, mientras los otros dos confabulaban en voz baja. Entretanto, la chica, que llevaba unas trencitas largas multicolores y un imperdible atravesándole uno de los agujeros de la nariz, se dedicaba a cocinar algo en una cacerolita abollada sobre un infiernillo de camping y no dejaba de mirarlo ni un momento con un desprecio descarado hacia el uniforme, sin intentar siquiera ocultar el porro encendido que tenía entre los dedos.

Cuando al cabo de unos minutos el punk de los perros le echó una ojeada acompañada de un gesto de asentimiento, Mezzanotte dio con cierto alivio un paso al frente y se quitó de encima la hostilidad de aquella mirada.

—Chute me ha contado que han matado a uno de tus perros —dijo después de que el confidente hiciera las presentaciones.

—¿Matado? Una carnicería es lo que le han hecho. Y para mí era más que un perro. Nos guardábamos las espaldas mutuamente, lo compartíamos todo. Estoy tan mal como si hubiera perdido a un hermano.

—¿Has visto quién ha sido?

—No. Por suerte para él no vi al cabrón que hizo esa bestialidad. De lo contrario... —Las manos le temblaban de rabia y las venas del cuello se le hincharon de un modo aterrador mientras buscaba unas palabras que no acababan de salirle.

—Vale, vale, tranquilo. Ahora cuéntamelo todo desde el principio.

—Bueno, pues me encontré a Darko en un basurero cuando era casi un cachorrillo. Lo habían tirado a la basura medio muerto. Tenía unas heridas muy feas, creo que andaba en el mundo de las peleas clandestinas. Estaba muy malito, pero yo me ocupé de él, lo cuidé y se recuperó por completo. Era un perro de raza, ¿sabes? Un magnífico ejemplar de dogo argentino. De adulto, era un animalazo de más de cuarenta kilos. Yo le salvé la vida, y él me devolvió el favor. Ni más ni menos. Una noche, hace algunos años, dos skins me atacaron mientras dormía y me atizaron de lo lindo. Me habrían arrancado la piel a tiras de no ser por Darko. Le pegó a uno un mordisco en la pierna que le arrancó media pantorrilla y luego se tiró a por el otro. Lo detuve un segundo antes de que le clavara los colmillos en la yugular.

—Ahora quiero que me cuentes cómo lo han matado —dijo Mezzanotte, que no se había atrevido a interrumpir al hombre, pero aprovechó la primera pausa para abordar el tema que le interesaba.

—¡Ah, sí, disculpa! Hace tres días nos despertamos un poco más tarde de lo habitual y Darko no estaba. La noche anterior nos habíamos pasado fumando y tomando cerveza, así que creo que teníamos un sueño muy profundo, no sé qué pudo suceder durante la noche. El caso es que no había desaparecido nunca de esa manera. Unas horas después, como todavía no había vuelto, empezó a írseme la olla. Ese mismo día teníamos pensado volver a Liguria, donde nos esperaban unos amigos, pero no podía irme sin él. Me pasé dos días buscándolo. Me pateé el barrio palmo a palmo, preguntando a todo el mundo si alguien lo había visto, pero nada. Cero patatero. Presentía que le había pasado algo malo, así que cuando ayer por la mañana alguien me dijo que había visto un perro muerto a la entrada del túnel que pasa por debajo de la estación, yo ya sabía que era Darko. Lo que nunca me habría imaginado era el estado en el que lo encontré. ¡Dios mío, cómo lo habían dejado! No tenía patas, se las habían cortado. Las cuatro. Lo habían abierto en canal. Tenía una raja de la ingle al cuello. Y..., y... —Cuando logró seguir hablando, el hombre tenía los ojos brillantes y la voz rota—. Le habían arrancado el corazón, se lo habían sacado del pecho.

—Espera, ¿cómo? ¿El corazón, dices? ¿Estás seguro?

«Es él, es mi hombre. Ha vuelto a hacerlo», pensó Mezzanotte de inmediato en cuanto el punk se puso a enumerar las heridas infligidas al animal. Pero ese último detalle lo descolocó.

—¡Pues claro que estoy seguro, joder! Para sacárselo tuvieron que romperle las costillas.

«¡Mierda! —pensó Riccardo—. ¿Es posible que las otras veces haya ocurrido algo parecido? ¿Que eso forme también parte de su *modus operandi*?». Se trataba de un detalle que no había salido nunca a colación en los otros casos de los que había tenido conocimiento, y él tampoco lo había verificado en el único cadáver que había examinado personalmente. Por otra parte, solo había dispuesto de pocos minutos para hacerlo. Pero en las fotos que había sacado con el móvil podía apreciarse la caja torácica destrozada del gato, así que era más que plausible que también le hubieran sacado el corazón. Se dio cuenta de cuán superficiales y limitados eran sus conocimientos en aquella investigación, siempre que pudiera aplicársele ese nombre. A saber cuántos elementos e indicios que hasta ese momento le habían pasado desapercibidos habría reunido si hubiera podido efectuar un reconocimiento como era debido de las escenas de los hallazgos y sometido los cadáveres de los animales a exámenes más profundos.

—Me gustaría ver el cuerpo —le dijo al hombre que había buscado consuelo entre los brazos de la chica.

—No es posible. Ya lo he enterrado.

—¿Dónde?

—¡Una polla te lo voy a decir, madero! Ahora descansa en paz. No te permitiré que lo desentierres para que lo atormentes más.

«No vale la pena insistir —pensó Mezzanotte—. No me lo dirá nunca, ni aunque lo amenace con meterlo en chirona por renuencia, cosa que, por otra parte, dudo que tuviera yo el más mínimo derecho a hacer. De todos modos, no he perdido el tiempo. Ahora ya sé algo más: por lo pronto, no ha parado, continúa matando; escoge sus presas aquí en la zona, las lleva a algún sitio para degollarlas con tranquilidad y luego abandona los cadáveres aquí y allá, en algún rincón de la estación, sin preocuparse de esconderlos, sino más bien con la intención de que los encuentren. Muy probablemente, además de amputarles las patas y abrir en canal a sus víctimas, les saca el corazón. No es un incauto. Sabe atrapar gatos, cosa que no es que sea una gran hazaña, pero secuestrar un perro de presa de talla grande es harina de otro costal. Y vive por aquí cerca, me apuesto la cabeza, o por lo menos tiene un escondite por esta zona».

Pero había otra cosa, en ese mismo instante se dio cuenta: según lo que le dijo Amelia, había empezado matando ratas, luego había pasado a los gatos, y ahora un perro. No solo no había parado, sino que se dedicaba a matar animales cada vez más grandes. Y eso lo llevó a recordar, con un estremecimiento de inquietud, algo que había leído en los estudios del FBI en tiempos de las pesquisas en torno al asesino de las rondas. No podía esperar a que acabara su turno para volver a casa y verificarlo, tenía que ir a la Unidad y efectuar una búsqueda online. De inmediato. Se despidió apresuradamente de Chute y de los dos punks y a grandes zancadas se dirigió a su despacho ignorando los gritos de su confidente que reclamaba sus diez mil liras.

Apoyada contra la pared que quedaba justo al lado de la puerta de metal desconchado sobre la que campeaba la placa «Reservado a los pasajeros de última clase» con un vasito de plástico con té caliente entre las manos, Laura inspiró con alivio largas bocanadas de burbujeante aire primaveral. Se avergonzaba un poco de esa debilidad, pero, entre las ventanas demasiado pequeñas y la higiene que dejaba mucho que desear de los que lo frecuentaban, el aire de la nave que albergaba el Centro de Escucha estaba siempre viciado y cargado, y si no hacía de vez en cuando una pausa ahí fuera sentía que se ahogaba.

Mientras se tomaba el té a pequeños sorbos, saludaba con un gesto a las personas que entraban y salían. Casi todos la trataban ya con familiaridad y de manera natural, ya no la miraban con la asombrada curiosidad con que examinarían a un animal exótico que por equivocación hubiera acabado a miles de kilómetros de su país de origen.

A plena luz del día, la piazza Luigi di Savoia no tenía nada de inquietante ni de espantoso. Las hojas de los árboles eran todavía de un verde tierno que la contaminación no había tenido tiempo de cubrir con su pátina opaca, las ventanas de las casas de los alrededores lanzaban destellos iluminadas por el sol y había mucha gente por la calle, aunque todavía estaba lejos de la agitación de la hora punta de la tarde. Sin embargo, aunque en ese momento todo resultaba luminoso y tranquilo, Laura no era capaz de mirar aquel lugar sin experimentar una pizca de incomodidad y aprensión. Después de haber estado a punto de ser atropellada por el autobús, hacía ya dos semanas, había vuelto a ver a los niños, siempre más o menos a la misma hora, al atardecer o inmediatamente después del crepúsculo, y siempre, en cuanto aparecían, explotaba en su pecho la misma desgarradora mezcla de angustia, dolor y tristeza. No había intentado de nuevo acercarse a ellos, sino que, por el contrario, dio media vuelta, huyendo de la intolerable violencia de aquellas emociones. Pero si se había hecho la ilusión de que intentar evitarlos sería suficiente para quitárselos de la cabeza y conseguir que desapareciera todo lo que sentía al encontrárselos, había errado el cálculo, ya que pensaba constantemente en ellos y además se sentía culpable. Por mucho que parecieran tan tranquilos y que cupiera la posibilidad de que vivieran por allí y que tuvieran que pasar por la zona para volver a casa, Laura tenía la impresión de que estaban solos y habían sido abandonados a su suerte. Quizá se habían perdido o se habían escapado; en cualquier caso, la estación no era un sitio adecuado para ellos. Y aunque ignoraba qué relación unía a los dos hermanitos con las misteriosas emociones que la asaltaban cada vez que los veía —que no parecían provenir de ellos—, no le cabía duda alguna de que algún tipo de conexión había, y eso, desde luego, no contribuía a tranquilizarla ni a convencerla de que estaban bien y en lugar seguro. No, tenían problemas, quizá estaban en peligro, y ella no podía limitarse a lavarse las manos.

Los días anteriores había intentado indagar por ahí. Había preguntado a los demás voluntarios, a los encargados del quiosco situado a la entrada del túnel, a algunos de los emigrantes de Europa del Este que frecuentaban la plaza, pero parecía que nadie los conocía ni se había fijado en ellos. Loris, que, por más que ella tuviera buen cuidado de no darle falsas esperanzas, seguía dando vueltas a su alrededor como un perrito necesitado de caricias, le aconsejó que acudiera a la Policía Ferroviaria en la Central. Al principio, se quedó perpleja, pero, cuanto más pensaba en ello, más convencida estaba de que era una buena idea. Tanto si los habían abandonado como si se habían escapado de casa, si alguien podía saber algo era la policía.

En cualquier caso, los niños no eran su única fuente de preocupación. También la inquietaba Sonia. No había vuelto a saber nada de ella. La chica del pelo rosa no la había llamado por teléfono ni había vuelto a aparecer por el Centro desde el día en que Laura intentó convencerla de que dejara tanto la droga como a su novio y verdugo. Temía tener que hacerse a la idea de que no quería o no le apetecía seguir su consejo, y eso le daba mucha rabia y tristeza.

En ese momento Raimondi salió por la puerta y se apoyó en la pared junto a ella. Encendió un cigarrillo y se puso a fumar en silencio, mirando al frente.

—Necesitaba una bocanada de aire, termino el té y vuelvo rápidamente al trabajo —dijo Laura, sintiendo necesidad de justificarse.

—Quédate, por favor. Hazme compañía un rato —repuso Raimondi con una sonrisa—. Haces bien concediéndote un pequeño respiro de vez en cuando, no es solo el aire lo que puede resultar asfixiante ahí dentro —añadió al cabo de un instante señalando la puerta del Centro—. Relacionarse con tanto sufrimiento y tanta infelicidad no es fácil, desde luego. No todo el mundo está hecho para ello.

—Sí, a veces cuesta —respondió Laura—, pero, cuando se consigue hacer algo por aliviarlos, la satisfacción es impagable.

Raimondi asintió, dio una calada a su cigarrillo y expulsó lentamente el humo tras mantenerlo largo rato en los pulmones.

—¿Sabes una cosa, Laura? Al principio estaba un poco preocupado por ti, lo confieso. Te di una oportunidad porque me pareciste muy motivada, pero no estaba seguro de que lo consiguieras. Te veía frágil, poco preparada para todo esto, y temía que fuera demasiado para ti.

—¿Y ahora?

—Ahora creo que no habría podido equivocarme más. Se te da estupendamente, has nacido para este trabajo. Me has sorprendido de verdad, no te imaginaba tan fuerte.

—No soy fuerte, ni mucho menos —replicó la muchacha suspirando.

—Sí que lo eres, tienes ánimo de guerrera. Eres mucho más

fuerte de lo que crees, estoy tan convencido que ahora, si algo me preocupa, es lo contrario.

—¿O sea? —preguntó Laura sorprendida de oír esas palabras.

—¿Ves? Aquí en el Centro estamos en contacto con situaciones potencialmente peligrosas. No somos héroes, hay un límite en lo que podemos y debemos hacer para prestar ayuda, sin correr riesgos, a las personas que acuden a nosotros. Lo que temo ahora es que, movida por la pasión y el entusiasmo, acabes por sobrepasar ese límite y cometas alguna imprudencia.

Había hecho una gilipollez. Tras volver a la Unidad y encontrar lo que buscaba en internet, Mezzanotte se precipitó al despacho de Dalmasso para comentarle su preocupación y pedirle de nuevo que pusiera en marcha una investigación. Había sido un error, ahora se daba cuenta. Si se hubiera tomado un minuto para reflexionar, habría visto enseguida que era prematuro, que de momento solo disponía de suposiciones. Debería haber hecho más pesquisas y tener bases más sólidas en las que fundamentar sus conjeturas. Pero, como de costumbre, había actuado de manera impulsiva y ya era demasiado tarde. Temía haber tirado por la borda la mínima disposición que el comisario había mostrado ante el caso. De hecho, la actitud de su superior fue mucho menos comprensiva que la vez anterior. Claramente molesto, insinuó que Mezzanotte estaba agobiado por el proceso en el que se hallaba inmerso y no razonaba con lucidez. Sin rodeos le dijo que no quería volver a oír hablar de aquella historia.

Ante él, encima de la mesa, estaba el cuaderno abierto por las páginas en las que había apuntado el fruto de sus búsquedas en la red.

Ted Bundy, el «Asesino del Campus», de niño torturaba animales.

Jeffrey Dahmer, el «Caníbal de Milwaukee», empalaba perros y clavaba clavos a los gatos.

Albert DeSalvo, el «Estrangulador de Boston», encerraba perros y gatos en una jaula y jugaba a tirarles dardos.

Richard Trenton Chase, el «Vampiro de Sacramento», conocido por beberse la sangre de sus víctimas y devorar partes de sus cuerpos, de chiquillo capturaba animales pequeños y se los comía crudos.

Edmund Kemper se divertía matando los gatos del vecindario y a veces despellejándolos vivos. A uno le cortó la cabeza para luego despedazarlo, la misma suerte que años más tarde reservaría a su madre.

Según las investigaciones llevadas a cabo por el FBI, muchos asesinos en serie habían torturado animales durante su infancia y su adolescencia y luego los habían matado. Era la manera que tenían de desahogar la irreprimible necesidad de infligir dolor que iba creciendo en su interior. Según los expertos del FBI, la correlación entre la violencia con los animales en edad juvenil y una futura conducta de homicida en serie era tan estrecha que la habían incluido entre sus tres principales signos premonitorios, junto con la piromanía y la enuresis nocturna, es decir, la tendencia continuada a hacerse pis en la cama después de los seis años.

Mezzanotte no tenía ni idea de cuántos años tenía el hombre ni de si se meaba en la cama por la noche, pero sabía que hacía semanas que se dedicaba incansablemente a matar animales de dimensiones cada vez mayores con una crueldad espantosa. Por el momento no disponía de ninguna prueba, pero el peligro de que tarde o temprano tuviera la tentación de pasar a los seres humanos era, a su juicio, más que posible. Presentía que así sería —y no al cabo de unos años, sino mucho antes—. En el pasado había tenido más de una vez la confirmación de que podía fiarse de su instinto. Olfato de madero, una de las cosas que descubrió que había heredado de su padre. Tenía que detenerlo antes de que ocurriera, pero, si no encontraba la forma de convencer a Dalmasso de que pusiera en marcha una investigación de verdad, difícilmente lo conseguiría.

Miró el reloj. Las siete menos diez, dentro de poco habría acabado. ¡Por fin! De acuerdo con la rotación establecida para hacer frente a la emergencia de seguridad, aquel día le había tocado doble turno y ya no podía más. Todavía no le había dado tiempo a poner en orden sus papeles antes de volver a casa cuando el teléfono de su mesa empezó a sonar. Era Fumagalli, el guardia de recepción.

—Inspector, aquí hay una denuncia de desaparición que tendría que recoger...

—¡No, Pietro, por favor! Por hoy ya he acabado, estaba a punto de irme. Pásale a otro este marrón.

Miró a su alrededor. Era el momento del cambio de turno y por la noche la Unidad operaba con personal reducido, pero en la sala de oficiales, inmersa ya en la penumbra, había un par de colegas en sus mesas, además de él.

—Permítame que insista, inspector, y le pida que se ocupe usted —dijo Fumagalli bajando la voz de un modo vagamente conspiratorio—. No se arrepentirá, se lo aseguro. Le estoy haciendo un favor.

—De acuerdo, vale —acabó por rendirse Mezzanotte soltando un bufido. No tenía ni la menor idea de qué quería decir, pero el viejo Fumagalli le gustaba y no quería mandarlo a freír espárragos—. Dame cinco minutos para que me tome un café y voy.

—Uno de nuestros inspectores la recibirá lo antes posible, señorita. Si mientras tanto quiere tomar asiento... —le dijo, indicándole una fila de sillas de plástico el agente, ya entrado en años, que la había atendido en una garita llena de plantas hasta los topes, que más parecía el quiosco de un florista que cómo ella se imaginaba que debía de ser la recepción de una comisaría de policía.

Laura llevaba sentada unos diez minutos cuando se presentó un agente con uniforme arrugado, gesto cansado y ceño fruncido. Al verla, abrió un poco más los ojos y a continuación volvió la cabeza para mirar al compañero de la recepción, que respondió a su gesto con una sonrisa socarrona. Los hombres a menudo tenían reacciones de ese estilo cuando la veían por primera vez, lo que siempre la violentaba un poco. Pero en esta ocasión la molestó menos que de costumbre. Lo cierto era que ella también encontraba atractivo a aquel policía. Unos treinta años, quizá menos, no muy alto, pero de cuerpo esbelto y ágil, tenía un rostro un poco anguloso e irregular, no era precisamente guapo, aunque aquella mirada, intensa y sombría, le daba un encanto un tanto extraño.

—Buenas tardes, soy el inspector Riccardo Mezzanotte. Disculpe si la he hecho esperar. Sígame, por favor.

Caminando delante de ella la condujo por un pasillo a una sala sumida en una oscuridad que habría sido total de no haber sido por las lámparas de mesa que estaban encendidas en algunos escritorios. El policía tomó asiento detrás de uno de ellos y le indicó la silla situada frente a él. Al pasar ante los grandes ventanales que daban a la piazza Luigi di Savoia, Laura había comentado espontáneamente: «Están ustedes justo encima de nosotros». Y en ese momento, al sentarse, precisó:

—Soy voluntaria en el Centro de Escucha. ¿Sabe dónde le digo?

Él asintió en silencio y se la quedó mirando un instante. Laura no habría sabido decir si estudiándola o tan solo pensativo.

—El suboficial ayudante primero Fumagalli me ha dicho que desea usted presentar una denuncia por desaparición, señorita...

—Cordero. Laura Cordero. No exactamente una denuncia,

quizá no me he explicado bien. Diría más bien una notificación, vaya.

El inspector le hizo algunas preguntas, y a continuación ella le contó lo de los dos niños, obviamente guardándose la parte relacionada con el don y con las emociones que experimentaba cuando los veía.

—En resumen —concluyó finalmente el policía—, usted no conoce a esos niños. No sabe cómo se llaman.

—No. Como le he dicho, me he fijado en ellos varias veces y solo sé que andan dando vueltas por la plaza. No los había visto nunca con anterioridad y no tengo la menor idea de quiénes son.

—Pero, dada su preocupación, ¿no se le ha ocurrido nunca acercarse a ellos e intentar decirles algo?

—Yo..., bueno... —Laura se sintió profundamente avergonzada. ¿Y ahora qué le contaba? ¿Cómo se lo explicaba?—. Siempre los he visto de lejos. Tarde, cuando ya ha oscurecido, y no me siento muy tranquila yendo por esta zona de noche —se justificó de mala manera, quedando sin duda alguna como una mema miedosa—. De todas formas, sí. Una vez lo intenté, pero en un momento dado los perdí de vista...

—Así que no sabe usted cuál es su situación. Es solo una hipótesis suya que tal vez necesiten ayuda.

—Tiene razón, no puedo decirlo con seguridad —se vio obligada a reconocer, sintiéndose cada vez más tonta—, pero esa es la impresión que me han dado. No sé si se han escapado de casa, si se han perdido o qué les ha podido pasar, pero tengo la impresión de que están solos y abandonados. Mire, inspector, es muy posible que me equivoque, y si así fuera estaría encantada. Solo querría asegurarme, confirmar que están bien y que no se han metido en ningún lío o corren peligro.

«Y si se descubre quiénes son —pensó—, quizá consiga entender el porqué de las cosas terribles que siento cuando los veo».

—Desde luego, desde luego. Es más que comprensible. Déjeme comprobar una cosa —dijo el inspector mientras tecleaba algo en el ordenador. Y al cabo de unos minutos añadió—: No, lo siento, no hemos recibido ni avisos de búsqueda de unos menores que correspondan a la descripción que me da usted, ni otras notificaciones de su presencia en la zona. En efecto, no se dan los elementos necesarios para presentar una denuncia de desaparición, pero podemos hacer lo siguiente: yo llevaré a cabo algunas comprobaciones y luego le haré saber lo que descubra. Mientras tanto, si usted vuelve a verlos o si le viene a la cabeza algún otro detalle útil, no dude en ponerse en contacto conmigo.

—Muchísimas gracias, inspector —respondió Laura cogiendo la tarjeta de visita que le tendía el policía, en el reverso de la cual había añadido a mano el número de su móvil—. Comprendo que puede resultar difícil tomarse en serio una historia tan confusa, pero para mí es importante.

Mezzanotte y Colella, vestidos de paisano y arrastrando tras de sí sendas maletas con ruedas, recorrían el andén de la vía 16 confundidos entre la multitud que caminaba en tropel a lo largo del Intercity Turín-Venecia, que acababa de entrar en la estación. Eran alrededor de las once de la mañana; desde las siete vagaban por los andenes fingiendo que eran viajeros normales y corrientes.

En su jerga los llamaban LOF, o sea, «ladrones que operan en los ferrocarriles», y representaban una de las principales plagas contra las cuales tenía que combatir la Polfer. A menudo eran verdaderos artistas en su ámbito. Se mezclaban con la gente que hacía cola en las taquillas o a lo largo de las vías, localizaban con ojo experto las presas más ricas y, aprovechando la confusión, les quitaban la cartera del bolsillo o les mangaban la bolsa de viaje o el maletín que incautamente dejaban apoyado por un instante en el suelo. Algunos distraían a sus víctimas pidiéndoles cualquier información, fingiendo chocar con ellas o vertiéndoles el café en el abrigo supuestamente sin querer, y bastaba un instante de distracción para que, como si de un juego de prestidigitación se tratara, sus bienes cambiaran de propietario. Desde hacía varios meses, en la Estación Central operaba una banda de carteristas rumanos, todos ellos menores de edad, especializados en la técnica del «sube y baja». Se metían en los trenes que paraban unos minutos en el andén antes de emprender de nuevo la marcha y recorrían con rapidez los vagones. Sustraían con destreza las carteras de las chaquetas colgadas de los percheros dispuestos junto a los asientos o de los pantalones de los viajeros mientras subían las maletas a los portaequipajes, mangaban bolsos, plumas de lujo, móviles, ordenadores o cualquier otro objeto de valor que alguien hubiera dejado en las mesitas o sobre el brazo del asiento, y luego bajaban del convoy y se alejaban entre la multitud. Llevaban a cabo decenas de golpes cada día, y a los hombres de la Unidad les resultaba especialmente difícil luchar contra ellos porque, incluso cuando lograban pillar a alguno *in fraganti*, mantenían la boca cerrada durante los interrogatorios y a ellos no les quedaba más remedio que entregarlos a algún centro de acogida del que se escapaban en cuanto tenían ocasión para volver a las andadas. La única solución habría sido localizar a los adultos que dirigían la banda, y ese era el objetivo de los dos policías que estaban al acecho, pero hasta ese momento no habían tenido mucha suerte. Riccardo estaba seguro de que, si pudieran desplegar un mayor número de patrullas de paisano, tendrían más posibilidades de éxito, pero, por desgracia, el comisario Dalmasso estaba sordo de ese oído.

Apoyado en la base de una de las arcadas que sostenían la mastodóntica marquesina central, Mezzanotte miró a su alrededor sin lograr reprimir los bostezos. La noche anterior casi no había pegado ojo. Cuando volvió a casa, se puso a releer los estudios del FBI sobre los asesinos en serie y luego intentó elaborar un perfil psicológico del asesino de animales. En ese momento en que la vaga inquietud que suscitaban en él las atrocidades a las que sometía a sus víctimas había adquirido una fisonomía concreta y su temor a que de un momento a otro empezara a matar personas se reafirmaba, se sentía espoleado por la urgencia de capturarlo lo antes posible. Y no era solo eso. Aunque por el momento él era el único en verlo así, volvía a tener un caso entre las manos, una investigación que llevar a cabo, y la pura y sencilla excitación de la caza empezaba a producirle un hormigueo en las venas. Se sentía vivo como no lo había hecho desde hacía tiempo.

En cualquier caso, no estaba en absoluto satisfecho con los resultados. Se había quedado delante del ordenador hasta poco antes del amanecer escribiendo, borrando y volviendo a escribir, sin llegar a nada definitivo. Tenía en su cabeza la imagen genérica de un sádico exhibicionista que torturaba a pobres animalitos para luego dejar a la vista de todo el mundo sus cadáveres, de forma que la gente pudiera ver lo bien que se le daba, pero no lograba tener un bosquejo completo y coherente de su imagen. Tenía la sensación de que algo no cuadraba, algún detalle se le escapaba, de modo que cada vez era más consciente de que sabía demasiado poco del asunto. Sobre todo, era incapaz de aclarar la contradicción que observaba entre la mezcla de crueldad y lúcida frialdad de su *modus operandi*. Parecía que todas y cada una de las heridas perceptibles en los cuerpos de las víctimas habían sido infligidas con una finalidad concreta. No había ni un solo golpe gratuito, carente de significado. Incluso en el horror de aquellas barbaridades, todo le parecía demasiado limpio y ordenado para ser compatible con el perfil de alguien que disfrutaba infligiendo dolor.

La voz de Colella, que estaba a su lado, lo sacó de sus pensamientos, para volver al mismo asunto.

—Mira, Cardo, con respecto a tu pelagatos...

—Ya no mata solo gatos. Ahora se ha pasado a los perros.

—Sí, bueno, pero ¿es verdad que Dalmasso te echó ayer una bronca y te prohibió que siguieras ocupándote del asunto?

—Las voces corren que se las pelan por la Unidad. ¿Quién te lo ha contado?

—He oído que alguien hablaba de ello en la sala de los agentes. Mira, Cardo, es que de esta historia habla ya casi todo el mundo...

—Ah, ¿sí? ¿Y qué dicen?

—Bueno, muchos simplemente se burlan, hacen bromas inocuas, solo para echarse unas risas. Unos dicen que se te ha ido la olla, otros que es una forma de llamar la atención. El que habla más a lo bestia, evidentemente, es Carbone.

Sabía que iba a arrepentirse, pero de todos modos lo preguntó.

—¿Y qué coño dice Carbone?

—Dice que te da mucho por culo que te hayan echado a patadas de Homicidios. Que aquí te sientes desperdiciado porque te crees mejor que todos los demás. Pero que con sacarte de la manga un asesino en serie inexistente no lograrás que te perdonen por haber cubierto de mierda a tus compañeros.

Mezzanotte apretó tan fuerte las mandíbulas que le rechinaron los dientes. ¿Por qué aquellas gilipolleces seguían escociéndole como el primer día? ¿Aprendería de una vez a pasar de ellas?

—Vale, no pienses más en ello —añadió Colella intentando consolarlo—. Ya sabes cómo es Carbone. Ese tío es un cabrón. Pasando a temas más agradables, ¿qué tal van las cosas con Nina Spada?

—¿Con Spada? ¿Y cómo quieres que vayan? Nos limitamos a saludarnos. ¿Por qué?

—Ayer coincidí con ella en la máquina del café y se interesó por ti. Me hizo un montón de preguntas, así que he pensado que quizá había habido novedades. Ya te dije que se muere por ti. Deberías aprovecharte de ello.

—¡Anda ya! ¿Por qué ahora todo el mundo quiere encasquetarme alguna chica? —saltó Mezzanotte—. Ayer por la tarde me vino con el mismo rollo incluso Fumagalli. ¿Qué demonios os ha picado a todos? ¡Yo ya tengo novia!

—¿Fumagalli? ¿Qué hizo?

—Se presentó en la Unidad una chica que hace voluntariado en el Centro de Escucha..., una nueva, creo..., con una historia un poco rara sobre unos niños que a lo mejor se habían escapado de casa. El ayudante primero, que, dicho sea de paso, no me figuraba que fuera tan espabilado, se empeñó en que la recibiera yo.

—¡No! ¡La nueva voluntaria de Raimondi! —exclamó Colella—. Yo no la he visto, pero los compañeros dicen que está buenísima, aunque es fría como el hielo. ¡Menuda suerte tienes! ¿Y de verdad es tan guapa como dicen?

¿Guapa? En realidad, Riccardo encontraba aquella definición como poco incompleta. Aunque no llevaba ni pizca de maquillaje y vestía unos vaqueros de lo más sencillos y un jersey de cuello alto, o justo por eso, Laura Cordero estaba que le dejaba a uno literalmente sin aliento. A él no le había parecido fría, sino todo lo contrario. Pero, en efecto, había en su actitud algo raro, como una especie de receloso distanciamiento, de controlada cautela, como si intentara mantener cierta separación entre ella y lo que la rodeaba. La historia que le había contado estaba bastante traída por los pelos, pero su inquietud por lo que pudiera ser de esos niños le pareció sincera, y él sabía demasiado bien qué significaba preocuparse por algo a lo que nadie más da crédito. ¿Fue solo por eso por lo que no la puso educadamente de patitas en la calle? ¿Solo por eso le prometió que investigaría a fondo la cuestión? ¿No tenía también algo que ver el hecho de que así tendría un motivo para volver a verla? Ni siquiera quería pensar en ello. La verdad era que con Alice las cosas se estaban yendo al traste, pero con todos los problemas que tenía ya solo le faltaba meterse en un lío con aquella chica que, de en cualquier caso, tenía toda la pinta de ser una niña mimada de barrio bien.

—Sí, no está mal —se limitó a mascullar, molesto.

—¿Y qué tal fue? ¿Qué pasó?

—¿Pero qué quieres que pasara? ¡Pues nada! —contestó Mezzanotte levantando la voz y perdiendo definitivamente la paciencia—. ¿Por qué no paras de una vez de meterte en mis asuntos y no intentas tú buscarte una chica?

Se arrepintió inmediatamente de haberlo dicho. Para Colella, aquello era meter el dedo en la llaga. Además de no destacar muy favorablemente por su aspecto físico, con las mujeres mostraba una timidez y una torpeza patológicas. Tampoco lo ayudaba el hecho de verse obligado a dedicar la mayor parte de su tiempo libre a cuidar de su madre inválida. Mezzanotte sabía que era un ávido consumidor de porno en internet y, aunque no se lo había confesado nunca abiertamente, sospechaba que solo había tenido relaciones íntimas con su propia mano.

—Perdona, Filippo. He perdido los estribos. Lo siento, no quería ofenderte. Mira, aquí ya hemos acabado por hoy. Vuelve a la Unidad, que yo tengo una cosa que hacer.

Se despidió de su amigo y se dirigió a la entrada secundaria de la estación que daba a la piazza Luigi di Savoia. Tras bajar la escalinata que de la Galería Principal conducía a la planta baja, se detuvo junto a una de las columnas laterales del vestíbulo y se puso a observar a la gente que pasaba, tensa y con prisas, como siempre.

—¡Eh, madero!

La voz, como un graznido, que lo había llamado provenía de un hueco situado entre la pared y la columna, detrás de él, donde estaba esperándolo, escondida en la sombra, su confidente.

—Hola, Amelia —dijo Mezzanotte sin volver la cabeza. A la diabólica viejecilla no le gustaba dejarse ver con él, afirmaba que eso dejaría maltrecha su reputación, y de paso perjudicaría su actividad de confidente, de modo que, cada vez que quedaban, lo obligaba a tomar precauciones dignas de un agente secreto.

Mirando todo el rato al frente, Riccardo enarboló por encima de su hombro dos paquetitos de Ferrero Rocher.

—¿Entonces qué? ¿Crees que te los mereces? —le preguntó.

—¿Qué quieres saber?

Mezzanotte cedió a la tentación de echar una miradita atrás.

La vieja pordiosera rebuscaba en su carrito de donde sacó unas prendas de ropa que examinó con mirada crítica y luego volvió a echar en el montón.

—¿Vas a ponerte de tiros largos, Amelia? —le preguntó—. ¿Tienes una cita romántica?

—Contigo desde luego que no —exclamó la vieja soltando un bufido—. Lo más que puedes hacer es soñar con mi conejito.

A continuación, estalló en una carcajada estridente.

«No tengo nada que hacer —pensó divertido Mezzanotte—. Nunca voy a ganarla en un enfrentamiento verbal. Y, aunque lo consiguiera, probablemente lo único que sacaría sería una aguja de hacer punto clavada en un ojo».

—Bueno, volvamos a hablar de cosas serias. Ya sabes lo que me interesa. El tío ese que mata a los animales. ¿Te has enterado de algo?

—Ahora le ha dado por los perros.

—No es ninguna novedad. ¿Qué más?

Unos segundos de silencio y luego oyó decir:

—El Fantasma.

—¿Qué?

—Hay quien dice que es él el que deja tiesos por ahí a los animalejos.

—¿Y quién demonios es ese fantasma?

—Nadie lo sabe, madero. Lo llaman así porque aparece solo de noche. Es alto, flaco, muy flaco, y pálido como un espectro. Tiene el pelo completamente blanco. Los animales muertos empezaron a aparecer cuando lo vieron merodear por aquí.

—¿Pero tú lo has visto alguna vez?

—Yo no. Solo he oído hablar de él.

Mezzanotte torció la boca. La fiabilidad de la gente de la Central —ese cúmulo heterogéneo de menesterosos y gente desamparada que de forma más o menos estable vivía en la estación, imposible de censar, pero que con toda seguridad ascendía a varios centenares de individuos— era, cuando menos, dudosa.

Muchos de ellos estaban alcoholizados, eran drogadictos o enfermos mentales. Y entre ellos se propalaban habladurías confusas de todo tipo y leyendas urbanas de lo más descabellado, de las que era casi imposible extraer el fondo de verdad que en ocasiones pudieran contener.

—Así no vale. ¿Qué puedo hacer yo con una serie de desvaríos de drogadictos y de borrachos? La próxima vez tendrás que traerme algo más sólido.

—¡Jódete, madero, y suelta mis bombones!

Riccardo le pasó los dos paquetes.

—Que tú también tengas un buen día, Amelia.

6

Cuando los pitidos lo arrancaron del sueño todavía era de noche. En un primer momento Mezzanotte pensó que era el despertador. Luego recordó, confuso, que tenía un día de descanso. El cuadrante del reloj digital encima de la mesilla marcaba las 05.43 del miércoles 14 de mayo. Mientras buscaba a tientas el móvil, que seguía sonando, se esforzó por recuperar un mínimo de lucidez.

—Diga —barboteó pasándose una mano por la cara.

—Inspector, soy el agente Minetti. Perdone si lo he despertado...

—No... Bueno, sí, pero no importa. ¿Qué pasa, Minetti?

—Perdóneme otra vez, usted nos ordenó que le avisáramos de inmediato si...

Mezzanotte se sentó de un brinco en el borde de la cama.

—¿Habéis encontrado un animal muerto? ¿Un perro?

—Sí, pero... ¿Cómo lo sabe?

—¿Dónde?

—En la sala de espera.

—¿Estáis ahora ahí?

—Sí. El agente Cerullo y yo lo hemos encontrado hace unos minutos.

—Escúchame bien, Minetti. Proteged la zona, no dejéis pasar a nadie y no toquéis nada. Haceos a la idea de que es la escena de un crimen y actuad en consecuencia. Ya voy para allá.

Estaba poniéndose deprisa y corriendo la ropa dejada en la silla la noche anterior cuando oyó que Alice se movía en la cama emitiendo una especie de gemido.

—Cardo —murmuró con voz pastosa todavía adormilada—, ¿qué haces? ¿Qué hora es?

—Es pronto, sigue durmiendo. Yo tengo que salir, cosas del trabajo.

—Pero es tu día libre. Me habías prometido...

—Ya lo sé, ya lo sé. Lo siento, Ali, perdona, pero tengo que irme.

No había transcurrido ni siquiera media hora cuando los pasos de Riccardo Mezzanotte resonaron en el inmenso vestíbulo de las taquillas, prácticamente desierto, mientras subía jadeando los dos tramos de escaleras que conducían al nivel de las vías. Las consecuencias de haber salido sin desayunar eran patentes: el estómago le gorgoteaba y tenía todavía la cabeza ofuscada. En cuanto desembocó en la Galería Principal giró a la izquierda y casi chocó con el General, que se puso de golpe en posición de firmes dirigiéndole el habitual saludo militar. Riccardo siguió adelante sin fijarse en él; aquel día no tenía tiempo de corresponderle.

Siguiendo las instrucciones recibidas, los agentes Cerullo y Minetti estaban de guardia a la entrada de la sala de espera. Vieron cómo Mezzanotte se acercaba con un leve desconcierto pintado en el rostro. Al no estar acostumbrados a verlo de paisano y con aquella pinta —el cabello despeinado, sin afeitar, vestido con unos pantalones militares desgastados y una sudadera negra desabrochada encima de una camiseta de los Sex Pistols—, su aspecto debió de causarles cierta impresión.

—Entonces... ¿qué tenemos? —preguntó el inspector a los dos agentes tras saludarlos con un leve ademán.

El joven Minetti se encargó de contestar. Aunque no era más que un novato, Mezzanotte lo encontraba bastante perspicaz y competente. Con el tiempo llegaría a ser un magnífico policía.

—Buenos días, inspector. Descubrimos al perro en el suelo de la sala de espera durante nuestra ronda, exactamente a las 05.34. No sabría decirle de qué raza es, probablemente un chucho callejero, pero estaba muerto, de eso no cabe duda. Las lesiones que se observan son las mismas de las que nos había hablado usted: las patas amputadas y el vientre abierto en canal. —Hizo una pausa para a continuación, dejando traslucir una cierta incomodidad, añadir—: Mire, hemos hecho lo que usted nos dijo, pero ya nos hemos percatado de que el comisario no está muy contento de que sigamos con este asunto. Vaya, no nos gustaría tener problemas.

Una de las cosas que temía Mezzanotte, tras enterarse de que en la Unidad había corrido la voz del rapapolvo de Dalmasso, era que los agentes del servicio de patrullaje no se sintieran obligados a seguir las consignas que les había dado respecto a las muertes de los animales. Pero Minetti era uno de los hombres que lo acompañó en el asalto al tren de los ultras, y desde aquel momento le había manifestado siempre una gran estima, cuando no admiración. Riccardo debía estarle agradecido por haber seguido sus indicaciones a pesar de todo.

—No os preocupéis. Si os preguntan, vosotros decid que habéis obedecido mis órdenes. Yo asumo toda la responsabilidad —dijo para tranquilizarlos—. ¿Habéis visto a alguien cerca de la escena, cuando habéis llegado?

—No, inspector. A nadie.

—¿Testigos?

—No. Al menos, no exactamente. Había un hombre en uno de los bancos. Un emigrante de origen marroquí. Pero estaba dormido como un tronco y no se ha enterado de nada. Hemos tardado cinco minutos en despertarlo.

—¿Dónde está? Me gustaría hablar con él.

El agente Minetti se quedó mirando cariacontecido la punta de sus zapatos.

—Nosotros... Bueno, hemos dejado que se vaya. Pero no había visto nada, estoy bastante seguro de ello.

Bastante. A pesar de las ganas que tenía de hacerlo, Mezzanotte se abstuvo de echarle una bronca. En el fondo, no podía culparlo por no tomarse el asunto totalmente en serio. En cualquier caso, lo hecho, hecho estaba.

—Vale. Dejémoslo. Minetti, ahora ve a la sala de control de la estación y mira si se puede sacar algo útil de las grabaciones de las cámaras de vigilancia. Tú, Cerullo, quédate aquí de guardia —dijo, y a continuación cruzó el umbral de la sala de espera.

La luz difusa del amanecer que se filtraba por la marquesina suavizaba las líneas severas del revestimiento de mármol de las paredes y de los bancos de madera oscura. El cadáver del animal yacía sobre el pavimento también de mármol, en medio de la sala vacía y silenciosa. Era la primera escena de un hallazgo relativamente intacta que tenía ocasión de examinar, y sabía que tenía que aprovechar al máximo la oportunidad, aunque, sin un equipo de la Policía Científica provisto de todos los instrumentos necesarios para realizar los estudios técnicos y las labores de localización y clasificación de pruebas, no resultaría fácil.

Enseguida se fijó en las cuatro velas casi consumidas que había alrededor del cuerpo. ¿Constituían una novedad o estaban también las otras veces, pero ni él ni nadie habían hecho caso del detalle? Era una de las primeras cosas que tenía que comprobar. Extrajo de un bolsillo de la sudadera la pequeña cámara digital de Alice que había llevado consigo y, sintiéndose un poco idiota por escenificar aquella parodia de inspección judicial bajo la mirada perpleja del agente Cerullo, que montaba guardia a la entrada de la sala, fotografió la escena desde varios ángulos distintos.

Cuando le pareció que había hecho un número suficiente de fotos, se puso en cuclillas delante del perro y se caló los guantes de un solo uso que oportunamente había llevado junto con algunos cuantos sobres de cierre hermético para recoger pruebas. Antes que nada, cogió los cuatro cabos de vela y, tras apagarlos, los metió en otras tantas bolsas de plástico. Revisó atentamente con la mirada el pavimento a su alrededor, pero no encontró nada que valiera la pena recoger. No consiguió distinguir ninguna huella de zapatos. Quizá la Científica habría sido capaz de detectarlas, pero él no podía hacer nada al respecto. Tampoco se veían manchas de sangre. No le habría disgustado examinar con luminol las losas de mármol para resaltar eventuales huellas hemáticas invisibles a simple vista, pero desde luego había algo que estaba fuera de discusión: aquel animal no había muerto en la sala de espera, ya que, de ser así, habría sangre en abundancia. Por el contrario, de acuerdo con lo que ya había establecido como *modus operandi* de su hombre, lo había matado en otro sitio y luego lo había llevado allí.

Mezzanotte concentró su atención en el cadáver. El perro, un chucho de dimensiones medianas, de pelo largo y negro con manchas blancas, estaba acostado sobre un lado. Por su extrema delgadez cabía deducir que era un perro callejero. La cabeza afilada, con el hocico cuadrado y las orejas largas y caídas, se parecía vagamente a la de un setter. A juzgar por los ojos desencajados y la boca abierta en una mueca retorcida, debía de haber padecido dolores indescriptibles. «El hijo de puta —pensó Riccardo con rabia— lo habrá torturado y mutilado cuando estaba aún vivo». El espeso pelaje del animalito estaba recubierto de una especie de tierra amarillenta. Era un detalle en el que no se había fijado antes, pero le parecía recordar que tanto el gato que había visto entre las vías como el que habían encontrado junto a la fuente fuera de la estación tenían el pelo embadurnado del mismo modo. Podía ser un rastro útil, capaz tal vez de suministrar alguna indicación acerca del lugar en el que habían sido sacrificados los animales, de modo que recogió unos cuantos pelos sucios y los metió en un sobre. Tocando el cuerpo, comprobó que estaba frío y que los músculos parecían relajados. Sabía que el *rigor mortis* en los seres humanos suele desaparecer al cabo de un par de días. Ignoraba cuánto tardaba en un animal de aquellas dimensiones; en cualquier caso, calculó que su fallecimiento debía de haber tenido lugar hacía al menos veinticuatro horas. Pasó a examinar las heridas. Se trataba de lesiones bastante limpias, incisiones de márgenes regulares, infligidas con decisión y cierta pericia, utilizando una hoja extremadamente afilada. No se habría atrevido a afirmar que el responsable poseyera competencias técnicas específicas en ese campo, pero desde luego sabía lo que se hacía. Con delicadeza y cautela, separó lo suficiente los bordes del tajo abierto en el pecho para constatar que el corazón había sido extraído. Inspeccionó con minuciosidad todo el cuerpo del perro, pero, aparte de las necesarias para amputarle las patas y arrancarle el corazón, no había rastros de otras heridas. Ni siquiera un arañazo. De nuevo, se fijó en el llamativo contraste entre la impresión general de brutalidad salvaje que le provocaban aquellas muertes y la espantosa frialdad con las que habían sido perpetradas. No había indicios de ensañamiento, cada uno de los golpes infligidos a los animales era estrictamente funcional, parecía responder a una finalidad concreta. ¿Se habría comportado así un sádico que se complace en los sufrimientos de sus víctimas? Mezzanotte abrigaba no pocas dudas al respecto, desde luego. No, había algo que no encajaba. ¿Pero qué? ¿Qué era lo que se le escapaba?

Se levantó y se estiró para desentumecer la espalda, anquilosada después de permanecer tanto rato en cuclillas, y dio algunos pasos atrás para observar la escena en conjunto. Se quedó varios minutos absorto en la contemplación, intentando dejar la mente en blanco y permitiendo que sus ojos absorbieran hasta el más mínimo detalle de lo que tenía ante sí, sin filtrarlo con interpretaciones ni conjeturas.

Con lentitud fue abriéndose paso en él la conciencia de haber cometido un error fundamental: hasta ese momento había mirado esas muertes con sus propios ojos, no con los del asesino. Se había dejado deslumbrar por su brutalidad, convencido de que esa era la clave para entenderlas, y las había reconducido al ámbito de los homicidios en serie porque ya estaba familiarizado con él, pero se equivocaba. Para el que mataba aquellos animales la violencia era un medio, no un fin. Infligir dolor no le producía una satisfacción especial, lo hacía solo en la medida en que era necesario para alcanzar sus objetivos. ¿Cuáles? En el momento mismo en que se planteaba la pregunta se le ocurrió una respuesta, aunque solo de forma esquemática. El hecho de abrirlos en canal y de sacarles el corazón, y también las amputaciones, debían de formar parte de un ritual. Debían de haber matado a los animales en el transcurso de algún tipo de ceremonia, como si fueran ofrendas sacrificiales o algo por el estilo. Incluso la presencia de las velas parecía apuntar en esa dirección. Si así era, Mezzanotte no estaba tras la pista de un asesino en serie en ciernes, sino de uno o más seguidores de a saber qué secta o culto. ¿De qué podía tratarse? ¿Satanismo? ¿Magia negra?

No lo sabía. Como tampoco tenía la menor idea del motivo por el que, una vez realizado el sacrificio, no se deshacían simplemente de los cuerpos, sino que se tomaban la molestia de diseminarlos en distintos puntos de la estación. Era evidente que querían que los encontraran, como si pretendieran dejar un mensaje. En tal caso, ¿qué significado podía tener todo aquello? Lo único que podía pensar era que representaba una especie de advertencia o de amenaza. ¿Pero dirigida a quién?

Mezzanotte tenía la sensación de que iba a estallarle la cabeza. Tenía demasiadas preguntas y casi ninguna respuesta, un millón de dudas y muy pocas certezas. Sin embargo, estaba convencido de que en una cosa no se había equivocado, o por lo menos no del todo: le parecía evidente que el destinatario del mensaje, de momento, no lo había recibido. ¿Y qué haces si alguien no te escucha? Levantas la voz hasta que se vea obligado a hacerte caso. A su juicio, por eso mataban animales cada vez más grandes. ¿Podía excluir la hipótesis de que, para que los tomaran en serio, acabarían atreviéndose a sacrificar personas? Por supuesto que no. Con independencia de quién estuviera detrás de aquello, no bromeaba y no se detendría hasta haber alcanzado su objetivo, costara lo que costase. No había nada que no estuviera dispuesto a hacer para conseguirlo. Mezzanotte lo presentía, lo sabía.

Necesitaba descubrir más cosas, pero solo con sus medios no sería capaz de ir mucho más lejos. Una cosa que había aprendido durante su paso por la Brigada Móvil, pensó clavando la vista en el perro tendido en medio del suelo, era que, si en un caso de homicidio había algún tesoro, algún cofre lleno hasta los topes de pistas e indicios valiosos capaces de dar un empujón, a menudo decisivo, a las investigaciones, era el cuerpo mismo de la víctima. Él solo, sin embargo, no sería capaz de exprimirlo para que revelase todos sus secretos. Mandando callar a la vocecita que llevaba en la cabeza en cuanto esta intentó abrir la boca, decidió que solo podía hacer una cosa. No era un plan a prueba de bombas, no tenía más remedio que reconocerlo, pero no veía otro camino, como no fuera resignarse a tirar la toalla, por supuesto, y, desde luego, él no tenía ninguna intención de hacerlo.

—Cerullo, hazme un favor —le dijo al agente que estaba a la puerta y que ya tenía bastante con tratar de impedir que entraran en la sala los viajeros que empezaban a abarrotar la estación—, ve a buscar una sábana de celofán y tráemela. ¡Deprisa! ¡Ah! ¡Y también cinta adhesiva de empaquetar!

—¿Y dónde encuentro yo eso, inspector?

—Qué sé yo, Cerullo. Ingéniatelas. Intenta preguntar en alguna tienda o en algún bar. Venga, muévete, que no tenemos todo el día.

Habían pasado unos veinte minutos cuando Riccardo Mezzanotte, tras dejar que el agente Cerullo se encargara de que limpiaran un poco la sala de espera antes de volver a abrirla al público, se dirigió a las oficinas de la Polfer con el perro empaquetado en celofán bajo el brazo, sin preocuparse lo más mínimo de las miradas que le lanzaba la gente al pasar. Estaba firmemente decidido a convencer al comisario Dalmasso de que le diera autorización para someter el cuerpo del animal a una autopsia y a la realización de exámenes en profundidad en el laboratorio. La vocecita que llevaba en su cabeza suspiraba desalentada.

Mezzanotte esperaba colarse en el despacho a hurtadillas, camuflar el cadáver sin que lo viera nadie y aguardar con paciencia el momento adecuado en el que enfrentarse al comisario, pero, por desgracia, las cosas salieron justo al revés.

El idiota de Cerullo debió de hacer una llamada anunciando su llegada, porque, en cuanto cruzó el umbral de la Unidad, lo recibió un comité de bienvenida compuesto por Carbone, Lupo, Tarantino y otros agentes.

—¡Eh, Mezzanotte! ¿Qué es eso tan bonito que llevas ahí? —exclamó Carbone con una mueca en aquella cara suya que daban ganas de romper de un tortazo.

—Métete en tus asuntos. Perdona, llevo prisa.

Riccardo intentó meterse por el pasillo que conducía a la sala de oficiales, pero Carbone se le plantó delante cortándole el paso, respaldado por sus dos secuaces, que, como de costumbre, estaban masticando chicle. El más bajo de los dos, Tarantino, con aire burlón, quiso hacer un globo, pero le salió mal la jugada, porque le explotó en los labios y se vio obligado a despegarse el chicle de la cara con los dedos.

—Tus perversiones van de mal en peor, por lo que veo —insistió Carbone, provocando alguna que otra risita entre los presentes—. ¿Ya no te bastan las fotografías?

—Muy gracioso. Y, ahora, ¿me dejas pasar? —dijo Mezzanotte esforzándose por no perder el control.

—A ver, dime, que tengo curiosidad. ¿Te los tiras también?

Lupo, Tarantino y los demás soltaron una sonora carcajada, encantados de la ocurrencia, mientras que Carbone, engreído y jactancioso, lo miraba desafiante. De nuevo su nariz se encontraba a pocos centímetros de la frente de Mezzanotte. Y de nuevo la tentación de destrozársela a cabezazos le resultó irresistible. Pero se dominó y se limitó a apartarlo dándole un golpe con el hombro para seguir adelante.

Desprevenido, Carbone perdió el equilibrio y si no acabó de espaldas en el suelo cuan largo era fue porque chocó contra la pared.

—¿Adónde crees que vas, cabrón? ¡Todavía no he acabado contigo! —aulló hecho una furia, corriendo tras él por el pasillo. Lo alcanzó a la puerta de la sala de oficiales y agarrándolo con una de sus zarpas por el hombro lo obligó a darse la vuelta. Mientras tanto, atraídos por el jaleo, algunos policías se asomaron a la puerta de los despachos para contemplar el espectáculo. Muchos se reían, saboreando de antemano un ajuste de cuentas entre los dos que llevaban tiempo presagiando. Con el rabillo del ojo, Mezzanotte distinguió entre ellos a Nina Spada. Pero ella no sonreía.

Carbone lo agarró del cuello de la sudadera y lo atrajo hacia sí.

—Te vas a tragar de una vez por todas esos aires de superioridad, Mezzanotte —rugió llenándole la cara de saliva—. ¡No eres más que un chivato asqueroso, indigno del uniforme!

—¡Adelante, gilipollas! —lo invitó Riccardo en voz baja y serena, mirándolo fijamente a los ojos—. Pégame tú primero, aquí delante de todos, así no habrá nada que me impida romperte la cara.

Manuel Carbone debió de vislumbrar algo que lo atemorizó en el fondo de sus ojos, porque dio un paso atrás y lo dejó pasar, repentinamente inseguro.

—¿Qué diablos está pasando aquí? ¿Qué barullo es este?

Al ver al comisario Dalmasso, que apareció al fondo del pasillo, todavía con el abrigo puesto y un maletín en la mano, todo el mundo desapareció deprisa y corriendo, dejando solos a Mezzanotte y Carbone, que seguían uno frente al otro con gesto duro.

Dalmasso se quedó mirándolos, primero a uno y luego a otro, con cara de pocos amigos, y no se le escapó el paquete envuelto en celofán que Riccardo no había soltado.

—Subinspector Carbone, ¿es que no tiene usted nada que hacer? Quítese de en medio. En cuanto a usted, inspector Mezzanotte, a mi despacho —dijo en un tono que no auguraba nada bueno.

Después de cerrar la puerta, mientras el comisario, con deliberada lentitud, colgaba el abrigo del perchero, abría el maletín encima de la mesa y sacaba algunos documentos, Mezzanotte buscó nerviosamente con la mirada algún sitio en el que depositar el macabro envoltorio de celofán. Al no encontrar nada mejor, lo soltó en la silla que había delante del escritorio y se quedó de pie, ansioso, a la espera de que su superior dijera algo.

Cuando terminó de colocar sus cosas, en vez de repanchigarse en el sillón giratorio, Dalmasso apoyó sus grandes nalgas en el borde del escritorio.

—Mezzanotte, ¿qué tengo que hacer con usted? —dijo pasándose la mano por la cabeza para alisarse el emparrado.

—Comisario, se lo puedo explicar. Esta mañana...

—A propósito —lo interrumpió Dalmasso—, me parece que hoy está usted fuera de servicio. ¿Qué hace aquí? Y encima, vestido de esa forma —añadió refiriéndose a la vestimenta poco adecuada de Riccardo.

—Ha habido novedades en el caso de los animales muertos. Una patrulla ha encontrado otro. Precisamente de eso quería hablarle.

—Aparte de que yo diría más bien que no se puede hablar de «caso», creo que le di a entender que no quería que siguiera perdiendo el tiempo en eso. ¿O no fui lo bastante claro?

—Sí, es verdad. Pero quizá no tuvo en cuenta que... Yo..., bueno..., o sea... —balbució Mezzanotte, enredándose una y otra vez al intentar hilvanar un discurso coherente, capaz de ilustrar en pocas palabras a su enfurecido superior sobre las nuevas conclusiones a las que había llegado. Desde luego no era así como esperaba que se desarrollara la conversación—. Me equivoqué, comisario. Creí que el que mata a esos animales era un asesino en serie potencial, pero hoy he deducido que no disfruta con el sufrimiento de sus víctimas. Sigue un ritual, ¿entiende? Estamos ante un miembro de alguna secta, quizá más de uno. Puede que sean satanistas. Creo que deja por ahí los cuerpos como una especie de advertencia o amenaza dirigida a alguien de la Central. En cualquier caso, el riesgo de que empiece a matar a gente sigue siendo, en mi opinión, alto. Va en serio, y no parará hasta conseguir lo que quiere.

—¡Primero un asesino en serie, ahora ni más ni menos que una secta satánica! Pero ¿se está oyendo usted, Mezzanotte? ¿Cómo puedo tomármelo en serio? —Hizo una pausa y luego continuó en un tono más pacífico, casi paternal—. Escuche, yo puedo entender lo que le pasa, está sometido a un estrés muy fuerte debido al proceso en el que se ve envuelto. Además se siente frustrado porque después de estar en primera fila lo han relegado aquí, a la retaguardia. Pero no será inflando de manera desmesurada una incidencia insignificante como va a reconquistar lo que ha perdido. Con eso solo corre el riesgo de que le estalle en plena cara, como un globo. Un globo lleno de excrementos, no sé si me explico.

—Se lo ruego, escúcheme. Deme al menos la posibilidad de verificar si mis temores están fundados. Autorice la apertura de una investigación, deje que someta al perro a una autopsia...

—¿Cómo? ¿Debería pedir a la fiscalía que abra un sumario para perseguir a unos bromistas que se divierten remedando ritos pseudosatánicos? ¡Ni en sueños! ¿Por qué se empecina usted de esa manera, Mezzanotte? Teniendo en cuenta su situación, se las ha apañado aquí bastante bien hasta ahora. Estoy satisfecho de su trabajo, no lo eche todo a perder. Tenga paciencia y verá que poco a poco las cosas irán arreglándose para usted.

—Comisario, no comprende...

—¿Que no comprendo? —estalló en ese momento Dalmasso dando un puñetazo en la mesa—. ¡Si hay alguien aquí que no comprende es usted, Mezzanotte! Yo lo he acogido aquí y hasta ahora lo he tratado con deferencia, porque me lo pidió como un favor personal el señor Venturi, por el cual siento el mayor aprecio. Pero mi paciencia tiene un límite y, si sigue así, me veré obligado a pedir que le apliquen sanciones disciplinarias. ¿Me ha oído, inspector? Compórtese usted, antes de que sea demasiado tarde.

Mezzanotte hizo ademán de responder, pero se dio cuenta de que era inútil y renunció a hacerlo. Las cosas no habían podido ir peor. No había forma de arreglarlo.

—Bien —dijo Dalmasso en vista de su silencio—. Y ahora váyase. ¡Fuera de aquí y llévese esa asquerosidad! —exclamó a modo de conclusión, señalando el perro envuelto que estaba encima de la silla, uno de cuyos ojos vidriosos parecía mirar tristemente al comisario a través del plástico.

Los altavoces del equipo de alta fidelidad en cuya compra había sacrificado su primer sueldo de policía arrojaban música a todo volumen, como un volcán expeliendo lava incandescente.

Sitting here like a loaded gun
Waiting to go off
I've got nothing to do
But shoot my mouth off

Soltando espumarajos de rabia, la voz de Henry Rollins era un grito torturado y convulso que cabalgaba el martilleo furioso de las guitarras rítmicas y las desgarradoras distorsiones de los *riffs* de guitarra como en un rodeo salvaje.

Mezzanotte, sentado en el sofá con la cabeza entre las manos en medio de aquel estruendo ensordecedor, seguía maldiciéndose por el desastre que había provocado. Uno más, uno entre tantos.

Estaba solo en casa. Alice debía de haber ido a ver la exposición a la que él tenía que acompañarla esa mañana. Si no recordaba mal, luego pensaba ir a la galería y por la noche la esperaba una cena de trabajo. Riccardo tenía ante sí un largo día vacío que pasaría fustigándose y compadeciéndose de sí mismo.

I know the world's got problems
I've got problems of my own
Not the kind that can be solved
With an atom bomb

Las notas frenéticas de *Gimmie Gimmie Gimmie* hacían vibrar los cristales del salón y le retumbaban en el estómago. Sabía que muy pronto el viejito de abajo empezaría a golpear el techo con el palo de la escoba, pero en esos momentos tenía una necesidad absoluta de todo el poder ofuscador que aquella música sabía ejercer sobre él, y, si no se había puesto los cascos, no era por maldad, sino porque para Riccardo no resultaba lo mismo. Utilizando los cascos la música se oía solo con los oídos, no con todo el cuerpo.

Por más que se había devanado los sesos, no había conseguido encontrar una solución. Tenía la sensación de estar acorralado en un callejón sin salida. Sus confidentes no habían descubierto nada útil y en adelante no podría contar con los agentes del servicio de patrullaje. Sin las respuestas que pudieran proporcionarle la autopsia y los análisis del laboratorio, sus posibilidades de hacer progresos en la investigación eran casi nulas.

De repente se acordó de una cosa o, mejor dicho, de una persona, y empezó a despotricar contra sí mismo porque, si le hubiera venido antes a la cabeza, tal vez se habría ahorrado el follón con Carbone y Dalmasso.

Durante la época de las pesquisas sobre el asesino de las

rondas, había conocido a un técnico del Gabinete Regional de la Policía Científica que formaba parte del equipo antimonstruo. Giacomo Cardini tenía más o menos su edad y era un tío simpático y despierto. No era que se hubieran hecho grandes amigos, solo habían ido a tomar alguna que otra cerveza después del trabajo, pero fue uno de los pocos compañeros que le habían expresado su solidaridad explícita y sin fisuras tras el escándalo de los policías corruptos. No había mantenido el contacto con él y no sabía si querría o si podría ayudarlo, pero intentarlo no costaba nada.

Se levantó del sofá, quitó del lector de CD el disco de los Black Flag y buscó el número de Cardini en la agenda del móvil.

—¡Hola, Giacomo! Hacía un siglo que...

—¡Riccardo Mezzanotte! ¡Cuánto me alegro de oírte! ¿Qué tal? Me he enterado de que en la vista preliminar han sido todos procesados. Todo un éxito. Estarás contento.

—¡Bah! Estaré contento cuando toda esta historia se acabe de una vez.

—Ya, me imagino. Ahora estás en la Ferroviaria, ¿no? ¿Qué tal te va?

—Mejor no te cuento. Mira, un día de estos tenemos que salir sin falta a tomar algo, pero te confieso que ese no es el motivo de mi llamada. Necesito que me hagas un favor. Un favor grande.

—Claro, si puedo... Dispara.

—Bueno, estoy siguiendo un caso de forma, digamos, extraoficial...

—¿Extraoficial?

—En contra de la opinión de mi superior. Y necesito que se lleven a cabo una serie de exámenes en un cuerpo.

—¿Un cadáver? ¡Dios mío! No es precisamente...

—Se trata de un perro. De un tiempo a esta parte alguien está matando animales en la estación, y me temo que vaya más allá y pueda pasarse a los seres humanos. Mira, no te lo pediría si no estuviera convencido de que es importante.

—Bueno, un perro es otra cosa. Anda, también sobre la pista de Barba Azul nadie te hacía caso y el que tenía razón eras tú. Así que sí, de acuerdo, te echaré una mano.

—Te lo agradezco mucho, de verdad. ¡Ah! Necesitaría también que le hicieran una autopsia.

—Hum... No es un problema insuperable. Hay una anatomopatóloga en el policlínico que se muere por salir conmigo. Tendré que sacrificarme por la causa...

—Espero que el sacrificio no sea excesivo.

—No te preocupes, es bastante mona. ¿Qué es lo que estás buscando? Simplemente para saber qué tengo que hacer.

—No tengo ni idea, ese es el problema. Necesito saber todo lo que pueda decir el cuerpo.

—Servicio completo, entonces. Tardaré un poco, pero es factible. Tráeme el perro mañana por la mañana a primera hora, cuando todavía no haya mucha gente por aquí, y me pondré manos a la obra.

—¿Mañana? ¿No podría llevártelo ya hoy? Sabes, de momento lo tengo en la bañera de casa, envuelto en celofán, y...

—Lo siento, pero no es posible. Mañana por la mañana. ¡Ah, y mientras tanto, mantenlo en un lugar fresco!

Mientras estaba en la universidad, en medio de una clase de anatomía, las vibraciones del móvil le anunciaron la llegada de un SMS. Tras leerlo, Laura recogió sus cosas, se despidió de un par de amigas disculpándose por no poder almorzar con ellas y salió con prisas del aula.

El mensaje decía: «¿Podemos vernos? Sonia». La llamó en cuanto pisó el pasillo de la facultad.

—Sonia, confieso que ya no esperaba saber más de ti. ¿Qué tal estás?

La voz que le respondió parecía proceder de la ultratumba, tan débil y vacilante era.

—Necesito hablar contigo. Me dijiste que me ayudarías. Lo harás, ¿verdad? Te lo ruego, dime que me ayudarás.

—Por supuesto, quédate tranquila. ¿Cuándo quieres que nos veamos?

—Esta mañana, lo antes posible. Artan no está, pero volverá pronto y luego ya no sé cuándo podré.

Se citaron en un bar de la via Lepetit, una calle perpendicular a la via Vitruvio, no muy lejos de la pensión en la que se alojaban Artan y Sonia.

Era un local carente de ornamentos y bastante sórdido regentado por chinos. Cuando Laura entró, Sonia ya se encontraba allí. Estaba sentada a una mesa en el rincón más apartado de la sala, junto a la puerta del baño. En vez de la faldita de tul de siempre llevaba unos vaqueros negros. Debajo de la chaqueta de cuero, la camiseta dejaba ver cuánto había adelgazado, si es que eso era posible, desde la última vez que la vio. El pelo seguía siendo rosa, pero lo llevaba sucio y despeinado. Tenía los ojos enrojecidos, hinchados, como si hubiera llorado mucho. En conjunto, parecía tan estropeada y apagada, tan frágil y tan sola, que, antes de acercarse, Laura necesitó unos minutos para reforzar sus defensas mentales. Si se dejaba vencer por la desconsolada tristeza que emanaba de la chica —con tanta claridad que no le hacía falta el don para percibirla—, no estaría en condiciones de ayudarla.

Pidió un té para ella y otra Coca-Cola para Sonia. Luego estrechó las manos de la chica entre las suyas y le preguntó:

—¿Qué pasa, Sonia?

—Ya no puedo más, no sé qué hacer. Quisiera morirme...

—No digas eso.

—¡Es verdad! Esta mañana, cuando se ha ido Artan, he visto en el baño su navaja de afeitar. Una de esas navajas antiguas, ¿sabes?, parecida a una navaja automática, pero afiladísima. Me sentía tan cansada y desesperada... He pensado en acabar con toda esta mierda. Quería cortarme las venas, pero no he sido capaz. Mira...

Extendió el brazo izquierdo. En la muñeca había tres líneas rojas, largas y delgadas. Era verdad que lo había intentado, más de una vez, pero no había hallado el valor necesario para clavar la hoja a fondo.

—Eso no debes ni pensarlo, Sonia. Tienes toda la vida por delante, solo debes encontrar la fuerza para reponerte. Y en eso el Centro puede echarte una mano, ya te lo he dicho. Pero debes explicarme bien cuál es tu situación.

Sonia empezó a hablar. Y, como una presa que se derrumba bajo la enorme presión del agua que ha estado conteniendo durante demasiado tiempo, lo vomitó todo. Le contó su vida, en todos y cada uno de sus desoladores y sórdidos detalles. Cuando acabó, Laura estaba conmovida, impresionada e indignada a un tiempo.

Sonia Nicolosi había tenido una infancia serena, si no feliz. Sus padres —la madre era maestra de primaria, y el padre, administrativo— no nadaban en la abundancia, pero en su casa nunca habían tenido que renunciar verdaderamente a nada. Desde que tenía memoria, siempre le había gustado la danza. Quería ser como las vedetes de la televisión, exhibirse delante de las cámaras luciendo vestidos maravillosos, deslumbrantes, de vivos colores.

Luego la empresa en la que trabajaba su padre quebró y la vida de Sonia empezó a desmoronarse junto con sus sueños. Al principio, el hombre se esforzó por encontrar otro trabajo y, al no lograrlo, se encerró en casa y comenzó a beber. Mucho. Demasiado. Las peleas con su mujer se convirtieron en el pan nuestro de cada día.

Desarrolló también entonces un interés nuevo por su hija, que había cumplido los catorce años. Estaba muy desarrollada para su edad, su cuerpo era ya el de una mujer. Sonia era consciente de ello y estaba encantada, porque finalmente se parecía al de las bailarinas de la tele a las que tanto admiraba. Él empezó a mirarla de un modo extraño, con una insistencia huraña y resentida. Le formulaba un montón de preguntas sobre lo que hacía y las personas a las que veía cuando salía, y mostraba una curiosidad morbosa por sus relaciones con los chicos. Tanto si eran verdad como si eran pequeñas mentiras para tranquilizarlo —por entonces no era que tuviese mucho que ocultar—, su padre acogía siempre las respuestas de la muchacha con muecas de desagrado.

Una noche, al abrir los ojos, se lo encontró sentado al borde de su cama, inmóvil y silencioso. Fingió que estaba dormida y, al cabo de un rato, él se fue. Descubrió que aquellas visitas se repetían todas las noches. Era extraño, desde luego, pero en el fondo no le parecía que tuvieran nada de malo, y al cabo de algún tiempo dejó de prestarles atención.

Hasta que el hombre empezó a hacerle cosas y a pretender que ella se las hiciera a él. Cosas que ni siquiera se le habían pasado por la cabeza y que no entendía muy bien; cosas que estaba segura de que un padre y una hija no deberían hacer nunca juntos. Paralizada por la vergüenza y el miedo, aguantó durante un tiempo sin reaccionar. La primera vez que encontró la fuerza necesaria para intentar oponer resistencia, él se inclinó encima de ella y, clavándole una mirada vacua de sonámbulo, le dijo en tono monótono y horriblemente sereno que no debía rebelarse. Si lo hacía y si alguna vez hablaba con alguien de lo que pasaba entre ellos, las mataría, a ella y a su madre, y luego se tiraría por la ventana.

La vida en su casa se convirtió en un infierno para Sonia. Dormía mal y comía poco. Adelgazaba a ojos vistas y cogió la costumbre de pasar fuera de casa todo el tiempo posible. Una tía de la escuela de danza le presentó a un grupo de chicos mayores que se reunían en el parque Lambro. Por allí circulaba mucho costo y otras cosas, y no tardó en probarlo. Y de los porros pasó enseguida a la heroína. Durante un tiempo solo la esnifó, luego empezó a inyectársela. La droga la anestesiaba y la ayudaba a soportar los abusos diarios de su padre. Pero necesitaba dosis cada vez más frecuentes y ya no tenía suficiente dinero. Entonces empezó a sisar de la cesta de la compra, a sustraer billetes del bolso de su madre y de la cartera de su padre; luego descubrió que había chicos dispuestos a pagarle por ir con ellos a los servicios del instituto.

La primera vez que su padre la violó tenía dieciséis años recién cumplidos. Al día siguiente se escapó de casa. Era menor de edad y sabía que debía tener cuidado. Si las autoridades la hubiesen pillado, la habrían enviado a cualquier centro o, peor aún, la habrían devuelto a casa de sus padres. Cuando dio con la Estación Central comprendió enseguida que era el sitio adecuado para ella. Resultaba fácil pasar desapercibida en medio del bullicio y había buen ambiente: allí no había problema para encontrar heroína y también dinero con que comprarla. Se convirtió en una *squaw*, como llamaban a las jóvenes drogatas que se vendían para pillar una dosis. Pasaba la noche con los tíos con los que ligaba o dormía en los trenes que permanecían estacionados. No era una vida fácil ni bonita, pero sí mejor que la que llevaba en su casa, y por el momento a ella le iba bien así. Hasta que una noche tres marroquíes le dieron una paliza en uno de aquellos trenes y la violaron.

A partir de entonces, ya no fue capaz de sentirse tranquila cuando estaba sola, siempre tenía miedo. Eso fue lo que la empujó a liarse con Artan, al que a menudo le compraba caballo y quien andaba detrás de ella desde hacía un tiempo. Al principio todo fue bien. Él no era el príncipe azul, desde luego, pero la trataba bastante bien, la droga no faltaba nunca y no tenía que hacer la calle. Sin embargo, el camello albanés se metió en líos y contrajo una deuda con gente muy peligrosa. Entonces la convenció para que volviera a prostituirse y lo ayudara así a reunir dinero. Solo que, incluso después de saldar la deuda, no quiso que lo dejara. De hecho, mientras tanto había entrado en contacto con un grupito muy lucrativo de gente de la alta sociedad que tenía gustos especiales. Entre ellos había empresarios, profesionales acaudalados, futbolistas y gente del espectáculo. Un club muy exclusivo de aficionados al *gangbang*, dispuestos a soltar sumas considerables de dinero por abusar en grupo de una chiquilla dócil e inerme. Artan no tenía la menor intención de renunciar a esa fuente adicional de ingresos, así que en cuanto ella hacía el menor gesto de negarse a participar, le quitaba la droga y la preparaba para las fiestas.

Unos días antes había obligado a Sonia a volver una vez más con aquellos hombres que en todas las ocasiones, ciegos de la coca que él mismo les suministraba, la sometían a prácticas cada vez más humillantes y brutales. Entre ellos, ironía de la suerte, se encontraba también el presentador de su programa de la tele favorito, de quien durante años había estado enamorada en secreto. Precisamente él propuso a los demás que mearan encima de ella todos juntos y, mientras lo hacían, se partía de la risa. Sonia se había jurado a sí misma que nunca más dejaría que le hicieran algo parecido. Antes se quitaría la vida.

Tenía que salir sin falta, hacer algo; de lo contrario, corría el peligro de volverse loco. Mezzanotte no había digerido aún toda la adrenalina acumulada a lo largo de la mañana. Tenía los nervios a flor de piel y su mente seguía dando vueltas en círculo, como un conejillo de Indias en su rueda. Para no seguir mano sobre mano tras la llamada telefónica a Cardini, se puso a reparar la puerta de un mueble del baño y el grifo del fregadero de la cocina que perdía agua; Alice llevaba días pidiéndoselo. Además, planchó un montón de camisas que estaban esperando desde hacía semanas y se deslomó, como no hacía desde tiempo inmemorial, con repetidas series de abdominales y dominadas. Aun así, ni por un instante dejó de darle vueltas a todo lo que le había pasado aquel día: el hallazgo del perro, la reyerta con Carbone que había logrado evitar por un pelo, la desastrosa conversación con el comisario. Y al caso, por supuesto.

El optimismo que le infundió la perspectiva de que examinaran el cadáver se evaporó poco a poco. En ese momento sus certezas se tambaleaban. A ello contribuyó también Minetti, que, al volver de la sala de control, le llamó por teléfono para contarle lo que había descubierto tras el visionado de las grabaciones de las cámaras de circuito cerrado. La videovigilancia era uno de los principales talones de Aquiles de la seguridad de la Central. Solo había treinta cámaras activas y, por si fuera poco, eran anticuadas y se encontraban en mal estado. Para tener de verdad bajo control una zona tan amplia habría sido necesario multiplicar su número por lo menos por dos, si no por tres. La cámara de la sala de espera, por desgracia, estaba estropeada, le dijo el agente, pero una de las de la Galería Principal había grabado algo, aunque de lejos. Se veía una figura alta y delgada entrar en la sala casi una hora antes del hallazgo del perro, y salir de ella al cabo de unos veinte minutos. Un hombre, aparentemente, pero resultaba difícil asegurarlo. La calidad de las grabaciones dejaba mucho que desear: en cuanto intentaba aumentarlas de tamaño, se pixelaban. El individuo en cuestión parecía llevar algo que a la salida ya no llevaba. Podía ser el cuerpo del perro, pero también una bolsa de viaje o una maleta. Imposible conseguir cualquier otro elemento de identificación del sujeto mediante las grabaciones.

A la hora de almorzar, Mezzanotte bajó a comer un kebab a la vuelta de la esquina y en ese momento, de nuevo en casa, la perspectiva de una interminable tarde vacía que consumiría reconcomiéndose a fuerza de dudas lo aterrorizaba.

Ya no estaba seguro de nada. Empezaba a preguntarse si debía insistir en seguir adelante con aquella investigación contra todo y contra todos. Su carrera de policía pendía de un hilo. La Polfer era un purgatorio para él, pero no haría falta mucho para que lo arrojaran definitivamente al infierno. Su superior lo había amenazado sin ambages con sanciones disciplinarias. ¿Quería realmente arriesgarse a echar a perder aquello por lo que había trabajado durante los últimos cuatro años y medio? ¿Valía la pena? No tenía un plan B y, si lo expulsaban de la policía, no era capaz de imaginarse qué otra cosa podría hacer con su vida. ¿Estaba realmente seguro de que tenía razón respecto a la peligrosidad del asesino de animales? ¿Y si esta vez su instinto le fallaba? Quizá Dalmasso tuviera razón: había exagerado las cosas, se había agarrado a aquellas indagaciones para no venirse abajo del todo, para sentirse todavía un investigador, y, sí, tal vez con la esperanza secreta de que resolver ese caso volviera a convertirlo por arte de magia en un héroe y dejara de ser el paria en el que se había convertido. En un punto no podía estar más de acuerdo con el comisario: le convenía mantenerse calladito y limitarse a hacer lo que le mandaban con la esperanza de que tarde o temprano le permitieran reintegrarse en la Brigada Móvil. Pero, por suerte o por desgracia, la conveniencia no había sido nunca el criterio que fundamentaba sus decisiones.

¡Al diablo! Ya decidiría cómo actuar cuando recibiera los resultados de la autopsia y de los análisis de laboratorio del perro. Hasta entonces no tomaría ninguna iniciativa e intentaría no empeorar todavía más su situación.

Mientras tanto tenía que encontrar algo que lo mantuviera ocupado y le permitiera dejar de pensar en aquel asunto, si no quería acabar de verdad en el manicomio antes de que cayera la noche. Dando vueltas por el piso como alma en pena, su vista fue a parar a su saco de boxeo abandonado en un rincón, donde no hacía más que acumular polvo. ¿Desde cuándo? Pensándolo bien, no lo había utilizado ni una sola vez desde que había vuelto a Milán, hacía ya más de un año. Había estado lo que se dice a punto de hacerlo en varias ocasiones, pero luego, por un motivo u otro, siempre había acabado por dar largas al asunto. Nunca había estado tanto tiempo sin ponerse los guantes, ya que, tras abandonar la actividad pugilística, había seguido entrenándose con cierta regularidad y ni siquiera lo había dejado del todo durante el periodo que vivió en Turín.

Eso era lo que le hacía falta, un par de horas desahogando ansiedad y tensiones contra el saco de boxeo, echando fuera de sí los malos pensamientos a fuerza de sudar. Si había un día perfecto para hacer una escapadita al viejo gimnasio, después de años de ausencia, era precisamente ese.

La sede del Spartacus estaba en el Giambellino, un barrio de la periferia sudoeste de Milán compuesto en gran parte por casas de protección oficial de los años veinte, reino en otro tiempo de «la ligera», la vieja delincuencia milanesa y todavía uno de los principales centros de trapicheo de droga de la ciudad. La entrada estaba en el patio de un enorme edificio anónimo de cemento, entre un taller de coches y las traseras de un local de barrio de Rifondazione Comunista.

Una puertecita de madera llena de desconchones daba acceso a una escalera estrecha que bajaba a los sótanos. El semisótano donde se albergaba el Spartacus estaba al final de un pasillo corto, a cuyos lados se abrían las puertas del vestuario y de los baños. Mientras lo recorría, Mezzanotte se dijo que el lugar no había cambiado mucho respecto a lo que había sido en sus tiempos. Habría apostado que en invierno el vestuario se calentaba con una estufita eléctrica y que de las duchas seguía saliendo un hilito de agua gélida y herrumbrosa.

Al asomarse al gimnasio lo acometió de inmediato el olor acre y familiar que impregnaba la atmósfera. Una mezcla de sudor, cuero viejo y aceite alcanforado. No, decididamente no había cambiado nada, pensó mirando a su alrededor, mientras resonaban en sus oídos los porrazos de guantes golpeando los sacos y los chasquidos de las cuerdas de saltar azotando el linóleo gastado del suelo. El techo bajo de la sala, perennemente iluminado por los tubos de neón, estaba cubierto de moho y telarañas, y la pintura roja de las paredes se caía a pedazos.

A pesar de las apariencias, el Spartacus tenía una historia gloriosa, relatada por los pósters y las fotografías que tapizaban las paredes. Aquella espelunca en ruinas había forjado a varios campeones, ganadores de títulos nacionales e internacionales, tanto amateurs como profesionales, además de algunas medallas olímpicas. Todo por mérito del Viejo, que a muchos de ellos los había sacado a empujones de la calle, apartándolos de una vida de drogas y delincuencia.

Originario de Padua, el Viejo había sido un púgil mediocre y luego un entrenador brillante en el entorno del equipo nacional. Había llegado a Milán hacía treinta años, trayendo ya aquel mote y poco más, después de que un asunto bastante turbio acabara con su carrera. Había pasado unos años en la cárcel por haber estado a punto de matar a porrazos al tipo que se acostaba con su mujer. Partió nuevamente de cero enseñando a boxear en el Spartacus, que poco después consiguió que su propietario le traspasara por un mendrugo de pan, ansioso por librarse de aquel tugurio siempre al borde de la quiebra. Con el tiempo, gracias a las victorias de los boxeadores a quienes él entrenaba, se convirtió en un mito dentro de los ambientes pugilísticos.

Mezzanotte lo buscó con la mirada y lo encontró exactamente donde esperaba que estuviera, al borde del deteriorado ring, al fondo del semisótano, rodeado en tres de sus lados por rudimentarias tribunas de madera para el público. Vestido con unos pantalones de chándal y una vieja camiseta indefectiblemente manchada del sudor y de la sangre de los innumerables púgiles a los que había acompañado en la esquina del cuadrilátero, estaba supervisando una sesión de sparring. A Riccardo no le costó trabajo distinguir al boxeador del sparring entre los dos combatientes: el joven fornido de origen sudamericano, cubierto de tatuajes de la cabeza a los pies. Si no quedaba ya lo suficientemente claro por el modo en el que se movía en el ring, bastaba solo ver cómo el Viejo no dejaba ni un minuto de animarlo y de darle consejos. Debía de tratarse de su nuevo pupilo, del cual Riccardo ya había oído hablar, el último diamante en bruto nacido en el fango del Spartacus.

A sus ochenta años largos, el Viejo empezaba a acusar los envites de la edad. Casi completamente calvo, parecía más encorvado y demacrado de lo que recordaba Mezzanotte, pero la energía y la pasión que siempre lo habían animado permanecían intactas. Al ver después de tanto tiempo a aquel hombre sencillo y esquivo, de modales rudos y grandísimo corazón, que lo había dado todo por el boxeo sin recibir nada a cambio, Riccardo se sintió invadido por un profundo afecto mezclado de nostalgia y de añoranza. Durante mucho tiempo para él había sido como un padre, había hecho por él mucho más de lo que hizo nunca su verdadero progenitor. Había sido un maestro del pugilato, pero también de vida. Sintió el impulso de correr a abrazarlo, pero se detuvo. Le había partido el corazón, lo sabía. El tiempo en el que habría podido permitirse semejantes gestos había pasado para siempre. Se limitó a atravesar el gimnasio saludando a las pocas caras conocidas.

—¡Hola, Viejo! Siempre en forma, por lo que veo —dijo al llegar a los pies del cuadrilátero.

El anciano entrenador volvió la cabeza. Al reconocerlo se puso tenso por un instante, pero ninguna emoción afloró a su rostro cubierto de arrugas.

—¡Cardo! Me habían dicho que habías vuelto. Hace más o menos un año, si no me equivoco.

—Así es. No ha sido una época fácil. He tenido algunos problemas.

—Ya. También he oído rumores sobre eso.

—Espero que no haya nada en contra, si me entreno aquí unas horas...

—¿Por qué me lo preguntas? Tienes el carnet, ¿no? —replicó con brusquedad el Viejo y enseguida volvió a dirigir su atención a los púgiles que estaban entrenando en el ring.

Era verdad. Había conservado el carnet del gimnasio y había seguido pagando las cuotas para su renovación. Era un puente con su pasado que nunca había querido cortar por completo.

Mientras iba a cambiarse, oyó a su espalda una voz con marcado acento hispano que decía:

—¿Quién es ese, Viejo? ¿Es él, el madero?

Y a la respuesta afirmativa del entrenador murmuró un «¡Pendejo!» lo bastante fuerte para que lo oyera Mezzanotte.

Riccardo volvió la cabeza y fulminó con la mirada al púgil que estaba en el ring, quien le respondió con una sonrisa amenazadora que dejó vislumbrar la blancura del protector dental.

Uno de aquellos a los que el Viejo había impedido que acabara yendo por mal camino podría haber sido el propio Riccardo Mezzanotte. Ya desde los primeros cursos de la enseñanza secundaria, como gesto de rebeldía frente a su padre más que por otra cosa, se unió a una banda de gamberretes de su escuela. Al principio fue algo más bien inocuo y no se vio envuelto en nada grave, aparte de algunos actos de vandalismo, hurtos sin importancia o reyertas con bandas rivales. Pero cuando cumplió los quince, el grupo empezó a levantar el vuelo. Algunos compañeros suyos de correrías andaban empuñando la navaja y se dedicaban a los hurtos por tirón y al robo de coches. Alguno hablaba de conseguir una pistola y organizar un atraco. Las cosas se habrían puesto feas para Riccardo, si no se hubiera encontrado en su camino el boxeo antes de que sucediera algo irreparable.

En aquellos tiempos no era raro acabar dándose de tortas y, pese a ser bajito y delgado, como nunca tenía miedo de mezclarse en las peleas y no dudaba en pegar fuerte, daba más golpes de los que recibía. Pero en cierta ocasión un chaval le atizó con tanta facilidad que luego le preguntó con sincera admiración cómo lo había hecho. En vez de propinarle otro guantazo, el chico lo acompañó al Spartacus al día siguiente.

Para Riccardo fue una especie de revelación. Se enamoró al instante del ambiente y cuando se encontró frente al Viejo, con la inconsciencia y la chulería de sus quince años, proclamó que él también quería ser boxeador. Al viejo entrenador debió de caerle en gracia, porque, en vez de echarlo a patadas, sonrió y, tendiéndole un par de guantes, le dijo:

—Déjame ver lo que sabes hacer, mocoso. Póntelos y pega a ese saco.

No tuvo que pedírselo dos veces. Riccardo se puso los guantes y se lanzó a arrear puñetazos con una furia desordenada y tenaz. Siguió haciéndolo más rato de lo que el Viejo se esperaba, ya que, cuando le hizo saber que a partir del día siguiente podía ir al Spartacus siempre que quisiera, sus ojos brillaban de estupor y de curiosidad.

Después de varias semanas de visitas diarias al gimnasio, cuando Riccardo le preguntó cuándo podría subir al ring, el entrenador se echó a reír.

—¿Pero adónde quieres ir tú, si no eres más que piel y huesos?

Durante meses, además de las clases de boxeo, con una testarudez que impresionó a todo el mundo, Riccardo se ejercitó a diario con las pesas y la barra hasta acabar rendido, a fin de robustecerse.

En cuanto ganó un poco de musculatura, por fin le dejaron probar en un par de asaltos. Riccardo peleó sin temor y con una naturalidad sorprendente, hasta el punto de poner en serias dificultades a un adversario mucho más experto que él. El Viejo se dio cuenta enseguida de que aquel chavalillo rabioso y descarriado tenía posibilidades, y empezó a seguir personalmente sus entrenamientos. Guiado por él, Riccardo mejoró muy deprisa, no solo asimiló las técnicas y los secretos del pugilato, sino también valores como la disciplina, el espíritu de sacrificio, y el respeto de las reglas y del adversario. A partir de ese momento pasó gran parte de su tiempo libre en el Spartacus, y ya no dispuso de mucho para salir con la banda, de la que acabó separándose.

El viejo entrenador lo puso a prueba haciéndole participar en algunos combates amistosos y, como las pruebas tuvieron un resultado positivo, lo inscribió en varios torneos oficiales de categoría júnior. Un par de años después, Mezzanotte era ya campeón regional en su categoría y el Viejo se había convencido de que podía empezar a trabajar en serio. Elaboró para él una hoja de ruta que comprendía la disputa de varios campeonatos italianos y europeos, para continuar después, si todo marchaba como se esperaba, con las Olimpiadas. Pero Riccardo, que desde hacía algún tiempo frecuentaba a un grupo de punks que se movía entre las Columnas de San Lorenzo y algunos centros sociales del Ticinese, empezó a tocar con los Ictus como bajista. Al principio se hizo la ilusión de que podría conciliar las dos actividades, pero la vida sana y morigerada del deportista entró en conflicto con los excesos y los desórdenes del músico punk. Y hacía ya algún tiempo que el riguroso régimen que le imponía el boxeo había empezado a pesar a Riccardo, siempre tan inquieto. Durante algunos años, encontró la paz y el equilibrio en el agotamiento físico en el que lo sumían los entrenamientos, y hasta llegó a creer que ese podía ser su camino. Pero la impaciencia cada vez mayor que crecía dentro de él le dio a entender que quizá se equivocaba, que necesitaba algo totalmente distinto. De ese modo, cuando un verano tuvo que escoger entre irse de gira con los Ictus por los centros sociales de media Europa o participar en las eliminatorias para los campeonatos nacionales, acabó optando por lo primero y abandonando de hecho el pugilato. Una decisión en la que influyó también la seguridad de que a su padre, con el que cada vez estaba más en desacuerdo, le fastidiaba más la cresta que los guantes.

El Viejo no se lo tomó muy a bien y vio la renuncia de Riccardo como una traición. Había depositado en él todas sus esperanzas de volver a estar en la brecha y dar nuevo esplendor al Spartacus, que desde hacía bastante tiempo no sacaba nuevos campeones. Mezzanotte frustró esas expectativas y él aún no se lo había perdonado del todo.

Sentado en un banco del gimnasio en pantalones cortos y camiseta, Mezzanotte se envolvía las manos en vendas de tela antes de empezar. De vez en cuando echaba un vistazo hacia el ring, donde el sudamericano seguía haciendo papilla a su víctima bajo la mirada complacida del entrenador. En un momento en que notó que Riccardo estaba observándolo, se pasó el pulgar por la garganta remedando el gesto de querer degollarlo. Mezzanotte se limitó a mirar para otro lado. No quería aceptar provocaciones, había ido allí para relajarse y no dejaría que un chulito arrogante le aguara la fiesta.

Tras hacer unos cuantos ejercicios de calentamiento y dar unos pocos saltos a la comba, se plantó delante de uno de los grandes sacos de cuero agrietado que colgaban del techo con cadenas metálicas. Se puso los guantes y empezó a dar puñetazos. Daba saltitos a un lado y a otro remedando fintas y bloqueos, como si tuviera delante a un contrincante de verdad. Luego le dio un empujón haciéndolo ondear hacia delante y hacia atrás entre los chirridos estridentes de la cadena. Siguió golpeándolo con combinaciones de movimientos cada vez más elaboradas, apartándose en el último momento para evitar que acabara cayéndole encima y empezando otra vez a aporrearlo. Le daba, lo esquivaba y volvía a darle al ritmo de sus bamboleos, como si se tratara de una danza.

Estaba tan absorto en el ejercicio que en un primer momento no se dio cuenta de que, a sus espalda, alguien le había dirigido la palabra.

—¿Qué? —dijo jadeante mientras abrazaba el saco para impedir que siguiera oscilando.

Era el nuevo pupilo del Viejo, con un albornoz echado por los hombros. Frente estrecha, nariz aplastada, cuello de toro, con pinta de ser peligroso y maligno, el clásico tipo con el que te apresurarías a cambiar de acera si lo vieras venir de frente por la calle en plena noche.

—Tienes mucho valor presentándote aquí después de lo que le has hecho —volvió a decir en tono desdeñoso.

Mezzanotte estuvo a punto de replicarle algo, pero ¿para qué? No valía la pena. Lo mejor era ignorarlo.

—¿Tú qué sabes? —dijo suspirando con amargura. Se volvió de nuevo hacia el saco, pero el otro no tenía intención de soltar el hueso.

—Ver tu cara de culo ha puesto de mal humor al Viejo.

Mezzanotte apretó las mandíbulas haciendo lo posible por refrenar la rabia.

—Te aconsejo que lo dejes de una vez. Hoy no tengo el día.

—¿Era demasiado duro para ti? —siguió pinchándole impertérrito el joven sudamericano—. No tenías huevos para aguantar, ¿verdad? Por eso lo dejaste.

Riccardo permaneció inmóvil, sin contestar. Todavía le escocían las manos por los puñetazos que no había podido dar a Carbone esa mañana, y ahora se sentía a punto de estallar peligrosamente.

—Creía que el Viejo era infalible, pero contigo se equivocó del todo —insistió el otro y luego añadió, asqueado, mientras escupía en el suelo—: ¡Tu puta madre, madero!

El grumo de saliva y moco aterrizó a los pies de Mezzanotte. Algunas gotas acabaron en sus zapatos. Riccardo se lanzó hacia delante, pero se detuvo a pocos centímetros de la cara del chulito tatuado. Todo su cuerpo temblaba de furia contenida.

—¿Tienes ganas de usar los puños, madero? —le preguntó el sudamericano en absoluto impresionado—. ¿Qué te parece? ¿Nos ponemos un ratito los guantes? ¿O es que te has cagado encima?

—De acuerdo —gruñó sin vacilar Mezzanotte.

—¡Ni hablar! —terció el Viejo. Y luego dirigiéndose a su pupilo añadió—: Dentro de tres días tienes el torneo en Alemania. No es momento para una gilipollez como esta.

—Tranquilo, Viejo. ¿Qué quieres que pase? Además, ¿no me dijiste tú mismo que para prepararme mejor tenía que enfrentarme a adversarios duros de verdad? Suponiendo que el madero este lo sea.

El viejo entrenador sacudió la cabeza y se volvió hacia Mezzanotte. Su rostro tenso expresaba una petición tácita, casi una súplica. Riccardo no sabía si estaba preocupado por él o por su futuro campeón, en cualquier caso no podía complacerlo. Llegados a ese punto, su maldito orgullo no le permitía renunciar.

—Yo, desde luego, no me echaré atrás —dijo zanjando la cuestión.

—Vale —acabó por rendirse el Viejo apretando los dientes—. Tres asaltos de tres minutos. Nada más.

Poco después, sin haberse percatado todavía por completo de dónde se había metido, Mezzanotte se encontró con el torso desnudo bajo la luz deslumbradora que se cernía sobre el ring, con unos guantes de combate puestos, casco acolchado y coquilla protectora. ¿Cuánto tiempo había transcurrido desde su último combate? ¿Ocho años? ¿Más?

A un gesto del Viejo, que dirigía las operaciones desde la esquina opuesta con una mueca de desaprobación grabada en el rostro, uno de sus colaboradores que hacía las veces de árbitro llamó a los dos contrincantes al centro del cuadrilátero. Mientras les enumeraba las recomendaciones de rigor, el sudamericano se acercó a Mezzanotte y le susurró al oído:

—Prepárate. Te va a doler.

Luego el árbitro los invitó a chocar los guantes y los volvió a mandar a sus respectivos rincones.

—Ni siquiera sé cómo se llama —dijo Riccardo, sentado en el taburete, señalándole con el mentón a su contrincante al tipo que le habían encasquetado como segundo, que estaba dándole de mala gana un masaje en los hombros.

—Paco Guzmán. Tiene veinte años y es de origen salvadoreño. No hace mucho que ha empezado, pero es un talento puro. Aquí ya lo llaman el Tyson del Giambellino.

—¿Y cuál es su palmarés? Solo por saberlo.

—Nueve victorias. Siete por KO, seis de ellas al primer asalto. Ninguna derrota —respondió el tipo, e inmediatamente le metió en la boca el protector dental.

«¡Joder!», tuvo apenas tiempo de pensar Mezzanotte antes de que el gong lo arrancara de su esquina. Mientras se dirigía al centro del cuadrilátero, torciendo el cuello para desentumecer los músculos, lo observó con atención por vez primera. Paco Guzmán era un poco más bajo que él, pero decididamente más recio. Con toda seguridad pertenecía a una categoría de peso superior. Entre los numerosos tatuajes que cubrían su poderosa musculatura había algunos cuyos toscos contornos no dejaban lugar a dudas sobre su origen: la cárcel. Quizá había aceptado el desafío demasiado a la ligera.

Las primeras fases del asalto fueron más que nada de estudio. Era solo un combate improvisado, no había nada en juego, pero la tensión que vibraba en el ambiente era de final olímpica. Todos los presentes en el Spartacus habían abandonado lo que estaban haciendo y habían ocupado un sitio en las gradas con el fin de disfrutar del espectáculo.

Guzmán atacaba con la cabeza encajada entre los hombros y los guantes delante de la cara; tenía los brazos apretados junto a los costados como resortes a punto de saltar. Su tronco oscilaba a derecha e izquierda en busca de una brecha en las defensas de su adversario. Mezzanotte, que en el juego de piernas había tenido siempre uno de sus puntos fuertes, daba saltitos entre las cuerdas cambiando continuamente de dirección para no dar puntos de referencia a su contrincante. De vez en cuando, aprovechándose de su mayor longitud, metía algún que otro *jab* de izquierda para mantenerlo a distancia y, mientras tanto, intentar tomarle la medida. Eran solo golpes de engaño para el sudamericano, que, cuando estaba a punto de sonar el primer minuto, se volvió más agresivo e imprimió una brusca aceleración al ritmo del encuentro. Empezó a acosarlo sin tregua, intentando colarse en su guardia con el fin de llegar al cuerpo a cuerpo. En cuanto lo tenía a tiro, soltaba ganchos poderosísimos, cada uno de los cuales, de no haberlos esquivado o bloqueado, habría bastado para mandar a Mezzanotte directamente a la lona.

Aquella presión asfixiante no tardó en poner en dificultades a Riccardo. Al no estar entrenado, tenía poco resuello y los músculos de sus piernas estaban fatigados, mientras que Guzmán daba la impresión de estar fresco como una rosa. A punto estuvo varias veces de dejarse acorralar contra las cuerdas, pero logró escabullirse por una fracción de segundo antes de que se abatiera sobre él una granizada de puñetazos.

Justo en el momento en que estaba a punto de finalizar el tiempo, cuando ya veía que iba a salir indemne al menos del primer asalto, el sudamericano dio en el blanco con un gancho en el hígado, tan duro como una pedrada, que le cortó la respiración. Riccardo se dobló en dos y tuvo que hincar una rodilla en la lona. Solo el sonido del gong evitó que empezara la cuenta.

Sentado en el taburete, sumamente abatido, sorbiendo con avidez de la botella con pajita que su segundo le ofrecía, intentó reflexionar y entender la situación. Las cosas no iban muy bien, desde luego. Aunque bastante tosco desde el punto de vista técnico, Guzmán era más joven, más grande y más fuerte; además estaba en plena forma y, a diferencia de él, que sabía poco o nada del modo de combatir de su contrincante, con el Viejo en su esquina, la forma de boxear de Riccardo no tenía secretos para el sudamericano. ¿Quién cojones le había mandado meterse en aquel lío?

—¿Algún consejo? —preguntó al hombre que en ese momento estaba pasando por su cuerpo una esponja empapada de agua del cubo.

—¿Que cuál es mi consejo? Si quieres volver a casa de pie, al primer guantazo que te dé, tírate al suelo y no te levantes.

El segundo round tuvo una sola dirección. Tres minutos pueden parecer pocos, pero si estás a merced de una apisonadora que tiene la intención de dejarte como el asfalto pueden resultar interminables. Mezzanotte volvió a su esquina tambaleándose, medio aturdido. Le había dado una buena tunda y habían empezado a contar en dos ocasiones en su contra.

—¿Cómo lo he hecho? —masculló, mientras su segundo intentaba restañarle una herida en el arco supraciliar con un bastoncillo de algodón.

—Genial, diría yo, si lo que pretendes es acabar en el hospital. Mira, chico, la próxima vez que el tío ese te tire al suelo, yo arrojo la toalla...

—Inténtalo y te mato.

Cuando el gong decretó el comienzo del tercer asalto, casi tuvo dificultades para levantarse del taburete. Guzmán cargó contra él con la cabeza baja, expulsando aire por los orificios de la nariz como un toro furioso. Mezzanotte se tambaleó debido al ímpetu de los golpes. Intentó un contraataque a la desesperada, pero un violento cruzado del sudamericano lo pilló desprevenido y le dio en toda la nariz. Por un instante se le apagó la luz y evitó precipitarse al suelo agarrándose a las cuerdas. El árbitro se interpuso entre los dos combatientes y empezó a contar. Mezzanotte dejó que llegara hasta ocho y, aprovechando ese puñado de segundos valiosísimos para reunir sus últimas energías, se levantó. Asintió cuando le preguntaron si podía continuar, pero no era del todo verdad. Una parte de él solo deseaba poner fin a aquel suplicio inútil. Lo que lo mantenía en pie, a pesar de tanta fatiga y tanto sufrimiento, era la terca obstinación de no querer aceptar la inevitabilidad del resultado de aquel combate.

En cuanto el árbitro señaló que podía reanudarse, Guzmán se le echó de nuevo encima. Estaba seguro de tener la victoria en el bolsillo y ansiaba infligirle el golpe de gracia. Se sentía seguro de sí mismo. Muy seguro. Tan seguro que ya no se preocupaba mucho de su defensa.

Mezzanotte vio que se le venía encima a punto de descargar el puño derecho. Tenía un lado de la cara completamente descubierto. Fue un reflejo instintivo más que un gesto consciente: largó un golpe de izquierda que fue a estamparse de lleno en la mejilla del Tyson del Giambellino. Más por la sorpresa que por la potencia del guantazo, el sudamericano quedó desorientado un instante, que él aprovechó para lanzarle una rápida serie de puñetazos en la cara.

Guzmán no encontró otra forma de salir del embate que abrazarlo, lo que obligó al árbitro a intervenir para separarlos. Al apartarse de Mezzanotte, hizo un movimiento brusco —que podía parecer accidental, pero Riccardo estaba seguro de que no lo había sido— y le atizó un cabezazo en la ceja herida que le hizo ver las estrellas. Se llevó un guante a la frente y cuando lo retiró estaba manchado de rojo. El árbitro detuvo de nuevo las hostilidades y mandó a Mezzanotte a su esquina para que lo atendieran.

—Si ese tajo no deja de echar sangre, interrumpo el combate —le advirtió.

—Es tu oportunidad de salir de esta sin vergüenza, muchacho —comentó su segundo examinando el corte con aire escéptico—. Nadie podrá echarte nada en cara si el encuentro acaba así porque no hemos sido capaces de restañar la herida.

—Quítatelo de la cabeza. No me importa cómo lo hagas, pero detén esa puta sangre —rugió Mezzanotte, impaciente por volver a pelear.

El hombre se afanó con el corte hasta que consiguió parar la hemorragia.

Cuando se reanudó el asalto, el combate había cambiado de aspecto. Entre los dos contrincantes había en ese momento un equilibrio sustancial. Guzmán se había vuelto más cauto y mantenía alta la guardia. Apuntaba insistentemente a la herida de Riccardo, no solo con los puños, sino también con la cabeza y los codos, y le coló varios golpes por debajo de la cintura. Mezzanotte protestó al árbitro, que se limitó a encogerse de hombros. No era de extrañar, Guzmán era el púgil de la casa y el encargado de dirigir el encuentro era un subordinado del Viejo. Riccardo echó una mirada a su exentrenador, que bajó los ojos. Debía de tener un deseo desesperado de desquite, pensó, para apostar por un boxeador que, aunque prometedor, pisoteaba todos los valores que el Viejo había defendido siempre. Pero él también había contribuido —se recordó a sí mismo— a empujarlo hasta ahí.

En cualquier caso, la rabia creciente de Mezzanotte ante la deslealtad de su adversario era un combustible capaz de proyectarlo más allá de la fatiga y del dolor. Había empezado otra vez a dar saltitos alrededor del sudamericano, suelto de piernas como al comienzo de la pelea, y lograba frustrar fácilmente sus eventuales ataques. Pero en el momento en que Guzmán se quedaba bien cerrado, a él también le costaba trabajo encontrar resquicios para propinar sus golpes. Todavía faltaba un minuto largo para el final y era consciente de que la suerte del encuentro podría volver a dar la vuelta en cualquier instante: bastaba que Guzmán acertase con uno de sus terribles ganchos y se habría acabado.

Tenía que encontrar el modo de desbloquear la situación, pero no veía cómo hacerlo, hasta que se dio cuenta de algo. Había una jugada que Guzmán repetía con mucha frecuencia, una serie de golpes al cuerpo, seguida de un *jab* de revés a la cara que abría paso al que era su punto fuerte, el gancho de derecha, un puñetazo de una potencia devastadora, sí, pero no impecable desde el punto de vista técnico. Lo lanzaba con un gesto demasiado amplio, que lo dejaba al descubierto durante una fracción de segundo. Si, intuyendo sus intenciones, se movía anticipadamente, Mezzanotte podría colarse por ese hueco. Pero se requería una sincronización perfecta y, sobre todo, tenía que esperar a que Guzmán ejecutara precisamente aquella jugada, y no otra. De lo contrario sería él quien lo tendría crudo.

Poco después se le presentó la oportunidad. No hizo ni siquiera amago de cubrirse mientras Guzmán lo machacaba con puñetazos en el vientre, se limitó a contraer los abdominales para absorber los golpes. Luego se dobló, dejando que el sudamericano propinara el *jab* por encima de su cabeza. Finalmente se lanzó hacia lo alto con un movimiento acompañado de un gancho de derecha en el que puso toda la potencia de la que fue capaz. Su guante cayó como un mazo sobre la mandíbula de su contrincante, haciendo saltar la protección bucal.

Aturdido, Guzmán fue dando tumbos hacia atrás. Habría acabado en la lona si las cuerdas no lo hubieran impedido. Era un golpe de KO, Mezzanotte habría podido parar; debería haberlo hecho, pero no lo hizo. Presa de un furor ciego, alimentado por toda la rabia acumulada no solo aquel día, sino durante las semanas y los meses anteriores, siguió golpeándolo una vez y otra y otra. Solo vagamente oyó el «¡Noooo!» que a voz en grito exclamó el Viejo, mientras él descargaba un terrible último gancho en la sien de Guzmán, que cayó como una marioneta desarticulada.

Riccardo Mezzanotte asistió a las escenas convulsas que vinieron a continuación como si estuviera despertando de un largo sueño. El Viejo y otros hombres se precipitaron al ring y se arremolinaron alrededor de Guzmán, que yacía en el suelo sin sentido. El jaleo era enorme, y el griterío confuso; todos estaban nerviosos. El sudamericano no volvía en sí. Le practicaron un masaje cardiaco y la respiración boca a boca mientras llegaba una ambulancia. Solo cuando, para alivio general, volvió a abrir los ojos dando señales de vida, el viejo entrenador dirigió a Mezzanotte una mirada rencorosa y totalmente descompuesta.

—Ya habías ganado, ¿tenías que seguir pegándole? ¡Fuera de aquí! ¡Vete! ¿Me has oído? No quiero verte más. ¡Vete! ¡Fuera!

En ese momento, Riccardo, asustado, empezó a darse cuenta de lo que había hecho. Se arrepintió al instante y habría dado cualquier cosa para remediarlo, pero ya era tarde.

Tal como había quedado, Guzmán no se recuperaría de ninguna manera antes del torneo en Alemania. Pero era mucho más que eso. Lo sabía él tan bien como el Viejo. Hay derrotas de las que no se recupera uno nunca, que rompen algo en tu interior. La carrera de Guzmán estaba acabada. Una vez más, había hecho trizas los sueños de gloria de su exentrenador. Por segunda vez.

Recogió rápidamente sus cosas y escapó de allí, perseguido

por la voz rota del Viejo que lo maldecía. Antes de abandonar el gimnasio volvió la cabeza una última vez. No volvería a poner los pies en el Spartacus.

Al levantar los ojos de los apuntes que había tomado durante la última entrevista, Laura comprobó que ya era de noche. Había vuelto a retrasarse. Los demás voluntarios estaban arreglando el local y limpiando un poco. Aparte de ellos, en el Centro ya no quedaba nadie. Tras consultarlo con Raimondi, había comenzado a planificar la entrada de Sonia en una comunidad. Al principio, conmovida por lo que la chica le había contado, pensó que había que implicar a la policía. El padre, Artan, las personas a las que este último la vendía..., había que denunciarlos a todos, tenían que pagar por lo que le habían hecho. Pero Leo le había hecho ver que, si lo prioritario era la recuperación de Sonia, meterla en una historia procesal larga e incierta, sobre todo teniendo en cuenta que era toxicómana y que cualquier abogado un poco espabilado la consideraría con facilidad una testigo poco fiable, no era la opción más indicada. Leo tenía razón, aunque a ella le costara trabajo reconocerlo. La idea de que aquellos hombres, que no habían dudado en abalanzarse sobre Sonia como lobos hambrientos solo porque era una presa débil e indefensa, se salieran de rositas, la enfurecía. Laura conocía ya el odio, el odio de verdad, el que envenena la sangre y empuja a desear todo el mal posible a una persona. Gracias al don, había experimentado todos los sentimientos que pueden arraigar en el ánimo de las personas, hasta los más abyectos y mezquinos. Pero era la primera vez que lo sentía ella misma, y no a través de persona interpuesta, con una fuerza tan grande. Pero si la impunidad de sus verdugos era la condición necesaria para dar a Sonia la oportunidad de volver a empezar de cero, lo aceptaba.

Había múltiples problemas prácticos que era preciso resolver primero. Ante todo, tenían que encontrar una institución adecuada dispuesta a acogerla cuanto antes, y luego idear un modo seguro de que pudiera escapar de las garras de Artan eludiendo la estrecha vigilancia a la que la tenía sometida. Pero el mayor obstáculo era que, siendo todavía menor de edad, aunque por pocos meses, en la solicitud para el ingreso en las comunidades terapéuticas era necesaria la firma de los dos progenitores. Laura tendría que hablar con ellos. Por lo menos con la madre, ya que al padre no tenía ningunas ganas de verlo.

Solo había dado unos cuantos pasos al salir del Centro cuando un escalofrío la avisó de lo que estaba a punto de suceder. Luego notó aquella oscura sensación de opresión, como si el cielo se hubiera vuelto de repente demasiado bajo y pesado y amenazara con aplastarla. Laura cerró los ojos, apretó los puños y se preparó. Unos instantes después, las emociones estallaron en su interior con la furia de un incendio. Sabía que no eran suyas, pero eso no las volvía menos atroces y reales. Sin embargo, se percató de que, al menos en una pequeña parte, se había acostumbrado ya a aquella desgarradora mezcla de dolor, miedo y tristeza. Ya no se dejó arrastrar totalmente por ella, logró mantener un atisbo de lucidez en medio de la tormenta, lo que le permitió analizar lo que sentía y por primera vez intuyó ciertas cosas. Si hasta ese momento aquellas emociones le habían parecido tan inexplicablemente intensas era porque no se trataba de emociones individuales, sino colectivas, eran la suma de lo que sentían varias personas al mismo tiempo. Y el epicentro del que irradiaban tenía que encontrarse en algún sitio dentro de la estación o en sus alrededores. Era como si algo grandísimo y terrible estuviera sucediendo en la Central, algo en lo que se hallaba envuelta mucha gente y que empapaba de angustia y sufrimiento todo el lugar. ¿Pero qué podía suscitar semejantes reacciones emocionales? Se tratara de lo que se tratase, también debían de estar implicados en ello los dos niños. Quizá eran víctimas, junto a otros, de una banda de explotadores que los obligaban a pedir limosna o a robar. O peor aún: recordó haber leído que existían organizaciones criminales dedicadas a la trata de seres humanos, cuya finalidad era la explotación sexual y el comercio de órganos para trasplantes.

A propósito, ¿y los niños? ¿Dónde estaban? Los buscó con la mirada hasta que los divisó, como de costumbre, en el jardincillo situado en el centro de la plaza, dando saltitos despreocupadamente, cogidos de la mano. Los días anteriores no se había atrevido a acercarse a ellos, mejor dicho, se había esforzado por ignorarlos. Pero era inevitable, tarde o temprano tenía que enfrentarse a lo que estaba ocurriendo. Quizá había llegado ya el momento. Y además —aquella idea totalmente fuera de lugar la sorprendió—, quizá podría descubrir algo útil que contar al policía guapo, con el que tenía la impresión de haber quedado fatal y que, a pesar de todo, había sido tan amable que le había prometido indagar sobre aquella historia sin pies ni cabeza. Se sorprendió al descubrir que estaba ansiosa por redimirse a sus ojos.

Asegurándose esta vez de que tenía vía libre, cruzó la calzada y se adentró en las espesas sombras del jardincillo. No había casi nadie rondando por allí. Solo unas cuantas figuras apenas perceptibles en la oscuridad, que de repente surgían como apariciones espectrales en los charcos de luz de las farolas. Cuanto más avanzaba Laura por el sendero de adoquines, más se debilitaba su determinación. Por la noche, aquel lugar le daba escalofríos, se sentía expuesta y vulnerable, como si se encontrara en el corazón mismo de una selva hostil. Estaba segura de que, si la agredían, nadie iría a socorrerla. Los coches que circulaban por la calle, a unos pocos metros de distancia, ni siquiera disminuirían la marcha, y los transeúntes que caminaban por la acera seguirían adelante fingiendo no oír sus gritos.

Con el corazón desgarrado por emociones ajenas y un miedo completamente suyo que hacía que le flaquearan las piernas, tuvo que recurrir a los últimos restos de valor que le quedaban para no caer en la tentación de salir corriendo y seguir a los niños, que, mientras tanto, habían llegado a la altura de una de las dos fuentes situadas al extremo del pequeño parque. Como en las anteriores ocasiones, se dirigían al túnel excavado bajo el balasto de las vías, desde cuya boca se difundía un sombrío resplandor amarillento. A medida que se acercaba a ellos, el huracán emotivo que rugía en el interior de Laura parecía cobrar más fuerza.

Al percatarse de que los niños se habían parado en un semáforo, Laura aceleró el paso, decidida a alcanzarlos. Logró situarse a pocos metros de ellos, más cerca de lo que lo había estado nunca. Mientras alargaba el brazo para tocar el hombro del chico, tuvo tiempo de fijarse en el aspecto curiosamente anticuado de sus ropas y, cuando el niño volvió la cabeza un instante, vio la cicatriz que le atravesaba una ceja. Luego vio otra cosa. Algo que la dejó petrificada. Todavía con el brazo extendido hacia ellos, se quedó con la boca abierta y los ojos como platos por la incredulidad y el horror al ver cómo cruzaban el paso de cebra canturreando alegremente «Estrella, estrellita», incapaz de decir o hacer nada para intentar detenerlos.

El niño llevaba una tira de tela alrededor de un brazo. Y encima de ella había una estrella cosida. Una estrella amarilla de seis puntas. También su hermana llevaba una idéntica.

En cuanto echó abajo la puerta del apartamento, pistola en mano, comprendió que el soplo se correspondía con la realidad. El hedor agredió su pituitaria y le provocó unas arcadas que apenas fue capaz de reprimir. Un olor pútrido y dulzón a muerte. Con la mano que tenía libre sacó del bolsillo un pañuelo y se lo apretó contra la nariz y la boca. «Es su guarida —pensó—. O, mejor dicho, su matadero». La habitación estaba sumida en la penumbra. Las ventanas tenían las contraventanas atrancadas. La única luz era la de las velas encendidas, diseminadas aquí y allá por toda la estancia. Buscó los interruptores y, cuando los encontró, los pulsó varias veces, pero no había electricidad. A medida que sus ojos se acostumbraban a la semioscuridad, distinguió el papel de las paredes medio roto, manchas de humedad en el techo, unos pocos muebles destartalados y, desperdigados sobre el pavimento, decenas de cadáveres de perros y gatos. Apuntando la Beretta delante de sí y con el corazón martilleándole furiosamente las sienes, dio algunos pasos cautelosos sobre el parquet, viscoso debido a una sustancia pegajosa que, como no tardó mucho en comprender, era sangre todavía no coagulada. Luego oyó unos gritos débiles y amortiguados, que procedían de detrás de una puerta cerrada que había a su derecha. Una voz femenina, le pareció, enloquecida de terror. Atento a no pisar los cuerpos despedazados de los animales, atravesó la habitación y pegó una patada a la puerta sobre la cual había un símbolo esotérico trazado con un espray de color rojo. Al otro lado había algo que la obstruía y tuvo que pegarle varias patadas antes de conseguir abrirla. Daba a un pasillo estrecho y oscuro. En el suelo había más animales muertos que era lo que bloqueaba la puerta. Seguía oyendo los gritos, en ese momento con mayor nitidez.

Se adentró en aquel callejón oscuro con una ansiedad creciente oprimiéndole la garganta. Tenía la frente perlada de sudor y cada vez le costaba más trabajo dominar el temblor de la mano que empuñaba la Beretta. El hedor era allí insoportable. Imposible no pisar los despojos de los animales, había demasiados. El ruido de las suelas de sus zapatos al aplastar alguno era repugnante. Pronto se encontró avanzando a ciegas en la oscuridad más absoluta, rozando una pared con el hombro para no perder la orientación.

Desesperados y desgarradores, los gritos resonaban en sus oídos cada vez con más fuerza a medida que iba avanzando. De pronto se dio cuenta de que había algo familiar en ellos. Entonces lo comprendió. La voz. Era la voz de Alice. La habían cogido, le reservarían el mismo trato que habían sufrido aquellos animalitos. Todavía podía salvarla, no tenía mucho tiempo. Apresuró el paso, pero al momento su pierna chocó con algo. Un obstáculo le impedía seguir adelante. Retiró de la nariz y la boca la mano con la que las protegía y, conteniendo el aliento, la alargó hacia aquella tiniebla densa como la pez. Sus dedos fueron tanteando hasta hundirse en una materia tibia, húmeda y pastosa. Al darse cuenta de lo que era hizo un gesto de horrorizada repugnancia: tenía ante sí un cúmulo de cadáveres de animales que le llegaba por lo menos hasta los hombros. Sintió un impulso irrefrenable de darse media vuelta y escapar, alejarse de aquel pasillo nauseabundo, dejar atrás toda aquella locura. Justo entonces resonó en la oscuridad un grito más agudo y estridente.

Se lanzó hacia delante saltando por encima de los cuerpos amontonados. Empujaba como un energúmeno con los brazos y las piernas intentando trepar por ellos, pero, cuanto más se movía, más resbalaba y se hundía en la viscosa pila de carne muerta.

Un pánico incontenible se apoderó de él. Forcejeó y braceó, un sabor inmundo de sangre y otros líquidos orgánicos le invadía la boca abierta de par en par.

Por unos horrorosos segundos Mezzanotte sintió que se ahogaba; luego consiguió inspirar profundamente y el aire volvió a circular por sus pulmones. Jadeante, miró a su alrededor. Estaba sentado en la cama inmerso en la penumbra de su cuarto, empapado en sudor. Una pesadilla. Solo había sido una pesadilla. El pasillo oscuro, los animales muertos, la peste nauseabunda, todo había desaparecido.

Los gritos, en cambio, seguían ahí.

Permaneció desconcertado un instante, pero enseguida saltó de la cama y, con los miembros todavía doloridos, se precipitó al salón, de donde provenían los gritos de Alice, mezclados con sollozos convulsos.

La encontró desplomada sobre los baldosines de la cocina americana, aterrorizada y temblorosa. Al verlo, la joven chilló todavía más fuerte y se llevó una mano a la boca. Mezzanotte necesitó unos segundos para tomar conciencia de que lo habían molido a golpes y tenía el rostro tumefacto.

—No es nada —dijo—. Esta tarde he estado en el gimnasio y he hecho unos cuantos asaltos...

Todavía aturdido por la somnolencia y desquiciado por la pesadilla de la que acababa de salir, no alcanzaba a comprender qué era lo que había perturbado tanto a Alice. No podía ser el estado en el que había quedado su cara, pues se había puesto a chillar mucho antes de verlo.

—¿Qué pasa, Ali? ¿Qué te ocurre? —le preguntó inclinándose sobre ella. Solo entonces se percató de que estaba sentada delante del frigorífico abierto, y se maldijo a sí mismo por su estupidez.

—¡A... a... ahí! —balbució la joven señalando con el dedo el interior del frigorífico.

Riccardo se había propuesto esperarla despierto para avisarla, pero con lo alterado que estaba tras aquel día absurdo, se había quedado dormido como un tronco inmediatamente después de la ducha, sin cenar siquiera.

—Han... Esta vez han entrado en casa... —murmuró Alice agarrándose a él, que intentaba ayudarla a levantarse.

—No, no, no es lo que crees —se apresuró a decir para tranquilizarla, mirando el perro muerto envuelto en celofán. Para que no se estropeara, como le había recomendado el técnico de la Policía Científica, no había encontrado mejor solución que guardarlo en el frigorífico—. No ha entrado nadie en casa. Tranquila, no es ninguna amenaza. Ese perro... —añadió un poco avergonzado—, bueno, es mío. Lo he metido yo ahí dentro.

Alice se lo quedó mirando como si estuviera hablando en una lengua que no entendía.

—Sí, ya te hablé del tipo ese que mata animales en la Central, pero mi superior no se ha tomado la cosa en serio. Van a hacerle la autopsia, pero, mientras tanto, tenía que conservarlo en frío. No se me ha ocurrido otro sitio...

—¿Tú? ¿Has sido tú? ¿Cómo se te ha podido pasar por la cabeza, con todo lo que nos ha sucedido últimamente? Cuando he abierto la nevera y he visto ese horror, he creído...

—Lo sé, perdona. Tenía intención de decírtelo en cuanto volvieras, pero me he quedado dormido. Lo siento.

—¡Vete a tomar por culo, cabronazo! Me he llevado un susto de muerte —se puso a gritar Alice totalmente fuera de sí, golpeándole el pecho con los puños.

Él la estrechó entre sus brazos intentando calmar su furia.

—Lo siento, perdona, perdona —repetía Riccardo mortificado, esperando que aquella especie de ataque de histeria terminara, pero en ningún momento sintió que ella se abandonara a su abrazo.

Al cabo de unos minutos, Alice se serenó lo suficiente para apartarlo de un empujón y refugiarse en el dormitorio cerrando la puerta con llave tras de sí.

Esa noche Riccardo durmió en el sofá.

7

—Laura.

Resurgiendo del inquieto duermevela en el que se había hundido al amanecer, extenuada después de una noche de insomnio, la muchacha abrió los ojos. La figura de Solange se recortaba en el fino recuadro de luz de la puerta entreabierta.

—¡Laura, Laura!

—Sí, mamá. ¿Qué pasa? —dijo con un hilo de voz.

—Ya es tarde. ¿Cómo es que no te has levantado? ¿No tienes clase?

—Hoy no voy. Creo que me quedaré en la cama, no me siento muy bien.

—¿Qué tienes? ¿Quieres que llame al médico?

—¡Qué va! No hace falta. Es solo una gripe leve... —mintió Laura.

—Es el sitio ese. Ayer pasó algo, ¿verdad? Ya sabía yo que no era un lugar para ti. No digas que no te había avisado —exclamó Solange, y en su tono exultante se percibía que la alegría de saber que tenía razón era con diferencia muy superior a la preocupación por su hija.

La noche anterior, al volver a casa, Laura estaba demasiado alterada para sentarse a la mesa con ella y comportarse con normalidad fingiendo que todo marchaba bien. En cuanto llegó se refugió en su habitación mascullando una disculpa.

—¿Podemos hablar en otro momento? Mi cabeza está a punto de estallar —murmuró dándose la vuelta y apoyando la frente en la almohada todavía húmeda del llanto. Luego permaneció inmóvil, a la espera de que su madre se decidiera a irse de una vez. Aun sin verla, podía imaginarse perfectamente la mueca de enfado que le fruncía el ceño. Al cabo de unos instantes, oyó el ruido seco de la puerta al cerrarse de golpe y la oscuridad volvió a adueñarse de la habitación.

No tenía gripe, pero era verdad que no se encontraba bien. Se sentía incapaz de ir a la universidad. De hecho, ni siquiera tenía fuerzas para levantarse de la cama. Lo único que deseaba era cerrar los ojos y dormir cuanto más tiempo mejor, aplazar el momento de hacer frente a la espantosa realidad que la aguardaba fuera de aquella habitación oscura. Pero no podría, lo sabía muy bien. Los pensamientos que la habían mantenido despierta toda la noche habían vuelto a apoderarse de ella y no soltarían su presa con tanta facilidad.

Seguía viendo la escena: ella alargando el brazo hacia los niños parados ante el semáforo, fijándose en su ropa de otros tiempos, él volviendo la cabeza, mostrando la franja de tela con la estrella de David alrededor de la manga. Y una y otra vez tomaba conciencia de una sola cosa horrible, aplastante: no eran reales. Así se explicaba que nadie, excepto ella, los hubiera visto y que consiguieran que su rastro se perdiera y se volatilizara en la nada.

Estrechó con los brazos las rodillas apretándolas contra el pecho y se quedó en posición fetal mientras las lágrimas volvían a surcarle el rostro. Temblaba como una hoja.

¿Qué le estaba pasando? El don no le había hecho ver nunca cosas que no existían. Sí, a veces tenía visiones, pero eran poco más que flashes y nunca las había confundido con la realidad. Los dos hermanitos, en cambio... Durante semanas no se había olido ni de lejos que fuera ella la única que los veía. Incluso ahora que sabía que no podían ser de verdad, apenas podía creérselo.

Pero, entonces, ¿qué eran? ¿Una especie de fantasmas? ¿Alucinaciones? El más oscuro e inconfesable de sus temores era que tarde o temprano el don acabara sumiéndola en la locura. ¿Era eso? ¿Estaba volviéndose loca? Por otra parte, pudiera ser que lo hubiera estado siempre. No poseía ninguna facultad especial, todo sucedía dentro de su cabeza, el don no era nada más que un producto de su mente perturbada.

Hundió la cabeza en la almohada para ahogar los sollozos. Era demasiado para ella, no podía soportarlo más. Quizá lo único que le quedara fuera reconocer que no estaba bien y pedir ayuda, si es que no era demasiado tarde. Probablemente debió haberlo hecho mucho tiempo atrás, había sido un error guardárselo todo dentro durante tanto tiempo. Pero estaba bastante segura de que, si su madre se hubiera dado cuenta de que tenía una hija loca, se habría apresurado a encerrarla en alguna institución y se habría asegurado de que tiraran la llave, a fin de esconder ante los ojos de los demás la vergüenza que para la familia, y para ella en particular, habría supuesto.

Ojalá hubiera sido capaz de dar sentido a lo que le ocurría. ¡Ay, Dios! ¡Cuánto deseaba que estuviera allí su abuela! Era la única en la que podía confiar; cuando había algo que no entendía y que la asustaba respecto al don, ella era quien se lo explicaba todo de un modo tranquilizador. Pero dos niños judíos de los tiempos del nazismo... Para aquello no podía haber una explicación plausible.

¿O sí? Laura recordó que siempre había tenido la impresión de que la abuela Aurora sabía muchas cosas sobre el don. No le había confesado nunca que ella también lo poseía, pero le había dado a entender que así era; hasta el punto de que a Laura se le había ocurrido que tal vez lo había heredado de ella.

Si era así, cabía la posibilidad de que no estuviera loca. Y si no lo estaba, tenía que haber alguna explicación. ¿Pero cuál? Volvió a pensar en la violencia devastadora de las emociones que acompañaban todas las apariciones de los dos huerfanitos. La había llevado a creer que en la estación estaba ocurriendo algo terrible que afectaba a un gran número de personas. ¿Y si, por el contrario, se tratara de un hecho sucedido en el pasado, hacía muchos años? Algún episodio relacionado con las persecuciones a los judíos durante la Segunda Guerra Mundial. «El infierno en la tierra» era la imagen que aquellas emociones atroces le habían inspirado. ¿No era eso exactamente lo que debían de haber experimentado los que fueron sometidos a los peores abusos y atropellos de los nazis?

Continuaba costándole trabajo creer que, por indeciblemente intensos que fueran, el terror y la angustia que alguien sintió hacía más de medio siglo pudieran impregnar todavía un lugar tan a fondo que ella fuera aún capaz de notar sus ecos con tanta fuerza. Y se preguntaba por qué, si eran una emanación de aquello, entre todos los que debían de haberse visto envueltos en la tragedia siempre se le aparecían los dos hermanitos y solo ellos. Pero si así era, una de las conclusiones que cabía extraer era que aquellos dos niños, no en ese momento, sino hacía mucho tiempo, habían existido de verdad. Si encontrara una forma de aclararlo, sabría sin la menor duda si padecía una enfermedad mental o no. Se aferró a esa esperanza como al último asidero que le impediría precipitarse en el abismo. Porque así era como se sentía, suspendida al borde de un precipicio. O salía de ahí a toda prisa, o la suya sería una caída sin retorno.

Principales intervenciones de la jornada: una mujer embarazada que rompió aguas inesperadamente mientras esperaba la salida del Eurostar con destino a Roma; un toxicómano que había sufrido una sobredosis en los servicios públicos enfrente de la vía 22; una niña china que había perdido a su madre entre el gentío formado por trabajadores que se habían apeado de un cercanías y, asustada y confusa, había bajado del andén y había comenzado a caminar por la vía contigua, justo cuando estaba a punto de llegar un tren. La mujer dio a luz un niño sano, el toxicómano sufrió un paro cardiaco en la ambulancia y no sobrevivió; agarraron a la niñita por el cogote y la retiraron de las vías justo a tiempo.

En fin, el día no había sido nada aburrido, y lo cierto era que últimamente los turnos de Riccardo Mezzanotte no habían sido muy distintos, lo cual era una bendición porque lo ayudaba a no andar dándoles demasiadas vueltas a sus propios embrollos.

Habían pasado cinco días desde que, en solo veinticuatro horas, a punto estuvo de echar definitivamente por la borda su carrera, clavó otro clavo en el ataúd de su relación con Alice y rompió por segunda vez el corazón de la persona a la que durante años había considerado como un padre. Empezaba a abrigar la desagradable sospecha de que poseía una especie de don del rey Midas pero al revés, y que por eso hacía polvo todo lo que tocaba.

Mientras tanto, su rostro había recuperado un aspecto más o menos presentable. Subsistía, sin embargo, el hecho de que la frecuencia con la que, por un motivo o por otro, aparecía hinchado a golpes empezaba a resultar preocupante.

Respecto al caso de los animales muertos, no había habido novedades y, como se había prometido por enésima vez, no había vuelto a tomar ninguna iniciativa. Se había limitado a echar una ojeada a las grabaciones de la cámara de seguridad —las cuales mostraban una minúscula figura que resultaba imposible distinguir y de la que solo se deducía que correspondía a una persona alta y presumiblemente de sexo masculino que entraba y salía de la sala de espera— y a volver a examinar las fotos que le había hecho con el móvil al gato que encontraron junto a la fuente. En efecto, en torno al cadáver había unas manchas compatibles con los residuos de cera que dejan las velas a medio consumir, pero podían ser también simples excrementos de paloma.

Cardini todavía no se había puesto en contacto con él, y Mezzanotte empezaba a imaginarse lo peor. Quizá, a pesar de su optimismo inicial, no le había resultado posible efectuar la autopsia y los exámenes del laboratorio. O quizá había podido, pero no había salido nada y ahora dudaba si llamarlo o no, avergonzado por la idea de tener que comunicarle que en esta ocasión había metido la pata.

Sentado a su escritorio, ocupado con el habitual papeleo, siempre tedioso, miró el reloj que había encima de la puerta de la sala de oficiales. Las 17.41, quedaba una hora larga para dar fin a la jornada. Se acordó de que había prometido a aquella voluntaria del Centro de Escucha que llevaría a cabo ulteriores averiguaciones sobre los dos niños de los que le había hablado. Feliz de tener un pretexto para abandonar momentáneamente a su destino denuncias y partes, se puso manos a la obra de inmediato. No tardó mucho. Realizó una búsqueda en el banco nacional de datos de personas desaparecidas, consultó los informes presentados por los agentes de patrullaje y llamó a la comisaría Garibaldi, pero nada. No encontró detalles de ningún tipo acerca de dos menores que coincidieran con la descripción suministrada por la voluntaria. Nadie había denunciado su desaparición, nadie había comunicado su presencia en la zona. Lo más probable era que aquella chica de los barrios altos fuera demasiado emotiva e impresionable: habría visto andar por ahí solos a los hijos de alguno de los emigrantes del Este que ocupaban la plaza de forma estable y a saber qué película se había montado.

Dado lo que tenía que decirle a Laura Cordero, Mezzanotte habría podido salir del paso con una simple llamada telefónica. No obstante, decidió que se pasaría por el Centro de Escucha cuando acabara su turno. Aprovecharía además para charlar un rato con el responsable. Aunque en sus declaraciones públicas Raimondi no perdía la oportunidad de polemizar con las fuerzas del orden, en la práctica, entre la Polfer y el Centro de Escucha, existía una sólida relación de colaboración. Si los agentes del servicio de patrullaje tenían que vérselas con algún drogata medio trastornado o con algún vagabundo necesitado de una cama donde dormir, avisaban a Raimondi, y en varias ocasiones este les había pasado información acerca de algunas actividades delictivas, sobre todo relacionadas con el trapicheo de drogas, que habían llegado a su conocimiento. De modo que mantener abierto un canal con él era bastante importante. Por otro lado, pese a haberlo tratado solo un par de veces hasta ese momento, a Riccardo le gustaba Raimondi: era un tío que, antes de encontrar su camino, había seguido otros que habían resultado equivocados, y consideraba lo que hacía más una misión que un simple trabajo, cosas todas ellas que Mezzanotte comprendía muy bien.

Ese era un motivo muy sensato y razonable; casi se convenció de que era eso lo que justificaba su intención de ir a hablar en persona con Laura Cordero, y no las ganas de volver a ver sus ojos verdes, de sesgo vagamente oriental.

Cuando le sonó el móvil, Mezzanotte se hallaba de nuevo atascado en el pantano de los informes atrasados. Cardini. Vaciló un momento antes de responder. Con todas las cosas que se le habían torcido últimamente, estaba ya bastante desanimado. No soportaría ver deshacerse como la nieve bajo el sol la investigación que se traía entre manos. Pero no podía eludir la llamada, así que, a regañadientes, pulsó la tecla verde del móvil.

—¡Giacomo! Bueno, entonces, ¿qué tal ha ido? —le preguntó dejando traslucir una nota de aprensión en la voz.

—Bueno, ha sido más duro de lo previsto, amigo mío.

—¿Has tenido problemas?

—Si entre los problemas incluyes haber tenido que satisfacer una noche entera los apetitos insospechables de la bella anatomopatóloga, la respuesta es sí, los he tenido. Pero he salido con la cabeza bien alta.

—¿Piensas decirme de una vez si han encontrado algo útil, o debo tragarme primero el resumen de tus proezas eróticas?

—¡Uy! ¡Qué impaciencia! Estaba bromeando. De todas formas, no ha sido fácil. El animal nos ha dado muchos quebraderos de cabeza, pero al final hemos podido resolverlos.

—¿Qué quieres decir?

—Quiero decir que tu perro escondía algunas sorpresas. Sorpresas muy raras.

—Entonces ¿habéis descubierto algo?

—¡Oh, sí! Aunque no sé qué significa ni hasta qué punto te será útil. Lo encontrarás todo en el informe de la autopsia que espero mandarte mañana mismo, pero si quieres puedo adelantarte de palabra lo más relevante.

—Por supuesto que quiero. ¿Tiene algo que ver con las heridas?

—No especialmente. Amputaron las patas del perro de un golpe seco, con un cuchillo grande muy afilado, el mismo con el que lo abrieron en canal, casi seguro. En cambio, para sacarle el corazón no utilizaron ningún instrumento. Se lo arrancaron con las manos, y eso no es cosa fácil, se necesita fuerza. El cabrón que lo ha hecho tuvo que agarrarlo con las manos cuando aún latía.

—¡Joder!

—Pues sí. En cuanto a las velas, te digo que había huellas digitales. Pertenecen a una sola persona, pero ya he hecho una comprobación: no está fichada.

—¡Qué lástima! ¿Y el mantillo del pelo?

—Aquí la cosa empieza a ponerse interesante. No es mantillo ni barro ni nada por el estilo. Los análisis demuestran que es un compuesto de aceite de palma y harina de maíz. Curioso, ¿no?

—Pues sí —dijo Mezzanotte, un poco decepcionado. La esperanza de encontrar pistas acerca del lugar en el que habían matado al perro se esfumaba. De todos modos, este era otro elemento a favor de su tesis de que se trataba de un sacrificio. Aquella sustancia no había acabado por error en el pelo del animal, debían de habérselo untado con ella, tenía toda la pinta de formar parte de un ritual.

—Y ahora viene lo bueno. Como me pediste que no descuidara nada, entre otras cosas, he tomado muestras del contenido del estómago y del intestino para analizarlas. Pues bien, amigo mío, en la tripa de ese animal había cosas, como poco, extrañas.

—¿Qué había?

—Los análisis del laboratorio han detectado la presencia de varias sustancias vegetales y minerales, entre ellas granitos de arcilla y virutas minúsculas de oro...

—¿Oro?

—Sí, eso. Oro puro. Pero eso no es todo. Había también trazas de una planta misteriosa que no ha resultado fácil identificar. He tenido que pedir ayuda a los expertos del jardín botánico para conseguirlo.

—¿De qué se trata?

—De habas de Calabar. Nombre científico *Physostigma venenosum*. Es una planta leñosa originaria de África occidental. Crece en países como Nigeria, Guinea, Gabón... Sus semillas contienen eserina, un alcaloide muy tóxico. En inglés la llaman *Killer Bean*, o sea «haba asesina».

—Lo envenenaron. ¿Así que ya estaba muerto cuando lo despedazaron? —preguntó con perplejidad Mezzanotte. A juzgar por las muecas que había visto en los cadáveres de los animales muertos, habría apostado que había sido al revés.

—¡No, no! Ya te he dicho que, a mi juicio, su corazón todavía palpitaba cuando se lo arrancaron. La concentración de eserina registrada era más bien baja, y, si se suministra en pequeñas dosis, tiene el efecto de bloquear el sistema nervioso, lo que deja a la víctima paralizada pero consciente. El perro estaba vivo y despierto. En absoluto se libró del suplicio.

Tenía la impresión de que podía oírlas en cualquier momento, como un ruido de fondo que solo percibes cuando te concentras y borras todos los sonidos que lo amortiguan. Si dejaba de lado por unos segundos de la campana de cristal, lograba percibirlas incluso en ese momento en que se esforzaba por prestar atención a los problemas de otra de las numerosas personas que durante toda la tarde habían pasado por su mesa en el Centro de Escucha. Aquellas emociones —tristeza, miedo y sufrimiento en estado puro— estaban siempre ahí, aletargadas en algún sitio en las profundidades de la estación, como brasas escondidas bajo la ceniza. A saber por qué motivo se avivaban por la tarde, al oscurecer, cuando estallaban en toda su desgarradora intensidad, y luego volvían a calmarse. Pero no desaparecían nunca por completo. Suponiendo que aquello no fuera también un parto de su mente enferma, por supuesto.

A Laura no le resultó fácil reanudar su vida normal —las clases en la universidad, el voluntariado—, tras la noche de hacía cuatro días, en la que poco le había faltado para convencerse de que ya lo estaba o estaba a punto de volverse loca. El impulso de rendirse a la desesperación fue muy fuerte. Pero mientras hubiera la posibilidad de encontrar una explicación para todo lo que había visto y sentido durante las últimas semanas, tenía que aguantar.

En cualquier caso, tal vez no tendría que esperar mucho. Tras realizar unas cuantas búsquedas en internet, había descubierto la existencia de una fundación, el Instituto de Investigaciones Judaicas Contemporáneas (IIJC). Tenía su sede precisamente en Milán y se encargaba de recopilar y estudiar todo tipo de documentos acerca de las persecuciones antisemitas desde los tiempos de posguerra hasta la actualidad, cuyo conocimiento promovía a través de varias iniciativas. Entre otras cosas, el IIJC estaba elaborando la lista completa de todas las víctimas de la Shoah en Italia. Haciéndose pasar por una estudiante de historia, Laura había llamado por teléfono y había pedido permiso para consultar el archivo a fin de elaborar la tesina que le habían encargado en la universidad. Tenía una cita para dentro de dos días.

Cuando el inspector de policía con el que había hablado la

semana anterior entró por la puerta del Centro, tuvo un pequeño estremecimiento de placer seguido de inmediato de un escalofrío de terror. «No estará aquí por la cuestión de los dos niños, ¿verdad? —pensó—. ¿Y ahora qué demonios le digo? "No se preocupe, inspector, misterio resuelto. Se trata de los fantasmas de dos pequeños judíos de la Segunda Guerra Mundial. Solo puedo verlos yo porque tengo poderes especiales. ¡Ah, casi lo olvidaba! Además, cabe la posibilidad de que esté loca de atar"».

Con cierto alivio, lo vio cruzar la habitación en dirección a la mesa de Raimondi. Los dos hombres se estrecharon la mano y luego se pusieron a confabular. Bueno, no había ido por ella, a lo mejor ni siquiera se acordaba de la historia incoherente que le había contado. Llegó incluso a considerar la posibilidad de escabullirse a la chita callando para no tener que hablar con él, ya que su turno casi había acabado. Pero ¿cómo lo haría? Estaba en mitad de una entrevista.

No perdió de vista ni un momento al policía, lo estuvo vigilando, nerviosa, mientras la mujer sentada frente a ella seguía enumerando la incesante sucesión de desgracias que, al parecer, había sido su vida. Al final de la entrevista, sus temores resultaron estar perfectamente fundados: en cuanto se alejó de su mesa la mujer, el policía se dirigió decidido hacia ella.

—Buenas tardes, señorita Cordero. ¿Puede atenderme un momento?

—En realidad..., tengo un poco de prisa —respondió Laura sin levantar la vista del bolso en el que estaba guardando sus cosas de cualquier manera—. Ya he terminado y debo irme. Llego tarde a cenar.

—Le robaré solo un par de minutos. He pasado por aquí a hablar con el responsable del Centro y quiero aprovechar la ocasión para ponerla al día sobre la información que nos dio. Parecía que estaba especialmente interesada por ella.

—Sí, bueno... En realidad no... —fue solo capaz de balbucir Laura, presa del pánico.

—Tal como le prometí, he llevado a cabo algunas pesquisas complementarias sobre esos dos niños, pero, por desgracia, no he averiguado nada. ¿Por casualidad no habrá vuelto a verlos por ahí?

—Yo... No, no. No los he vuelto a ver. Se lo agradezco mucho, inspector. Por lo visto, no era nada. Mejor así, ¿no? —respondió la joven en tono expeditivo, forzando una sonrisa.

El policía estaba un poco descolocado.

—Desde luego, desde luego. De todos modos, mantendré los ojos bien abiertos, y, si surge algo, se lo haré saber.

—¡Oh, no, no se moleste! No quiero hacerle perder más tiempo —dijo Laura, cada vez más incómoda—. Seguro que me he equivocado, vi pasear solos a esos niños y a saber qué es lo que llegué a imaginarme, como una tonta...

—No diga eso. Podría ocurrirle a cualquiera. Además, en estos casos, nunca se sabe, puede que...

—Déjelo, le he dicho... —lo interrumpió Laura en un tono más brusco de lo que pretendía—. Si no ha encontrado nada es porque evidentemente no había nada que encontrar. Ni siquiera sé por qué seguimos hablando de ello. Ahora, si me disculpa... —dijo, y volvió a dirigir su atención al bolso, sacando cosas de cualquier manera para, de inmediato, meterlas otra vez en él.

Desconcertado, el inspector se quedó unos segundos allí parado. Luego se despidió de ella con frialdad y se marchó. Laura percibió toda su desilusión y su disgusto. Notó también otra cosa y lamentó que aquella conversación no hubiera seguido un rumbo distinto. Ella le gustaba.

—No está nada mal tu amiguito, cariño. Debe de tener un culito bien duro debajo del uniforme.

Laura levantó la vista. Junto a ella estaba Wilma con una expresión soñadora y la mirada clavada en la espalda del policía, que en esos momentos salía por la puerta. De unos sesenta años más o menos, descarada, con el pelo peinado con permanente y teñido de un vistoso rubio platino, Wilma era una veterana del Centro de Escucha, que estaba al lado de Raimondi desde el principio. Exprostituta, no había tenido una vida fácil. A los veintitrés años, cuando se encontró sola, con un niño al que sacar adelante y sin un céntimo, se vio obligada a hacer la calle. No dejó el oficio hasta que su hijo se sacó la licenciatura y había ahorrado lo suficiente para llevar una vejez serena. Tenía un corazón de oro y a Laura le caía muy bien, aunque, con sus modales directos y lo deslenguada que era, a menudo conseguía avergonzarla terriblemente.

—A ver, dime, ¿te ha llevado ya a montar en el tiovivo?

—¿Eh? ¡Que no! ¡Pero qué cosas se te ocurren! —exclamó Laura sonrojándose—. Solo lo he visto durante cinco minutos dos veces en mi vida...

—¿Y cuánto tiempo necesitas para entender si alguien te mola o no? No querrás que me trague que ni siquiera lo has pensado, ¿verdad?

Laura no respondió, pero la forma en la que apartó la mirada, con las mejillas ardiendo, equivalía a una confesión completa.

—Pues, entonces, ¿a qué esperas, cariño? Mira que no tendrás veinte años toda la vida, y luego lamentarás las ocasiones perdidas. Yo, si a mi edad no tuviera telarañas ahí abajo, en un decir amén me abriría de piernas para ese tío tan bueno. Por otra parte, perdona que te lo diga, pero a ti te sentaría muy bien espabilar un poco —dijo Wilma acariciándole con afecto el cabello—. Estás siempre tan seria... ¡Ni que llevaras todo el peso del mundo sobre los hombros!

Laura no consiguió reprimir una sonrisa. Le habría gustado ser capaz de seguir el consejo de Wilma así, sin más, sin tener que pensarse tanto las cosas y sin tantas complicaciones. Tal vez, si salía indemne de aquella historia de los niños fantasmas, debería intentar de verdad dar un vuelco a su vida también en ese sentido. En cualquier caso, no con el inspector Mezzanotte. Después de la forma en que ella lo había tratado, probablemente no querría volver siquiera a dirigirle la palabra.

Esperando ante una puerta en cuya placa se leía «Profesor Alvise Dal Farra», en un pasillo de suelo resplandeciente del departamento de Ciencias Humanas de la modernísima universidad de la Bicocca, rodeado de un pequeño corro de alumnas, Riccardo Mezzanotte se sentía casi de buen humor. Algo bastante sorprendente, teniendo en cuenta que su carrera estaba a punto de venirse abajo, su novia a duras penas le dirigía la palabra y los compañeros de la Unidad, muchos de los cuales lo consideraban un traidor, se dividían entre los que pensaban que se dedicaba a cazar al asesino de animales porque había perdido un tornillo y los que creían que lo hacía por afán de protagonismo.

Lo cierto era que, aunque la autopsia del cadáver del perro no había dado exactamente los resultados esperados, sí le había proporcionado un par de datos seguros y, sobre todo, una pista. Los datos seguros: aquella especie de ungüento que cubría el pelo del animal y las sustancias encontradas en su estómago, que debían de formar parte de alguna poción, confirmaban sus sospechas de que se trataba de un sacrificio ritual; y quienquiera que estuviera detrás de aquello sabía lo que se hacía, en su forma de actuar no había nada que remitiera a un diletante ni que pareciera improvisado, pues ni el oro ni los venenos exóticos se encontraban en cualquier sitio y no a todo el mundo se le ocurre arrancar con las propias manos el corazón todavía palpitante de un pobre animal. En cuanto a la pista, tenía que ver con África, el continente del que provenía aquella planta rara, el haba de Calabar.

Mezzanotte necesitaba urgentemente saber más sobre qué tipo de ceremonias podían implicar semejantes sacrificios y, tras algunas averiguaciones, dio con el nombre del profesor Dal Farra, que daba clases de antropología y era experto en religiones y cultos africanos. El día anterior, cuando habló con él por teléfono, el profesor no había acogido de entrada con demasiado entusiasmo su solicitud de asesoramiento informal para un caso que estaba investigando. Estaba muy ocupado y a punto de salir para un congreso en París, le dijo para curarse en salud; quizá a la vuelta, pero luego añadió que no contara mucho con él. Sin embargo, en cuanto Mezzanotte le comentó de qué se trataba, su interés se acrecentó. A la mañana siguiente tenía que asistir a la presentación de unas tesis y lo recibiría entre la lectura de un graduando y otro.

Habría podido decir directamente graduandas, pensó Riccardo, ya que por allí solo se veían chicas. En su mayoría bastante monas, por lo demás, y —no pudo por menos que notar— vestidas para la ocasión de modo más bien llamativo y provocador: abundaban los escotes, las faldas cortas y las blusitas sin sujetador debajo.

Le vino a la cabeza Laura Cordero. Ella también estudiaba en la universidad. Medicina, si no recordaba mal. Pero era unos años más joven, y muy distinta de las chicas que tenía a su alrededor. En ella no había nada llamativo, nada mínimamente ostentoso. No hacía nada por llamar la atención —poco maquillaje, ropa sencillísima— y, sin embargo, era imposible no sentirse atraído por ella.

Pero, desde luego, bien del todo no estaba. Primero fue a hablarle de aquellos niños rezumando inquietud por todos los poros y a continuación había liquidado el asunto como si no le importara en absoluto. En la breve entrevista en el Centro de Escucha parecía que quien estaba obsesionado con aquella historia era él, y no ella. Mezzanotte debía reconocer que se había sentido mal. No sabía muy bien qué era lo que esperaba de aquel encuentro, pero Laura Cordero lo había fascinado y había despertado su curiosidad, y no le habría desagradado en absoluto conocerla un poco mejor. De todos modos, lo más probable era que la primera impresión que se había llevado fuera la buena: en el fondo, no era más que una niña rica mimada y voluble, acostumbrada desde pequeña a sentirse el centro del mundo. Mejor olvidarla y no pensar más en ella.

Llevaba veinte minutos esperando y empezaba a impacientarse, cuando por fin se abrió la puerta del despacho del profesor

Dal Farra. Salió por ella una chica llorando, que se alejó a toda prisa ocultando el rostro entre las manos. Las otras que esperaban para presentar su tesis enmudecieron al instante. Sin hacer siquiera amago de dirigirle unas palabras de consuelo, se limitaron a observar cómo su compañera salía corriendo con una frialdad aderezada, si acaso, con una pizca de complacencia.

Poco después, apareció por la puerta que había quedado entreabierta un hombre. Tendría unos cincuenta años, iba vestido con un traje raído de tweed, que le daba aspecto de caballero de la campiña inglesa; su maciento rostro, enmarcado por una barba y una cabellera gris, estaba rodeado de un aura de severa autoridad. El grupo de estudiantes se agolpó a su alrededor y Mezzanotte intentó llamar su atención gesticulando por detrás de ellas. Pese a que iba vestido de paisano, el profesor debió de captar al vuelo quién era, porque exclamó:

—Por favor, inspector, venga.

Sin muchos miramientos Mezzanotte se abrió paso entre las graduandas enfurecidas y lo siguió al interior del despacho.

Una vez sentados uno frente a otro, Dal Farra apoyó los codos sobre el escritorio entrelazando las manos ante su rostro. Sus ojos penetrantes lo escrutaron por debajo de las espesas cejas mientras lo miraba con el ceño fruncido. A Mezzanotte no le costó ningún trabajo imaginarse cuánto podía llegar a cohibir aquella mirada magnética; él mismo había tenido que esforzase un poco para hacerle frente. Empezaba a tener una idea del tipo que era, y no le inspiraba demasiada simpatía. Delgadez ascética, elegancia descuidada, fascinación carismática: el tipo de profesor por el que las alumnas suelen perder la cabeza, y que, a juzgar por la escena que acababa de presenciar hacía un momento, no tiene el menor escrúpulo en aprovecharse de ellas. De hecho, tuvo la sensación de que la graduanda que había salido corriendo de su despacho no estaba llorando por motivos puramente académicos.

—Entonces, inspector Mezzanotte, cuéntemelo todo. Lo escucho.

Riccardo le refirió con pelos y señales lo que había conseguido reunir acerca del caso de los animales muertos, hasta llegar a los resultados de los análisis de laboratorio que sugerían que el ritual atroz al que había sido sometido el perro tenía que ver con África. Dal Farra lo escuchó atentamente, sin interrumpirlo en ningún momento. Al final, tras tomarse unos minutos de reflexión, se limitó a decir:

—*Vodu.*

—¿Qué?

—*Vodu, vodun, voudou* o, como es conocido por la mayoría por culpa de algunas películas malísimas de Hollywood ambientadas en Haití, *voodoo*. En resumidas cuentas, vudú.

—¿Está usted hablando de zombis, muñecos con alfileres clavados y cosas por el estilo?

Dal Farra se lo quedó mirando como si acabara de pisar una cagarruta.

—No, no. Nada de eso. Todo eso no es más que pura y vulgar pacotilla propia de películas de terror. El vudú es una religión a todos los efectos, extendida desde los primeros tiempos de la civilización por toda África occidental. Hoy día siguen practicándola millones de personas en países como Togo, Ghana, Nigeria y Benín. A partir de ahí, siguiendo las rutas de los barcos negreros, llegó a América, donde, al fundirse con ciertos elementos del cristianismo, dio origen al vudú de Haití, a la santería cubana, al candomblé brasileño, etcétera, etcétera.

—Entonces, según usted, el que mata a los animales en la estación estaría ejecutando un rito mágico del vudú africano —dijo Mezzanotte intentando forzar al profesor a llegar a alguna conclusión.

—No —exclamó Dal Farra—. Desde luego, el vudú encierra algunos aspectos que pueden ser asimilados a la magia. Pero no se limita a eso; sus prácticas rituales tienen un significado mucho más complejo y profundo. —Hizo una pausa y añadió—: Mire, dudo mucho que pueda comprender nada si antes no le enseño algunos conceptos básicos.

—Si lo considera usted necesario —dijo Mezzanotte suspirando y poniendo freno a su impaciencia. Empezaba a sospechar que sería una tarea mucho más larga de lo que había previsto.

—Pues bien, lo primero que hay que tener en cuenta es que el vudú es un tema de estudio bastante arduo y huidizo. Se trata, de hecho, de una religión esotérica, cuya comprensión más profunda está reservada a unos pocos iniciados. El propio significado del término, aunque de etimología incierta, contiene en sí la idea de un misterio que no puede explicarse, algo secreto e incognoscible. La palabra «vudú» se usa, por otra parte, para aludir a cosas distintas: vudú es la religión en sí, pero también las diversas entidades sobrenaturales que son objeto de veneración; vudú son los fetiches, los objetos especiales fabricados por los sacerdotes para que esas entidades, de por sí invisibles e inmateriales, los habiten, y llegan a serlo algunas personas cuando, en el curso de las correspondientes ceremonias, los dioses se apoderan de su cuerpo para manifestarse a los hombres. Pero... ¿no toma usted apuntes?

«¿Y luego qué? ¿Al final me examinas y me pones nota?», pensó Mezzanotte. Aun así, necesitaba su ayuda, de modo que se guardó mucho de decírselo.

—Sí, claro —se apresuró a responder, sacando un cuadernito.

—Entonces ¿dónde estábamos? Ah, ¡sí! El vudú hunde sus raíces en el animismo africano tradicional. No admite dualismo alguno entre las dimensiones material y espiritual del universo, que están indisolublemente unidas. La materia es la forma solidificada del espíritu cósmico, que impregna todo lo que existe. Pero el vudú no es ajeno al concepto de un dios único. Antes bien, podríamos definirlo como un monoteísmo ontológico engarzado en un politeísmo litúrgico...

—¿Perdone? —lo interrumpió Riccardo que en ese momento se había perdido por completo.

Dal Farra le lanzó una mirada terrible, molesto por la interrupción. Luego su expresión se suavizó.

—Tiene razón. Casi me olvidaba de que no estoy en clase. Lo siento, en adelante intentaré evitar términos demasiado difíciles. El vudú admite la existencia de un ser supremo que ha creado el universo, Mawu, un ser lejano e inaccesible, totalmente indiferente a la suerte que pueda correr su creación, hasta tal punto que ha dado forma a unas divinidades menores, los *vodún*, como intermediarios en los que delegar la tarea de administrar el mundo y ocuparse de los seres humanos, que, de hecho, veneran solo a estos últimos y no directamente a Mawu. Más que a verdaderos dioses, en cierto modo podrían compararse con los ángeles cristianos, para que me entienda. Pero, eso sí, ángeles que a menudo no se diferencian de los demonios.

»El de los vodún es un panteón enormemente rico y articulado. Se cuentan más de seiscientos vodún, aunque algunos son variantes del mismo principio y otros son propios de determinadas etnias. Cada vodún posee un sector específico del mundo y de la vida humana. Los más importantes son la personificación de fenómenos y fuerzas de la naturaleza. Está, por ejemplo, Ogun, el colérico dios del hierro, señor de la guerra y de la técnica, protector de todos los que utilizan los metales, al que muchos africanos piden ayuda más que al mecánico para arreglar los coches cuando se averían; también está el fogoso dios del rayo, Shango, castigador de los mentirosos, los ladrones y los malhechores. ¿Todo claro hasta aquí?

—Sí, más o menos. Mire, perdone que se lo pregunte, pero ¿no nos estamos desviando un poco del asunto en concreto?

—Me temo que si de verdad quiere usted comprender a qué se enfrenta, no va a tener más remedio que tragarse hasta el fondo una clase de las mías —le rebatió Dal Farra, quien continuó, impertérrito—: Los hombres apelan a los vodún para obtener salud y prosperidad, y para mantener lejos las desgracias. Pero la relación con esas potencias espirituales, temibles y misteriosas, capaces de influir de forma decisiva en sus vidas, no está, ni mucho menos, carente de peligros. Se trata de divinidades de naturaleza multiforme y ambivalente, que encarnan a un tiempo el bien y el mal, semejantes desde muchos puntos de vista a los seres humanos. A menudo tienen un carácter caprichoso e irascible y, llegada la ocasión, saben mostrarse cruelmente vengativas.

»La presencia de los vodún, por tanto, no es siempre garantía de paz. Pueden ofrecer a los fieles su benevolencia, protegerlos de los espíritus malignos y escuchar sus oraciones, si se sienten satisfechos con sus ofrendas y sus sacrificios, pero también atormentarlos con castigos terribles cuando se desencadena su furia. Por eso, para propiciar su favor y mantenerlo, la relación con los vodún debe ser continua. No solo hay que venerarlos, sino también alimentarlos y servirles, escucharlos y respetarlos. Eso pone a sus adeptos en un estado de incertidumbre constante, que los obliga a renovar incesantemente, por medio de ceremonias y rituales, el contacto entre la esfera humana y la divina, cuyo equilibrio no está garantizado de antemano.

Mientras se tragaba aquella conferencia improvisada, observando cómo Dal Farra gesticulaba, como si se hallara en el escenario de un foro internacional, Mezzanotte pensó que aquel hombre era un auténtico engreído. Pero sabía de qué hablaba, de eso no cabía duda; en su campo debía de ser una verdadera autoridad.

—Como no podemos relacionarnos directamente con entidades espirituales y ultraterrenas —continuó perorando el profesor—, se necesita un soporte en el que esas entidades puedan materializarse. Y aquí entran en juego los fetiches, objetos mágicos y sagrados a un tiempo, mediante los cuales los hombres entran en comunicación con los vodún. Los fetiches pueden ser estatuas u objetos de otro tipo, que se disponen en los santuarios, pero también, con función protectora, a las puertas de los poblados o fuera de las casas. Las divinidades toman posesión de ellos confiriéndoles sus poderes sobrenaturales, pero, para que eso sea posible, primero tienen que ser activados por el sacerdote, que coloca en su interior una mezcla de ingredientes, distinta según el vodún al que esté dedicada: sobre todo hierbas, pero también raíces, huesos pulverizados, conchas y otras cosas. Como todo lo que pertenece al reino animal, vegetal o mineral, encierra en sí un espíritu, un soplo vital, en los fetiches se acumula la energía derivada de la suma de todos esos soplos vitales, que hay que «recargar» periódicamente por medio de rituales específicos. Esa energía es lo que les permite hacer de puente entre la dimensión de lo visible y la de lo invisible. Cuando necesitan algo, los adeptos disponen a los pies de los fetiches alimentos, bebidas y otras ofrendas, y a través de ellos las divinidades atienden sus súplicas. ¿Me sigue, inspector? Resulta comprensible para usted, ¿verdad?

Mezzanotte sacudió la cabeza y se mordió la lengua para no contestarle. Aquella forma que tenía Dal Farra de tratarlo como medio imbécil lo sacaba de quicio.

—Los vodún pueden también manifestarse a los hombres en primera persona. Eso ocurre en el momento culminante de determinadas ceremonias de evocación en las que hombres y mujeres bailan al ritmo de los tambores hasta que algunos iniciados alcanzan un estado de trance. Entonces la divinidad toma posesión de su cuerpo y expulsa de él temporalmente su alma consciente. Los posesos se convierten plena y totalmente en el dios, se comportan como él, caminan entre sus seguidores, hablan con ellos y les dan consejos.

»En el centro de cualquier ceremonia..., escúcheme bien, porque esto es muy importante, está siempre el sacrificio ritual, indispensable para entablar cualquier diálogo con el mundo sobrenatural. El eje central es el momento en el que la sangre que brota del animal recién degollado es derramada sobre el fetiche y lo carga con la energía necesaria para intervenir en la transición. En efecto, al ser el fluido más rico en soplo vital, la sangre es una especie de carburante sagrado que alimenta a las divinidades. Cuanta más sangre se ofrezca al vodún, más satisfecho se sentirá y más mostrará a sus adeptos su benevolencia.

Dal Farra se interrumpió y Mezzanotte aprovechó para intentar llevarlo por fin al meollo de la cuestión.

—De acuerdo, creo que lo he entendido. Habrían matado a los animales en el curso de unas ceremonias en honor de uno de esos vodún. ¿Se ha hecho alguna idea sobre cuál de ellos podría ser?

—Desde luego. Se trata sin duda alguna de Koku, una antigua divinidad guerrera. Su color es el amarillo. Durante las ceremonias, los iniciados llevan unas faldas de paja y se embadurnan el cuerpo con el mismo ungüento del que estaba cubierto el pelo del perro.

—Y de las sustancias halladas en su estómago, ¿qué me puede decir?

—Puede parecer cruel a nuestros ojos de occidentales, pero las semillas del haba de Calabar se usan a veces en los rituales vudú de Nigeria, dado que los sacrificios son considerados más eficaces si la víctima está consciente hasta el último momento. En cuanto a las partículas de oro, tienen como finalidad conseguir que la ofrenda resulte más atractiva para el dios.

—Si no he entendido mal, cada divinidad tiene una especialidad. ¿Cuál es la de Koku? ¿Qué puede obtenerse de él?

—Koku es un vodún feroz y sanguinario, el arquetipo mismo del guerrero: dotado de fuerza sobrehumana, desprecia el peligro y es un implacable exterminador de sus enemigos. Antiguamente, había que dirigirse a él antes de la guerra, para obtener protección e invulnerabilidad en los combates. Quien goza de su favor, no tendrá miedo en la batalla, no se cansará, no sentirá dolor si es herido. Su fetiche es una gran calabaza que contiene catorce cuchillos sagrados, que llevan atados en sus mangos manojos de hierbas y fragmentos de huesos, todo ello cubierto con una costra de sangre de los sacrificios. Las ceremonias que se le tributan son de lo más brutal y cruento que se pueda imaginar. Aquellos a los que el dios escoge para manifestarse, al término de danzas vertiginosas al son frenético de los tambores, se rajan los brazos y el pecho con cuchillos y trozos de vidrio, se tragan objetos puntiagudos o tizones encendidos, y se golpean repetidamente la cabeza contra la pared, hasta que chorrean sangre. Todo ello sin mostrar el menor dolor.

—¡Dios santo! ¿Por qué lo hacen? —exclamó Mezzanotte, quien, mientras lo escuchaba, sintió que un escalofrío le recorría la espalda.

—Bueno, para dar testimonio de la intensidad de su fe. O, mejor dicho, dado que en esos momentos no son más que el receptáculo de la divinidad, es el propio Koku quien, a través de ellos, hace una demostración del poderío de sus dones, al tiempo que calma su sed de sangre. Al final del trance, que puede ser muy largo, los poseídos por el dios se desploman exhaustos y son llevados en brazos hasta el santuario. Cuando vuelven en sí, no se acuerdan de nada y sus heridas están ya sanando.

—También los propios sacrificios son particularmente cruentos —comentó Mezzanotte.

—En efecto. Las patas del animal son amputadas y el corazón arrancado para apoderarse de la fuerza y el valor de la víctima. No me extrañaría que también formara parte del rito beberse la sangre y comerse un trozo del corazón.

—Pero ¿por qué cree usted que dejan los animales desperdigados aquí y allá en la estación?

—El significado me parece evidente: quieren atemorizar al enemigo, demostrarle que Koku está de su parte.

—El panorama me queda bastante claro ahora. Lo que no entiendo todavía es quién está escenificando unos rituales vudú aquí en Milán, y por qué.

—Me temo que tendrá que descubrirlo usted solo, inspector. Eso queda fuera de mi campo. Pero una cosa sí puedo decirle: en el origen de todo esto se encuentra un sacerdote muy experimentado.

—¿Un sacerdote? Entonces usted no cree que pueda tratarse de simples emuladores, de individuos que tal vez han leído algún libro sobre estas ceremonias y han quedado morbosamente fascinados por ellas?

—No. Imposible. Los rituales de los que estamos hablando implican un nivel de conocimiento del vudú demasiado profundo.

—Ya entiendo. Tengo una última pregunta, profesor, que también es el motivo por el que he empezado a indagar sobre este caso. A su juicio, ¿corremos el riesgo de que, en un determinado momento, los animales no sean suficientes para él y empiece a sacrificar a seres humanos?

Dal Farra se quedó pensando un poco, atusándose la barba. Luego dijo:

—Si se tratara de un culto de Koku radicado en su tierra de origen, sería más bien propenso a excluirlo. Aunque en las leyendas antiguas se los menciona, hace ya mucho tiempo que en África el vudú no admite los sacrificios humanos, y no tengo constancia de que se produzcan transgresiones, al menos en el ámbito de la religión oficial. Pero...

—¿Pero? —insistió Mezzanotte al verlo vacilar.

—Mire, inspector, el hecho de que no existan textos sagrados a los que atenerse ni una autoridad eclesiástica central hace del vudú una religión bastante dinámica, en continua transformación. El lugar en el que se practica, así como la personalidad de cada sacerdote pueden influir mucho en su modalidad y en su contenido. Y la versión a la que nos enfrentamos me parece que exalta algunos de sus lados más oscuros y violentos. En particular, en la insistente reiteración de los sacrificios, así como en el recurso a animales cada vez más grandes, percibo algo obsesivo y, diría yo, casi infantil, que me parece bastante inquietante.

Mezzanotte asintió. Era una de las cosas que desde el principio lo habían alarmado también a él.

—Además, hay que considerar otro aspecto: la sangre humana es más rica en soplo vital que la de cualquier otro ser viviente. Prohibiciones aparte, en principio debería ser la ofrenda más grata a los dioses. Y si en todo el panteón de los vodún hay una divinidad que sea capaz de apreciarlo en especial, es precisamente Koku, el exterminador. Él conoce muy bien a qué sabe, en todas las ceremonias bebe la sangre derramada de sus seguidores que se hieren a sí mismos en su honor.

—¿En conclusión?

—En conclusión, yo no lo pondría por escrito ni lo afirmaría en un congreso, pero, que quede entre nosotros, en este caso en concreto confieso que no me extrañaría mucho que pudiera llegar a ocurrir.

—Se lo agradezco, profesor. Me ha sido usted de gran ayuda.

Mezzanotte se levantó y le tendió la mano, pero Dal Farra no se la estrechó. Permaneció sentado mirándolo con gesto grave.

—Espere —dijo finalmente—. Le he respondido que ese peligro, a mi entender, existe, pero no creo que sea la faceta más preocupante del asunto.

—¿A qué se refiere?

—Si hemos de tomar al pie de la letra el sentido de los sacrificios a Koku, y todo hace pensar que así debe ser, se está preparando una guerra. De estar en su lugar, yo me preocuparía ante todo por eso.

Cuando llegó al bonito palacete de otros tiempos, rodeado por una tapia de piedra no muy alta, que albergaba la sede del IIJC, en una calle silenciosa y tranquila, a pocos pasos del Arco della Pace, Laura empezó a ponerse nerviosa. Detrás de aquella cancela podía estar la respuesta a las preguntas que la atormentaban desde hacía días. No sabía cómo reaccionaría si descubría que los dos niños no habían existido nunca, pero cualquier cosa era mejor que la incertidumbre que la estaba consumiendo, por lo que se armó de valor y pulsó el timbre del portero automático.

La recibió un hombrecillo de edad indefinida, entre los cincuenta y los sesenta años, cuyas gafas redondas de gruesos cristales le daban un cómico aspecto de búho. Se presentó como Beniamino Curiel, investigador y archivero del instituto. Se mostró enormemente servicial desde el primer momento y, mientras la guiaba por las escaleras y los pasillos, fue explicándole con más detalle de qué se ocupaba el IIJC, que albergaba la colección más grande de documentación sobre el antisemitismo en Italia, según le especificó con orgullo, y le habló de la historia del edificio, propiedad de la comunidad israelí de Milán desde finales de los años veinte. Durante el periodo fascista fue la sede de las escuelas judías, que dispusieron de medios improvisados para garantizar una educación a todos los niños y los adolescentes judíos expulsados de los centros de enseñanza italianos tras la promulgación de las leyes raciales.

El archivero la hizo entrar en una sala con las paredes forradas de estanterías atestadas de libros, clasificadores y carpetas. En el centro sobresalían unos imponentes ficheros de madera.

—Aquí se conserva el archivo de las víctimas de la Shoah que ha solicitado consultar, señorita —dijo Curiel—. Es fruto de un trabajo largo y arduo, que todavía no se ha acabado. Desde su fundación, uno de los principales objetivos del instituto ha sido confeccionar un catálogo de todos los judíos perseguidos en Italia. La investigación comenzó a partir de una primera lista escrita a máquina, que el Comité de Investigaciones de Deportados Judíos elaboró durante la inmediata posguerra. Hemos seguido completándola durante décadas con nuevos nombres y datos obtenidos mediante la consulta de todo tipo de documentos, archivos y registros de la época, pero también gracias a los datos suministrados por amigos y parientes de los represaliados. Se ha elaborado una ficha para cada víctima con todas la información disponible, previo sometimiento a comprobaciones exhaustivas. Hasta hoy hemos identificado a cerca de setenta mil víctimas de las persecuciones en nuestro país, de las cuales solo sobrevivieron poco más de ochocientas. Pero, como ya le he dicho, el catálogo no puede considerarse todavía completo.

Al tomar conciencia de la magnitud de los ficheros y de las cifras, Laura tuvo un momento de desánimo, el trabajo que la aguardaba era ingente. Localizar los nombres de los dos niños en aquel mar de datos sería como buscar una aguja en un pajar. Curiel debió de leerle el pensamiento, porque le indicó un ordenador que había sobre una mesa situada en un rincón de la sala.

—Hace unos años que el archivo se digitalizó —dijo esbozando una sonrisa—, lo que agiliza extraordinariamente nuestro trabajo, y también el de quienes investigan.

Encendió el ordenador y le explicó de forma sumaria cómo funcionaba el programa.

—Ahora la dejo trabajar. Si me necesita, estoy en la última sala a la izquierda, al final del pasillo.

—Solo una pregunta, señor Curiel —repuso Laura—. ¿Sabe usted si sucedió algo en la Estación Central durante aquellos años? Me refiero a algún episodio en concreto vinculado con las persecuciones antisemitas.

—¿En la Estación Central? Por supuesto, pocos lo saben, pero de allí salieron varios trenes llenos de deportados. Tenemos noticia de al menos quince convoyes que entre 1943 y 1945 partieron de la estación con destino a los campos de exterminio. Los testimonios que hemos reunido son estremecedores. Las operaciones de carga se desarrollaban con discreción, lejos de las miradas indiscretas, no sabemos exactamente dónde; los supervivientes lo describen solo como un sitio oscuro y recóndito. Los deportados se hacinaban en los vagones para ganado amenazados por hombres armados, en un ambiente de terror y de violencia. Piense que hasta hace pocos años en la Central no había siquiera una placa que recordara lo sucedido. ¿Pero qué es una placa? Casi nadie se fija en ella. Hace tiempo que estamos trabajando junto con otras asociaciones en el proyecto de colocar en la estación un monumento que recuerde aquellos trágicos acontecimientos, pero hasta ahora la escasa colaboración de las instituciones y la falta de fondos nos han impedido hacerlo realidad. Es una vergüenza. Esta ciudad no tiene memoria —concluyó el hombre sacudiendo la cabeza.

Mientras Curiel le contaba todo aquello, Laura se esforzó por contener la sensación de vértigo que la embargó. Al escuchar sus palabras, por un instante le pareció que volvía a sentir en su interior las desgarradoras emociones que la invadían cuando se le aparecían los niños.

—¿Se encuentra bien, señorita? ¿Quiere que le traigan un vaso de agua? Está usted muy pálida.

—No, no, no es nada, no se preocupe. Puede irse tranquilo.

Una vez a solas, Laura se sentó ante la pantalla. Las manos le temblaban un poco cuando cogió el ratón y empezó a explorar algunas fichas al azar para familiarizarse con la base de datos. De cada víctima se decía si había sobrevivido o no al Holocausto, se daban algunas indicaciones biográficas y los datos disponibles acerca de las circunstancias de su deportación. Algunas fichas tenían todos o casi todos los campos debidamente cumplimentados, otras estaban incompletas. Una parte de ellas estaban incluso provistas de fotografías. Se podían efectuar búsquedas bien introduciendo simplemente un nombre o una palabra, bien seleccionando diversos filtros.

Laura llevó a cabo una primera búsqueda sobre los judíos que habían sido deportados desde Milán. El sistema le proporcionó más de ochocientos nombres. Demasiados para consultar todas las fichas. Añadió entonces otro filtro, limitando el campo a los nacidos después de 1931, es decir, los que tenían de catorce años para abajo en el momento de la deportación. Esta vez obtuvo unos ochenta resultados. Leyó atentamente las fichas correspondientes, una tras otra, apuntando en un cuaderno los nombres de los que no eran claramente incompatibles con el retrato robot de los dos niños. Al cabo de una hora de paciente ordenación y clasificación, había eliminado todos los nombres salvo dos, Amos y Lia Felner. Volvió a abrir sus fichas y las copió en el cuaderno.

AMOS FELNER
(No sobrevivió a la Shoah)

DATOS BIOGRÁFICOS
Fecha de nacimiento: 17/5/1932
Lugar de nacimiento: Milán
Fecha de la muerte: ?
Lugar de la muerte: ?
Hijo de: Samuele Felner
Hermano de: Lia Felner
PERSECUCIÓN
Lugar de la detención: Milán
Fecha de la detención: 24/5/1944
Lugar de la reclusión: Milán, cárcel
Destino: desaparecido
Fecha de salida del convoy: 9/6/1944
Fecha de llegada del convoy: 15/6/1944
Campo de destino: Auschwitz
Número de registro: ?

LIA FELNER
(No sobrevivió a la Shoah)

DATOS BIOGRÁFICOS
Fecha de nacimiento: 28/3/1936
Lugar de nacimiento: Milán
Fecha de la muerte: ?
Lugar de la muerte: ?
Hija de: Samuele Felner
Hermana de: Amos Felner

PERSECUCIÓN
Lugar de la detención: Milán
Fecha de la detención: 24/5/1944

Lugar de reclusión: Milán, cárcel
Destino: desaparecida
Fecha de salida del convoy: 9/6/1944
Fecha de llegada del convoy: 15/6/1944
Campo de destino: Auschwitz
Número de registro: ?

«¿Los he encontrado? ¿Pueden de verdad ser ellos?», se preguntó mientras el corazón le latía a toda velocidad en el pecho. Eran hermanos y en el momento de su deportación tenían doce y ocho años, más o menos la edad que imaginaba que debían de tener los niños de sus visiones. Había una foto adjunta a sus fichas, la misma para los dos, en la que se los veía de cuerpo entero, de pie uno junto a otra, cohibidos y serios con sus trajes de domingo. Pero era pequeña, estaba estropeada y ligeramente desenfocada. A su juicio, guardaban cierto parecido con los niños, pero resultaba imposible establecer con seguridad si en efecto eran ellos.

Se preguntó a qué se refería exactamente la expresión «desaparecido». Amos y Lia fueron detenidos el mismo día que su padre, cuya ficha también había consultado. Los tres estuvieron recluidos en la cárcel de Milán y luego los cargaron en el mismo tren con destino a Auschwitz. Con la diferencia de que, mientras que la ficha de Samuele Felner consignaba su muerte en Auschwitz unas semanas después de su internamiento, así como el número de registro que se le había asignado en el campo, en la de sus hijos no figuraban el lugar ni la fecha de la muerte y tampoco se especificaba ningún número de registro. Era como si, en realidad, no hubieran llegado nunca al campo de concentración...

Laura se levantó, salió de la sala y recorrió el pasillo hasta llegar al despacho de Beniamino Curiel.

—Perdone —le preguntó asomándose a la puerta—, hay algo que no tengo claro, quizá usted pueda ayudarme a entenderlo...

Mostró al archivero las fichas de los hermanos Felner que había copiado en su cuaderno y le expresó sus dudas.

—Puede que no sobrevivieran al viaje —le respondió Curiel—. Era muy largo, ¿sabe usted?, y se desarrollaba en condiciones inhumanas. No era extraño que algunos no salieran adelante, sobre todo los enfermos, los ancianos o los niños.

—¿No tendrán por casualidad en el archivo otros papeles o documentos que puedan ayudarme a averiguar qué fue de ellos? Fotos, tal vez...

—No, lo siento. Todo lo que sabemos de ellos aparece en las fichas.

Laura estaba a punto de irse, decepcionada, cuando se le pasó por la mente una idea que le puso los pelos de punta. Volvió de nuevo a donde estaba Curiel y dijo:

—Una última cosa. ¿Y si no hubieran llegado a montar nunca en el tren? ¿Si hubieran muerto antes, quizá en la estación? ¿Cree usted que eso pudo suceder?

Curiel reflexionó unos instantes.

—Bueno, no es descartable. Durante las operaciones de carga pudo ocurrir que alguno intentara fugarse; en esos casos los guardias de las SS no habrían dudado en disparar, incluso a los niños.

De nuevo ante la pantalla, Laura volvió a mirar la fotografía de los hermanos Felner. No había nada que hacer. Aunque se hubiera quedado ante ella horas y horas, no habría obtenido la respuesta que buscaba.

Podía ser que el miedo, la tristeza y el dolor que percibía en la estación fueran los que hacía sesenta años habían sentido centenares de judíos obligados a la fuerza a montar en los trenes que se dirigían a los campos de concentración. Los dos niños podían ser Amos Felner y su hermana Lia, y el hecho de que fueran los únicos que se le habían aparecido tal vez se debía a las circunstancias especiales de su muerte. Pero todo eso no eran más que conjeturas, que, por otra parte, continuaban pivotando en un mismo punto: hasta entonces, el don nunca le había hecho ver ni experimentar las emociones de nadie que hubiera muerto hacía tiempo. Solo la confirmación incontestable de que los niños habían existido realmente podría eliminar cualquier duda. ¿Pero cómo podía obtenerla? Sentirse bloqueada a un paso de la meta resultaba muy frustrante. Tenía unas ganas enormes de gritar y de romper algo.

Cerró los ojos y, para calmarse, respiró varias veces profundamente. Luego, siguiendo una idea que se le acababa de ocurrir, probó a efectuar otra búsqueda en la base de datos, esta vez acerca de los supervivientes de la Shoah que residían en Milán y tenían la misma edad de Amos o Lia. El sistema le proporcionó una sola ficha: Ester Limentani, nacida el mismo año que Amos Felner y deportada también el 9 de junio de 1944. Tal vez se conocieran, quizá por haber ido juntos a la escuela judía de la que había hablado el archivero. Y también podía darse el caso de que supiera por qué los hermanos Felner no habían llegado nunca a Auschwitz. Tenía que conseguir localizarla y hablar con ella, pero eso era más fácil decirlo que hacerlo. Suponiendo que siguiera viva, quizá ya no usara su nombre de soltera, o cabía la posibilidad de que se hubiera ido a vivir al otro extremo del mundo. Y no podía dar por descontado que estuviera dispuesta a dejarse entrevistar por ella, ni que, después de tanto tiempo, recordara algo útil. Pero era la única posibilidad que le quedaba.

Avanzaban encorvados bajo el diluvio a lo largo del andén entre las vías que salían de la estación. Hacía solo unos minutos que habían dejado atrás las enormes marquesinas y ya estaban empapados. Había anochecido y llevaba horas lloviendo a cántaros. La lluvia había empezado a caer al oscurecer; durante toda la tarde había habido un constante bullir de nubes negras en el cielo y el temporal todavía no había agotado su fuerza. El agua empapaba los zapatos y los pantalones de los uniformes, se colaba dentro de las guerreras impermeables y les chorreaba por la cara, lo que les obligaba a pasarse cada minuto una mano por los ojos para ver.

Eran cinco, el inspector Riccardo Mezzanotte y cuatro agentes, y se dirigían a las vías muertas del lado izquierdo del enorme terraplén, en la zona situada entre las dos decrépitas cabinas de control en forma de puente, fuera de uso desde hacía casi veinte años, que se erguían en medio de los raíles como los restos de un naufragio encallados en la arena de la playa.

—¡Teníamos que hacer esta mierda de redada precisamente esta noche! —exclamó en tono de queja Filippo Colella, que cojeaba sin resuello al lado de Mezzanotte. Sus ricitos rubios se le pegaban a la frente debajo de la capucha.

—Es una intervención que ya estaba programada, lo sabes mejor que yo. Nos toca una vez al mes.

La misión de los policías era desalojar los trenes que permanecían detenidos por la noche y en los que habitualmente se colaban decenas de desamparados en busca de un sitio donde dormir. Los más espabilados chorizaban algunas sábanas en los depósitos de los coches cama y las utilizaban para taparse o para atrincherarse en los compartimentos atándolas a los tiradores de las puertas. Durante las horas nocturnas pasaba de todo en aquellos convoyes —hurtos, violaciones, apuñalamientos— y por las mañanas, cuando llegaban los trabajadores de la limpieza, estaban peor que un basurero. Y aunque las redadas periódicas de la Polfer no representaban en modo alguno una forma eficaz de poner coto a ese fenómeno, tenían, eso sí, algún efecto disuasorio y demostraban que las fuerzas del orden eran conscientes del problema.

En realidad, al comienzo del turno vespertino, viendo cómo diluviaba, Mezzanotte intentó llamar a su superior pidiéndole que aplazara la intervención, no tanto para ahorrar un resfriado a sus agentes, como porque arrojar a la calle a un hatajo de pobre gente con aquel tiempo de perros le parecía una mala jugada. Pero Dalmasso se mostró inconmovible. Aunque algunos tropiezos políticos y burocráticos habían impedido el comienzo de las obras de reestructuración, la operación «limpieza general» de la Polfer debía seguir adelante como fuera y no se admitían aplazamientos de ningún tipo a los programas previstos. La próxima vez que le pidieran cuentas del estado de la seguridad en la Central, no lo pillarían desprevenido.

Mezzanotte volvió la cabeza para mirar a su amigo, que caminaba a su lado con cara apenada y aterida. Le costaba trabajo seguir su ritmo y el impermeable en el que iba embutido lo volvía aún más torpe y ridículo de lo habitual.

—Yo sigo preguntándome qué pintas tú aquí en la Ferroviaria —dijo Riccardo casi a gritos para hacerse oír en medio del estrépito del chaparrón—. Deberías estar ante el teclado de un ordenador, haciendo aquello para lo que en verdad tienes talento.

—He presentado la solicitud de traslado en tres ocasiones ya —respondió Colella—, una vez a la Científica y dos a la Postal, pero no me han cogido. Es que no tengo un título universitario, solo el diploma de contabilidad. Lo de trastear con el ordenador lo he aprendido solo.

—¡Bah! En cualquier caso, es una injusticia —comentó Mezzanotte sacudiendo la cabeza—. Encajas en este destino aún menos que yo.

Mientras tanto habían llegado a la altura de la cabina en forma de puente más próxima, cuya silueta a duras penas se distinguía a través de la espesa cortina de lluvia, en medio de la oscuridad rota por el resplandor de los reflectores diseminados a lo largo de las vías, por las escasas luces todavía encendidas de las ventanas de los edificios que daban al terraplén y, de vez en cuando, por los faros de los pocos trenes que circulaban a aquellas horas.

Las dos cabinas elevadas y marcadas por las letras A y C formaban parte de un sistema de siete puestos de control que hasta los primeros años ochenta regulaba el tráfico ferroviario de la Central. Construidas con cemento y metal, al igual que la propia estación, estaban compuestas de dos pisos acristalados suspendidos sobre las vías, apoyados en grandes pilares. Quedaron fuera de uso cuando se activó un sistema centralizado de mando y, desde entonces, aquellas dos joyitas de arqueología industrial de comienzos del siglo XX se hallaban en un estado de completo abandono.

La furia de la tormenta no parecía tener la menor intención de disminuir y la visibilidad era muy escasa, por lo que, al principio, Riccardo no estaba muy seguro de haber distinguido realmente algo. Le pareció que una luz roja había parpadeado un instante detrás de los cristales de la cabina A. Se detuvo, se quitó el agua de los ojos con una mano y los entrecerró para enfocar mejor. La masa oscura de la construcción se confundía con las tinieblas en medio de la lluvia torrencial. Estaba a punto de reanudar la marcha, convencido de que se había equivocado, cuando una lucecita temblorosa volvió a aparecer durante unos segundos a una altura que presumiblemente correspondía al primer piso de la cabina de control. Esta vez no cabía duda: allí había alguien, y Mezzanotte consideraba harto improbable que se tratara de algún miembro del personal de los Ferrocarriles Estatales. Las cabinas habían quedado totalmente inutilizadas, y era muy poco verosímil que a alguien se le hubiera pasado por la cabeza la idea de efectuar una inspección a aquellas horas y con aquel tiempo.

—Adelantaos vosotros y empezad —gritó a los agentes que se habían detenido a esperarlo—. Yo voy a comprobar algo y luego os alcanzo. Y, mucho cuidado, no actuéis con mano dura si no es absolutamente necesario.

Fuera de los pocos tipos como Carbone y sus compinches, que disfrutaban pegando a la gente y abusando de su poder, si algunos policías de la Unidad se pasaban alguna vez actuando con mano dura, era más que nada debido a su frustración al comprobar la inutilidad de sus esfuerzos por contener a las hordas de desesperados que tomaban por asalto la estación. Hasta cierto punto Mezzanotte los comprendía, pero no compartía semejante comportamiento y hacía cuanto estaba en su mano por ponerle freno.

—Filippo, tú vente conmigo —ordenó llamando a su amigo, que ya se había puesto en marcha con los otros. Luego se encaminó decidido hacia la cabina de control.

Se accedía a la estructura elevada a través de una escalera exterior de hierro, empinada y estrecha. Mezzanotte empezó a subir sin esperar a que Colella lo alcanzase. Con la lluvia el metal oxidado estaba resbaladizo, y había peldaños medio sueltos, cuando no faltaban por completo. Riccardo se sujetaba al pasamanos y estaba bien atento a dónde ponía los pies, mientras se movía entre chirridos y oscilaciones poco tranquilizadoras. Una vez en la cima, chorreando agua y empapado de humedad hasta la médula, encontró la puerta abierta de par en par. Desenfundó la pistola, sacó la linterna, volvió la cabeza buscando con la mirada a Colella, que no había llegado ni a la mitad de la escalera, y entró en la cabina. Con una mano empuñaba la pistola apuntando hacia delante y con la otra sujetaba la linterna encendida, a buena distancia del cuerpo para evitar que alguien lo hiriera apuntando hacia ella en la oscuridad. No tardó en darse cuenta de que la linterna no era imprescindible, así que la apagó y volvió a guardarla. Un pequeño resplandor iluminaba el ambiente. No sabía de dónde procedía, pues un gran mueble de metal atravesado en medio de la amplia sala le obstruía la vista, pero, a juzgar por los tonos cálidos y las sombras parpadeantes que se proyectaban en las paredes y el techo, podía tratarse de una pequeña fogata. Antes de atravesar el umbral de la puerta miró a su alrededor. La sala estaba en gran parte ocupada por puestos de control —idénticos a los que había en el centro—, llenos de palancas destinadas a accionar los cambios de vías y cubiertos de una espesa capa de polvo. De una pared colgaba un panel de control torcido y agrietado con un intrincado esquema de las líneas ferroviarias. El suelo estaba plagado de escombros, esqueletos de sillas y otros restos de mobiliario que ya no resultaban identificables. Las grandes cristaleras divididas en paneles con vistas a las vías estaban mugrientas y rotas en varios puntos.

No parecía que allí dentro hubiera ni un alma, pero Mezzanotte siguió alerta. Avanzó con lentitud empuñando la Beretta con las dos manos, apuntando a cualquier rincón por el que pudiera aparecer alguien. En cuanto sobrepasó el puesto de control que ocultaba la fuente del resplandor, se quedó atónito y dejó escapar una maldición.

«¿Y esto dónde coño lo han encontrado?», pensó lleno de asombro.

En aquel momento, un estrépito en el exterior anunció la llegada de Colella, que poco después apareció dentro de la cabina de control. Pálido y jadeante, se pegó a una pared intentando recuperar el aliento.

—He visto la muerte cara a cara subiendo esa maldita escalera. Se sostiene pegada con engrudo, ¡me cago en la mar!

Haciendo caso omiso de sus quejas, Mezzanotte le hizo señas para que se acercara.

Cuando estuvo a su lado y vio lo que había en el suelo, también Colella se quedó boquiabierto de estupor.

—Pero si es..., es...

—Un cerdo, sí.

Los dos policías se quedaron un rato contemplando en silencio la escena que tenían delante. Rodeado por cuatro velas encendidas, el grueso cuerpo del animal yacía sin vida sobre uno de sus costados. La rosada y peluda piel estaba embadurnada con una sustancia amarillenta. En cuanto a las heridas, a Mezzanotte ya le resultaban familiares: lo habían abierto en canal y le habían amputado las patas.

—Pero ¿cómo lo han subido hasta aquí arriba? —se preguntó Colella—. ¡Pesará por lo menos un quintal!

—Deben de haberlo izado con una polea o algo por el estilo —conjeturó Riccardo, que mientras tanto, lamentando no llevar encima la cámara fotográfica, se había puesto a sacar unas cuantas fotos con el móvil. Le habría gustado someter aquel cadáver a los mismos exámenes que al perro, pero no podía pedir otro favor a Cardini, y él solo, sin necesidad de que se lo explicara la vocecita que llevaba en la cabeza, comprendía que presentarse en la Unidad con un cochino abierto en canal no era una buena idea.

Entonces se fijó en que las velas apenas se habían consumido. No hacía mucho tiempo que el cerdo estaba allí. Por un pelo no habían pillado al tipo que lo había colocado en aquel lugar.

No había tenido ni siquiera tiempo de formular en su interior esa idea, cuando un ruido casi imperceptible entre el martilleo de la lluvia, que seguía azotando el edificio, lo empujó a levantar de golpe la cabeza, a tiempo para distinguir una sombra que desaparecía por la puerta de la cabina de control, que se había quedado abierta. Se lanzó hacia la salida gritando:

—Se había escondido, ¡me cago en la puta! ¡Aún seguía aquí!

Fuera, de nuevo bajo el aguacero, vio que alguien bajaba la escalerilla a velocidad vertiginosa en medio de la oscuridad. También él se precipitó por los inestables peldaños y a punto estuvo en varias ocasiones de tropezar y de caer al vacío.

Cuando, milagrosamente incólume, llegó al suelo temió por un momento haberlo perdido. Luego lo divisó, a unos diez metros de distancia, corriendo a lo largo de las vías hacia las bóvedas iluminadas de las marquesinas, abiertas en la noche como las fauces de colosales monstruos prehistóricos. Se lanzó a perseguirlo, mientras la lluvia le azotaba el rostro. Hacía meses que no se entrenaba con regularidad, sí, estaba muy lejos de encontrarse en su mejor forma, pero la técnica no es algo que se olvide así como así, y en cuanto consiguió ajustar el ritmo de la zancada al de la respiración fue ganando rápidamente terreno.

En pocos minutos había reducido a la mitad su desventaja, y lo que tenía delante ya no era solo una sombra imprecisa. Alto y delgado, aquel hombre tenía unos brazos muy largos y vestía una especie de capa andrajosa de color oscuro con una capucha acabada en punta que le cubría la cabeza. Corría de un modo extraño, encorvado hacia delante, con movimientos algo simiescos.

Apretando los dientes debido al esfuerzo, Mezzanotte forzó todavía más la marcha y llegó a situarse a un par de metros detrás de él. El hombre debía de sentir ya su aliento en la nuca, faltaba poco para que lo pillara. Empezaba a sentirse agotado y le dolía la ijada, pero no podía flojear justo en ese momento.

El chirrido que sintió a su espalda, a la derecha, lo avisó de la entrada de un tren en la estación. Tuvo que oírlo también el encapuchado, porque volvió la cabeza para mirar, justo en el momento en que estaban atravesando el haz de luz de uno de los reflectores. Por primera vez, Mezzanotte pudo verle la cara. Su rostro era huesudo y pálido como el de un muerto, con ojos alucinados, extrañamente grandes y prominentes, y unos mechones de cabellos blancos de punta, como si hubiera metido los dedos en un enchufe.

De repente, el hombre hizo un brusco regate a la derecha y echó a correr en diagonal hacia el centro del balasto. Con ese movimiento por sorpresa logró ganar un poco más de ventaja, pero, de seguir esa dirección, acabaría colisionando con el convoy que estaba aproximándose por detrás de ellos. ¿En qué cojones estaba pensando?

Recurriendo a unas insospechadas reservas de energía, el encapuchado aceleró y siguió dirigiéndose hacia la vía por la que transitaba el tren, que ya había llegado a la altura del policía y estaba a punto de adelantarlo.

Mezzanotte comprendió cuál era su intención: el tipo pretendía cruzar las vías y dejar el convoy entre los dos. Pero no podía salirle bien la jugada; si no paraba, el tren lo arrollaría. El hombre, sin embargo, no hizo siquiera ademán de reducir la velocidad. Llegó al borde de la vía en el instante en el que empezaba a pasar el tren y, con una agilidad sorprendente, dio un gran salto al frente.

Deteniéndose para no acabar siendo atropellado también él,

Mezzanotte esperó a oír el golpe del cuerpo al chocar contra el morro de la locomotora para terminar aplastado entre las ruedas.

Sin embargo, no oyó nada en absoluto. Por un pelo, sí, pero lo había conseguido: aquel cabrón chiflado había logrado pasar. Jadeando debido al cansancio y con las pulsaciones enloquecidas, Riccardo dejó que lo adelantara el largo convoy mientras se apretaba el costado izquierdo con una mano. Cuando por fin pasó el último vagón, ante sí no había más que oscuridad y lluvia. Ni rastro del extraño e inquietante encapuchado.

Entonces una idea se abrió paso en su mente como un chispazo: aquel tío correspondía perfectamente a la descripción que de él le había hecho Amelia... ¿Cómo lo había llamado? Ah, sí, el Fantasma.

8

En medio del bullicio de la Central, la pequeña capilla de la estación era un oasis de paz y tranquilidad. Una vez cruzado el umbral, el frenético murmullo de los viajeros, el chirrido de los trenes que llegaban, la letanía de los anuncios difundidos por los altavoces, quedaban reducidos a meros ecos amortiguados. Decorada en un estilo casi espartano, ofrecía para sentarse un banco de madera provisto de reclinatorio y una docena de sillas de paja detrás de él. Tras el modesto altar, una cristalera decorada filtraba en el interior de la capilla una luz tenue y relajante.

Cuando entró, Mezzanotte ya sabía que Amelia estaba allí. Había visto aparcado a la puerta su carrito de la compra, vigilado atentamente por un miembro de su corte de pordioseros.

Estaba tenso y cansado. Una sucesión de elucubraciones tan agotadoras como vanas le había impedido conciliar el sueño aquella noche. Cuantas más cosas descubría, menos le parecía comprender todo aquello. En vez de aclararse, el panorama se complicaba. Podía dar por hecho que los animales eran sacrificados en el curso de ciertas ceremonias en honor de una antigua divinidad vudú sedienta de sangre. Y según Dal Farra, detrás de aquello no había unos imitadores, sino auténticos seguidores de la religión africana. ¿De quién podía tratarse? Lo único que se le ocurría era la delincuencia nigeriana, que hacía ya años que llevaba manejando un floreciente negocio de prostitución también en Italia. Pero, por lo que sabía, no había habido nunca ningún indicio de que hubiera llegado a arraigar en la zona. Las únicas nigerianas que hacían la calle por allí eran las que cada noche tomaban el tren para desparramarse por toda la región, llegando incluso hasta Turín, para regresar al amanecer del día siguiente. En el zoco de la piazza IV Novembre, en el flanco oeste de la estación, la comunidad de los nigerianos tampoco era ni mucho menos la más abundante. Y ¿cómo encajaba el extraño individuo que había perseguido entre las vías en todo aquel contexto? Solo una cosa era segura: de africano no tenía nada. Por otra parte, no cabía la menor duda: era él quien había dejado el cerdo en la cabina de control. Y Riccardo podía apostarse algo a que la sombra alta y delgada que la cámara había grabado entrando y saliendo de la sala de espera era la suya. Lo que había aparecido era solo la punta de un iceberg cuya forma y cuyas dimensiones Mezzanotte todavía no lograba intuir. Esperaba que apretar las tuercas a su confidente preferida lo ayudara a ver las cosas un poco más claras.

Dentro de la capilla reinaba un olor a cera e incienso. Aparte de Amelia solo había un par de personas más, absortas en un recogimiento inmóvil y silencioso. Fiel a las precauciones a las que lo obligaba la vieja mendiga, Mezzanotte se sentó en una silla detrás de ella.

—¿Qué pasa esta vez, madero? —farfulló entre dientes la vieja, sin volver la cabeza—. ¿Por qué tantas prisas por verme?

Riccardo se inclinó hacia delante y, sin prestar atención al olor no precisamente agradable que emanaba de ella, le susurró al oído:

—Dime todo lo que sepas sobre ese Fantasma.

—¡Mira por dónde! —exclamó la mendiga con sarcasmo—. ¡Ahora te interesan los delirios de los drogatas y los borrachuzos!

—Lo vi, Amelia. Casi lo pillé, pero logró escaparse. Tengo que descubrir quién es y dónde se esconde.

—Te costará ración doble.

Mezzanotte no pudo contenerse.

—No está bien regatear de esa forma en la casa del Señor —le soltó en tono de broma.

—Pues entonces, por mí, como si te operas, madero.

Riccardo levantó los ojos al cielo.

—Dime algo útil y tendrás todos los bombones que quieras.

—¿Útil? ¿Como qué?

—Me dijiste que nadie sabe quién es. Pero ¿conoces a alguien que haya hablado con él?

Amelia sacudió la cabeza.

—Tiene una mirada que da miedo, según me han dicho. Una mirada de loco. No te dan ganas de ponerte a charlar con él.

—¿Y está siempre solo? ¿No lo han visto nunca con nadie? ¿Con algún negro quizá?

—¿Con negros? No. Por lo que tengo entendido, anda siempre solo.

Mezzanotte se dio un puñetazo en el muslo debido a la frustración.

—Vamos a ver, ¿cómo puede ser? —exclamó. Las dos personas presentes en la capilla levantaron un instante la cabeza lanzándoles miradas de desaprobación—. El tipo ese no ha acabado aquí por equivocación. No es un vagabundo que esté de paso. Conoce la estación, sabe cómo moverse en ella, y los animales muertos que deja por ahí son una advertencia para otra persona que está en la Central. Vestía harapos, parecía exactamente uno de vosotros, Amelia. No me puedo creer que nadie tenga ni la más mínima idea de quién es ni de dónde viene. No será un fantasma de verdad, ¿no?

Por primera vez Amelia se volvió para mirarlo; en sus ojos había una extraña luz. Tensó los labios dibujando una sonrisa que arrugó su apergaminada piel.

—Tú no tienes ni idea, ¿verdad, madero? —le dijo en tono burlón.

—¿Qué me quieres decir con eso?

—Hay un sitio donde tal vez puedas encontrar las respuestas que buscas —dijo la mendiga alargando hacia él el arrugado cuello, con la voz convertida en un susurro—. ¡Ve a darte una vueltecita por el Hotel Infierno!

Por una vez, Laura había tenido suerte. Una suerte descarada. Ester Limentani seguía viva y, al parecer, no se había cambiado de ciudad ni se había casado, por lo que conservaba su apellido. Para encontrarla no había tenido más que hojear la guía de teléfonos de Milán.

Ahora, sentada con las piernas cruzadas sobre el futón de su cuarto, con el móvil en una mano y en la otra la hojita en la que había apuntado el número y la dirección de Ester, solo tenía que decidirse a llamarla. Había meditado largo y tendido sobre cuál sería la mejor manera de presentarse, y finalmente optó por una versión revisada y corregida de la historia que había contado en el IIJC.

Marcó el número y se acercó el móvil al oído. La línea estaba disponible. La llamada sonó durante más de un minuto y, cuando estaba a punto de colgar, levantaron el auricular.

—¿Diga? ¿Con quién hablo? —dijo una voz tan fina como papel de seda.

—Buenos días, me llamo Laura Cordero. ¿La señora Ester Limentani?

—Sí, soy yo —respondió la anciana tras unos segundos de vacilación—. ¿Qué desea?

Siguiendo el guion, Laura le dijo que era una estudiante de historia que estaba preparando una tesina para la universidad. El tema de su trabajo era el papel que la Estación Central de Milán había desempeñado en la deportación de los judíos durante la Segunda Guerra Mundial. Había encontrado su nombre consultando los archivos del Instituto de Investigaciones Judías Contemporáneas y le gustaría poder entrevistarla. Contar con un testimonio directo sobre aquellos trágicos acontecimientos sería valiosísimo.

Una vez terminado el discursito que se había preparado mentalmente una y otra vez, se sintió satisfecha de cómo le había salido. Pero desde el otro lado de la línea la única respuesta que obtuvo fue el silencio.

—Señora Limentani —dijo al cabo de un rato—, ¿está usted ahí?

—Yo... Sí, aquí estoy.

—Solo unas pocas preguntas. No voy a robarle mucho tiempo.

De nuevo silencio. Y luego la oyó decir:

—Disculpe, pero no, no es posible.

—Se lo ruego, sería muy importante para mí...

—No, lo siento, señorita, no me veo con fuerzas —respondió la buena señora, cuya frágil voz parecía a punto de quebrarse—. Recordar me resulta muy doloroso. Demasiado doloroso. Espero que me comprenda. Ahora debo despedirme de usted. Adiós.

Cuando apretó la tecla roja del móvil que silenció la señal, Laura ya había dejado de considerarse afortunada.

—Llevo aquí más de dos meses y hasta hoy no había oído nunca hablar de ello. ¿Cómo coño es posible?

Divertida por el hecho de que Mezzanotte no supiera nada al respecto, Amelia le explicó que entre la gente de la Central eran conocidas como Hotel Infierno ciertas zonas abandonadas de los sótanos de la estación. Se trataba de unos lugares oscuros, hediondos y peligrosos en los que ella se guardaba muy mucho de poner los pies, pero había gente lo bastante loca o desesperada para buscar refugio allí.

De vuelta en la Unidad, desconcertado y furioso, el primero al que Mezzanotte pidió información al respecto fue el suboficial ayudante Pietro Fumagalli, instalado como de costumbre en su frondosa garita. En la oficina no había muchas personas de las que pudiera fiarse, y si entre ellas había alguien para quien la Central carecía de secretos era precisamente él. Al oír mencionar los sótanos, el guardia adoptó una expresión de alarma. Bajando la voz y mirando a su alrededor para asegurarse de que no había nadie escuchándolo, se citó con él fuera cuando acabaran su turno. Como ya se esperaba Mezzanotte, el viejo Fumagalli resultó ser una verdadera mina de información. Lo que le contó media hora después, mientras saboreaban un Campari sentados a una mesa en el Gran Bar, no había hecho más que aumentar su desconcierto y su rabia. La estación no solo poseía unos sótanos, sino que, además, como todo en la Central, eran inmensos. Constaban de un albergue diurno y un cine de reestreno, cerrados ambos desde hacía décadas, y en ellos estaban también la subcentral térmica en la que se hallaban concentrados todos los aparatos y los mandos necesarios para hacer funcionar los sistemas de calefacción, las estancias para los transformadores de energía eléctrica y otros equipos tecnológicos, e incluso una estación complementaria, también fuera de uso desde hacía bastante tiempo, con veinte vías destinadas en el pasado a la carga y descarga de mercancías y a la clasificación del correo. Albergaban también un número impreciso de almacenes y depósitos, y un laberinto de escaleras, galerías y conductos que unían las distintas zonas entre sí y con la superficie. Se hablaba incluso de un refugio antiaéreo que databa de la Segunda Guerra Mundial, pero sobre esa cuestión el guardia no sabía nada seguro. Todos esos espacios, en los que en otro tiempo bullía la actividad de operarios, mozos de carga y transportistas, poco a poco fueron abandonados casi por completo, hasta convertirse en una tierra desolada de todos y de nadie. El acceso estaba prohibido a todo el personal ajeno al servicio, por supuesto, pero eso no había impedido que los colonizaran verdaderos tropeles de desgraciados. Había drogatas que iban allí a meterse un pico, gentes sin techo que habían instalado campamentos más o menos improvisados, emigrantes clandestinos y fugitivos que buscaban un escondite, y solo Dios sabía cuántos más habrían ido a refugiarse en la oscuridad de aquellos recovecos húmedos y ruinosos. A Fumagalli le constaba que había gente que prácticamente vivía allí, en unas condiciones de degradación difíciles de imaginar. En definitiva, no era una casualidad que aquellos subterráneos hubieran acabado ganándose el nombre de Hotel Infierno.

—No tiene nada de raro que usted no haya oído hablar nunca de ellos, inspector —dijo el guardia de recepción respondiendo a su pregunta—. Los sótanos son la bestia negra del comisario Dalmasso. Normalmente, hace como si no existieran y basta nombrárselos para que se ponga hecho un basilisco.

«Así se explica la renuencia de Fumagalli a abordar la cuestión en las oficinas», pensó Mezzanotte.

—¿Y nosotros no entramos nunca en ellos? —preguntó—. Al fin y al cabo, forman parte de la estación, entran dentro de nuestra área de competencias. Sobre todo, si las cosas están como me has contado, ¿no deberíamos patrullar también el subsuelo?

—En principio tiene usted toda la razón —respondió Fumagalli con cierto apuro—, pero estamos hablando de una zona que se extiende por una superficie de cerca de cien mil metros cuadrados, y, desde luego, no es necesario que le explique que el personal de que dispone la Unidad apenas basta para vigilar el territorio de aquí arriba. Y, además, la zona de abajo no es segura, se juega uno el pellejo si se adentra en ella. Ya en el pasado pocas veces bajábamos allí, y solo en gran número, pero se produjeron... incidentes. En un momento dado, hace unos años, el comisario Dalmasso se dio cuenta de que la situación de los sótanos era incontrolable. A partir de ese momento, se convirtieron en territorio prohibido para nosotros, de lo que, por lo demás, no se ha lamentado ninguno de nuestros hombres. Solo bajamos cuando es inevitable. Que yo recuerde, durante el último par de años, no más de tres o cuatro veces: por un conato de incendio provocado por una hoguera encendida por unos mendigos, por una drogata violada y para recuperar un par de cadáveres. Pero el comisario tiene un pequeño equipo especial para esto, compuesto por el subinspector Carbone y otros agentes. Son los únicos autorizados a bajar allí.

«Típico de Dalmasso —pensó Mezzanotte—, ignorar cualquier problema para el que no tiene una solución al alcance de la mano, pero la cantidad de mierda que puede esconderse debajo de la alfombra tiene un límite».

Permitir que semejante situación fuera degenerando sin mover un dedo era como quedarse sentado encima de una bomba que tarde o temprano estallaría. Por otra parte, con el comienzo de las grandes obras de reestructuración pendientes, aquel era un marrón que, lo quisiera o no, el comisario no podría esquivar indefinidamente.

Bajo los pies de Mezzanotte había un mundo cuya existencia ni siquiera había sospechado hasta ese momento y, aunque de forma harto sibilina, Amelia le había dado a entender que justo allí podría descubrir algo acerca del misterioso Fantasma que esparcía animales muertos por la estación. Pese a correr el riesgo de meterse en líos todavía peores que aquellos en los que ya se había metido, no veía otra alternativa. Si alguna vez había abrigado dudas sobre lo oportuno de seguir adelante con aquella investigación contra todo y contra todos, se le habían esfumado por completo. En la Central estaba ocurriendo algo. Y aunque todavía no era capaz de comprender de qué se trataba, de una cosa sí estaba seguro: había que ponerle fin lo antes posible.

—Necesito tu ayuda, Pietro. Tengo que echar una ojeada a esos sótanos. ¿Qué puedo hacer?

De un trago largo, Fumagalli se metió entre pecho y espalda lo que le quedaba en el vaso y lo dejó vacío sobre la mesa.

—Esperaba que no me hiciera esta pregunta, inspector.

La reacción de Sonia no fue la que ella se había imaginado. Acababa de comunicarle que estaba todo arreglado, que en el plazo de un mes podría ingresar en una comunidad y dejaría atrás la droga, a Artan y la prostitución. Sería el comienzo de una nueva vida. Pero la expresión fúnebre con que la chica del pelo rosa había entrado en el bar —el mismo tugurio regentado por unos chinos en el que ya habían quedado una vez— no cambió ni un milímetro. Mientras Laura hablaba, Sonia permaneció con la mirada gacha, arrancando y deshaciendo con los dedos trocitos del pan del sándwich, por lo demás todavía intacto, que Laura le había obligado a pedir al verla aún más demacrada. Cuando acabó, la chica se limitó a repetir entre dientes: «Un mes...», y a suspirar.

Por supuesto, Laura no esperaba que diera saltos de alegría, comprendía que lo que le esperaba a Sonia no era precisamente un paseíto. Emprender un proceso de rehabilitación no sería un camino de rosas, ni mucho menos. Pero pensaba que la noticia le habría infundido, al menos, una pizca de optimismo.

Los días anteriores había estado muy ocupada organizándolo todo, trabajando hasta mucho después de concluir el horario de su servicio de voluntariado. Además, se había puesto a estudiar a fondo para los exámenes, que estaban a punto de empezar, hincando los codos hasta altas horas de la madrugada. Todo, con tal de seguir ocupada. Temía que, si paraba, acabaría por derrumbarse. La imposibilidad de resolver la incertidumbre en torno a la veracidad de sus visiones estaba acabando con ella, pero, por más que se había devanado los sesos, no había encontrado más opciones: solo Ester Limentani habría podido confirmarle que los dos hermanitos habían existido realmente.

Con respecto a Sonia, había localizado una comunidad terapéutica en la Toscana que acogía también a adolescentes. No había resultado fácil convencerlos de que la aceptaran, el centro estaba ya lleno hasta fin de año, pero había insistido tanto hablando con unos y otros que consiguió que le hicieran un hueco para un mes después. Abriéndose paso con destreza en la jungla de la burocracia sanitaria, había tramitado todo el papeleo. Luego se puso en contacto con la madre de la chica. La entrevista fue difícil y penosa. La persona con la que habló era una mujer precozmente envejecida y devorada por los sentimientos de culpa. Había intuido demasiado tarde lo que ocurría entre las paredes de su casa y no había tenido fuerzas para intervenir antes de que sucediera lo irreparable. Cuando Laura le contó las vicisitudes por las que había pasado su hija, de quien no había vuelto a tener noticias desde el día en que se había escapado de casa, se le llenaron los ojos de lágrimas. La campana de cristal se agrietó debido a la presión de las oleadas de amargura mezclada con remordimientos que la mujer esparcía a su alrededor. Se quedó con los papeles que la muchacha le había entregado y se los devolvió al día siguiente, firmados por ella y por su marido. Laura no le preguntó cómo había conseguido convencerlo.

Ni siquiera oír hablar de su madre conmovió lo más mínimo a Sonia, y no le infundió una brizna de vida a su mirada vacua.

—¿Cuál es el problema? —le preguntó Laura poniendo una mano en su brazo—. ¿Has cambiado de idea? ¿Ya no quieres hacerlo?

—No. Sigo queriéndolo —murmuró Sonia sin levantar la cabeza—. Pero dentro de un mes es demasiado tarde. Demasiado tarde, demasiado...

—No es tanto tiempo —replicó Laura—. Solo hay que tener paciencia y apretar los dientes unos días más.

Sonia la miró con sus dulces ojos de cervatilla, más asustados que nunca.

—Tú no lo entiendes. Artan ha organizado otra sesión. Me lo ha dicho esta mañana.

—¿Sesión? —preguntó Laura. Luego comprendió a qué se refería la chica y se le heló la sangre en las venas—. ¿Cuándo?

—El sábado que viene. Pero ya te lo dije, no voy a dejar que me hagan ciertas cosas. Con esos hombres no vuelvo. Antes...

—Tienes que huir, Sonia, esconderte en algún sitio hasta que llegue el momento de marcharte.

La muchacha sacudió la cabeza.

—¿Pero cómo? Aparte de que no tengo dinero ni ningún sitio donde quedarme, no duraría ni dos días. Hace ya tiempo que Artan me raciona los picos, enseguida me dará el mono y volveré con él arrastrándome para implorarle una dosis. Sola no soy capaz de dejarlo. Lo sé, ya lo he intentado.

Laura no sabía qué decir. Se sentía impotente y apabullada por la angustia. Cuando se hizo cargo del caso, no pensaba ni mucho menos que se tratarse de una cuestión de vida o muerte. No estaba preparada para sostener el peso de semejante responsabilidad.

—¡Lástima! —continuó diciendo Sonia. Tenía una voz tan triste y resignada que a Laura le partía el corazón—. Habría estado muy bien quitarse toda esta mierda de encima y empezar de nuevo desde el principio. Por un momento me lo había creído de verdad...

Mientras tanto, Laura se puso a pensar frenéticamente qué podía hacer, pero la dependencia de Sonia, que la mantenía encadenada al camello albanés, le parecía un obstáculo insuperable. La única solución de verdad sería mandarla de inmediato al centro de rehabilitación, pero ya había resultado bastante difícil convencerlos de que la acogieran dentro de un mes...

Tomó el rostro de la chica entre sus manos y la obligó a mirarla a los ojos.

—Escúchame bien, Sonia. No puedes rendirte —dijo fingiendo una seguridad que no tenía—. Volveré a llamar a los de la comunidad terapéutica para que te acojan de inmediato. Tú, mientras tanto, compórtate con normalidad para que Artan no sospeche nada y estate preparada para irte en cualquier momento. Júrame que no harás ninguna tontería. Conseguiré arreglarlo todo, ya lo verás. Te lo prometo.

Era lunes. Tenía cuatro días para encontrar la manera de hacerlo.

—Buenos días, inspector Mezzanotte. Entonces... ¿está usted preparado para la visita guiada? —dijo el hombre que lo aguardaba en el centro de una especie de larga plataforma rectangular rodeada en tres de sus lados por una verja metálica. Situada entre las vías 18 y 19, justo antes del límite de las marquesinas de la cubierta, era el comienzo de una vía complementaria que más adelante se unía a las otras que salían de la estación.

El hombre, de aspecto jovial, con una nariz aquilina sobre un bigotazo negro, llevaba una chaqueta azul con botones plateados, una corbata roja y una gorra con el emblema de los Ferrocarriles Estatales, y sujetaba un gran farol con una mano. Se llamaba Beppe Belmonte y era uno de los jefes de estación de la Central, con el que Fumagalli, después de haber intentado en vano disuadirlo, lo había puesto en contacto de mala gana.

—¡Ánimo, acérquese!

Al reunirse con él en la plataforma, Mezzanotte comprobó que esta se hallaba atravesada en toda su longitud por dos raíles. Estaba a punto de preguntarle por qué, si iba a llevarlo a dar una vuelta por los sótanos, lo había citado en aquella vía muerta, cuando Belmonte hizo una seña a un colega que estaba en una garita de cemento pintada a rayas amarillas y negras. La plataforma cobró vida con una sacudida que a punto estuvo de hacerle perder el equilibrio y empezó a descender ruidosamente.

—No está mal, ¿eh? —exclamó el empleado de los Ferrocarriles echándose a reír al ver su sorpresa—. Hace años que no se utiliza de forma regular, pero todavía funciona de maravilla. La activan seis pistones hidráulicos accionados por unos motores de una potencia total de doscientos cuarenta kilovatios. Este animal es capaz de levantar sin esfuerzo alguno un vagón de mercancías cargado hasta los topes.

Mezzanotte se limitó a asentir, colocándose a la espalda la mochilita llena de paquetes de galletas, *crackers* y cartones de vino con los que esperaba que soltaran la lengua los desgraciados que hubiera en el subterráneo. Para no atemorizarlos, se había puesto vaqueros y una camisa, en vez del uniforme de rigor. Por lo demás, ya había acabado el turno, así que formalmente estaba fuera de servicio.

—¿Debo suponer que su visita presagia un cambio de actitud de la Polfer respecto a los sótanos? —dijo Belmonte a gritos para hacerse oír pese al estruendo de la maquinaria, mientras bajaban despacio al tenebroso vientre de la Central.

—Eso no puedo garantizárselo. Mi misión, digámoslo así, es meramente de reconocimiento. No depende de mí, y ya sabe usted cómo van estas cosas... —gritó a su vez Mezzanotte, hablando en términos vagos por prudencia. Cuando se puso en contacto con él para que le hiciera de guía, Belmonte no le preguntó si aquella visita contaba con todas las bendiciones de las autoridades, y Riccardo se guardó mucho de comunicarle que su superior ignoraba por completo el asunto. No fue una mentira propiamente dicha, si mintió fue por omisión, en cualquier caso era mejor no revelarle la verdad.

El jefe de estación asintió, torciendo la boca.

—Comprendo que son pocos y todo eso, pero quedarse cruzados de brazos ante lo que sucede aquí abajo y no intervenir siquiera... —Sacudió la cabeza y luego añadió—: Sabe usted, ese plan de recalificación del que tanto se habla últimamente... Bueno, pues he tenido ocasión de echar una ojeada al proyecto y desde luego no puedo decir que me guste. Tendrá unas repercusiones muy fuertes sobre la estación, la desnaturalizará de forma irremediable. Sin embargo, no veo la hora de que empiecen las obras. ¿Sabe por qué? Buena parte de los sótanos serán arrasados por completo para dejar sitio a una especie de centro comercial. De un modo u otro, se pondrá fin a esta situación, indigna de cualquier país civilizado.

—Si las cosas están tan feas aquí abajo, ¿por qué no resuelven el problema de raíz clausurando todos los accesos?

—¡Clausurar los accesos! ¡Parece muy fácil! Ni siquiera estamos seguros de cuántos hay exactamente. Trabajo aquí desde hace treinta años, he intentado contar no sé cuántas veces los puntos de entrada al subsuelo y nunca he llegado a obtener un número exacto. Aun así, no es que no lo intentemos: cambiamos las cerraduras, ponemos cadenas y candados... Al cabo de unas semanas encontramos las cadenas rotas y las cerraduras forzadas. Hemos instalado portones eléctricos en varias entradas para los vehículos, pero son demasiado lentos y siempre hay alguien que logra colarse dentro antes de que vuelvan a cerrarse. No, créame, tapar todos los agujeros de este colador es prácticamente imposible.

El montacargas se detuvo dando un vaivén. Frente a Mezzanotte se extendía una oscuridad compacta que ni siquiera la potente lámpara del ferroviario conseguía penetrar. Ráfagas de aire húmedo y rancio le acariciaron el rostro y le arrancaron algún que otro escalofrío.

—Espéreme aquí, voy a encender las luces —dijo Belmonte antes de bajar de la plataforma, farol en ristre. Mezzanotte lo siguió con la mirada hasta que desapareció detrás de una esquina. En medio de las tinieblas se oían silbidos siniestros y retumbos lúgubres. A juzgar por el eco que producían, debía de encontrarse en un espacio bastante amplio.

La confirmación le llegó al cabo de unos minutos, al encenderse largas filas de tubos de neón que provocaron una estampida de ratas. Muchas lámparas estaban rotas y algunas parpadeaban, pero eran suficientes para iluminar un ambiente enorme. Bajo un techo de vigas de cemento, entre escombros y basura, una serie de vías separadas a intervalos regulares por grandes pilastras componían una especie de réplica de la zona de salidas situada en el piso superior. El lugar parecía haberse convertido en un vertedero ilegal. Entre otras cosas, Mezzanotte se fijó en unas pilas de tablones, los restos de una moto, un váter partido en dos pedazos y una lavadora corroída por la herrumbre.

Como le explicó Belmonte cuando regresó a su lado, antes de que el tráfico de trenes correo y de mercancías fuera trasladado a otro sitio, aquella terminal, que con razón podía llamarse subterránea, aunque, de hecho, se encontraba a nivel de calle, era tan viva y caótica como su gemela de arriba. Los vagones de mercancías se cargaban y descargaban en las vías, y después los trasladaban lateralmente mediante una mesa de transferencia hasta uno de los cuatro ascensores montavagones —idénticos a aquel con el que habían bajado hasta allí— que los subían a la superficie.

Resultaba difícil de creer en medio de la ruina y el abandono total en el que en ese momento se encontraba. Aquella estación fantasma, escondida en las vísceras de la Central, era tan tétrica y desolada que le ponía a uno la carne de gallina.

Mezzanotte siguió al ferroviario a través de una serie de galerías —algunas lo bastante anchas para permitir cómodamente el paso a los camiones— y grandes superficies otrora destinadas a depósitos, en las que se amontonaban materiales olvidados a saber hacía cuánto tiempo. Una de ellas estaba atestada de láminas de amianto; en otra se veían centenares de fiambreras militares que por su aspecto debían de datar de la Segunda Guerra Mundial. Algunas tenían rastros de haber albergado campamentos más o menos recientes: mantas mugrientas tendidas sobre cartones, mochilas y bolsas llenas de ropa, jeringuillas y preservativos usados, todo tirado por el suelo. Pero en aquellos momentos no se veía allí ni un alma.

La pared de detrás de una gran tubería que discurría a lo largo de un túnel formaba una especie de nichos que podían utilizarse como yacijas. Allí encontraron a un par de individuos agazapados a los que Mezzanotte sacudió para que se despertaran. Quería hacerles unas cuantas preguntas, pero uno de ellos era un egipcio aterrorizado que no hablaba ni una palabra de italiano ni de inglés, y el otro estaba demasiado colgado o demasiado trompa para encadenar un par de frases con sentido.

Belmonte lo condujo hasta una de las pocas zonas de los sótanos que todavía estaban en uso. En ella trabajaba el personal de catering que proporcionaba la comida a los vagones restaurante de los Eurostar, los empleados de los almacenes de las tiendas y los bares diseminados por la estación, y los responsables de la distribución de los periódicos provenientes del extranjero. Mezzanotte habló con muchos de ellos, y todos le pintaron un cuadro alarmante: no era seguro trabajar allí abajo, rondaba por aquellos lugares gente muy mala, mala de verdad, los almacenes eran saqueados un día sí y otro también, y no era extraño que se produjeran agresiones y atracos a punta de navaja o bajo la amenaza de una jeringuilla infectada. Preguntó también por el Fantasma, pero no obtuvo ningún resultado positivo. Nadie recordaba a ningún individuo que correspondiera a su descripción.

Luego le presentaron a Giusi, una especie de institución en los sótanos. Tenía unos setenta años y llevaba por lo menos veinte durmiendo en un cuarto destinado otrora a la clasificación de los paquetes postales, junto a una pequeña manada de gatos. Cada mañana barría el suelo de toda la zona y, a cambio, los empleados de los Ferrocarriles y los operarios le llevaban comida para ella y leche para sus gatos. Se decía que había sido secretaria, pero nadie sabía qué era lo que había hecho descarrilar su vida.

Era una viejecilla amable, con las manos deformadas por la artritis y una mirada dulce y opaca. Llevaba viviendo en aquel sitio tanto tiempo que lo consideraba su casa. Casi nunca salía al aire libre, y ya no se adaptaría a vivir en ningún otro lugar. Unos años atrás, el Centro de Escucha se interesó por su caso y le encontró alojamiento en un asilo, pero ella solo aguantó unos pocos días, se escapó enseguida y volvió al subsuelo de la Central.

A Mezzanotte se le encogió el corazón al darse cuenta de los esfuerzos que hacía la anciana para que aquel ambiente sórdido y desnudo resultara más confortable. Aparte de un palé sobre el que, a modo de colchoneta, había tendido varios sacos viejos de arpillera con el emblema del Servicio de Correos, el mobiliario de la estancia estaba constituido por una silla con el asiento roto, una mesa sobre la que se veía una plantita moribunda y una gran maleta abierta sobre un carrito de metal. Colgados de la pared había un crucifijo y un calendario descolorido del Fraile Adivino correspondiente al año 1997. Todo estaba limpio y ordenado con meticulosidad, teniendo en cuenta las circunstancias.

Pese a que los años pasados bajo las luces de neón habían acabado por dejarla medio ciega y aunque su cabeza ya no regía del todo, Riccardo intentó interrogarla.

—¿El Fantasma? —respondió la mujer sin dejar de acariciar al minino que estaba acurrucado en su regazo, mientras otros dos se restregaban contra sus piernas—. Ah, ¡sí! Aquí abajo hay fantasmas. No uno solo. Muchos. Blancos, negros, de todos los colores. Pero yo no tengo miedo. No molesto a nadie y nadie me molesta a mí. El blanco, una vez me quitó un gato. Pero cuando intentó repetir la operación le dije que eran míos, que no los tocara, y desde entonces me ha dejado en paz. Esta es mi casa, vivo aquí desde hace mucho tiempo y todos me conocen. Solo quiero seguir aquí tranquila, ¿es mucho pedir? Piense que los de ahí abajo también querían que me fuera con ellos, pero yo les dije que no. No habrá venido usted a llevárseme, ¿verdad?

Mezzanotte renunció a seguir haciéndole preguntas. No había entendido mucho de aquel vaniloquio, salvo que tal vez había descubierto de dónde había sacado el Fantasma una de sus víctimas sacrificiales. Le dejó un par de paquetes de galletas, y la viejecilla no paraba de agradecérselas.

—Y ahora lléveme al albergue diurno —dijo Riccardo al jefe de estación. Según Fumagalli y el propio Belmonte, el núcleo originario y el corazón del Hotel Infierno era la zona del antiguo albergue diurno, situada bajo la Galleria delle Carrozze y el vestíbulo de las taquillas.

Mientras recorrían un pasillo interminable, abarrotado de escombros, en el que parecía que nadie había puesto los pies desde hacía años, Mezzanotte pensó que los sótanos de la estación bien merecían el nombre que le habían puesto. En verdad había algo semejante a los círculos del infierno de Dante en los lúgubres meandros infestados de restos humanos por los que estaba adentrándose, con el ferroviario haciendo las veces de Virgilio. De la época del instituto le vinieron a la memoria unos versos, que recitó para sus adentros. Le pareció que se ajustaban al lugar a la perfección.

> *Por mí se va a la ciudad doliente,*
> *por mí se va al sufrimiento eterno,*
> *por mí se va tras la perdida gente.*

Después de unos cuantos tercetos de los que ya no se acordaba venía aquel verso famosísimo, de todos conocido, pero evitó repetirlo porque no le pareció de buen augurio.

> *Dejad los que aquí entráis toda esperanza.*

Siguieron adelante hasta que Belmonte se detuvo ante una puertecita de hierro y empezó a trastear con el gran manojo de llaves que colgaba de su cinturón.

—Aquí lo tiene —dijo abriéndola de par en par y dejando a la vista unos peldaños de piedra que desaparecían en la más absoluta oscuridad—. El albergue diurno está al final de esa escalera. Buena suerte.

—¿Por qué? ¿Usted no viene? —exclamó con sorpresa Mezzanotte.

—Ni se me ocurriría. Yo lo espero aquí. Usted no tiene ni idea de lo que puede encontrarse ahí abajo —dijo el ferroviario moviendo el dedo índice de un lado a otro para subrayar su negativa—. Espero que su linterna tenga las pilas bien cargadas. No hay electricidad. Si se apagara, se quedaría completamente a oscuras.

«Pues hemos perdido también a Virgilio», pensó Riccardo dando vueltas a la linterna, que llevaba en la mano. Luego la encendió y empezó a bajar los peldaños.

Inmediatamente después de colgar, Laura se tumbó en la cama, bañada en sudor. Estaba agotada y eufórica a un tiempo. Acababa de hacer las que probablemente habían sido las dos llamadas más difíciles e importantes de su vida, y habían ido bien. Las dos habían ido bien. Sentía un alivio tan grande que tenía ganas de reír y llorar a la vez.

Aquella mañana, solo unas horas antes, estaba braceando para intentar mantenerse a flote, presa de un pánico total. Habían pasado dos días desde que había hecho a Sonia la promesa solemne de que la sacaría de apuros, y seguía sin tener la más mínima idea de cómo cumplirla. Le quedaban otros dos para evitar que la muchacha cometiera alguna temeridad. Si se quitaba la vida, sería también culpa suya. ¿Cómo podría vivir con una responsabilidad semejante?

Luego, examinando detalladamente la página de internet de la comunidad terapéutica de la Toscana, descubrió que entre sus principales patrocinadores estaba Gestbank. Ese nombre le resultaba familiar. Si mal no recordaba, era el banco de inversiones presidido por Girolamo Tozzi, cuya esposa, Maddalena, había sido muy amiga de su madre hasta poco tiempo atrás. En un momento dado, incluso se les había metido en la cabeza llegar a un arreglo entre sus hijos, que tenían más o menos la misma edad, diecisiete años ella, y uno más él. Solange le dio tanto la lata que al final Laura aceptó salir un día con el chico, Ottavio Tozzi. ¿Qué tal había ido la cosa? Un desastre. En el restaurante, Ottavio la puso mala parloteando sin cesar de fiestas a las que ella no había asistido, de reservados de locales de los que ella no había oído hablar nunca, y de cómo se codeaba con famosos a la mayoría de los cuales ella no conocía; además, fue por lo menos tres veces al baño para volver sorbiendo por la nariz y restregándosela de un modo sospechoso. Para que resultara aún más desagradable, a todo ello se le sumó la conciencia que el don le proporcionó de que durante toda la cena el muy cernícalo no estaba haciendo más que paladear de antemano el momento en el que se la follaría. Y no es que hiciera falta poseer facultades especiales para intuirlo, dada la insistencia con la que, antes incluso de llegar al postre, se puso a juguetear con sus pies por debajo de la mesa. Una vez en el coche, se le echó encima literalmente y la muchacha tuvo que darle un rodillazo en la entrepierna para apagar sus ardores.

Laura sospechaba que Ottavio Tozzi no era del todo ajeno al hecho de que sus padres subvencionaran con tanta generosidad una comunidad de rehabilitación de toxicómanos. Aquello quizá le proporcionara una posibilidad de salvar a Sonia. Solo esperaba que, fuera lo que fuese lo que había enfriado sus relaciones con Solange, no hubiera dejado demasiados resquemores en Maddalena, y que esta hubiera olvidado el infausto resultado de la cita entre ella y el presuntuoso gilipollas de su hijo.

En cualquier caso, el tiempo apremiaba, así que se armó de valor y la llamó por teléfono. Al principio, la mujer mantuvo una actitud de frialdad distante, pero, en cuanto Laura empezó a hablar de su experiencia en el Centro de Escucha, prestó mucha atención y se mostró más participativa. Cuando acabó de contarle la dramática historia de Sonia, la señora Tozzi, profundamente conmovida, le garantizó que las puertas de la comunidad estarían abiertas de par en par para su protegida a partir del día siguiente. Con todo el dinero que su marido y ella ingresaban en sus cuentas, era un favor que desde luego no podían negarle.

Faltaba organizar la fuga de Sonia, pero en esos momentos lo más difícil estaba hecho. Ya se inventaría algo para librarla de las garras de Artan antes del sábado.

Estimulada por ese éxito, decidió volver a llamar a Ester Limentani. La superviviente de la Shoah representaba la única posibilidad de entender qué era lo que estaba ocurriendo en su cabeza. Desde hacía ya algunos días venía diciéndose que antes de darse definitivamente por vencida tenía que intentarlo, por lo menos, una vez más, pero hasta ese momento lo había ido aplazando, aterrorizada por lo que supondría para ella si no lograba hacerle cambiar de idea. Sería todo más sencillo si pudiera contarle la verdad, pero, por desgracia, esa opción debía descartarla de antemano, si no quería que Ester la tomara por loca, cosa que, por otra parte, de momento no podía descartar.

Hasta tal punto le temblaban las manos que no fue capaz de marcar el número hasta el tercer intento.

—¿Diga? —respondió la misma voz fina y vacilante de la vez anterior.

—Buenos días, señora Limentani. Soy Laura Cordero. No sé si se acuerda de mí, ya hablamos hace unos días...

—Claro que me acuerdo, señorita. No es que reciba precisamente muchas llamadas.

—Yo... Bueno..., la primera vez que hablamos no fui totalmente sincera con usted. Sí, estoy haciendo una serie de investigaciones sobre los judíos deportados desde la Estación Central, pero la universidad solo tiene que ver en parte con esa labor. Por motivos personales que me resulta un poco difícil explicarle, lo que en verdad deseo es descubrir qué fue de dos niños a los que creo que metieron en el mismo convoy con destino a Auschwitz en el que se encontraba usted. Amos y Lia Felner.

—Amos... —exclamó la buena mujer, exhalando mitad un suspiro y mitad un gemido.

—Sí, señora. El IIJC los da a él y a su hermana por desaparecidos. Estoy intentando averiguar qué les pasó, y esperaba que usted pudiera ayudarme. Amos tenía su misma edad, tal vez lo conociera. Se lo ruego, es muy importante para mí.

A Laura le pareció que el silencio que siguió a sus palabras se dilataba de forma desmesurada y amenazaba con tragársela.

—Sí, conocía a Amos —murmuró al fin la mujer—. Lo conocía muy bien.

Ester Limentani había intentado escabullirse otra vez, pero era evidente que aquel nombre le había removido algo en su interior. A Laura no le había hecho falta insistir mucho para que capitulara. Tenía que ingresar unos días en el hospital —nada preocupante, solo unas pruebas de control—, pero podría ir a verla cuando volviera a casa.

Era como si le hubieran quitado un peso de encima. Por primera vez después de varios días Laura podía de nuevo respirar libremente. Tumbada todavía en el futón, se volvió hacia el dibujo a carboncillo colgado sobre el escritorio. Las bailarinas haciendo piruetas que había bosquejado Degas siempre le habían transmitido una sensación de ligereza. Aquello no iba a durar mucho, lo sabía, pero en ese momento era así como se sentía: ligera.

Siguiendo las someras indicaciones para orientarse que le había dado el jefe de estación, Mezzanotte llegó a lo que debía de ser la amplia sala central del albergue diurno. El haz de luz de su linterna encuadró un mostrador de aluminio cubierto de una espesa capa de polvo, escaparates rotos de tiendas y locales, paredes revestidas de un alicatado en otro tiempo blanco, y un techo bajo de paneles de yeso, muchos de los cuales se habían desprendido dejando al descubierto manojos de cables y capas de material aislante. La repentina aparición de un par de ojos rojos que brillaban en la oscuridad lo estremeció. Una rata enorme agazapada en un rincón lo miraba con tal hostilidad que por un instante Mezzanotte tuvo la absurda impresión de que estaba a punto de atacarlo. Sin embargo, se alejó con un brinco repentino.

Según lo que le habían contado Fumagalli y Belmonte, que habían llegado a verlo en activo antes de que cerrara a comienzos de los años ochenta, al final del largo declive que había empezado con el boom económico, en su época de oro el albergue diurno de la Central estaba siempre atestado de viajeros, que necesitaban quitarse de encima el cansancio y el hollín después de un largo trayecto en tren, y de muchísimos habitantes de la zona que por entonces no tenían cuarto de baño en casa. Un poco balneario y otro poco centro comercial, el lugar ofrecía una serie de servicios relacionados con la higiene y el bienestar personal, como baños y duchas, peluquería y manicura, pero también servicio de lavado y planchado, limpiabotas, teléfonos públicos y pequeñas habitaciones en las que descansar unas horas. A la entrada principal, posteriormente tapiada, se accedía a través de unas escaleras que conducían al metro. Había también cuatro ascensores, en ese momento fuera de funcionamiento, que subían al vestíbulo de las taquillas y a las salas de espera de la planta de las llegadas y salidas, además de las entradas secundarias para el personal y los proveedores.

Mezzanotte comenzó el registro por el primer pasillo que tenía ante sí, a cuyos lados había sendas filas de puertas. Todas y cada una de las estancias en las que entró habían sido convertidas en dormitorios. Míseras yacijas improvisadas, hasta seis o siete por habitación, estaban diseminadas por el suelo, cubierto de desechos de todo tipo, entre los restos decrépitos del mobiliario. El Hotel Infierno estaba al completo.

Al ser de día, muchos de sus ocupantes no se encontraban allí en ese momento. Mezzanotte intentó hablar con los que no habían tenido fuerzas o ganas de arrastrarse hasta el exterior en busca de comida, alcohol o drogas, pero sus preguntas topaban con miradas asustadas, hostiles o sencillamente vacías, y las bocas permanecían cerradas a cal y canto. Ni siquiera el reparto de las vituallas que llevaba en la mochila consiguió romper aquel obstinado silencio.

Acababa de asomarse a un umbral tras el cual se perfilaban las siluetas de unas lavadoras enormes, cuando de la nada, en medio del círculo de luz de su linterna, surgió una figura que le salió al encuentro amenazadoramente. Mezzanotte dio un salto atrás llevándose de un modo instintivo la mano a la pistola, pero recordó que se la había dejado en el despacho. Verse envuelto en un tiroteo estando fuera de servicio, en un sector de la estación al que no debería haber ido, era una de las cosas de las que no sentía necesidad alguna.

En cualquier caso, el hombre no tenía nada contra él, parecía que ni siquiera se había dado cuenta de su presencia. Llevaba solo unos pantalones harapientos y su esquelético cuerpo estaba cubierto de pústulas y costras. Tenía una goma hemostática atada alrededor del bíceps y en la cavidad del codo le colgaba una jeringuilla con la aguja clavada. Se arrastraba dando tumbos por la habitación, de la que salía un olor pestilente a excrementos y a sudor rancio, farfullando palabras incomprensibles. En la lavandería había otras tres personas, dos hombres y una mujer, tumbados en el suelo, también colocados y en un estado lamentable.

«¡Dios santo! ¿Dónde coño me he metido?», pensó Riccardo mientras el corazón le martilleaba dentro del pecho por el susto que se había llevado. Aquella escena alucinante parecía sacada directamente de *La noche de los muertos vivientes*.

Pese a todo lo que le habían contado sobre los sótanos, no estaba preparado para lo que se encontró. No se imaginaba que allí abajo hubiera tanta gente, ni que vivieran en condiciones tan atroces, en medio de la basura, rodeados de ratas y cucarachas. Si pensaba que la marginación y la degradación generalizadas de la Central representaban un problema serio..., hasta ese momento no había tenido ni la menor idea de lo grave que era en realidad. Tuvo que esforzarse para sofocar la sensación de náusea y seguir adelante con su exploración.

Al entrar en la última sala, al fondo del pasillo, vio enseguida que allí había algo distinto. Estaba completamente vacía y, aparte del polvo y las telarañas, se encontraba en bastante buen estado. Con independencia de la función a la que estuviera destinada originalmente, a diferencia de las demás estancias, había sido desmantelada por completo y despejada. Pero, sobre todo, de todas las que había visitado, era la única en la que no había ninguna señal de que durmiera alguien en ella. Se preguntaba por el motivo cuando con la linterna iluminó algo que destacaba en una de las paredes. No era un grafiti dibujado deprisa y corriendo con espray, de los que estaban plagados los sótanos. Era un auténtico mural, ejecutado con mucho esmero y cierta pericia, utilizando pintura y pinceles. Descolorido y desconchado, debía de datar de hacía varios años.

Representaba a una mujer que surgía del mar, desnuda, salvo por las ricas joyas que la adornaban. De la cola de pez que se veía a un lado se deducía que era una sirena. Su piel era de color café con leche y tenía una espesa cabellera negra, labios rojos y carnosos, y sus grandes senos le conferían una poderosa sensualidad. Dos serpientes se enrollaban sinuosamente alrededor del cuerpo y los brazos de aquella criatura, levantados como en una especie de danza. Su mirada, cuya benévola serenidad daba la impresión de ser solo una apariencia ambigua y engañosa, tenía algo magnético que hacía que costara trabajo apartar la vista de ella.

Mezzanotte se fijó en que había algo en el suelo, a los pies del mural, así que se acercó a ello apuntando con la linterna el pequeño montón de fruslerías. Entre otras cosas, distinguió un peine, un espejito, un reloj, algunas conchas, un frasquito de licor y unos pendientes. El polvo que los cubría indicaba que llevaban allí mucho tiempo. Algunos de aquellos objetos tenían algo de valor, le pareció extraño que nadie los hubiera afanado. Se agachó un poco y alrededor de aquellos objetos distinguió restos de lo que parecía cera de velas y manchas oscuras que bien podrían ser grumos de sangre coagulada.

Vudú, fue la idea que se le pasó por la mente.

Se levantó y, meditabundo, se quedó contemplando el mural. Al cabo de unos minutos, se recobró y miró el reloj. Belmonte le había dicho que le concedería como mucho un par de horas y ya había pasado una; tenía que apresurarse si quería darse una vuelta también por el viejo cine de la estación. Cogió el móvil, sacó unas cuantas fotos de la pintura de la pared y de los chismes depositados en el suelo, y volvió sobre sus pasos.

Tardó un poco en localizar el pasillo de servicio que, según le había explicado el empleado de los Ferrocarriles, unía el albergue diurno con la sala de cine.

El pequeño vestíbulo, con su mobiliario años sesenta, permanecía sorprendentemente intacto. Daba la impresión de que había sido abandonado deprisa y corriendo en mitad de una sesión y que desde entonces no había vuelto nadie por allí. Aún había fajos de entradas junto a la caja, una máquina de palomitas sobre el mostrador del bar y algunos carteles de películas colgados de las paredes. Entre los títulos anunciados, *A todo riesgo*, *La espía se desnuda* o *Quatermass 2*.

Una cortina de terciopelo muy raída daba paso al patio de butacas. Al apartarla con la mano, Mezzanotte vio un resplandor al fondo de la sala, bajo el rectángulo de tela cenicienta y rasgada de la pantalla. Unas cuantas mujeres estaban atareadas alrededor de un fuego, mientras que, un poco más allá, algunos hombres fumaban cigarrillos sentados en círculo en el suelo. Las mujeres llevaban el rostro cubierto por un velo, y los hombres tenían cabellos negros y piel oscura. Sus rasgos tenían algo de oriental. Mezzanotte avanzó sonriendo entre las filas de butacas de madera con las manos en alto, dando a entender que sus intenciones no eran hostiles. Todos se lo quedaron mirando sorprendidos; luego, el más viejo del grupo, que tenía la cabeza envuelta en una especie de turbante, le hizo señas para que se acercara y lo invitó a sentarse con ellos. Las mujeres estaban preparando té, le dijo, no tardaría en estar listo. Hablaba un italiano balbuceante, pero se hacía entender. Mezzanotte abrió su mochila y le ofreció las provisiones que le quedaban. Los hombres rechazaron el vino, porque, como buenos musulmanes, no bebían alcohol, pero no dudaron en aceptar las galletas y los *crackers*, que se repartieron con las mujeres atareadas junto al fuego.

Le dijeron que eran un grupo de prófugos afganos de etnia hazara, perseguida con particular encarnizamiento por los talibanes. Obligados a huir de su país, habían llegado a Milán hacía ocho meses y habían solicitado asilo. Como los centros de acogida estaban llenos y nadie les había planteado soluciones alternativas —sencillamente habían sido abandonados a su suerte—, habían acampado en los alrededores de la Central a la espera de que su solicitud fuera atendida. Pero el invierno estaba ya a las puertas y, cuando el frío empezó a hacer mella en ellos, no encontraron mejor resguardo que el que ofrecían los sótanos de la estación. Pensaban que se quedarían en aquel alojamiento provisional unas pocas semanas, pero aún seguían allí, no sabían cuándo les concederían la condición de refugiados ni si se la concederían.

Nadie preguntó a Mezzanotte quién era ni qué hacía allí. ¿Sospechaban que era policía? Quizá sí, pero no les importaba. Por lo demás, tenían pinta de ser buena gente que no tenía nada que temer de la ley.

Una de las mujeres se acercó al grupo de hombres con unos vasos de plástico humeantes sobre un trozo de cartón a modo de bandeja y, pese a las protestas de Riccardo, quiso a toda costa que fuera él el primero en servirse. Era *kahwah*, le explicaron, una infusión a base de hojas de té verde, cardamomo, clavo y canela, y unas cuantas almendras troceadas añadidas al final. La receta original incluía azafrán y pétalos de rosa, pero, por desgracia, carecían de ellos. De todos modos, Mezzanotte encontró deliciosa aquella bebida, especiada y cargada de aroma.

Observó a los hombres sentados en círculo con las piernas cruzadas. A pesar de todo lo que habían pasado y de las miserables condiciones en las que se veían obligados a vivir, habían sabido mantener la dignidad y el decoro, y sus ojos reflejaban orgullo. Era imposible no sentir admiración por ellos. Mezzanotte preguntó si habían intentado recurrir al Centro de Escucha y, al oír su respuesta negativa, los animó a hacerlo; tal vez allí encontrarían ayuda.

Cuando les preguntó sobre el Fantasma, quien respondió fue un chico de unos dieciséis años que hasta ese momento se había limitado a escuchar las palabras de los adultos y no había abierto la boca.

—Yo cree que ha visto hombre así —dijo con timidez, y luego, por indicación de sus compatriotas, que asintieron con la cabeza, añadió—: Fue noche de tiros.

—¿Tiros? ¿Qué tiros? —inquirió Mezzanotte, que no estaba del todo seguro de haber entendido bien.

El muchacho le contó lo que había sucedido hacía unas semanas. Se había despertado en plena noche porque en sus oídos retumbaba el estallido de los fusiles de los talibanes durante la irrupción que habían llevado a cabo en su poblado. Pero no se trataba de una simple pesadilla. Lejos, en algún lugar de los sótanos, resonaba lo que parecían disparos de armas de fuego. Salió del saco de dormir, cogió una vela y fue en busca de la fuente de aquel ruido, que lo llevó al albergue diurno. Allí lo vio. El hombre, alto y pálido, corría como un perro al que le hubieran quitado la correa y lo hubieran soltado perseguido por una horda de *jinn*. Un instante, y se desvaneció en la oscuridad. Luego oyó otra cosa. Voces ásperas, pasos pesados. Al fondo del pasillo por el que había surgido el hombre pálido aparecieron unas luces. Asustado, el muchacho apagó la vela y se escondió. Rápidamente apareció un grupo de hombres que registraron la zona con linternas eléctricas. Eran cuatro o cinco, armados con metralletas y pistolas. Solo cuando estuvo bien seguro de que ya estaban lejos, el joven afgano dejó de contener el aliento.

—¿Qué aspecto tenían? —preguntó Mezzanotte—. ¿Podrías describírmelos? ¿Eran blancos o de color?

—Yo no sabe. No visto. Ellos tiene..., tiene...

En vez de pronunciar la palabra que no le salía, hizo con las manos el gesto de ponerse algo sobre la cara.

—¿Pasamontañas?

El muchacho asintió con decisión.

—Yo no sabe cómo ellos aspecto. Yo solo sabe que ellos gente mala. Yo cree que, si ellos ve a mí, yo ahora no contar aquí.

Mezzanotte no pudo dejar de pensar en las palabras de Dal Farra: «Se está preparando una guerra». La historia que contó el joven afgano arrojaba una luz siniestra sobre la advertencia del profesor.

Se había hecho tarde; si no espabilaba, corría el riesgo de que el jefe de estación lo dejara plantado. Ya se había despedido y les había deseado buena suerte a todos, cuando se le ocurrió otra pregunta.

—Ahí —dijo—, en una de las salas del viejo albergue diurno, hay una mujer pintada en la pared, con unas serpientes enrolladas en su cuerpo. ¿La habéis visto?

El hombre del turbante hizo un gesto de asentimiento.

—¿Por qué no duerme nadie allí? Todas las demás habitaciones están ocupadas, esa es la única que está vacía. ¿A qué se debe?

—Nadie entra allí. Gente en albergue dicho a nosotros que es habitación de los de ahí abajo. Ellos tiene miedo.

«Los de ahí abajo» era una expresión que a Riccardo le parecía haber oído ya. Cierto, en su momento no le había prestado atención, pero la había soltado Giusi, la anciana pordiosera que vivía en el depósito de correos, en medio de su perorata.

—¿Y quiénes serían esos de ahí abajo? ¿Sabéis algo vosotros?

—No, nosotros no sabe. Ellos no dice, da miedo solo hablar. Nosotros pensado esto, que es espíritus malos.

9

Lo primero que hizo Riccardo Mezzanotte al volver de los sótanos fue llamar por teléfono al profesor Dal Farra y describirle el mural que había visto en el albergue diurno. El antropólogo no tuvo ninguna duda.

—Se trata de Mami Wata, inspector —dijo—, un vodún de las aguas, de difusión bastante reciente, que, englobando algunas de sus características, ha suplantado a varias divinidades y espíritus acuáticos del panteón tradicional. Su culto, predominantemente femenino, promete a sus adeptos riqueza, éxito y fecundidad, y confiere poderes adivinatorios y curativos a sus sacerdotisas. La iconografía la representa como una mestiza extraordinariamente hermosa y peligrosamente sensual, que puede adoptar tanto los rasgos de una sirena como los de una encantadora de serpientes. En cuanto a los objetos que ha encontrado a sus pies, son ofrendas del agrado de la diosa.

Dal Farra se disponía a seguir hablando, pero Mezzanotte lo cortó. No tenía tiempo que perder; de momento, le bastaba con la confirmación de que la presencia del mural indicaba que en los sótanos se practicaba el vudú.

Acto seguido fue en busca de Amelia, a quien preguntó qué

sabía sobre «Los de ahí abajo». La vieja bruja estalló en carcajadas riéndosele en la cara.

—¿De verdad te interesa, madero? Son solo habladurías que se cuentan aquí, en la estación, de esas que te meten el miedo en el cuerpo, como las del coco o el lobo malo. Cosas que nadie se cree en realidad...

A juzgar por lo que le contó Amelia, la versión de la historia que más predicamento tenía —pues circulaban diversas variantes—, en un lugar secreto y recóndito en las profundidades de la Central desde hacía años vivía, sin reglas ni leyes de ningún tipo, una comunidad de viejos drogatas y pordioseros que se habían quedado ciegos, habían enloquecido y se habían vuelto caníbales debido a su larga permanencia bajo tierra. Cada vez que, como sucedía constantemente, desaparecía de la noche a la mañana algún miembro de su círculo de borrachuzos y no volvía a tenerse noticias de él, había alguien que saltaba y decía:

—Se lo habrán llevado «Los de ahí abajo» para comérselo.

Aquella pista parecía un callejón sin salida. Solo una más de las extravagantes leyendas metropolitanas, fruto de la fantasía enfermiza de la gente de la Central.

De todos modos, Mezzanotte no podía quejarse. Su expedición al Hotel Infierno no había sido en absoluto infructuosa. Además del mural, estaban los dos avistamientos del Fantasma, el de Giusi y el del muchacho afgano. Los dos venían a demostrar que la indicación de Amelia era acertada. Una vez más, la diabólica viejecilla había visto las cosas con claridad: tenía que buscar a su hombre en los sótanos. El sujeto debía de conocérselos al dedillo —lo que explicaría que fuera capaz de aparecer y desaparecer en cualquier punto de la estación sin dejar rastro alguno—, y sin duda tenía en ellos alguna guarida donde llevaba los animales y donde, en el curso de ceremonias sacrificiales, los mataba probablemente conchabado con otros, aunque hasta ese momento todo daba a entender que actuaba solo.

Pero Riccardo empezaba a sentir en su interior una especie de hormigueo, la sensación de que detrás de todo aquello había algo más. Mucho más. Por preocupantes que fueran en sí mismas, las muertes de los animales quizá fueran tan solo la punta del iceberg. Parecía que alrededor del Fantasma se movieran otras fuerzas oscuras y amenazadoras. El mural era viejo, con toda seguridad tenía ya muchos años. ¿Cuánto tiempo hacía que se celebraban ritos vudú debajo de la estación? ¿Y qué demonios hacían en los pasillos del albergue diurno unos hombres armados hasta los dientes? ¿Quiénes eran? ¿Y por qué, como daba a entender el relato del joven prófugo afgano, perseguían al Fantasma?

¿Era posible que algunas bandas de delincuentes hubieran visto una buena oportunidad en aquel inmenso espacio subterráneo abandonado, olvidado por todo el mundo, que no estaba sometido a la más mínima vigilancia? Quizá usaban los sótanos como guarida, o tal vez para esconder mercancía que les quemaba en las manos (armas, objetos robados, droga). Tal vez en un determinado momento dos bandas enfrentadas habían entrado en conflicto por el control del territorio, y una de ellas, entre cuyas filas había quizá nigerianos, utilizaba el vudú con fines intimidatorios. ¿Cabía la posibilidad de que fuera aquella la guerra pronosticada por el antropólogo de la Bicocca?

Esa era una reconstrucción de los hechos que ni siquiera a él lo convencía del todo. No cuadraban todos los detalles, decididamente había demasiados «quizás», demasiados «tal vez», pero por el momento no se le ocurría nada más.

«¿Y ahora?», se preguntó. No tardó mucho en darse cuenta de que no tenía otra opción. Para sacar de su madriguera a aquel hombre y a quien pudiera haber detrás de él tenía que patearse los sótanos palmo a palmo, darles la vuelta como a un calcetín. Algo que ni siquiera podía pensar en hacer él solo.

Durante las horas siguientes, hasta bien entrada la noche, se dedicó a pasar a limpio y ordenar todo el material que había recogido sobre el caso, como si se tratara del expediente de una verdadera investigación.

Al final, el dosier constaba de: un mapa actualizado de los lugares donde había encontrado los animales de los que había tenido conocimiento; las fotografías del gato que estaba junto a la fuente; un parte de las informaciones someras suministradas por el punk de los perros al cual habían matado uno de sus animales; el parte de la inspección realizada en la escena del hallazgo del perro callejero en la sala de espera, con sus fotos adjuntas; el informe de la autopsia y los resultados de los exámenes llevados a cabo en el laboratorio del cadáver de este último; un resumen del asesoramiento informal proporcionado por el profesor Dal Farra; el informe oficial de lo que había sucedido la noche en la que encontró el cerdo muerto en la cabina de control, y lo que había descubierto en su expedición a los sótanos.

Como conclusión, encima del montón de documentos que había metido en una carpeta puso una relación sucinta de los hechos, en la que resumía las etapas y los avances de la investigación, y exponía sus consideraciones al respecto. En esas conclusiones tuvo buen cuidado de subrayar con especial énfasis cómo, debido al hallazgo del cerdo, que representaba un salto cualitativo en las dimensiones de las víctimas (después de ratas, gatos y perros), resultaba más claro el peligro de que esas muertes rituales acabaran afectando también a seres humanos, cosa que, aunque con cierta cautela, el especialista en religiones africanas al que había consultado confirmó. Subrayaba además el hecho de que muchos elementos indicaban que el principal y, por el momento, único sospechoso, el individuo todavía por identificar conocido como «el Fantasma», con toda probabilidad se escondía en algún rincón de los laberínticos meandros que se extendían por debajo de la estación.

Mezzanotte quedó bastante satisfecho. Desde luego, no faltaban lagunas y puntos oscuros, pero, teniendo en cuenta los medios limitados de los que había dispuesto, le pareció que había realizado un buen trabajo y que este suministraba indicios sólidos en apoyo de sus teorías. Solo había un pequeño problema:

todo aquello no eran más que labores de investigación llevadas a cabo sin autorización y al margen de cualquier procedimiento oficial.

Al día siguiente, cuando empezaba el turno, se coló en el despacho del comisario Dalmasso antes de que él llegara, le dejó el expediente encima de la mesa, y se quedó esperando a que estallara la bomba. Sabía que corría un riesgo, pero no había otro camino. Solo la apertura de una investigación oficial pondría a su disposición los medios necesarios para resolver el caso. Quizá no hubiera todavía elementos suficientes para remitir una notificación de delito a la fiscalía, pero Dalmasso tenía la facultad de autorizar una investigación preliminar con el fin de reunirlos.

La espera no había sido nunca su punto fuerte, así que, cuando, ya casi al anochecer, poco antes de acabar su jornada, Fumagalli lo llamó por fin para informarle de que su superior deseaba que se presentara urgentemente en su despacho, tenía los nervios de punta.

Suspiró profundamente y se dirigió al despacho de Dalmasso. El comisario debía de estar cabreadísimo, era inevitable, pero Riccardo esperaba que esta vez las cosas que había descubierto relegara a un segundo plano cómo las había descubierto.

Eso esperaba.

—Ha llevado usted a cabo a escondidas una investigación ilegal haciendo caso omiso de las órdenes concretas que había recibido. ¿Tiene usted idea de lo grave que es eso? Hasta ahora he tenido paciencia, pero su conducta es inadmisible, inspector, y no tengo la más mínima intención de tolerarlo. Recibirá una amonestación por escrito, y al próximo lío que me arme pediré que lo suspendan de empleo y sueldo. ¿Entendido? ¡Téngalo por seguro, haré que lo suspendan de empleo y sueldo! Y ahora, ¡fuera de aquí! ¡Salga ahora mismo, Mezzanotte! ¡Me tiene usted hasta más arriba de...!

El comisario estaba tan congestionado que parecía que le fuera a dar una apoplejía y sus gritos siguieron al inspector hasta más allá de la puerta del despacho y por todo el pasillo. Mezzanotte lo recorrió cabizbajo y apretando los puños bajo las miradas atónitas de sus compañeros, a quienes los alaridos de su superior habían dejado petrificados. Tenía que irse, salir de allí de inmediato, antes de estallar y hacer algo de lo que luego se arrepentiría, por ejemplo, agarrar de los pelos a Carbone, que, apoyado en el quicio de la puerta de la sala de oficiales, estaba disfrutando del espectáculo, y aporrear contra la pared aquella cara suya siempre bronceada hasta arrancarle aquel puto gesto de satisfacción. Unos minutos antes, mientras Dalmasso le decía de todo, había estado a punto, lo que se dice a punto, de tirarle la mesa encima con todo lo que había en ella y de mandarlo a tomar por culo. Quedarse calladito y dar media vuelta sin decir ni pío, limitando de ese modo las consecuencias de su insubordinación a la susodicha amonestación por escrito que, en cualquier caso, acabaría en su expediente personal, ya catastrófico, le había exigido un esfuerzo enorme.

Hecho una furia, se metió en el cuartito largo y estrecho, carente de ventanas, que hacía las veces de vestuario. Al abrir su taquilla se dio cuenta de que le temblaban las manos. La cerró varias veces de un portazo gritando:

—¡Joder, joder, joder!

Luego apoyó en ella la frente; en el frío contacto del metal encontró un momentáneo alivio.

Salió de la estación con la bolsa al hombro, abriéndose paso a empujones entre las riadas de trabajadores de la periferia que circulaban en sentido contrario, ansiosos por coger el tren que los llevaba de vuelta a casa. Estaba todavía lleno de rabia y frustración por la forma en que habían ido las cosas con Dalmasso. ¡Mierda! ¿Cómo podía ser aquel hombre tan obtuso y limitado?

Ni siquiera había querido hablar de nada de lo que sus investigaciones habían sacado a la luz. «Los fantasmas no existen», le había dicho en un momento dado, con un sarcasmo hiriente. Y cuando él había replicado que aquel sí que existía, que lo había visto con sus propios ojos la noche en que había subido a la cabina de control en compañía de Colella, su superior había mandado llamar a este último. Filippo, totalmente consternado, no lo había respaldado: confirmó que Mezzanotte se había puesto a gritar de pronto: «¡Aún seguía aquí!» y a continuación se había lanzado en persecución de alguien, pero al Fantasma propiamente dicho no, él no lo había visto. En ese momento el comisario se puso fuera de sí. Lo acusó sin ambages de estar enfermo de protagonismo, de haberse inventado toda aquella historia para atraer la atención sobre su persona, con la esperanza de acelerar así su regreso a la Brigada Móvil, que de su fantasmagórico asesino de animales no le interesaba nada a nadie.

¿Había sido un idiota al hacerse la ilusión de que las cosas iban a salir de otra forma? En cualquier caso, no tuvo más alternativa, era el único modo de conseguir que se abriera una investigación, seguía repitiéndose, mientras, con su habitual petulancia de Pepito Grillo, la vocecita que habitaba en su cabeza le susurraba la verdad, que había una alternativa: olvidarse de todo aquel asunto y dedicar sus energías a recoger los cascos rotos de su maltrecha carrera y de su vida e intentar recomponerlas.

Bajó de la acera para cruzar la Galleria delle Carrozze sin levantar ni siquiera los ojos para mirar a su alrededor y se dirigió a la boca del metro.

—¡Inspector!

Un coche que acababa de arrancar se vio obligado a dar un brusco frenazo para no atropellarlo. Riccardo fulminó al conductor con una mirada tal que el hombre desistió de increparlo.

—¡Inspector Mezzanotte, me refiero a ti!

Riccardo volvió la cabeza. Era la agente especializada Nina

Spada, montada en una gran motocicleta cromada. Llevaba unos pantalones ceñidísimos de cuero negro y una cazadora, también de cuero, llena de tachuelas y cadenas, desabrochada sobre una camiseta cortita que dejaba a la vista un piercing en el ombligo.

—Tienes pinta de necesitar urgentemente tomar una copa —le dijo ella con una sonrisa—. Voy a un bar, ¿quieres venir?

Por un instante Mezzanotte no supo qué decir, pero acto seguido se encogió de hombros. «¡A tomar por culo! ¿Por qué no?», pensó. No tenía ningunas ganas de volver a casa: Alice no había dejado todavía de hacerle pagar el lamentable accidente del perro en el frigorífico. Lo que de verdad le hacía falta era un saco de boxeo con el que liarse a puñetazos hasta quedarse sin fuerzas para levantar los brazos, pero cogerse una trompa en compañía de aquella colega tan guapa constituía un plan B estupendo.

Se acercó a la joven agente sin decir una palabra. Cuando estaba a punto de montar en la moto, sonó su móvil. Miró la pantalla. Era Dario Venturi. Dalmasso debía de haberlo llamado por teléfono para contarle lo ocurrido. Rechazó la llamada y apagó el móvil. No tenía ganas de sermones.

—Un día de perros, ¿eh? —dijo Nina poniéndose el casco—. El jefe te ha metido una buena bronca. Se han oído los gritos por toda la Unidad.

—Ya —masculló Mezzanotte, con cara de pocos amigos. Se colocó la bolsa a la espalda usando las asas a modo de mochila y se montó en la moto detrás de ella.

—Ahora agárrate fuerte —dijo Nina. Riccardo puso las manos en la cintura de la chica. Estaba todavía buscando dónde poner los pies cuando esta añadió—: He dicho que te agarraras fuerte. —A continuación le cogió las manos y se las puso encima de su vientre desnudo.

Cuando apretó el pedal de arranque, Mezzanotte notó que bajo sus dedos se le contraían los músculos del abdomen. El motor de la Harley se despertó con un rugido cavernoso. En cuanto salieron de la Galleria delle Carrozze a la piazza IV Novembre, Nina apretó el acelerador y la motocicleta dio un violento tirón y un brinco hacia delante. Desequilibrado por la fuerza del acelerón, Riccardo se vio obligado a pegar su cuerpo contra el de su compañera y a adherirse a su espalda para no caer hacia atrás.

—¿Pero qué coño...?

El bólido salió zumbando como una flecha entre el tráfico vespertino. Los faros de los coches y las luces de la ciudad quedaron reducidos a pequeños cometas de colas multicolores que bailaban a su alrededor. Mezzanotte ya no oía más que la risa de Nina a través del casco, el perfume de sus cabellos en los orificios de su nariz y el aire que le azotaba la cara.

Solo redujo la presión de sus brazos, ya doloridos, cuando la chica se detuvo delante de un pub en cuyo letrero luminoso campeaban, en rojo sobre fondo negro, las palabras «Blue Bikers» y la efigie estilizada de una motocicleta. Mientras recorrían la circunvalación a una velocidad de locos, Riccardo vio varias veces la muerte cara a cara, pero al menos la adrenalina que aquella endemoniada carrera había puesto en circulación dentro de su cuerpo había empezado a atenuar su rabia.

—Agente Spada, eres un puto peligro público —le dijo a su compañera, una vez que esta hubo aparcado en la acera, donde ya se hallaban estacionadas cinco o seis motos, Harleys y otros modelos de gran cilindrada.

—Inspector Mezzanotte, no me imaginaba que fueras tan cagón —replicó ella quitándose el casco y sacudiendo su larga melena rizada—. Venga, entremos. Me muero de sed.

Mezzanotte la siguió al interior de la cervecería. En las paredes, recubiertas de madera, había una enorme variedad de fotos, emblemas, matrículas y cazadoras de tema motero. Los taburetes atornillados al suelo delante de la barra tenían forma de sillín. El aire cargado de humo vibraba con la música heavy metal a un volumen endemoniado. Cuando entraron en el local, tanto los dos camareros como la mayor parte de los clientes, en su mayoría hombres, rigurosamente vestidos de cuero negro y con caras muy poco tranquilizadoras, saludaron a la chica y lo miraron a él con expresión aviesa. Era evidente que la agente especializada Nina Spada era parroquiana del Blue Bikers.

Se dirigieron a una mesita de un rincón de la sala que estaba libre. La joven policía se quitó la cazadora y exhibió una camiseta negra un par de tallas más pequeña que llevaba grabado el careto inquietante de Marilyn Manson, encima del cual podía leerse: «American Antichrist». Acto seguido hizo un gesto a un camarero, que al cabo de unos minutos llegó con dos jarras rebosantes de cerveza negra y un plato de aperitivos.

—Bueno, ¿a qué debo esta invitación? —preguntó Mezzanotte después de zamparse uno de ellos.

Nina posó la jarra de la que acababa de beber un largo trago y, con lenta y estudiada sensualidad, se limpió la espuma pasándose la lengua por el labio superior.

—Desde que llegaste a la Unidad me he preguntado qué clase de tío eres y hoy he pensado que tal vez había llegado el momento de descubrirlo.

Dos pintas de Guinness y tres chupitos de bourbon más tarde, Mezzanotte estaba seguro de dos cosas: la agente Spada aguantaba el alcohol mejor que él y no llevaba sujetador. De hecho, él empezaba a tener las ideas poco claras y la voz pastosa, mientras que Nina parecía todavía fresca como una rosa. Por lo demás, las areolas de sus pezones, dibujadas en relieve sobre el algodón tenso hasta provocar espasmos, no dejaban lugar a dudas. Cuanto más alcohol trasegaba, menos capaz era Riccardo de impedir que sus ojos se apartaran del rostro de ella para posarse en su legendaria talla 95 de pecho, comprimida bajo aquella camiseta tan estrecha. Pero a Nina no parecía molestarle, más bien todo lo contrario, a juzgar por las sonrisitas de complacencia que se le escapaban cuando lo pillaba *in fraganti*.

—¿Cómo es que estás liada con un tipo como Carbone? —le preguntó Mezzanotte mientras blandía un vasito vacío al camarero.

—Manuel no es tan malo, si sabes en qué plan tomártelo.

—¿Un plan tipo liarte a cabezazos?

Nina se echó a reír. Cogió uno de los whiskys que el camarero acababa de dejar encima de la mesa, lo bebió de un trago y dejó el vaso boca abajo.

—Y, además, si tanto te interesa, se lo monta muy bien en la cama...

—Por favor, ahórrame los detalles —respondió él con una mueca de repugnancia.

—Tampoco Manuel puede verte a ti. Te la tiene jurada, ¿sabes?

—No me digas. No me lo habría imaginado nunca.

—Es por lo de esos colegas a los que denunciaste cuando estabas en la Brigada Móvil, ¿no?

Una sombra recorrió el rostro de Mezzanotte. Se percató de que estaba apretando su vaso con tanta fuerza que corría el peligro de romperlo.

—Yo..., yo no... —empezó a decir. Luego se interrumpió y, suspirando, se apoyó en el respaldo de la silla, como un saco desinflándose—. Nada, no tiene importancia.

—Mira, yo personalmente no lo habría hecho nunca y creo que has sido un auténtico gilipollas entrometiéndote, pero si esos policías son de verdad culpables de las cosas de las que los acusan, por lo que a mí respecta los traidores son ellos, no tú, desde luego.

Mezzanotte se la quedó mirando con un gesto en el que se mezclaban el estupor y la gratitud. Le habría gustado decirle algo en señal de agradecimiento, pero la cabeza le daba vueltas como un tiovivo y no le salieron las palabras.

—A propósito —dijo Nina cambiando de tema al tiempo que adelantaba el cuerpo y apoyaba las manos en el antebrazo de él—, tu amigo Colella me ha dicho que tienes unos tatuajes muy bonitos.

—¿Te gustan los tatuajes?

—Mucho. Yo también tengo alguno... Los encuentro... excitantes.

Riccardo sonrió fingiendo desenvoltura. Sostener la mirada de los ojos oscuros y ardientes de Nina no le resultaba fácil.

—Me ha dicho que tienes uno fantástico en el abdomen. Un águila, si mal no recuerdo. Me pregunto cómo puede saberlo. ¿Sois novios?

—Muy graciosa. En el curso de adiestramiento compartimos dormitorio. En cualquier caso, para ser exactos, es un grifo...

—Me gustaría verlo. Ahora.

—¿Quieres que me quite los pantalones, aquí, delante de todo el mundo? —le preguntó él con una risa nerviosa.

—Aquí no, en el baño —dijo muy seria Nina poniéndose en pie. Mezzanotte se quedó de nuevo sin palabras y solo fue capaz de abrir los ojos como platos. Ella se agachó un poco y, haciéndole cosquillas con su cálido aliento, le susurró al oído—: Aprovecha, porque una ocasión como esta no volverá a repetirse.

Atravesó la sala moviendo las caderas de manera provocativa. Cuando desapareció detrás de la puerta del cuarto de baño, no sin antes lanzarle una mirada maliciosa, los ojos de todos los hombres que había en el bar se apartaron del trasero de la chica para converger en Mezzanotte. Apurado, Riccardo empezó a sospechar que no era la primera vez que Nina les ofrecía semejante escena.

Se levantó, sin mucho éxito trató de no tambalearse de manera demasiado evidente, y siguió los pasos de la policía entre los guiños y los codazos de los presentes.

Aún no había cerrado la puerta del todo y ya tenía a Nina encima. La chica lo agarró por los bordes de la sudadera y lo atrajo hacia ella. Se puso de puntillas y lo besó impetuosamente, metiendo una pierna entre las de él.

—¿Y el tatuaje? —murmuró al cabo de un instante, con la voz ronca de excitación.

Mientras la joven se ponía de rodillas y empezaba a desabrocharle el cinturón, Mezzanotte apoyó la espalda contra los azulejos llenos de letreros y grafitis, cerró los ojos y sus pensamientos se desvanecieron.

—¡Joder! ¡Mierda! ¡Joder, joder!... —farfulló cuando el manojo de llaves se le escapó de las manos por tercera vez.

Llevaba al menos un cuarto de hora en cuclillas en el descansillo de la escalera, ante la puerta de su casa, pero no había manera, no conseguía meter la llave en el ojo de la cerradura. ¿Cuánto tiempo hacía que no cogía una trompa como aquella? Durante el trayecto en moto, cuando Nina lo acompañó hasta su domicilio, dos veces estuvo a punto de vomitar. Lo hizo luego, en cuanto se bajó de la Harley. La agente Spada conducía como una endemoniada.

«Y folla de la misma manera», pensó mientras un par de flashes bastante explícitos de ellos dos en el váter del Blue Bikers deslumbraban su nublada mente.

Recogió las llaves y volvió a intentarlo otra vez..., pero ya no había puerta, sino un par de piernas desnudas que un poco más arriba de las rodillas desaparecían bajo el remate bordado de un camisón. Por un momento se quedó pensando cómo podía utilizarse una llave para abrir unas piernas, hasta que por fin levantó la vista.

Alice se elevaba por encima de él, con los pies en el umbral de la puerta, los brazos en jarras y una expresión en igual medida soñolienta y belicosa. El cabello despeinado formaba una especie de corona llameante alrededor de su cabeza.

—Cardo, ¿qué haces ahí en el suelo? ¿Dónde coño te has metido? Te he esperado para cenar, he intentado llamarte, pero tenías siempre el móvil apagado. ¿Sabes qué hora es?

—Yo... —balbució Mezzanotte intentando ponerse en pie—.

No, a decir verdad, no tengo ni idea... Tarde, creo. Me temo que estoy un poco trompa... Me corrijo, muy trompa.

Viéndolo vacilar, Alice intentó sujetarlo. Luego frunció el ceño.

—¿Qué tienes ahí? —dijo.

—¿Ahí? ¿Dónde?

—En el cuello. ¿Es un cardenal o un chupetón? ¿Te han dado un chupetón?

Lo arrastró de mala manera al interior del piso, lo condujo debajo de la lámpara del salón y se puso a examinarlo con minuciosidad. Él dejó que Alice fuera dándole empellones y manotazos, e incluso que lo olisqueara, sin oponer resistencia. No entendía muy bien qué estaba pasando, aunque intuía que no era nada bueno.

—¿Y esto? —preguntó al fin Alice tras un chillido, al pasarle el pulgar y el índice de la mano por la cara.

Riccardo tardó un poco en enfocar bien, pero al final lo vio. Lo que Alice sujetaba entre los dedos era un pelo negro, largo y ondulado.

—¿Con quién has estado? ¿Eh? ¿A quién te has tirado? A una guarra, me parece a mí, por el perfume que te ha dejado.

Riccardo abrió la boca, y al no encontrar nada sensato que responder, volvió a cerrarla. Se esforzó por poner orden en sus ideas, pero las sentía blandas y pegajosas dentro de su cabeza, como goma de mascar. Antes de conseguirlo, una nueva arcada lo obligó a catapultarse al baño.

Vomitó largo rato, abrazado a la taza del váter. Luego debió de quedarse dormido, o tal vez perdió el conocimiento, no lo sabía. Lo cierto era que, al despertarse a la mañana siguiente, bastante tarde ya, no recordaba nada de lo que había sucedido después. Tenía un dolor de cabeza atroz. Alice ya no estaba y tanto su armario como todos sus cajones estaban vacíos.

Laura miró por enésima vez el reloj. Las 17.58. ¿Por qué Sonia seguía sin llamar? Acordaron que la avisaría en cuanto estuviera sana y salva en el tren, y ya faltaba poco para la salida.

Mientras tanto, Leo seguía hablando, rodeado de un grupito de voluntarios. Las reuniones breves e improvisadas, de pie en un rincón de la sala, para ponerse al día sobre cualquier novedad relacionada con el Centro, discutir sobre algún caso espinoso o simplemente compartir alguna reflexión, eran habituales. En general, a Laura le encantaban aquellos momentos, en los que siempre aprendía algo, pero en esa ocasión a duras penas era capaz de seguir el hilo de la conversación, cada vez más inquieta por el silencio de su protegida.

Dos días antes, cuando decidieron cómo se libraría Sonia de las garras de su novio-verdugo sin peligro, vieron que la principal dificultad era que Artan no tenía horario fijo. Imposible saber con antelación a qué hora saldría y cuánto tiempo estaría fuera, y, si pensaba quedarse mucho tiempo por ahí, a menudo se llevaba a Sonia consigo a rastras. Además, el chulo debía de olerse que estaba cociéndose algo, porque había empezado a controlarla de manera todavía más asfixiante que de costumbre. El único compromiso fijo e ineludible que tenía era reunirse con sus proveedores los viernes por la tarde para conseguir el suministro semanal de caballo. Era una transacción larga, dado que salía alrededor de las cuatro y no volvía nunca antes de las ocho, esa constituía por tanto la mejor ocasión para que Sonia hiciera el equipaje y saliera corriendo a la estación para coger el tren. Cuando Artan se diera cuenta de su desaparición, ella ya estaría lejos. Además era la única ocasión que tendría antes de la cita con el grupo de depravados a los que vendía el camello, teniendo en cuenta que, por lo general, él se pasaba los sábados holgazaneando todo el día en la habitación.

Laura echó otra mirada al cuadrante del Swatch que se ponía siempre para ir al Centro, en vez del valiosísimo Audemars Piaget de oro rosa que le habían regalado sus padres cuando cumplió dieciocho años. Las agujas marcaban las 18.07. El tren para el cual ella misma le había comprado el billete, pues Artan nunca le dejaba llevar a Sonia ni un céntimo en el bolsillo, salía en ese mismo instante, y la chica del cabello rosa todavía no había dado señales de vida. ¿Dónde se había metido? Una angustia cada vez mayor le atenazaba la garganta. Algo debía de haber salido mal.

Se disculpó con un gesto para indicar que tenía que llamar por teléfono y se alejó haciendo caso omiso de la mirada inquisitiva que Loris le lanzaba. No había revelado los detalles de la marcha de Sonia con destino al centro de rehabilitación ni a los demás voluntarios ni a Raimondi, que, con toda seguridad, habría desaprobado su excesiva implicación en el asunto.

En la calle, el sol, bajo ya en el horizonte, inundaba de luz dorada las fachadas de los edificios y las copas de los árboles. Laura seleccionó el nombre de Sonia en la agenda del móvil y permaneció a la espera llena de inquietud, yendo y viniendo por la acera atestada de gente, delante de la puerta del Centro. El teléfono llamó sin parar hasta que se activó el contestador automático. Cortó la comunicación y de inmediato volvió a intentarlo. Había ocurrido algo, lo presentía.

Pasó un tiempo que le pareció interminable, entre otras cosas, tal vez porque, sin darse cuenta, contenía la respiración, hasta que por fin Sonia contestó.

—¡Sonia! ¡Por Dios, qué contenta estoy de oírte! ¿Dónde te habías metido? Lo has cogido, ¿verdad? ¿Estás ya en el tren?

—¿En el tren? —dijo la muchacha al cabo de un instante, con una voz tan pastosa que costaba trabajo entenderla—. ¿Por qué? ¿Qué hora es?

Dio un vistazo rápido al reloj. Las 18.13.

—¿Cómo que qué hora es? ¡Santo cielo! ¡El tren ha salido ya! ¿Pero todavía estás en la pensión?

Sonia vaciló, era como si no lo supiera muy bien y tuviera que comprobarlo antes de responder.

—Yo..., sí.

—¡Ya es tarde! Todavía podemos conseguirlo, pero tienes que darte prisa. Reúnete conmigo lo antes posible en la estación. Yo te espero delante de las taquillas y mientras tanto miro los horarios. Cogerás el primer tren que salga. ¿Has preparado al menos el equipaje?

—¿Por qué gritas tanto? —se lamentó Sonia arrastrando pesadamente las palabras—. Por favor, no chilles. Me retumba la cabeza...

—Sonia, ¿pero se puede saber qué te pasa? ¿Te has dormido o qué?

—Estaba paranoica total, ¿sabes? Por lo del viaje y todo eso —se puso a lloriquear la muchacha—. Había una papelina encima de la mesilla, me la dio Artan. No he podido resistirme. ¿Qué tiene de malo?, me he dicho. Un último pico antes de dejarlo para siempre, solo para relajarme un poco, pero me ha pegado un subidón absurdo. Perdona, Laura, lo siento, yo no...

—¡Sonia! ¡Sonia! ¿Sigues ahí?

Se había cortado. Intentó volver a llamar, pero una voz grabada le informó de que el número marcado no estaba disponible en ese momento. Debía de habérsele agotado la batería del móvil.

Su plan de fuga se había desmoronado al primer soplo de aire como un castillo de naipes. Allí plantada, en medio de la gente que iba y venía apresuradamente en todas direcciones, Laura se preguntó qué podía hacer en ese momento. Había ido demasiado lejos, más allá de lo que cabía esperar de ella. La única cosa razonable era ir a la ventanilla de los billetes y esperar que Sonia se reuniera allí con ella, aunque no se sentía demasiado optimista al respecto.

Sin embargo, algo se rebelaba en su interior ante la idea de darse por vencida. Sencillamente, no podía resignarse a abandonar a Sonia a su destino. No tardó mucho en decidir hacer algo muy poco razonable.

Llegó a la puerta del bar de la via Lepetit, donde se había reunido con Sonia dos veces, sin aliento, en parte debido al nerviosismo y en parte porque había corrido durante casi todo el trayecto desde la Central. Por el camino había intentado varias veces llamarla por teléfono, sin éxito. Sonia no había sido siquiera capaz de poner a cargar el móvil.

No conocía la dirección de la pensión en la que se alojaba la chica, nunca se le había ocurrido preguntárselo. Sabía solo que estaba por allí cerca y que se llamaba Clara, o Carla, o algo por el estilo.

Entró en el bar a pedir alguna indicación, pero la imperturbable matrona oriental que estaba en la caja no supo o no quiso ayudarla. De nuevo en la calle, miró febrilmente a su alrededor. El reloj de la esquina marcaba las 18.38. Faltaba poco más de una hora para que volviera Artan. Vaciló unos segundos sin saber qué hacer, pero regresó a la via Vitruvio y empezó a recorrerla preguntando a los transeúntes y entrando en todas las tiendas. La tensión y el desconsuelo empezaban a llenarle los ojos de lágrimas cuando por fin alguien le dijo que le parecía que había un sitio que se llamaba así en la via Settala, un par de calles más arriba.

Divisó el letrero en cuanto dobló la esquina, «Pensión Clara», en vertical, negro sobre amarillo. Sobresalía un poco torcido de la fachada de un edificio de tres plantas que necesitaba una reforma urgente.

Laura estaba tan contenta de haber encontrado la pensión que se metió en el portal a la carrera, sin pensar. En cuanto puso los pies en el diminuto vestíbulo débilmente iluminado, se detuvo. Hedor a moho en el ambiente, una moqueta mugrienta de un tono azul eléctrico en el suelo y las paredes, mobiliario desvencijado y reaprovechado, una máquina de café que zumbaba en un rincón, junto a un dispensador automático de preservativos. Todo en aquel lugar le provocaba temor y repulsión, y no le resultó fácil vencer el impulso de dar marcha atrás y salir corriendo.

Avanzó titubeando hasta la minúscula recepción, donde,

agazapado detrás del mostrador, había un hombre tan gordo que uno se preguntaba cómo había podido meterse en aquel cubículo y si sería capaz de salir de él.

Demasiado ocupado mirando una pequeña tele de la que, a pesar de que el volumen estaba al mínimo, brotaban una serie de gemidos y jadeos que no dejaban lugar a dudas sobre el tipo de película que estaba viendo, el individuo no se percató de la presencia de Laura ni siquiera cuando esta apoyó los brazos en el mostrador.

—Perdone...

El portero no pestañeó. Laura se aclaró la voz y repitió:

—¡Perdone!

El hombre se sobresaltó. Levantó la vista y se quedó mirándola largo rato, con una sonrisa como si calculara desvergonzadamente su valor. Tenía el cabello largo y grasiento recogido en una cola de caballo y unos pectorales apoyados sobre la enorme protuberancia del vientre tan flácidos debajo de la camisa de manga corta que parecían senos caídos de mujer. Toda su persona emanaba algo repulsivo y vulgar.

—¿Eres nueva, ricura? Son cincuenta euros por tres horas. Por adelantado —le hizo saber en tono expeditivo—. Si me dices el nombre que le has dado al tío, cuando llegue te lo mando a la habitación.

—¿Eh? ¿Cómo? ¡Qué va! Pero ¿qué se ha creído? No necesito ninguna habitación, no soy una... —balbució Laura sin lograr pronunciar la palabra, y se odió a sí misma porque, en vez de temblar de legítima indignación, había sentido la obligación de justificarse—. Soy una voluntaria del...

—¿Voluntaria? ¿Significa que la chupas gratis? —la interrumpió el gordinflón echándose a reír tan fuerte de su ocurrencia que por poco se ahoga.

Con la cara ardiendo por la humillación, Laura se vio obligada a esperar que aquel desvencijado ataque de risa se agotara antes de continuar.

—He venido a ver a una persona —dijo en cuanto pudo, incapaz de controlar del todo el temblor de su voz—. Es una chica a la que estoy ayudando. Se llama Sonia.

—¿Quién? —dijo el portero, todavía incapaz de contener la risa.

—Tiene el pelo rosa y...

—¡Ah! La drogata esa... Está bastante buena. Habitación 208.

Mientras a grandes zancadas se dirigía a la escalera, Laura no sabía si estaba más furiosa con aquel hombre por su conducta repugnante o consigo misma por no haber sabido reaccionar. Se dijo que si quería continuar trabajando en el Centro de Escucha tenía que aprender a sacar las uñas, llegado el caso. De lo contrario, su madre no estaría del todo equivocada: para eso, más valía que fuera a llenar cajas de ropa usada al Rotary.

En cuanto desapareció por el primer tramo de escalones, el gordo de la recepción se puso a rebuscar en un cajón, cogió un pósit y, con el auricular del teléfono encajado entre el hombro y la oreja, marcó el número escrito en el papelito.

Decir que el ánimo de Mezzanotte estaba por los suelos sería quedarse cortos. Apoyado en un costado del dispensador de refrescos y café al fondo del pasillo de la Unidad, se tomó una aspirina con un trago de Coca-Cola, bajo la mirada de preocupación de Colella. Aunque ya había anochecido, la resaca de la noche anterior aún no se le había pasado del todo. Y como si últimamente no hubiera tenido ya bastantes líos, se les había sumado el follón en el que se había metido al empezar su turno.

A su llegada a la Unidad había encontrado la sala de oficiales desierta. Eso no tenía nada de raro: era la hora de almorzar, aunque siempre había alguien que se quedaba mordisqueando un bocadillo ante el ordenador. Al dirigirse a su sitio, se dio cuenta de que había algo encima de su mesa. En cuanto se percató de que era un paquete envuelto en celofán, se le pusieron los pelos de punta. Se acercó a él. ¿Qué había dentro? Parecía..., parecía un animal. Junto a él habían dejado un papel en el que habían trazado con torpeza las palabras «Inspector Mezzanotte» con un dedo untado en una sustancia roja. ¿Tinta, pintura o...?

—¿Pero qué coño...? —murmuró agarrando el paquete y rasgando con rabia el celofán.

En ese momento, una voz estentórea resonó a su espalda haciéndolo estremecerse.

—¡Ha llegado tu hora, Mezzanotte!

Dio media vuelta bruscamente llevándose la mano a la cartuchera y vio que una figura envuelta en una sábana blanca con dos agujeros en el lugar exacto de los ojos entraba en el despacho. Mientras observaba cómo se acercaba a él dando tumbos, empezó a intuir lo que estaba ocurriendo.

Por eso no se llevó ninguna sorpresa al ver a Manuel Carbone quitarse de encima la sábana riendo como loco. Riccardo bajó los ojos para mirar el paquete que todavía tenía en la mano. Del celofán rasgado sobresalía la figura de un gato de peluche.

—Has caído de lleno, Mezzanotte —exclamado Carbone, encantado—. ¡Joder, menuda cara has puesto! Deberías haberte visto... —A continuación volvió a reír a carcajadas, al igual que un grupito de agentes que, mientras tanto, se habían reunido detrás de él.

Por desgracia no podía decírselo a la cara porque no le habría gustado a Nina, pero la sola idea de haberse tirado a su chica ayudó a Mezzanotte a contenerse y no saltar al cuello de Carbone.

Las 19.02. Quedaba una hora, tal vez menos, y Sonia no se decidía a abrir la puerta. Laura llevaba ya varios minutos llamando a la habitación 208, pero detrás de la puerta reinaban una quietud y un silencio absolutos. No cabía decir lo mismo de lo que sucedía a su espalda: de la habitación situada al otro lado del pasillo, tapizado con la misma moqueta horrible del vestíbulo, llegaban los ruidos de una pelea violenta, con portazos y rotura de cacharros, y un flujo malsano de resentimiento y rencor que chocaba con las paredes, ya inestables, de la campana de cristal. Debido al estado de extrema agitación en el que se encontraba, le resultaba difícil concentrarse en su barrera mental, pero tenía que aguantar, porque si se dejaba vencer por las emociones a las que la exponía el don, las posibilidades de éxito de su precipitada misión, ya de por sí escasas, quedarían reducidas a cero.

—¡Sonia! ¡Sonia! ¿Me oyes? ¡Ábreme, por favor! —empezó a gritar, golpeando la madera desconchada con la palma de la mano. ¿Y si había sufrido un colapso o se había metido una sobredosis? ¿Debería llamar a una ambulancia?

En ese instante se entreabrió la puerta. Con una delgadez que daba miedo mirarla, despeinada, con profundas ojeras, Sonia se asomó a la rendija de la puerta en bragas y camiseta.

—Laura, pero... ¿qué haces aquí? —farfulló la chica mirándola con el aturdimiento pintado en el rostro.

—¿Y tú por qué estás aquí todavía? —exclamó Laura con exasperación—. No queda mucho tiempo. Artan volverá dentro de poco. Tienes que coger un tren, ¿recuerdas?

Luego se dio cuenta de que a Sonia le costaba trabajo mantener los ojos abiertos y apenas se tenía en pie. Todavía estaba bajo los efectos de la heroína, que, como en ese momento ya sabía, eran somnolencia, apatía, ofuscación de los reflejos y de las funciones mentales, alteración de la percepción del tiempo y alejamiento de la realidad. Así era imposible ir a ninguna parte.

Entró en la habitación y miró a su alrededor. Incluso dejando a un lado las dudosas condiciones de higiene, la estancia parecía una leonera. Una gran mochila yacía en el suelo y había prendas de ropa diseminadas por todas partes, encima de la cama deshecha, en la mesilla y en las sillas, y en el armario grande, que tenía las puertas abiertas. En un momento determinado, Sonia debió de intentar hacer el equipaje y los resultados habían sido desastrosos.

Laura agarró a la muchacha por un brazo y, sujetándola para que no se cayera, la llevó a rastras al baño. Consiguió que se pusiera en cuclillas dentro del plato de la ducha y abrió al máximo el grifo del agua fría.

—Tú quédate aquí, ¿vale? Yo vuelvo enseguida —le dijo y salió corriendo de la habitación. Bajó precipitadamente al vestíbulo, fue a la máquina del café evitando la mirada del portero, buscó el monedero dentro del bolso que llevaba en bandolera, extrajo un montón de monedas y sacó tres expresos que echó en un mismo vasito de plástico, lleno hasta los topes. Luego volvió con Sonia.

La encontró temblando como una hoja bajo el chorro del agua helada. Cerró el grifo, la envolvió en una toalla y la ayudó a salir de la ducha. Tras conseguir que se sentase en la taza del váter, le ofreció el vaso del café humeante.

—Y ahora bebe. Venga, todo.

Sonia quiso protestar, pero acabó obedeciendo y bebió hasta la última gota del café.

—¿Te encuentras mejor ahora?

La muchacha asintió con la cabeza. Tenía un aspecto lamentable, desquiciada y aterrada, como un pajarito caído del nido en medio de una tormenta, pero parecía relativamente consciente. Lo suficiente, al menos, para darse cuenta de la situación. Si no salía con destino al centro de rehabilitación esa misma noche, nada evitaría ya la cita organizada por Artan para el día siguiente. A menos que hiciera realidad su intención de quitarse la vida.

Laura miró el reloj. Las 19.21.

—Son las siete y veinte. A las ocho tienes que estar en el tren, si queremos estar seguras de que Artan no vuelva a pillarte. ¿Nos da tiempo a empaquetar tus cosas y a salir en un cuarto de hora?

Sonia asintió de nuevo con la cabeza, esta vez con más energía.

Deprisa y corriendo, con tanta rapidez como le permitían su cuerpo todavía entumecido y su mente no del todo despejada, se vistió y empezó a meter de cualquier manera sus cosas en la mochila, ayudada por Laura que empezaba a sentirse de nuevo optimista respecto al resultado de la fuga.

No duró mucho su optimismo. El ruido de alguien que trasteaba en la puerta heló la sangre en las venas de las dos jóvenes, que se cruzaron una mirada llena de estupor y miedo. Artan. ¿Qué hacía ya allí? Ni siquiera eran las siete y media. Nunca volvía tan pronto.

Sonia fue la primera en reaccionar. De una patada metió la mochila debajo de la cama, agarró por los hombros a Laura, que parecía embobada, y casi a la fuerza la arrojó dentro del armario. Cerró las puertas y apoyó en ellas su espalda en el instante mismo en el que el camello entraba en la habitación.

Agazapada en la oscuridad entre las filas de prendas colgadas de las perchas, con el corazón latiéndole al galope dentro del pecho, Laura se llevó una mano a la boca para asegurarse de que ni siquiera respiraba. Tenía la espalda bañada en un sudor frío y la garganta seca, presa del pánico más absoluto.

—¡Hola! ¿Ha ido todo bien? —oyó decir a Sonia al otro lado de la madera de las puertas. Laura se dio cuenta de que había algo forzado en la forma desenfadada en que había hablado la chica. ¿Lo habría notado él también?

—Todo como la seda —respondió Artan con una ruda voz viril—. Y tú, ¿qué has hecho mientras yo no estaba?

—¿Yo...? Nada, ya sabes..., te he esperado.

En ese momento el nerviosismo en la voz de Sonia era palpable. Resultaba difícil no percibirlo.

Durante unos segundos, Laura solo oyó el ruido de los pasos de Artan que daba vueltas por la habitación.

—Te dejé una papelina. ¿No te la habrás metido? —dijo él luego.

¿Era solo una impresión de Laura o había una sombra de sospecha en el tono de su voz?

—Sí, claro. ¿Por qué? ¿Acaso lo dudabas?

El olor a polvo que reinaba dentro del armario le cosquilleaba las ventanas de la nariz. Intentó contener un estornudo tapándosela por completo. Casi se ahogó pero lo consiguió.

—¿Y se te ha pasado ya el subidón? La mierda esa era fuerte...

—¡Qué va! Mira, todavía estoy colocada a lo bestia.

Una pausa. Larga. Demasiado larga.

—¿Por casualidad ha venido alguien a verte mientras yo estaba fuera?

Laura sintió un violento escalofrío. Lo sabía, Dios, ¡lo sabía todo!

—¿Alguien? No. ¿Quién iba a venir? ¿Esperabas visita?

La voz de Sonia se volvió de pronto más aguda, casi chillona.

—Yo no. ¿Y tú?

Ninguna respuesta por parte de Sonia. Pasos de nuevo. Luego el ruido de algo que arrastraban por el suelo.

—¿Y esto? ¿Ibas a salir de viaje? ¿Tenías previsto un viaje y se te había olvidado decírmelo?

La mochila. Había encontrado la mochila debajo de la cama. «Ya está, se acabó», pensó Laura, invadida por auténticos escalofríos de terror.

—No..., yo... Artan, te lo puedo explicar...

—Gilipollas de mierda... —gritó el albanés—. ¿Adónde coño pensabas irte? ¿Creías que podías largarte sin que yo me enterara? El gordinflón de abajo me ha llamado enseguida para avisarme, tiene órdenes de contarme todo lo que pasa cuando no estoy. Y con todas las anfetas que le suministro puedes apostar que sé también hasta cuántos pedos te tiras.

El chasquido sonoro de una bofetada sobresaltó a Laura, que instintivamente se acurrucó tapándose los oídos con las manos y doblándose sobre sí misma, como hacía de niña cuando algo la asustaba.

—Hoy ha venido alguien. Una chica. ¿Quién era? ¿Eh? ¿Una voluntaria del puto Centro ese de ayuda al que te acompañé? ¿Ha sido ella la que te ha metido en la cabeza esas ideas?

Laura oyó el ruido de unos golpes secos seguidos de gemidos de dolor. Puñetazos.

—Bueno, ¿qué? Puta de mierda, ¿me vas a contestar?

En esos momentos podía oír la voz de Artan alterada por una furia rabiosa.

—Mira que te había avisado... Tú no puedes abandonarme...

Más golpes, luego el ruido de unos muebles arrojados por tierra y el choque de un cuerpo al caer al suelo.

—Basta, Artan, ¡por favor! ¡¡Basta!!

La súplica desesperada de Sonia desgarró el corazón de Laura y le infundió la fuerza necesaria para reaccionar. El miedo no había desaparecido, pero ya no la paralizaba. No podía permanecer ahí escondida, sin hacer nada, dejando que el tío aquel matara a golpes a la chica. Toqueteó a su alrededor hasta que sus dedos se cerraron alrededor de una cosa dura. Levantó aquel objeto con las dos manos para intentar averiguar de qué se trataba. Era algo de metal, macizo y pesado. Una llave inglesa o algo por el estilo. Artan debía de guardarla allí como arma defensiva. Mejor para ella.

Dio un empujón a las puertas del armario y salió de un brinco empuñando la herramienta con manos temblorosas. La luz intensa de la habitación, con la lámpara ahora encendida, la obligó a pestañear. Entrecerrando los ojos, vio al camello de espaldas que se erguía sobre Sonia, acurrucada en el suelo, mientras la golpeaba con las dos manos. Llevaba una chaqueta ajustada de un rojo chillón y lucía una especie de cresta de urogallo.

Sin creerse lo que estaba a punto de hacer, Laura levantó la llave inglesa sobre su cabeza y, cerrando los ojos para no verlo, la descargó con fuerza sobre Artan. Le salió un golpe torpe e impreciso, que solo rozó la nuca del albanés y le impactó en el hombro, pero fue suficiente para que se desplomara sobre un costado, apabullado momentáneamente.

Laura soltó la llave inglesa, como si de repente se hubiera puesto al rojo vivo, y se precipitó hacia donde estaba Sonia. La muchacha tenía el rostro tumefacto y ensangrentado, pero estaba consciente. Pasó un brazo alrededor de sus hombros y la ayudó a levantarse. Luego, cogiéndola de la cintura para que pudiera sostenerse mejor, la condujo hasta la puerta y empujó la manija hacia abajo.

No había calculado que la puerta se abría hacia dentro, de modo que para salir se vio obligada a hacer una maniobra de rodeo. El cuerpo de Sonia le caía encima como un peso muerto obstaculizándole los movimientos. Casi habían cruzado el umbral cuando Artan, todavía aturdido, se lanzó contra la puerta cerrándola de golpe.

Laura comprendió de inmediato que les había cortado aquella vía de escape. Antes de que el albanés se recuperara del todo, la joven dio marcha atrás y arrastró a Sonia hasta el baño. Una vez dentro, jadeando de cansancio, soltó a la muchacha, que cayó, desinflada, al suelo, cerró la puerta con el pestillo y echó una ojeada a su alrededor. Junto al lavabo había una silla y, sobre ella, unas toallas tiradas. La agarró y la encajó debajo del tirador de la puerta. Luego, empujó contra ella una cajonera de madera que estaba apoyada a la pared. Solo entonces se concedió un instante para recuperar el aliento.

Atrincheradas allí dentro, las dos chicas estaban provisionalmente seguras, pero también atrapadas, pensó tras asomarse a la única ventana que daba a un patio de luces y por la que no había forma de salir sin correr el peligro de estrellarse dos pisos más abajo.

¡Qué inconsciente había sido al meterse en semejante lío! ¿Y ahora cómo se las arreglaría para salir de él? La única posibilidad era llamar a la policía, esperando que la puerta aguantase hasta que llegara. Pero no se decidía, pues temía que se viera involucrada Sonia, que podría meterse en un buen embrollo y perder la ocasión de ingresar en la comunidad terapéutica para desintoxicarse. Sin contar con que además acabarían enterándose sus padres, y no quería pensar siquiera cómo se lo haría pagar Solange.

Las amenazas y los insultos de Artan, que se puso a gritar y a dar puñetazos contra la puerta del baño, se encargaron de recordarle lo precaria que era su situación. La mera idea le repugnaba, pero tenía que saber, así que se decidió a eliminar durante unos segundos la campana de cristal. Inmediatamente, la ira y el odio del camello estallaron dentro de ella con tal virulencia que le provocaron náuseas. Reconstruir la barrera en su mente para mantener a raya aquellas emociones salvajes e incontroladas le costó un esfuerzo inmenso. Artan estaba fuera de sí, si conseguía entrar les haría daño a las dos, mucho daño, y era probable que no se limitara solo a eso.

No había tiempo para vacilar, tenía que actuar de inmediato. Estaba a punto de marcar en su móvil el 113, el número de emergencias de la policía, cuando se acordó de algo y se puso a rebuscar frenéticamente en el bolso. ¿Dónde estaba? ¿Dónde estaba? La había metido allí y tenía la impresión de que luego no la había sacado. Tenía que estar ahí...

Mezzanotte no le dijo a Carbone lo que había pasado entre Nina y él; en cambio, sí se lo contó a Colella. No era su intención, pero sentía la necesidad de hablar con alguien de lo que había ocurrido con Alice, y tuvo que explicarle también el motivo por el que su novia lo había dejado plantado y había vuelto a casa de sus padres en plena noche.

Su amigo, que, a decir verdad, se mostró mucho más interesado por todos los detalles de la velada en compañía de la agente Spada que por los motivos de la ruptura con su chica, le dijo unas palabras de consuelo. En realidad, no era eso lo que Riccardo necesitaba. Aunque evidentemente estaba triste por lo sucedido, una parte de él sentía alivio. De hecho, hacía tiempo que las cosas con Alice no iban bien y no tenían remedio. Las formas habrían podido ser un poco menos brutales, eso sí, pero tal vez había sido mejor que hubiera surgido algo que los obligara a cortar de una vez, a fin de evitar una agonía inútilmente prolongada de su relación.

Sin embargo, era evidente que su vida seguía desmoronándose a pedazos.

—Estoy empezando a no soportar más este sitio —comentó indicando a Colella con un gesto de la cabeza a dos agentes que, al pasar junto a la máquina del café, se habían quedado mirándolo mientras murmuraban algo que les hacía reír—. Antes era el chivato que traicionó a sus compañeros, ahora me he convertido en el hazmerreír de toda la Unidad por el asunto de los animales muertos. Sinceramente, no sé qué es peor.

—Pero, Cardo —se arriesgó a señalar Colella—, ¿no te convendría olvidarlo? ¿Realmente vale la pena? Mira todo lo que te ha costado ya.

—Eso ya se acabó —replicó Riccardo con amargura—. Mi investigación está muerta y enterrada. Dalmasso me lo ha dicho claramente: si vuelvo a liarla, me revienta el culo.

Arrugó la lata de Coca-Cola vacía y la arrojó con violencia al cubo de la basura.

—Desde que denuncié a aquellos maderos corruptos, todo se me ha torcido, y ahora va de mal en peor —exclamó para desahogarse, pensando en la noticia que acababa de recibir: la fecha de la primera vista del proceso había sido fijada para dentro de poco más de un mes—. A veces desearía haber mantenido la boca cerrada.

—No hablas en serio.

Mezzanotte sacudió la cabeza resoplando.

—No, es verdad. Digamos entonces que desearía no haberme sentido en la obligación de hacerlo.

Estaba a punto de añadir algo cuando le sonó el móvil. Lo cogió y miró la pantalla. El número no estaba en la agenda.

—Diga, ¿con quién hablo?

—Inspector, ¿es usted? —era una voz femenina, bastante nerviosa. Le sonaba familiar, pero así, de buenas a primeras, no conseguía ubicarla.

—Sí, soy el inspector Mezzanotte. ¿Quién es...?

—Laura Cordero, ¿se acuerda? Fui a verlo para informarle sobre lo de esos dos niños que quizá se habían perdido. Usted me dio una tarjeta con su número de móvil.

—¡Claro! Pero me dio a entender claramente que no...

—Sí, sí. De hecho, no lo llamo por eso. Yo..., ¿cómo decírselo? Me encuentro en una situación muy difícil y no sabía a quién recurrir.

Las últimas palabras de la muchacha fueron tapadas por una serie de golpes fragorosos y por los gritos aterrorizados de alguien que estaba con ella.

—¿Qué está pasando? —preguntó Mezzanotte alarmado.

—Mire, inspector, en este momento estoy encerrada en el baño de una habitación de hotel con una amiga mía. Un hombre intenta echar la puerta abajo. Está muy enfadado. Me temo..., me temo que quiere matarnos.

—¿Qué? Pero... ¿dónde está?

—En la pensión Clara, en la via Settala. Habitación 208.

—No diga más. Ya voy. Mientras tanto, intenten aguantar.

Mientras bajaba corriendo la escalinata de mármol que, desde la Galería Principal, conducía a la entrada lateral de la piazza Luigi di Savoia, Mezzanotte se preguntaba qué habría hecho Laura Cordero para meterse en aquel lío. Por lo que sabía, la pensión Clara era un tugurio para putas de cuarta categoría. ¿Qué hacía en semejante sitio una chica rica de los barrios altos? ¿Y por qué lo había llamado directamente a él, en vez de hacerlo al servicio de emergencias de la policía? Pero, pensándolo bien, quizá no fuera una mala idea. Habría perdido mucho más tiempo si hubiera tratado de comunicar con la centralita del 113, y él estaba más cerca del lugar en el que se encontraba que la comisaría de la zona y que la Jefatura Provincial.

Llegó a la pensión en ocho minutos justos. Entró como una exhalación y pasó por delante de la recepción sin pararse, mostrando la placa ante las narices del gordinflón estupefacto que estaba detrás del mostrador, más por una vieja costumbre que porque hubiera necesidad, teniendo en cuenta que iba de uniforme.

Al llegar ante la habitación 208 oyó unos gritos de mujer a través de la puerta y los gruñidos de una voz de hombre que gritaba:

—Deja de moverte, guarra, si no quieres que te raje esa carita tan mona. Ahora voy a enseñarte yo lo que sucede cuando se le tocan los cojones a un tío.

Riccardo empuñó la Beretta, quitó el seguro y accionó el retroceso para meter la bala en el cañón. Luego examinó la puerta. Por suerte para él, se abría hacia dentro y la cerradura no tenía pinta de ser muy fuerte. Podía conseguirlo. Dio un paso atrás, se puso de perfil y arreó una fuerte patada a la puerta, descargando el tacón en la zona situada inmediatamente debajo del pomo.

La puerta se abrió de golpe. En la habitación, por la que parecía que había pasado un verdadero tifón, con prendas de ropa tiradas por todas partes, muebles volcados y la puerta del baño arrancada, había tres personas: una chica muy joven y muy delgada con el pelo de color rosa yacía en el suelo con la cara magullada y cubierta de sangre; Laura Cordero estaba boca arriba encima de la cama, con la blusa hecha jirones sobre el sujetador blanco de algodón y su larga melena negra flotando sobre los almohadones; encima de ella había un tío con una chaqueta de chulo, que la amenazaba sujetando una navaja delante de su cara mientras con la otra mano tiraba de los pantalones vaqueros para bajárselos.

Al oír el ruido de la puerta al caer los tres volvieron la cabeza hacia el policía y por una minúscula fracción de segundo se apoderó de ellos una inmovilidad absoluta. Mezzanotte solo tuvo tiempo de pensar que la navaja, muy afilada y demasiado cerca de la cara de Laura, constituía un grave problema. Bastaría un movimiento erróneo para que la hoja le rajara la garganta. La chica, sin embargo, aprovechando aquel momento de distracción de su agresor, le dio una patada en los huevos que lo obligó a apartarse y a retorcerse sobre la cama entre gemidos.

A partir de ese momento las cosas se desarrollaron con mucha rapidez. Laura se escabulló y fue a reunirse con la tipa de los cabellos rosa. Mezzanotte se abalanzó sobre el hombre, atento sobre todo a sujetarle la mano que sostenía la navaja. Pero antes de lograr apuntarlo con la pistola, el otro se recobró y le agarró la muñeca. Durante un minuto, tal vez dos, siguieron peleando, cada uno agarrando con tenacidad el brazo armado del adversario. Por momentos parecía que uno de los contendientes estaba a punto de tomar ventaja, pero enseguida el otro restablecía el equilibrio, como si estuvieran echándose un pulso por partida doble. Luego Mezzanotte arremetió de frente, asestando al tipo un cabezazo en el tabique nasal que zanjó la contienda de una vez por todas.

Sudado y jadeando, se levantó, recogió la gorra que se le había caído y volvió la cabeza hacia Laura, que seguía sentada en el suelo al lado de su amiga sujetando en su pecho los jirones de la blusa rota. Riccardo no pudo dejar de constatar que, aun así, con la ropa hecha un desastre y en desorden, la respiración jadeante, las mejillas enrojecidas y un arañazo en uno de sus pómulos, era la muchacha más hermosa que había visto en su vida.

—Y ahora —dijo esforzándose por imprimir un tono severo a su voz—, ¿serías tan amable de explicarme qué demonios ha pasado aquí?

Laura vio los vagones alejarse en el cielo nocturno salpicado de luces, más allá de la monumental cubierta de la estación. En aquel tren iba Sonia, camino por fin a la esperanza de una vida mejor. Lo había conseguido. Había sido inconmensurablemente más difícil de lo que se imaginó cuando se embarcó en aquella empresa, pero al final la había salvado de verdad. Desde luego, no lo habría logrado sin la ayuda de Riccardo Mezzanotte.

Después de contárselo todo, Laura rogó al inspector que no reportara oficialmente el asunto a la policía, para no privar a Sonia de la oportunidad de marcharse y dejar atrás todo aquello. Temía que resultase difícil convencerlo, pero él se quedó pensativo unos instantes y al final asintió con la cabeza. Mientras Artan se removía gimiendo, amordazado y esposado, atendieron a Sonia como mejor supieron con un kit de primeros auxilios que encontraron en la recepción, tras lo cual Laura la acompañó a la estación. El policía, por su parte, dijo que se quedaría a «arreglar las cosas» en la pensión, fuera cual fuese el significado exacto de esas palabras.

Laura estaba caminando de vuelta por el andén cuando divisó de lejos al policía, que iba a su encuentro, vestido con unos vaqueros negros y una camisa azul, y con una bolsa al hombro. Era la primera vez que lo veía de paisano, por lo que tardó en reconocerlo. Se dio cuenta de que era él al ver que levantaba un brazo para llamarla. Sin uniforme le parecía distinto, menos rígido y severo. Sencillamente un chico guapo, de un atractivo un poco huraño.

—He pasado por la Unidad a cambiarme. Todo en orden, en cualquier caso —le dijo mientras salían de la estación—. Artan se ha pirado, creo que ha comprendido que no le conviene intentar siquiera ir en busca de Sonia. En cuanto al portero de la pensión, mantendrá la boca cerrada. Le preocupaba lo que diría el propietario sobre los destrozos de la habitación, pero hemos hablado con él por teléfono y no ha sido difícil convencerlo de que no presente ninguna denuncia. Le interesa mucho que las autoridades no metan las narices en sus negocios. ¿Y Sonia?

—Su tren acaba de salir. De verdad, no sé cómo darte las gracias por lo que has hecho. —No le había pasado desapercibido que, después de dejar fuera de combate al camello, él había empezado a tratarla de tú, y ella hizo lo propio de buen grado—. Todo ha acabado bien. Solo siento que Artan y esos cerdos que abusaban de Sonia se vayan de rositas...

—Yo no estaría tan seguro —replicó Mezzanotte con una sonrisa socarrona—. He tirado por el váter todo el suministro semanal de Artan y he quemado ante sus propios ojos todo el dinero que he encontrado en la habitación. Sus proveedores irán a por él. Puede que consiga salir adelante, pero seguro que lo tendrá muy difícil. En cuanto a la banda de cabrones a los que vendía a Sonia, le he sacado los nombres para pasárselos a un compañero de la Brigada Móvil que se ocupa de delitos sexuales. Serán puestos bajo vigilancia y si intentan volver a divertirse con una menor, cosa que, conociendo a ese tipo de gente, acabarán haciendo tarde o temprano, puedes estar segura de que tendrán lo que se merecen.

Laura se lo quedó mirando con una mezcla de admiración y gratitud. Quizá no la honrara mucho, pero imaginarse a Artan perseguido por unos traficantes furiosos le producía una alegría descomunal.

—Después de todo lo que te ha pasado hoy debes de estar deseando volver a casa —le dijo el inspector pillándola desprevenida, cuando ella se disponía a despedirse de él—, pero son ya más de las nueve y me muero de hambre. ¿Te apetecería ir a comer algo?

¿Le apetecía? Había sido tratada como una prostituta y le habían dado de tortas, había corrido el peligro de ser violada y tal vez incluso asesinada. Debería haber estado desquiciada después de todo aquello, pero no lo estaba (ella era la primera en sentirse perpleja). No demasiado, al menos. Nunca había tenido tanto miedo como esa tarde, pero al mismo tiempo se había sentido muy viva. Y la emoción que había experimentado cuando

Sonia la había abrazado con los ojos arrasados en lágrimas antes de subir al tren, había sido una de las más intensas y gratificantes que había sentido en su vida, capaz de compensarla de todos peligros que hubiera podido correr. Sí, estaba agotada, tanto física como mentalmente, pero también electrizada, eufórica, y no podía dejar de reconocer que no tenía ganas de que aquel día terminara allí, ni de separarse de Riccardo Mezzanotte. En definitiva, sí, quizá habría sido más prudente dejarlo correr, pero no le apetecía.

—Encantada, pero solo si dejas que te invite —respondió en un arranque de entusiasmo. De todos modos, eso no sería la cosa más impulsiva que había hecho ese día.

—De acuerdo, pero el sitio lo escojo yo. Ven, tengo el coche aquí cerca.

—¿Adónde me llevas?

—¡Sorpresa! Venga, sígueme.

—A sus órdenes, inspector. Solo espero que no estés pensando en un sitio demasiado elegante —dijo, alegre, señalando la inverosímil camiseta rosa con un corazón de lentejuelas rojas que Sonia le había prestado para sustituir a su blusa hecha jirones.

—No, elegante precisamente no diría yo que es —contestó él riendo, y no añadió nada más.

Mientras conducía, Mezzanotte llamó por teléfono a Farid para avisarle de que iba acompañado de otra persona y que le preparara «su sitio especial». Notó que Laura, sentada en el asiento de al lado, lo miraba por el rabillo del ojo. Se preguntó si el local le gustaría. En cierto sentido, podía considerar aquello una especie de test. Alice, sin ir más lejos, no era precisamente una fan del aquel lugar, y mira cómo habían salido las cosas entre ellos.

Poco antes, cuando Laura le contó lo que había ocurrido en la pensión Clara, no había sabido si sentirse desconcertado por su imprudencia o admirado por su valor. Empezaba a pensar que se había equivocado de medio a medio al considerarla una niña rica y mimada. O, mejor dicho, quizá lo fuera, pero no solo. Lo primero que le chocó de ella había sido su belleza diáfana, acentuada por el hecho de que no daba la impresión de que fuera del todo consciente de ella, no la exhibía ni parecía que la explotara. Pero había algo más bajo aquel cuerpo grácil y flexible, bajo la delicada perfección de su rostro, bajo el cambiante esplendor de sus ojos verdes. Aquella chica había demostrado ser fuerte y temeraria como pocas.

Le había propuesto ir a cenar juntos sin pensar, cediendo a un impulso repentino. «¿Qué demonios haces? —se había dicho inmediatamente después—. Alice y tú acabáis de cortar». Se había respondido que Laura no aceptaría, y total, solo quería charlar un rato. Cuando luego, inesperadamente, ella dijo que sí, le vino a la cabeza la pizzería de Farid, situada a unas cuantas manzanas de su casa. La había descubierto poco después de instalarse en la via Padova y se convirtió en un cliente asiduo. Minúscula y anónima, a primera vista era una tasca por la que no habría dado ni un chavo, pero disponía de horno de leña y el egipcio, que había pasado sus años de aprendizaje en los Cuarteles Españoles de Nápoles, servía las mejores pizzas napolitanas que podían comerse en Milán. En el local, que hacía sobre todo comida para llevar, solo cabía un par de mesas y unos cuantos taburetes delante de la estrecha barra corrida en una de las paredes. Mezzanotte también solía llevarse la pizza a casa, pero, si hacía buena noche, a veces aprovechaba el «sitio especial» que Farid concedía a unos pocos clientes por los que sentía una particular predilección; él había entrado a formar parte de ese selecto círculo después de haberlo ayudado, cuando todavía prestaba servicio en la Jefatura Provincial, a resolver un problema relacionado con su permiso de residencia.

En cuanto los vio entrar, el egipcio abandonó la larga pala de madera y salió a su encuentro. Abrazó calurosamente a Mezzanotte, estrechó la mano a Laura para presentarse, y luego los condujo a la parte trasera del local. Mientras cruzaban un cuartito sin ventanas utilizado como despensa, Laura dirigió a Riccardo una mirada inquisitiva, pero no parecía molesta, sino más bien curiosa. Una puerta que rechinó al abrirse daba paso a un pequeño patio destartalado en el que, en un rincón, había una glicinia en flor que trepaba alrededor de los restos de una marquesina creando un exuberante cenador natural. Farid lo había decorado disponiendo entre el enramado unas cuantas tiras de luces navideñas y debajo había colocado una mesa preparada para dos, con una vela en el centro.

Mezzanotte apartó galantemente la silla para que Laura tomara asiento y luego ocupó su sitio. La noche parecía ya de verano, el aire era tibio y fragante, la oscuridad escondía a la vista casi por completo los contenedores de la basura separada alineados en el lado opuesto del patio, y en el rectángulo de cielo que se veía por encima de sus cabezas incluso centelleaban algunas estrellas.

—Bueno, ¿qué te parece? —le preguntó.

—Sencillamente encantador —dijo Laura mirando a su alrededor. Los ojos le brillaban—. Me recuerda un poco la escena de *La dama y el vagabundo*, ¿sabes?, aquella en la que se comen unos espaguetis en la trasera del restaurante...

—Ya..., pero te lo advierto, mucho me temo que Farid no sabe tocar el acordeón —comentó Mezzanotte, haciendo que la chica se echara a reír. Luego no pudo resistirse y añadió—: Si no me equivoco, esa escena terminaba con un beso. —Se lo soltó mirándole fijamente a los ojos, tanto que temió que se sintiera un poco incómoda. Sin embargo, la mirada que Laura le devolvió era tan intensa que, al final, fue él quien apartó la vista. «Pero ¿qué estás haciendo? —se repitió—. ¡Deja de una vez de hacer el idiota! ¡Quítate esas ideas de la cabeza!».

La cena transcurrió agradablemente. Una leve brisa refrescaba el aire y acariciaba las ramas de la glicinia provocando pequeñas nevadas de confeti lila. Laura no tomó ni una gota de alcohol —había pedido agua en vez de cerveza y rechazó el limoncello obsequio de la casa, que les ofreció Farid cuando acabaron de cenar—, pero hizo los honores a la pizza devorando a grandes bocados los pedazos que cogía con la mano. Se manejaba a la perfección entre salpicaduras de tomate e hilos pegajosos de mozzarella. Mezzanotte comentó divertido que parecía que llevara una semana sin comer. Ella le contó que siempre había tenido un apetito excelente, hasta el punto de que cuando, en el instituto, empezó a recibir las primeras invitaciones de los chicos para cenar, su madre la obligaba a tomarse un tentempié antes de salir, porque, a su juicio, habría sido muy poco fino por su parte ponerse morada como solía hacer en casa. Aquella fue la única referencia de carácter personal que se le escapó en el curso de la conversación. Por lo demás, habló casi en exclusiva del servicio de voluntariado en el Centro de Escucha, que la apasionaba y la motivaba mucho. Ni una palabra sobre sí misma en el terreno íntimo, poquísimas cosas acerca de sus padres y solo alguna alusión a los estudios universitarios. Una reserva que hacía que resultara misteriosa.

A la pregunta que en un momento dado le hizo Mezzanotte acerca de si salía con alguien, su respuesta no pasó de un lacónico «No». Cuando ella, como era inevitable, aprovechó la ocasión para devolverle la pregunta, Riccardo no fue menos, y respondió con un «Ya no» para dar a entender que se trataba de una ruptura reciente. Evitó, sin embargo, especificar que databa de hacía menos de veinticuatro horas, pues sospechaba que decirlo no le habría hecho ganar puntos. Intentó también hacer referencia al tema de los niños abandonados, pero ella desvió enseguida la conversación.

Al final, a pesar de que no se caracterizaba precisamente por su locuacidad, quien pegó más la hebra y se explayó más fue él. Lo cierto era que Laura sabía escuchar y le daba la impresión de que lo comprendía de verdad. Incluso cosas que tenía la sensación de no haberle contado. Resultaba fácil abrirse con ella. Le habló del caso de los animales muertos, de los problemas que le habían causado en el trabajo y de los motivos por los que lo obligaron a abandonar la Brigada Móvil y trasladarse a la Polfer. Hizo alusión incluso a la relación difícil y conflictiva que tuvo con su padre y a cómo la muerte de este fue determinante en su decisión de ingresar en la policía. La hizo reír hasta que se le saltaron las lágrimas contándole algunas anécdotas de su breve y turbulenta carrera de músico punk.

Poco después de las once, se dio cuenta de que Laura había empezado a llevarse una mano a la sien, con expresión de fatiga y de malestar.

—¿Estás cansada? —le preguntó y ella respondió que sí moviendo afirmativamente la cabeza, con la cara muy pálida.

Riccardo la acompañó en el coche. Una vez en Brera, a la puerta del moderno edificio de lujo cubierto de hiedra, más allá de cuya entrada se vislumbraba un jardín interior que parecía un pedazo de selva trasplantado al corazón mismo de la ciudad, Laura rebuscó en el bolso hasta que dio con un manojo de llaves.

—Bueno, pues buenas noches, inspector —dijo en tono desenfadado—. Y, de nuevo, gracias por haberme salvado la vida.

—Ni lo menciones. ¡Siempre que quieras! Pero, por favor, llámame Riccardo. O Cardo, como hacen casi todos mis amigos.

—Cardo —repitió ella lentamente, saboreando el sonido de la palabra—. Te pega, ¿sabes? Los cardos tienen una corteza dura y espinosa, pero dentro son blanditos y están muy ricos. Y además dan unas flores de colores muy bonitas.

Él arqueó una ceja.

—¿Por qué tengo la impresión de que sabes de mí mucho más de lo que deberías? —le preguntó. Laura, atrincherada detrás de una sonrisa enigmática, no contestó.

Durante unos segundos permanecieron mirándose a los ojos allí, en la acera. La luz de una farola poco distante lanzaba destellos a las partículas de oro que jaspeaban el verde esmeraldino de los ojos de la chica. Mezzanotte se preguntó si era el único que sentía tan pocas ganas de separarse, como si a lo largo de la velada entre ellos se hubiera tendido un hilo invisible que tendría que romper para poder irse.

Seguir allí quieto indefinidamente no era posible, así que tomó la iniciativa, puso una mano en el brazo de ella y murmuró un «Buenas noches» en su oído, inclinándose hacia delante para besarla en las mejillas. Mientras pasaba de una a otra, por un instante brevísimo sus rostros se encontraron frente a frente, a pocos centímetros de distancia. Riccardo sintió un repentino deseo de besarla e hizo además de acercar sus labios a los de ella, pero al notar que Laura se ponía rígida, cortó el gesto de raíz y retomó el camino hacia la segunda mejilla. Fue todo muy rápido, tanto que unos ojos ajenos no habrían visto más que una vacilación casi imperceptible en él.

—Buenas noches —murmuró a su vez Laura parpadeando. Luego dio media vuelta y, con pasos elásticos y gráciles, desapareció detrás de la cancela.

De vuelta a casa al volante de su Panda, con las notas ásperas e insistentes de *Hopeless Romantic*, de los Bouncing Souls, llenando el habitáculo del coche, Riccardo volvió a pensar en lo que había sucedido poco antes. ¡Pero qué memo era! Después de pasarse toda la noche repitiéndose como un mantra que no debía hacer gilipolleces, había intentado besarla para luego renunciar a seguir adelante en cuanto había notado que ella daba marcha atrás. Y, sin embargo, hasta un minuto antes había tenido la clarísima sensación de que ella también lo deseaba. ¿De verdad había surgido algo entre ellos esa noche, o solo se lo había figurado?

I'm a hopeless romantic
You're just hopeless

Sacudió la cabeza. Era inútil comerse el tarro. Laura era demasiado joven y provenía de un ambiente muy distinto al suyo. En aquellos momentos tenía ya bastantes líos en su vida para embarcarse en una historia que desde el principio prometía ser de todo menos sencilla.

Metida hasta la barbilla en el gran jacuzzi del baño de piedra volcánica de casa de sus padres, mientras vigorosos chorros de burbujas le masajeaban el cuerpo y disolvían la tensión y el cansancio que sentía y los dos paracetamoles que había tomado empezaban por fin a hacer efecto y a vencer el dolor de cabeza que había comenzado a afligirla en la pizzería, Laura volvió a pensar en todo lo sucedido en las últimas horas. Aunque ese día le habían pasado muchas cosas, era a Riccardo Mezzanotte a quien su mente volvía una y otra vez. No creía haber estado nunca tan contenta de ver a alguien como cuando él echó la puerta abajo en la habitación de la pensión. Y no era solo el hecho de que hubiera corrido inmediatamente en su ayuda. A pesar de ser un policía, se había avenido a llevar el asunto sin meter de por medio a las autoridades y había encontrado la manera de que los verdugos de Sonia no salieran impunes. De no haber sido por él...

Riccardo. Cardo. Había pasado una bonita velada en su compañía, enseguida se había sentido cómoda con él, y eso no era lo habitual con las personas a las que no conocía bien. Durante la cena no pudo resistir la tentación de sondear las emociones del inspector. Fue como asomarse al interior de un volcán en ebullición. Por lo demás, lo que le había contado explicaba en parte de dónde salía toda la rabia, todo el sufrimiento y toda la frustración que guardaba dentro. Era un hombre atormentado que pasaba por un periodo difícil. Intuyó además otras cosas de él, que, pese a todo, lo hacían aún más atractivo.

Por un instante, mientras se despedían, le pareció que iba a besarla y, aunque una parte de ella también lo deseaba ardientemente, tuvo miedo. Aunque a lo mejor lo había malinterpretado, porque luego no había pasado nada.

Dio un gran suspiro. En cualquier caso, más valía que se lo quitara de la cabeza. Cardo era mayor que ella y pertenecía a un mundo muy distinto. Su vida era ya un desastre tan grande que lo mejor era no meterse en una relación que, de darse, sería, como mínimo, muy complicada.

10

—Buenos días, señorita. Pase, por favor.

La mujer que le abrió la puerta aparentaba bastante más edad que los setenta y un años que tenía. Delgada, más bien alta, con la espalda encorvada y cabello gris, muy corto. La cara era una telaraña de arrugas en medio de la cual habían quedado atrapados dos grandes ojos oscuros que reflejaban una melancolía infinita. Vestía una falda beis y una blusa blanca, y un chal azul claro le cubría los hombros. Ninguna joya, aparte de un collar muy curioso, aparentemente muy viejo, hecho con chapas de botella unidas de dos en dos formando una cadena de rudimentarias bolas de colores.

Ester Limentani le señaló dos gruesos rectángulos de fieltro sobre el suelo de la entrada.

—Si no le importa, debería utilizarlos. Es que, ¿sabe?, acabo de sacarle brillo...

Laura la siguió por un pasillo bastante corto, deslizándose, cautelosa, sobre aquellos trapos que la remontaban a los años lejanos de la infancia, cuando la abuela Aurora la llevaba de visita a casa de unas amigas suyas. La señora de la casa la hizo pasar a un saloncito decorado con muebles de madera oscura y algunos cuadros con marcos cuyo dorado lucía bien bruñido.

Frente a la ventana-puerta que daba a un balcón, dos sillones y un pequeño sofá cubiertos con fundas rodeaban una mesita baja colocada encima de una alfombra persa algo raída. Unas cortinas caladas de encaje ocultaban el sol y sumían la sala en una penumbra incolora.

—Siéntese. Acabo de hacer té, si le apetece —dijo la señora Limentani con su fina voz, sentándose educadamente en el centro del sofá. Sobre la mesa había una bandeja con una tetera y dos tazas de porcelana, un platito con pastas, un azucarero y una jarrita de plata para la leche.

—Encantada, muchas gracias.

Laura tomó asiento en uno de los dos sillones y esperó a que la señora Limentani sirviera el té. La chica aprovechó ese momento para mirar a su alrededor. Todo en aquella habitación hablaba de desdicha y de soledad, desde la luz desvaída hasta el cuidado desmedido en la limpieza y el orden, o la ausencia de fotografías que testimoniaran la existencia de afectos y lazos familiares. Si alguna vez dudó de que una casa fuera el espejo del alma de quien la habita, allí se habría visto obligada a cambiar de opinión, pensó al notar que la tristeza desconsolada de la mujer rodeaba la campana de cristal como una espesa capa de niebla. Mantenerla a distancia le exigiría un esfuerzo suplementario de concentración.

—Le agradezco muchísimo de nuevo que haya accedido a recibirme, señora Limentani —dijo tomando la taza de manos de su anfitriona.

—Disculpe, ¿puede volver a contarme cómo ha dado conmigo?

—Sí, claro —respondió Laura tras dar un pequeño sorbo de su taza—. La tesina que estoy haciendo en la universidad me llevó al archivo del IIJC, donde encontré las fichas de los hermanos Felner, Lia y Amos. Por una serie de motivos me apasionó su historia y, como no hay información acerca de las circunstancias de su muerte, me gustaría descubrir qué les pasó. Busqué a los supervivientes que fueron deportados el mismo día que ellos y podían conocerlos, y entonces apareció su nombre...

Ester Limentani dio un mordisquito a una pasta y la dejó en el platito de la taza que sujetaba con la otra mano.

—En el Instituto de Investigaciones Judías llevan a cabo una labor encomiable. Fueron muy amables cuando se pusieron en contacto conmigo, pero yo les dije que estaban cometiendo un error.

—¿En qué sentido? —inquirió Laura arrugando el entrecejo.

—En su lista me incluyeron entre los supervivientes de la Shoah, pero es un error. Yo también morí en Auschwitz, como todas las personas a las que conocía y a las que quería. Cuando volví del campo, yo ya no era Ester, sino solo una sombra de ella, un cascarón vacío. Desde entonces la mía ya no puede llamarse vida, pues no ha sido más que una vana sucesión de días sin alegría y sin sentido.

—Señora Limentani, yo..., no tengo palabras —susurró Laura con un nudo en la garganta.

—No, no hay palabras para expresar el horror por el que pasamos —respondió la anciana suspirando—. Pero no es por eso por lo que está usted aquí. Dígame, ¿qué desea saber de mí exactamente?

Laura asintió con la cabeza, intentando dominar su emoción.

—Los hermanos Felner. Usted era de la misma edad que Amos. Lo conocía, ¿verdad?

Una mueca contrajo por un instante los labios de Ester Limentani, como si hubiese sentido una pequeña punzada de dolor.

—Sí. Coincidimos en clase los últimos años antes..., antes de que se nos llevaran. Y, es verdad, nos cargaron en el mismo tren. Pero lo siento, después de aquello no sé qué fue de él ni de su hermana.

Laura se esforzó por disimular su decepción detrás de una sonrisa.

—De todas formas, espero que sus recuerdos puedan suministrarme algún indicio útil, algún rastro que seguir y que me ayude a arrojar luz sobre qué fue de ellos.

—¿Quiere usted que le cuente la historia de mi deportación? Ya se lo he dicho, no he hablado nunca de ello con nadie, ni siquiera con los señores del IIJC, que insistieron mucho en recoger mi testimonio. Recordar me provoca un sufrimiento enorme.

Cerró los ojos y por unos instantes permaneció completamente inmóvil. Cuando volvió a abrirlos, había tomado una decisión.

—Entonces muy bien. ¡Por Amos!

Dejó la taza en el plato y comenzó su relato.

Recuerdo todavía, como si fuera ayer, el día en que los alemanes vinieron a detenernos, el desconcierto y la incredulidad de mi padre mientras el oficial de las SS le comunicaba que debíamos seguirlo todos, y que solo teníamos cinco minutos para hacer el equipaje. No era la primera vez que venían. No eran nada raros los controles de la policía, alemana o italiana, en las casas de los judíos: se limitaban a verificar nuestra documentación, hacer preguntas y registrar por encima la vivienda. Luego se iban. Por eso, cuando oí los golpes en la puerta y la voz impaciente que, en un italiano ronco y forzado, nos ordenaba que abriéramos, papá no intentó que nos escondiéramos ni que huyéramos, no opuso resistencia alguna, fue a recibirlos, dócil como un cordero que ofrece el cuello al carnicero que va a degollarlo.

Había transcurrido casi un año desde que, en septiembre de 1943, el ejército alemán había ocupado el norte de Italia para acudir en ayuda de la recién nacida República de Saló y los arrestos y las redadas de judíos habían comenzado. Las personas desaparecían, familias enteras un día estaban y al día siguiente no, y nunca había regresado nadie. Corrían rumores confusos e inquietantes sobre lo que había sido de ellas. Pero mi padre seguía repitiéndonos que a nosotros no nos pasaría nada de aquello. Que, si actuábamos correctamente, si respetábamos al pie de la letra las nuevas normas en su totalidad y las restricciones que imponía el régimen, si nos tragábamos sin rechistar todos los atropellos y las humillaciones, no había nada que temer. Para merecer semejante trato, la gente a la que se llevaban por fuerza tenía que haber hecho o dicho algo malo, no había otra explicación. Mi padre era sastre-costurero, una persona sencilla, poco instruida. No era religioso, no mantenía relaciones especiales con su comunidad de origen, y se sentía italiano a todos los efectos. Era italiano. Amaba a su país, bajo cuya bandera había combatido en la Primera Guerra Mundial, incluso había mostrado alguna simpatía por el fascismo. Por lo menos hasta septiembre de 1938, cuando el Duce empezó a promulgar las leyes raciales que privaban a los ciudadanos de origen judío de sus derechos civiles y políticos, y a él lo despidieron de la casa de moda en la que trabajaba. A fin de ganarse las cuatro liras necesarias para salir adelante se puso a hacer trabajitos por su cuenta para otros judíos y para los pocos italianos que seguían arriesgándose a recurrir a él, unos movidos por la solidaridad, pero otros, lo que era mucho más frecuente, atraídos por los precios vergonzosamente bajos a los que se veía obligado a ofrecer sus servicios. A pesar de todo, pese a lo que estaba ocurriéndonos, papá no era capaz de concebir la idea de que Italia, el país que seguía sintiendo que era su patria, pudiera hacer daño a sus ciudadanos, y se obstinaba en creer, contra toda evidencia, que nunca llegaría a amenazar su vida. Seguía convencido de que las leyes raciales eran una concesión que Mussolini se había visto obligado a hacer a regañadientes a los nazis, pero no las aplicaría a fondo, y que, en cualquier caso, no llegaría nunca a los niveles a los que, según se decía, había llegado la persecución antisemita en Alemania. Por eso, aparte de que no hablaba ni una palabra de inglés ni de ningún otro idioma extranjero y de que en toda su vida no había salido nunca de Milán salvo para ir a la guerra, no intentó sacarnos del país cuando todavía era posible.

En cuanto a mí, en 1938 tenía seis años y no entendía nada de lo que estaba pasando. Nunca en mi vida había entrado en una sinagoga y ni siquiera sabía que era judía, hasta el día en que mamá y papá me dijeron, consternados, que por ese motivo no podía seguir yendo al colegio, en el que muchas de mis amiguitas habían empezado a darme de lado y a señalarme con el dedo mientras susurraban esa palabra: «judía». De golpe, comprendí que mis padres y yo nos habíamos vuelto diferentes. Diferentes e inferiores, como si tuviéramos una tara horrible, invisible a nuestros ojos, pero clarísima para todos los demás, que los autorizaba a despreciarnos y a pisotearnos. Recuerdo que a menudo me miraba al espejo, examinaba todos los detalles de mi rostro intentando averiguar qué había de malo en él, en qué se diferenciaban mis rasgos de los de mis compañeras, a las que permitían seguir yendo al colegio. Y el hecho de no encontrar nada no me consolaba en absoluto. Porque poco a poco habían conseguido hacernos sentir diferentes, tanto que hasta nosotros, cuando estábamos en familia, adquirimos la costumbre de hablar de los judíos y los italianos como de «nosotros» y «ellos». Y había momentos, ¡Dios me perdone!, en los que la tomaba con mis padres, los culpaba en secreto de haberme transmitido aquel gen defectuoso que había roto en mil pedazos mi antigua vida. Por si eso no fuera suficiente, las cosas habían empeorado en los últimos tiempos debido al racionamiento y al terror constante de los bombardeos aliados.

El día en que vinieron a detenernos, nos empujaron de mala manera escaleras abajo, nos metieron en una furgoneta que estaba aparcada delante del portal, yo, apretando con una mano mi osito de peluche preferido y agarrando con la otra la falda de mi madre, y papá con las dos pesadísimas maletas que habíamos conseguido llenar deprisa y corriendo con un poco de ropa y las pocas cosas de valor que poseíamos.

Me quedé mirando nuestra casa a través de la rejilla de la caja del vehículo y al ver cómo se alejaba los ojos se me empañaron, arrasados en lágrimas. Me habría gustado preguntar cuánto tiempo íbamos a estar fuera, cuándo podríamos regresar, pero la angustia y el desconsuelo que leía en los rostros de mis padres sofocaron las palabras en mi garganta.

Cuando el furgón cruzó las puertas de San Vittore y se detuvo en el patio, no podía creérmelo. La cárcel. Nos habían metido en la cárcel. «¿Por qué? ¿Por qué? ¡No es justo! ¡No hemos hecho nada!», grité entre sollozos. Pero mamá me hizo callar de inmediato tapándome la boca con la mano.

Una vez dentro, registraron nuestros datos, nos sacaron fotos y nos tomaron las huellas digitales —¡como si fuéramos delincuentes!—; luego nos encerraron en una zona de la cárcel —creo que era el Pabellón V—, que, como más tarde descubrimos, había sido reservada a gente como nosotros, a gente detenida por nada, sin haber cometido delito alguno, por la sencilla razón de que tenía orígenes judíos. La única sorpresa positiva fue que no separaron a los hombres y las mujeres, de modo que los tres pudimos seguir juntos en la celda que nos asignaron.

Estuvimos en San Vittore un par de semanas, en un estado de angustioso suspense, a la espera de que alguien, en algún sitio, decidiera lo que iban a hacer con nosotros. A nuestra llegada, ya había un centenar de judíos en la cárcel, pero cada día fueron llegando más. Vi a varias personas que conocíamos, como a mi maestro, el señor Graziani, que en otro tiempo había dado clase en la escuela primaria a la que yo asistía, o al señor Lustig, el joyero. Su mujer y él eran buenos clientes de mi padre, tanto cuando trabajaba en la casa de moda como después. Alguna vez había acompañado yo a mi madre a su casa para entregar los trajes que mi padre se había encargado de remendar, estrechar o volver. Eran muy amables, la señora Lustig no se olvidaba nunca de regalarme alguna chocolatina. Recuerdo que me sorprendió cómo había cambiado el joyero respecto a la última vez que lo había visto, pocas semanas antes. Bartolomeo Lustig parecía de repente un viejo. Miraba a su alrededor con desconfianza y *temor como un animal acorralado, y llevaba entre las manos un maletín del que no se separaba nunca. Estaba también Amos Felner, junto con su padre y su hermanita Lia. Amos y yo habíamos sido compañeros de clase los últimos años, en la escuela judía a la que empezamos a asistir cuando se nos prohibió ir a nuestros respectivos colegios públicos. Aquellos días pasamos juntos mucho tiempo: jugábamos, hablábamos y, de vez en cuando, él me leía pasajes de su libro preferido, Robinson Crusoe, que se sabía casi de memoria. Una vez le pregunté si tenía miedo. Me respondió que no le daba miedo nada y que, en cuanto fuera mayor, se fabricaría un arco y unas flechas con los que mataría a todos los nazis y a todos los fascistas. Amos era un chico especial, muy maduro y fuerte para su edad. Yo lo admiraba mucho por eso.*

Una noche nos reunieron en el comedor y un militar alemán leyó en voz alta una lista de nombres de varios folios que llevaba en la mano. Eran cerca de doscientos, y entre ellos pronunció también los nuestros, así como los de los Lustig y los Felner. Nos dieron la orden de prepararnos, porque al día siguiente por la mañana nos iríamos. No nos estaba permitido saber dónde. Aquella noche pocos lograron conciliar el sueño en el Pabellón V, y el silencio que habitualmente reinaba en la cárcel a partir del momento en que se apagaban las luces se vio interrumpido por llantos y oraciones. Tampoco mis padres durmieron mucho. Acostada en un catre, con la cabeza apoyada en el regazo de mi madre, tras volver a llenar las dos maletas de cartón con nuestros pobres enseres, los oí hablar sobre lo que nos esperaba. Lo hacían en voz baja para no despertarme, pero yo solo fingía que me había quedado dormida. Mamá estaba preocupada, había oído hablar de campos de trabajo en Alemania o en algún otro país ocupado, y papá intentaba tranquilizarla diciendo que estaba convencido de que nos quedaríamos en Italia, que el Duce no expulsaría del país a ciudadanos italianos en masa.

Pero el 9 de junio de 1944 algo debió de obligar a nuestros perseguidores a modificar sus planes y nuestra partida se retrasó. La espera, cada vez más angustiosa y enervante, se prolongó, de hecho, hasta última hora de la tarde, cuando finalmente nos dieron la orden de ponernos en marcha.

Nos unimos a todos los demás y, poco a poco, se formó un cortejo triste y silencioso que empezó a desfilar por la prisión. Entonces no podíamos saberlo, pero los saludos y las palabras de ánimo que, al pasar ante sus celdas, nos dirigieron los presos comunes —delincuentes reincidentes, ladrones, asesinos— fueron los últimos gestos conmovedores, de solidaridad humana, que recibiríamos antes de sumirnos en un infierno del que, pese a todo lo que habíamos sufrido ya, no teníamos la más mínima idea. En el patio nos esperaban unos cuantos camiones cubiertos con lonas, sin ningún letrero o emblema, con el motor ya encendido. Los soldados de las SS nos hicieron subir en ellos entre gritos y empujones apuntándonos con fusiles. A continuación, los vehículos emprendieron la marcha.

A pesar de estar en junio hacía frío y un atardecer rojo sangre dominaba la ciudad destrozada por las bombas. Durante todo el trayecto fui estudiando el exterior a través de un desgarrón de la lona, no podía dar crédito a lo que veía al constatar que la vida seguía como si tal cosa por las calles, mientras que a mí me daba la impresión de que me habían metido de cabeza en una pesadilla.

Para mi sorpresa, no se detuvo el convoy cuando llegó a la Estación Central, sino que la rodeó para meterse finalmente en un túnel que discurría por debajo del nivel de las vías. En medio del subterráneo había un portón metálico que abrieron de inmediato para permitir el paso a los vehículos.

La oscuridad nos devoró. Poco después oímos cómo nuestro camión se detenía y durante unos minutos eternos permanecimos allí, abrazados los unos a los otros, temblando, conteniendo la respiración. Luego, de repente, una luz cegadora rompió las tinieblas y una voz amplificada y distorsionada por un megáfono ordenó que bajáramos.

Nos encontramos amontonados en una sala de cemento, amplia y desnuda, atravesada por hileras de gruesos pilares. Carecía de ventanas y solo la zona en la que nos encontrábamos nosotros estaba iluminada por potentes reflectores que proyectaban en las paredes las sombras agigantadas de nuestros verdugos. Nos rodeaban decenas de hombres armados de las SS y algunos milicianos fascistas. Varios soldados alemanes llevaban perros lobos atados con correa, que ladraban y babeaban furiosamente. Detrás de las columnas de cemento, en medio de la penumbra, se vislumbraban unos viejos vagones de mercancías bastante destartalados. Confusa y aterrorizada, apreté con fuerza la mano de mi madre y susurré:

—¿Dónde estamos?

—Debajo de la estación, me parece —dijo papá.

—Pero no nos harán subir a esos vagones, ¿verdad? —pregunté—. Son para animales, no para personas. Ni siquiera tienen ventanillas...

Papá no tuvo ánimos para contestarme. De ello se encargó la voz que hablaba por el megáfono. Solo nos explicó que, antes de emprender la marcha, debíamos entregar los equipajes, que iban a viajar por otro lado y nos serían devueltos cuando llegáramos a nuestro destino. Por eso era importante que escribiéramos con tiza nuestro nombre y apellido en las maletas.

Un escalofrío recorrió a la multitud, entre la cual empezaba a generalizarse la conciencia de lo que nos esperaba: nos iban a arrancar definitivamente de nuestras casas y de nuestra vida. Me fijé en el señor Lustig, que, un poco más allá, apretaba con fuerza contra el pecho su inseparable maletín, moviendo la cabeza en todas direcciones con aire asustado. Por un instante divisé también a Amos. Tenía un brazo apoyado en el hombro de Lia. Siempre adoptaba una actitud protectora con su hermana. Su madre había muerto hacía unos años y desde entonces era él el que se ocupaba de la niña mientras su padre estaba trabajando. La acompañaba a casa después del colegio, le preparaba la comi-

da, la ayudaba a hacer los deberes. Recuerdo que, al contrario que yo, Amos no parecía asustado. Miraba fijamente ante sí con una expresión dura, más de hombre que de niño. Lo saludé con un gesto vacilante de la mano, pero no sé si él se dio cuenta, porque desapareció de nuevo entre el gentío. Aquella fue la última vez que lo vi.

Un señor que estaba a nuestro lado perdió la cabeza y, dando un empujón al soldado de las SS que tenía delante, se lanzó corriendo hacia la parte en sombra de aquel recinto enorme, donde debía de encontrarse el portón por el cual habían entrado los camiones. Los alemanes quedaron tan sorprendidos al ver aquel inverosímil intento de fuga que se echaron a reír y tardaron en reaccionar. Durante unos instantes abrigué la ingenua, absurda, esperanza de que lo consiguiera. Luego un soldado levantó su fusil y, sin prisa alguna, apuntó con cuidado y disparó. El fugitivo cayó redondo al suelo, pero siguió arrastrándose, apretándose el muslo herido con una mano. En ese momento, los alemanes desataron las correas y soltaron los perros. Apenas tuve tiempo de verlos lanzarse contra aquel pobre hombre, pues mi padre me rodeó la cabeza con sus manos, apretándome la cara contra su barriga con tanta fuerza que llegó a hacerme daño. Resonó en mis oídos un grito sobrehumano. En ese momento sentí rabia por primera vez. Una rabia tremenda por lo que estaba ocurriendo. Porque era cruel, equivocado, injusto. Nuestros propios verdugos, en el fondo de su corazón, lo sabían. Y les daba vergüenza. Por eso lo hacían todo en secreto, intentando escondernos bajo las lonas de los camiones, en el vientre tenebroso de la estación, en vagones para ganado sin ventanillas. Los odié. No solo a ellos, a los nazis y a los fascistas que nos perseguían. Odié también a todos los demás, a todos aquellos que simplemente se lavaban las manos, aquellos que, con su indiferencia cobarde, volviendo la cabeza y mirando para otra parte, permitían que aquello sucediera.

Hubo una explosión de pánico. La gente a nuestro alrededor gritaba y empujaba. *Una mujer anciana cayó al suelo y a punto estuvo de ser pisoteada. Los soldados vociferaban dando órdenes y profiriendo amenazas, hacían sonar los silbatos y propinaban golpes con la culata de los fusiles. Fueron unos instantes de verdadero caos. Para poder restablecer el orden tuvieron que disparar al aire varias veces.*

Cuando por fin reinó la calma otra vez dieron comienzo las operaciones de carga. Bajo la amenaza brutal de las armas, espoleados a fuerza de insultos, culatazos y golpes por los soldados de las SS, nerviosos debido a aquel nuevo retraso en su hoja de ruta, los deportados iban desfilando hacia la pequeña cabina de madera rodeada de una especie de cerca que hacía las veces de consigna de equipajes, donde varios soldados de la República de Saló, vestidos con camisas negras, recogían bolsas y maletas, a veces arrancándoselas literalmente de las manos a sus propietarios. Luego metían a empujones a la gente en los vagones, amontonándola hasta lo inverosímil, incluso cincuenta o más personas en cada uno. Una vez llenos, precintaban los vagones y los trasladaban a un gran montacargas que los subía a la superficie, al nivel de las vías.

A nosotros nos metieron en el último vagón, creo que era el cuarto. Dentro no había ni agua ni luz, solo paja en el suelo y un cubo en el que se suponía que debíamos hacer nuestras necesidades. El hedor era insoportable.

Bartolomeo Lustig fue uno de los últimos en subir. Dos camisas negras lo metieron dentro a pulso. Ya no llevaba su maletín, tenía las gafas rotas y un ojo morado. Un pequeño reguero de sangre manaba de una comisura de sus labios. Su mujer lo ayudó a sentarse en el suelo y él permaneció inmóvil, con la mirada apagada, perdida en el vacío.

El viaje en aquellos vagones cerrados a cal y canto fue largo y horrible. Tardamos cinco días en llegar a la que solo al final supimos que era nuestra meta: el campo de concentración de Auschwitz.

Mientras cruzábamos a pie la gélida y desolada llanura pola-
ca, en dirección a aquella enorme extensión de barracones grises
que se sucedían hasta perderse de vista en innumerables hileras,
rodeadas de una valla de alambre de espino y vigiladas por cen-
tinelas armados con ametralladoras, con las siniestras siluetas de
las chimeneas humeantes perfilándose al fondo, empezó a ha-
cérsenos presente el abominable horror al que estábamos desti-
nados.

Laura necesitó un tiempo para reponerse del desasosiego en el que la había sumido el estremecedor relato de la señora Limenta-ni. Ahora sabía con exactitud qué era lo que había provocado el huracán de emociones que acompañaba la aparición de los niños en la Central. La tristeza, el miedo y el sufrimiento que la habían desgarrado, abriéndole en el corazón profundos surcos que temía que no llegaran nunca a cicatrizar del todo, eran los que habían experimentado Ester y todos los demás deportados durante el cal-vario que habían sufrido. Emociones tan violentas, que habían empapado tan a fondo el cemento de los sótanos de la estación, que, al cabo de tantos años, ella era todavía capaz de percibir sus ecos. Y quizá se manifestaran solo a la hora del crepúsculo porque había sido en aquel momento, en el lejano año 1944, cuando ha-bían tenido lugar los hechos.

Cuando por fin logró poner de nuevo sus ideas en orden, las palabras le salieron con dificultad, como si se hubiera quedado sin aliento después de una larga carrera.

—Entonces usted no volvió a verlos después de aquel mo-mento, en medio de la muchedumbre de personas que aguarda-ban a que las cargaran en los vagones. No vio ni a Amos ni a Lia subir al tren, ni tampoco bajar de él cuando llegaron a Aus-chwitz.

—No —confirmó perpleja la señora Limentani—, pero nun-ca he tenido la menor duda de qué sucedió. En fin, ¿a qué otro sitio habrían podido ir?

—¿Ve usted? Sus nombres no aparecen en los archivos del campo de concentración y no consta que les fuera asignado nunca un número de registro, lo que me lleva a pensar que no llegaron a Auschwitz.

El rostro de Ester Limentani se iluminó de pronto.

—Pero si no ingresaron en el campo —exclamó presa de un fuerte nerviosismo, irguiéndose en su asiento—, entonces tal vez pudieran..., es posible que Amos no haya...

—No, no —se apresuró a rectificar Laura, mortificada por haberla empujado involuntariamente a abrigar la esperanza de que los dos hermanitos hubieran podido librarse del Holocausto—. En el IIJC no tienen la menor duda de que no sobrevivieron. Solo queda por certificar si murieron durante el viaje o antes, en la estación, durante las operaciones de carga de los deportados.

La chispa que por un instante le había parecido que brillaba en el fondo del negro pozo de sus ojos se apagó de inmediato. Ester Limentani se desinfló, como cuando se pincha un globo.

—¿Sabe usted? —dijo luego, con la voz reducida a un susurro apenado—. En Auschwitz la vida era durísima, hasta un punto que resulta imposible describir, y yo estaba convencida de que no lo soportaría, de que no saldría nunca de allí. Por aquel entonces me imaginaba que Amos se encontraba también en el campo, en alguna parte, en alguna zona a la que yo no podía acceder, y tenía la seguridad de que, si había alguien capaz de sobrevivir a todo aquello, era precisamente él. Esta idea me daba un gran consuelo.

—Se interrumpió poniéndose a jugar con su collar hecho de chapas de botella. Y luego añadió—: Amos era una persona excepcional. Piense que este collar me lo hizo él durante nuestra estancia en San Vittore. Era muy hábil con las manos, su padre trabajaba de carpintero y lo llevaba a menudo al taller para enseñarle el oficio.

«¡Dios mío! —pensó Laura con el corazón acongojado—. Ha seguido llevándolo hasta hoy. Estaba enamorada de él de pequeña y sigue estándolo ahora. Durante todos estos años no ha dejado de amarlo. Su vida quedó realmente detenida en Auschwitz».

Sintiéndose culpable por haber despertado de nuevo aquel viejo dolor en la pobre mujer, se dijo que había llegado el momento de irse y de dejarla en paz. Pero antes tenía que hacerle otra pregunta. La última, aunque debería haber sido la primera, si no le hubiese dado demasiado miedo la respuesta, la única que realmente contaba para ella, de la que cabía decir que dependía todo su futuro.

—Una cosa más, señora Limentani —dijo con un leve temblor en la voz—. Que usted recuerde, ¿tenía Amos por casualidad una cicatriz encima de una ceja?

La anciana hizo un gesto de sorpresa.

—Sí, claro. Yo estaba presente cuando se hizo esa herida. Ocurrió en la escuela. Estaba corriendo por la clase, se cayó y se dio contra el pico de un pupitre. Había sangre por todas partes, el corte era profundo, tuvieron que darle varios puntos para coserle la herida. Recuerdo que me sorprendió mucho el hecho de que no derramara ni una lágrima.

Una sensación de liberación, tan intensa que su cabeza casi empezó a darle vueltas, invadió a Laura. Los dos niños que veía en la estación eran realmente Amos y Lia Felner, en aquellos momentos ya no le cabía la menor duda. Se trataba de un detalle demasiado concreto y específico para considerarlo una mera coincidencia. Por lo tanto, no estaba volviéndose loca. Aquello era el fin de una larga pesadilla.

Cuando la mujer irrumpió gritando en las oficinas de la Polfer, Mezzanotte se encontraba sentado a su mesa, en la sala de oficiales. Acababa de volver de un turno de patrullaje bastante movidito y lo único que deseaba era disponer de unos minutos para recuperar el aliento. Aquel domingo por la noche reinaba en la Central el caos más absoluto. A la habitual barahúnda de la vuelta del fin de semana se había sumado una avería del sistema de circulación en las inmediaciones de la terminal de Lambrate, que había provocado retrasos y cancelaciones en cadena, y aplacar los ánimos de los pasajeros exasperados por las interminables esperas y por la información contradictoria difundida por los tablones de anuncios y los altavoces resultaba una empresa nada fácil para los hombres de la Policía Ferroviaria. En ocasiones como esa era cuando más se notaban las carencias crónicas de personal de las que adolecía la Unidad.

—¡Socorro! ¡Mi hijo! ¡Se han llevado a mi hijo! ¡Ayúdenme, por favor!

Aquellos chillidos angustiados obligaron a Mezzanotte a levantarse de la silla. Recorrió a grandes zancadas el pasillo en compañía de algunos otros colegas hasta llegar a la entrada. Derrumbada en uno de los asientos de plástico de la zona de espera había una mujer visiblemente alterada. A su alrededor se había formado ya un pequeño grupo de policías. De unos cuarenta años, un traje sastre de verano color antracita con manchas de sangre en un hombro, bolso de marca, un corte de pelo que se intuía caro, la señora alternaba sollozos y frases inconexas entre los bazos del viejo Fumagalli, que trataba de calmarla. Alguien le tendió una botellita de agua, de la que bebió un pequeño sorbo, otro le ofreció un pañuelo de papel que la mujer utilizó primero para secarse las lágrimas y luego para sonarse ruidosamente la nariz. Mientras tanto, había llegado también el comisario Dalmasso, que tomó las riendas de la situación y se encargó del interrogatorio.

La señora se llamaba Lavinia Poli, cuarenta y dos años, interiorista, divorciada. Volvía del parque temático de Gardaland con su hijo Matteo, de siete años, y, al llegar a la Central, con un retraso de más de una hora, fueron los últimos en bajar del tren porque al niño se le escapaba el pipí. Viajaban en el último vagón y al final del andén de la vía 12 ya no había casi nadie. La señora Poli había empezado a caminar arrastrando de la mano a su hijo, que estaba cansado e iba lloriqueando. Poco después notó que la agarraban brutalmente por los hombros. Su asaltante intentó llevársela consigo a rastras tapándole la boca, pero ella logró zafarse y al hacerlo le dio involuntariamente un codazo en la cara. La sangre que podía verse en su vestido era la que el hombre había derramado copiosamente por la nariz. Su reacción fue empujarla con violencia y ella se cayó de bruces sobre el pavimento del andén.

Cuando la mujer volvió a ponerse en pie, el hombre que la había agredido había desaparecido. Y con él el pequeño Matteo.

—Quiero que algunos hombres controlen todas las salidas. ¡Rápido! No deben salir de la estación —ordenó el comisario pasándose una mano por el emparrado ya empapado en sudor. Luego, dirigiéndose a la mujer, añadió—: No se preocupe, señora, los encontraremos. ¿Podría usted proporcionarnos una descripción del individuo que la ha agredido?

—Estaba detrás de mí, solo lo he visto un instante —dijo Lavinia Poli—. Era alto y delgado, me parece. Llevaba..., no sé cómo describirlo, una especie de chilaba oscura. Y estaba muy pálido, de eso estoy segura. Tenía unos ojos grandes y saltones, y el cabello blanco.

De repente se hizo un silencio y las cabezas de todos los presentes se volvieron hacia Mezzanotte, que hasta ese momento se había quedado al margen de la escena y no había intervenido.

Tardó unos instantes en elaborar el sentido de las palabras de la mujer.

—¡Joder! —murmuró y salió corriendo de la Unidad.

En cuanto llegó a la zona de salidas, Mezzanotte se encontró con un muro de gente que le cortaba el paso. Miles de personas furiosas y desconsoladas esperaban, mirando hacia arriba, que los paneles electrónicos, que continuaban multiplicando la cuantía de los retrasos cual ábacos enloquecidos, anunciaran la salida de un tren que las llevara a su destino.

Presa de una angustia febril, se metió entre el gentío gritando: «¡Abran paso! ¡Policía!». No dudó en repartir codazos y empujones a diestro y siniestro para poder pasar, pero avanzaba muy despacio. Demasiado despacio.

Era él, lo sabía. Era el Fantasma. Cerrar las salidas no serviría de nada. No tenía la menor intención de abandonar la Central, no era esa su vía de escape. Por el contrario, se dirigiría a los sótanos, donde tenía su madriguera. Si perdía su pista antes de que llegara a su refugio, no habría nada que hacer. Aun cuando se dispusiera de muchos policías, tardarían días en sacarlo de su guarida. Y para el niño sería demasiado tarde.

En un momento dado vio que avanzaba hacia él una avalancha de gente que iba en dirección opuesta a la suya al precipitarse hacia un regional cuya salida inminente acababa de ser anunciada. Echando maldiciones entre dientes, se vio obligado a retroceder bastantes metros para no dejarse arrastrar, hasta que consiguió esquivarla.

Así pues, se había hecho realidad aquello que había temido desde el primer momento y de lo que había intentado en vano poner en guardia a su superior. El Fantasma había decidido pasar a los sacrificios humanos. Había intentado raptar a aquella mujer para luego contentarse con su hijo. No podía decirse que él no se esperara algo por el estilo. Hacía días, desde que Dalmasso había desautorizado definitivamente sus pesquisas, que se sentía inquieto, abrumado por unos presentimientos tenebrosos. Pero el hecho de tener razón no le producía ninguna satisfacción. Era también culpa suya que hubiera sucedido. No había sido capaz de convencer al comisario de que la amenaza era real y luego, ante la prohibición de seguir investigando, se había rendido con demasiada facilidad para salvar el culo. Habría podido seguir hasta el final y hacer las cosas mejor. Debería haberlo hecho.

Cuando finalmente llegó al comienzo de la vía 12 y tuvo el camino despejado, echó a correr como loco a lo largo del andén.

¿Cuánto tiempo había pasado desde el rapto del niño? ¿Veinte minutos? ¿Media hora? Mucho, en cualquier caso. Suficiente para que el Fantasma desapareciera en el subsuelo de la estación sin que nadie lo molestara.

Ya había una patrulla en el lugar de los hechos. Los dos agentes estaban allí plantados contemplando con cara de perplejidad las manchas de sangre que había en el suelo, único indicio visible de lo que había ocurrido. Uno de ellos era Cerullo, con quien Mezzanotte, para su desgracia, ya había tenido que vérselas. Al otro solo lo conocía de vista, había sido asignado de manera excepcional a las tareas de patrullaje para hacer frente a la emergencia ocasionada por la avería en la línea, pero normalmente desempeñaba labores de escolta en los trenes. Tampoco él parecía una lumbrera.

—¿Habéis encontrado algo que pueda indicarnos por dónde se ha escapado? —preguntó Mezzanotte respirando con esfuerzo—. ¿Testigos? ¿Rastros de algún tipo?

—No, inspector. Lo sentimos —respondió el agente Cerullo, con tono de cabreo—. Nada de nada. Parece haberse volatilizado.

—Pero ¿cómo es posible, maldita sea? Encima llevaba un niño con él —farfulló Riccardo mirando a su alrededor con los nervios a flor de piel. Cada minuto que pasaba, las posibilidades de localizar al Fantasma y a su rehén se reducían, si es que ya no eran nulas.

Desde donde estaban, poco antes del límite de las marquesinas de la cubierta, a cerca de trescientos metros de distancia de la cabeza de las vías, solo llegaban los ecos amortiguados del desmadre de la estación. Por allí no se veía ni un alma. Un poco más adelante, en el centro del andén, estaba la boca de la escalera que conducía al paso subterráneo que comunicaba las distintas vías.

—¿Habéis estado ahí abajo? —preguntó Mezzanotte.

—Claro.

—¿Y?

—Nada —dijo Cerullo, casi molesto por la insistencia del inspector.

Riccardo se quedó mirando a la pareja de agentes. No eran muy de fiar, concluyó. Iría a echar una ojeada él mismo. Por lo demás, no había muchas alternativas. Dejó allí plantados a sus compañeros y bajó corriendo los peldaños de la escalera.

El túnel era bastante ancho, tenía el techo bajo y estaba mal iluminado. A los lados, además de las escaleras que subían a las vías, estaban las puertas de los vestuarios y trasteros reservados al personal de servicio. Mezzanotte echó un vistazo a uno y otro lado. Nadie a la vista. Tras unos breves instantes de indecisión, se dirigió a la izquierda. Estaba empezando a perder las esperanzas y la sola idea de que el niño pudiera ser sometido a las mismas atrocidades infligidas a los animales sacrificados le producía unas dentelladas de angustia que le desgarraban el estómago. Luego, en los peldaños de una de las escaleras, vislumbró una figura agazapada. Vestía una ropa andrajosa y sucia, y se afanaba en recoger del suelo colillas que examinaba brevemente para meterse algunas en los bolsillos y tirar las demás. El pordiosero le daba la espalda, pero su cabellera blanquísima no dejaba lugar a dudas sobre su identidad.

Mezzanotte se dirigió precipitadamente hacia el General y puso una mano en su hombro.

—¡Eh! No habrás visto pasar a un hombre alto y pálido con un niño, ¿verdad?

El vagabundo volvió la cabeza abriendo los ojos como platos por la sorpresa. Levantó la mano como para hacer el habitual saludo militar, pero Mezzanotte lo interrumpió con brusquedad.

—Bueno, ¿qué? ¿Los has visto? ¿Sabes por dónde se han ido? —insistió levantando la voz, y, como el General seguía mirándolo como si estuviera embobado y no respondía, lo agarró por los hombros y empezó a zarandearlo repitiendo con impaciencia la pregunta.

Al cabo de unos instantes la expresión de incomprensión del rostro del viejo se transformó en una mueca de espanto. Mezzanotte se dio cuenta de que se había puesto a chillar y a sacudirlo de un lado a otro como si fuera un muñeco de trapo. Se interrumpió de golpe al recordar un detalle nada insignificante: el General era mudo. Aunque quisiera, no podía contestarle.

—Vale, lo siento. He perdido el control. No quería hacerte daño —se disculpó obligándose a recuperar algo de calma, en el tono más tranquilizador del que fue capaz—. Por favor, si el hombre y el niño han pasado por aquí, ¿puedes hacerme una seña con la cabeza e indicarme la dirección por la que se han ido?

Pero el anciano mendigo, que se había encogido en uno de los escalones sujetándose la cabeza entre las manos como si esperara que de un momento a otro fueran a golpearlo, permaneció inmóvil, escrutándolo con unos ojos llenos de pavor.

«¡Mierda! —pensó Mezzanotte—. Lo he aterrorizado literalmente. Aunque supiera algo, ya no hay forma de sacárselo».

—Vete, no te entretengo más —dijo Riccardo poniéndose otra vez de pie. Al General no hizo falta que se lo repitiera. Se levantó al instante y escapó subiendo por la escalera tan deprisa como su cojera se lo permitía.

Riccardo volvió sobre sus pasos desmoralizado. Lo había perdido. No le quedaba más remedio que resignarse. Mientras caminaba cabizbajo a lo largo del paso subterráneo, se le fueron los ojos tras una serie de manchas rojizas apenas visibles que vio en las losas de mármol oscuro del pavimento. Se agachó para examinarlas mejor. Las tocó con el dedo y se frotó las yemas con aquella sustancia densa y viscosa. Tenía toda la pinta de ser sangre, y no estaba seca. ¡Pero claro! ¡El Fantasma se había llevado un codazo de la mujer en la cara y le había sangrado la nariz! Quizá no estuviera todo perdido, pensó cobrando un poco de ánimo, y se puso a seguir aquel rastro tan tenue. En varios momentos temió que se interrumpiera —quizá había logrado taponarse la nariz y había dejado de sangrar—, pero al detectar cada nueva manchita suspiraba aliviado. En un punto que coincidía con una puerta había numerosas gotas de sangre juntas, como si su hombre se hubiera detenido allí un momento. Dio unos cuantos pasos más, pero parecía que el rastro no continuaba. El cartel colocado junto a la puerta decía: «Vestuario equipo de mantenimiento». Mezzanotte apoyó la mano en el tirador y probó a abrir la puerta. No estaba cerrada con llave.

Una vez dentro, buscó a tientas un interruptor y encendió la luz. La habitación, no muy grande y semiabandonada, contenía varias filas de armarios metálicos en comparación con los cuales los de la Unidad se encontraban en un estado estupendo; había también algunos bancos y unos ganchos de los que colgaban herramientas de todo tipo. Ninguna puerta más, ningún lugar en el que pudiera esconderse. ¿Dónde diablos se había metido el Fantasma? Sin embargo, se veían algunas manchitas rojas en el suelo, señal de que había entrado allí. Durante unos momentos permaneció sin saber qué hacer, registrando con los ojos el vestuario, hasta que se dio cuenta de que una fila de armarios estaba ligeramente separada de la pared.

Se acercó e intentó mirar por la rendija que quedaba entre el muro y la parte trasera del mueble, pero estaba demasiado oscuro. Dándole un empujón con más decisión, logró separarlo un poco de la pared. Detrás había una puerta que, a juzgar por su aspecto, databa de muchos años antes que aquella por la que había entrado. Mezzanotte recordó lo que le había dicho Belmonte, el ferroviario, sobre la imposibilidad de elaborar una lista de todos los puntos de acceso a los sótanos. En aquel momento le había parecido una exageración y en ese momento empezaba a comprender qué había querido decir. Aquella puerta debió de estar fuera de uso tanto tiempo que todo el mundo se había olvidado de su existencia, pero alguien la había vuelto a poner en funcionamiento y tuvo incluso buen cuidado de poner detrás de los armarios dos tiradores para que resultara más fácil volver a arrimar el mueble a la pared después de pasar por ella. Lo habían convertido en una especie de pasadizo secreto.

La puerta daba a una estrecha escalera de caracol inmersa en la más absoluta tiniebla. Mezzanotte cogió una linterna de uno de los ganchos que había en las paredes. Milagrosamente, funcionaba. Bajó hasta un descansillo que daba acceso a un pasillo de servicio iluminado con fluorescentes, por el cual pasaban tuberías de varias dimensiones y haces de cables. Era tan largo que se perdía de vista tanto por un lado como por el otro. Unas manchas en el suelo polvoriento le indicaron la dirección que el Fantasma había tomado. ¿Cuánta ventaja podía sacarle? Se temía que fuera bastante, aunque el niño y la hemorragia de la nariz debían de haberlo obligado a reducir la marcha. Se le pasó por la mente la idea de que tal vez debería llamar por teléfono a la Unidad para pedir refuerzos, pero enseguida la descartó. No había un minuto que perder.

Se puso inmediatamente en marcha, deteniéndose cada vez que encontraba una puerta. Muchas estaban atrancadas y algunas se abrían dando acceso a estancias vacías. Del techo colgaban aquí y allá marañas de cables eléctricos, así que tenía que ir con mucho cuidado si no quería electrocutarse. Una de las tuberías despedía vapor que, al condensarse, formaba pequeños charcos en el suelo. El aire, húmedo y pesado, empezó a dificultarle la respiración.

Si el sentido de la orientación no lo engañaba, el pasillo se extendía en paralelo a las vías, a un nivel intermedio entre la parte superior de la estación y la subterránea que había visitado hacía unos días. Aparte de eso, no tenía ni la menor idea de adónde podría conducir.

Se alegró al encontrar en una sala un montoncito de trapos manchados de rojo. El Fantasma debía de haberse detenido allí para curarse su nariz sangrante, eso significaba que se había detenido y probablemente había perdido ventaja sobre él.

Echó a correr de nuevo con renovado ímpetu. La mala noticia

era que ya no se veían gotas de sangre en el suelo. Había conseguido frenar la hemorragia.

Al cabo de unos minutos, llegó a un punto en el que el pasillo cambiaba de dirección. Frente a él había una puerta de metal. La abrió. Una escalera oscura que subía y bajaba. Tres direcciones posibles y ningún rastro que le indicara cuál había cogido el Fantasma. Ahogó una maldición y estaba a punto de continuar por el pasillo, cuando un ruido proveniente del fondo de la escalera le llamó la atención. Empezó a bajar los peldaños apuntando con la linterna hacia delante. Al término del primer tramo se asomó a la vuelta de la esquina. El haz de luz interceptó una sombra en movimiento.

—¡Quieto ahí! ¡Policía!

El fragor de una detonación cortó el aire y de la pared situada junto a su cabeza saltó una nube de polvo acompañada de una lluvia de partículas de cemento.

«¡Mierda! ¡Está armado! —pensó Mezzanotte pegándose a la pared. La sangre le martilleaba las sienes—. Unos centímetros más cerca y me hace papilla los sesos».

Desenfundó su pistola, aunque, mientras el Fantasma tuviera al niño con él, no podría responder al fuego. Con extrema cautela reanudó la marcha y siguió bajando. Llegó a un descansillo. Las escaleras continuaban, pero allí había una puertecita entreabierta. Se coló por ella, y se encontró sumergido en una impenetrable oscuridad. Notó un olor extraño, una mezcla de polvo, naftalina y a saber qué más. Alargó una mano hacia delante y chocó con algo. Al tacto parecía un tejido de raso. Una cortina, un telón, algo por el estilo. Apenas la había retirado para pasar al otro lado, cuando distinguió con el rabillo del ojo una figura humana a su derecha. La tenía cerquísima, estaba a punto de echársele encima, con un brazo dispuesto a descargar el golpe. Por puro instinto, dio una vuelta sobre su propio eje echándose a un lado y disparó. La cabeza de la figura saltó literalmente en mil pedazos mientras que el resto del cuerpo permanecía inmóvil, de pie, sin cambiar de posición. Completamente atónito, Mezzanotte apuntó la linterna hacia ella. Era una especie de maniquí cubierto con una rica vestidura eclesiástica blanca y roja, y la mano levantada en actitud de impartir la bendición.

—Pero..., ¿pero qué...? —murmuró.

Entonces lo comprendió. Poco después de su traslado a la Central, Colella le mostró una persiana metálica bajada en la Galería Principal y le dijo que era la entrada del antiguo museo de cera, cerrado hacía unos años. Él mismo lo visitó una vez de niño, aunque recordaba poco o nada de todo aquello. Fue de mala gana porque estaba previsto que lo acompañara su padre, pero este había recibido una llamada urgente de la Jefatura Provincial y lo había mandado con la niñera de turno.

Lo que acababa de hacer era volar la cabeza a un Papa de cera. Imposible decir a cuál.

Exploró el lugar con la linterna, primero iluminó a un Hitler vestido con uniforme militar haciendo el saludo nazi y luego a Stalin, Roosevelt y Churchill sentados alrededor de un mapamundi y dividiéndose el planeta. Dos vanos enmarcados por unos cortinajes conducían a las otras salas del lúgubre museo abandonado. Al asomarse a una de ellas encontró a Dante a punto de cruzar la entrada del Infierno en compañía de Virgilio y a Drácula, que miraba sonriendo por la ventana de la habitación de una muchacha dormida, pero ni rastro del Fantasma ni de su pequeño rehén.

«Con estos condenados maniquíes todo resulta más complicado», pensó mientras se dirigía al vano situado en el lado opuesto de la sala. Cada vez que otra figura salía de las sombras se estremecía pensando que era su adversario, al cual aquellos fantoches le facilitaban en gran medida la tarea de ocultarse. Dirigió el rayo luminoso de la linterna al interior de la siguiente sala, pero dos tiros lo obligaron a retroceder con precipitación. Otro problema que sumar a la lista: la linterna lo convertía en un blanco fácil, mientras que al Fantasma la luz no parecía que le hiciera ninguna falta. La misma impresión que había tenido la noche en la que lo había perseguido entre las vías. Aquel cabrón era capaz de ver incluso en la oscuridad.

Por lo menos había averiguado dónde se había metido. Los destellos de los disparos provenían de detrás de una bañera dentro de la cual había un tío desnudo al que una mujer vestida con un traje de época acababa de apuñalar. A saber quién era y por qué quería quitarlo de en medio la tipa esa.

Con la máxima prudencia, sin exponerse demasiado, intentó inspeccionar mejor el espacio circundante. Cuando la linterna iluminó un cuadro eléctrico en la pared situada detrás de una columna de cartón piedra, al fondo de una escena ambientada en la antigua Roma, pensó que aquello era lo mejor que le podía pasar. Si conseguía encender la luz, la situación se reequilibraría. Pero para llegar al panel de las luces tendría que pasar por delante del lugar en el que el Fantasma estaba agazapado y recorrer varios metros al descubierto. Una broma de nada, vaya.

Respiró profundamente varias veces, soltó otras tantas imprecaciones y se lanzó hacia delante disparando al techo para no arriesgarse a herir al niño. El Fantasma respondió al fuego mientras él seguía corriendo con la cabeza gacha en medio de la oscuridad, con la Beretta en una mano y la linterna en la otra. Mezzanotte ejecutó una especie de zambullida, dio una voltereta y aterrizó al lado del cuadro eléctrico, donde no estaba a tiro.

No le dio tiempo a felicitarse por la agilidad acrobática de la que había dado prueba cuando notó una fuerte quemadura en un costado. Se la tocó con los dedos y cuando levantó la mano vio que chorreaba sangre. Empezó a hiperventilar, la frente se le cubrió de sudor frío y el dolor aumentaba a pasos agigantados, mordiendo su carne lacerada. Era el primer balazo que recibía, pero no era el momento de abandonarse al pánico. Apretando los dientes, se levantó la camisa y examinó la herida. El proyectil había entrado y salido por el costado derecho, lo bastante de refilón para esperar que no hubiera causado demasiados daños a su paso, pero sangraba muchísimo. Si seguía así, dentro de poco perdería el sentido, notaba que la cabeza ya empezaba a darle vueltas. Tenía que hacer algo deprisa. Entonces se dio cuenta de que no tenía la pistola. Probablemente se le había caído durante su funambulesca carrera. Como si no estuviera ya con la mierda al cuello... La buscó por el suelo con la linterna, pero a saber dónde había ido a parar. ¿Y ahora qué? Quizá con las luces encendidas consiguiera localizarla, pensó.

Levantó en rápida sucesión todos los interruptores del panel rogando al cielo que funcionaran. Intensos chorros de luz inundaron una tras otra todas las salas del museo.

Lo que sucedió entonces fue algo totalmente inesperado. Deslumbrado y mortalmente pálido bajo su harapienta capa negra, el fantasma surgió de detrás de la bañera en la que se encontraba en remojo aquel tío agonizante. Se tapaba los ojos con un brazo y gemía: la luz le molestaba, lo había cegado.

En el estado en el que se encontraba, Mezzanotte no sabía si las fuerzas que le quedaban le bastarían para aguantar un choque cuerpo a cuerpo, pero no podía desaprovechar aquella ocasión llovida del cielo.

Se abalanzó contra su adversario y los dos cayeron al suelo. Apretándole el brazo armado con una rodilla y sujetándolo por la garganta con una mano, empezó darle golpes con la otra. Una descarga de puñetazos sacudidos con una violencia demencial. Tenía que dejarlo fuera de combate lo antes posible, sin darle un minuto de tregua, porque no iba a aguantar mucho más. El dolor en el costado empezaba a resultar insoportable.

Con la cara convertida en una máscara sanguinolenta, el Fantasma se debatía e intentaba quitárselo de encima con la mano que tenía libre. Sus grandes ojos saltones estaban inyectados en un odio feroz. Luego, con un rugido que tenía muy poco de humano, en un esfuerzo extremo y desesperado, logró liberarse de su perseguidor sacudiéndoselo de encima. Se escapó mientras Mezzanotte miraba a su alrededor y, al localizar la Beretta debajo de una silla, se arrastró por el suelo para recuperarla. Sin embargo, cuando se dio la vuelta y pudo empuñarla, el otro ya estaba lejos. No cabía ni pensar en continuar persiguiéndolo. Solo ponerse en pie sería una prueba titánica.

—Matteo, Matteo, ¿dónde estás? —gritó—. Soy policía. Ese hombre malo ya se ha ido.

—Estoy..., estoy aquí —le respondió una voz trémula.

Mezzanotte se levantó con dificultad y, apretándose el costado en su afán por taponar la hemorragia, se acercó a la bañera.

—Ya ha acabado todo. Sal, que te llevaré con tu madre.

De detrás de las faldas de la mujer armada con el puñal salió una carita atemorizada. Riccardo le acarició el cabello.

—¿Va todo bien? No te ha hecho daño, ¿verdad?

Matteo sacudió la cabeza a un lado y otro.

—Venga, vámonos de aquí —le dijo cogiéndolo de la mano.

Con paso cada vez más inseguro y la vista empezando a nublársele, se dirigió hacia la salida en compañía del niño. Tras pasar por la caja del museo, se sentó en el primer peldaño de una escalinata bloqueada en lo alto por una persiana metálica, extrajo la radio de su estuche y llamó a la Unidad. Fue el viejo Fumagalli quien contestó.

—Inspector, ¿dónde se ha metido? Esto es un auténtico delirio, no encuentran por ninguna parte a ese hombre ni a su rehén. El comisario está fuera de sí.

—Estoy en el museo de cera. Tengo al niño sano y salvo aquí conmigo. Manda a alguien enseguida. Y llama a una ambulancia, estoy herido.

La radio se le escapó de la mano. Notaba el cuerpo totalmente agarrotado y tenía mucho frío.

—No te preocupes. Ahora vienen a buscarnos —dijo con un hilo de voz al pequeño Matteo, que se había acuclillado a su lado.

Acto seguido se desmayó.

Un vago olor a desinfectante impregnaba la habitación. El tipo que había en la cama de al lado había dejado por fin de quejarse y roncaba como un motor sin silenciador. Tumbado en la cama con una vía clavada en el brazo, Mezzanotte miraba por la ventana, más allá de los tejados, y veía cómo las nubes cambiaban de color pasando del naranja al rosa y luego al morado, en la fantasmagoría del atardecer. Se sentía todavía débil y un poco mareado, pero la enfermera que pasaba de vez en cuando para controlarlo le había hecho saber que aquella sería la última transfusión. Lo tendrían en observación esa noche y, si no surgían complicaciones, al día siguiente por la mañana le darían de alta. Según el médico que le había cosido la herida, había salido muy bien parado. La bala le había traspasado el costado sin dañar ningún órgano interno y, aunque había perdido una notable cantidad de sangre, se había librado por un pelo de sufrir un choque hipovolémico. El médico quería prescribirle al menos una semana de baja, pero, en vista de su obstinación y su deseo de volver a estar de servicio cuanto antes, había buscado una solución de compromiso arrancándole al menos la promesa de guardar un día de reposo absoluto.

El tono del móvil le anunció que había recibido un SMS. Aunque los artículos de sucesos acerca de lo ocurrido el día anterior aludían al disparo que había recibido sin proporcionar muchos más detalles ni hacer especial hincapié en el papel que él había tenido en los acontecimientos, en los círculos policiales los rumores corrían muy deprisa y muchos compañeros le habían escrito o lo habían llamado para felicitarlo y preguntar qué tal estaba, empezando por Venturi y Caradonna, y también su amigo de la Policía Científica, Giacomo Cardini; Colella y otros hombres de la Unidad; incluso algún excompañero de la Brigada Móvil. También Alice le había hecho una breve llamada, marcada por una fría cortesía. Cuando habló con ella, Riccardo tuvo la impresión de que hacía meses, no unos pocos días, que lo habían dejado.

Acercó el móvil, que estaba en la mesilla, y miró la pantalla. El mensaje era de Laura Cordero. Una sonrisa afloró a sus labios. No se lo esperaba.

«Acabo de enterarme de lo que te pasó ayer. ¿Es verdad que te pegaron un tiro y que estás en el hospital? ¿Cómo te encuentras?».

«Nada grave, no te preocupes —escribió en su respuesta—. Mañana me dan de alta».

«Por aquí todos dicen que has sido tú quien salvó al niño. O sea, que es algo que haces a menudo».

«¿Qué?».

«Salvar la vida a la gente».

«Un hobby como otro cualquiera».

Había buscado una respuesta graciosa para desdramatizar la situación, pero lo que le salió sonaba más bien a chulería. Por suerte, Laura lo pasó por alto.

«Eso significa que tenías razón tú, sobre el hombre que mata animales, ¿no? ¿Y ahora qué va a pasar?».

«Sí, pero se me escapó. Por segunda vez. Hay que encontrarlo y detenerlo antes de que vuelva a intentarlo. Y tú, ¿qué te traes entre manos?».

«Nada tan emocionante. Estudiar como una loca y a la desesperada. Dentro de dos días tengo el examen de fisiología».

«¿Todavía no has encontrado ninguna nueva causa perdida a la que dedicarte?».

«Perdona, pero ¿por quién me has tomado?».

«Por alguien que tiene casi tanto talento como yo para meterse en líos».

«¡Ja, ja, ja, ja! No eres el único que lo piensa. También Raimondi está convencido de ello».

Riccardo había empezado a escribir su respuesta cuando recibió otro mensaje.

«En realidad yo también estoy siguiendo el rastro de alguien».

«¿De quién?».

«Esos dos niños, ¿te acuerdas?».

Mezzanotte frunció el ceño.

«Me dijiste que te habías equivocado, que no era nada».

«Es una larga historia. Y complicada también».

«Tengo curiosidad por oírla».

«A lo mejor un día me animo y te la cuento».

Sus dedos fueron más rápidos que su cerebro.

«¿En Farid, cuando acabes tu examen?».

La respuesta de Laura tardó un poco en llegar. Probablemente se había pasado, había ido demasiado lejos y eso la había inducido a ponerse a la defensiva enrollándose como un erizo, como había hecho cuando intentó besarla. Pero ella lo sorprendió de nuevo:

«Me encantaría».

Tras despedirse, Mezzanotte se quedó meditabundo durante un buen rato. Aquella chica era un verdadero jeroglífico y, como buen investigador, los enigmas, fueran del tipo que fuesen, lo intrigaban de un modo irresistible. Empezaba a pensar que era inútil luchar contra la atracción que sentía por ella. Que pasara lo que tuviera que pasar.

—Entonces, inspector, usted cree que volverá a hacerlo. ¿Está usted de verdad convencido de ello?

—Sí, señor Rizzi. Durante semanas ha estado matando animales con perseverancia y determinación. Ahora que ha decidido pasar a las personas, no será, desde luego, un intento fallido lo que lo desanime —respondió sin titubeos Mezzanotte, haciendo caso omiso de la mueca de escepticismo del comisario Dalmasso, sentado a su derecha delante de la mesa del fiscal.

Tras salir del hospital, Riccardo volvió a casa, donde se pasó veinticuatro horas durmiendo de forma casi ininterrumpida. A la mañana siguiente se presentó en el despacho, pálido y demacrado, pero trémulo de excitación ante la perspectiva de la caza.

Agresión, secuestro, tentativa de homicidio: en definitiva, ahí estaban los elementos necesarios para la apertura de una investigación como era debido, y la notificación del delito había sido remitida ya a la fiscalía. Aunque cabía intuir que la idea no lo entusiasmaba, confiar el caso a Mezzanotte había sido para Dalmasso una decisión inevitable. Si hubiera actuado de otra forma, habría parecido que quería castigar a su subordinado porque tenía razón y él habría quedado fatal. Además, había sido una de las exigencias del fiscal Alfio Rizzi, el representante del Ministerio Público que había asumido la responsabilidad del asunto. Por ese motivo su superior le había invitado a acompañarlo y habían ido juntos al Palacio de Justicia para mantener la primera reunión y fijar las líneas maestras de la investigación.

Alfio Rizzi se puso bien las gafas y comenzó a hojear el dosier elaborado por Mezzanotte, al cual el comisario le dio una apariencia de oficialidad con alguna que otra firma, sellos y números de registro añadidos aquí y allá. Con grandes entradas y cierto sobrepeso, el fiscal aparentaba más de los cuarenta y cinco años que tenía. Por la tosquedad en sus modales y los rasgos de su cara le pegaba más un mono de trabajo mugriento que el traje y la corbata, y una llave inglesa en la mano más que una estilográfica. Pero tenía fama de ser un fiscal bastante preparado y muy capaz, y a Mezzanotte le dio enseguida la impresión de que sería un error subestimarlo.

—En definitiva, no se sabe ni una puta mierda de ese individuo, el Fantasma. De dónde ha salido, cómo se llama, por qué hace lo que hace, si actúa solo o tiene cómplices... No cabe duda, desde luego, ¡el apodo le va que ni pintado!

—Por desgracia, así es, señor fiscal. Tenemos sus huellas, pero no está fichado y, aunque aparezca por allí a menudo, en la Central nadie sabe quién es. Yo sospecho que tiene cómplices, pero, en el estado actual de las investigaciones, no es más que una hipótesis. Respecto a sus motivaciones, la finalidad de los rituales que realiza es ganarse el favor de una divinidad llamada Koku y atemorizar al enemigo con vistas a una guerra. Qué enemigo y qué guerra, confieso que por el momento no tengo ni la menor idea de cuáles puedan ser.

—Ya, ya. Toda esa historia de los sacrificios vudú que supuestamente se celebran en los sótanos abandonados. Un poco difícil de digerir, ¿no cree? Si alguien lo considerara a primera vista un cúmulo de gilipolleces, no se le podría echar en cara —observó de forma brutal el titular de la fiscalía, con lo que arrancó una sonrisa de satisfacción a Dalmasso.

—Lo sé perfectamente —replicó Mezzanotte, que no se amilanó en absoluto—. Sin embargo, la correspondencia con las ceremonias de la religión africana descritas por el profesor Dal Farra son demasiado exactas para considerarlas una mera casualidad. Y la planta de la que se encontraron rastros en el estómago de uno de los animales muertos, utilizada habitualmente en los ritos vudú, es muy rara y solo crece en África. Ese perro no pudo ingerirla husmeando por la calle.

—De momento, la reconstrucción del contexto en el que se ha desarrollado el acto delictivo es vaga y confusa, por no decir otra cosa —cortó Rizzi—, pero de la peligrosidad de su Fantasma no cabe duda. Arrancó a ese niño de los brazos de su madre para arrastrarlo hasta los túneles situados debajo de la estación. Y usted ya lo había previsto, inspector, hay que reconocérselo.

El fiscal se puso en pie para dar a entender que la reunión se había acabado. Mientras estrechaba la mano a los dos policías dijo, a modo de conclusión:

—Muy bien, señores, continúen buscando a ese tipo, intenten descubrir algo más sobre él y, mientras tanto, máxima vigilancia en toda el área de la estación, por si pretende intentarlo de nuevo. Ténganme constantemente al corriente y, por favor, insisto, para la prensa por ahora la versión oficial sigue siendo que se trata del acto irreflexivo de un loco. Yo evitaría alarmar a la ciudadanía hasta que tengamos alguna certeza más.

Loris se acercó a su mesa aprovechando la pausa entre una entrevista y otra.

—Entonces ¿qué tal ha ido el examen?

—Bueno, digamos que me lo he quitado de encima —respondió Laura frunciendo la nariz de una manera tan deliciosa que el corazón del joven voluntario dio una voltereta. Un notable. Su padre, sin embargo, no se había mostrado nada contento cuando se lo comunicó poco antes por teléfono. Le había asegurado que la labor en el Centro de Escucha no influiría en sus notas, y ese único examen ya le había bajado sensiblemente la media. A ella, en cambio, le parecía muy bien. En esos momentos tenía otras preocupaciones muy distintas.

—Ah, bueno. Entonces quizá no haya mucho que celebrar —farfulló Loris, decepcionado por el hecho de que el resultado insatisfactorio del examen no le hubiera ayudado como esperaba—. Esta noche, cuando salgamos de aquí, podríamos ir a tomarnos algo de todas formas. ¿Qué te parece?

Laura se lo quedó mirando. Los músculos del joven, hinchados por el gimnasio, temblaban debajo del polo debido a la tensión, a la espera de una respuesta. Con lo guapo y apuesto que era, Loris podría tener una multitud de chicas a sus pies, pero se obstinaba en cortejarla a ella.

—Lo siento, pero no me veo con fuerzas. Ayer estuve estudiando hasta altas horas de la noche y me caigo de sueño. A lo mejor en otra ocasión —dijo Laura reprochándose no ser capaz de mostrarle un rechazo lo bastante claro para desanimarlo de una vez por todas.

—Está loco por ti. Lo sabes, ¿no?

Wilma se le había acercado mientras el exmodelo volvía a su mesa con el rabo entre las piernas.

—Sí, pero...

—Pero tú tienes a otro en la cabeza.

Laura asintió.

—¿El policía?

—Es difícil —respondió la joven bajando los ojos—. Tú no puedes entenderlo...

—Claro que puedo —exclamó la mujer simulando un estremecimiento de indignación que le sacudió la melena platino—. Concederse un poquito de sana y despreocupada gimnasia de cama es una cosa, pero cuando se mete por medio el amor, todo se complica.

El amor... ¿Estaba colada por Riccardo Mezzanotte? Si quería ser completamente honesta consigo misma, tenía que reconocer que lo más probable era que fuera verdad. Por lo demás, ¿de qué otra forma podía explicarse lo que le había sucedido hacía unos días, durante el intercambio de mensajes que habían mantenido, cuando había estado a punto de soltarle su secreto y, no contenta con eso, casi le había prometido que lo haría la próxima vez que se vieran? Eso sí que era un buen lío. No tener a nadie con quien hablar del don, verse obligada a guardárselo todo dentro le había pesado siempre muchísimo, desde la muerte de la abuela Aurora. Pero ¿por qué precisamente Cardo? ¿Por qué se ilusionaba con la esperanza improbable de que fuera capaz de creerla, de comprenderla, de que no pusiera pies en polvorosa al oír sus revelaciones?

Sí, estaba enamorándose de él, pero no era el momento adecuado. Todavía no.

Descubrir que los hermanitos habían existido, que tenían nombre y apellido, Amos y Lia Felner, la había tranquilizado y se había disipado la sospecha de que estaba cayendo en la locura. Pero eso no bastaba para considerar cerrado el asunto. ¿Por qué, de entre todos los deportados que habían compartido la misma suerte que ellos hacía medio siglo, se le aparecían siempre y tan solo aquellos dos niños? ¿Qué los hacía diferentes de los demás?

Y ¿cómo era posible que tuviera visiones de personas muertas hacía tantos años, que todavía fuera capaz de percibir sus emociones con una intensidad casi insoportable? Era la primera vez que le sucedía. ¿Significaba eso que no conocía aún el verdadero alcance de sus capacidades?

Había otra pregunta que la atormentaba: ¿qué querían de ella? Por absurdo que pudiera parecer, en varias ocasiones había tenido la impresión de que los ojos de los dos chiquillos le formulaban una petición muda.

Hasta que encontrara una respuesta a esas cuestiones no llegaría el momento adecuado. Ni para el amor ni para nada.

11

—De acuerdo, vamos a repasar de nuevo el caso de arriba abajo. Qué sabemos y sobre todo qué no sabemos —dijo Mezzanotte, de pie junto a una pequeña pizarra reescribible con un rotulador en la mano, en el cuartito sin ventanas que los empleados de la limpieza de la Unidad utilizaban como trastero. Había amontonado en un rincón escobas, cepillos y detergentes, para convertirlo en el cuartel general de su pequeño equipo de investigación. En las paredes había pegado mapas, fotos y anotaciones varias.

—Hasta ahora he pensado en el asunto yo solo, y necesito que me ayudéis a mirarlo desde ángulos distintos, fijarme en detalles que se me han escapado —continuó, dirigiéndose a Colella y a Minetti, sentados en sendos taburetes alrededor de una mesita que, junto a una estantería metálica, constituía el único mobiliario de la habitación.

Cuando el comisario Dalmasso le había dicho que podía concederle como mucho dos hombres para que lo ayudaran en sus pesquisas, y no a tiempo completo, sino solo mientras las exigencias del servicio no los requirieran en otras tareas, Mezzanotte no había vacilado ni un momento. Desde luego, uno era extremadamente torpe y el otro todavía inexperto, pero los dos eran muy avispados y él tenía necesidad de rodearse de gente de la que pudiera fiarse. Su elección había recaído en ellos, aunque otros agentes le habían dado a entender que les interesaría el puesto, incluso algunos que hasta hacía pocos días huían de él como de la peste. En efecto, a su regreso tras la breve estancia en el hospital, había encontrado un clima muy cambiado en la Unidad. El salvamento del niño y la confirmación de que había acertado en lo del Fantasma habían empezado a derrumbar el muro de hostilidad y desconfianza que los compañeros habían levantado a su alrededor. Todo un derroche de apretones de mano, palmaditas en la espalda y felicitaciones. Casi tenía la impresión de haber vuelto a los tiempos del asesino de las rondas. Una de sus mayores satisfacciones fue constatar que ahora era Carbone quien intentaba apartarse, muerto de envidia por su repentina popularidad. Colella le había contado que, mientras él estuvo en el hospital, el subinspector casi había llegado a las manos con dos compañeros que le habían reprochado lo de la farsa del gato de peluche. Su estúpida broma al final se había vuelto en su contra.

Aunque ni se notaba ni suponía diferencia alguna en aquel cuartucho sin ventanas, hacía ya rato que se había hecho de noche. Aunque el turno de los tres ya había acabado y Mezzanotte, todavía convaleciente y en tratamiento con antibióticos, estaba hecho puré, quería hacer balance una vez más de su primer día oficialmente al frente de la investigación. Pese a su enorme dedicación, los resultados podían ser considerados muy escasos, por no decir nulos.

Colella había ido a la sala de control a revisar las grabaciones de las cámaras de vigilancia. Encontró otro par de tomas en las que se veía al Fantasma andando en plena noche por la estación, pero ninguna de las dos había arrojado nada nuevo de utilidad.

Habían efectuado una primera inspección de los sótanos. Diez hombres durante un turno completo: aunque él había pedido más y durante más tiempo, eso era todo lo que le había concedido Dalmasso recurriendo a las excusas de costumbre.

Capitaneados por Minetti, con Mezzanotte coordinando las operaciones por radio desde el despacho debido a su estado, aprovecharon para desalojar a algunos de los desechos humanos que se escondían allí abajo, pero, por lo demás, volvieron con las manos vacías. El comisario le había prometido que comprobaría si se daban las condiciones para permitir una nueva inspección la semana siguiente, pero Riccardo temía que no llegaran mucho más lejos. El subsuelo de la estación era sencillamente demasiado grande, habría sido necesario el despliegue de unas fuerzas de dimensiones muy distintas.

Se había potenciado el servicio de patrullaje. Se había suministrado a todos los agentes un retrato robot del Fantasma realizado por un dibujante de la policía siguiendo las indicaciones de Mezzanotte y se les había ordenado enseñárselo a todo aquel que pudiera proporcionar información. En la remota eventualidad de que no se escondiera en la Central, se había enviado también una orden de búsqueda a todas las comisarías de la ciudad. Resultado: cero patatero en todas las líneas de investigación, por el momento.

Mezzanotte necesitaba algo que lo ayudara a dar un vuelco a sus pesquisas, una mínima pista, un nuevo arranque de la investigación. Aguardaba con ansiedad el informe relativo a las observaciones de la Policía Científica en los lugares en los que se había producido la agresión de la mujer y su hijo, y de la persecución posterior que él llevó a cabo, y estaba buscando a Amelia, a quien había pedido que preguntara por ahí y que le contara todo lo que descubriera acerca del Fantasma o de los sótanos en general. Pero no había forma de dar con la vieja bruja. Ninguno de sus habituales compañeros de cháchara y de borrachera la había visto últimamente y nadie sabía qué había sido de ella. Había escogido el peor momento para desaparecer.

—Entonces, recapitulando —empezó a decir Mezzanotte, que se interrumpía de vez en cuando para escribir algo en la pizarra—, desde hace aproximadamente un mes y medio nuestro hombre mata animales de tamaño cada vez más grande en honor de una divinidad guerrera del vudú africano, para luego abandonarlos por ahí, como una advertencia para alguien a quien considera su enemigo. Como hasta ahora las amenazas no han surtido efecto, ha decidido probar con los sacrificios humanos.

»¿Qué sabemos de ese hombre, que en la Central es conocido como "el Fantasma" debido a su aspecto siniestro y porque aparece siempre por la noche? Casi nada, y lo poco que conocemos es confuso y contradictorio. Edad: presumiblemente entre los cuarenta y los cincuenta años. Sin antecedentes penales. Por su aspecto, se diría que es uno de los muchos marginados que rondan la estación, pero parece que nadie lo conoce. Practica el vudú, pero es blanco. Tiene un escondite o una guarida en algún lugar de los sótanos, donde se celebran las ceremonias sacrificiales. Yo sospecho que vive ahí abajo, y no precisamente desde anteayer. Se mueve con demasiada facilidad por sus galerías, se las conoce al dedillo. Aunque hasta ahora las apariencias digan lo contrario, también estoy convencido de que forma parte de una banda o de una secta...

—Perdona, Cardo —lo interrumpió Colella—, pero ¿quién te dice que no es simplemente un loco aislado que actúa presa de a saber qué delirios?

¿Un loco? Cuando estaba peleándose con él, Mezzanotte miró fijamente sus ojos desorbitados, impregnados de una especie de exaltación feroz.

—Precisamente porque con toda probabilidad está loco no creo que sea solo él el que está detrás de todo esto. Pensadlo bien: rituales secretos que requieren ingredientes exóticos raros, una puerta fuera de uso transformada en un pasadizo secreto, un mural que tiene ya varios años, pintado por alguien que sabía utilizar los pinceles... ¿Cómo puede todo eso ser obra de un solo hombre, que encima ha perdido la chaveta?

Esta vez fue Minetti el que tomó la palabra.

—No es que yo sea un experto ni mucho menos, inspector,

pero he oído decir que la mafia nigeriana utiliza los ritos del vudú para someter a las prostitutas a las que explota. ¿No podría eso tener algo que ver?

—Yo también había pensado algo así. Pero ya me he informado y no hay indicio alguno de que los clanes nigerianos hayan llegado a arraigar nunca en esta zona. Además, según tengo entendido, no aceptan blancos entre sus miembros. Aunque podría tratarse de una banda menos estructurada, compuesta por gentes de varias nacionalidades, nigerianos entre otros, que quizá se haya formado precisamente aquí reclutando a algunos de los delincuentes y malhechores que frecuentan la Central.

»Sin embargo, hay otro misterio: ¿con quién están enfrentados? ¿Con alguna banda rival que les disputa el territorio? ¿Pertenecerían a esta última los hombres equipados para la guerra a los que han visto perseguir al Fantasma por los pasillos del albergue diurno?

—No lo sé, solo estoy intentando adivinar —volvió a intervenir el joven agente—, pero... ¿y si no fueran dos grupos, sino uno que se ha dividido en dos facciones debido a alguna disputa interna?

—Sí, no cabe excluir esa posibilidad. No había pensado en ello. Muy buena observación, Minetti.

—Hay una cosa que no entiendo —intervino Colella—. Si en el origen de todo esto hay un conflicto interno por el control de los sótanos, ¿por qué el Fantasma deja los animales muertos en la superficie? ¿No sería más lógico que los abandonara directamente bajo tierra?

«Pues sí. ¿Por qué?», pensó Mezzanotte.

—Tienes razón. En efecto, carece de sentido, ¡joder! Además, si utilizan los sótanos con fines turbios, no les conviene arriesgarse a llamar la atención de nadie... ¡Te felicito, Filippo! Acabas de echar por tierra nuestra reconstrucción de los hechos.

Miró desalentado lo que había apuntado en la pizarra. Un batiburrillo de preguntas sin respuesta, hipótesis lanzadas al aire y elementos que chocaban unos con otros. El fiscal Rizzi no se equivocaba del todo al considerar poco claro lo que sabían sobre el caso. Quizá solo el propio Fantasma podría explicar de qué iba realmente la cosa. Tenían que conseguir echarle el guante de todas todas, y más les valía darse prisa. Aunque el comisario Dalmasso, que continuaba infravalorando el problema, decía que estaba convencido de que el Fantasma había meado fuera de tiesto y que, tras darse cuenta de que atacar animales era una cosa y meterse con las personas otra muy distinta, se había asustado y había salido huyendo despavorido, Mezzanotte tenía la seguridad de que lo intentaría de nuevo. Podía estar loco, pero no le tenía miedo a nada. Si de verdad se consideraba protegido por Koku, el dios que concede la invencibilidad en la batalla, no había obstáculo que pudiera desanimarlo. Y no sería la vigilancia reforzada de la estación lo que le impediría buscarse una nueva víctima. Entre los desesperados del Hotel Infierno y la gente que trabajaba allí abajo, no le resultaría difícil encontrarla sin tener siquiera que sacar las narices fuera de los sótanos.

Mezzanotte supo que era aquel día desde el momento mismo en que abrió los ojos, a pesar de que, con todo lo que había ocurrido en los últimos tiempos, la idea de que se acercaba la fecha no se le había pasado por la cabeza, al menos a nivel consciente. Como todos los años, esa conciencia se manifestaba a través de un nudo que le cerraba dolorosamente la boca del estómago. Apagó el despertador con un gesto más lento y cansino de lo habitual, salió de la cama y se metió en la ducha, en la que se quedó un rato particularmente largo. De nuevo en la habitación, con una toalla enrollada a la cintura, sacó del fondo del armario un traje oscuro que a cualquiera que lo conociese le habría extrañado encontrarlo en su guardarropa, tan poco le pegaba. Por lo demás, no fue él quien lo compró, y sabía con exactitud cuántas veces se lo había puesto: aquella sería la sexta. A la hora de vestirse, tuvo que repetir varias veces el nudo de la corbata delante del espejo porque no le salía como era debido. Fue a la cocina americana, donde preparó la cafetera y la puso al fuego. Mientras esperaba a que subiera el café, mandó dos SMS con el mismo texto: «¿A las ocho?». Buscó una taza limpia en el armario. Al no encontrarla, agarró una de las que se acumulaban en el fregadero junto a montones de platos y cubiertos sucios, y la enjuagó bajo el chorro del agua corriente. Antes de acabarse el café, ya habían llegado las dos respuestas: «Vale», decía una, y «Perfecto. Nos vemos allí», la otra. Se tomó el último sorbo de café, volvió a poner la taza en el fregadero y salió de su casa.

Esa mañana reinaba un nerviosismo insólito en casa de los Cordero. Los dos criados filipinos iban de un lado a otro, de la entrada al ascensor, llevando maletas y bolsas. Enrico paseaba nervioso, con el móvil pegado a la oreja, encadenando una llamada tras otra para dejar arregladas las últimas cuestiones de trabajo antes de emprender la marcha, y una Solange excitada y radiante no paraba de subir y bajar la sinuosa escalera que unía las dos plantas del piso, para recoger alguna prenda de vestir y accesorios varios de los que se había acordado en el último momento y de los que no podía prescindir de ninguna manera. Su entusiasmo estaba bien justificado. Finalmente había logrado convencer a su marido de que se tomasen unas vacaciones: cinco días en un *resort* exclusivo de Costa Rica, dotado de todas las comodidades, pero perfectamente aislado, donde una amiga le había garantizado que los móviles tenían muy poca o nula cobertura, de modo que estaba segura de que lo tendría entero para ella y no correría el peligro de que la empresa se metiera en medio.

Sentada en un taburete de la cocina, vestida con una camiseta dos tallas más grandes que la suya, Laura mordisqueaba pensativa unas galletas mojadas en té, sin hacer caso del jaleo que había al otro lado de la puerta. Tenía la cabeza en otra parte. Había meditado sobre ello largo rato y ya sabía qué hacer. Durante toda su vida había considerado que el don era una desgracia con la que estaba obligada a convivir, más o menos como una enfermedad congénita, una deformidad física o algo por el estilo. Había intentado siempre librarse de él, a costa de levantar entre el mundo y ella una barrera que le impedía vivir plenamente su vida. Pero luego temió que las capacidades especiales que poseía no fueran reales y la angustia se adueñó de ella, porque eso habría supuesto que estaba loca, sí, pero no solo por eso. Además, se habría sentido perdida, como si hubiera sufrido una amputación y ya no pudiera reconocerse al mirarse al espejo. Quizá no llegara a entender a fondo lo que era el don y no consiguiera aprender a controlarlo del todo; quizá siguiera haciéndola sufrir y creándole problemas, pero, para bien o para mal, formaba parte de ella. Una parte esencial, que contribuía a definirla, a hacer que fuera quien era.

—Nos vamos.

Laura reaccionó por fin. Sus padres se habían asomado a la puerta de la cocina. Embutida en un escueto vestido de llamativos colores, con un sombrero de paja de ala ancha y gafas de sol salpicadas de brillantitos, Solange parecía una chica de calendario de los años cincuenta.

—Vale. Pasáoslo bien —dijo Laura levantándose para salir a despedirse de ellos.

—¿Estás segura de que mientras estamos fuera no quieres que Ana y Juan vengan por lo menos unas horas al día? Solo para limpiar un poco y prepararte algo de comer.

—No, mamá —contestó mientras se daban un beso en la mejilla rozándose apenas—. Me las arreglaré a la perfección yo sola. Que aprovechen también ellos para disfrutar de unas vacaciones.

—Como quieras —dijo su madre encogiéndose de hombros—. Por favor, pórtate bien y cuídate.

—Y estudia —añadió su padre después de darle un abrazo—. No quiero volver a ver unas notas como las últimas que has sacado.

Laura vio cómo se alejaban. Antes incluso de que cerraran la puerta de la casa tras ellos, ya estaba otra vez absorta en sus pensamientos.

Desde que había empezado a ir al Centro de Escucha había cambiado mucho, había descubierto que era fuerte, más de lo que se había imaginado nunca. No estaba obligada a vivir como una reclusa, había muchísimas cosas que era capaz de hacer. Sobre todo dado que, quisiera o no, poseía determinadas facultades —aunque tal vez sería más exacto decir que estaba poseída por ellas—, podía utilizarlas para hacer cosas buenas que dieran además sentido a todos los sufrimientos que le causaban. Gracias al voluntariado había descubierto que servían para ayudar a los demás, una actividad que le producía tanta satisfacción que había llegado a creer que había encontrado su verdadera vocación.

El don le había hecho percibir un dolor antiguo, proveniente de las profundidades de la Central, que llevaba décadas resonando sin que nadie lo oyera y del cual los dos hermanitos eran una especie de emisarios. Por mucho miedo que aquello le suscitara, no podía dejar de hacer frente a la situación. Desde que había visto las estrellas de David que llevaban los niños en la manga no había vuelto a intentar acercárseles, pero si, como le pareció, querían algo de ella, tenía que intentar averiguar qué era. Sabía que no tenía elección, y lo haría esa misma tarde; era inútil darle la espalda. Esta vez los seguiría hasta donde quisieran llevarla. Llegaría hasta el fondo.

Sobre el Cementerio Monumental se cernía un cielo lechoso. Mezzanotte se adentró por las amplias avenidas sombreadas por árboles majestuosos, algunos de ellos centenarios; en sus oídos solo resonaba el crujido de sus pasos sobre la gravilla. Como en las anteriores ocasiones, antes de encontrar el camino correcto se perdió en aquella interminable extensión de lápidas y mausoleos, esculturas y panteones realizados en los estilos más dispares, algunos imponentes y suntuosos, otros sombríos y solemnes, y otros aún decidamente extravagantes.

Ya había dos hombres de pie junto a la austera tumba de mármol negro. «Ahí están —se dijo acercándose a ellos—. Los Tres Mosqueteros juntos de nuevo, ahora ya una sola vez al año». Se detuvo entre Venturi y Caradonna, y los saludó con un gesto que estos devolvieron asintiendo con la cabeza. Aunque el que estaba enterrado allí era su padre, Riccardo siempre se sentía de más, una especie de intruso.

Los tres permanecieron largo rato en silencio mirando la oscura lápida. Debajo de la fotografía, descolorida ya, en la que aparecía el comisario Mezzanotte con un puro entre los labios y una mirada severa que Riccardo no lograba sostener más de lo que lograba hacerlo cuando estaba vivo, se veían escritos en letras de oro el nombre y dos fechas, 1942-1998. En el florero metálico situado al pie de la lápida había un ramo de flores frescas, con toda seguridad traído por Venturi, el único creyente de los tres, para quien determinados gestos tenían significado.

—No hay novedades, ¿verdad? —preguntó dirigiéndose al subcomisario jefe, aunque no le cabían demasiadas dudas sobre la respuesta.

—No, Cardo —contestó Venturi—. Ya lo sabes, una investigación sobre el homicidio de un madero nunca se archiva formalmente, pero, en la práctica, el caso de Alberto ya lo está y seguirá estándolo mientras no surjan datos nuevos, cosa que a estas alturas, te lo confieso, ya nadie espera.

Riccardo Mezzanotte lo sabía. Era el quinto aniversario de la muerte de su padre y las circunstancias de su asesinato seguían siendo tan oscuras como el día en el que se produjo. Una multitud de policías había estudiado de arriba abajo cualquier posible pista y no habían encontrado absolutamente nada. Ni un solo indicio, ni un solo sospechoso. Lo sabía muy bien, pues conocía a fondo el expediente de la investigación.

Pasaron unos minutos más y luego Caradonna, que, hasta ese momento, cosa rara en él, había permanecido silencioso y taciturno, anunció que lo sentía, pero debía marcharse ya. Tenía una expresión tensa y bolsas debajo de los ojos, como si llevara tiempo durmiendo mal.

—¿Qué pasa, Tommaso? —le preguntó Mezzanotte—. Tienes una pinta que da pena.

Caradonna desplegó los labios en una mueca que era un intento de sonrisa muy poco convincente.

—¡Qué va, Cardo! No es nada, pero, bueno, discúlpame. Son solo cosas del trabajo. Únicamente puedo darte un consejo, no cometas nunca el error de montar una empresa. Te caen encima responsabilidades y preocupaciones sin fin.

Dio un abrazo un tanto apresurado a Mezzanotte y se marchó.

—Espérame, voy contigo. Dentro de media hora tengo una reunión con el comisario jefe —le dijo Venturi—. ¿Tú qué haces, Cardo?

—Creo que me quedaré un rato más.

—Si quieres que me quede contigo...

—No, no. No te preocupes.

—¿Seguro?

—Sí, sí, vete tranquilo.

Una vez a solas, Mezzanotte se puso en cuclillas y posó una mano en el mármol liso y frío de la lápida. Cerró los ojos. ¿Por qué seguía viniendo un año tras otro? Ante la tumba de su padre no sentía más que remordimientos y vergüenza. ¿No sería eso precisamente lo que buscaba? Aquellas visitas le recordaban todas las cosas que habían quedado sin aclarar entre ellos para siempre y la promesa que había hecho sobre aquella misma sepultura. Una promesa que no había sabido mantener.

En el momento en que recibí la noticia a duras penas estaba en condiciones de entenderla. No es de extrañar, por aquel entonces me pasaba la mayor parte del tiempo borracho o colocado.

La noche anterior había tocado con los Ictus en un local alternativo por la zona de Pavía. La sala donde habíamos actuado era un sótano saturado de humo y sudor hasta el punto de que el aire resultaba irrespirable, atestado de chicos exaltados que brincaban al son de la música en medio de la oscuridad, rota por los vertiginosos giros del estroboscopio. Como músicos no éramos gran cosa, eso hay que reconocerlo; más que tocar aporreábamos los instrumentos. Prácticamente hacíamos solo versiones de temas famosos, pues era raro que tuviéramos la lucidez necesaria para ponernos a componer nuestras propias canciones. Pero en directo, ¡joder!, en directo éramos buenos, eso sí. Tratábamos los instrumentos a patadas, sin piedad, saltábamos y nos retorcíamos como obsesos sobre el escenario, rompíamos cosas y Ago, nuestro cantante, se desgañitaba al micrófono con una voz tan ronca que parecía que estuviera rascándote el alma con papel de lija. Lográbamos liberar una energía increíble, el público literalmente flipaba de verdad.

Después del concierto nos quedamos a tomar una cerveza y a atiborrarnos de pastillas hasta poco antes del amanecer, en compañía de algunos fans. No me acuerdo de cómo volvimos a Milán —fue un milagro que no nos la pegáramos con el Ictusmóvil, la furgoneta descuajeringada que utilizábamos para desplazarnos—, lo cierto es que alrededor de mediodía me desperté en la habitación que compartía con Ago en una casa ocupada en el barrio de Isola.

Ago. Durante varios años fue mi mejor amigo, y luego, de la noche a la mañana, dejamos de vernos. A saber qué habrá sido de él. Probablemente la haya palmado, como probablemente la habría palmado yo también si no hubiera puesto fin a aquella vida loca. Ahora que lo pienso, en realidad no sabía casi nada de él, de dónde era, si tenía familia, no conocía ni siquiera su apellido. Para todo el mundo era solo Ago. Algo más que un simple apodo, *teniendo en cuenta que se llamaba Agostino, estaba delgado como un fideo y se pinchaba.**

Quien me sacó del estado comatoso en el que quedé sumido solo unas pocas horas antes fue un tío que me despertó a empujones para comunicarme que abajo había una llamada para mí. Al otro lado de la habitación, Ago roncaba feliz entre los brazos de una tía bastante robusta; por no sé qué corolario de la ley de la polaridad, lo atraían las chicas gordas. Todavía soñoliento y con la mente nublada, me liberé de las dos desconocidas desnudas que no sé cómo habían acabado en mi cama, y bajé dando tumbos por la escalera hasta el pasillo en el que se encontraba el único teléfono de todo el edificio, un aparato anticuado de baquelita negra colgado de la pared.

—Cardo...

Algo en la voz de Venturi me erizó al instante los pelos de la nuca.

—Acabo de enterarme. Tu padre. Le han pegado un tiro.

Me quedé inmóvil mirando al vacío hasta que el antiguo compañero de papá, con voz rota por la emoción, respondió a la pregunta que se suponía que yo debía hacerle, pero que no estaba en condiciones de formular.

—Ha muerto, Cardo. Alberto nos ha dejado.

Recuerdo poco de los días que vinieron después. Los pasé trasegando cualquier bebida alcohólica que pillara y metiéndome cualquier sustancia estupefaciente a la que pudiera echar mano. Todo con tal de disipar dentro de mí el menor atisbo de consciencia. Porque en cuanto volvía a despertarse, el dolor y los sentimientos de culpa me devoraban como chacales que se disputan el cadáver de un animal.

No veía a mi padre desde hacía dos años, y en aquel lapso de tiempo no habíamos intercambiado más de dos o tres llamadas,

---

* Además de ser diminutivo de Agostino, *Ago* en italiano significa «aguja». *(N. de los T.).*

no precisamente cordiales. La última vez que lo había visto había sido aquella noche horrible, el peor recuerdo que tenía, una herida abierta todavía que no dejaba de sangrar.

Durante toda mi infancia había sentido una admiración infinita por aquel hombre duro y fuerte, que por su trabajo detenía a los malos y al que todos consideraban un héroe. De mayor soñaba con hacerme policía yo también. Mi madre había muerto y no teníamos ningún pariente cercano, él era toda mi familia. Su amor y su aprobación eran más importantes para mí que cualquier otra cosa en el mundo, pero papá pasaba poquísimo tiempo en casa y cuando estaba tenía siempre un rostro sombrío y distante. No mostraba ningún gesto de cariño hacia mí. Ni una sonrisa, ni una caricia, ni un abrazo. Parecía que solo percibía mi existencia cuando me castigaba o me reprochaba algo. De hecho, era muy exigente y de una severidad inflexible. Por más que me esforzara en ser bueno, tanto en casa como en el colegio, nunca lo era lo suficiente para merecer sus elogios. Si hacía lo correcto no hacía más que cumplir con mi deber, pero, en cuanto cometía un fallo, se liaba la cosa.

Y así, con el tiempo, mi adoración por él se transformó en rencor y desagrado. Empecé a abrigar instintos de rebeldía, hasta que saltó dentro mí una especie de resorte y decidí que, si no era capaz de conseguir su aprobación, buscaría su desaprobación: si portarme bien no servía para que estuviera orgulloso de mí, lo cabrearía comportándome lo peor que pudiera. Al menos le resultaría más difícil seguir pasando de mí. Me parecía que los gritos y los castigos siempre eran mejor que la indiferencia.

Empecé a liarla de mil maneras. Iba mal en el colegio, me peleaba con los otros niños, volvía locas a las diversas niñeras a las que me confiaban, no perdía una ocasión para desobedecer y mentir. A medida que fui creciendo, las cosas no hicieron más que empeorar. En segundo de secundaria me uní a una banda de gamberretes del barrio, luego vinieron los años del boxeo y por fin el periodo punk, en el que conseguí sacar de quicio a mi padre, que, chapado a la antigua, no soportaba verme con aquellos pelos y vestido de aquella forma, con la cresta, los tatuajes y las tachuelas. Nuestras relaciones, cada vez más tensas y conflictivas, llegaron al punto de la ruptura en el momento en que, después de terminar con notas mediocres el bachillerato y matricularme en Políticas, cuando me faltaban pocas asignaturas para acabar la carrera anuncié mi decisión de dejar los estudios.

Hasta que llegó la noche en la que todo se precipitó de forma irreversible. Unos días antes, un chavalín que rondaba por el centro social en el que los de la banda habíamos instalado nuestra base de operaciones y teníamos nuestra sala para ensayar, recibió una brutal paliza a manos de una pandilla de fachas de la zona, cuando volvía de un concierto a altas horas de la noche. Pasó dos días en coma y sufrió lesiones en la columna vertebral. Los médicos no garantizaban que pudiera volver a caminar. Aun así, nos describió a sus agresores. Cuando el colectivo que dirigía el centro, con Ago en primera fila, decidió organizar una expedición de castigo para hacérselas pagar todas juntas a sus agresores, no me fue posible echarme atrás. No sabía que mi amigo no se había limitado a armarse con barras de metal y cadenas como todos los demás, sino que había venido provisto de una navaja. Solo me di cuenta cuando vi cómo la hoja se hundía en el vientre de uno de los fachas, al que habíamos esperado a la puerta de su casa. Ya no había nada que hacer, salvo llamar a una ambulancia desde una cabina telefónica antes de largarme con los demás. A la mañana siguiente nos enteramos por la radio de que el facha la había palmado en el hospital.

Por la noche, cuando volvió de la Jefatura bastante tarde, como de costumbre, papá irrumpió de golpe en mi habitación. Estaba fuera de sí. Aunque continuamente teníamos peleas furibundas, no lo había visto nunca tan alterado. Apagó el estéreo que sonaba a toda leche y empezó a darme voces. En cuanto le informaron del apuñalamiento del fascista, lo relacionó con la paliza que habían dado al otro muchacho unos días antes. Sabía que yo frecuentaba aquel centro social y se imaginó que también había tenido algo que ver con el ajuste de cuentas. Había pedido que le llevaran la grabación de la llamada anónima al 113 y, pese a todos mis esfuerzos por camuflar la voz, no le había costado trabajo reconocerme. Se la había quedado, aunque ocultar una cosa como esa a sus propios hombres le había costado mucho, pero, según dijo, era solo cuestión de tiempo que acabaran por dar con los responsables, empezando por mí. Aquella no era otra de mis bravatas de costumbre. Se trataba de un homicidio, corría el peligro de pasarme varios años en chirona. Si no quería tirar mi vida por el váter, debía entregarme y ofrecer toda la colaboración a los investigadores.

Yo le repliqué con cara de perro que no tenía la menor intención de hacer nada por el estilo. Sí, yo también había estado allí, pero, tanto si me creía como si no, no me había cargado al facha aquel y no estaba dispuesto a ayudar a los maderos a meter a mis amigos entre rejas. Los dos nos dejamos arrastrar por la ira y nos dijimos cosas terribles. En un momento dado mi padre me agarró de un brazo y empezó a darme empujones gritándome a la cara que así no se comportaba un hombre y que, por muchas veces que lo hubiera decepcionado, nunca se había avergonzado tanto de tenerme por hijo. No pude contenerme. Le eché una mano al cuello, lo acorralé contra la pared y a punto estuve de descargar un puñetazo. No sé qué me detuvo, pero en el último segundo lo alejé de mí de un empujón y lo hice caer al suelo. Al verlo ahí, tendido a mis pies con expresión atónita, por primera vez lo vi como un viejo. Asqueado tanto de él como de mí mismo, recogí deprisa y corriendo mis cosas y me largué. Ago estuvo encantado de acogerme en la habitación de la casa ocupada donde vivía. Los primeros días temí que la policía apareciera de un momento a otro y echara la puerta abajo para arrestarnos, pero no pasó nada. Las preocupaciones de mi padre evidentemente eran exageradas, al final no debió de aparecer ningún elemento en contra nuestra y él no tuvo valor para denunciar a su propio hijo. Por lo menos eso.

Pasé los dos años siguientes inflamado por una furia inextinguible. Tanto si se trataba de beber hasta olvidarme de cómo me llamaba, de meterme en una pelea o de aceptar el reto de recorrer un tramo de autopista en plena noche con los faros apagados y en dirección contraria, no había nada ante lo que me echara atrás. Si no se hicieron realidad las palabras que me había grabado en la piel —«No future»—, fue solo por casualidad.

Luego mi padre fue asesinado. El recuerdo de la dramática noche en la que estuve a un paso de pegarle no había dejado nunca de atormentarme en secreto. Un par de veces se me había pasado por la cabeza incluso la idea de intentar un acercamiento, pero un poco mi orgullo y otro poco la intransigencia que él había mostrado en las escasas llamadas telefónicas que habíamos mantenido, me habían disuadido de hacerlo. Su muerte me privaba para siempre de la posibilidad de aclarar las cosas y de reconciliarme con él. Nunca llegaría a conocer la respuesta a la pregunta que no me había atrevido a formularle: ¿qué tenía yo de malo, desde pequeño, que le había impedido quererme?

Ahora que había muerto, el dolor había vencido el rencor y el resentimiento. Me sumí en un pozo negro del que a Tommaso Caradonna le costó mucho trabajo sacarme, por lo menos momentáneamente. Se presentó en el centro social con un traje oscuro que me había comprado para la ocasión —el mismo que me pondría luego cada aniversario de la muerte de papá— y me obligó a ponérmelo; hizo lo posible para aclararme las ideas y darme un aspecto presentable, y me llevó a rastras al funeral.

No recuerdo mucho de la ceremonia, solo que me chocó la cantidad de gente que se congregó dentro de la iglesia y en sus alrededores: policías, representantes de las instituciones, simples ciudadanos, todos unidos por un pesar que parecía sincero.

Cuando, un par de semanas más tarde, salí definitivamente de aquel pozo había tomado una resolución que dejó de piedra a todo el mundo. Me di cuenta de que hasta ese momento todas mis decisiones no habían sido más que un intento de alejarme de un hombre al que en realidad nunca había dejado de querer y de admirar, una manera de anular su influencia sobre mí. Al no conseguir ser como él, quise convertirme en su antítesis. Tras su muerte, todo aquello carecía de sentido y de aquella sima del subconsciente volvió a aflorar mi antiguo deseo infantil: ingresar en la policía. No había sabido hacer que mi padre se sintiera orgulloso de mí mientras vivía, pero todavía podía honrar su memoria vistiendo el uniforme con dignidad.

Gracias a la ley de familiares de policías caídos en acto de servicio, obtuve el acceso directo al curso para agentes. Un año después, en el primer aniversario del fallecimiento de papá, como la investigación sobre su asesinato no había progresado, juré solemnemente ante su tumba que ya me encargaría yo de hacerle justicia encontrando al que lo había matado.

Cuando el curso de adiestramiento estaba a punto de terminarse y al cabo de poco sería policía a todos los efectos, convencí a Dario Venturi de que me pasara una copia del expediente de las investigaciones del caso y me sumergí en la documentación. Durante años dediqué buena parte de mi tiempo libre a estudiar aquellas carpetas de documentos que habían estado mucho tiempo guardadas en un armario, pero no conseguí sacar nada en claro.

A mi padre se lo habían cargado de tres tiros disparados de cerca con una pistola de grueso calibre. Habían encontrado su cadáver dentro de una nave en una zona industrial en ruinas de los alrededores de Lambrate. Nadie había logrado entender qué estaba haciendo allí. Aunque hacía años ya que mi padre era un alto mando, no renunciaba a supervisar directamente algunos casos, pero no había dicho ni pío a nadie acerca de ninguna investigación que estuviera llevando a cabo personalmente por aquel entonces. La hipótesis más verosímil era que había ido a encontrarse con alguien allí, probablemente con la persona que luego lo había asesinado. Y fuera quien fuese el que lo había atraído hasta aquel lugar había sido lo bastante hábil para no dejar rastros. La escena del crimen había sido limpiada a la perfección, hasta tal punto que el trabajo de la Policía Científica resultó vano. *No se había presentado ningún testigo y el arma del delito no había aparecido nunca. Ni el análisis del registro de llamadas del teléfono de papá ni el de su correspondencia habían dado resultado alguno. Todos los maderos de la ciudad habían apretado las tuercas a sus confidentes, pero no consiguieron sacarles ninguna información. Los investigadores habían hecho una criba a fondo de los expedientes de las investigaciones en curso que mi padre tenía encima de su mesa en busca de pistas, pero también eso había resultado inútil.*

En el curso de una carrera larga y rica de detenciones como la del comisario Mezzanotte, se hacen muchos enemigos. Incluso sin contar a los que estaban entre rejas y a los que, mientras tanto, habían muerto, la lista de los que podían tener algo contra él era muy nutrida. Había hecho falta mucho tiempo y esfuerzo para comprobar todas las coartadas, pero lo cierto era que no habían aparecido indicios contra ninguno de ellos.

Durante mucho tiempo estuve convencido de que detrás del homicidio podía encontrarse su adversario por antonomasia, el excapo de la delincuencia milanesa Angelo Epaminonda, quizá a través de alguno de sus tristemente famosos «Indios» que por entonces hubiera logrado librarse de la detención. Pero el Tebano, a quien mi padre convenció para que colaborara con la justicia, hacía años que vivía con una identidad falsa en un lugar desconocido. No había forma de efectuar ningún tipo de comprobación sobre él. Di tanto la lata a Venturi que acabé por inducirlo a recurrir a algunos conocidos suyos de los Servicios Secretos. Me aseguró que lo habían pasado por rayos X y que había salido completamente limpio.

Al cabo de dos años, la investigación estaba definitivamente encallada. El caso podía considerarse cerrado y, si no aparecían nuevos elementos, seguiría cerrado para siempre. La opinión mayoritaria era que el que había matado al comisario Mezzanotte debía de ser un desequilibrado convencido de que acabar con un mito era la única forma de dar sentido a su vida de mierda. Alguien sin relación directa con él, alguien que estaba obsesionado con su persona y había seguido su labor a través de los medios de comunicación. Si así era, como no se decidiera a dar un paso al frente y confesarlo todo, movido por los remordimientos o por el deseo de dar a conocer al mundo su hazaña, tal como estaban las cosas no lo capturarían nunca.

En cuanto a mí, seguí testarudamente indagando durante casi un año más, pero a la larga acabé yo también por resignarme. No lo había conseguido. Y no me consolaba en absoluto saber que no era el único, pues toda la Jefatura Provincial de Milán no había sido capaz de hacerlo mejor. No había podido mantener mi promesa, del mismo modo que tampoco en ese momento lograba honrarlo haciendo carrera en la policía.

Había fracasado. Había fracasado rotundamente.

Sentado en un taburete en el cuartito de las escobas, Mezzanotte se devanaba los sesos mientras paseaba su mirada por las fotos y las notas que tapizaban las paredes. Habían pasado tres días desde el inicio de la investigación oficial y él, que durante todo el tiempo en el que se había visto obligado a llevar a cabo sus pesquisas a escondidas había echado la culpa de la escasez de sus progresos a la falta de medios y de recursos, ahora no sabía por dónde empezar. El Fantasma no había vuelto a aparecer, quizá a la espera de que se calmaran las aguas, los agentes del servicio de patrullaje no habían descubierto nada de nada, Dalmasso no había decidido aún si autorizaba un nuevo registro de los sótanos ni cuándo y Amelia continuaba sin dejarse ver. Además, la observación que había hecho Colella lo había obligado a empezar otra vez de cero en sus intentos de averiguar qué era lo que había detrás de toda aquella historia. No había podido ser una disputa por el predominio de los sótanos lo que había desencadenado todo aquello. Para eso, no tenía sentido dejar los animales muertos en la superficie, a riesgo de que alguien se entrometiera en los negocios que algunos se traían entre manos en los subterráneos. No, tenía que tratarse de otra cosa. Algo que, de momento, no era capaz de imaginar, ni siquiera vagamente.

Estaba agotado, la mente le daba vueltas en el vacío. Al volver al trabajo después de su estancia en el hospital, el caso lo había absorbido por completo. No había hecho más que trabajar desde la mañana hasta la noche, iba a casa solo a dormir. Le vendría bien una pausa, unas horas de distracción para recargar las baterías y aclarar las ideas.

Sus pensamientos corrieron hasta Laura, de la que no había vuelto a saber nada después de los SMS que intercambiaron mientras él estaba en el hospital. Ya debía de haber hecho el examen. Cogió el móvil y buscó su número en la agenda.

—Hola, Cardo —respondió la chica con voz un tanto cautelosa.

—Hola. ¿Te pillo en mal momento? ¿Estás ocupada?

—Diría que no. Tengo una hora libre entre una clase y otra, y estoy leyendo tumbada en el césped en un patio de la universidad.

—¡Vaya chollo! ¿Qué tal te ha ido el examen? Ya lo has hecho, ¿no?

—No ha ido mal —respondió Laura, un tanto evasiva. Por su tono, le pareció que no tenía sentido insistir.

—Oye, me preguntaba si para lo de la pizza de la que hablamos te vendría bien esta noche. Necesito que alguien me saque del despacho unas horas o voy a volverme loco.

—¡Uy, una misión de salvamento! ¡Pero si esa es tu especialidad!... —exclamó ella riendo—. Mira, tengo una cosa que hacer después del voluntariado, y no sé cuánto tardaré. Si se me da bien, podría llamarte para cenar juntos, pero un poco tarde; si no, lo aplazamos para uno de estos días, ¿qué te parece?

En ese momento Minetti abrió de par en par la puerta del trastero agitando unos faxes que llevaba en la mano.

—Vale, perfecto. Espero entonces a que me llames. Ahora tengo que dejarte, perdona —se despidió Mezzanotte apresuradamente y colgó. Luego, dirigiéndose al joven agente dijo—: Bueno, ¿qué pasa? ¿Qué tienes ahí?

—Ha llegado el informe técnico de la Científica, inspector.

—¡Vaya! ¡Ya era hora! ¿Le has echado un vistazo? ¿Algo interesante?

—Lo he mirado por encima. En realidad, no me parece que sea gran cosa. Se han localizado huellas digitales que corresponden a las que ya teníamos en nuestro poder, pero...

—Que era el Fantasma ya lo sabíamos, no hacía falta que nos lo dijera la Científica —farfulló Mezzanotte—. ¿Hay algo más?

—El informe de balística sobre los casquillos y los proyectiles encontrados en el museo de cera. Ahí hay algo, aunque no me resulta claro lo que puede significar.

—Vamos a ver.

—Los técnicos han tenido bastantes dificultades para identificar el arma con la que el Fantasma le disparó, porque las balas eran de fabricación artesanal y no se correspondían con ningún modelo de ninguna pistola comercializada actualmente. Al final, ampliando el radio de acción de sus investigaciones han conseguido localizarla. Pero lo que han descubierto es..., ¿cómo decirlo?..., bastante raro.

—¿O sea? Habla, Minetti, no me tengas en ascuas —insistió Mezzanotte al verlo vacilar.

—Mírelo usted mismo —dijo el agente tendiéndole un par de hojas de papel que había entresacado del montón.

Riccardo se las arrancó de las manos. A medida que iba leyendo, la frente fue frunciéndosele cada vez más. Cuando acabó la lectura, levantó la vista hacia su joven compañero y le dirigió una mirada de desconcierto.

—¿Una pistola de tiempos de los nazis?

—Sí, señor, una Luger P08. Ya la he buscado en internet. Una de las primeras semiautomáticas que se fabricaron; varias empresas alemanas las produjeron en numerosas versiones entre 1898 y 1948 para la Wehrmacht durante la Segunda Guerra Mundial. Una rareza muy buscada por los coleccionistas, al parecer.

Mezzanotte no entendía nada. ¿Cómo encajaba aquel nuevo elemento en el cuadro? ¿Qué coño tenía que ver una reliquia bélica que databa de la época del nazismo con el vudú africano? En aquella maldita investigación cada nuevo indicio complicaba las cosas, en vez de aclararlas. Resultaba tan frustrante como intentar unir unas piezas pertenecientes a rompecabezas distintos: por más que se esforzara uno, no había forma de componer una imagen coherente y con sentido.

Pero al menos en un punto tenía cada vez menos dudas. Ceremonias vudú, hombres equipados para la guerra, municiones de fabricación casera, puertas ocultas, viejas armas alemanas: algo estaba ocurriendo en la oscura y desolada tierra de nadie que se extendía bajo el suelo de la Central. Algo de lo que los animales muertos eran solo una parte, algo que implicaba a varias personas y que llevaba en marcha desde hacía algún tiempo sin que nadie se lo hubiera olido lo más mínimo. Algo que había empezado a proyectar su amenazadora sombra también en la superficie.

En cuanto salió por la puerta del Centro, la fresca brisa vespertina le acarició los brazos y las piernas desnudas y se le puso la carne de gallina. Estaba arrepentida de haberse puesto aquel vestido. No era que tuviera nada de indecente, se trataba de un sencillo vestido de verano de lino, amarillo, con un estampado de flores. Pero la falda bastante corta, los finos tirantes y la tela que se adhería, suave y ligera, a las curvas de su cuerpo bastaban para exaltar la feminidad de Laura de una manera demasiado atrevida para lo que acostumbraba. No se le había escapado el estupor de Raimondi y de los demás voluntarios cuando la habían visto llegar, y durante toda la tarde había sentido las miradas de gran parte de los hombres presentes en la sala clavadas en ella. En algunos, incluido Loris, había notado además, con creciente incomodidad, cómo la sangre les hervía de deseo.

¿Qué diantre se le había pasado por la cabeza? En realidad, lo sabía perfectamente. Para estar preparada por lo que pudiera ocurrir, pensó en acicalarse un poco, aunque no estaba del todo segura de que, en caso de que lo que estaba a punto de hacer le dejara tiempo, le quedaran ganas de llamar a Riccardo Mezzanotte.

Pésima, pésima idea. El amor, si de eso se trataba, empuja a hacer muchas tonterías. La mera perspectiva de aquella cita, por vaga e incierta que fuera, había bastado para ponerla en un estado de agitación incontrolada, suscitando en ella un torrente de sentimientos encontrados y una ansiedad fútil y absurda. Uno de los dilemas que la habían angustiado durante las últimas horas era el siguiente: si como la otra vez él la acompañaba a casa, ¿debería invitarlo a subir, dado que sus padres estaban fuera? En tal caso, cabía la posibilidad de que entre ellos... ¡Basta! Tenía que dejar de pensar en esas cosas. No era el momento más adecuado.

Entre otras cosas, después de dar unos pocos pasos por la acera, se dio cuenta de que aquel no era precisamente el atuendo más apropiado para andar de noche por los alrededores de la estación. Apoyado en una farola frente a ella, un tipo con pinta truculenta la observaba con la misma mirada de deseo con la que un zorro clavaría sus ojos en un pollito. Por un instante se sintió tentada de renunciar a sus planes y aplazarlos para otro día. Pero lo tenía que hacer y le convenía ocuparse de ello inmediatamente. Cuanto antes resolviera ese asunto, antes podría dejarlo atrás y seguir adelante con su vida, intentando tal vez descubrir si también podría formar parte de ella Riccardo Mezzanotte.

El torbellino emotivo que tan bien conocía la acometió con la violencia brutal de un latigazo y puso fin a sus dudas y vacilaciones. Se había metido en el baile, y tenía que bailar. Mientras aquellas emociones horribles, que resultaban más dolorosas en ese momento en que ya conocía su origen, le atormentaban el alma con sus afiladas garras, buscó con la mirada a los dos hermanitos, pero no los vio por ninguna parte. Empezaba a temer que no aparecieran cuando los vio salir de detrás de un árbol de los jardincillos. Amos y Lia Felner. Llevaban, como siempre, sus ropas anticuadas —las mismas que debían de vestir el día en que fueron deportados— y los brazaletes con la estrella amarilla en la manga. Como de costumbre, en clamorosa discordancia con la angustiosa desesperación que iba adueñándose de Laura, ellos parecían serenos y despreocupados.

Tras quedársela mirando unos instantes, emprendieron la marcha, dando saltitos y canturreando, a lo largo de los jardincillos, que poco a poco iban sumiéndose en la oscuridad. Esforzándose por contener las lágrimas causadas por las emociones que, a su pesar, sentía, Laura fue tras ellos. De vez en cuando, Amos echaba una mirada atrás, como para cerciorarse de que ella estaba todavía allí, pisándoles los talones. Y Laura no lo decepcionó. Continuó siguiéndolos, a él y a su hermanita, hasta más allá de los jardincillos, hasta alcanzar los tres arcos cuadrados en los que estaba dividida la entrada del túnel, donde siempre había pensado que se dirigían.

Cuando los dos niños se adentraron en el paso subterráneo, recorriendo una de las estrechas aceras laterales, la determinación de Laura vaciló. Tenía miedo. La lúgubre galería era larguísima y estaba desierta, salvo por los pocos coches que pasaban zumbando a gran velocidad y algunos mendigos repanchigados entre las columnas que se sucedían entre los pasillos centrales. Allí dentro sería una presa muy fácil para cualquiera que llevara malas intenciones. Pero se lo había prometido a sí misma una y otra vez, en esta ocasión llegaría hasta el final. Costara lo que costase, tenía que descubrir qué había sido de los hermanitos, por qué se le aparecían y qué querían de ella. No podía echarse atrás.

En el interior del túnel, el aire intoxicado por los gases de los tubos de escape le irritaba la garganta, y la luz amarillenta de los fluorescentes se reflejaba en las paredes de cemento cubiertas de grafitis y le dañaba los ojos. Laura apretó el paso para acercarse de nuevo a los niños, que se habían adelantado unos cuantos metros.

«¡Dios mío! —pensó—. ¡Parecen tan absolutamente tangibles y reales! No hay ni un solo detalle que permita diferenciarlos de las personas de carne y hueso».

Estaba tan cerca que podía tocarlos, pero ni siquiera lo intentó. La mera idea de que su mano los atravesara o quién sabe qué pudiera hacerles le provocaba una repulsión insoportable.

¿Adónde la llevaban? Cuanto más se adentraba en el túnel, más se intensificaban las emociones que bullían en su interior. Fuera cual fuese el lugar al que se dirigían, ya no podía estar muy lejos.

Al llegar a un gran portón de metal encajado en la pared de cemento, a la altura de lo que debía de ser el centro del túnel, Amos y Lia se detuvieron. Laura no habría sabido explicar lo que sucedió luego: estaban allí y al segundo siguiente ya no estaban. Se habían desvanecido en la nada ante sus propios ojos.

Aquella tarde, Mezzanotte había vuelto a la carga con Dalmasso. Intentaba convencerlo de que, dejando de lado al Fantasma, la degradación en el Hotel Infierno había alcanzado unos niveles insostenibles y había que emprender alguna acción, con mayor motivo teniendo en cuenta las obras de reestructuración que se habían anunciado. Su superior se limitó a refunfuñar y recurrir a las habituales disculpas sobre las dificultades organizativas y la falta de personal. La ineptitud de aquel hombre, comparable solo con su cobardía, resultaba deprimente.

Ante la imposibilidad de registrarlos de arriba abajo con un número adecuado de hombres, tenía que encontrar por todos los medios la manera de saber más acerca de los sótanos. Recordando la visita al cementerio de esa mañana, se preguntó qué habría hecho su padre si hubiera estado al cargo de la investigación. ¿Qué intuición genial se habría sacado de la chistera el comisario Mezzanotte para salir de aquel callejón sin salida? Pero él no era su padre, de eso no cabía ninguna duda.

Le habría resultado más valiosa que nunca la ayuda de Amelia, que conocía mejor que nadie los secretos de la Central y tenía acceso a fuentes de información cerradas a las fuerzas del orden, pero nadie había vuelto a ver por ahí a la anciana pordiosera. Empezaba a temer que le hubiera ocurrido algo malo.

Al final pidió al viejo Fumagalli que lo ayudara a hacer algunas averiguaciones en los archivos. Si era acertada su hipótesis de que, fuera lo que fuese lo que estaba sucediendo bajo tierra, sus raíces se hundían muy atrás en el tiempo, esperaba que pudieran encontrarse rastros de algún caso del que se hubiera ocupado la Polfer años atrás.

El guardia lo acompañó al piso de abajo, que albergaba también el calabozo, y lo llevó a un cuartito que olía a cerrado y a moho. Era poco más grande que el trastero en el que Mezzanotte había establecido su base de operaciones, y estaba atestado de archivadores, carpetas y portapapeles, en parte almacenados en destartaladas estanterías metálicas y en parte dentro de cajas de cartón amontonadas en el suelo.

Siguiendo las indicaciones del asistente primero, el único de toda la Unidad capaz de orientarse dentro de todo aquel barullo, Mezzanotte empezó a rebuscar con afán entre tanto expediente, a la escasa luz de tres bombillas desnudas que colgaban del techo cubierto de telarañas. Pero, por desgracia, en esa ocasión la memoria de Fumagalli no le fue de gran ayuda. No recordaba ninguna vieja investigación que presentara alguna analogía, por vaga que fuera, con ningún aspecto del caso del Fantasma. Además, en el curso de sus pesquisas, por los saltos perceptibles en la sucesión de los números de los expedientes, Mezzanotte se dio cuenta de que aquí y allá faltaba alguna carpeta. El guardia se justificó explicándole con indisimulada turbación que los compañeros no siempre lo avisaban cuando querían consultar el archivo, y que a veces se llevaban carpetas que luego se olvidaban de devolver o las colocaban en un lugar equivocado, y él solo no conseguía dar abasto.

El magro botín con el que salió de aquella montaña de papeles polvorientos consistía en un manojo de dosieres acerca de algunas investigaciones de los últimos diez años sobre ciertos hechos acaecidos en los sótanos: un par de muertos por sobredosis, agresiones de las que habían sido objeto algunos miembros del personal de los Ferrocarriles, una mujer violada por unos malhechores y cosas por el estilo. No había encontrado nada más.

La luz que se filtraba por los ventanales de la sala de oficiales empezaba a languidecer, tiñéndose de cálidos tonos dorados, cuando Riccardo cerró con un gesto de enfado el último expediente de la pila que tenía encima de la mesa y se acarició las sienes. Nada. Se había pasado horas enteras con la cabeza encima de informes y partes amarillentos y no había logrado sacar nada en claro. En ninguno de aquellos viejos documentos había nada que pudiera ayudarlo en su investigación.

Miró el reloj: las ocho y diez. Laura no había dado señales, pero todavía podía llamarle. Mientras esperaba, probó a hacer alguna búsqueda en internet. No era que se fiara mucho, pero Colella seguía diciéndole que en la red podía encontrarse información sobre cualquier cosa y, total, no tenía mucho que perder, excepto tiempo que, de todas formas, habría pasado en el despacho y que, de momento, no sabía de qué otra forma más provechosa emplear. Agarró el ratón, encendió la pantalla del ordenador y clicó el icono de Internet Explorer.

Durante varios minutos, Laura permaneció inmóvil junto al portón cerrado a cal y canto, desconcertada e incrédula. Con aquella tormenta emocional arreciando en su interior le resultaba difícil pensar con lucidez.

¿Y ahora? ¿Era posible que ahí quedara todo? ¿Que los dos niños, una vez cumplido su cometido, se esfumaran y se acabó? Tenía que haber algo más. ¿Por qué la habían guiado hasta aquel punto del paso subterráneo, donde no había nada salvo unos cuantos pequeños montones de papeles, jeringuillas usadas y otros desechos junto a la puerta? ¿Qué sentido tenía? Si es que aquella historia tenía alguno, cosa que ni mucho menos podía darse por descontado.

Todavía no había decidido qué hacer cuando, tras una descarga seguida de un zumbido, se accionó algún tipo de dispositivo eléctrico y la puerta se abrió entre chirridos con una lentitud extenuante. Laura permaneció allí plantada, conteniendo la respiración, como si esperara una revelación capaz de explicarle lo que sucedía.

Lo que salió, en cambio, fue un utilitario verde claro un poco abollado, en cuyo interior distinguió a dos hombres vestidos con mono de trabajo, con la cara arrugada y expresión de cansancio. El portón permaneció abierto unos segundos, luego el mecanismo se reactivó y los pesados batientes de hierro empezaron a cerrarse.

Laura no tuvo tiempo de reflexionar y hacerse una idea de lo temerario que era el paso que iba a dar. Solo sabía que quería llegar al fondo de aquella historia de una vez por todas. Reaccionó con rapidez y logró colarse en el interior un segundo antes de que la puerta se volviera a cerrar.

Dentro no había nadie. El aire estaba húmedo y la temperatura era varios grados más baja que la de fuera. Sintió un escalofrío, con aquel vestidito tan ligero que llevaba, y dio algunos pasos vacilantes. Se encontraba en una enorme zona de carga y descarga parcialmente iluminada por algunos tubos fluorescentes que estaban encendidos. Había grandes contenedores de basura pegados a la pared, a un lado y a otro de los palés en los que se veían cajas de madera y de cartón apiladas y, en una esquina, un par de escritorios.

El sufrimiento, el miedo y la tristeza que poseían a Laura eran más violentos que nunca. Regueros de lágrimas surcaban su rostro y cada vez le resultaba más difícil vencer el impulso de dejarse caer al suelo y echarse a llorar.

Eran las emociones provocadas por el suplicio no de una, sino de centenares de personas. Y si hasta ese momento las había percibido solo como un eco lejano que había bastado para estremecerla, ahora las sentía muy próximas a su intensidad original. ¿Cuánto tiempo sería capaz de seguir soportándolas?

Ante ella se abría una galería de considerables dimensiones, a cuyos lados había unas cuantas carretillas elevadoras y una furgoneta aparcadas. La oscuridad en la cual se hallaba inmerso aquel vasto espacio le impedía distinguir el fondo. Sin saber por qué, Laura sentía que era hacia allí donde debía dirigirse.

Vio un panel con interruptores en la pared de la izquierda y fue a accionarlos. Al encenderse las luces dio un respingo, asustada. Justo en medio de aquel túnel enorme, que no era tan largo como pensaba, aparecieron Amos y Lia cogidos de la mano. Parecía que estuvieran esperándola, inmóviles y espectrales, sin dejar de canturrear aquella cancioncilla, *Estrella, estrellita*, con la letra cambiada.

> *Estrella, estrellita,*
> *las tinieblas se acercan,*
> *el cuarto está ya oscuro,*
> *y la noche da miedo.*

Quizá fuera la luz fría que les caía encima desde lo alto dibujando profundas sombras en sus rostros, o la lúgubre desolación del lugar, pero le parecía que había algo inquietante en ellos. Empezaba a darse cuenta del tipo de situación en la que se había metido, estaba sola e indefensa en una zona prohibida, en las profundidades de la estación, sin que nadie supiera dónde se encontraba. Una idea atravesó su mente: ¿y si la habían atraído hasta allí para hacerle daño? No había tomado nunca en consideración la hipótesis de que aquellas entidades —no sabía muy bien de qué otra forma definirlas— tuvieran malas intenciones, que su naturaleza fuera maléfica.

Sin estar completamente convencida, se dijo que no, que no era posible, que solo era una sugestión, que nunca había percibido la menor hostilidad en ellos.

A saber de dónde sacó el valor para dirigirse hacia los dos niños, que seguían canturreando impertérritos:

La lechuza en el tejado,
los monstruos bajo la cama,
hacen ruidos espantosos
y a dormir no te atreves.
Pero aquí está mamaíta,
ya puedes cerrar los ojos.

Cuanto más se acercaba, más devorada se sentía por una desesperación indecible. Lo notaba, estaba a punto de llegar al corazón palpitante del horror que la generaba.

Luego ocurrió algo que le puso los pelos de punta. Mientras aquellas antiguas emociones le oprimían las sienes haciéndole temer que su cráneo, incapaz de contenerlas, estallara en mil pedazos, los dos niños empezaron a moverse a trompicones, de manera antinatural, y a parpadear como imágenes televisivas alteradas por alguna interferencia. Mientras, seguían repitiendo con una voz cada vez más alta y más chillona:

Estrella, estrellita,
Las tinieblas se acercan

Las tinieblas se acercan
Las tinieblas se acercan
Las tinieblas se ac...

De repente desaparecieron. Y con ellos el último atisbo de consciencia que permitía a Laura diferenciar las emociones ajenas que estallaban en su interior de las suyas. Aquel sufrimiento era en ese momento su sufrimiento, aquella tristeza era su tristeza, y aquel terror, su terror. Cayó al suelo de rodillas llorando, gimiendo, implorando auxilio sin saber a quién. Con un esfuerzo enorme se levantó y se puso a caminar de nuevo, tambaleándose. Paso a paso, como un autómata, llegó al final del túnel, que desembocaba en un espacio muy amplio en el que, entre varias filas de pilares de cemento, había unas vías. Una especie de estación subterránea abandonada.

Estaba desierta, pero el aire empezó a espesarse ante ella formando figuras confusas que al principio parecían hechas de humo, pero fueron adquiriendo consistencia a medida que sus contornos se delineaban de manera más clara.

En la oscuridad rasgada por potentes reflectores, había en ese momento una multitud de personas con pinta de andar perdidas. Hombres y mujeres, viejos y niños con la estrella amarilla en el brazo, cargados de maletas. Decenas de militares armados, algunos con uniforme gris y otros con camisas negras, los hacían bajar de unos camiones entre amenazas y golpes, para luego conducirlos a empujones hacia unos vagones de mercancías.

En un momento dado un hombre se separó del grupo y echó a correr en dirección a ella. Intentaba escapar, exactamente como le había contado la señora Limentani. Resonó un disparo y el hombre se desplomó en el suelo, a pocos metros de ella. Los soldados soltaron tres perros, que empezaron a correr y ladrar, echando espumarajos por la boca. Horrorizada e impotente, Laura los vio abalanzarse sobre el fugitivo, que se arrastraba apretándose el muslo ensangrentado con una mano. Uno de los perros le desgarró la garganta de un mordisco, mientras los otros dos le clavaban los dientes en los brazos y las piernas.

Hubo una explosión de pánico entre la multitud. Mientras los militares intentaban restablecer el orden, Laura, aunque presa del mismo terror que invadía a aquella pobre gente, tuvo la presencia de ánimo suficiente para intentar localizar a Amos y Lia. No le costó demasiado trabajo reconocerlos incluso de lejos, pues llevaban la misma ropa que vestían en todas sus apariciones, pantalones cortos con tirantes y gorrita él, y un bonito vestidito blanco con florecitas ella. Estaban junto a un hombre —su padre, sin duda—, que, aprovechando la confusión, los condujo a una puertecita semioculta detrás de una columna, la abrió y los metió dentro de un empujón. Estaba a punto de cruzarla él también cuando un soldado de las SS lo alcanzó. Le dio un golpe en la espalda con la culata del fusil y se lo llevó a empujones con los demás del grupo.

Un vértigo repentino se apoderó de Laura. Todavía tuvo tiempo de ver a dos milicianos con boina y camisa negra arrastrar lejos de la misma puerta a un señor mayor que apretaba contra su pecho un maletín; luego un relámpago cegador lo borró todo y ella cayó al suelo, con los ojos en blanco y el cuerpo sacudido por violentos espasmos.

Al cabo de un par de horas, Mezzanotte decidió que ya estaba bien y cerró el navegador. Tenía un fuerte dolor de cabeza y la sospecha de no haber sacado gran cosa de la búsqueda.

Por orden, había dado con:

– Un foro de ufología en el que se afirmaba que, debajo de la estación, los reptilianos, una raza extraterrestre que desde tiempos inmemoriales tramaba en la sombra un complot para someter a la humanidad, habían establecido una base secreta.

– Algunos artículos de la sección de sucesos conservados en los archivos online de varios periódicos que contaban los mismos episodios que los expedientes que acababa de consultar.

– Un relato, recogido en una biblioteca electrónica de textos de terror y de ciencia ficción, en el que se imaginaba que en el transcurso de las obras de construcción en la parada de metro contigua a la estación, había sido localizada una puerta de acceso al infierno por la cual salían algunos demonios para sembrar el terror y la muerte en la ciudad.

– El blog de un grupo de autodenominados «espeleólogos urbanos» que, haciendo gala de un talento narrativo muy superior, con diferencia, al del autor del relato citado anteriormente, se jactaban de conocer la ubicación del viejo refugio antiaéreo de la Central y de haber realizado en él una expedición clandestina, interrumpida bruscamente por el macabro hallazgo de unos palos en lo alto de los cuales había clavadas unas calaveras humanas acribilladas de clavos y jeringuillas usadas.

– Una entrevista a un anciano exempleado de los Ferrocarriles en una página de apasionados de los trenes, en la que se hacía referencia a fusilamientos sumarios de partisanos y a deportaciones de judíos que durante la guerra habían llevado a cabo los alemanes en el más absoluto secreto en las mismas tripas de la Central.

Lo único que despertó su interés fue la entrevista con el ferroviario. Si realmente los nazis habían utilizado los sótanos, era verosímil que hubieran instalado en ellos un depósito de armas, en el que el Fantasma habría podido encontrar la Luger. Durante el registro que había efectuado vio con sus propios ojos cargamentos de pertrechos militares abandonados en los almacenes que databan de aquella época.

Por lo demás, todo lo relacionado con los sótanos de la Central parecía envuelto en una densa bruma de mitos, leyendas y delirios, que impedía distinguir nada con claridad.

Ya había oscurecido. Otro día perdido. Laura no había llamado y a aquellas horas ya no lo haría. No le quedaba más remedio que volver a casa e intentar dormir un poco.

Laura abrió los ojos. Se sentía aturdida y extenuada por completo. Estaba tumbada en el suelo, con la cara hundida en el polvo, en un lugar oscuro y desolado. ¿Qué le había pasado? Luego lo supo: había tenido una de sus crisis. Como era habitual, las convulsiones le habían consumido todas sus energías. Permaneció allí un buen rato hasta que logró incorporarse y sentarse en el suelo.

Poco a poco, la sobrecogedora experiencia que había vivido iba aflorando en su memoria. No creía que ella pudiera seguir siendo la misma después de todo lo que había visto y sentido aquella noche.

Así, pues —se esforzó por reflexionar—, Amos y Lia Felner no habían muerto cuando efectuaban las operaciones de carga de los deportados, ni durante el viaje a Auschwitz. Su padre consiguió que escaparan y se libraron de la deportación. Pero nadie había vuelto a saber nada de ellos. Entonces ¿qué suerte corrieron? Quizá los capturaran y los mataran unos días después, o tal vez quedaron atrapados en los sótanos de la estación hasta morir de inanición. Le pasó por la cabeza otra posibilidad, pero era una idea tan absurda que la rechazó antes incluso de que adoptara una forma definitiva en su mente.

Con mucho cuidado, intentó ponerse de pie. Tenía las piernas flojas y la cabeza le daba vueltas, pero podía tenerse en pie. Al bajar los ojos para comprobar el estado en el que se hallaba, el desánimo se apoderó de ella: estaba totalmente manchada de polvo y de hollín, tenía el vestido arrugado y descosido por un lado, y notó el escozor de las raspaduras en las rodillas. Del bolso, que llevaba en bandolera, sacó un espejito e, intentando dominar el temblor de las manos, se miró la cara. De mal en peor. Tenía la expresión descompuesta, el pelo convertido en una especie de maraña, y las mejillas y la barbilla pegajosas por el llanto y la saliva.

Miró la hora. Casi las once. Demasiado tarde para una cena. ¿Cómo reaccionaría Cardo si lo llamara ahora? Desde luego no era de esa guisa como esperaba que la viera, pero no soportaba la idea de volver a quedarse sola en su piso vacío. ¿Qué podía contarle de lo que le había ocurrido? En esos momentos, no tenía ni la menor idea y, en el estado de turbación en que se hallaba, solo deseaba refugiarse entre sus brazos y desahogarse con una buena llantina.

Mientras con paso inseguro se dirigía a la salida, volvió repetidamente la cabeza. Tenía la clarísima sensación de que alguien la observaba y esperaba ver de nuevo a los hermanitos. Pero los fantasmas del pasado que infestaban aquel lugar empapado de los atroces sufrimientos que habían padecido parecían haberse adormecido de nuevo.

Al salir del despacho del comisario Dalmasso, al cual acababa de poner al día sobre los últimos datos de la investigación, Mezzanotte estaba muy cabreado. No había permanecido allí mucho rato, puesto que, en realidad, no había novedades, pero le dio la impresión de que su superior había quedado más bien complacido que contrariado. Teniendo en cuenta lo que este pensaba, ¿cómo iba a culparlo? Si tenía razón y era verdad que el Fantasma, asustado por las consecuencias del secuestro fallido, se había largado a mil kilómetros de distancia, ya no había que preocuparse. Pero Dalmasso no tenía razón, Riccardo estaba seguro. El Fantasma atacaría de nuevo y ninguno de ellos estaba haciendo lo suficiente para evitarlo.

De vuelta a su sitio, miró el móvil, que había dejado encima de la mesa, pero no había ni nuevos mensajes ni llamadas perdidas. Esperaba que Laura dijera algo, después del plantón que le había dado la noche anterior, pero era casi la hora de almorzar y todavía no tenía noticias. Con ella era un continuo tira y afloja. En un momento dado estaba alegre y expansiva, y al siguiente se mostraba fría y esquiva. Se parecía un poco a la planta de la que había hablado en una ocasión Fumagalli, que basta apenas rozarla para que de inmediato se contraiga. ¿Cómo se llamaba? Mimosa púdica, si mal no recordaba.

Tenía ganas de hablar con ella, pero no quería ser demasiado insistente, así que no la llamó, se limitó a mandarle un SMS sin aludir a la cita a la que no se había presentado.

Hacía poco rato que se había puesto a trabajar de nuevo cuando el teléfono fijo sonó. Era el guardia de recepción.

—Inspector, está aquí Leonardo Raimondi, del Centro de Escucha. Desea hablar con usted, dice que es urgente.

«Vaya, se avecinan problemas», pensó Mezzanotte. Esperaba que no se tratara de que algún miembro de las patrullas se hubiera pasado con alguna de las personas a las que ayudaba Raimondi.

—Vale, hazlo pasar.

Se dirigió a la puerta de la sala de oficiales para recibirlo, le estrechó la mano con cordialidad y le ofreció un café, que Raimondi rechazó.

Cuando el responsable del Centro de Escucha tomó asiento al otro lado de su escritorio, la silla crujió bajo su peso.

—Bueno, ¿qué puedo hacer por usted? —preguntó Mezzanotte.

Raimondi se rascó la espesa barba negra. A juzgar por su expresión, debía de tratarse de algo grave.

—Es una voluntaria mía, Laura Cordero. Me parece que se ven a menudo.

—Más o menos —dijo Riccardo sorprendido—. ¿Pero por qué me lo...?

—¿Por casualidad la ha visto o ha hablado con ella últimamente? —lo interrumpió Raimondi.

—Sí, ayer por la mañana. Habíamos medio quedado para cenar, pero no se presentó. Perdone, no entiendo en qué puede afectarle a usted eso.

—Estoy preocupado por ella —respondió Raimondi. Algo en su tono estremeció a Mezzanotte y un escalofrío recorrió su espalda.

—¿Y eso? ¿En qué lío se ha metido? —preguntó recordando

la ocasión en la que había tenido que salir corriendo a salvarla de la furia de un camello.

—Laura... —empezó a decir Raimondi. A pesar de su tamaño enorme, en aquellos momentos parecía frágil e inerme—. Laura ha desaparecido.

II

Abajo

Más de uno, en su caminata, llega a la puerta por senderos oscuros.

GEORG TRAKL

1

Dieciséis horas después de la desaparición

—Perdone, ¿desaparecida en qué sentido? —inquirió Mezzanotte poniéndose rígido.

—Esta mañana había un reparto de alimentos y ropa entre los necesitados —le explicó Leonardo Raimondi—. Organizamos uno cada mes en colaboración con Cáritas. Laura se ofreció a echar una mano. La esperábamos a las ocho, pero no se ha presentado. No ha llamado para avisar, ni a mí ni a ninguno de los voluntarios, y no ha contestado a nuestras llamadas. No es propio de ella, se toma muy en serio su compromiso con el Centro. Temo que le haya pasado algo.

—¿Ha intentado ponerse en contacto con sus padres?

—El fijo de casa suena pero nadie lo coge. Laura me dijo que sus padres se iban de vacaciones.

La mirada de Mezzanotte se clavó inmediatamente en su móvil. Todavía ninguna respuesta al SMS que le había mandado. Lo agarró e intentó llamarla, pero una voz grabada le comunicó que el número no estaba disponible. Volvió a mirar a Raimondi. No tenía más remedio que compartir su aprensión. Por lo poco que la conocía, Laura difícilmente se habría saltado un compromiso sin avisar, a menos que algo se lo hubiera impedido.

—¿Cuándo la vio por última vez?

—Cuando se fue del Centro ayer. Serían más o menos las ocho de la tarde.

—Ayer por la mañana hablé con ella por teléfono y me dijo que tenía algo que hacer después del voluntariado, pero no especificó qué era. Por casualidad, ¿no tendrá usted idea de qué podía tratarse?

El responsable del Centro dijo que no moviendo la cabeza de un lado a otro.

—A mí no me dijo nada. Por lo demás, es una chica muy reservada.

«¿Dónde estás, Laura? ¿En qué follón te habrás metido?», se preguntó Riccardo.

—¿Sabe si estaba siguiendo algún caso en el que tuviera un interés especial?

—Laura se interesa por todos los casos de los que se ocupa. Como ya le he dicho, se toma muy en serio su trabajo en el Centro. Incluso demasiado, si le soy sincero. De todos modos, no, no se me ocurre ninguno en particular.

—¿Le ha hablado alguna vez de dos niños cuya suerte le preocupaba? —preguntó una vez más. Acababa de recordar lo que Laura le había dicho por SMS cuando él estaba en el hospital.

—No, me parece que no —respondió Raimondi—. Mejor dicho, ahora que lo pienso, sí, hace algunas semanas nos preguntó a todos si nos habíamos fijado en unos niños que andaban solos por la piazza Luigi di Savoia... Temía que pudieran haberlos abandonado o algo por el estilo. Pero luego no volvió a sacar el tema, que yo sepa.

Mezzanotte se tomó unos minutos para reflexionar mientras golpeaba nerviosamente la superficie del escritorio con el bolígrafo que tenía en la mano. Luego agarró el teléfono y localizó el número de la portería del edificio donde vivía Laura. Tras comprobarlo, el portero le dijo que no estaba en casa. Desde el día anterior no la había visto.

—Seguro que no le habrá pasado nada —dijo colgando el auricular para intentar tranquilizarse a sí mismo y a su interlocutor—. Laura no tardará en dar noticias y todos suspiraremos aliviados. Pero, por si no fuera así, yo de usted presentaría una denuncia. En los casos de este tipo, las primeras cuarenta y ocho horas son decisivas. Cuanto antes se empieza la búsqueda, más probabilidades hay de encontrar a la persona desaparecida.

Diecisiete horas después de la desaparición

—¿La hija de Enrico Cordero? ¿Pero sabe usted quién es ese hombre, Mezzanotte? —exclamó el comisario levantando la vista del parte de denuncia que el inspector acababa de entregarle.

—Un empresario, según tengo entendido —respondió Riccardo, quien, en efecto, tenía una idea muy vaga.

—Está al frente de una importante industria farmacéutica. Está forrado. Una persona muy influyente en la ciudad. Esta es una patata demasiado caliente para nosotros.

Dicho esto lo despachó y se apresuró a pasar la denuncia a las oficinas del fiscal jefe, del comisario jefe de la policía y del prefecto.

De nuevo sentado a su mesa, Mezzanotte comprendió enseguida que concentrarse en el trabajo le iba a resultar imposible. Había intentado llamar a Laura varias veces, pero su móvil permanecía apagado. Claro, los teléfonos siempre pueden quedarse sin batería, pueden perderse, romperse, no tener cobertura, o puede que los roben. Había mil maneras de explicar su silencio. Pero él no conseguía quitarse de la cabeza una sensación terrible que lo inquietaba. Laura había sido vista por última vez cuando salía del Centro de Escucha, alrededor de las 20.00 horas del día anterior. Con el reloj en la mano, por lo tanto, llevaba ya diecisiete horas desaparecida. Demasiadas. No podía creerse que, si la ausencia fuera voluntaria, dejara pasar tanto tiempo sin ponerse en contacto ni con Raimondi... ni con él. Otra, tal vez, pero Laura no. Sencillamente no le parecía que fuera así.

Y, pensándolo bien, el motivo que le había impedido avisar al responsable del Centro de que iba a faltar al reparto de ropa y de comida entre los necesitados podía ser el mismo por el que no lo había llamado a él la noche anterior. Si así era, fuera lo que fuese lo que le hubiese sucedido, tuvo que haber ocurrido poco después de dejar el Centro de Escucha.

Seguía pasándosele por la mente el episodio de la pensión Clara. Dio por descontado que había metido suficiente canguelo al gusano aquel para convencerlo de que tenía que salir por piernas. Pero ¿y si se había equivocado? Nada le aseguraba que, a pesar de todo, Artan no se hubiera quedado por allí, con la intención de vengarse de Laura o quizá para obligarla a revelarle dónde se había refugiado Sonia.

¿Qué debía hacer? Cada minuto que pasaba era valiosísimo, pero, dado que se habían metido de por medio las altas esferas, la maquinaria de las investigaciones tardaría un poco en ponerse en marcha. Como le había hecho notar el comisario, se trataba de un caso demasiado complicado, así que era harto improbable que se lo confiaran a una simple unidad de la Policía Ferroviaria. Mezzanotte no tenía, pues, ningún derecho a ocuparse del asunto, pero no había tiempo que perder y él no soportaba la idea de quedarse de brazos cruzados.

Se puso en contacto con la Sección Séptima de la Brigada Móvil. Al preguntar por él con el pretexto de que estaba efectuando una serie de controles por su cuenta, le pasaron con el compañero al que había suministrado los datos del camello albanés. El policía de la Sección Antidroga le aseguró que a la mayor brevedad le haría saber cuanto supieran de él. A continuación, llamó a Chute y le ordenó que moviera el culo y preguntara al mundillo de los drogatas de la Central. Tenía que descubrir si se había visto últimamente por ahí la puta jeta de Artan y, ya puestos, si por casualidad alguien había visto a Laura cerca de la sede del Centro de Escucha entre las ocho y las nueve de la tarde anterior.

¿Qué más? En ese momento, decidió, lo más urgente era ir a recoger los testimonios de los voluntarios del Centro, probablemente los últimos que la habían visto antes de que se le perdiera el rastro. En efecto, los recuerdos se desvanecen muy deprisa y, cuanto más tiempo pasara, más peligro había de que algún detalle importante desapareciera para siempre en la niebla de la memoria. Luego redactaría un informe que remitiría a quienquiera que se le asignara el caso.

Veinte horas después de la desaparición

—Buenos días, desearía hablar con el subcomisario De Falco, por favor. Soy el inspector Riccardo Mezzanotte, de la Polfer, Sector Operativo de Milán Central.

—Se lo paso, no cuelgue —dijo la operadora de la centralita de la Jefatura Superior y puso su llamada en espera.

En cuanto regresó a la Unidad, Mezzanotte fue a pedir noticias a su superior, quien le comunicó que la investigación sobre la muchacha desaparecida había sido confiada al subcomisario de la Brigada Móvil Renato De Falco. Riccardo no lo conocía directamente, pero sabía quién era. Considerado un tipo duro, tenía una larga experiencia en materia de secuestros. En los años ochenta y noventa había formado parte de los grupos constituidos por miembros de los distintos cuerpos de las fuerzas del orden para investigar algunos de los secuestros más clamorosos que se habían producido en la ciudad. Si el elegido había sido él, significaba que las altas esferas se habían tomado el asunto muy en serio. Y que se temían lo peor.

Inmediatamente se puso a transcribir en un informe oficial

los apuntes que había tomado durante su visita al Centro de Escucha, cuyos frutos, a decir verdad, eran bastante escasos.

Los únicos testimonios de cierto relieve eran los de los dos voluntarios que, según Leonardo Raimondi, eran los más cercanos a Laura: Wilma Nitti, una llamativa exprostituta de sesenta y tres años, bastante bien conservada, y Loris Capotondi, un joven de veinticinco, con cuerpo de gimnasio y un historial de problemas relacionados con el consumo de cocaína, que enseguida le cayó como el culo. Ninguno de los dos sabía cuál podía ser la tarea que Laura les había dicho que tenía que hacer después de acabar su labor en el Centro y tampoco la habían visto más nerviosa o preocupada que de costumbre. Mejor dicho, según Wilma, a quien Laura siempre le había dado la impresión de que llevaba encima a saber qué peso secreto, últimamente parecía más serena, como aliviada. A la pregunta de si habían notado en ella algo extraño o distinto de lo habitual, los dos habían citado su atuendo: aquel vestidito de verano tan mono, que Raimondi ya había descrito en la denuncia, era muy inusual en una chica que, por lo general, vestía de forma mucho más sobria. Cuando le preguntó si sabía el motivo por el cual se lo había puesto precisamente aquel día, Wilma le contestó, con una pizca de malicia:

—Si le soy sincera, yo creía que había quedado con usted, inspector.

Cuando empezó a interrogar a Loris, Mezzanotte se preguntó si no debería incluir a aquel guaperas entre los sospechosos. Wilma le había contado que insistía en cortejar a Laura, aunque ella no le había dado nunca la menor esperanza. Tenía un motivo: el enfado por un rechazo puede empujar a cometer actos desesperados. Pero la noche anterior Loris había sido uno de los últimos en salir del Centro, lo hizo mucho después que Laura, y, en cualquier caso, le pareció que estaba sinceramente angustiado por lo que hubiera podido pasarle a la chica y, además, muy deseoso de colaborar. Entre las cosas en las que le dijo que se había fijado estaba el hecho de que, al marcharse, Laura no había girado a la derecha, como siempre hacía, para ir a la parada del tranvía en la piazza IV Novembre atravesando la Galleria delle Carrozze, sino que había tomado el sentido contrario.

Al salir del Centro de Escucha, Mezzanotte miró a su alrededor. Quien quisiera abandonar la plaza podía escoger esencialmente tres caminos a la izquierda: la via Ferrante Aporti, que flanqueaba un largo tramo del muro del terraplén de las vías; el paso subterráneo a través del cual se llegaba a la via Tonale, al otro lado de la estación, y la via Pergolesi, que desembocaba en la piazza Caiazzo. ¿Cuál de ellos pudo haber tomado Laura? Quizá ninguno de los tres, pues no cabía descartar que, voluntariamente o no, se hubiera montado en el coche de alguien que estuviera esperándola.

Veinte veces después de que una melodía decididamente irritante le golpease los oídos, lo pusieron finalmente en comunicación.

—Subcomisario De Falco, dígame.

—Buenos días, soy el insp...

—Ya sé quién es, Mezzanotte —lo interrumpió de una manera voluntariamente grosera una voz de barítono al otro extremo de la línea—. Conocía muy bien a su padre, ¿sabe? Durante años estuve a sus órdenes, y puedo decirle una cosa: no está usted hecho de la misma pasta que él.

«Otro que no ha podido soportar que haya denunciado a unos compañeros —se dijo Riccardo para sus adentros, suspirando— y se siente en la obligación de restregarme por las narices su desprecio. ¿Pero qué se ha creído, que papá habría dejado que se fueran de rositas? ¿Cómo demonios pueden pensar algo semejante?».

—Sí, bueno —contestó casi sin poder dominarse. Necesitaba la información que aquel hombre pudiera proporcionarle—. Nunca lo he pretendido. De todas formas, me parece que ya no hay nadie por ahí que sea de esa pasta, ¿verdad? Escuche, he sido yo quien ha redactado la denuncia de desaparición de Laura Cordero, a la que conozco personalmente. Solo quería saber si han descubierto algo y ofrecerles toda mi colaboración.

—La investigación acaba de comenzar —dijo De Falco suavizando el tono, sorprendido quizá por la docilidad de Riccardo—. En cualquier caso, ya hemos hecho algunas comprobaciones: ninguna novedad en los hospitales ni en los depósitos de cadáveres. Estamos intentando ponernos en contacto con sus padres, que de momento se encuentran en un *resort* para ricachones en medio de la selva, en Costa Rica, pero las comunicaciones son muy dificultosas. La empresa de Enrico Cordero se ha encargado de hacerle llegar el aviso, pero creo que tardarán un poco; mientras tanto, nos han proporcionado una fotografía de la muchacha y varias informaciones que nos pueden ser útiles. Según el portero y el sistema de videovigilancia del edificio en el que reside, salió de casa el viernes a primera hora de la tarde y no volvió. Ya hemos hecho públicos sus datos de identificación y enviado una solicitud para tener acceso tanto a su registro de llamadas y a la localización de la señal del móvil, como a los movimientos de su tarjeta de crédito.

—¿Han registrado su casa?

—Tenemos intención de hacerlo, desde luego, pero preferimos contar con la autorización de su padre antes de proceder. Mire, dada la importancia de la familia, la movilización es máxima, aunque por el momento no hay particulares motivos de alarma. En principio descartamos la eventualidad de un accidente o de un suicidio, y por ahora nada hace pensar que haya sido secuestrada. La hipótesis más probable sigue siendo un alejamiento transitorio y voluntario. Si quiere saber mi opinión, desapareció el viernes por la noche y, si no la localizamos antes, la veremos reaparecer como si no hubiera pasado nada cuando acabe el fin de semana. Por lo demás, no se le puede echar la culpa: es joven, guapa y rica. Sus padres no están aquí para controlarla y ella ha aprovechado para ir a pasárselo bien en cualquier sitio con algún amigo, quizá en alguna villa lujosa a orillas del lago, donde él la tendrá demasiado ocupada para darse cuenta de que tiene el móvil descargado..., no sé si me explico.

Mezzanotte sintió el impulso de contestarle que se equivocaba, que Laura no era de ese tipo de chicas, pero se mordió la lengua. No habría sido muy profesional por su parte, y, si no quería darle un pretexto para dejarlo al margen de la investigación, le convenía no mostrarse demasiado implicado a nivel emocional. Por lo demás, ¿cabía excluir la posibilidad de que De Falco tuviera razón? No sabía casi nada sobre la vida privada de Laura. Aunque cuando le preguntó si salía con alguien ella lo había negado, quizá no le dijo la verdad.

—Esperemos que así sea —dijo con esfuerzo—. De todos modos, quería echar una mano y para ganar tiempo me he permitido interrogar a los colaboradores del Centro en el que Laura trabaja como voluntaria. Le he mandado por fax mi informe antes de llamarlo.

—Sí, me lo han traído. Precisamente estaba hojeándolo. He mandado a alguno de mis hombres para que se ocupe de ello, y también para obtener las grabaciones de las cámaras de videovigilancia que pueda haber por los alrededores. De todos modos, gracias, inspector. —De Falco permaneció unos segundos en silencio dando a entender que la conversación ya había terminado, pero a continuación comentó—: Ha dicho usted que la conoce personalmente, inspector. ¿Tiene algo más que añadir acerca de Laura Cordero que pueda sernos útil?

Mezzanotte vaciló. ¿Debía hablarle de sus sospechas acerca de Artan? Corría el riesgo de meterse en un lío. De Falco podría utilizar contra él el hecho de que hubiera resuelto la situación en la pensión Clara sin pasar por los conductos oficiales. De momento decidió guardar silencio; se prometió a sí mismo que, si encontraba la más mínima confirmación de la implicación del camello albanés en el asunto, le informaría de inmediato, aun a costa de jugarse su carrera o lo que pudiera quedar de ella.

—No, nada más.

—¿Está usted seguro, inspector? —insistió el subcomisario en un tono que sonó veladamente acusatorio—. De su informe oficial me parece deducir que ayer por la noche había quedado usted con la señorita Cordero. ¿Está seguro de no haberse dejado nada en el tintero? ¿De qué naturaleza exactamente eran sus relaciones con la desaparecida?

—¿Qué pretende usted insinuar? —gruñó indignado Mezzanotte. ¿Intentaba provocarlo o de verdad abrigaba dudas sobre él?

—Nada, inspector, nada. Ya lo sabe usted, en una investigación hay que explorar cualquier pista. Pero dejémoslo de momento. Puede que más adelante tengamos ocasión de volver sobre el asunto —dijo en tono más suave De Falco, que no disimuló su satisfacción por haber conseguido hacerle perder los estribos—. Ahora debo dejarle. Una última cosa, en cualquier caso. Sabemos lo que tenemos entre manos y dominamos por completo la situación. No necesitamos que se metan en nuestros asuntos aficionados voluntariosos. Así que, por favor, déjenos trabajar y en adelante evite tomar otras iniciativas. ¿No está ya bastante atareado persiguiendo a mendigos y carteristas en la estación?

«Vete a tomar por culo, gilipollas arrogante», se dijo Mezzanotte y colgó el auricular con tanta fuerza que todos los que estaban presentes en la sala de oficiales dieron un respingo.

Veintiuna horas después de la desaparición

—¡Venga, fuera, desalojen!

Los cinco emigrantes de Europa del Este, de entre treinta y cuarenta años, se alejaron bajando por la escalera mientras farfullaban incomprensibles insultos contra los policías en su lengua.

La Polfer intervino tras recibir las quejas de varios viajeros motivadas por aquellos holgazanes que habían encontrado un resguardo del calor de aquel día ya plenamente veraniego en lo alto de una de las escalinatas que subían al nivel de las vías desde los vestíbulos laterales. Con una abundante provisión de vino blanco en tetrabrik, el grupito se había instalado en los bancos situados entre las imponentes columnas que daban acceso a la Galería Principal. Los avisos hablaban de que algunos individuos visiblemente borrachos importunaban a las chicas que pasaban por allí y orinaban entre las columnas. Mezzanotte, demasiado nervioso para permanecer sentado a su mesa, decidió encargarse personalmente del asunto y se llevó a Colella consigo.

Al quedarse a solas entre los mármoles, envueltos en un desagradable olor a meado y a vino malo, los dos amigos se miraron y sacudieron la cabeza. Ya podían estarles agradecidos aquellos tíos: por fortuna para ellos, no les apetecía hacer un parte por semejante bobada, así que los habían desalojado sin tomarse siquiera la molestia de identificarlos.

Se encaminaron de nuevo a la Unidad. Aunque llevaban la camisa de manga corta del uniforme de verano en vez de la guerrera, Colella estaba empapado en sudor.

—¿Hay alguna noticia? —preguntó a Mezzanotte.

—Todavía no.

—Verás cómo todo se arregla. Habrá tenido algún contratiempo que le ha impedido ponerse en contacto contigo hasta ahora, pero no tardará en hacerlo.

—Eso es lo que piensa también el responsable de la investigación, pero no sé... —dijo Riccardo, poco convencido. A partir del momento en que Raimondi se presentó en las oficinas para comunicarle la desaparición de Laura, se había apoderado de él una inquietud cada vez mayor que, cuanto más se prolongaba el silencio de la chica, más fuerza iba ganando. Tenía la sensación de que algo no iba bien, no era propio de ella desaparecer de aquella forma, pero había algo más. Tanta preocupación estaba demostrándole que Laura le importaba más de lo que había estado dispuesto a reconocer hasta ese momento.

Le sonó el móvil. En cuanto vio quién era se apresuró a contestar.

—¡Eh, inspector!

—Chute, ¿qué hay? ¿Has descubierto algo?

—No sobre tu camello. Hace días que el albanés no se deja ver por aquí, y de hecho algunos clientes habituales suyos han empezado..., o sea..., pues a buscarse otros proveedores. Pero...

El drogata se interrumpió. Mezzanotte lo oyó parlotear con alguien, pero había alejado el móvil de la boca, de modo que no consiguió entender lo que decía.

—¿Pero?

—Sí, perdona —reanudó la conversación Chute—. Estoy en el quiosco, el que está al lado del túnel de los coches, debajo de la estación, ya sabes, ¿no? Bueno, antes he hablado con uno que dice que vio pasar a la chica ayer por la tarde, cuando estaba preparándose un pico...

—¿Laura Cordero? ¿Seguro que era ella?

—¡Eh, tío, aquí la conoce todo el mundo! La nueva voluntaria del Centro. Hay algunos que han empezado a ir allí con la esperanza de que les haga ella la entrevista. ¿Sabes? No solo está buenísima, sino que además es una tía superamable y abierta. Se desvive siempre por echarte una mano.

—Vale, vale. ¿Dónde estaba?

El confidente no contestó. Se puso a confabular otra vez con la persona que estaba con él.

—¿Chute? Me cago en la puta, Chute, ¿estás ahí?

—Sí, amigo, aquí me tienes. ¿Dónde estaba quién?

—El tío ese. ¿Dónde la ha visto? ¿Estaba con alguien?

—Ah, no. Ha dicho que estaba sola. Él la vio en el túnel. Es un buen sitio para ponerse, tranquilo y resguardado. De vez en cuando lo utilizo yo también —respondió Chute—. Pero mira, ahora tengo que irme...

—¿Qué dices de irte? Quiero hablar contigo. Tienes que llevarme inmediatamente con él.

—Ahora mismo no puedo, tengo una cosa que hacer.

—Ni lo sueñes, Chute. ¿Qué coño es eso tan urgente que tienes que hacer? ¿Meterte un pico?

—Lo siento, inspector, tengo prisa. Ya te llamo yo, o sea, lo antes posible, te lo juro.

Y colgó por el morro. Mezzanotte intentó llamarlo, pero el móvil estaba apagado.

Veintitrés horas después de la desaparición

Riccardo miró el reloj que había encima de la puerta de la sala de oficiales: las 19.08. Habían pasado ya dos horas y el imbécil del Chute todavía no había dicho ni pío. ¿Dónde demonios se había metido?

Unos minutos antes recibió una llamada del colega de la Sección Antidroga. Un cadáver que llevaba varios días en el depósito de Brindisi había sido identificado aquella misma mañana como Artan Kerushi. «Cuatro heridas de bala, calibre 7.65, una de ellas en la nuca, probablemente en el curso de un ajuste de cuentas relacionado con el tráfico de drogas», decía el informe. En los bolsillos le encontraron un billete de barco para Vlorë.

Quería huir a Albania, se dijo Riccardo, pero sus proveedores lo habían pillado antes. Prácticamente, era él quien lo había matado, pero, a decir verdad, no se sentía culpable. Ni tan siquiera un poco. Aquel mierda asqueroso se lo había buscado él solito.

Por lo tanto, Artan no tenía nada que ver, cosa que, por una parte, era un alivio, pero, por otra, dejaba envueltos en el misterio los motivos de la ausencia de Laura, que duraba ya casi un día. Tenía que hablar de todas todas con el drogata ese que afirmaba haberla visto, y por eso necesitaba localizar a Chute con urgencia.

«¡A tomar por culo! —se dijo—. Voy a buscarlo».

Al salir de la Unidad sacó el móvil y a punto estuvo de marcar por enésima vez el número de Laura, pero acabó renunciando a hacerlo. Era inútil. De haber encendido otra vez el móvil, al ver el sinfín de llamadas sin respuesta que tenía, la chica se habría puesto en contacto con él, no le cabía duda alguna.

Una vez fuera de la estación, en la piazza Luigi di Savoia, divisó entre los transeúntes la figura renqueante del General. Disgustado por la forma en la que lo había tratado la última vez, le sonrió llevándose la mano a la frente, pero la reacción del viejo pordiosero fue hundir la cabeza entre los hombros con expresión atemorizada. En cuanto hizo ademán de ir a su encuentro para disculparse, el General giró bruscamente sobre sus talones y se fue cojeando y volviendo una y otra vez la cabeza para comprobar si lo seguía. «Lo aterroricé de verdad», pensó Riccardo, con sentimientos de culpa.

El calor había atraído a una pequeña multitud ante el multicolor quiosco adosado al lateral de la estación, junto a la entrada del paso subterráneo. Nadie lo diría a primera vista, pero en aquel destartalado puesto callejero se fabricaba uno de los mejores helados artesanales de la ciudad.

Mezzanotte se acercó por un lado para evitar la aglomeración y dirigió un gesto a uno de los dos hombres que estaban dentro. Al ver el uniforme, el heladero torció la nariz, pero interrumpió de inmediato lo que estaba haciendo y se acercó a él.

—Dígame, agente.

—Inspector —lo corrigió Mezzanotte—. ¿Conoces a Chute?

—¿Y quién no lo conoce?

—Estoy buscándolo. Sé que andaba por aquí hace un par de horas.

—Es un buen chico, inspector. Se pincha, es verdad, pero no sería capaz de matar una mosca...

—Solo quiero hablar con él. Es importante —dijo Mezzanotte intentando tranquilizarlo—. Él no está metido en ningún lío, no le pasará nada.

El hombre asintió con poca convicción, sin abrir la boca.

—¿Entonces me dices si lo has visto o tengo que llamar al Departamento de Higiene y les sugiero que os hagan una inspección de cojones? No debe de resultar fácil respetar al pie de la letra todas las normas sanitarias en un sitio como este...

—Sí, estuvo aquí —acabó por rendirse el heladero sacudiendo la cabeza—. Le hemos regalado un cucurucho de pistacho y vainilla, por si le interesa saberlo. Había un tipo con él, me parece que se han ido juntos.

—¿Sabes quién era?

—No lo había visto nunca, pero me apuesto el cuello a que se dedica al trapicheo.

—¿Por dónde se han ido?

El hombre hizo una señal indicando la dirección de la via Ferrante Aporti.

Al atravesar la calle ante las arcadas del paso subterráneo, Mezzanotte echó una ojeada a la oscuridad del túnel. ¿Qué diablos se le pasó por la cabeza a Laura para meterse en aquel callejón nauseabundo a pie, sola y casi de noche? ¿Por qué, si quería llegar al otro lado de la estación, no dio la vuelta de costumbre pasando por la Galleria delle Carrozze? Suponiendo que realmente hubiera sido así, cosa que, tratándose del testimonio de un toxicómano, había que comprobar.

Un parterre con árboles separaba los dos carriles en el primer tramo de la via Aporti. Mezzanotte caminó por el pasillito peatonal que quedaba entre los tilos. Pasó por delante del imponente Palacio de Correos, a su derecha, que formaba parte del complejo de la Central y había sido construido en el mismo estilo arquitectónico. A la izquierda, más allá del poderoso muro de cemento del cuerpo lateral de la estación, debía de encontrarse la terminal de carga abandonada que hacía unos días había visitado.

«¿Dónde coño se ha metido Chute?», se preguntó echando un vistazo a un lado y a otro. Por lo general, de día no se alejaba nunca demasiado. Si acababa de conseguir una dosis, era probable que hubiera buscado por los alrededores un sitio idóneo para metérsela.

Mientras tanto, había llegado al punto en el que, por encima de su cabeza, en el nivel de las vías, terminaban las marquesinas que cubrían la zona de salidas. Más allá, a lo largo del paso elevado, empezaban los arcos de los almacenes enlazados, que recordaban vagamente un acueducto romano y debían su nombre al hecho de estar unidos unos con otros por medio de los raíles que pasaban por su interior.

Cuando divisó una figura delgaducha acurrucada en un banco unos metros delante de él, a lo largo del caminito, suspiró con alivio. El inverosímil chándal de colores no dejaba lugar a dudas. Fue al encuentro de su confidente con la esperanza de que no estuviera demasiado colocado y pudiera hablar.

—¡Eh! —exclamó sacudiéndole ligeramente un hombro—. Esperaba una puta llamada tuya, ¿te acuerdas?

Chute echó la cabeza hacia atrás y volvió la cara hacia donde él estaba: ojos desorbitados, rostro de un color de cera, un reguero de baba espumosa en una de las comisuras de los labios. Todavía conservaba la jeringuilla en la mano y tenía una goma hemostática alrededor del brazo.

Sobredosis.

No hacía falta tomarle el pulso. La había palmado.

«Pobre Chute —pensó Riccardo con el corazón encogido al pasarle la mano por la cara para cerrarle los ojos—. ¿Qué me dijo en aquella ocasión? "Hasta que la muerte nos separe". Bueno, pues te has marchado entre los brazos de tu amada».

Veintiséis horas después de la desaparición

—¿No te comes eso?

Mezzanotte empujó hacia su amigo el platito con el medio bocadillo que tenía delante.

—No, Filippo. Es todo tuyo.

Se frotó con la mano el cuello dolorido por el cansancio y la tensión. Llevaba doce horas seguidas de servicio y la ansiedad por la suerte que hubiera podido correr Laura estaba acabando con él. El tiempo pasaba y seguían sin noticias de la chica. Tenía que conseguir iluminar el agujero negro que parecía haberla engullido, pero no sabía cómo.

En un determinado momento no había aguantado más y se había arriesgado a volver a llamar a De Falco. Sin esconder su impaciencia por aquella nueva intromisión, el subcomisario lo puso escuetamente al día acerca de las novedades o, mejor dicho, sobre la ausencia de ellas: no había habido ningún aviso tras la difusión de los datos físicos de la muchacha; la revisión de las cámaras de vigilancia y de la tarjeta de crédito no habían dado ningún resultado; en cuanto al móvil, había dejado de emitir señales a las 20.33, cuando todavía se encontraba en el recinto de la estación; por el momento no había sido posible ponerse en contacto con sus padres, tenían la esperanza de conseguirlo al día siguiente por la mañana.

—¿Alguna otra idea? ¿Propuestas? ¿Nada? —preguntó Riccardo a Colella y a Minetti, que se limitaron a devolverle una mirada vacía, sin pronunciar ni una sola palabra.

Aquella noche, en el cuartito de las escobas no había muy buen ambiente. Por mero sentido del deber, como de costumbre al final de la jornada, Mezzanotte quiso hacer balance de sus investigaciones y para ello reunió a sus colaboradores, que lo siguieron a regañadientes, pues su turno hacía ya rato que había terminado y no veían la hora de volver a casa.

Mordisqueando unos bocadillos gomosos que solo Colella había apreciado, se vieron obligados a reexaminar por milésima vez los elementos que tenían en su poder, a exponer nuevas hipótesis en sus indagaciones, descartadas de inmediato al comprobar que eran a todas luces disparatadas o impracticables.

La cruda realidad era que las pesquisas se hallaban en un

punto muerto del cual no había forma de sacarlas. A pesar de todos sus esfuerzos, no habían logrado encontrar a nadie que supiera algo del Fantasma ni de los misteriosos negocios que se sospechaba que se llevaban a cabo en los sótanos de la estación. No disponían de medios para explorarlos con un contingente suficiente de hombres y, para colmo, tras la muerte de Chute y con Amelia totalmente fuera de la circulación, Mezzanotte ya no contaba con ningún confidente en la Central.

—Inspector, si no hay nada más, nosotros nos vamos —anunció Minetti con timidez al verlo absorto en sus pensamientos.

—Sí, sí —dijo Riccardo aventando el aire con un gesto distraído de la mano, sin siquiera levantar la cabeza.

Teniendo en cuenta la situación en la que se encontraban, la única esperanza para salir de aquel punto muerto era que el propio Fantasma se decidiera a dar algún paso. Pero no parecía que tuviera la menor intención de hacerlo. Habían pasado ya seis días desde el intento de secuestro del niño, y aparentemente no había vuelto a sacar la nariz fuera de su escondrijo. «¿No te digo que al final tendrá razón el comisario? Se habrá cagado de miedo y se habrá largado».

O quizá no. Esa idea atravesó su cerebro de forma repentina y violenta como un mazazo en la frente. Quizá ya había dado el paso. Y él había sido tan estúpido que no lo había intuido de inmediato.

Veintisiete horas después de la desaparición

Aunque por todas partes en los alrededores —en la via Solferino, en el corso Garibaldi, por las callejuelas de Brera— bullía frenética la movida propia del fin de semana, la via dei Cavalieri del Santo Sepolcro parecía sumergida en una burbuja de calma y silencio.

De pie delante de la cancela, Mezzanotte levantó los ojos hacia la fachada cubierta de hiedra del lujoso edificio de apartamentos, sobre el cual flotaba la luna pálida en un cielo negro y sin estrellas.

Seguía preguntándose cómo no había caído antes en la cuenta, aunque en realidad la respuesta era bastante sencilla. No había pensado en ello porque su mente se había negado a tomar en consideración semejante eventualidad. Estaba demasiado involucrado, sus sentimientos por Laura le impedían razonar con lucidez.

El Fantasma andaba buscando una víctima para sus sacrificios, y Laura había sido vista por última vez, ya de noche, en los alrededores de la Central. ¿Cuánto se tarda en deducir que dos y dos son cuatro?

Se trataba de una mera suposición, pero bastaba para llenarlo de una angustia desgarradora. Tenía que descubrir si tenía fundamento o no. Y deprisa, porque si Laura había caído en las garras del Fantasma, no había un minuto que perder. La sola idea de lo que podría hacerle le ponía los pelos de punta.

La única forma de comprender lo que le había sucedido era reconstruir sus movimientos, seguir su rastro: ¿qué era lo que tenía que hacer la noche anterior? ¿Adónde se había dirigido?

Hasta ese momento De Falco y sus hombres habían actuado bien, tenía que reconocerlo. Habían hecho todo lo que había que hacer, pero no habían llegado a nada. Tan solo les quedaba pendiente una pesquisa. El subcomisario le había dicho que prefería obtener la autorización de Enrico Cordero antes de registrar su domicilio, y no la recibiría hasta el día siguiente.

Demasiado tarde. Tendría que encargarse él.

Efectuar un registro ilegal no era ninguna broma. Se exponía a graves consecuencias disciplinarias, cuando no penales, como no había dejado de recordarle la vocecita que tenía en su cabeza. Si siempre la hubiera escuchado, seguramente se habría ahorrado un montón de líos, pero tampoco habría hecho algunas de las cosas de las que estaba más orgulloso.

Se acercó al portero automático y pulsó el botón que tenía el rótulo «Conserje» hasta que le respondió una voz adormilada.

—¿Sí? ¿Quién es?

—Policía. Abra.

—¿Cómo? ¿A estas horas? Pero...

—Abra, le he dicho.

Al cabo de unos segundos el resorte de la cerradura al abrirse resonó en la noche. Riccardo empujó la cancela y recorrió el breve sendero pavimentado que conducía a la entrada del edificio. En el vestíbulo, detrás de la puerta de cristales, lo aguardaba un hombre de unos sesenta años, con una calvicie incipiente y una tripilla en estado bastante avanzado. Se había puesto a toda prisa una chaqueta encima de la camisa que llevaba por fuera de los pantalones.

—Buenas noches. Estoy aquí por el caso de Laura Cordero. Ya sabe que ha desaparecido, ¿no? —le soltó Mezzanotte de buenas a primeras para atemorizarlo y no darle tiempo a pensar, mientras le ponía delante de las narices su identificación cuidándose mucho de tapar su nombre con el dedo índice.

—Sí, claro. ¿Hay novedades? ¿Está bien la señorita?

—No se preocupe por eso —le hizo callar Riccardo con rudeza—. Tengo que entrar en el domicilio de los Cordero. De inmediato. Tiene usted copia de las llaves, ¿verdad?

—Sí, pero... —replicó titubeando el portero—, ¿no haría falta una orden judicial o algo por el estilo?

—No, si hay motivos de especial necesidad y urgencia. Entonces, a ver, ¿las llaves?

Era verdad, en determinadas circunstancias un oficial de la Policía Judicial podía proceder a efectuar un registro por iniciativa propia, sin una orden firmada por el fiscal, pero no sobre la base de una simple sospecha, y menos aún si el agente no tenía competencia en el caso.

—No sé, no creo que el señor Cordero...

—El señor Cordero, como usted sabe, está en el extranjero, y no hay forma de ponerse en contacto con él. ¿Asumirá usted la responsabilidad de explicarle que, por su culpa, la policía no ha podido efectuar una verificación de la que podría depender la seguridad de su hija?

—No, no —balbució el hombre, enrojeciendo—. Yo... Voy a buscárselas.

—Eso es, muy bien.

Poco después Mezzanotte entraba en el piso de los Cordero, en la tercera planta, con la esperanza de que la perplejidad del conserje no fueran tan fuerte que lo indujera a llamar a la Jefatura para pedir explicaciones.

Cuando encendió la luz, se encontró en un amplio salón como hasta entonces solo había visto en las revistas de decoración. Todo se hallaba impregnado de una extraña elegancia y un consumado refinamiento. Perfecto, pero también de una frialdad que daba repelús. Una casa hecha para ser admirada, no para ser habitada.

Le bastó una breve vuelta para comprender que los dormitorios estaban en el piso de arriba, en lo alto de la escenográfica escalera sinusoidal que destacaba delante de la puerta de entrada.

No le resultó difícil localizar la habitación de Laura. La reconoció enseguida al asomarse a ella desde el pasillo. Era muy diferente del resto del apartamento, de una sencillez sobria y discreta. Se parecía a ella.

Dio unos pasos hacia su interior. Una cama japonesa, una mesilla, un escritorio, un pequeño sofá, un armario de dos puertas, unos estantes atestados de libros. En las paredes, únicamente un boceto encantador dibujado a carboncillo que representaba a unas bailarinas.

Intentando pasar por alto la desagradable sensación de estar violando la intimidad de Laura —otra señal que revelaba que aquella historia lo tocaba muy de cerca— dio comienzo al registro. Las estanterías albergaban sobre todo libros de medicina, y clásicos rusos y franceses en ediciones de bolsillo. Pasó sus páginas una a una con los dedos, y solo encontró una flor seca y algunos papelitos en los que había ciertas frases; en el que cayó de entre las páginas de *Madame Bovary* decía: «Una infinidad de pasiones puede caber en un minuto, como una multitud en un pequeño espacio». Abrió el armario. Laura poseía un guardarropa no demasiado surtido para una chica de su edad y de su extracción social. Algunos de los vestidos más sofisticados tenían todavía la etiqueta; probablemente regalos que no se había puesto nunca. Hurgó por todas partes —incluso, con cierta incomodidad, en el compartimento de las prendas íntimas—, pero no había nada escondido entre la ropa. Tras acercarse al futón, inspeccionó sin éxito debajo de la almohada y a continuación debajo del colchón. Algo se revolvió en su interior al percibir los leves rastros del perfume de la joven que las sábanas exhalaban.

En la mesa reinaba el desorden: libros abiertos, montones de fotocopias, cuadernos, bolígrafos y lápices. Todo relacionado con los estudios, de ninguna utilidad para él. Al revisar los cajones encontró una especie de cuadernito cuadrado con las tapas de cuero. Deshizo el lazo que lo mantenía cerrado y lo hojeó. Se trataba de una agenda de ese año, en la que había sucintas anotaciones de las cosas que Laura tenía que hacer cada día, mezcladas con dibujitos geométricos, de esos que se pintarrajean por puro aburrimiento mientras se está hablando por teléfono o en clase.

Se sentó para examinarla mejor. Las notas aludían principalmente a sus estudios y a sus actividades como voluntaria. El nombre de Sonia aparecía varias veces hasta el 30 de mayo, donde se leía: «Marcha Sonia 18.07». El último apunte afectaba a ese día: «Reparto CdE 8.00». Así pues, Laura tenía bien presente la cita matutina con los necesitados a la que no se había presentado. Se sorprendió al comprobar que la página anterior estaba en blanco. Lo que tenía que hacer el viernes por la tarde parecía importante. ¿Por qué no se lo había apuntado?

A juzgar por la agenda, la vida social de Laura no podía calificarse precisamente de intensa, y no había nada que confirmara las insinuaciones de De Falco acerca de una posible relación sentimental.

O, mejor dicho, sí encontró algo, pero no era lo que temía. Todo lo contrario. Correspondiendo al día siguiente a su aventura en la pensión Clara, que había terminado con la cena en la pizzería de Farid, su nombre abreviado, «Cardo», aparecía repetido en sucesivos renglones bien ordenados hasta llenar toda la página. Una manifestación de empalagosa dulzura de adolescente que le habría arrancado una sonrisa, si no se hubiera emocionado como un chiquillo enamorado por primera vez.

Tras un atento repaso de las anotaciones relativas a las últimas semanas, hubo solo dos que no le resultaron de inmediato comprensibles y que en cierto modo parecían relacionadas entre sí:

21 mayo
Iijc 11.30
Amos (12)
Lia (8)
???

1 junio
Ester L. 17.00
¡Son ellos!
¿Vías subterráneas?

«Iijc» sonaba como una especie de acrónimo o algún tipo de sigla. No sabía a qué se refería, tendría que comprobarlo. En cuanto a los números al lado de los dos nombres, si no recordaba mal, correspondían a las edades de los niños a quienes Laura andaba buscando. Meditó sobre cuál podía ser el significado de aquellas notas. La interpretación más verosímil, a su juicio, era la siguiente: Laura había ido a ese IIJC, donde le habían proporcionado información acerca de la identidad de los niños. Pero no tuvo la seguridad de que eran ellos hasta que se lo confirmó la tal Ester L., con quien se había reunido unos días después.

Lo que le estremeció fue la expresión «vías subterráneas», rodeada de varios círculos. No le cabía duda de que se refería a la Central. ¿Aludiría tal vez a la estación fantasma a la que había bajado en el montacargas en compañía del jefe de estación? Pero ¿cómo se había enterado Laura de su existencia? ¿Y por qué se había interesado por ella?

¿Por qué? ¡Joder!

¿Por qué?

Treinta y cuatro horas después de la desaparición

Un amanecer descolorido iba abriéndose paso fatigosamente en el aire turbio de neblina y contaminación, y derramaba su debilitada luz por las calles todavía desiertas hasta la ventana a la que Mezzanotte, vestido con unos bóxers, se había asomado en busca de un poco de frescor. Sin embargo ni un soplo de aire desplazaba el bochorno que había vuelto a abatirse sobre la ciudad presagiando un nuevo verano abrasador.

No había podido pegar ojo en toda la noche. A pesar de la fatiga, había pasado las pocas horas de descanso que se había permitido dando vueltas en la cama, acalorado e inquieto, sin dejar de pensar en Laura, reflexionando sin parar sobre lo que podía haber sido de ella.

El viernes por la tarde la chica había salido del Centro alrededor de las ocho. No había girado, como de costumbre, a la derecha, así que no se dirigía a su casa, y Mezzanotte estaba bastante seguro de que no había quedado con nadie, no había rastro de ningún otro hombre en su vida. El vestido que tanta sensación había causado en el Centro debió de ponérselo para él, de modo que en aquel momento esperaba que tendría tiempo para llegar a la cita que habían concertado cuando acabara la tarea misteriosa.

¿De qué podía tratarse? Pese a no disponer de elementos concretos para asegurarlo, su instinto le decía que tenía que ver con los dos niños. Aquellos niños a los que, en realidad, aunque en un determinado momento le dijo que se había equivocado, Laura no había dejado de buscar. Unos días antes había conseguido información sobre ellos, primero en el sitio aquel, el IIJC, sobre el cual él encontró una sola coincidencia en internet: un centro de estudios sobre la Shoah que no podía ni imaginarse qué tenía que ver con todo lo demás, y luego una mujer identificada únicamente como Ester L., un dato insuficiente para poder localizarla.

Poco después de abandonar el Centro de Escucha, según lo que le había contado Chute, Laura fue vista por un toxicómano en el paso subterráneo para el tráfico rodado que había debajo de la estación. Mezzanotte habría dado lo que fuera por poder interrogar al tipo, pero, por desgracia, su confidente había tenido la brillante idea de inyectarse una dosis letal de heroína antes de decirle quién era.

Ahí se perdía su rastro. Fuera lo que fuese lo que hubiera ocurrido, debió de suceder en el túnel. Pero ¿qué fue a hacer allí? ¿Qué demonios la había empujado a correr semejante riesgo?

Se alejó de la ventana y se puso a dar vueltas por la habitación como un león enjaulado. El piso estaba en unas condiciones lamentables de desorden y de suciedad, incluso para el nivel de su época punk. Cuando habían roto, una de las represalias de Alice fue echar a la asistenta que iba a limpiar una vez a la semana, y él no había tenido ni tiempo ni ganas de buscar a otra. Miró la hora. Le habría sentado bien algo de música, pero era demasiado pronto para encender el estéreo: al viejito del piso de abajo le daría un síncope.

De repente se detuvo. Las «vías subterráneas» a las que aludía Laura en la agenda... ¿no podían ser acaso el motivo de que se aventurara a meterse en el túnel? Quizá fue en busca de un punto de acceso a la vieja estación de mercancías.

«¡Dios mío!», pensó. Ir hasta allí significaba precisamente

meterse en la guarida del lobo, donde el Fantasma permanecía al acecho de la llegada de una presa. Lo que aún no lograba entender era por qué habría hecho Laura una cosa así.

Dio unos cuantos pasos más y se paró en seco de nuevo. Los niños. Los niños debían de tener algo que ver, ellos eran la clave. Por algún motivo Laura se había convencido de que podría encontrarlos allí. No era una idea que pudiera descartarse. Entre los desechos a los que las pútridas oquedades del Hotel Infierno ofrecían hospitalidad podían estar perfectamente dos huerfanitos abandonados o huidos.

¿Y qué más? Tanto si había salido airosa en su intento como si no, Laura se había esfumado en la nada y no había noticias de ella desde hacía día y medio. Podían plantearse muchas hipótesis sobre lo que pudo ocurrirle, a cual más plausible, pero la que se clavó en el cerebro de Riccardo, como un clavo herrumbroso, fue la espeluznante posibilidad de que Laura se hubiera topado en su camino con el Fantasma. Por más que esperara ardientemente estar equivocado, no era capaz de alejar de su mente la imagen de Laura siendo arrastrada al subsuelo por aquel loco, con la intención de infligirle los mismos suplicios atroces a los que había sometido a decenas de animales.

Pero por el momento eso no eran más que elucubraciones. Al no tener ni una mísera prueba, no podía convencer a nadie para que le hiciera caso, y menos aún al gilipollas ese de De Falco.

Treinta y cinco horas después de la desaparición

Hacía poco que habían dado las siete de la mañana cuando Mezzanotte llegó a la Central. Por la calle, ni pizca de tráfico y pocos viajeros. La zona era feudo casi exclusivo de grupitos de extracomunitarios que haraganeaban en los escalones de mármol de la plaza, de mendigos acampados entre las columnas de la Galleria delle Carrozze y de los primeros heroinómanos a los que el mono había echado otra vez a la calle en busca de dinero para ponerse.

Vestido de uniforme, se precipitó directamente hacia el paso subterráneo, antes incluso de presentarse en la Unidad. Pasó deprisa ante la entrada todavía cerrada del Centro de Escucha y luego por delante del quiosco de los helados, que en aquel momento estaba abriendo. El heladero con el que había hablado la víspera le lanzó una larga mirada torva.

Cruzó la calzada y recorrió la estrecha acera del lateral derecho del túnel, por la parte en la que debía de encontrarse la estación subterránea, dejando que se lo tragara la penumbra rota por el lívido resplandor de los fluorescentes. Aunque el ambiente era malsano, por no decir algo peor, había varios desgraciados acurrucados en yacijas hechas de papeles de periódico, mantas y cartones, entre las columnas centrales. Aventurarse allí dentro sola de noche no era, para una chica, mucho menos peligroso que apuntarse en la sien con una pistola jugando a la ruleta rusa. Laura debía de estar muy interesada por aquellos niños.

En el centro del túnel, Mezzanotte se encontró un gran portón de hierro pintado de verde oscuro. Ni carteles ni indicadores, aparte del que prohibía la entrada a toda persona no autorizada, pero si allí había un acceso a los sótanos solo podía ser aquel.

Mientras meditaba sobre lo que debía hacer, un camión de la limpieza urbana entró en el túnel. Avanzó lenta y ruidosamente hasta llegar ante el portón verde, donde se detuvo e hizo sonar brevemente el claxon. Poco después los pesados batientes metálicos se abrieron y Mezzanotte entró detrás del vehículo. El camión se dirigió hacia los contenedores de la basura alineados al fondo del amplio muelle de carga, donde algunos operarios estaban trabajando con las carretillas elevadoras. Riccardo se fijó en un empleado sentado a un escritorio, justo en la parte opuesta, y fue a su encuentro.

—Buenos días, soy el inspector Mezzanotte, de la Polfer. ¿Trabajando ya a esta hora? ¿Aunque sea domingo?

El hombre abrió los brazos.

—La estación no para nunca. ¿Qué puedo hacer por usted, inspector?

—Estoy realizando una investigación sobre una chica que ha desaparecido. Fue vista por última vez el viernes por la noche en el paso subterráneo. ¿Había todavía gente por aquí, digamos entre las ocho y las nueve? Puede que, al salir, alguien la viera.

—¿En el paso subterráneo? ¿Se había cansado de vivir? —comentó el empleado, esbozando una sonrisita que la mirada torva de Mezzanotte hizo desaparecer de inmediato de sus labios.

El hombre bajó la vista y se puso a escudriñar un libro de registro; cuando la levantó, empezó a repiquetear en un punto de una página con el índice.

—Aquí está. El viernes, después de las ocho, estaban solo Amodio y Moroni. Acabaron su turno a las 20.30. —Echó una mirada a su alrededor e inmediatamente se puso a gritar, haciendo grandes gestos con un brazo—: ¡Amodio! ¡Amodio! ¡Ven aquí, rápido!

Un chico flacucho, vestido con mono de trabajo, se acercó a regañadientes, lanzando miradas atemorizadas a Mezzanotte.

—Amodio, aquí, el inspector desea hacerte unas preguntas.

Riccardo lo saludó tendiéndole la mano. Antes de estrechársela, el operario se restregó la suya en la pernera del mono, en la que quedó una marca negra.

—El viernes por la noche, cuando te fuiste, ¿saliste a pie o en coche? —le preguntó.

—En coche. Moroni se ofreció a llevarme.

—Al salir, ¿viste a alguien ahí fuera, en el túnel? ¿A una chica?

—¿Una chica? Bueno, estaba muerto de cansancio y...

—Piénsalo bien, es muy importante.

—Espere... Ah, ¡sí! Había una chica parada ahí junto al portón. La vi de refilón, solo un instante. Recuerdo que me pareció muy raro. No tenía pinta de ser una drogata ni tampoco una buscona. Al contrario, era bastante mona. Pero cuando volví la cabeza para mirarla mejor, ya no estaba. ¡Pensé que lo había soñado!

«Lo que me temía, joder —pensó Mezzanotte—. Se coló dentro antes de que volviera a cerrarse el portón, como he hecho yo detrás del camión de la basura».

—¿Hay forma de llegar hasta las antiguas vías subterráneas desde aquí? —preguntó mirando a su alrededor—. Las que en otro tiempo se utilizaban para la carga de las mercancías y la clasificación del correo.

El empleado sentado al escritorio arqueó una ceja.

—Sí, están ahí al fondo de esa galería, pero...

Sin dejarle acabar, Mezzanotte empezó a caminar a grandes zancadas en la dirección que le habían indicado.

Cuanto más se adentraba en aquella caverna de cemento, lo bastante amplia para permitir cómodamente el paso de un camión, más opresión sentía en el pecho, devorado por la angustia. Se dio cuenta de que tenía miedo de lo que podía encontrar.

Seguía repitiéndose que nada estaba escrito, quizá el Fantasma no tuviera nada que ver con la desaparición de Laura, pero las hipótesis alternativas que se le pasaban por la cabeza no eran mucho más tranquilizadoras: la chica había encontrado a los niños, pero no estaban solos y a sus padres o a quienquiera que los explotara no les gustó que alguien metiera la nariz en sus asuntos; no había encontrado a los niños, pero sí a unos delincuentes que no debían de dar crédito a que un bocado tan apetitoso se les sirviera en bandeja de plata. Por lo que sabía, lo que lo esperaba al final de la galería podía ser su cadáver.

Empezó a apoderarse de él una furia irracional contra Laura, una furia que venía a demostrar sin ningún género de duda cómo había caído de cabeza: se había enamorado de aquella chica a la que apenas conocía y a la que comprendía todavía menos. ¡No le faltaba más que eso!

¿Pero es que su cerebro no la había avisado? ¿Cómo había

podido actuar de un modo tan desconsiderado, sin tener en cuenta los peligros con los que iba a encontrarse? ¿Y qué le había impedido pedirle ayuda a él, igual que había hecho en la pensión Clara? ¿Por qué se había empecinado en meterse en aquella aventura ella sola, sin siquiera comentárselo?

«¿Te recuerda a alguien?», le susurró una vocecita que le resultaba familiar. De no haber estado solo dentro de su cabeza, nada le habría impedido darle un puñetazo en la nariz.

Al llegar al umbral de la estación subterránea, agarró la linterna y la dirigió hacia la oscuridad cada vez más espesa que lo rodeaba. No tardó mucho en encontrar aquello por lo que había ido hasta allí. Unos pocos pasos más adelante había un bolso tirado en el suelo, entre desechos y basura. Un bolso idéntico al que había visto que Laura llevaba en bandolera. Movió a su alrededor la linterna, esperando con el corazón en un puño que su cuerpo apareciera de un momento a otro en el haz de luz, pero lo único que distinguió fue un móvil hecho pedazos. Descubrió con alivio que no se veían restos de sangre.

Se agachó junto al bolso y lo registró hasta dar con el billetero. Sacó de él el carnet de identidad. Era de Laura, tan guapa que, incluso en la pequeña fotografía del documento, le quitaba el aliento. En el compartimento del dinero había setenta euros. No había sido un atraco.

2

Treinta y seis horas después de la desaparición

—¿Oiga? ¿Comisario Dalmasso? Espero no haberlo despertado. Ya sé que es domingo, pero...

—No, Mezzanotte, no me ha despertado. Estoy en mi barca,
en el lago, a punto de zarpar. Tengo una regata dentro de poco,
pero algo me dice que está usted a punto de dar al traste con ella.
Bueno, ¿qué es eso tan importante que no puede esperar hasta el
lunes?

—Pues mire, se trata de Laura Cordero, ¿sabe?, la chica desaparecida...

—Lo sé perfectamente, pero es inútil que siga usted pregun-
tándomelo cada dos por tres, no tengo novedades y no sé por qué
debería tenerlas, tratándose de un caso que no es competencia de
la Policía Ferroviaria.

—Yo sí que las tengo.

—Ah, ¿sí? Me pregunto cómo puede ser; si mal no recuerdo,
no tiene usted ninguna autorización para ocuparse de ese asunto.
¿No le convendría más concentrarse en su asesino de animales?
No lo ha dejado hasta conseguir que le asignaran esa investigación, pero me parece que hasta ahora no ha logrado gran cosa.

—Es lo que he hecho. Creo que la señorita Cordero ha sido raptada por el Fantasma.

Dalmasso permaneció unos instantes en silencio; luego exhaló algo a medio camino entre un bufido y un suspiro. Le pidió que se explicara mejor y Mezzanotte le contó lo que había descubierto en la estación subterránea de mercancías. Para su sorpresa, en vez de ponerse hecho una furia, su superior se tomó de inmediato la cosa muy en serio.

—Vale. Deme tiempo para hacer unas llamadas y volver a la ciudad. Intento organizar lo antes posible una reunión conjunta con los responsables de los dos casos, visto que ha aparecido una posible relación entre ellos. Permanezca localizable en todo momento.

Treinta y nueve horas después de la desaparición

A su llegada al Palacio de Justicia, Mezzanotte encontró ya en él a todo el mundo. Tardó un poco porque había pasado por el hospital para que le quitaran los puntos. En realidad, le habían dado cita para unos días más tarde, pero decidió adelantarse previendo que en las horas sucesivas necesitaría estar en plena forma. El médico que se los había puesto al principio no estaba muy convencido de quitárselos, pero después de un examen rápido de la herida del costado, que tenía buen aspecto, accedió a hacerlo.

Alrededor de la mesa de la sala de reuniones estaban sentados el comisario Dalmasso, el fiscal Rizzi, el subcomisario De Falco y un hombre al que no había visto hasta entonces, un cincuentón con barba y pelo rubio que vestía un traje hecho a medida, ante el cual los demás participantes en la reunión, con sus trajes ajados y baratos, parecían poco menos que pordioseros. Se lo presentaron como Giulio Tafuri, el fiscal titular de la investigación sobre la desaparición de Laura.

Falto de sueño y hecho papilla por la ansiedad, Mezzanotte era un verdadero manojo de nervios. No era la primera vez que se veía envuelto en una situación semejante, pero, en la época de los crímenes de las rondas, la mujer que estaba en manos del asesino no significaba nada para él, y sabía, por lo menos de un modo aproximado, de cuánto tiempo disponía para salvarla. En el caso de Laura, en cambio, no cabía descartar la hipótesis de que el Fantasma estuviera haciéndola pedazos en ese mismo momento y que no tardaran en encontrar su cuerpo desmembrado en cualquier lugar de la estación. Con solo pensarlo, sentía que a él también le arrancaban el corazón.

El primero en tomar la palabra, pasando por alto todo tipo de ceremonias y formalidades, fue De Falco.

—Espero que tenga un motivo suficiente para habernos convocado aquí un domingo. Sobre todo, teniendo en cuenta que no tiene usted nada que ver con la investigación y que ya le advertí que no pensaba tolerar ulteriores injerencias por su parte.

Mezzanotte había previsto la hostilidad del subcomisario y había preparado una línea de defensa.

—De lo que estaba ocupándome era de mi caso. Seguía el rastro del hombre que hace unos días agredió a una mujer en la Central e intentó secuestrar a su hijo, cuando en los sótanos de la estación me encontré con esto —dijo extrayendo de la bolsa en la que lo había guardado el bolso de Laura para a continuación arrojarlo de modo teatral encima de la mesa—. Es de Laura Cordero; su carnet de identidad está dentro del billetero. Considero muy probable que haya sido capturada por el Fantasma. De ser así, se encuentra en un peligro muy grave e inminente.

—¿Dice usted que estaba trabajando en su caso? —sonrió con malignidad De Falco—. Entonces ¿cómo es que esta mañana, cuando por fin hemos logrado ponernos en contacto con el padre de la muchacha, me ha hablado de un extraño registro que, según un mensaje que el portero le dejó en el móvil, se efectuó en su domicilio la noche pasada? De momento no he sabido qué contestarle, dado que ni yo ni el fiscal Tafuri habíamos ordenado todavía llevar a cabo ninguna inspección en casa de los Cordero. Luego hemos interrogado al portero sobre el asunto, nos ha contado que quien realizó esa visita nocturna fue un policía cuya descripción se corresponde con la suya. ¿También entonces estaba usted trabajando en su caso, Mezzanotte? ¿Pensaba que ese tipo, el Fantasma, se escondía allí? —acabó diciendo en tono sarcástico.

El comisario Dalmasso levantó la vista con ojos desorbitados.

—A mí no me había dicho nada —exclamó como si quisiera dejar bien claro que él no tenía nada que ver con todo aquello, en un intento de guardar las distancias con su subordinado—. ¿De verdad ha hecho usted semejante cosa, inspector?

Eso, desde luego, no lo había tenido en cuenta Mezzanotte. No esperaba que descubrieran tan pronto su intrusión en casa de los Cordero. Pero en esos momentos le daba todo igual. Su prioridad era localizar a Laura, todo lo demás pasaba a un segundo plano.

—Miren ustedes, es verdad —dijo adelantando el cuerpo, mientras sujetaba el borde de la mesa con las manos—. Lo hice y, si es necesario, pagaré las consecuencias. Tuve ciertas sospechas y fui a buscar algún indicio en el único sitio en el que nadie había mirado todavía. Pero ahora no hay tiempo para eso. Hay que peinar a fondo los sótanos con el mayor número posible de hombres. Y hay que hacerlo deprisa.

—¿Fue usted en busca de indicios —musitó con voz glacial De Falco— o a hacerlos desaparecer?

—¿Qué quiere usted insinuar con eso? —exclamó Mezzanotte, intentando frenar la rabia que iba acumulándose en su interior.

—Bueno, sus continuas intromisiones resultan un tanto sospechosas, sobre todo a la luz de las estrechas relaciones que mantenía usted con la muchacha... Todavía no acabo de comprender su naturaleza..., teniendo en cuenta también que tenía que verse con ella la noche de su desaparición.

—¡Eh, más despacio! No vayamos a exagerar ahora —intervino en su defensa Rizzi—. El comportamiento de Mezzanotte ha sido indudablemente deplorable. En definitiva, reconozcámoslo, ha hecho una burrada, pero de ahí a plantear la hipótesis de que haya tenido nada que ver hay una gran distancia. Yo me concentraría más bien en lo que comporta el hallazgo del bolso...

—El bolso no significa nada —saltó De Falco, que no parecía dispuesto a soltar el hueso—. Si es que no ha sido él mismo quien lo ha puesto allí para desviar las investigaciones..., podría haberlo llevado alguien que lo hubiera encontrado en otro sitio para hurgar dentro de él con toda tranquilidad.

—Yo lo descartaría —replicó Mezzanotte apretando los dientes—, teniendo en cuenta que dentro estaba el billetero con bastante dinero en su interior.

En ese instante entró en la sala un individuo. Se disculpó por la interrupción, fue directamente en busca de Tafuri y le susurró algo al oído al mismo tiempo que le entregaba un fax.

Todos los presentes aguardaron en silencio mientras el fiscal lo leía.

—Señores, esto lo cambia todo —anunció en tono grave cuando hubo concluido su lectura—. Tengo entre las manos el texto de una petición de rescate que acaba de ser entregada a un amigo de la familia Cordero. Los secuestradores exigen dos millones de euros por la liberación de la muchacha. A partir de este momento nos enfrentamos oficialmente a un secuestro. De Falco, ese es su campo. Ya sabe usted lo que tiene que hacer.

—Desde luego, señor Tafuri, me pongo a ello de inmediato —dijo el subcomisario poniéndose en pie de un salto.

Mezzanotte quedó estupefacto y tardó un poco en asimilar el sentido de lo que acababa de suceder.

—Esperen ustedes... —exclamó intentando volver a llamar la

atención de los presentes—, en cualquier caso, debemos emprender una búsqueda en los sótanos...

—¿Por qué? Me parece que la petición del rescate descarta cualquier participación de su hombre —replicó exultante De Falco separándose un instante del móvil a través del cual estaba ya impartiendo órdenes y directrices.

—Bueno, sí, la extorsión no parece que esté muy en consonancia con el comportamiento de un chiflado que ofrece sacrificios a una sanguinaria divinidad africana —comentó Rizzi, a quien también había descolocado el inesperado giro que habían dado los acontecimientos.

—Podría tratarse de un fraude —insistió de un modo un tanto brusco Mezzanotte, viendo que la situación se le escapaba de las manos—. Hasta que estemos seguros de la autenticidad de la misiva, sería una irresponsabilidad descartar la posibilidad de que haya sido el Fantasma. Quizá después será demasiado tarde...

—Cálmese un poco, inspector —intervino el comisario Dalmasso, sin esconder la irritación que le causaba la intemperancia de su subordinado—. Todas las personas que están alrededor de esta mesa tienen mucha más experiencia que usted. ¿Qué le hace creer que sabe usted mejor que ellos cómo llevar un asunto como este?

En ese momento, un poco porque la angustia por la situación de Laura estaba arrancándole la piel a tiras, y otro poco porque lo exasperaba toda aquella discusión que para él no era más que una pérdida de tiempo, Riccardo perdió el mundo de vista.

—¿Cómo voy a calmarme —estalló— cuando la vida de una chica pende de un hilo y nadie hace una puta mierda por encontrarla?

—¡Basta ya, Mezzanotte! ¡Está usted exagerando! —exclamó Dalmasso dando un puñetazo encima de la mesa.

Riccardo debería haber comprendido que había llegado el

momento de parar, que, de seguir por aquel camino, lo único que conseguiría sería estrellarse contra un muro. Pero había ido ya demasiado lejos, había perdido por completo el control de la situación.

—¡Me cago en la puta, comisario! ¿Es que no le entra en la cabeza que no hay un minuto que perder? Debería saber ya de lo que es capaz ese loco. ¿Qué clase de jefe es, si no tiene huevos para apoyar a sus hombres cuando hace falta?

Un frío glacial se apoderó de la sala de reuniones. Durante algunos segundos nadie fue capaz de respirar siquiera. Tafuri estaba pálido como la cera, De Falco mostraba una sonrisita en sus labios, Rizzi sacudía la cabeza con expresión de sincero desagrado. En cuanto a Dalmasso, estaba a punto de que le diera un síncope.

—¡Ya le avisé! ¡No puede usted decir que no lo hice! —farfulló con la cara enrojecida, perlada de sudor, cuando al fin recuperó el uso de la palabra—. Considérese suspendido por completo de sus responsabilidades con efecto inmediato. Le ordeno que abandone la sala y que vuelva a la Unidad para devolver la tarjeta de identificación y el arma de servicio.

—En cualquier caso, yo sigo teniéndolo en mi lista, Mezzanotte —oyó decir a De Falco mientras salía de la sala dando un portazo—. Todavía no he acabado con usted.

Cuarenta y una horas después de la desaparición

En la Unidad nadie se atrevía a acercarse a él ni a dirigirle la palabra. La noticia de su suspensión debía de haber corrido ya. Solo Nina Spada, al pasar junto a él por el pasillo, le apretó brevemente el brazo esbozando una sonrisa de solidaridad. Mezzanotte se sentía liberado y curiosamente tranquilo. La calma ilusoria de quien se encuentra en el ojo del huracán.

Al llegar a su mesa, con las miradas de todos los demás oficiales clavadas en su espalda, retiró todas sus pertenencias y las metió en una bolsa. Encima de un montón de protocolos atrasados de los que ya no tendría que ocuparse vio una carpeta roja que por la mañana no estaba allí. La abrió. Contenía las fotocopias de un expediente antiguo. Fumagalli. Probablemente el guardia de recepción se había acordado de otro caso que tenía algo que ver con los sótanos. Demasiado tarde ya. Después de vacilar un poco, cogió la carpeta y la metió en su bolsa junto con todo lo demás.

—Cardo.

Mezzanotte levantó la vista. A su lado se habían materializado los rostros contritos de Colella y Minetti.

—Nos hemos enterado. Pero ¿qué ha pasado?

—Estoy ya fuera de juego, Filippo. Y esta vez va en serio. Al final lo he conseguido, lo he mandado todo a la mierda.

—¿Y ahora? ¿Qué va a pasar con la investigación? El Fantasma podría volver a atacar de un momento a otro.

—Ya lo ha hecho. Se ha llevado a Laura, estoy casi seguro. —Mientras lo decía sintió que se le formaba un nudo en la garganta que casi le imposibilitaba continuar hablando—. No creo que os dejen, pero, si podéis, buscadla. Tiene que estar aquí abajo, en alguna parte y...

—¡Ah! ¡Aquí estás, Mezzanotte!

Riccardo dio media vuelta y vio a Manuel Carbone en la puerta de la sala de oficiales, con su mandíbula cuadrada congelada en una sonrisa burlona. Detrás de él, chorreando estupidez y malévola satisfacción, los dos rumiantes de chicle, Lupo y Tarantino.

—¿Qué coño quieres, Carbone?

—Pistola y tarjeta de identificación, Mezzanotte. El comisario me ha llamado pidiéndome que me asegurara de que las devolvías.

«Entre todos, tenía que ser él», pensó Riccardo. Otra humillación dentro de la humillación.

Se desabrochó el cinturón blanco y lo dejó en la mesa junto con la identificación. Luego se echó la bolsa al hombro y se dirigió al vestuario para cambiarse. Esforzándose por mantener la cabeza alta desfiló en silencio ante los ojos de sus compañeros, algunos de los cuales se asomaron aposta a las puertas de los despachos para verlo pasar.

—Esto iba a acabar así desde el principio —aulló tras él Carbone—. No eres uno de los nuestros. No mereces llevar ese uniforme.

Una vez fuera, en el nivel de las vías, sus hombros se hundieron. Tenía la sensación de que todo el cansancio acumulado en aquellos dos últimos días le caía encima de repente.

No era capaz de entender qué había sucedido en la fiscalía. Al final se le habían subido los humos a la cabeza, sí, ¿pero qué había pasado para que todo saliera tan mal y él hubiera acabado perdiendo el control?

¿Era posible que hubiera seguido la pista equivocada y que el Fantasma no tuviera nada que ver con aquello? No. Cuanto más lo pensaba, más seguro estaba de que Laura no había sido víctima de un secuestro convencional. Había seguido sus pasos hasta la estación subterránea de mercancías, donde la chica se había metido por voluntad propia. El bolso abandonado y el móvil hecho añicos indicaban con seguridad que aquel era el sitio en el que la habían agredido, y no consideraba creíble que una banda de secuestradores le hubiera tendido allí una emboscada, teniendo en cuenta que ella no había revelado a nadie adónde se dirigía, ni que la hubieran seguido esperando encontrar una ocasión propicia para capturarla, pues los delincuentes de ese tipo no lo dejan todo en manos del azar, sino que actúan con arreglo a una minuciosa planificación.

Pero entonces... ¿de dónde cojones había salido aquella petición de rescate? Porque al menos en una cosa estaba de acuerdo con De Falco: había que descartar que hubiera sido el Fantasma el que la había enviado. ¿Un mitómano tal vez? ¿Alguien que intentaba aprovecharse de la situación? Solo había un problema: la noticia todavía no había salido a la luz pública, eran pocos los que la conocían.

Como un relámpago cegador, se abrió ante sus ojos otra posibilidad cuyas implicaciones eran de una naturaleza tal que le provocaron una sensación de vértigo.

Había pedido a Amelia que averiguara algo más acerca de los sótanos, y la vieja había desaparecido de la circulación; Chute lo había llamado diciéndole que tenía una información importante y había muerto antes de poder revelársela; él, sin embargo, había conseguido encontrar elementos que relacionaban al Fantasma con la desaparición de Laura y una providencial carta pidiendo rescate llegó justo a tiempo de impedirle obtener los recursos necesarios para peinar palmo a palmo el subsuelo de la estación.

¿Estaba volviéndose paranoico o alguien lo estaba vigilando y espiaba todos sus pasos e intervenía cada vez que corría el riesgo de acercarse demasiado a la verdad?

Pero ¿quién podía tener los medios necesarios para hacer una cosa así, y por qué? ¿Quién había detrás del Fantasma? ¿Qué oscuros intereses se movían en torno a él?

Mientras bajaba al vestíbulo de las taquillas por las escaleras mecánicas, miró a su alrededor preguntándose si tal vez también en ese momento alguien estaba observándolo. Imposible saberlo en el frenético e incansable bullicio de gente que iba y venía al ritmo dictado por las decenas de relojes repartidos por toda la estación.

Después de dos meses en la Polfer, estaba acostumbrándose a considerar la Central un sitio familiar, creía que estaba empezando a conocerla. Ahora, en cambio, le inspiraba una sensación de extrañeza y de peligro inminente. Encontraba algo siniestro en la forma en que la luz se derramaba desde la bóveda vertiginosamente alta del vestíbulo y caía a lo largo de las columnas y las paredes decoradas con frisos y bajorrelieves. ¿Qué misterios se ocultaban detrás de aquellos revestimientos de mármol? ¿Cuántos secretos flotaban en la desmesurada vastedad de aquellos espacios?

¡Dios! ¡Cuánto le habría gustado disponer al menos de alguna respuesta, no tener solo una vorágine de preguntas rondándole la cabeza hasta la náusea!

«¿Y ahora qué?», pensó al cruzar la acera central de la Galleria delle Carrozze. ¿Debía irse a casa, meterse en la cama y dormir veinticuatro horas seguidas abandonando a Laura a su destino, como su cuerpo exhausto le imploraba que hiciera?

Ya no podía más, estaba harto de nadar siempre contra corriente, pero rendirse no era una opción. Y si no intentaba hacer todo lo posible y lo imposible por salvarla, hasta el final, ¿dónde encontraría el valor suficiente para seguir mirándose al espejo?

Por desgracia, ya no podía hacer nada. Lo habían echado, su margen de maniobra había quedado reducido a cero. Se detuvo en medio de la piazza Duca d'Aosta bajo el sol que caía a plomo. En realidad, no era así. Todavía le quedaba un último intento. Pero para aprovecharlo tendría que tragarse los últimos retazos de orgullo que le quedaban.

Cuarenta y dos horas después de la desaparición

—¡Cardo! ¡Qué sorpresa! ¡Adelante, pasa! No te quedes ahí plantado.

Por la actitud solícita con la que lo invitó a entrar, Mezzanotte comprendió que Venturi ya lo sabía todo.

—Acabo de almorzar, pero si tienes hambre le pido a Teresa que te prepare algo —dijo mientras lo precedía a lo largo del pasillo aludiendo a su anciana ama de llaves, que estaba fregando los platos al otro lado de la puerta de la cocina.

—No, muchas gracias.

Lo último que había comido era el medio bocadillo de goma que había mordisqueado la noche anterior en la Unidad, pero dudaba que el nudo que le cerraba la boca del estómago le permitiera engullir nada sólido.

—¿Un café, entonces?

Mezzanotte asintió con la cabeza. Cualquier cosa que contribuyera a mantenerlo despierto y con capacidad de reacción durante otro poco sí que sería bienvenido.

—Teresa, por favor, ¿nos traes dos cafés?

Entraron en el salón en el momento en que la melancólica y conmovedora melodía que Mezzanotte había oído cuando estaba en el umbral del apartamento aumentaba de intensidad, hasta convertirse en el desgarrador grito de dolor de un alma dolorida.

Venturi se acercó al aparato estereofónico y sofocó aquel grito levantando el brazo del tocadiscos con la delicadeza necesaria para que la aguja no produjera ni el más mínimo arañazo en la superficie de vinilo. Luego cogió el disco entre sus manos y lo metió religiosamente en su estuche.

—La *Incompleta* de Schubert, dirigida por Toscanini. Una grabación excepcional de los años cincuenta —dijo antes de volver a colocarlo en una estantería mostrando la portada a Mezzanotte, que, mientras tanto, se había dejado caer a plomo en uno de los sillones de cuero cobrizo.

Incluso con aquel atuendo informal de estar por casa, el subcomisario jefe de la policía tenía una aspecto impecable, como de costumbre. Pantalones vaqueros cuidadosamente planchados, el polo sin una sola arruga sobre su físico enjuto, y ni un pelo de su corta cabellera gris fuera de su sitio.

Dario Venturi. El Monje. Ni familia, ni mujeres, ni vicios, ni pájaros en la cabeza. Una vida sobria e irreprochable, en la que parecía que solo había sitio para el trabajo. Ninguna distracción, nunca un solo paso equivocado, lo que le había permitido hacer la extraordinaria carrera que todos le envidiaban. Por lo que se sabía, había tenido un solo desliz, cuando, hacía ya muchos años, se había enamorado hasta las trancas de Vanessa Fabiani, que, sin embargo, había preferido a su amigo y colega Caradonna, pero lo había superado rápidamente y había mantenido buenas relaciones con los dos. Mezzanotte habría deseado poseer al menos una pizca de su calma inquebrantable y de su lúcida racionalidad, pero se parecía más a Tommaso Caradonna, impulsivo e inquieto, una cabecita loca.

—Supongo que ya te habrán informado —empezó a decir en cuanto se retiró Teresa, tras depositar una pequeña bandeja en la mesita baja que tenía ante sí.

—Sí —respondió Venturi sentándose en el sofá y tomando uno de los dos cafés que había en la bandeja—. Es un asunto muy feo, Cardo. No sabría qué...

—No es por mí por lo que he venido —lo interrumpió Riccardo, deseoso de cortar de raíz cualquier equívoco. Agarró la otra tacita y se tomó su contenido de un sorbo—. ¿Qué sabes del caso Cordero?

—¿La hija del empresario que ha desaparecido? Todo lo que hay que saber. Precisamente esta mañana he tenido que informar al comisario jefe sobre el asunto.

—No estoy aquí para pedirte que intervengas en lo de mi suspensión ni nada por el estilo, Dario —insistió Mezzanotte, para proseguir en tono apasionado—. Creo que De Falco y ese fiscal, Tafuri, están cometiendo un terrible error. Tienes que convencerlos de que manden buscar a Laura Cordero en los subterráneos de la estación. Ahora. De inmediato. No sé quién habrá escrito la petición de rescate que ha llegado ni por qué, pero creo que es falsa. Sospecho que a la señorita Cordero se la ha llevado el hombre sobre el que estoy investigando, el tipo que mata animales en la Central y que hace unos días intentó secuestrar a un niño. Si tengo razón, cuando se den cuenta será demasiado tarde. Esa chica podría tener las horas contadas, por no decir incluso los minutos. No hay un instante que perder.

—Por desgracia, me temo que no será posible...

—Te lo ruego, intenta hablar con ellos, quizá a ti te escuchen. —La voz se le quebró, poniendo de manifiesto toda su angustia—. Si no hacemos algo deprisa, le aguarda una muerte horrible...

—El problema es que ya me he puesto demasiado en evidencia por ti, Cardo. No tienes ni idea de cuántas presiones estoy recibiendo para que deje de tenerte bajo mis alas protectoras.

—¡Pero no te estoy pidiendo que me ayudes a mí! —dijo Mezzanotte casi a gritos—. Se trata de Laura, yo ya no puedo hacer nada para salvarla...

Venturi levantó una ceja al oírlo llamar a la chica por su nombre, pero evitó hacerle ninguna pregunta al respecto.

—Todo el mundo tendría perfectamente claro de dónde viene la propuesta —comentó abriendo los brazos—. ¿Crees que De Falco no comprendería de inmediato quién está detrás de todo? ¿Cómo crees tú que se lo tomaría? Cuando he hablado con él ha hecho referencia a tus repetidos intentos de inmiscuirte en las investigaciones. Me ha dado la impresión de que abrigaba sospechas sobre ti. —Hizo una pausa y luego reanudó la conversación en un tono demasiado forzado que no sonaba tranquilizador—. En cualquier caso, el subcomisario tiene muy malas pulgas, pero sabe lo que se lleva entre manos. Si está convencido de la autenticidad de la carta, significa que con toda probabilidad tus temores son infundados. Verás cómo todo acaba bien.

—¿No hay entonces nada que se pueda hacer? —insistió Mezzanotte con la voz reducida a un susurro suplicante. La última posibilidad que le quedaba estaba esfumándose ante sus propios ojos y lo dejaba braceando en un piélago de impotencia y desánimo.

—Por desgracia, en estos momentos eres radiactivo. Y, si puedo darte un consejo, eso es lo que debería preocuparte. Tu situación ya está muy comprometida. De no ser por el apellido que llevas y por mi protección, es probable ya te hubieran expulsado. Cuanto más cerca está el proceso, más se extienden el mal-humor y el nerviosismo por la Jefatura; no solo entre los hombres de a pie, sino también entre los mandos. Esta suspensión es lo que faltaba. Ahora te encuentras de verdad al borde del abismo. Un empujoncito y acabarás cayendo.

—¿Qué quieres decir?

—¿No lo entiendes? Si en el momento de subir al estrado de los testigos tú ya no vistieras el uniforme, sería un duro golpe para la acusación, que quedaría muy debilitada. Cardo, yo te he ayudado siempre que he podido. Por lo demás, ya lo sabes, desde que tu padre resultó gravemente herido en el atentado ordenado por Epaminonda en el 81, le prometí que, si no sobrevivía, me ocuparía de ti. Y tras su muerte, he cumplido esa promesa. Pero en este momento tengo las manos atadas. Ni siquiera yo puedo hacer ya nada.

—Quieres decir... —exclamó Mezzanotte poniéndose de pie de un salto—. ¿Quieres decir que podrían aprovechar la ocasión para librarse de mí de una vez por todas?

Preocupado por Laura como estaba, no había pensado en las consecuencias que aquella suspensión podía acarrearle, y de pronto sintió que el suelo desaparecía bajo sus pies. El ingreso en la policía había sido su última tabla de salvación. Le había proporcionado orden y sentido a su vida, y le había ayudado a cambiar, antes de que fuera demasiado tarde, la deriva autodestructiva en la que había caído. Se había entregado a ese trabajo en cuerpo y alma. Si se lo quitaban, ¿qué le quedaría?

Venturi se levantó también y se plantó delante de él.

—No quiero ocultártelo, Cardo —dijo poniendo sus manos sobre los hombros del joven—. Me temo que tendrás que acostumbrarte a la idea. Lo has intentado, has hecho todo lo posible, lo sé, pero, mira, tal vez no fuera este tu camino...

Riccardo no se sentía así desde que era un niño al que su padre le negaba su afecto y aprobación: inadecuado, incomprendido, rechazado. Había luchado con uñas y dientes para librarse de ese estado de ánimo, había cometido error tras error y sufrido las consecuencias en sus propias carnes. Creía que se lo había quitado de encima para siempre y, sin embargo, ahí estaba de nuevo, de regreso al punto de partida.

Había olvidado cuándo fue la última vez que lloró, ni siquiera fue capaz de hacerlo en el funeral de su padre, pero en ese momento se percató de que tenía los ojos arrasados en lágrimas.

—¿Qué hago si me echan? —dijo entre gemidos dejándose vencer por el desconcierto—. No tengo nada más. Solo la policía, solo esto..., solo esto...

Se abandonó sollozando contra el pecho de Venturi, que lo estrechó entre sus brazos. Lloró largo rato a lágrima viva. Por Laura, por su padre, por él mismo, por todo...

Cuarenta y cinco horas después de la desaparición

La música retumbaba en el apartamento a un volumen tan ensordecedor que lograba tapar los escobazos que el vecino del piso de abajo daba contra el techo. En la mesita y en el suelo delante de ella había varias latas de cerveza, una botella de vino y otra de whisky, incluso un frasco de un *rosolio* asquerosamente dulce heredado de Alice. Mezzanotte se había bebido hasta la última gota de alcohol que tenía en casa y ahora, desde la posición privilegiada del sofá en el que estaba tirado de cualquier manera, borracho como una cuba, contemplaba el paisaje desolador de su vida en ruinas.

Venturi se lo había dicho sin pelos en la lengua: solo era cuestión de tiempo que lo expulsaran de la policía. Había jugado con fuego y al final se había quemado. Todo lo que había construido en los últimos cuatro años y medio estaba a punto de convertirse en cenizas y, aunque quisiera, ya no era posible volver atrás, él solito había cortado todos los puentes. ¿Qué sería de él? El futuro no le había parecido nunca tan negro, una cortina espesa e impenetrable.

Solo de una cosa estaba seguro: aunque pudiera volver a juntar todos los pedazos, siempre tendría que convivir con el remordimiento de no haber sido capaz de salvar a Laura, que en aquel mismo instante debía de encontrarse en algún rincón de los sótanos de la estación, sola y abandonada por todos, en poder de aquel lunático.

El estruendo que lo atronaba no le impedía seguir oyendo sus gritos, al igual que la borrachera no había conseguido extirparle de la mente las imágenes del Fantasma que se ensañaba con ella a machetazos, con su rostro pálido y huesudo salpicado de sangre de Laura. Si aquellas cuchilladas hubieran sido reales y destinadas a él, no habría experimentado el mismo dolor.

Más tarde no habría sido capaz de decir qué era lo que lo había empujado a hacerlo, pero de repente su mirada cayó en la bolsa colgada del respaldo de una silla, de cuyo interior sobresalía un pico de la carpeta roja que se había llevado del despacho unas horas antes, y no pudo evitar alargar el brazo para cogerla. La curiosidad, la fuerza de la costumbre, quizá el simple deseo de encontrar algo con que distraerse, aunque fueran solo unos minutos. No esperaba que contuviera nada particularmente interesante, los otros casos que Fumagalli le había ayudado a localizar no habían resultado de ninguna utilidad para la investigación.

Se puso a hojear el expediente. De pronto abrió los ojos como platos, como si no pudiera creer lo que estaba leyendo. Volvió rápidamente a la primera página, parpadeó para enfocar los ojos mejor y empezó a leerlo todo desde el principio prestando más atención. Poco después tuvo que interrumpirse de nuevo y restregarse la cara con las manos con energía. No había nada que hacer, así no podía ser, estaba demasiado borracho. Tenía que aclararse las ideas y sin tardanza.

Por fortuna, durante sus años con los Ictus había adquirido

alguna experiencia en situaciones como esa. Más de una vez le había tocado tener que recuperarse a tiempo para salir al escenario y había desarrollado un método personal, brutal, eso sí, pero eficaz, para eliminar la resaca.

Punto número uno, evacuar el estómago. Se arrastró hasta el cuarto de baño y, agachándose sobre la taza del váter, se metió dos dedos en la garganta. Un borbotón ácido de alcohol mezclado con jugos gástricos salió con violencia de sus vísceras. Vomitó, tosió y escupió, hasta que las arcadas se calmaron.

Punto número dos, rehidratarse. Empapado en sudor y con la garganta ardiendo, se dirigió a la cocina americana, abrió el frigorífico y sacó un tetrabrik de zumo de naranja. La fecha impresa en el envase indicaba que había caducado hacía dos días, pero ¿qué más daba? No tenía nada más a su alcance. Se obligó a tragárselo todo a fin de recuperar los líquidos perdidos y diluir la concentración de alcohol que tenía en el cuerpo.

Punto número tres. Fue a la alcoba y rebuscó en un cajón de la mesilla hasta dar con un paquete de aspirinas y se tragó tres con el fin de cortar de raíz la migraña que ya empezaba a golpearle las sienes.

Resultado: seguía estando hecho una mierda, pero ya no le daba tantas vueltas la cabeza y había recuperado un atisbo de lucidez.

Cuando apagó el estéreo, se oyeron retumbar todavía unos minutos más los golpes que el vecino seguía dando como un loco en el techo, hasta que por fin se hizo el silencio en la casa. Mezzanotte agarró de nuevo la carpeta, se la llevó a la mesa del comedor y leyó otra vez su contenido. Eran las actas de una investigación que databa de hacía nueve años.

El 13 de octubre de 1994, alrededor de la una de la madrugada, una patrulla de la Polfer prestó ayuda a un ferroviario llamado Mario Fabris, que presentaba una herida sangrante en el cuello. Afirmaba que lo había mordido alguien que lo había agredido por la espalda cuando, al acabar su turno, salía de uno de los despachos situados en el lado oeste del nivel de las vías. No fue capaz de proporcionar la descripción del atacante, que salió huyendo en cuanto la víctima consiguió quitárselo de encima.

La investigación fue confiada al inspector jefe de la Ferroviaria, Lucio Scognamiglio, a la sazón de cincuenta y siete años. A juzgar por la cantidad y la extensión de los informes y de los partes reunidos en el expediente, el hombre debió de tomarse el caso muy a pecho. Debió de ser también el único en hacerlo, a juzgar por cómo habían sido desoídas una y otra vez sus continuas peticiones de más medios y más recursos para seguir adelante con sus pesquisas.

Como primera providencia, Scognamiglio interrogó al empleado de los Ferrocarriles, y enseguida surgieron las primeras cosas raras. El atacante no había intentado robarle y entre ellos no había habido un verdadero forcejeo. En aquellos instantes de angustia, el individuo no dijo nada que pudiera explicar su comportamiento; para ser exactos, no pronunció ni una sola palabra. Aunque no le había visto la cara, Fabris descartaba en principio que detrás de aquel acto se escondieran motivos personales. No se le ocurría ninguna persona que pudiera guardarle tanto rencor como para querer hacerle daño físicamente.

Algo no encajaba en aquella historia, de modo que el inspector jefe llevó a cabo con discreción algunas comprobaciones sobre la persona del ferroviario, y no encontró nada que le permitiera poner en duda su versión de los hechos. La noche de la agresión no había bebido y parecía que no estaba perturbado psíquicamente. Era apreciado en el trabajo, no tenía deudas ni relaciones clandestinas que hubieran podido desatar los celos de un marido o de un novio.

Todo hacía pensar que la elección de Fabris como víctima había sido casual y, por mucha perplejidad que pudiera suscitar, parecía que el objetivo del atacante había sido solo y exclusivamente morderlo.

En su afán por ver las cosas con más claridad, Scognamiglio

empezó a inspeccionar de arriba abajo la estación y a hacer preguntas. Prestaba servicio allí desde hacía muchos años y la conocía a fondo. O al menos eso creía. Mientras se limitó a hablar con los empleados de los Ferrocarriles y otras personas que trabajaban en la Central, no apareció nada de nada, pero en cuanto amplió el campo de sus pesquisas a los numerosos desarrapados y sin techo que ya por entonces la infestaban, la cosa cambió. No tardó en descubrir que aquella agresión no había sido un hecho aislado. Unas semanas antes se habían producido varios episodios similares. Por lo que pudo sacar en claro, al menos una decena de personas, entre toxicómanos y mendigos, habían sufrido mordeduras que les habían hecho sangrar. A ninguno se le había pasado por la cabeza presentar una denuncia, aunque un par de ellos habían sufrido heridas tan profundas que acabaron en urgencias. Todas las agresiones tuvieron lugar por la noche, dentro de los límites de la estación, siempre a manos del mismo individuo, que, según algunos, no se limitaba a clavar los colmillos en el cuello de sus víctimas, sino que además intentaba chuparles la sangre, razón por la cual la gente de la Central le había apodado «el Vampiro».

Poniendo en relación los diversos testimonios, muchos de ellos confusos e incoherentes, el inspector jefe logró elaborar un retrato robot bastante preciso del atacante.

Aunque a primera vista el caso no tenía nada que ver con su investigación, desde el primer momento en algún rincón de la cabeza de Mezzanotte empezó a sonar un timbre de alarma, pero al leer la descripción del Vampiro lo atravesó una especie de descarga eléctrica: entre los treinta y los cuarenta años, vestido con una chilaba hecha jirones, alto y delgado, extremadamente pálido, cabellos blancos y grandes ojos saltones. No cabía duda alguna; el sospechoso del inspector jefe Scognamiglio y el suyo eran la misma persona.

El *modus operandi* del Vampiro no se correspondía con el del Fantasma y no parecía que tuviera ninguna relación con los rituales vudú, pero, mirándolo bien, existía por lo menos un punto en común: el protagonismo de la sangre. El Vampiro agredía a las personas para beberse su sangre, y el Fantasma secuestraba animales y seres humanos para ofrecer su sangre a una antigua divinidad africana.

Scognamiglio emprendió la caza, pero tuvo que enfrentarse a otra característica común del Vampiro y el Fantasma: lo escurridizos que eran ambos. Poseían la capacidad de aparecer como por arte de magia en cualquier punto de la estación para luego esfumarse sin dejar rastro, y aunque la frecuentaban asiduamente, nadie tenía la más mínima idea de quiénes eran.

Pese a haber desplegado a sus confidentes, haber pasado horas y horas al acecho en plena noche, haber seguido interrogando a todo aquel que hubiera podido ver u oír algo, haber efectuado numerosas misiones de patrullaje y de registro, transcurrieron los días y Scognamiglio no había conseguido avanzar y situarse ni un solo paso más cerca de su hombre. Mientras tanto, se habían producido otras agresiones, y entre los desheredados de la Central había empezado a propagarse el miedo, alimentado por las historias fantásticas e inverosímiles que habían comenzado a surgir en torno a las hazañas del Vampiro y a correr de boca en boca agigantando su talla. Hubo quienes afirmaron que tenía la facultad de hacerse invisible y atravesar las paredes; otros juraron y perjuraron que lo habían visto salir volando convertido en un murciélago, y alguno incluso afirmó estar seguro de que, además de la sangre, chupaba el alma de sus víctimas. Cada vez se volvió más frecuente ver por ahí a drogatas y vagabundos que llevaban al cuello collares de ajos y crucifijos.

Como le había ocurrido a Mezzanotte con el Fantasma, en un determinado momento también el inspector jefe estuvo convencido de que el Vampiro debía de esconderse en los enormes sótanos de la estación, por entonces ya en desuso en buena parte y, de hecho, fuera de la jurisdicción de las patrullas de la Polfer, que solo en circunstancias excepcionales se aventuraban en ellos.

Pero sus peticiones de llevar a cabo batidas a fondo con un número adecuado de hombres cayeron en saco roto, aunque había manifestado su temor a que tarde o temprano pudiera producirse algún muerto. A Mezzanotte le sonaba esa historia. No le costaba ningún trabajo imaginarse el desinterés de la superioridad: en el fondo se trataba solo de un desequilibrado que la había tomado contra unos cuantos pordioseros, y, de no ser por el ataque al empleado de los Ferrocarriles, probablemente la investigación ni siquiera se habría puesto en marcha.

Pese a todo, Scognamiglio no se dio por vencido, y siguió escarbando con tenacidad. Traspasó el límite más allá del cual el afán por resolver un caso rayaba en la obsesión. En sus últimos informes, entre otras cosas y sin explicar los motivos, planteaba la hipótesis de la posible existencia de una relación con el aumento exponencial de los robos en los almacenes situados en el subsuelo de la estación que se había registrado en los últimos años. A Mezzanotte le dio la impresión de que el inspector no lo decía todo, como si estuviera explorando una pista que no confiaba que pudiera comunicar a sus superiores o como si no estuviera todavía preparado para hablar de ella.

Luego sucedió algo. La investigación cambió de manos. De un día para otro, la firma que aparecía al pie de los informes de las pesquisas ya no era la del inspector jefe. Evidentemente, el funcionario que por aquel entonces ocupaba el puesto del comisario Dalmasso había ordenado una rotación de las tareas. Según sus partes, mucho menos frecuentes y más escuetos que los de Scognamiglio, el sucesor de este no se tomó tan en serio el asunto. Las pesquisas siguieron adelante a rastras, con desgana, sin progreso alguno, hasta que, al cabo de un par de meses, la investigación fue archivada, entre otras cosas porque el Vampiro había dejado de actuar.

Pero ¿qué fue del inspector jefe Scognamiglio? ¿Por qué motivo de golpe y porrazo lo expulsaron? No sin esfuerzo, Mezzanotte logró reconstruir de forma sumaria lo sucedido gracias a algunas alusiones diseminadas aquí y allá en la documentación. En un determinado momento el policía desapareció. No se supo nada de él durante dos días, al término de los cuales unos empleados de los servicios de mantenimiento lo localizaron en la zona de la subcentral térmica. Maltrecho y en evidente estado de confusión mental, no supo explicar de manera convincente qué le había pasado. En el expediente se hacía alusión, sin ulteriores especificaciones, a los relatos disparatados que no paraba de contar. Debió de sufrir algún tipo de crisis nerviosa, bastante grave además, puesto que, al cabo de un par de semanas, su sucesor fue a visitarlo a la clínica psiquiátrica en la que había ingresado, pero no consiguió sacarle nada más.

El expediente original incluía también el cuaderno de notas del inspector jefe, que Fumagalli, siempre tan diligente, no se había olvidado de fotocopiar. Contenía breves apuntes de uso personal, garabateados a mano con una letra horrible. Descifrarlos sería una tarea larga y laboriosa, y Mezzanotte no tenía tiempo para ello. Centró su atención en algunas palabras que Scognamiglio había subrayado aquí y allá. Entre los términos resaltados se repetían varias veces las expresiones «Los de ahí abajo» y «tercer nivel».

Riccardo se fijó por fin en la última anotación incluida en el cuadernito. No llevaba fecha, pero cabía presumir que databa de poco antes de la misteriosa desaparición del inspector jefe. Suponiendo que hubiera interpretado correctamente aquellos garabatos, decía:

Tel. Salvo.
Ha encontrado una de las puertas. Pide un montón de
dinero por enseñármela.
¿Existe realmente un tercer nivel?

Salvo debía de ser uno de sus confidentes. En cambio, no había forma de saber de qué puerta estaba hablando ni qué era el «tercer nivel», aunque Mezzanotte habría apostado a que, de una forma u otra, las dos cosas tenían que ver con los sótanos. En cuanto a las alusiones a «Los de ahí abajo», no dejaban en muy buen lugar al inspector jefe. El hecho de que diera crédito a disparatadas leyendas metropolitanas inducía a pensar que, ya antes de que comenzara a delirar, no andaba del todo bien de la cabeza.

Subsistía, sin embargo, el hecho de que el retrato robot del Vampiro se adaptaba perfectamente al del Fantasma. No podía tratarse solo de una coincidencia. Había que deducir que andaba por la Central desde hacía por lo menos nueve años, probablemente incluso más. ¿Pero qué había hecho entre 1994 y 2003? ¿Era posible que hubiera permanecido oculto bajo tierra tanto tiempo sin asomar nunca la nariz?

Scognamiglio había investigado al mismo hombre al que él intentaba dar caza, y llegó a algunas de sus mismas conclusiones. ¿Dónde había pasado el inspector jefe los dos días en los que estuvo ilocalizable? ¿Qué le sucedió? ¿Descubrió algo que había quedado fuera del expediente?

Siendo honestos, las probabilidades de que poseyera información útil para localizar a Laura no eran muchas, pero valía la pena salir de dudas.

El dosier contenía una dirección y un número de teléfono. Riccardo intentó marcar este último con el móvil.

—¿Oiga? ¿Hablo con el inspector jefe Lucio Scognamiglio? —dijo cuando, al cabo de unas cuantas llamadas, levantaron el auricular.

La voz que le respondió era un estertor ronco y catarroso. A mitad de la frase, Scognamiglio tuvo que aclararse la garganta, como si llevara tiempo sin hablar con nadie.

—Hace mucho ya que no estoy en la policía.

Omitiendo el hecho de que había sido suspendido en sus funciones, Mezzanotte se presentó como un inspector de la Ferroviaria, de servicio, como él, en la Estación Central. Le dijo que estaba interesado en un viejo caso del cual se había ocupado.

—¿Qué caso?

—El del Vampiro, imagino que se acor...

—¿Quién te envía? ¿Eres uno de ellos? —farfulló Scognamiglio enfadado, sin ni siquiera dejarle acabar la frase—. No pienso hablar contigo. ¡Que te jodan!

—Espere, escúcheme. No me ha enviado nadie y no sé de qué me está usted hablando, pero necesito su ayuda...

Le puso al día sobre la investigación que estaba llevando a cabo y sobre las analogías con sus antiguas pesquisas.

—Repíteme cómo te llamas —dijo Scognamiglio con desconfianza.

—Riccardo Mezzanotte.

—Entonces de verdad eres policía. El niño ese que fue arrastrado hace unos días a los túneles que hay debajo de la estación..., fuiste tú quien lo salvó. Así que lo había capturado el Vampiro. Ha vuelto...

—Eso parece. ¿Pero cómo sabe usted lo del niño?

—Intento estar al día, ¿qué te crees? Leo todas las noticias relacionadas con la Central, sobre todo si tienen que ver con los sótanos. Enseguida pensé que en esa historia había algo que olía a chamusquina.

—El viernes por la noche fue secuestrada otra persona, una chica. Por favor, tengo que encontrarla sea como sea, y usted es el único que puede proporcionarme alguna pista que yo pueda seguir.

Al otro extremo de la línea se hizo un silencio que se prolongó durante varios segundos.

—Vale —accedió finalmente el expolicía—, pero no por teléfono. Quedemos aquí en mi casa. Me imagino que la dirección ya la tendrás. Pero ven solo. Nadie más. ¿Entendido?

Finalizada la comunicación, Mezzanotte miró el reloj. Las 19.32. Estaba hecho papilla, llevaba un día y medio sin dormir y sin comer como era debido, y la cogorza que había pillado no había sido, desde luego, mano de santo. Sin embargo, aunque el agotamiento le pesaba como si llevara encima una capa de plomo, tenía que apretar los dientes. El asunto no había acabado. Todavía no. Laura llevaba casi cuarenta y ocho horas desaparecida. Mucho tiempo, demasiado, pero, hasta que no se desvaneciera el último atisbo de esperanza, no podía parar, con suspensión de funciones o sin ella.

Fue al baño, se enjuagó la cara e hizo gárgaras con un poco de agua y dentífrico para borrar el sabor a vómito que seguía sintiendo en la boca. Cuando acabó, se miró al espejo: cabello grasiento, sin afeitar, los ojos inyectados en sangre, ojeras profundas como el Gran Cañón, color de piel malsano. En pocas palabras, daba miedo. Se olió un sobaco para comprobar que una ducha y ropa limpia no estarían de más, pero el tiempo apremiaba, de modo que se contentó con una generosa rociada de desodorante.

Al salir de su casa, se preguntó cómo era posible que, cuando estuvieron buscando en el archivo, a Fumagalli no le hubiera venido de inmediato a la cabeza la historia del Vampiro. Las semejanzas eran evidentes. Si algún día se presentaba la ocasión, tenía que acordarse de preguntárselo.

Cuarenta y ocho horas después de la desaparición

El anticuado ascensor de madera depositó a Mezzanotte en el cuarto piso del edificio de comienzos del siglo XX, en la zona del Ticinese, en el que vivía el exinspector jefe. En el descansillo había tres puertas. La de Scognamiglio, marcada por un cartoncito escrito a mano pegado con celo, en vez de una plaquita de metal como las otras, era la más estropeada. Tocó el timbre y aguardó. Mientras tanto, alguien llamó al ascensor, que empezó a bajar dando trompicones. Sus crujidos resonaron lúgubres en el silencio del hueco de la escalera.

Tras unos minutos de espera, volvió a llamar.

—¿Quién es? —gruñó al otro lado de la puerta la voz ronca de Scognamiglio. Sin duda alguna estaba espiándolo por la mirilla.

Mezzanotte suspiró y repitió lo que ya le había dicho apenas cinco minutos antes por el portero automático:

—Sigo siendo yo, el inspector Mezzanotte. Cuando lo llamé, me dijo que, si quería hablar con usted, viniera a verlo.

—¡Ya, ya! —farfulló el expolicía haciendo entrechocar lo que debía de ser un manojo de llaves. Se oyeron los resortes de una cerradura. Y luego los de otra. Y los de una tercera. Antes de que por fin se abriera la puerta, sonó el ruido de un cerrojo al descorrerse y el de la cadena de seguridad al desengancharse. La prudencia nunca está de más, pero Scognamiglio exageraba un pelín.

Mezzanotte se encontró delante de un viejo encorvado de aspecto severo, al que habría echado muchos más de los sesenta y seis años que tenía. Llevaba una bata de franela bastante raída, desabrochada, sobre un pijama manchado de grasa y migas de pan. En una mano empuñaba por el cañón, a modo de garrota, una escopeta de caza cuya culata apoyaba en el desgastado parquet del suelo.

Scognamiglio lo animó a entrar con un gesto impaciente, por fortuna no le pidió que le mostrara su tarjeta de identificación. En cuanto Mezzanotte traspasó el umbral de la puerta, el viejo se asomó al descansillo, lanzó miradas a diestro y siniestro, y a continuación se apresuró a cerrar la puerta.

—A mí no me engañan —masculló para sí mismo, mientras trajinaba con cerraduras y cerrojos. Dejó la escopeta junto a la puerta y, arrastrando los pies, atravesó el pequeño vestíbulo desde el que se accedía a las distintas habitaciones —una cocinita, un cuarto de baño, un dormitorio y un cuarto de estar—, inmersas en la penumbra. Un polvillo flotaba en los haces de cálida luz vespertina que penetraban a través de las contraventanas cerradas.

Desde el primer momento en que Mezzanotte había puesto los pies en aquella vivienda se le había pegado a la garganta un hedor repulsivo. Humo de tabaco, excrementos, comida estropeada y a saber qué más. Estaba a punto de preguntar al viejo si podía abrir alguna ventana para que entrara un poco de aire, pero se dio cuenta de que no estaban cerradas sin más. Las había sellado con tablas. También el váter que se vislumbraba más allá de la puerta entreabierta del baño estaba precintado con varias vueltas de cinta adhesiva. «¿Dónde diablos hace sus necesidades?», se preguntó, antes de fijarse con repugnancia en unas botellas de plástico transparente llenas de un líquido amarillento que había en el suelo. No quiso siquiera imaginarse qué contendrían los envases de helado Coppa del Nonno que estaban amontonadas a un lado.

El exinspector jefe vivía parapetado como en un búnker. ¿Qué podía darle tanto miedo? Empezaba a sospechar que de verdad estaba como una cabra, y que aquella visita no sería más que una pérdida de tiempo.

Esforzándose por ignorar el hedor reinante, se armó de valor y entró en el cuarto de estar, donde el viejo se había arrellanado en un sillón enfrente de un televisor, grande y anticuado, en el que había sintonizado un concurso. Con un cigarrillo encendido entre los labios, el hombre echó un poco de vino tinto en un vaso que había encima de una mesita, junto con una latita de atún vacía y un cenicero rebosante de colillas. A su alrededor, en el suelo, había montones desordenados de periódicos y revistas.

Scognamiglio no lo invitó a beber ni tampoco a sentarse. Por otra parte, no había sofá ni más sillones en los que hacerlo. Tras unos segundos iniciales de vacilación, Riccardo se acercó a la mesa del comedor, cubierta casi por completo de centenares de recortes de periódico esparcidos sin orden ni concierto, algunos recientes, otros ya amarillentos y descoloridos. Agarró una silla y fue a sentarse al lado del viejo.

Sin dignarse siquiera prestarle la más mínima atención, el expolicía daba ávidas chupadas a su cigarrillo con los ojos fijos en la pantalla del televisor. Mezzanotte se dio cuenta de que a causa de un tic contraía de vez en cuando una de las comisuras de los labios y torcía la boca en una especie de sonrisa involuntaria.

—No sale usted mucho de casa, ¿verdad? —soltó sin más al cabo de un rato para romper el hielo.

—Nunca, si no es por obligación. La compra me la hace la portera. En caso de que quieran volver a pillarme, no seré yo precisamente quien les facilite la tarea...

—¿De quién habla? —preguntó Mezzanotte, imaginándose que se refería a su ingreso en el psiquiátrico, pero el viejo no respondió, se limitó a farfullar algo riéndose entre dientes—. Perdone que se lo pregunte —insistió de nuevo—, ¿por qué precinta también el váter? Por ahí no puede pasar nadie, creo yo.

—Hombres no. Pero ¿qué me dices de las serpientes? —replicó el viejo, dejándolo pasmado.

Se produjo un silencio embarazoso, que Scognamiglio se encargó de romper después de vaciar su vaso de vino y limpiarse la boca con la manga del batín.

—He visto que últimamente las cosas se os han escapado un poco de las manos, ahí en la Central —graznó con mal disimulada satisfacción, señalando con el dedo la pila de periódicos.

—Sí, bueno, no es de extrañar, teniendo en cuenta la situación en la que estamos en la Unidad. De todos modos, las aguas se han calmado bastante. Por ahora.

—¡Ah! —exclamó el expolicía—. ¡Si ahora os parece dura la situación, no te puedes imaginar cómo era en mis tiempos! ¿Sabes cómo llamaban por entonces a la Central? Calcutta City. En la Polfer éramos muchos menos que ahora, nos sentíamos como los soldados sitiados de El Álamo...

Mezzanotte no tenía tiempo ni ganas de intercambiar experiencias de servicio con aquel viejo chiflado. Había conseguido atraer su atención y era el momento de abordar el asunto por el que había ido.

—El Vampiro —dijo mirándolo directamente a los ojos—. Me he leído el expediente. Antes de desaparecer, estaba usted siguiendo una pista a la que no hacía alusión en sus últimos informes, ¿no es así? ¿Por qué?

—Porque nadie me habría creído, sin pruebas —respondió Scognamiglio encendiendo un cigarrillo con la colilla del anterior—. Me habrían tomado por loco, como ocurrió luego, cuando me encontraron en los sótanos. Se aprovecharon de que había tenido algunos problemas... ¿Sabes?, durante un tiempo me sentí un poco alicaído después de que me dejara mi mujer, y de vez en cuando me tomaba una copita de más, pero no estaba ni deprimido ni alcoholizado, ¡lo juro!

Dijo las últimas palabras casi a gritos, luego pareció que se desinflaba y continuó hablando en voz baja.

—Agotamiento nervioso, dijeron. Me obligaron a coger la jubilación anticipada y me tuvieron encerrado varios meses en una institución. ¡Menudo agradecimiento, después de treinta años de servicio...!

—¿De qué se trataba la pista que estaba siguiendo? —preguntó Mezzanotte intentando reconducirlo al punto que le interesaba.

Scognamiglio se sirvió más vino.

—¿Sabes quiénes son «Los de ahí abajo»?

—¿Los tíos esos, ciegos y caníbales, que habitan sin que nadie lo sepa debajo de la estación? ¡Pero solo es una leyenda urbana!

—¿Ciegos y caníbales? Las historias que circulaban en mis tiempos eran algo distintas. Menos... pintorescas. En cualquier caso, yo tampoco me las creí cuando oí hablar de ellas en relación con el Vampiro, que, según algunas de mis fuentes, era uno de ellos. Luego encontré algunas confirmaciones...

Mezzanotte frunció el ceño.

—¿Confirmaciones? ¿Qué clase de confirmaciones?

—Bueno, no exactamente confirmaciones, pero, juntando las

piezas, una serie de cosas empezaban a adquirir sentido a mis ojos. ¿Ves? Desde hacía años se registraba un número cada vez mayor de hurtos en los almacenes situados debajo de la estación. Comestibles, sobre todo. El fenómeno había adquirido unas dimensiones preocupantes, pero nadie conseguía llegar al fondo del asunto y explicarlo debidamente. No eran cosas de valor, habría costado trabajo colocarlas en el mercado negro. Además, no se entendía cómo era posible sacar de la Central unas cantidades de mercancías tan grandes sin que nadie se diera cuenta nunca de nada. Pero si había algo de verdad en aquellos rumores y efectivamente había personas que vivían en los subterráneos, me dije, necesitaban procurarse víveres y otras provisiones. Y eso sin verse obligados a salir de la estación. No era gran cosa como hipótesis para emprender una investigación, lo sé, pero no tenía nada más, así que me puse a trabajar en ella. Hasta que se produjo el enésimo robo. Desvalijaron el almacén del Gran Bar. Lo de siempre, pero esta vez un testigo había visto cómo unos hombres cargados con cajones de madera y cajas de cartón se daban a la fuga por los túneles. Cuando le enseñé el retrato robot del Vampiro, el tipo reconoció en él a uno de los ladrones...

—Pero eso no tiene ni pies ni cabeza —exclamó Mezzanotte—. Por grandes que sean los sótanos, no puedo creerme que toda una comunidad de personas logre vivir durante años permanentemente sin que nadie lo sepa...

Scognamiglio se lo quedó mirando con una media sonrisa irónica dibujada en sus labios. A menos de que se tratara tan solo de su tic.

—¿Y si los sótanos fueran más grandes de lo que la gente cree?

—¿Qué quiere decir?

—¿No has oído hablar nunca del «tercer nivel»?

—He leído esa expresión en sus apuntes, pero no tengo ni idea de a qué puede referirse.

—¿No? —Una mueca de desilusión afloró en el rostro del

expolicía—. Creía que habías llegado más a fondo... En cualquier caso, por lo menos esto deberías saberlo: oficialmente, los sótanos de la Central están compuestos de dos niveles. El primero, que es considerado tal erróneamente, pues en realidad está a la altura de la calle, se encuentra dentro de la zona elevada de la estación, debajo del nivel de las vías; el segundo está a cuatro metros y medio bajo tierra. Pero, según algunos, hay un tercero, más profundo, anterior a la propia estación...

—¿Algunos? ¿Quiénes? —lo interrumpió Mezzanotte sin ocultar su escepticismo.

—Estuve en la Central toda mi carrera —prosiguió el viejo— y con el paso de los años acabé conociendo a todo el mundo allí dentro, desde los jefes de estación hasta el último mono, y a muchos de los pordioseros que echaron raíces en ella. Entre estos últimos había varios a los que a veces utilizaba como confidentes. Al principio no me hicieron ni caso. Por miedo, me confesaron después, porque en la Central había cosas de las que era mejor no hablar, secretos que debían seguir siéndolo, si no se quería que ocurriera algo malo. Pero a fuerza de machacarlos a preguntas acerca de «Los de ahí abajo», al final un par de ellos se fueron de la lengua. Se trataba solo de rumores de segunda o tercera mano, nadie podía asegurar que lo hubiera visto con sus propios ojos, pero había quienes contaban que, por debajo de los dos conocidos, existía otro nivel que databa de una época anterior a la construcción de la Central. Un grupo de drogatas y de mendigos que dormían en los sótanos lo habían descubierto por casualidad varios años antes, y desde entonces vivían allí como animales salvajes, sin obedecer a ninguna autoridad ni a ninguna ley, evitando cualquier contacto con la gente de la superficie. Violentos y feroces, estaban dispuestos a cualquier cosa con tal de defender su territorio. Al tercer nivel se accedía a través de unas puertas ocultas en las profundidades más remotas de la estación. Se desconocía su ubicación, pero, de todas formas, nadie se habría atrevido a cruzar sus umbrales, porque, según se rumoreaba, quienes lo habían intentado no habían vuelto nunca...

Scognamiglio hizo una pausa para beber un poco de vino y encenderse el enésimo cigarrillo.

—Costaba trabajo tragarse semejante historia. Busqué algún tipo de confirmación, pero todos aquellos a los que pregunté, empleados de los Ferrocarriles y funcionarios de la estación, descartaron categóricamente la existencia de ese fantasmagórico tercer nivel. En los mapas y en los planos de la Central de los que pude echar mano, desde los más recientes hasta los de épocas más antiguas, no había el menor rastro de él, ni tampoco de las puertas que podían conducir allá abajo.

Mezzanotte se pasó una mano por la cara. Se sentía cada vez más fatigado y, pese a las aspirinas que se había tomado, la migraña estaba incrustándole una especie de clavo en toda la frente. Aunque el expolicía parecía bastante lúcido y dueño de sí mismo, de sus labios no había salido más que una retahíla de disparates. Riccardo tenía ganas de levantarse e irse, pero se contuvo. Ya que hasta ese momento había estado escuchando, podía hacer el esfuerzo de continuar y oír el resto.

—Pero, al final, algo encontró, ¿no? —le hizo notar—. El Salvo ese de los apuntes de su cuadernito era uno de sus informantes. Afirmaba que había localizado una puerta, y se refería a uno de los accesos al tercer nivel, ¿no?

—Sí. Para mi desgracia, al final encontré una de las puertas y mi vida se hizo pedazos —murmuró con amargura Scognamiglio sacudiendo la cabeza. De repente parecía haber perdido toda su locuacidad.

—¿Qué le pasó durante los dos días en los que se le perdió el rastro? ¿Dónde estuvo? —insistió Mezzanotte.

Una sombra atravesó el rostro del viejo, que se movió, incómodo, en el sillón. Trasegó un largo sorbo de vino, quizá para darse ánimos, y reanudó su relato.

Era mi investigación, quizá la última digna de tal nombre que me asignarían antes de la jubilación. Desde luego, yo era el único que la consideraba así; precisamente por eso me la habían encasquetado a mí. Pero yo sentía que había algo más: representaba la ocasión de despedirme a lo grande y de demostrar a todo el mundo mi valía. Amaba el uniforme y sabía hacer mi trabajo. Sin embargo, no se podía decir que hubiera hecho una carrera brillante. ¿Los motivos? Quién sabe... Mala suerte, en parte, tal vez me faltaran agallas, como a menudo me reprochaba mi mujer. Lo que desde luego no se me daba bien era lamer el culo a mis superiores y luego estaban los problemas personales con los que tropecé. Veía, sí, las miradas de burla y de compasión de los compañeros. Sabía lo que pensaban: el pobre Scognamiglio, que desde que lo plantó su mujer y lo dejó por otro ha perdido un tornillo y todas las noches se entrega a la botella; el comisario hace la vista gorda porque le falta poco para la jubilación. A mí me la sudaba todo aquello, yo resolvería aquel caso, costara lo que costase, así se enterarían de qué pasta estaba hecho. «Bajaré al infierno para detener al Vampiro», me decía a mí mismo. No podía imaginarme que era precisamente allí donde estaba a punto de acabar.

Cuando Salvo me dijo que había encontrado lo que andaba buscando, pero me exigió quinientas mil liras por llevarme hasta allí, no vacilé mucho, aunque aquella cifra equivalía a una buena tajada de mi sueldo. Si de verdad me llevaba hasta el tercer nivel, sería un dinero bien empleado.

Me citó en el vestíbulo de la salida lateral del ala oeste de la estación. Cuando llegué, él ya estaba allí. A pesar de todos los años que llevaba en la calle y de los harapos que vestía, Salvo conservaba un aspecto digno, incluso elegante. Al hablar, se notaba enseguida que era un hombre culto y que sabía hacer funcionar el cerebro. Tampoco era tan viejo, todavía estaba a tiempo de volver por el buen camino, de haberlo querido, pero él decía que era distinto de la mayor parte de los pordioseros que pululaban por la Central. *Él había elegido aquella vida y nunca la cambiaría por otra.*

Oculta detrás de una columna, había una puertecita de hierro sin ningún letrero. Si me lo hubieran preguntado, habría apostado a que estaba cerrada con llave, pero a Salvo le bastó accionar el tirador para abrirla. Así era la seguridad de la estación por aquellos tiempos.

Una vez traspasado el umbral lo seguí en la oscuridad. Mientras nos adentrábamos en los sótanos recorriendo escaleras y pasillos, me asaltó la duda de si tal vez Salvo estaría tendiéndome una trampa, que solo pretendiera darme un sablazo y llevarse mi dinero aprovechándose de mi desesperado deseo de resolver el caso. Le pregunté si de verdad había localizado un pasadizo para acceder al tercer nivel. Me dijo que esperara, que iba a verlo con mis propios ojos. Cuando quise saber cómo lo había descubierto, me respondió que era mejor que no lo supiera y que ese era el motivo por el que tendría que desaparecer de la circulación, al menos durante un tiempo. Por eso necesitaba el dinero.

Estuvimos vagando por la zona de las infraestructuras, entre la central térmica y el sistema de bombeo del agua para las fuentes, hasta que llegamos a un espacio anónimo atestado de materiales de construcción abandonados allí desde hacía décadas. Salvo gateó por detrás de un montón de tablas podridas adosadas a una pared y yo lo seguí, no sin cierta perplejidad. Nos arrastramos hasta un agujero abierto en la pared cuyas dimensiones apenas permitían que un hombre se introdujese en él.

Al llegar al otro lado, examiné el lugar con la linterna. Nos encontrábamos en un espacio rectangular excavado en la roca. No es que yo entendiera mucho, pero me pareció bastante antiguo. Casi me dio un ataque cuando iluminé unos postes altos en cuya cima sobresalían unos cráneos humanos y de animales acribillados con clavos y jeringuillas usadas. Si aquellos macabros tótems tenían como finalidad atemorizar a eventuales intrusos a fin de que se les pasaran las ganas de meter allí las narices, lo conseguían con creces. En la estancia había dos aberturas, una de las cuales debió de sufrir un fallo estructural, pues estaba obstruida por los escombros. De la otra salían unos peldaños de piedra toscamente labrada que bajaban a un piso inferior.

«¿Y bien?», me preguntó mi guía. Asentí con la cabeza y le entregué el dinero. Aquel sitio no debería existir, no aparecía indicado en ningún plano. El tercer nivel.

Salvo se despidió de mí con un abrazo y deseándome suerte, porque la necesitaría. Solo al ver que se escabullía a través del agujero me di cuenta de que aquel hombre había sido para mí algo muy parecido a un amigo. Cuando me encontraron, cuando todo llegó a su fin, él era el único que habría podido confirmar, en parte al menos, mi versión de los hechos y convencer a los compañeros de la Unidad de que no me había vuelto loco. Sin embargo, cumplió lo que se había propuesto, desapareció y nadie fue capaz de localizarlo. Proporcioné todas las indicaciones para llegar hasta el depósito de materiales de construcción, pero el agujero situado detrás de las tablas ya no estaba, debieron de tapiarlo o algo por el estilo. Y a mí me mandaron con los locos.

Una vez solo, me quedé un rato escuchando cómo resonaban en mis sienes los latidos de mi corazón. Para darme fuerzas di un largo trago de la petaca que llevaba siempre conmigo, y a continuación empecé a bajar los peldaños de piedra. La escalera conducía a un pasillo que se prolongaba en uno y otro sentido. El aire allí abajo era húmedo y estaba muy cargado. De la roca porosa de las paredes se filtraba agua, que iba formando regueros fangosos en el suelo. Sin ningún motivo en particular torcí a la derecha. Por el camino me encontré con varias bifurcaciones y, por miedo a perderme, grabé señales en la piedra para poder orientarme a la vuelta.

Al cabo de unos diez minutos, llegué a una estancia más amplia. Era una sala circular, en la roca de sus paredes habían excavado toscamente una serie de nichos, bancos y pilares. En el centro destacaba un paralelepípedo de piedra que recordaba a una especie de altar. ¿A qué clase de sitio había ido a parar?

Cinco aberturas, incluida aquella por la que había llegado yo, conducían a otros tantos pasillos. Miré a mi alrededor sin saber qué hacer. Hasta ese momento no había notado el menor indicio de que aquel lugar estuviera habitado, y parecía demasiado grande para que yo solo pudiera explorarlo entero. Aparte del peligro de perderme, tenía miedo de que tarde o temprano se me acabaran las pilas de la linterna.

Mientras intentaba decidir en qué dirección avanzar, percibí en la piel la desagradable e inquietante sensación de que me estaban observando. En medio de la oscuridad, dirigí el haz de luz hacia las embocaduras de los distintos pasillos. Me pareció vislumbrar un movimiento, pero fue tan fugaz que no pude descartar la posibilidad de que me hubiera equivocado. ¿Era solo una sugestión o había alguien oculto en las sombras espiándome?

En ese momento, algo —tal vez una piedra— me golpeó con violencia en la mano derecha y se me cayó la linterna, que fue rodando por el suelo hasta sumir la sala en una semioscuridad. Estaba a punto de ir a recogerla cuando de las tinieblas surgieron numerosas figuras que avanzaban rápidamente hacia mí en todas direcciones. Estaba rodeado, comprendí con el corazón saliéndoseme por la boca.

Me costó algo de trabajo sacar la pistola de la funda debido a que tenía la mano dolorida y, antes de que pudiera utilizarla, noté que me agarraban el brazo por detrás. Intenté liberarme y luchar, pero se me echaron todos encima, eran demasiados, así que no tardaron mucho en reducirme. Chillé como un cerdo al que van a degollar mientras una multitud de manos y de rodillas me aplastaban contra el suelo inmovilizándome. Luego, un golpe en la cabeza me hizo ver las estrellas.

Cuando recobré el sentido, estaba muy débil y aturdido. Se me quedaron grabadas en la memoria imágenes confusas de sombras que bailaban frenéticamente alrededor de una gran hoguera, y en mis oídos resonaba todavía un salvaje retumbo de tambores. Pero en aquellos momentos estaba solo, rodeado por el *silencio más absoluto. No tenía la más mínima idea de cuánto tiempo había pasado ni de dónde me habían llevado. Algunas antorchas colocadas a poca distancia liberaban de las tinieblas una parte de lo que tenía todo el aspecto de ser la orilla rocosa de un lago. Intenté dar voces, pero no tuve respuesta. A juzgar por la acústica de los sonidos, me encontraba todavía bajo tierra.*

Me puse en pie, no sabía qué hacer. Mis piernas flaqueaban y la cabeza me daba vueltas. Desconocía si me habían dejado libre o si todavía estaban vigilándome, ni adónde debería ir, rodeado como estaba por la oscuridad.

Al dirigir la vista hacia el lago noté una luminiscencia azulada bajo la superficie del agua. Estaba a varios metros de la orilla, pero se acercaba rápidamente hacia mí.

Cuando llegó a las proximidades de la ribera, el extraño resplandor se detuvo y en la superficie del lago se formaron unas burbujas. Luego empezó a emerger algo de la negrura del agua. Era una joven mulata, desnuda y hermosísima. Tenía la piel de color ambarino, los pómulos altos, los ojos grandes, oscuros y penetrantes, y unos labios carnosos extraordinariamente sensuales. Largos mechones de pelo mojado se le pegaban a los hombros y a sus senos abultados y duros. En cuanto las caderas y el triángulo ensortijado del pubis salieron del agua aparté la vista, pero solo un instante.

¿Estaba soñando? Asombrado e incrédulo, vi cómo avanzaba hacia mí con los movimientos ágiles de un tigre y el porte orgulloso de una reina. Era como si su desnudez resultara algo perfectamente natural y mis ojos clavados en ella no le causaban ninguna incomodidad.

—¿Quién eres? ¿Qué sitio es este? —farfullé cuando se detuvo ante mí, tan cerca que podía notar la fragancia almizclada de su cuerpo perlado de gotitas resplandecientes.

La mujer no respondió, solo me hizo callar poniendo un dedo en los labios. Manteniendo los ojos sobre mí con una intensidad magnética, sus manos alargadas se deslizaron hasta los botones de mi guerrera y con agilidad y ligereza los desabrocharon. Hice un débil intento de detenerla cogiéndola por las muñecas, pero ella se liberó de mi presión con un gesto cuya imperiosidad mitigó la sonrisa dulcemente maliciosa que me dirigió. Me quitó la guerrera del uniforme y luego desabotonó también la camisa y me despojó de ella. Cuando quiso quitarme la camiseta, no pude dejar de levantar los brazos para facilitarle la tarea.

Permití que me acariciara el pecho y el vientre. Me sentía privado de toda voluntad y no era capaz de pensar en nada más que en ella y en cuánto la deseaba. Todo lo demás se difuminaba en la lejanía, ya no importaba nada. Me adelanté para besarla y mientras su lengua, cálida y húmeda, se introducía en mi boca, percibí vagamente que me estaba desabrochando el cinturón.

Poco después, me encontré desnudo, con los pantalones y los calzoncillos a la altura de los tobillos, y el sexo parcialmente erecto. Me tapé como mejor pude con los brazos, repentinamente avergonzado por la delgadez de mi cuerpo, flácido y ajado por la edad.

Hacía bastantes años que no tenía relaciones sexuales. Desde que se fue mi mujer no me había acostado con nadie, salvo con alguna prostituta en los primeros tiempos. En cualquier caso, nunca en mi vida había estado con una mujer que pudiera rivalizar con ella ni remotamente. Su juventud y su belleza me cohibían. Tenía miedo de no estar a la altura, de fallar.

Pero a ella no parecían arredrarla ni mi aspecto ni mi torpeza. Con suma delicadeza hizo que me tumbara boca arriba y se sentó encima de mí a horcajadas. Sin dejar de sonreír, empezó a acariciarme el sexo con las dos manos. En cuanto sintió que estaba listo, lo puso entre sus muslos y empujó la pelvis hacia abajo.

Penetrarla me provocó intensas descargas de placer. Y su expresión voluptuosa me decía, por increíble que pudiera parecer, que a ella le pasaba lo mismo. Jadeando con los ojos cerrados, me cabalgaba con movimientos lentos y cadenciosos, que hacían ondear su cuerpo sinuoso como en una danza. Yo contemplaba ex-

tasiado sus tetas que se balanceaban ante mí, con los pezones túrgidos en medio de las grandes y oscuras areolas. Extendí las manos para tocárselas, pero ella me lo impidió con las suyas. Enlazó sus dedos entre los míos y se encorvó sobre mí, colocando mis brazos por encima de la cabeza. Me besó con pasión ardiente, mientras empezaba a moverse a un ritmo más impetuoso.

Pese a todos mis esfuerzos por contenerme, no tardé mucho en llegar al borde del orgasmo. En aquel instante algo, en los márgenes de mi campo visual, atrajo mi atención. Volví la cabeza hacia un lado y las vi. Unas sombras surgidas de las tinieblas se arrastraban en silencio hacia mí. Decenas de siluetas oscuras armadas con lanzas y grandes cuchillos. La sangre se me heló en las venas. Habían regresado, y esta vez parecían dispuestos a sacarme las tripas. Mi sexo se aflojó al instante y salió de la mujer que seguía meneándose sobre mí. Horrorizado, intenté quitármela de encima para huir corriendo, pero ella me sujetaba los brazos contra el suelo y no me soltaba. Era fuerte, tanto que, por más que yo intentara forcejear desesperadamente, no lograba liberarme. Le rogué que me soltara, pero la mujer ni siquiera me oyó. Había dejado de sonreír y me miraba con una expresión hambrienta y cruel que la volvía casi irreconocible. Tenía la mirada que un animal feroz destina a la presa que está a punto de devorar.

No tengo palabras para explicar con exactitud qué ocurrió después. Es la cosa más espantosa y espeluznante que he presenciado en mi vida. Incluso hoy día sigo soñando con ella todas las noches, y siempre me despierto gritando.

Fue algo extraordinariamente rápido, casi instantáneo. La mujer se puso a temblar, de forma tan violenta que yo no podía enfocarla bien. Le estaba ocurriendo algo. Y luego, en mi regazo, donde un minuto antes estaba sentada ella, vi con terror una maraña de serpientes de varias dimensiones que se enrollaban alrededor de mi cuerpo y me aprisionaban con sus espiras. En el lugar de la cabeza de la mujer aparecieron las enormes fauces del más grande de aquellos reptiles, que clavaba en mí sus fríos ojos ama-

rillos y me amenazaba con la lengua a pocos milímetros de mi cara.

«Las tinieblas se acercan», siseó con voz chillona que no tenía nada de humana. Después abrió aún más su boca y se abalanzó sobre mí...

Cuarenta y nueve horas después de la desaparición

Lo primero que hizo Mezzanotte en cuanto salió del portal de la casa fue respirar a pleno pulmón. Durante todo el tiempo que estuvo en el piso de Scognamiglio sintió que se ahogaba. No solo por el hedor insoportable, sino también a causa de la demencia asfixiante y malsana que el viejo emanaba.

Porque estaba loco, de eso no cabía duda. Una vez acabado su relato, se quedó largo rato en silencio, con los ojos mirando hacia el suelo, encerrado en sí mismo. Luego levantó la cabeza con lentitud y murmuró:

—Yo no sé qué hay ahí abajo. Pero es algo malvado y peligroso. Y no va a quedarse bajo tierra para siempre. Está preparándose, y cuando esté listo... Dios nos libre. Si de verdad el Vampiro ha vuelto a aparecer, puede que ese momento no esté tan lejos...

Mezzanotte se puso en pie de un salto, le dio las gracias a toda prisa por el tiempo que le había dedicado y se dirigió a la puerta con el viejo cojeando detrás de él. Ya en la entrada, después de abrir todas las cerraduras y cerrojos, el expolicía lo retuvo agarrándolo por la camiseta.

—Las tinieblas, inspector —había farfullado con ojos desorbitados y el tic que le deformaba la cara convertido en un rictus grotesco—. Las tinieblas se acercan. Y cuando lleguen, nos devorarán a todos.

Sí, estaba loco de atar. Puede que el cerebro se le hubiera vuelto del revés ya antes, o quizá fuera a raíz del percance sufrido en los sótanos, lo cierto era que lo que le había contado, sobre todo la última parte, parecía puro delirio.

Sin embargo...

Sin embargo, por inverosímil y disparatada que pudiera parecer toda aquella historia, Mezzanotte no podía negar la existencia de algunas analogías con lo que sus pesquisas habían sacado a la luz. Los rasgos de la mujer serpiente que Scognamiglio afirmaba haber conocido a orillas del lago y que al final, evidentemente, no lo había despedazado, recordaban mucho a los de la figura representada en el mural que él había descubierto en el interior del albergue diurno. Demasiado para que se pudiera considerar en su totalidad fruto de una mente enferma. Alguna brizna de verdad oculta en la cháchara del exinspector jefe debía de haber. Según el profesor Dal Farra, cuyas explicaciones lamentó no haber tenido la paciencia de escuchar durante más tiempo, se trataba de Mami Wata, una diosa de las aguas, un término medio entre una sirena y una encantadora de serpientes, lo que encajaba perfectamente con el relato del viejo. Además, los prófugos afganos le habían dicho que, según los desesperados huéspedes del Hotel Infierno, la sala del mural la utilizaban precisamente «Los de ahí abajo». Costaba trabajo descartar por irrelevantes semejantes coincidencias.

Pero además había otra cosa. Las calaveras clavadas en unas estacas que delimitaban la entrada de aquella especie de templo subterráneo no le sonaban a novedad. ¿Dónde había oído hablar de algo semejante? No, oído hablar no, leído. Pues claro —se dijo dándose una palmada en la frente mientras caminaba por la acera en busca de su Panda—, fue en el curso de las investigaciones que había llevado a cabo en internet la noche de la desaparición de Laura. El blog de aquellos tipos que se proclamaban espeleólogos urbanos, dedicados a la exploración de las cavidades subterráneas olvidadas en el vientre de la ciudad. Habían colgado el informe de una presunta expedición al refugio antiaéreo situado debajo de la Central, que interrumpieron precipitadamente al encontrar unas estacas en las que habían sido ensartados unos cráneos humanos acribillados con clavos y jeringuillas. O sea que a lo mejor no se lo habían sacado de la manga, no se trataba de una pura invención. Recordaba que el antropólogo de la Bicocca había aludido a unos fetiches de carácter protector que los seguidores del vudú solían poner a la entrada de los poblados o en el umbral de las casas. Podía tratarse de algo por el estilo.

Pensándolo bien, aquella visita no había sido una total pérdida de tiempo. Tenía una nueva pista, al parecer, aunque tan frágil que no podría aguantar el peso de una pluma.

3

Cuarenta y nueve horas después de la desaparición

—Cardo, ¿cómo estás?

La voz de Colella, al otro lado de la línea, era un chapurreo casi incomprensible. Debía de haberlo sorprendido mientras estaba cenando, entre un bocado y otro.

—He tenido días mejores. Mira, necesito tu ayuda.

—Por supuesto —respondió su amigo deglutiendo ruidosamente—. Dime, ¿qué necesitas?

—¿Podrías enterarte de quién hay detrás de una página web que se llama www.undergroundpirates.it?

—¿Los piratas del metro?

—Más bien algo así como «los piratas del subsuelo», creo.

—Vale, con *whois* puedo llegar sin problema al titular del nombre del dominio. ¿De qué se trata?

—De unos tipos que llevan a cabo exploraciones clandestinas en los subterráneos de Milán, o al menos eso dicen. En la página web no había ni nombres ni cómo contactarlos, salvo una dirección de e-mail.

—¿Pero sigues con las pesquisas? Cardo, te han suspendido en tus funciones. Te arriesgas a meterte en líos.

—Ya estoy metido hasta el cuello en líos. Peor de lo que estoy ahora... Y, de todas maneras, solo trato de encontrar a esa chica, considerando que nadie más parece tener intención de hacerlo.

—Me pongo a ello de inmediato. No tardaré mucho.

Cuando Colella volvió a llamarlo, Mezzanotte acababa de zamparse dos sándwiches en un barucho enfrente del cual había aparcado su coche. El dominio del sitio web fue registrado hacía cinco años por una tal Maddalena Ranieri, nacida en Pavía en 1949. Riccardo no podía imaginarse a una señora que había superado los cincuenta colándose ilegalmente en criptas abandonadas y conductos del alcantarillado. Copió de todas formas en su cuaderno la dirección y el número de teléfono que le dictó Colella. Una vez terminada la llamada, pidió un café expreso doble, se lo bebió de un trago y a continuación marcó el número en su móvil.

Resultó que Maddalena Ranieri había cumplido los trámites de apertura de la página en lugar de su hijo, por entonces menor de edad. Riccardo le preguntó si estaba en casa y si podía pasárselo, pero la señora le informó de que Davide ya no vivía allí y que hacía semanas que no sabía nada de él. Llevaba dos años viviendo en un centro social llamado Trinchera.

Mientras se metía en el coche y arrancaba, se puso a meditar. Si en la Central existía realmente un tercer nivel subterráneo habitado por «Los de ahí abajo», si el Fantasma formaba parte de ellos y allí era donde tenía su guarida, si aquellos tíos de la página web no se habían inventado su expedición al refugio antiaéreo y de verdad habían dado con uno de los accesos al tercer nivel, si estaban dispuestos a indicarle cómo acceder hasta allí, quizá había una vaga posibilidad de que consiguiera encontrar a Laura. Era una larga retahíla de condicionales, pero no había a la vista asideros más sólidos a los que agarrarse. Y, de todas formas, siempre era mejor ver hasta dónde podía llevarlo aquella pista, aunque solo fuera para descubrir que acababa en un callejón sin salida, que quedarse de brazos cruzados esperando la noticia del hallazgo del cadáver mutilado de una chica en la estación.

Antes de dirigirse al centro social, pasó por su casa. Tras subir al piso, abrió la puerta de la mesilla y sacó una cajita metálica que abrió con la llave que tenía en el cajón. En su interior, envuelta en un paño, había una gran pistola de tambor con acabados niquelados. La Smith & Wesson 29 de su padre, uno de sus pocos caprichos. Había conseguido un permiso especial para poder llevarla como arma de servicio. Se trataba de un arma de una potencia devastadora, que cargaba en la recámara cartuchos .44 Magnum. Para entendernos, la misma de las películas del inspector Harry Callahan «el Sucio». Dotada de un retroceso feroz, era capaz de arrancar un brazo a una persona y producía orificios de salida del tamaño de un puño. Mezzanotte solo la había utilizado unas pocas veces en el polígono de tiro, pero la mantenía limpia y bien engrasada. Verificó que estaba cargada, se la metió dentro de los pantalones, en la parte de la espalda, la tapó con el borde de la camiseta y se guardó en los bolsillos un puñado de balas de repuesto. No preveía que la necesitara para defenderse de los Piratas del Subsuelo o como diablos se llamaran aquellos tíos, pero no tenía ni idea de qué podría pasar después, y más valía estar preparado para cualquier imprevisto.

El centro social Trinchera tenía su sede en un palacete modernista de dos plantas en la zona Fiera, donde en otro tiempo había habido un famoso local de espectáculos de cabaret. Todavía conservaba el letrero vertical adosado a la fachada. Mezzanotte no lo conocía, fue ocupado hacía unos pocos años. El edificio, completamente cubierto de pintadas y elaborados grafitis multicolores que, no le quedó más remedio que reconocer, no estaban nada mal, resplandecía en la noche a la luz de las farolas como una atracción de feria, cuando aparcó el Panda al otro lado de la calle.

Detrás de una pequeña cancela de hierro, una escalera exterior rematada por un tejadillo en forma de pérgola daba acceso a la puerta de entrada, donde la tía que fue a abrirle le dio un repaso de arriba abajo con la mirada. Por suerte, su lamentable aspecto constituía, cuando menos, un camuflaje perfecto.

—Lo siento, esta noche no tenemos programado ningún evento —dijo la chica, que llevaba el pelo a cepillo y un brillantito en la nariz—. La presentación del libro ha sido cancelada, si es por eso por lo que has venido.

—No, no —respondió Mezzanotte haciendo gala de la más absoluta soltura—. Estoy buscando a los Underground Pirates. Me dijo Davide que me pasara por aquí si estaba interesado.

La chica vaciló un instante y luego se encogió de hombros.

—Bueno, entonces has tenido suerte. Esta noche vas a encontrar a toda la banda al completo. Por ahí —dijo indicándole unos escalones que bajaban al semisótano.

«¿Y dónde, si no?», pensó Mezzanotte dirigiéndose a la escalera. Al fondo lo aguardaba un pasillo con varias puertas. No tuvo dificultades para localizar la que buscaba: habían pintado en ella con espray una calavera con un casco de minero detrás del cual sobresalían dos linternas cruzadas.

Giró el pomo y empujó la puerta, que se abrió dando paso a una habitación cuyas paredes estaban ocupadas por estanterías atestadas de libros, archivadores, tubos portaplanos, papeles sueltos, materiales y herramientas diversas. Alrededor de una vieja mesa de trabajo había dos personas sentadas en sendos taburetes consultando lo que parecían unos mapas del catastro: un hombre alto con pantalones vaqueros y camisa de cuadros, con el cabello largo recogido en una coleta y unas gafitas redondas de intelectual, y una mujer algo entrada en carnes completamente vestida de negro, cuyo rostro, de rasgos marcados, con algo masculino en ellos, estaba muy maquillado y lleno de piercings. Así, a ojo, debían de ser los dos aproximadamente de su misma edad, quizá algún año más. En un rincón había unos sillones desparejados; en uno de ellos, un chico más joven, con cara de chulo, estaba fumándose un porro plácidamente. Su camiseta ajustada, en la que se leía «Punk's not dead», resaltaba su físico atlético y musculoso. Davide Ranieri, habría jurado Riccardo.

Cuando entró, las miradas inquisitivas de los tres convergieron en él. Como no sabía a quién iba a encontrarse, Mezzanotte no había elaborado ningún plan definido. La idea era presentarse como un admirador entrometido pero inocuo, fascinado por sus empresas. Les haría unas cuantas preguntas para comprobar si, en efecto, eran lo que decían ser o si se trataba solo de unos fanfarrones, para luego intentar como pudiera sacarles la información que buscaba.

—¡Chicos! —exclamó con entusiasmo sacándose de la manga la sonrisa más arrebatadora de su repertorio—. ¡No sabéis lo encantado que estoy de conoceros por fin! Os vengo siguiendo por internet y sois mis héroes...

La adulación es un gancho estupendo para que la gente suelte la lengua, y funcionó de maravilla al menos con uno de ellos, el tipo alto de la coleta, que se presentó como Harlock —el alias que utilizaba en el blog— y a Mezzanotte le dio la impresión de que era el líder del grupo. Funcionó un poco menos con la mujer —apodada Meet—, que permaneció sin decir ni pío, más bien molesta por la interrupción. En cuanto al tercer miembro del estrambótico trío, Davide, alias Zero, siguió dando largas caladas al porro, repanchigado en el sillón, sin unirse a la conversación, pero mirándolo con extraña insistencia.

Mezzanotte se ganó mil puntos diciéndoles que se había percatado de que sus pseudónimos estaban inspirados en la serie *Capitán Harlock*. De hecho, tampoco él, de pequeño, se perdía ni un solo capítulo de los dibujos animados japoneses sobre las aventuras del tenebroso pirata del espacio.

Visiblemente complacido por la atención y los cumplidos de que era objeto, Harlock no se hizo de rogar y satisfizo la curiosidad de aquel huésped inesperado. Para evitar malentendidos, precisó enseguida que lo que hacían los Underground Pirates no tenía nada que ver con payasadas como el *parkour*. Ellos se inspiraban en los *cataphiles* franceses, que, desafiando cualquier prohibición, exploraban las inmensas catacumbas de París. Cierto, sí, en el blog quizá exageraban un poco el tono para hacer que las cosas resultaran más interesantes, pero la espeleología urbana era algo serio: se trataba de visitar, estudiar y documentar las cavidades artificiales, esto es, todos los espacios subterráneos construidos por el hombre que yacen olvidados debajo de las aceras, pese a la importancia histórica, cultural y social que a menudo tienen.

—Los subterráneos son el inconsciente de una ciudad —sentenció. Luego, espoleado por las preguntas de Mezzanotte, pasó a contar algunas de sus expediciones.

Se explayó particularmente en las visitas —hasta ese momento infructuosas— llevadas a cabo en el laberinto de galerías y pasajes subterráneos existente debajo del Castello Sforzesco, en busca del mítico pasadizo secreto proyectado por Leonardo da Vinci, que, según la leyenda, desembocaba directamente en la iglesia de Santa Maria delle Grazie. De vez en cuando se dirigía a la mujer ataviada de negro para pedirle que confirmara algún detalle, pero ella seguía de morros y respondía con monosílabos. «¡Caramba! ¡Pero qué antipática es!», se dijo Mezzanotte, consciente de que la desconfianza de aquella tía podía convertirse en un problema.

Pero fue Davide, alias Zero, quien lo estremeció al entrometerse de golpe en la conversación.

—Tú me recuerdas a alguien —exclamó envuelto en una nube de humo, con voz pastosa y una sonrisita idiota dibujada en la cara—. ¿No nos conocemos?

Mezzanotte se apresuró a negarlo. Había regresado a Milán hacía poco después de una larga ausencia, mintió mientras hurgaba en su memoria para colegir si podía habérselo cruzado en su papel de policía, pero por más esfuerzos que hizo no le vino nada a la cabeza.

Aparte de eso, todo estaba yendo como la seda. Harlock, que, por lo demás, era licenciado en arqueología, le parecía un individuo apasionado y competente. Entre lo que le había contado y las fotos que le había enseñado, Riccardo estaba convenciéndose de que, por extravagantes que parecieran, los Piratas del Subsuelo no contaban trolas: habían llevado a cabo de verdad aquellas incursiones clandestinas en las tripas de la ciudad. Era el momento de desviar la conversación y abordar el tema que le interesaba.

—¿Y del refugio antiaéreo que hay debajo de la Central qué me decís? —preguntó mostrando en todo momento un entusiasmo decididamente exagerado—. Esa también debió de ser una aventura increíble...

—Quizá en otra ocasión, ¿vale? —dijo la mujer, cada vez de más mala leche, dejándolo helado—. Ya es tarde y nosotros tenemos trabajo que hacer.

Mezzanotte hizo como si nada y siguió interpelando directamente a Harlock.

—Esas calaveras que encontrasteis..., yo me habría cagado patas abajo. ¿Qué crees que eran?

—Mira, amigo —dijo Harlock ajustándose las gafitas al caballete de la nariz con aire de desagrado—, ha estado muy bien hablar contigo, pero ya has oído a Meet. ¿Sabes?, estamos planeando una nueva expedición. Un día de estos quedamos y continuamos la charla, ¿qué te parece?

«¡Mierda! —pensó Riccardo—. ¡Precisamente ahora que ya casi estaba!».

—Venga, hombre, tengo mucha curiosidad —insistió—. Luego me voy, cuéntame solo lo del refugio. ¿Cómo conseguisteis localizar la entrada...?

—¡Haces un montón de preguntas tú! —soltó con acritud Meet—. ¡Ni que fueras un puto madero!

—¿Pero qué dices? ¿Yo de la policía? —replicó Mezzanotte impetuosamente. Demasiado, quizá. Lo cierto era que había algo fuera de tono en la forma en que lo dijo. Él mismo se dio cuenta y desde luego no le pasó desapercibido a Meet, siempre suspicaz.

—¡Me cago en la puta! —exclamó abriendo los ojos como platos—. ¡Eres un madero de verdad!

La mirada de Harlock, lleno de estupefacción, fue pasando

una y otra vez de la mujer a Mezzanotte. Luego su expresión se endureció.

—Ahora es mejor que te vayas —le ordenó, con los brazos en jarras.

—¡Sí, coño, lárgate! —repitió Meet saltando del taburete.

Vale, lo habían calado. Quizá fuera el cansancio, la tensión o a saber qué, pero no había sido capaz de rematar la jugada. Tenía que elegir rápidamente si seguir por las buenas o por las malas. Decidió que, antes de sacar la pistola de su padre y apuntar con ella al larguirucho gafotas en la frente para hacerle vomitar todo lo que sabía, intentaría jugar la carta de la sinceridad.

—Es verdad, soy policía, pero no tengo nada contra vosotros y no estoy aquí de forma oficial —dijo—. En realidad, tampoco podría aunque quisiera, porque me han suspendido en mis funciones. Perdonad que haya intentado engañaros, pero necesito desesperadamente vuestra ayuda y temía que me la negarais si sabíais que era de la policía. Dejadme que os explique...

—No hay una puta mierda que explicar —gruñó Meet—. ¡Fuera de aquí, coño!

—¡Por favor, escuchadme! —insistió Mezzanotte en tono acongojado—. Hay una chica en peligro. Ha sido secuestrada y vosotros podríais ser los únicos capaces de ayudarme a encontrarla.

Dio un paso adelante mientras hablaba, pero se detuvo cuando Harlock levantó una barra de hierro que había sacado de debajo del tablero de la mesa.

—Deberías irte, en serio, antes de que alguien acabe haciéndose daño —dijo el de la coleta esforzándose por resultar amenazador, pero se veía a la legua que le temblaban las manos.

Entonces Zero se levantó del sillón abandonando sus paraísos artificiales para acercarse a Harlock y a Meet, que se habían colocado delante de Mezzanotte con cara de pocos amigos. Con barra de hierro o sin ella, Harlock, delgaducho y vacilante como era, no le preocupaba gran cosa, pero el chico joven era otra cosa.

Tenía hombros anchos y fuertes, brazos musculosos como troncos y pinta de haberse ya metido en más de una pelea.

Zero pasó por delante de sus dos colegas y avanzó hacia él, señalándolo con el dedo.

—Tú..., tú... Yo te conozco —dijo con voz atronadora—. ¡Tú eres Cardo, el de los Ictus!

Mezzanotte, que se había llevado ya la mano a la espalda, donde tenía el revólver, se quedó de piedra.

—Yo... Bueno, sí —contestó, totalmente descolocado.

—¡Lo sabía, joder, lo sabía! —exclamó el otro golpeándose la palma de la mano con el puño—. Vuestra música era una verdadera pasada. Energía pura. Me sentí fatal cuando os separasteis. Además, tú desapareciste por completo de los radares. Temía que hubieras acabado igual que vuestro cantante, Ago...

Mezzanotte se estremeció.

—¿Por qué? ¿Cómo acabó Ago?

—Una historia muy fea. Hace un par de años intentó atracar una gasolinera, pero el dueño tenía una escopeta debajo del mostrador. Le metió tres balas en la espalda mientras escapaba. ¿No lo sabías?

Riccardo sacudió la cabeza a un lado y a otro apretando las mandíbulas. No podía abandonarse al dolor. En ese momento no.

—Lo siento, amigo —dijo Zero. Luego, dirigiéndose a sus dos colegas que lo miraban atónitos, añadió—: ¿Os dais cuenta? Cardo, de los Ictus, prácticamente un mito. Asistí a uno de sus últimos conciertos en el Leoncavallo, cuando era poco más que un mocoso. Aquella noche hubo un follón tremendo, era como si el público estuviera poseído por todos los demonios. Un poco más y las paredes se vienen abajo. Yo me rompí un diente bailando y dando brincos.

Se levantó el labio superior con los dedos y mostró con orgullo un incisivo astillado.

—Bueno, pero ahora tiene que largarse y dejar de tocar los

cojones —le rebatió Meet, que en absoluto estaba dispuesta a enterrar el hacha de guerra.

—¡Pero qué dices! —exclamó Zero—. Cardo es un tío legal. ¡Era uno de los Ictus, joder! ¡Un punk puro y duro! Es verdad, ahora es un madero, pero ¿qué quieres?, la vida es muy puta. Y, además, ya lo has oído. No está de servicio. Lo han suspendido. —Se volvió hacia Mezzanotte, que todavía estaba sopesando si debía cortar por lo sano y sacar la pistola—. Venga, vamos a ver, cuéntanos por qué has venido. ¿Qué es esa historia de la chica en peligro?

Mezzanotte pensó que no era necesario ponerlos al corriente de todo. Se limitó a contar que en la estación había un loco que se divertía torturando y matando animales. Había secuestrado a una chica y la había arrastrado a alguna parte, ahí, en los sótanos. Él tenía que localizarlo fuera como fuese y detenerlo antes de que dispensara a la muchacha el mismo trato que a los animales, y era posible que aquellos cráneos clavados en las estacas que habían visto dentro del refugio antiaéreo marcaran uno de los accesos a la guarida donde el tipo aquel la tenía escondida.

—¡Joder, qué historia! —se limitó a comentar Zero cuando Riccardo acabó su relato—. ¿Y en qué podemos serte útiles?

—Necesito que me expliquéis qué tengo que hacer para llegar al refugio y dónde encontrasteis exactamente esas calaveras.

La cara del muchacho se abrió en una gran sonrisa.

—Haremos algo mejor. Te llevamos nosotros.

—¿Qué? —exclamaron a coro sus amigos—. ¿Se te ha ido la olla o qué?

—¡Que sí, hombre! Está en juego la vida de una persona, ¿no habéis oído? Es una misión de salvamento, será emocionante.

—Y peligroso —hizo notar Harlock—. Aquellas calaveras transmitían un mensaje bien claro: «¡No vengáis a tocarnos los cojones!». Y, por lo que cuenta el madero, quien las puso ahí no bromea.

—Por eso no tenéis que preocuparos. De ese me ocupo yo

—intervino Mezzanotte, todavía sin dar crédito al inaudito golpe de suerte que había tenido al encontrar a un fan de los Ictus entre aquellos pirados. Para dejar claro a qué se refería levantó ante las narices de los tres la gran pistola de su padre y, con la esperanza de despertar la curiosidad del arqueólogo, añadió—: Según mis fuentes, ahí abajo debe de haber una especie de templo subterráneo, mucho más antiguo que la estación, que no aparece en ningún plano.

Zero se volvió hacia Harlock con las manos entrelazadas y la mirada suplicante del niño que quiere arrancar a su padre la promesa de llevarlo a montar en el tiovivo.

—Bueno, en ese caso... —repuso el de la coleta rascándose la barbilla—. Desde luego no me importaría echar una ojeada a ese templo...

Los dos volvieron la cabeza en dirección a Meet, quien, al verse en minoría, acabó por rendirse.

—Estáis locos de atar —dijo sacudiendo la cabeza y suspirando—. Bueno, vale, hagámoslo.

Luego, cuando Zero corrió a abrazarla, la levantó por los aires y se puso a dar vueltas con ella por toda la habitación, empezó a chillar como un águila.

—¡Entonces ya está! ¡Decidido! —exclamó Harlock riendo—. ¿Cuándo pensabas ir?

—Ahora. Ya mismo —respondió Mezzanotte—. ¿Cuánto tiempo necesitáis para prepararos?

Cincuenta y tres horas después de la desaparición

—¡Eh, Cardo! Nosotros ya estamos listos.

Mezzanotte se despertó sobresaltado. Inclinada sobre él tenía la simpática cara de Zero, que lo sacudía por los hombros. Mientras los Piratas del Subsuelo preparaban lo necesario para la expedición, él se había sentado en un sillón con la intención de recuperar el aliento, aunque solo fuera un minuto, y debía de haberse quedado frito.

—¿Qué...? ¿Qué pasa? —murmuró, totalmente desorientado.

—Lo hemos organizado todo. Tú también tienes que ponerte el equipo y ya podemos irnos.

Mezzanotte se restregó los ojos con los nudillos, como si haciendo eso pudiera borrar las imágenes que habían quedado impresas en ellos durante el sueño. Había vuelto a suceder. Cada año la misma historia. Tras el aniversario de la muerte de su padre, siempre tenía la misma pesadilla que lo había atormentado durante los meses posteriores al asesinato. Su padre estaba ahí, tumbado en el suelo, después de que él lo hubiera empujado como hizo aquella noche, solo que en el sueño no dejaba de gritarle a la cara: «¡Me avergüenzo de ti, me avergüenzo de ti!», hasta que, para hacerlo callar, Riccardo se abalanzaba sobre él y empezaba a darle golpes, uno y otro y otro, mientras él, riendo, seguía canturreando impertérrito: «¡Me avergüenzo de ti!», con la cara cubierta de sangre. Al despertar, se sentía apabullado por la angustia y el asco hacia sí mismo.

Tras ofrecerle una taza de café soluble casi frío, le dieron un mono de tejido sintético reforzado con cinta adhesiva y unas viejas botas de pescador que le llegaban hasta el muslo para que se los pusiera, además de un casco lleno de abolladuras, provisto de una linterna frontal, un par de lo que parecían unos guantes de jardinero y una pequeña mochila impermeable que llevaba dentro una botellita de agua, unas pilas de reserva y unas cuantas cosas más, en la que metió también sus propios zapatos. Los otros iban ya pertrechados de un modo parecido. «No son precisamente equipos de última generación», se dijo Mezzanotte mientras se vestía, un tanto incómodo ante la idea de que su imagen resultara tan ridícula como la de ellos, pero se abstuvo de hacer comentario alguno.

Harlock y Zero se cargaron a los hombros dos grandes bolsas de PVC, y acto seguido los cuatro salieron del centro social.

—¿Estás bien? —le preguntó Zero poniéndose a su lado—. Perdona que te lo diga, pero no tienes buena cara. Pareces un muerto andante.

—Ya, bueno. Desde hace dos días estoy luchando por encontrar a esa chica y casi no he pegado ojo...

—Tienes que animarte un poco, amigo. Ten, tómate esto. —Metió una mano dentro del mono y cuando la sacó tenía entre los dedos una pastillita redonda de un color amarillo encendido.

Anfetaminas. Hacía años que no las tomaba. Para ser exactos, aparte de alguna calada ocasional de porro no tomaba ninguna sustancia estupefaciente desde que había ingresado en la policía. Pero se encontraba al límite de sus fuerzas y aquella historia estaba bien lejos de poder considerarse terminada. Si quería llegar hasta el final, una ayudita le vendría muy bien. Aceptó la pastilla y se la metió en la boca.

Tras dejar las bolsas con el equipo dentro del maletero, se metieron todos en la cafetera de Mezzanotte, lo que provocó el chirrido de la suspensión, ya muy maltrecha. Harlock y Zero se sentaron en los asientos traseros, y Meet, en el del copiloto.

Mientras conducía camino de la estación, Mezzanotte sintió cómo la dopamina le entraba en el torrente sanguíneo en sucesivas oleadas. El sueño y el cansancio se esfumaron dejando sitio a una cálida sensación de bienestar. También la mente se le aclaró bastante. En ese momento funcionaba al cien por cien, o mejor dicho al ciento diez por ciento. Solo tenía que mantener a raya la euforia y la sensación de omnipotencia que provocan las anfetas, de lo contrario corría el riesgo de cometer alguna imprudencia.

Durante el trayecto, Zero, que debía de haberse metido más de una pastilla, no dejó de hablar ni un minuto y lo acribilló a preguntas acerca de su antigua banda. Harlock estaba muy ocupado ojeando en el cuadernito los apuntes tomados con ocasión de la anterior expedición al refugio. En cuanto a Meet, miraba fijamente hacia delante con el ceño fruncido.

—¿Por qué lo hacéis? —preguntó Riccardo en un momento dado.

El arqueólogo levantó la vista del cuaderno para mirarlo a través del espejo retrovisor.

—¿Por qué hacemos qué?

—Meteros bajo tierra. ¿Qué os impulsa a hacerlo?

—Yo de pequeño quería ser explorador —respondió Harlock—, pero hoy día en el mundo no queda prácticamente nada que descubrir. Nada, salvo aquello de cuya existencia nos hemos olvidado. Lo desconocido lo tenemos bajo nuestros pies.

—Y encima es ilegal, peligroso y excitante —añadió Zero—. ¿Qué otra cosa puede darte unos subidones semejantes de adrenalina sin necesidad de salir de la ciudad?

Meet vaciló unos instantes antes de dar también su opinión. Cuando lo hizo tenía una expresión absorta, casi soñadora.

—A mí me encanta la calma y el silencio que reinan bajo tierra. Ahí abajo nos sentimos fuera del mundo, lejos de la sociedad con todas sus reglas y convenciones de mierda. Libres.

Ya habían dado las dos cuando el Panda se metió por la via Vittor Pisani. Envuelta en su fúnebre blancura, la estación los esperaba al fondo de la avenida, poderosa como una fortaleza, solemne como un mausoleo, enigmática como una pirámide egipcia.

En la piazza Duca d'Aosta decenas de personas dormían en los parterres y en los escalones de piedra; algún drogata que no había conseguido reunir la pasta necesaria vagaba todavía por ahí en busca de algún camello que le concediera crédito; dos grupos de inmigrantes de diversas etnias se enfrentaban de lejos lanzándose insultos y botellas vacías. En la fachada de la Central, indiferentes a todo lo que sucedía a sus pies, parecía que los dos mastodónticos caballos olfatearan el aire nocturno con sus ollares de mármol, dispuestos a levantar el vuelo de un momento a otro.

Mientras flanqueaban la plaza, Mezzanotte se fijó en unos hombres que estaban agazapados entre dos coches aparcados, ocupados en hurgar en el interior de una maleta abierta que debían de haber sustraído hacía un rato a algún viajero desafortunado. «Como hienas repartiéndose una carroña destripada», pensó. Por lo demás, el recinto de la estación se transformaba por la noche en un territorio salvaje, no muy distinto de la selva o la sabana, en el que solo había dos salidas: o ser un depredador o acabar siendo una presa más.

Siguiendo las indicaciones de Harlock, aparcó el coche en la via Sammartini, no lejos de donde había acampado el punk de los perros al que había interrogado acerca de la muerte de su mascota. ¿Cuánto hacía de aquello? Poco más de un mes y, sin embargo, le daba la impresión de que habían pasado siglos. Cogieron las herramientas y continuaron flanqueando la estación a pie. Cuatro payasos vestidos con monos y grandes botas que parecían recién salidos del manicomio. Afortunadamente por la calle no se veía ni un alma y casi todas las ventanas de los edificios que daban a la Central estaban a oscuras. El arqueólogo de la coleta caminaba cabizbajo examinando el adoquinado y de vez en cuanto consultaba sus apuntes.

—Ya está, esta es —anunció por fin, parándose ante la tapa de hierro fundido de una alcantarilla.

Meet sacó de una bolsa un pie de cabra y se lo entregó. Harlock se puso a trastear con la herramienta alrededor de la tapa de la alcantarilla hasta que logró sacarla de la hendidura en la que estaba encastrada. La levantó lo necesario para que Zero y Mezzanotte pudieran agarrar el pesado disco metálico y correrlo a un lado teniendo buen cuidado de no hacer demasiado ruido.

De las oscuras profundidades del sumidero salió una bocanada de aire pútrido y rancio.

—¿Lo notas? —dijo Harlock a Mezzanotte, inhalándola con gusto—. Aroma a lo desconocido.

—Y a aventura —añadió Zero.

Uno tras otro, los Piratas del Subsuelo se metieron en el agujero y empezaron a bajar por la escalerilla de hierro oxidado.

Antes de seguirlos, Mezzanotte miró a su alrededor. El esbelto perfil de la torre Pirelli sobresalía entre los edificios circundantes, al fondo de la calle desierta, velando los sueños inquietos de la ciudad.

Todo había dado comienzo con un gato muerto que habían encontrado por casualidad entre las vías y mira dónde había acabado llevándolo. En su intento de salvar a la chica de la que estaba enamorado, algo de lo que había tomado plena conciencia solo tras su desaparición, se encontraba a punto de cometer una intrusión ilegal en los sótanos de la estación en busca de un loco peligroso al cual no tenía ningún derecho a seguir investigando, en compañía de tres tipos estrambóticos a los que apenas conocía, y encima armado con una pistola para la que carecía de licencia reglamentaria, confiando en la cháchara de un excompañero que a todas luces había perdido el seso. Incluso según sus propios cánones, se trataba de una temeridad que no le hacía ninguna gracia. Era extraño que hasta ese momento la vocecita que llevaba dentro de la cabeza no hubiera manifestado la más mínima protesta. O quizá no, quizá no tuviera nada de extraño. Aquel silencio equivalía a un asentimiento tácito, porque, por impulsivo y arriesgado que pudiera parecer, aquello era exactamente lo que había que hacer. O, por lo menos, lo único que podía hacer.

Cincuenta y cinco horas después de la desaparición

Tras recorrer unos metros de un largo conducto por donde pasaban haces de hilos y cables de los colores más variados, Mezzanotte y sus acompañantes desembocaron en la que debía de ser una especie de antecámara del refugio antiaéreo. A la derecha, unas escaleras que subían a la superficie habían sido clausuradas mediante una pared de ladrillos.

Construido en cemento armado, el refugio estaba compuesto

por dos galerías paralelas que se extendían perpendicularmente respecto al eje de las vías a lo largo de toda la anchura de la estación y que estaban unidas entre sí mediante una serie de pasillos. Para acceder a ellas tuvieron que saltar por encima de una gran puerta blindada antiexplosiones que, arrancada de sus goznes, yacía en el suelo.

Mientras atravesaban uno de los túneles, las linternas de sus cascos iluminaron brevemente entre las tinieblas algunos letreros escritos en las paredes, descoloridos pero todavía legibles, que daban indicaciones y normas que había que seguir durante la permanencia en aquel lugar, y una fila de estribos metálicos que sobresalían de un muro, en los que en otro tiempo debían de apoyarse los bancos de madera donde se sentaba la gente. En el suelo, aquí y allá entre los cascotes, podían distinguirse señales que ponían de manifiesto que no habían sido los primeros en visitar aquel lugar después de la guerra —alguna jeringuilla, cascos de botellas, una vieja zapatilla de deporte, un saco de dormir hecho jirones y enmohecido—, pero no parecían muy recientes.

Harlock explicó a Mezzanotte que aquel era el primer refugio antiaéreo que había habido en la ciudad, y también el más grande. La protección que proporcionaba la propia mole de la estación bajo la que había sido excavado lo convirtió en uno de los más seguros, capaz de acoger, gracias a sus dimensiones, a miles de refugiados. Riccardo no pudo por menos que pensar en lo largas que debieron de hacerse allí dentro las horas para las personas obligadas a permanecer sentadas y apretadas unas contra otras entre el estruendo y las sacudidas de las explosiones, sin saber si, cuando pudieran salir, encontrarían su casa convertida en escombros.

En el extremo opuesto del refugio, algunos cuartos de servicio albergaban los retretes, los tableros de mando de las instalaciones eléctricas y el sistema de depuración del aire. Harlock, Zero y Meet se dirigieron sin vacilar hacia el baño de los hombres y se detuvieron a la entrada.

—¿Qué pasa? —preguntó Mezzanotte asomándose por detrás de ellos.

Los tres se apartaron lo necesario para dejarle pasar, mientras con las luces de la frente apuntaban la pared del fondo del retrete. Ahí estaban, tal como aparecían descritos en el blog de los Piratas del Subsuelo y en el relato de Scognamiglio. En efecto, si quien había montado aquella macabra puesta en escena se había fijado como objetivo mantener a raya a eventuales entrometidos, había acertado de pleno.

En lo alto de una decena de estacas apoyadas en pequeños montones de escombros había clavadas otras tantas calaveras. Tres inequívocamente humanas, las otras eran de animales que de buenas a primeras Mezzanotte no supo identificar. Algunas aún tenían jirones de piel y carne semimomificada, y de una de las humanas colgaban varios mechones de cabello negro. Los cráneos estaban acribillados, como aceriicos, con largos clavos oxidados y jeringuillas usadas. Un espectáculo decididamente horripilante, capaz de inducir a cualquiera que se tropezara con él a batirse de inmediato en retirada.

La cuestión, sin embargo, era: ¿de qué tenían que mantener alejada a la gente? Los aseos, revestidos de azulejos sucios y agrietados, comprendían una serie de urinarios bastante maltrechos y algunos inodoros turcos, casi todos ya sin puerta. No necesitaron más de un cuarto de hora para explorarlos de arriba abajo y no descubrieron el menor rastro de pasadizo de ningún tipo. Desde allí, por lo que parecía, no se iba a ninguna parte.

Mientras rasgaba nerviosamente la oscuridad con el haz de luz de la linterna de su casco, en Mezzanotte empezó a asomar la duda de que quizá se había equivocado. Tal vez las calaveras no marcaran las puertas del tercer nivel, si es que realmente existía semejante lugar. Quizá su significado y su función fueran completamente distintos.

—Cardo, ¿y ahora? —le preguntó Zero, deseoso de resultar

útil—. ¿Quieres que echemos una ojeada también a los otros cuartos de aquí al lado?

Mezzanotte no contestó. Estuvo tentado de decir que sí, pero en el fondo sabía que solo habría servido para retrasar el momento de admitir la derrota. Si había algo que encontrar, tenía que estar allí, no en otro sitio.

Harlock le puso una mano en el hombro.

—Lo siento mucho, amigo, aquí no hay ningún pasadizo. Creo que ahora lo mejor sería dar media vuelta —dijo.

¿Se había acabado todo? ¿Debía resignarse, decir adiós a toda esperanza de volver a ver a Laura viva y aguardar a que el Fantasma se deshiciera de su cadáver en cualquier parte de la estación?

Todas las células de su cuerpo se rebelaban contra aquella eventualidad. Intentó desesperadamente reflexionar, aunque la angustia que le retorcía las tripas ofuscara también sus pensamientos. Había un detalle potencialmente importante que flotaba bajo la superficie opaca de su memoria. Estaba ahí, en algún sitio, lo sentía, pero no conseguía dar con él.

Harlock y los otros dos ya habían salido de los aseos y estaban esperándolo cuando se acordó. Se trataba de algo que había dicho Scognamiglio. Los compañeros a los que, después de rescatarlo en los sótanos, había indicado cómo llegar al agujero de la pared a través del cual se pasaba al tercer nivel no habían encontrado nada de nada. El hueco ya no estaba, probablemente lo habían tapiado. ¿Y si por algún motivo también aquel acceso había sido cegado, temporalmente o de forma definitiva?

Tanteó el muro más próximo golpeando con los puños.

—¡Eh, venga, ánimo! —dijo llamando a sus acompañantes, que lo observaban perplejos—. ¡Venid a echarme una mano! Mirad si en alguna parte suena a hueco.

Durante unos minutos el silencio sepulcral del refugio se vio turbado por los golpes que los cuatro daban febrilmente en las paredes y el pavimento de los retretes. Luego, la voz de Meet se elevó sobre aquel ruido.

—¡Chicos, venid! Aquí hay algo.

Todos se arremolinaron en el umbral de la última letrina turca. La mujer golpeó con los pies el bloque rectangular de cerámica. El sonido era inequívoco. Ahí abajo había una oquedad.

No tuvieron dificultad alguna a la hora de levantar la losa haciendo palanca con el pie de cabra. No estaba bien fijada al suelo, como cabía esperar, solo apoyada encima. Donde debería estar el desagüe se abría un pequeño agujero de contornos irregulares, probablemente excavado a golpe de pico, lo bastante ancho para que una persona pudiera pasar por él. Un poco por debajo de la embocadura, colgada de un gancho de hierro, había una cuerda deshilachada en la que habían hecho una serie de nudos a los que agarrarse. El acceso, por tanto, no lo habían cerrado, lo habían ocultado con tanta eficacia que les costó mucho localizarlo.

—Bajo yo —dijo Mezzanotte—. Vosotros esperad a que os llame antes de seguirme.

Se deslizó a fuerza de brazos por la cuerda, y cuando estuvo aproximadamente a metro y medio del suelo se dejó caer. Aterrizó en un pasadizo de techo abovedado, cuyas paredes eran un poco más regulares y estaban más pulidas que las del paso por el que acababa de bajar; le pareció que databan de una época muy anterior. Roto tan solo por el gotear del agua que se filtraba a través de la roca, el silencio allí abajo era más profundo y el aire más frío, cargado de humedad.

Así que el inspector jefe no le había endilgado solo chorradas: existía efectivamente un tercer nivel subterráneo. Un escalofrío le recorrió la espina dorsal de arriba abajo. ¿Qué otros aspectos de su alucinante relato podían ser verdad?

Dio luz verde a los otros, que bajaron los sacos con las herramientas para, a continuación, descender ellos también. En cuanto pisó tierra, Harlock corrió a examinar las paredes de piedra con un destello de entusiasmo en los ojos.

—¿Por dónde tiramos? —preguntó Zero mirando a su alrededor.

Nadie tenía ni la menor idea. El pasillo se extendía recto en los dos sentidos hasta donde alcanzaba la luz de las linternas. Después de un breve conciliábulo, se encaminaron en la dirección que, según la brújula de Harlock, correspondía al nordeste.

Encontraron en su camino varios virajes, una pequeña estancia formada por un ensanchamiento del pasillo, a cuyos lados había unos nichos que, según el arqueólogo, debían de tener una función funeraria, y un par de bifurcaciones respecto a las cuales se mantuvieron siempre a la derecha.

Unos veinte minutos más tarde desembocaron en una gran sala circular. Estaba provista de hornacinas, columnas y bancos tallados en la roca, y en medio se veía un gran altar cuadrado, también de piedra. A lo largo de la pared, en la cual podían verse dos figuras esculpidas en bajorrelieve, cinco orificios daban acceso a otros tantos pasillos.

En cuanto cruzó el umbral, Mezzanotte sacó la pistola, con todos sus sentidos repentinamente alerta. Aquel era el lugar donde Scognamiglio afirmaba que lo habían agredido y lo habían capturado los misteriosos hombres-sombra.

—¿Qué pasa? —dijo Meet sobresaltada.

—Nada, simple prudencia —respondió Riccardo mientras se disponía a dar una vuelta por todos aquellos orificios para comprobar que no hubiera nadie agazapado en la oscuridad. Aquella parte de la historia no se la había contado a los Piratas del Subsuelo, y no le parecía que fuera ese el momento de hacerlo.

Mientras tanto, Harlock iba dando saltitos aquí y allá por la sala, presa de una especie de frenesí, garabateando anotaciones en su cuaderno y murmurando entre dientes:

—¡Joder, joder, joder!

—¡Pero bueno! Y este sitio, ¿qué es? —preguntó Zero.

—No puedo decirlo con absoluta seguridad, pero no creo equivocarme... —farfulló el arqueólogo, incapaz de contener su excitación—. ¡Por Dios santo! ¡Qué descubrimiento más extraordinario sería!

—¿Nos lo dices de una vez o qué? ¿De qué se trata? —terció Mezzanotte quien, una vez concluida su excursión exploratoria, se había acercado a los dos.

—Esto... Esto parece justamente un hipogeo celta, y... No, es demasiado increíble... Sin embargo... Podría ser incluso el *medhelan*.

—No he entendido ni papa —dijo Riccardo soltando un bufido—. ¿Quieres tranquilizarte un poco y explicárnoslo mejor?

Harlock dio un profundo suspiro y se concentró durante un instante. Luego empezó a contar su historia. Milán había sido fundada en el siglo VI antes de Cristo por los celtas, pueblo del que se sabía muy poco, pues su cultura era transmitida oralmente por los druidas y hasta nosotros solo habían llegado noticias escuetas y fragmentarias recogidas por algunos historiadores de época romana. El mito contaba que una tribu celta capitaneada por el rey Beloveso llegó a la llanura padana siguiendo a una cerda semicubierta de lanas, y decidieron edificar una ciudad en el calvero en el que el animal, considerado sagrado, se detuvo a beber de un manantial. Los druidas identificaron en aquel lugar un *medhelan*, esto es, un «centro de perfección» en el que la convergencia de una serie de coordenadas físicas, astrales y espirituales hacía que la presencia divina resultara particularmente intensa. Según una posible etimología, el antiguo nombre latino de la ciudad, Mediolanum, derivaba precisamente de *medhelan*. Los celtas erigieron ahí un santuario consagrado a Belisama, la Gran Madre, diosa de las aguas, de la sabiduría y la fertilidad. Más tarde, los romanos transformaron el santuario en un templo dedicado a Minerva, sobre el cual, en el siglo IV después de Cristo, se construyó un baptisterio cristiano que al final cedió el puesto al Duomo. La leyenda afirmaba que los sótanos del Duomo ocultaban todavía un pequeño lago rodeado de arcos y columnas; eso era todo lo que había sobrevivido del santuario celta original. Uno de los sueños espeleológicos más grandes de Harlock era descubrir si esa leyenda era verdad, pero todavía no había encontrado el modo de colarse en los subterráneos de la catedral para explorarlos.

—Pues bien, puede que debajo del Duomo se hallen realmente los restos de un templo celta, pero lo que acabamos de descubrir aquí me lleva a pensar que no se trataría del *medhelan* —continuó diciendo enfervorecido el arqueólogo—. Yo ya había visto un sitio parecido: el hipogeo celta de Cividale, en Friúl, un complejo subterráneo cuya función original sigue siendo un misterio. Pero no tiene comparación, este es mucho más amplio y está mejor estructurado.

Se acercó a las dos figuras esculpidas en la pared.

—¿Veis? Están bastante estropeadas, pero todavía pueden distinguirse la serpiente y la cerda lanuda, los dos animales totémicos de Belisama. En mi opinión, demuestran que este es el santuario consagrado a la diosa. Este es el *medhelan*.

A Mezzanotte, en realidad, las dos esculturas le parecían tan deterioradas que resultaba difícil reconocer nada. Tal vez una de ellas pudiera representar una serpiente, pero para ver un puerco en la otra hacía falta un gran esfuerzo de imaginación. En cambio, lo que no lo sorprendió y sí lo inquietó era el hecho de que Belisama fuera una divinidad de las aguas y que como animal sagrado tuviera a la serpiente. Como Mami Wata, la diosa vudú reproducida en el mural del albergue diurno que, por lo menos en sus delirios, sedujo y luego intentó devorar a Scognamiglio.

—Pero hay una cosa que no me explico —intervino Meet—. ¿No os parece extraño que nadie sepa nada de la existencia de este sitio? ¿No se dieron cuenta de lo que había aquí abajo cuando construyeron la Central?

—En mi opinión, sí lo vieron —contestó Harlock—, pero hicieron la vista gorda.

—¿Y por qué?

—Es muy sencillo. Dar a conocer el hallazgo habría supuesto un contratiempo para el avance de las obras, que se prolongaron a lo largo de décadas antes de que el fascismo les diera un impulso definitivo. El Duce quería a toda costa que la inauguración de la Estación Central tuviera lugar lo antes posible, para celebrar con su grandiosidad la potencia del régimen, de modo que algún jerarca decidiría que, para no contrariarlo, más valía mantener la boca cerrada.

Lo único que cabía hacer era establecer un método para explorar el templo.

—Si esto es el *medhelan* o como demonios se llame, debería haber un lago subterráneo por aquí, ¿no? —dijo Mezzanotte, recordando el relato del expolicía.

Harlock respondió afirmativamente. Era verosímil que lo hubiera o que lo hubiera habido. Las ceremonias en honor de Belisama se desarrollaban, en efecto, en las cercanías del agua. Por lo demás, en el subsuelo de Milán, atravesado por numerosos canales y por una amplia capa freática, si algo no faltaba era precisamente agua.

—Bueno, pues, entonces eso es lo que tenemos que buscar.

De entre las galerías que se extendían a partir de la sala, decidieron tomar una que tenía una leve inclinación hacia abajo y en la que las filtraciones eran más abundantes.

Cuanto más avanzaban, más copiosa era el agua que rezumaba de las paredes y del techo, en el cual se habían formado miríadas de pequeñas estalactitas. No tardaron mucho en encontrarse andando sobre varios centímetros de barro. Harlock comentó que lo que inundaba el pasillo era con toda probabilidad la progresiva subida de la capa freática, fenómeno iniciado a comienzos de los años noventa, cuando el cierre de varias fábricas del extrarradio de la ciudad dio lugar a una clara disminución de las extracciones hídricas del subsuelo, lo que creó no pocos problemas, entre ellos la inundación periódica de los sótanos de las casas y de los túneles del metro.

Mezzanotte lo escuchaba distraído. Se preguntaba qué hallarían. Como había dicho Scognamiglio, no había indicio alguno de que el templo estuviera habitado. Sin embargo, si, como empezaba a creer, había algo de verdad en la historia del inspector jefe, el Fantasma y sus cómplices debían de tener su guarida en algún sitio cerca de allí. Y Laura estaba con ellos. ¿Los encontraría a tiempo de impedir que la mataran, o era ya demasiado tarde?

Mientras tanto el agua fangosa les llegaba ya a las rodillas. Zero, a quien Mezzanotte le había tomado el relevo para cargar con la bolsa, había acelerado el paso y marchaba varios metros por delante del grupo cuando, de repente, perdió el equilibrio y cayó de bruces.

—¡Pero qué coño haces, tonto del culo! —gritó Meet hecha una furia—. ¡Siempre igual! ¿Quieres hacer el favor de tener cuidado y mirar dónde pones el pie?

El muchacho se sentó en el suelo echando escupitajos al hablar.

—No ha sido culpa mía, no he tropezado —dijo justificándose, mientras se quitaba el barro de la cara—. De repente ha desaparecido el suelo bajo mis pies. Debe de haber cedido el pavimento o algo por el estilo...

Meet y Harlock hicieron amago de ir a ayudar a su socio, que fatigosamente intentaba levantarse, pero Mezzanotte los detuvo extendiendo un brazo. Cuando volvió a ponerse en pie Zero, el agua le llegaba a la cintura.

—¡Me he quedado atrapado! —exclamó—. ¡No puedo mover las piernas! ¡Me cago en la puta!

Intentó con todas sus fuerzas liberarse de la prisión del lodo, pero solo consiguió hundirse todavía más.

—Son arenas movedizas —le advirtió Mezzanotte—. Estate quieto. Si te mueves no haces más que empeorar las cosas.

Pero el chico, presa del pánico, no dejaba de menearse. En menos que canta un gallo se había hundido hasta los sobacos.

Entre los gritos de Meet, que se tiraba de los pelos de pura desesperación, Mezzanotte se dirigió a Harlock, que se había quedado como atontado contemplando la escena.

—Una cuerda —le pidió sacudiéndole un brazo—. ¿No tenemos una puta cuerda?

El arqueólogo dio un respingo y se puso a hurgar precipitadamente en una de las bolsas. Sacó de ella un rollo de cuerda, que desataron a toda prisa para lanzar un cabo a Zero, del que solo asomaban los brazos y la cabeza. El chico consiguió agarrarse a él, y, tirando y empujando, Harlock y Mezzanotte lograron sacarlo del pantano.

Mientras el muchacho, ayudado por Meet, se reponía del susto y se limpiaba un poco, los otros evaluaron la situación.

Harlock planteó la hipótesis de que aquella especie de arenas movedizas quizá se formaron tras un desprendimiento de tierras. Mezzanotte no estaba tan convencido de que se tratara de una causa natural, pero se guardó de decirlo.

—En cualquier caso, así no podemos seguir adelante. No es seguro —se vio obligado a reconocer—. El nivel del agua es cada vez más alto y si volviera a suceder algo así correríamos el riesgo de ahogarnos.

—No te preocupes. Nosotros tenemos una solución para eso —dijo Harlock sonriendo.

Se inclinó de nuevo a hurgar entre los componentes del equipo y en esta ocasión sacó dos voluminosos paquetes de plástico de colores.

—Bueno, Zero, ¿te has repuesto un poco? Venga, ven, tenemos que inflar esto.

A medida que los dos iban soplando hasta quedarse sin resuello, ante los ojos incrédulos de Mezzanotte fueron cobrando forma lentamente dos botes de playa para niños, uno rosa, con la proa en forma de cabeza de unicornio, y el otro verde, decorado con dibujos de tortuguitas sonrientes.

—¿En serio? —exclamó Riccardo incapaz de contener la risa—. ¡Anda ya!

—Bueno, ¿qué pasa? —replicó Harlock—. Son ligeros, fáciles de manejar y más resistentes de lo que parece. Además estaban de rebaja, prácticamente regalados. En cualquier caso, con los escasos fondos de los que disponemos esto es todo lo que da de sí el cepillo de misa.

Se metieron por parejas en los botes con las bolsas entre las piernas, en un precario equilibrio. Zero y Mezzanotte iban delante, en el verde, y Meet y Harlock a bordo del rosa. Cada una de las barquitas estaba provista de un pequeño zagual de plástico.

Volvieron a ponerse en marcha remando a lo largo de aquel callejón tenebroso. El nivel del agua no dejaba de subir.

—¿Qué ha sido eso? —dijo Meet en un determinado momento.

Harlock volvió la cabeza para mirarla.

—¿De qué estás hablando?

—¿No lo has oído? Algo ha chocado con el bote.

—Pensaba que eras tú, que te habías movido. Habrá sido una rata, esos roedores nadan estupendamente.

—A mí me ha parecido algo más grande.

—No creas. He visto ratas de dimensiones tan enormes que eran capaces de hacer huir a un gato adulto.

Meet acogió la información con una mueca que expresaba su poca convicción, pero no dijo nada.

Durante un rato no se oyó más que el chapoteo de los remos en el agua. El final del pasillo aún no estaba a la vista y sus cabezas casi rozaban la bóveda del techo.

—¡Eh, eh, eh! —exclamó de pronto Zero, que iba sentado a proa en el primer bote—. Ahí delante hay algo.

Mezzanotte se asomó por la borda para mirar él también, pero la superficie turbia del agua parecía inmóvil, no mostraba la menor ondulación.

—¿Qué has visto?

—No tengo ni idea, pero era sin duda más grande que una rata.

No había terminado aún de hablar cuando una sacudida hizo cabecear ambas embarcaciones, lo que obligó a los cuatro a agarrarse para no perder el equilibrio. Sus voces se cruzaron entre sí, alarmadas e inquietas.

—¡Me cago en la puta! ¡Por poco acabamos en el agua!

—¿Tú has visto algo?

—Nada de nada.

—¿Qué coño está pasando aquí?

Un nuevo choque, más fuerte que el anterior, sacudió la pequeña embarcación rosa. Meet se puso a llorar, y Harlock, a echar maldiciones.

—¡Dios santo! —exclamó Zero indicando un punto delante de él—. ¡Ahí está! ¡Lo he visto! ¡Lo he visto de nuevo!

—¿Qué coño es eso? —gritó Mezzanotte barriendo la superficie del agua con la luz de la linterna, en vano.

—¿Que qué es? ¡Un jodido monstruo marino, eso es lo que es! ¡Tenemos que salir de aquí y a toda leche!

En ese momento los Piratas del Subsuelo perdieron la cabeza. Gritaban todos a la vez y se agitaban de forma descontrolada.

—¡Calmaos, me cago en la puta! —tronó Riccardo, que tenía ya bastantes dificultades para mantener a raya su propio miedo—. ¡Estaos quietos y a callar!

En la galería se hizo de nuevo el silencio. Todos miraban a su alrededor conteniendo el aliento, el corazón les latía a mil por hora en el pecho. Sin embargo, en los círculos luminosos de las linternas no se veía nada.

A Mezzanotte le pareció distinguir algo que afloraba en la superficie del agua, a unos pocos metros de distancia. Entrecerró los ojos para enfocar mejor la vista. Ojos vidriosos. Piel brillante y escamosa. Parecía algún tipo de reptil.

El animal levantó la cabeza y dejó ver por un instante una lengua trémula entre sus fauces. Era una serpiente. Cuando se zambulló, Riccardo pudo ver su cuerpo, de piel amarilla como el oro con dibujos negros. Parecía no tener fin y era mucho más grueso que su muslo.

Le vinieron a la cabeza las leyendas metropolitanas acerca de la existencia de cocodrilos en las alcantarillas de Nueva York, pero nunca había oído hablar de que hubiera serpientes gigantes en las de Milán.

Mientras tanto, la sombra sinuosa del reptil avanzaba con la rapidez de una flecha hacia ellos sin asomar apenas a la superficie.

—¡Cuidado, que vuelve! —grito Zero, y se puso de pie de un salto con tal ímpetu que perdió el equilibrio y fue a dar contra el otro bote, que volcó. Mezzanotte, que había sido lanzado también fuera de borda por el contragolpe, acabó cayendo al agua.

En el pasillo retumbaban los gritos aterrorizados de los cuatro, que chapoteaban en el agua en su afán por agarrarse a las embarcaciones volcadas, a la espera de la acometida de la serpiente de un momento a otro.

Sin embargo, no ocurrió nada y poco a poco volvió a reinar la calma. Mezzanotte y sus compañeros, aún dentro del agua, con los brazos apoyados en el fondo de uno de los botes, se intercambiaban miradas de angustia con las orejas tiesas, intentando percibir cualquier sonido procedente de la oscuridad que los rodeaba. Pero, en medio del silencio, solo se oía el goteo del agua que caía del techo y sus respiraciones trabajosas.

—Vale —dijo al cabo de unos minutos Riccardo—. Creo que se ha largado.

Enderezaron los botes y volvieron a subir a bordo. Enseguida echaron la cuenta de los daños sufridos: por fortuna, dejando a un lado el susto, los cuatro habían resultado ilesos, pero habían perdido las dos bolsas con el equipo y, además, Harlock se había quedado sin gafas, y Meet, sin casco.

Mezzanotte miró a los Piratas, desconcertados y ateridos, con los monos de trabajo chorreando. Él también estaba bastante afectado por lo ocurrido. Es más, le costaba trabajo convencerse de que aquello había sucedido de verdad.

—Escuchad, dad la vuelta. Ya habéis hecho mucho, y os estoy inmensamente agradecido por ello, pero es demasiado peligroso. Voy a seguir yo solo.

Harlock y los otros dos intentaron persuadirlo de que desistiera y volviera con ellos. Seguir adelante era una locura, ponía en riesgo su vida. Pero él no quiso atender a razones.

—Lo siento. Tengo que encontrar a Laura. Soy el único capaz de hacerlo, no puedo abandonarla.

Mientras veía cómo se alejaban a lo largo del pasillo, amontonados los tres en el botecito en forma de unicornio, se preguntó cuánto habían contribuido sus sentimientos por Laura a darle el valor necesario para negarse a regresar con ellos y cuánto la ilusoria sensación de imbatibilidad proporcionada por las anfetaminas.

—¡Venga, ánimo, Cardo! ¡A tomar por culo! ¡Que los follen! ¡Salva a la chica! —gritó en la lejanía Zero, arrancándole una sonrisa.

Aguardó a que el último resplandor de sus linternas fuera engullido por la oscuridad y se puso a remar con vigor en dirección opuesta. La humedad de la ropa empapada le había calado hasta los huesos, pero el esfuerzo físico poco a poco surtió el efecto de calentarlo un poco.

Al cabo de un rato el agua había alcanzado tal nivel que se vio obligado a agachar la cabeza para no chocar contra el techo y temió no poder continuar. ¿Qué haría, llegado el caso? ¿Seguir a nado, aun sin saber cuánto faltaba para llegar a la meta? ¿Y si en un punto determinado el pasadizo se llenaba completamente de agua? ¿Le quedarían fuerzas suficientes para volver atrás o acabaría palmándola como una rata, solo y abandonado en aquellos subterráneos dejados de la mano de Dios?

Al final, por suerte para él, no tuvo que enfrentarse a alternativas tan extremas. Un poco más adelante el pasillo desembocaba en un espacio más amplio. La oscuridad le impedía evaluar exactamente cuánto, pero del hecho de que la luz del casco no llegara a iluminar su término, y de que el eco reverberó en el aire cuando intentó pronunciar unas cuantas palabras en voz alta, dedujo que debía de ser enorme. Se encontraba con toda probabilidad en una gruta natural inundada por el agua, una especie de embalse subterráneo.

Siguió remando a ciegas hasta que a lo lejos se perfiló una orilla. Unos minutos después desembarcaba en una playa de guijarros muy similar a la descripción que el inspector jefe había hecho del lugar de su encuentro —verdadero o imaginario— con la mujer serpiente. La orilla, cubierta de piedras achatadas de color claro, tenía unos diez metros de anchura. Más allá, el terreno ascendía un poco, entre peñascos y rocas de grandes dimensiones, hasta la pared de la inmensa caverna.

«¡Qué sitio más demencial!», pensó. Era increíble lo que se escondía debajo de la Central. Por lo demás, la situación en la que se había metido cada vez le resultaba más absurda.

Pero en ese momento su problema más urgente era decidir qué debía hacer. A primera vista, tampoco allí parecía que hubiera rastro alguno de presencia humana. ¿Estaba acercándose realmente a la guarida del Fantasma o tan solo vagaba a tontas y a locas, cada vez más extraviado en el fondo de las tripas de la ciudad?

Mientras exploraba los alrededores en busca de alguna señal o indicio que le sugiriera hacia dónde dirigirse, notó una especie de silbido junto a su cabeza, seguido inmediatamente de un plaf en el agua a sus espaldas.

Miró a su alrededor alarmado. Captó fugazmente unos movimientos detrás de un pedrusco, más o menos a mitad de la pendiente que conducía a la pared de la gruta, pero, antes de poder ver con más claridad, algo chocó contra el suelo junto a él, y se estremeció. Una piedra cayó rodando hasta sus pies. Estaban recibiéndolo a cantazos. Una o varias personas escondidas entre las rocas, dedujo en un primer momento, armadas con hondas o algo por el estilo. Tenía que ponerse a resguardo de inmediato, constituía un blanco fácil, al descubierto.

La roca más próxima distaba al menos unos quince metros. Demasiados para llegar ileso hasta ella, sobre todo con aquellas malditas botas de pescador que le estorbaban para moverse, pero no tenía otra opción. Echó a correr encorvado hacia delante entre pedradas que en ese momento le llovían por todas partes. Una le dio en la espalda y otra en el muslo; las punzadas de dolor que sintió no lograron detenerlo. Luego, un violentísimo golpe en la cabeza lo desequilibró y el casco salió volando. Mezzanotte cayó al suelo; por una de las sienes le corrían regueros de sangre caliente y un enjambre de avispas zumbaba furiosamente en su cabeza. Hizo algún que otro intento de volver a ponerse en pie, pero sus miembros, carentes por completo de energía, se negaron a responder.

Antes de que un telón negro cayera ante sus ojos, le pareció vislumbrar unas sombras difusas que avanzaban hacia él.

4

Cuando recobró el sentido, Mezzanotte permaneció inmóvil con los ojos cerrados. Intentó evaluar la situación, en la medida en que se lo permitía el dolor palpitante que irradiaba en su cabeza a partir de un punto situado junto a la frente, en el que debía de tener un chichón del tamaño de un huevo. Estaba tumbado en el suelo, boca abajo, con las muñecas fuertemente atadas a la espalda, todavía en la orilla del lago subterráneo, a juzgar por los guijarros que se le clavaban en la cara y en las costillas. En las proximidades se oían voces y ruidos.

Se arriesgó a echar una ojeada. Había cuatro hombres sentados en torno a una pequeña hoguera, y oía a otros moviéndose a su espalda. Ya no llevaba el revólver, pero la mochila estaba a su lado.

Los hombres que estaban sentados al fuego pertenecían a etnias y nacionalidades distintas, pero tenían en común una especie de aire de familia: eran todos bastante delgados, de una palidez mortecina, e iban vestidos de la misma manera, un conjunto de viejas ropas hechas jirones y prendas cosidas a mano, completado por brazaletes y collares de hueso y de madera. Llevaban arcos y lanzas de factura artesanal. En definitiva, tenían el aspecto de unos extraños indios metropolitanos.

—Por fin te has despertado —resonó por detrás de él una voz enérgica—. Hace horas que esperamos. Empezaba a temer que te hubiéramos roto la cabeza.

Se habían dado cuenta. Era inútil seguir fingiendo. No sin dificultad, maniatado y entumecido como estaba, torció el cuello haciendo un gran esfuerzo por volver la cara en la dirección de la que le había llegado la voz. Al ver a quién pertenecía, se quedó de piedra. De haber podido, se habría pellizcado para asegurarse de que estaba despierto. Barba y cabellos blancos, entre setenta y ochenta años, no muy alto y de complexión delgada: era él, imposible equivocarse, y, sin embargo, parecía otra persona. No era mudo y, como pudo constatar mientras se le acercaba, tampoco estaba cojo. Pero no era solo eso. Eran su postura y su actitud las que resultaban radicalmente distintas.

A un ademán suyo, dos hombres se lanzaron sobre Mezzanotte y lo levantaron sujetándolo por los brazos. En cuanto lo soltaron, una especie de mareo lo hizo tambalearse, lo que obligó a sus guardianes a sujetarlo de nuevo.

El viejo se le plantó delante; una luz irónica brillaba en sus ojos. Tenía las piernas abiertas, la espalda recta, los brazos en jarras y llevaba en bandolera una escopeta de un modelo anticuado que Riccardo no había visto nunca. Indudablemente una reliquia de la guerra, como la pistola con la que le había disparado el Fantasma. Todo en él transmitía autoridad y carisma.

—Cierra la boca de una vez, joven, o van entrar moscas en ella.

Todavía demasiado confuso, Mezzanotte continuó mirándolo sin decir ni pío.

—¿Crees que podrás andar? —le preguntó el viejo y, cuando el joven policía asintió, dio a sus subordinados la orden de apagar el fuego y disponerse a marchar.

—¡Sí, mi general! —respondieron los hombres al unísono, ejecutando dócilmente sus órdenes.

También ellos lo llamaban así. El mismo epíteto, aunque en sus labios sonaba de un modo totalmente distinto. Allí lo pronunciaban con deferencia y respeto, no había en él ni una sombra de burla.

Pocos minutos después, un Mezzanotte todavía aturdido se vio obligado con rudeza a unirse a la pequeña columna que había comenzado a ascender por un sendero abierto en la ladera. Contó seis hombres, además del General. Demasiados para pensar siquiera en un intento de fuga, por lo demás inútil, atado como estaba y sin tener la menor idea de hacia dónde ir.

Otra parte del relato de Scognamiglio que resultaba ser cierta, pensó. Había encontrado a «Los de ahí abajo», aunque habría sido más correcto decir que ellos lo habían encontrado a él. Ciegos, al parecer, no eran; locos, no cabía descartar que lo estuvieran. Si de verdad se comían a las personas, no tardaría en descubrirlo.

El General, que iba a la cabeza del grupo, se detuvo para esperarlo al borde del sendero y luego se puso a su lado.

—¿Va todo bien, joven? ¿Qué tal la cocorota? Cuando lleguemos, mandaré que te echen un vistazo.

—¿Adónde me lleváis? —preguntó Mezzanotte.

—¡Oh, enseguida lo verás! Está cerca, no tardaremos mucho.

—¿La habéis cogido vosotros?

El General le dirigió una mirada inquisitiva.

—A la chica, Laura Cordero. ¿La habéis secuestrado vosotros?

—No. Nosotros no tenemos nada que ver.

—Pero ha sido el Fantasma, y él es uno de los vuestros, ¿no?

—¿Quién? ¡Ah, Adam! Sí, ha sido obra suya. Pero no está con nosotros. Ya no.

—¿Sabéis al menos si sigue viva?

—Sí, por lo que tenemos entendido. Por algún motivo, que francamente no puedo explicarme, parece que Adam todavía no la ha matado, por el momento —respondió el viejo—. Pero ahora basta de cháchara. Ya hemos perdido demasiado tiempo, tenemos que darnos prisa.

El General aceleró el paso e incitó a sus hombres a hacer lo mismo.

Cuando llegaron a los pies de la pared de la caverna la flanquearon hasta alcanzar la entrada de una galería disimulada detrás de un peñasco, de un par de metros de anchura y otros tantos de altura, en la que penetraron. La recorrieron durante unos minutos a la luz de las antorchas de las que iban provistos y, al doblar una esquina, al fondo del túnel se vio un resplandor, cuya intensidad fue aumentando a medida que se acercaban.

Uno tras otro, los que iban delante de él avanzaron hacia la claridad deslumbrante que emergía del final de la galería y se dejaron engullir por ella. Cuando le llegó el turno, Mezzanotte sintió la acometida de una luz tan violenta tras las tinieblas en las que había estado sumido que se vio obligado a parpadear varias veces, totalmente deslumbrado, antes de que sus ojos se habituaran a ella.

No era la primera vez y no sería la última en el transcurso de aquella aventura, pero lo que vio lo dejó sin aliento de puro estupor. No podía creer que existiera un sitio semejante, era sencillamente imposible. Sin embargo, ahí estaba, delante de sus narices.

Oscuridad.

Al despertar, me encontré sumida en la más absoluta oscuridad. Estaba tumbada encima de una manta áspera y maloliente, tendida sobre lo que, al tacto, me parecía cemento. Me sentía desconcertada y confusa. ¿Dónde me encontraba? ¿Y cuánto hacía que estaba allí? Ni idea.

Me esforcé por poner en orden los recuerdos inconexos que conservaba de cómo había llegado hasta aquel lugar. Seguí a los dos niños hasta la estación subterránea de mercancías, en la que sufrí una de mis crisis. Una vez recuperada, me dispuse a volver sobre mis pasos. Tenía la mirada clavada en el móvil, porque, en cuanto volviera a haber cobertura, quería llamar a Cardo. Al-

guien me agarró por detrás, yo estaba todavía demasiado débil para oponer resistencia. El agresor me levantó en vilo y me cargó sobre sus hombros. Recordaba el zarandeo a lo largo de varios túneles sumida en un sopor próximo al desvanecimiento. Y luego nada más.

Abrí los brazos y los moví a mi alrededor, a ciegas, hasta tocar una pared, también de cemento. Me levanté e intenté dar unos pasos, entonces descubrí que tenía una cadena atada a los tobillos. La palpé. Estaba fijada con un candado a una tubería que discurría a lo largo del muro. No mediría más de un metro. No había forma de liberarme. Estaba prisionera.

Abrumada por el miedo y el desaliento, caí de nuevo al suelo y me senté; las lágrimas corrían a raudales por mis mejillas. ¿En qué lío había acabado metiéndome? Lamenté con amargura haber entrado sola en los sótanos de la estación. Me lo había buscado yo solita. Todo era culpa mía.

Al cabo de un rato, los sollozos se calmaron. Tenía la garganta reseca y la vejiga a punto de estallar. Explorando a tientas el suelo encontré una botellita de agua mineral, de la que bebí con avidez no sin antes olerla por si acaso, y un cubo de plástico en el cual me resigné a regañadientes a orinar.

Tenía la piel de gallina a causa del frío y la humedad. Me restregué los brazos y las piernas desnudas, y una vez más me reproché la brillante idea que tuve al ponerme aquel vestido demasiado corto y demasiado ligero. Me sentía desprotegida y vulnerable con él, y, además, estaba todo roto. Lo odiaba. De haber podido, le habría prendido fuego. Cuánto más cómoda y más calentita estaría en ese momento, si llevara los vaqueros y la blusa de siempre. Reprimiendo un gesto de repugnancia, me envolví en aquella manta asquerosa.

Tenía que pensar, pero había muy poco sobre qué hacerlo. Alguien me había secuestrado. Pero ¿quién? Y ¿por qué? De lo único que podía estar bastante segura era de que nada tenían que ver ni los dos hermanitos ni lo que había visto en la estación subterrá-

nea. Hasta que se demuestre lo contrario, los fantasmas y las alucinaciones no secuestran a la gente. A intervalos regulares, sentía un estrépito ahogado, acompañado de un leve temblor del suelo. Estuviera donde estuviese, no me encontraba lejos de alguna línea del metro. Imposible deducir nada más.

¿Cuánto tiempo pasé allí sola en medio de las tinieblas consumiéndome en una espera angustiosa? Horas, sin duda. El ruido de una llave que giraba en la cerradura me sumergió en una especie de vaivén de miedo y alivio. Al menos sabría algo, me dije.

El rechinar de la puerta, el rumor de unos pasos, y luego el clic de un interruptor que encendió una bombilla colgada del techo. La luz que difundía era bastante débil, pues estaba cubierta con papel de periódico. Me bastó en cualquier caso para ver por fin la habitación desnuda y sin ventanas en la que estaba encerrada. Y a la persona que me había raptado.

Envolvía su figura alta y delgada en una andrajosa capa negra con capucha. En su cara huesuda, de una palidez cadavérica, sobresalían unos ojos desproporcionadamente grandes.

Supe quién era. Cuando me habló del caso que estaba investigando, Cardo no dejó de describir el aspecto siniestro del hombre al que llamaban «el Fantasma».

Por desgracia, sabía también por qué motivo me había capturado.

La galería desembocaba en mitad de uno de los flancos de una gruta natural de dimensiones análogas a las de la que acababan de abandonar. Presentaba un fondo llano y una bóveda en forma de cúpula de la que colgaban racimos de estalactitas. Como la otra, debía su formación a fenómenos de erosión cárstica determinados por la variación de los niveles de la capa freática. Sin embargo, esta permanecía seca y, sobre todo, estaba iluminada con una luz que parecía diurna por una decena de focos y reflectores colgados aquí y allá en las paredes rocosas, algunos de ellos muy parecidos a los que, fijados en las inmensas marquesinas, iluminaban la zona de los andenes de la Central. Estaban dirigidos todos ellos al centro de la caverna, en el que se veía un conglomerado de barracas y cabañas construidas con los materiales más diversos: chapa, cartón, plástico ondulado, desechos de madera.

Por absurdo que pudiera parecer, se trataba de un auténtico poblado a decenas y decenas de metros de profundidad debajo del asfalto urbano. En uno de sus extremos había incluso un par de pequeños invernaderos revestidos de toldos transparentes y un corral para los animales. Un edificio más alto que los demás, situado un poco aparte, en una elevación del terreno, cuya forma cónica recordaba la de un tipi indio, dominaba el conjunto.

Uno de los dos hombres que caminaban detrás de él, evidentemente encargados de vigilarlo, sacó a Mezzanotte de su contemplación embobada con un manotazo en la espalda. En efecto, el pequeño pelotón se había puesto de nuevo en marcha emprendiendo el descenso hacia el fondo de la caverna siguiendo un empinado caminito que serpenteaba entre las rocas.

—Sé bienvenido entre los Hijos de la Sombra, joven —le dijo el General cuando entraron en el poblado, y a continuación precisó—: En la superficie nos llaman «Los de ahí abajo», pero en realidad este es el nombre que nos hemos dado nosotros mismos.

A medida que se adentraba en el conjunto de chabolas, el grupo fue deshaciéndose; junto a él y al viejo solo quedaron sus dos ángeles de la guardia. A primera vista, aquel lugar no parecía la guarida de una banda de delincuentes ni de una secta de fanáticos sanguinarios. Sus habitantes, que a su paso se paraban en medio de la calle o se asomaban a los umbrales de las viviendas mirándolo con una mezcla de curiosidad y desconfianza, no tenían pinta de delincuentes ni de posesos. Aparte de su palidez y su atuendo, semejante al de los hombres que lo habían capturado, nada los diferenciaba de tantos y tantos marginados que habían sentado sus reales en la estación. Se veían sobre todo varones de edad avanzada, pero había también mujeres, jóvenes e incluso algunos niños.

—¡Eh, madero!

Mezzanotte volvió la cabeza en dirección al punto del que provenía aquella voz rasposa que le sonaba familiar.

Sentada en un taburete ante una casucha de paredes de cartón pintadas de azul había una vieja flaca y arrugada, de pelo canoso y enmarañado. Era Amelia, con el carro de la compra atestado de baratijas siempre a su lado.

—No tendrás un bomboncito para mí, ¿verdad? —dijo extendiendo la mano ahuecada.

Mezzanotte hizo amago de ir a su encuentro. Uno de sus guardianes lo detuvo agarrándolo del brazo, pero el General le indicó con una seña que lo soltara.

—¡Amelia! Estaba preocupado por ti. ¿Cómo has acabado aquí?

La vieja pordiosera se lo quedó mirando con cara de pocos amigos.

—¡He acabado aquí por culpa tuya! ¡Así es como he acabado aquí! Me mandaste a hacer preguntas sobre «Los de ahí abajo». Me pescaron y me dijeron que eligiera: o accedía a quedarme aquí con ellos para siempre, o se verían obligados a quitarme de en medio.

—¿Pero estás bien?

—¡Bah! Dejando a un lado la humedad, aquí abajo no se está tan mal. He encontrado incluso a viejos conocidos, gente que creía que había estirado la pata hacía años. Pero me prometieron que me traerían bombones y hasta ahora no he visto ni medio. ¿Tú tienes alguno, sí o no?

—No, lo siento —respondió Riccardo mientras sus vigilantes lo agarraban para llevárselo—. Pero me ha encantado volver a verte, te lo digo de verdad.

—A mí nada en absoluto, madero —contestó dando una voz Amelia—. Espero que te maten.

—Tenemos que irnos —dijo el General reanudando la marcha. Al final del camino que estaban siguiendo, en el extremo del poblado, se levantaba la gran tienda india.

La expresión de Mezzanotte se endureció mientras observaba a aquel hombre al que no lograba entender del todo, como si la imagen anterior de dócil pordiosero mudo y cojo se superpusiera a la actual de jefe guerrero y no coincidieran exactamente.

—Mi otro confidente, Chute, ¿fuisteis vosotros?

El viejo hizo una mueca de disgusto.

—No tuvimos más remedio. Teníamos que impedir que llegaras hasta nosotros, aunque al final no fue suficiente. A él también se le ofreció una alternativa, seguirnos bajo tierra o la muerte por sobredosis. Solo que aquí las drogas no están permitidas. Fue decisión suya. Lo que puedo asegurarte es que no sufrió.

«Hasta que la muerte nos separe —pensó Mezzanotte—. Cumpliste tu palabra, pobre Chute. No quisiste abandonar a tu amada, aunque te costó la vida».

—Y la carta de rescate que ha desviado las investigaciones sobre la desaparición de Laura Cordero, ¿también la escribisteis vosotros?

—Una brillante acción de distracción —observó el General—. Muy eficaz, aunque de efectos limitados en el tiempo. Pero no podemos atribuirnos el mérito.

—Ah, ¿no? ¿Y de quién es entonces?

—Evidentemente no somos los únicos que no queremos que te inmiscuyas en lo que pasa en los sótanos —fue la hermética respuesta del viejo.

Mezzanotte se lo quedó mirando como queriendo decidir cuánto crédito podía dar a sus palabras. Enseguida un relámpago de conciencia le iluminó la mente.

—Era usted el que me espiaba, ¿no, General? Me lo encontraba siempre por ahí: junto a la fuente en la que apareció el gato muerto, frente a la sala de espera en la que abandonaron el cadáver del perro, en las escaleras del paso subterráneo tras el secuestro del niño, no lejos del sitio donde encontré a Chute con una jeringuilla aún clavada en la vena... Usted siguió todos mis movimientos. ¡Y yo no abrigué nunca la menor sospecha!

En cuanto terminó la frase se dio cuenta de que lo había tratado de usted por vez primera desde que lo conocía. Lo hizo espontáneamente.

—Al principio no —contestó el viejo—. Sencillamente, yo también seguía el rastro de Adam. Quiero encontrarlo y detenerlo por lo menos tanto como tú, te lo aseguro. Pero cuando comprendí que eras lo bastante listo y obstinado para acabar descubriendo algo tarde o temprano, empecé a vigilarte.

—Y ahora, ¿qué van a hacer conmigo?

—¿Sinceramente? No tengo ni idea. De todos modos, no me corresponde a mí tomar la decisión. Lo hará *maman*.

—¿Quién?

—¿Cómo explicártelo? En cierto modo, podríamos definirla como nuestra reina —dijo el General empezando a subir la cuesta que conducía a la gran tienda de campaña, cuyo revestimiento variopinto estaba compuesto por una serie de mantas, alfombras y otros tejidos superpuestos.

Un par de estatuillas gemelas que reproducían una tosca figura humana con un falo enorme en erección presidían ambos lados de la entrada. Las sartas de abalorios que hacían de puerta tintinearon cuando el General las apartó para dejar paso a Mezzanotte y luego lo siguió. Sus dos vigilantes, en cambio, se detuvieron en el umbral.

En cuanto puso los pies en el interior, Riccardo sintió la acometida del calor asfixiante y de los olores acres que impregnaban el ambiente. Aparte de unas cuantas velas, el fuego que ardía en un brasero metálico apoyado en un trípode constituía la única fuente de luz. Colgados de hilos de coser tan finos que daba la impresión de que flotaban en el aire, una miríada de fragmentos de espejo y trocitos de cristales de colores refractaban el resplandor de las llamas y proyectaban en las paredes de la tienda reflejos iridiscentes que creaban la ilusión de encontrarse en un fondo submarino.

A medida que sus ojos fueron acostumbrándose a la penumbra distinguió, diseminadas por el suelo sin orden aparente, varias esculturas de madera y de arcilla de formas retorcidas, rodeadas a su vez de un heterogéneo batiburrillo de objetos más pequeños. Decenas de tarros de cristal que contenían especias, raíces y misteriosos mejunjes se aglomeraban en unos estantes de madera, junto a cuencos llenos de partes de animales disecados, huesos, plumas y a saber qué más.

Aquel lugar debía de ser un santuario vudú, y si el caótico y desconcertante desorden que lo caracterizaba tenía un centro, sin duda lo representaba la mesa situada a su derecha, atestada de cachivaches amontonados alrededor de un gran recipiente blanco y azul decorado con conchas con incrustaciones oscuras en los bordes. Entre otras cosas, había flores artificiales, un espejito, un peine, un frasquito de perfume, una polvera, una botella de ginebra, una Barbie sirena, algunas velas encendidas y la reproducción de una lámina de época enmarcada en la que se veía a una encantadora de serpientes. Entre aquella quincalla, unas joyas de oro y plata cubiertas de piedras preciosas que, por la forma en que brillaban, podían ser auténticas llamaron la atención de Mezzanotte.

No le costó trabajo intuir que se trataba de un altar dedicado a aquella divinidad, Mami Wata, y que el recipiente era, con toda probabilidad, su fetiche. El profesor Dal Farra se habría sentido orgulloso de él.

El General le obligó a detenerse en medio de la tienda. Durante unos minutos los dos permanecieron allí a la espera, rodeados de aquel caleidoscópico torbellino de reflejos cambiantes en la semioscuridad.

—Entonces es verdad: alguien se ha colado en nuestro territorio.

Quien habló, con un marcado acento extranjero de inflexiones graves y guturales, era una mujer que estaba sentada en un sofá, al fondo de la tienda, donde la oscuridad era más espesa; estaba tan inmóvil que Mezzanotte no había advertido su presencia. En ese momento ya podía distinguir su figura imponente. Tenía la piel oscura y llevaba un vestido blanco con dibujos azules, a juego con un fular enrollado a la cabeza. Algo le decía que estaba ante la sacerdotisa vudú cuya existencia conjeturó el antropólogo de la Bicocca.

—Sí, *maman*, así es —confirmó el General. El tono de su voz se había vuelto cauto y reverente.

—¿Hasta dónde ha llegado?

—Hasta la playa. Allí es donde lo hemos capturado.

La mujer se movió nerviosamente en el sofá.

—Nadie se había acercado nunca tanto. ¿Es uno de ellos?

—No, *maman*. Es el policía del que te hablé, ¿te acuerdas?

—¿Por qué ha venido?

—Por la chica esa, la que Adam ha secuestrado. Es a ella a quien buscaba.

—¿Estás seguro de que ese es el único motivo? ¿Cómo podemos descartar que no esté conchabado con ellos?

—Estoy seguro, *maman*. Después de llevar semanas pegado a sus talones, creo que lo conozco bien. Está enamorado de ella.

Mezzanotte lanzó una mirada de estupor al General. Lo único que cabía decir era que había desempeñado de manera excelente la tarea de vigilarlo que le había sido asignada.

—Era inevitable que tarde o temprano ocurriera —siguió diciendo el viejo—. Tenemos que neutralizar a Adam y tenemos que hacerlo enseguida. Sé que sientes cariño por él, yo también le tengo afecto, pero ahora está fuera de control. Corremos el riesgo de que su comportamiento irresponsable destruya todo lo que hemos construido.

—Sus intenciones son buenas, ya lo sabes. Solo intenta defendernos.

—Pero está consiguiendo el resultado opuesto. Sus bravatas ya llamaban demasiado la atención incluso antes de que se le metiera en la cabeza la idea de sacrificar seres humanos. Acabará por comprometer el secreto de nuestra existencia. Este que tenemos aquí es solo el primero. Si no lo detenemos, llegarán otros.

—Ya hemos pasado por ello. Conseguiremos hacerlo entrar en razón, como la otra vez.

Mezzanotte se estremeció al fijarse en que algo asomaba, rápido y silencioso, por detrás del sofá. Era la monstruosa serpiente con la que se habían encontrado en el pasadizo inundado. Sus escamas se habían vuelto rojizas debido al resplandor del fuego.

—Esta vez es distinto —replicó el General sin pestañear siquiera ante la aparición del enorme animal—. Ha perdido la cabeza, ha ido demasiado lejos.

—Es Koku quien hace que actúe así —dijo la sacerdotisa saludando con una caricia afectuosa al reptil, que se deslizó con delicadeza por sus hombros y se enrolló a sus pies—. El espíritu del dios habita dentro de él y ahora lo posee casi constantemente.

—Sea como fuere, no estamos haciendo lo suficiente, *maman*. Por el bien de nuestra comunidad, deberíamos abandonar cualquier rémora e inseguridad y detenerlo por todos los medios, antes de que sea demasiado tarde. Adam quiere una guerra, y a este paso acabará teniéndola. Pero será una guerra que no ganaremos. Si sacrifica a la chica, se lanzarán contra nosotros en manada y nos barrerán.

La mujer que estaba envuelta por la oscuridad permaneció en silencio unos instantes.

—Tengo que reflexionar —dijo al final—. Consultaré a los vodún. Mientras tanto, ¿qué vamos a hacer con él? Sabe demasiado.

«Ya está —pensó Mezzanotte poniéndose rígido—. Aquí es donde las cosas se ponen feas para mí».

—Es un policía, *maman*. No podemos librarnos de él sin más.

Hasta ese momento, Riccardo había asistido a la discusión en silencio, sin intervenir en ningún momento, pero acababa de vislumbrar una rendija y decidió intentar colarse por ella.

—Escúchenme un momento, no sé muy bien quiénes son ni qué hacen, pero personalmente no tengo nada contra ustedes y ni siquiera estoy de servicio. El único motivo que me ha traído aquí es salvar a la chica, cueste lo que cueste. Todo lo demás, por ahora, me importa un bledo. Si de verdad quieren impedir también que el Fantasma la mate, perfecto. No solo no intentaré poner obstáculos, sino que estoy dispuesto a echarles una mano. Como sea.

Le pareció que la sacerdotisa sopesaba sus palabras.

—Acércate —se limitó a decir.

En cuanto el joven dio un paso hacia delante, la serpiente levantó un instante la cabeza y clavó en él sus gélidos e inexpresivos ojos. Luego, tal vez tranquilizada, se puso a dormitar de nuevo.

Apartándose del respaldo de su asiento, la mujer adelantó su cuerpo hacia Mezzanotte como para estudiarlo mejor. Cuando las llamas iluminaron su rostro, que hasta ese momento había permanecido oculto a la vista, el policía no pudo por menos que sentirse horrorizado.

La parte izquierda estaba completamente destrozada. Era como si la carne hubiera desaparecido, como si se hubiera derretido y borrado todos sus rasgos. Tenía un ojo casi completamente cerrado, le faltaba uno de los orificios de la nariz, en lugar de oreja había un agujero, y una parte de la boca colgaba hacia abajo de un modo antinatural.

«Ácido —pensó Mezzanotte—. Alguien debió de echarle ácido en la cara».

Mientras ella lo escrutaba con meticulosidad, como si estuviera pasándolo por rayos X, a Mezzanotte le costó un esfuerzo inmenso no apartar la mirada y dejar traslucir su turbación. Se sintió aliviado cuando la mujer se retiró de nuevo a la sombra ahorrándole el espectáculo de su desfiguración.

—Realmente te importa la chica —comentó la sacerdotisa, y después, dirigiéndose al viejo, añadió—: Pues muy bien. De momento nos lo quedaremos aquí. Luego tomaremos una decisión sobre su suerte. Lo dejo bajo tu custodia, General. Si se escapa o trama algo, te consideraré responsable.

El viejo inclinó obsequiosamente la cabeza, apoyó una mano en el hombro de Mezzanotte y lo condujo al exterior de la tienda.

Aunque la luz artificial de los reflectores fuera un mero sucedáneo de la del sol, y pese a que la atmósfera no pudiera, desde luego, calificarse de fresca, el hecho de encontrarse de nuevo al aire libre animó a Riccardo.

—Me ha dicho usted que se trataba de una decisión que no le correspondía tomar — comentó—. Sin embargo, no sé por qué, me da que si todavía tengo la cabeza sobre los hombros se lo debo sobre todo a usted. ¿Por qué lo ha hecho?

El General esbozó una sonrisa.

—Matar a un policía comporta demasiados riesgos. Y, además, me caes simpático, jovencito.

—Antes hablaba en serio. Estoy dispuesto a echar una mano. Quiero ayudarles a capturarlo.

—Lo tendré presente. En cualquier caso, hasta que descubramos dónde se esconde no hay nada que hacer. Ahora vamos. Hay que curarte esta herida.

—¿Por qué es tan difícil encontrarlo? —preguntó Mezzanotte mientras se dirigían de vuelta al poblado, seguidos de cerca por los dos ángeles de la guarda—. Los sótanos de la estación serán enormes, sí, pero ustedes los conocen como la palma de la mano y me parece que hombres no les faltan.

—Tú no te das cuenta —replicó el General—. Desde aquí salen pasadizos que llevan tanto al alcantarillado como a la red del metro. Hay decenas y decenas de kilómetros de túneles en los que puede esconderse. Sin contar con que bajo tierra Adam se mueve mejor que nadie. Nosotros hemos tenido que adaptarnos fatigosamente a la vida aquí abajo. Él, en cambio, nació aquí, este es su ambiente natural. Es fuerte como un toro y ágil como un mono. Además, como probablemente ya sabrás, ve incluso en la oscuridad. El exceso de luz le molesta tanto que, cuando vivía aquí, en el poblado, a menudo llevaba gafas de sol. Solo para que te hagas una idea de lo que es capaz, no hace mucho logró colarse en el corral de los animales y robarnos un cerdo ante nuestras propias narices sin que nos diéramos cuenta.

«Así es como lo consiguió», se dijo Mezzanotte.

—La mujer de la tienda ha comentado que ya había hecho algo parecido. ¿Se refería al caso del Vampiro?

—Veo que has hecho los deberes, jovencito. Sí, cuando ocurrió aquello hacía poco que nos habíamos mudado aquí. Antes teníamos nuestra base en el albergue diurno. Entre otras cosas, fue el propio Adam quien nos mostró este lugar. Apenas había empezado a participar en las ceremonias, y la idea de que la sangre, sobre todo la humana, es muy rica en aliento de vida lo entusiasmó y lo llevó a extralimitarse un poco. Estaba convencido de que, si se la bebía, sacaría fuerzas de ella. Pero en esa ocasión, en cuanto nos dimos cuenta de lo que tramaba, no nos resultó difícil convencerlo de que morder a la gente era un error. A Adam no le rige muy bien la cabeza, tiene un retraso mental y en muchos sentidos piensa como un niño. Pero sería un error infravalorarlo, es astuto y tiene muchos recursos.

—¿Qué le hicieron al hombre que indagaba sobre el caso, el inspector jefe Scognamiglio?

—Has hablado con él, ¿verdad? También era policía: matarlo no habría sido prudente. Sabíamos que tenía problemas con el alcohol y que era psicológicamente inestable, así que nos limitamos a conseguir que se metiera entre pecho y espalda una botella entera y lo invitamos a participar en uno de nuestros rituales. Del resto se encargó Mami Wata. No sé qué visiones le inspiraría la diosa, pero lo cierto es que quedó bastante trastornado...

«Y tan trastornado —se dijo Mezzanotte—. Aquellas visiones le hicieron puré el cerebro». Personalmente, antes que acabar así, él habría preferido que lo mataran.

—¿Qué esperanzas cree usted que hay de encontrar a la chica con vida?

—¿Quién podría saberlo? Hasta ahora algo ha impedido a Adam ejecutar el sacrificio. Me gustaría poder decir que es la presión que estamos ejerciendo sobre él, pero dudo que sea así. Y se trate de lo que se trate, no sabemos cuánto durará.

—¿Por qué la ha escogido precisamente a ella? El Hotel Infierno está atestado de desgraciados a los que habría podido capturar sin demasiadas dificultades.

—Bueno, yo creo que es porque cuando lo convencimos de que dejara de intentar chupar la sangre a la gente, le explicamos también que los pordioseros, los drogatas y los demás desamparados que viven en la Central no son como el resto de la gente que está en la superficie. Debemos considerarlos hermanos nuestros y no debemos tocarlos sin motivo suficiente.

Después de hacer un alto en una chabola que hacía las veces de ambulatorio, donde un tipo probablemente de origen gitano, que parecía un término medio entre un chamán y el encargado de un tiovivo, aplicó un emplasto de hierbas de olor apestoso y un gran esparadrapo sobre la contusión de Mezzanotte, el General lo condujo hasta la entrada de otra casucha, pequeña y carente por completo de ventanas, en la que pudo descansar varias horas.

—Aquí fuera se quedará un hombre de guardia —le avisó antes de cortar con un cuchillo la cuerda que le sujetaba las muñecas—. Cuando lo necesites, te escoltará hasta la letrina. Te lo advierto: no se te ocurra ninguna idea rara. Lo digo por tu bien.

—No se preocupe, no intentaré escapar —fue la seca contestación de Mezzanotte—. No pienso ir a ninguna parte sin Laura.

El exiguo espacio existente entre las paredes de chapa estaba ocupado por un colchón deshilachado tendido en el suelo, un fragmento de espejo colgado de la pared, una mesita con una jofaina llena de agua y poco más. Encontró también su mochila y el casco de minero.

Se quitó el mono de espeleólogo y aquellas infernales botas de pesca, utilizó el agua de la jofaina para enjuagarse un poco y se dejó caer sobre el colchón.

Tenía mucho en que pensar, demasiado incluso, pero se encontraba en verdad exhausto y notaba el bajón de las anfetaminas. Lo importante era que Laura estaba viva y que existía una posibilidad concreta, aunque muy débil, de salvarla. Todo lo demás podía esperar.

Al cabo de unos instantes, estaba profundamente dormido.

El primer encuentro con mi carcelero fue bastante breve. Permaneció unos instantes mirándome fijamente, con esa expresión suya a la vez vacua y febril, mientras yo temblaba de miedo encogida debajo de la manta; se puso a trajinar un rato en la mesa adosada a la pared de la habitación opuesta a donde yo estaba, apagó la luz y se fue. Al oír los chasquidos de la cerradura que volvía a cerrarse suspiré de alivio.

De nuevo sola, me esforcé por pensar con lucidez y objetividad en las posibilidades de supervivencia que tenía. Aquel individuo inquietante, que verdaderamente parecía un espectro, me había raptado para sacrificarme a no sé qué divinidad africana. Cardo me había ahorrado los detalles, pero yo me hice la idea de que el rito era espantosamente cruento. ¿Cuánto tardaría alguien en percatarse de mi desaparición y dar la voz de alarma? Mis padres no estaban y no volverían hasta dentro de unos días. No tenía la seguridad de que hubiera sido suficiente mi ausencia en el reparto de comida y ropa para suscitar una especial preocupación en el Centro. En cuanto a Cardo, no le había asegurado nada sobre la cena de la que habíamos ha-

blado, así que no le habría extrañado mucho no tener noticias mías.

Era inútil hacerse ilusiones. Todas las probabilidades estaban en mi contra. Aunque la búsqueda diera comienzo rápidamente, descubrir lo que me había pasado y dónde me tenían prisionera exigiría tiempo, dado que no había dicho a nadie adónde iba a ir ni qué iba a hacer el viernes por la tarde. Había pocas esperanzas de que me encontraran antes de que el Fantasma pusiera en marcha sus propósitos homicidas. Lo más probable era que nadie, al menos a corto plazo, acudiera en mi ayuda. Tenía que contar solo conmigo misma.

Por desgracia, no era mucho lo que podía hacer. De intentar la fuga, ni hablar, al menos mientras permaneciera encadenada y encerrada bajo llave en una celda de cemento perdida quién sabe dónde.

Mis pensamientos corrieron hacia Cardo. A saber dónde se encontraría y qué estaría haciendo en esos momentos. ¿Se habría dado cuenta ya? ¿Estaría buscándome? Si había alguien capaz de salvarme era él, de eso estaba segura. ¿Acaso no lo había hecho ya en la pensión Clara? Siempre y cuando, exasperado por las repetidas ocasiones en las que yo había dado marcha atrás, no hubiera decidido que no quería saber nada más de mí. De ser así, tampoco le podía echar la culpa.

Mis ojos volvieron a llenarse de lágrimas. Iba a morir allí, lejos de todo y de todos, de un modo horrible y doloroso. Mi vida llegaría a su fin cuando había todavía tantas cosas que me gustaría hacer, cuando había tantas vivencias que aún no había experimentado.

Por si eso fuera poco, tenía una necesidad perentoria. La contuve hasta que los estímulos se hicieron tan agudos y dolorosos que, de no haberme acuclillado en el cubo, venciendo la repugnancia que me provocaba la mera idea de hacerlo, me habría defecado encima. Durante todo el tiempo que estuve allí agucé el oído para intentar captar cualquier indicio de que volvía. Era tan tonta que, en la desesperada situación en la que me hallaba, la idea de que el hombre que pretendía matarme pudiera sorprenderme haciendo de vientre me daba vergüenza. Luego, me limpié como pude con algunas hojas de un periódico que recogí del suelo, con toda probabilidad dejado allí precisamente con esa finalidad. En un vano intento de hacer desaparecer el hedor, puse el diario encima del cubo a modo de tapa.

Me puse otra vez a llorar y no paré hasta que, agotada y aturdida, me quedé dormida.

Cuando me desperté, él estaba otra vez en la habitación. No sabía qué hora era. El cristal de mi Swatch estaba agrietado, las manecillas ya no se movían y yo había perdido por completo la noción del tiempo. Los retortijones que tenía debido al hambre me daban a entender que debía de llevar allí bastante tiempo. Advertí que el cubo estaba vacío y lo habían lavado, y que, en el suelo, dentro de un pequeño cerco hecho con ladrillos, chisporroteaba una hoguera. Los ojos me escocían un poco por el humo, pero el calorcito que había inundado la habitación resultaba bastante agradable.

El Fantasma estaba sentado a la mesa, encima de una caja de madera puesta al revés. Cuando me di cuenta de que estaba afilando un cuchillo me sentí atravesada por el terror. Lo utilizó para decapitar una tras otra a dos ratas aprisionadas en una redecilla que había encima del tablero. Derramó parte de la sangre que chorreaba del cuello cortado de ambos roedores en un viejo recipiente lleno de manchas que tenía a su lado, mientras entre dientes farfullaba algo parecido a una oración. Luego las despellejó retirando meticulosamente toda la piel, tira tras tira. Ensartó los cuerpos de aquellos animales en unos largos pinchos y se acuclilló delante del fuego para dejarlos apoyados encima de él. Había algo animalesco en sus movimientos.

Al asarse las ratas, los mechoncitos de pelo que aún les quedaban chisporroteaban y pequeñas llamaradas redujeron las colas y las patas a pequeños muñones ennegrecidos. Él les daba la vuelta de vez en cuando para que se cocieran de manera uniforme. En *cuanto empezó a difundirse por la habitación el olor a carne asada, muy a mi pesar, se me hizo la boca agua.*

Todo el tiempo que estuvo dedicado a las operaciones culinarias puede decirse que el Fantasma me ignoró, ya que se limitó a lanzarme breves miradas de soslayo de vez en cuando.

En cuanto las ratas estuvieron asadas, me ofreció una con sus largos brazos, animándome con gestos y gruñidos a que la cogiera. Comimos en silencio y me avergüenza decir que, después de los primeros bocados vacilantes, me abalancé sobre la rata y la devoré con gusto, mondé cada huesecito para que no quedara la menor pizca de carne.

Hasta ese momento no había percibido ni hostilidad ni agresividad en la actitud del hombre. Terminado el refrigerio, aproveché para intentar hablar con él. Le di las gracias por su amabilidad, lo felicité por lo buena que estaba la comida, le dije que me llamaba Laura y le pregunté su nombre, además de suplicarle que no me hiciera daño y que me dejara en libertad. Sin demasiado éxito, al parecer. No obtuve respuesta alguna; ni siquiera estaba segura de que entendiera lo que le decía.

En un momento dado se levantó y apagó la luz. Al tenue fulgor de las brasas, que todavía ardían entre las cenizas, vi cómo desplegaba un saco de dormir y se metía dentro. Al cabo de unos minutos roncaba plácidamente. Tampoco yo tardé mucho en quedarme dormida.

Lo despertó el estrépito de unos nudillos que golpeaban con insistencia la chapa de la chabola.

—¡Eh, eh! ¿Qué pasa? —farfulló con el corazón en un puño incorporándose con brusquedad y los músculos tensos a punto de saltar. En el marco de la puerta se recortaba la figura del viejo de barba y cabellos blancos. Tenía una sonrisa en los labios y parecía que su reacción lo divirtiera.

—Perdona que te haya despertado, joven, pero ya es hora de comer. He pensado que quizá tendrías hambre.

Mezzanotte expresó su alivio con un bufido y sus pulsaciones volvieron gradualmente a la normalidad.

—Me ha dado usted un susto —protestó sacando los zapatos de la mochila—. Voy en un minuto.

En efecto, estaba hambriento. El sueño no era lo único de lo que se había privado en aquellos últimos días de frenesí.

—¿Novedades? —preguntó poco después, mientras caminaba al lado del viejo con uno de sus vigilantes pisándole discretamente los talones. Ya no le dolía la cabeza. Aquella porquería que le habían echado encima obraba milagros.

—¿Sobre Adam? Todavía no. Tengo por ahí algunos hombres buscándolo, pero hasta ahora no han conseguido gran cosa. Haría falta algo muy distinto, y espero que lo consigamos en cuanto *maman* reciba respuesta de los vodún.

El batiburrillo de casuchas por las que iban pasando podía confundirse con un barrio de chabolas o de favelas en miniatura, pero con una diferencia fundamental: allí no se respiraba miseria, desesperación ni degradación. Muchas de las viviendas estaban pintadas de colores muy vivos y adornadas con macetas de flores. Todo parecía limpio y arreglado, dentro de lo posible, y daba la impresión de que la vida que se desarrollaba en ellas era digna y serena.

Es curioso con cuánta rapidez se acostumbra nuestra mente a lo que hasta poco antes habría rechazado por considerarlo completamente inconcebible, tras haberse visto obligada a reconocer su existencia, pensó Mezzanotte mirando a su alrededor con la curiosidad del turista que ya ha superado el estupor incrédulo de los primeros momentos.

Al llegar a la plaza central del poblado —en realidad poco más que una explanada en medio de las barracas— se pusieron detrás de las personas que hacían cola delante de una construcción de madera que a Mezzanotte le recordó un chiringuito de playa, y que ofrecía un servicio a mitad de camino entre un bar y un comedor social. Tras retirar sus raciones de comida, algunos se sentaban a consumirla en las mesitas dispersas por los alrededores, mientras que otros se la llevaban para disfrutar de ella en otra parte.

Cuando les tocó su turno, una mujer de rasgos indios, probablemente peruana, saludó respetuosamente al General y entregó a ambos una bandeja con un plato de plástico humeante lleno de un estofado con verduras y una rebanada de pan casero. El General lo condujo a una mesa libre a la cual se sentaron.

—Confieso que cuando vino a llamarme tuve la ligera sospecha de que lo que me esperaba era un gran caldero y pronto descubriría que la comida iba a ser yo —dijo Mezzanotte metiendo el tenedor en el plato para luego llevárselo a la boca. El estofado no estaba nada mal.

—Ya, ya. Las leyendas acerca de «Los de ahí abajo» —dijo el General lanzando una risotada—. Los feroces habitantes del subsuelo, deformes, ciegos, caníbales y todo lo que se quiera. Muchas de esas habladurías las hemos propagado nosotros mismos, ¿sabes?

Mezzanotte le dirigió una mirada inquisitiva.

—Después de poner en pie todo esto, nos dimos cuenta de que no seríamos capaces de mantener totalmente oculta nuestra existencia. Pero, si bien no había forma de impedir que corrieran rumores por la estación, sí podíamos conseguir que resultaran tan inverosímiles que fuera imposible que alguien se los tomara en serio. Si no puedes ocultar la verdad, revístela de tantas capas de mentira que resulte irreconocible: es el abecé de la desinformación, una de las primeras cosas que aprendí en los Servicios Secretos.

—¿Servicios Secretos?

—Los Servicios Militares para la Información y la Seguridad, el ISMI, la inteligencia militar. La verdad es que estuve en el ejército, aunque nunca llegué a general. Cuando me licenciaron tenía el grado de coronel. Pasé varios años en Beirut como subjefe de sección durante la guerra civil del Líbano. He manejado muchos secretos a lo largo de mi carrera: el accidente aéreo de Ustica, la matanza de la estación de Bolonia, el secuestro de Aldo Moro...

—¿Y qué le pasó luego? —La pregunta brotó espontánea de los labios de Mezzanotte, a quien ya empezaban a cuadrar mejor las cuentas.

—Lo mismo que a muchos, tanto aquí abajo como ahí arriba, en la estación. En un determinado momento, por un motivo u otro, se desmorona tu vida y se te escapa entre los dedos como si fuera arena, hasta que te quedas sin nada y ya no tienes siquiera ojos para llorar. En mi caso, fue el accidente de coche en el que murieron mi mujer y mi hija. Caí en una depresión. Ya no me importaba nada, acabé perdiéndolo todo y me vi obligado a vivir en la calle. Fui hundiéndome cada vez más, hasta encontrarme en el Hotel Infierno, donde probablemente, de no haber sido por *maman*, haría ya mucho tiempo que habría estirado la pata...

Mientras el General hablaba, Mezzanotte, que había terminado el estofado y estaba mojando trocitos de pan en la salsa que había quedado, sintió que algo le rozaba la pierna. Bajó la mirada y vio una rata grande. Salió disparada como una flecha entre las mesas ante la indiferencia de todos, para reunirse con otros ejemplares que escarbaban junto a unas bolsas de basura depositadas junto a la pared lateral del chiringuito.

El viejo siguió la dirección de sus ojos.

—En los primeros tiempos, cuando todavía no habíamos organizado bien las provisiones, a menudo nos vimos obligados a comérnoslas —comentó—. No están tan mal. Haciendo un pequeño esfuerzo de imaginación, puedes hacerte a la idea de que es conejo. Adam es muy hábil a cazándolas.

De repente Mezzanotte dio un respingo en su silla al aparecer de la nada la enorme serpiente que ya había visto en dos ocasiones, la cual, con un movimiento fulminante, agarró entre sus fauces una de las ratas y puso en fuga todas las demás. Se la tragó mientras el roedor todavía se debatía en su garganta lanzando chillidos de desesperación.

—¡Puta serpiente! —exclamó Riccardo—. Ha conseguido que se me atragante la comida.

—¿Dan? Un animal muy bonito, ¿verdad? Es una pitón reticulada. Mide más de ocho metros; creo que las hay más largas incluso. Puede matar a un hombre estrujándolo entre sus espiras y tragárselo entero. Lleva ya mucho tiempo con nosotros.

—¿De dónde diablos la han sacado?

—Bueno, ya sabes. La gente pierde muchas cosas en la Central, sobre todo si le echan una mano —respondió el General guiñando un ojo—. Creo que iba destinada a un circo. La encontramos en una caja que acababan de descargar de un tren, recién nacida, pero creció muy deprisa. En nuestra religión, la pitón también es un vodún, hija y mensajera de Mami Wata, la diosa cuyo altar viste en el santuario. *Maman* se puso contentísima con el regalo. La adora y asegura que puede ver a través de sus ojos.

—¡Ah, vaya! Entonces debió de ser así como se enteraron de mi llegada —comentó Mezzanotte, sin molestarse en disimular su escepticismo. La pitón, mientras tanto, había desaparecido para meterse a saber dónde.

—Puede —respondió el viejo con una sonrisa socarrona—. O tal vez nos avisó alguno de nuestros centinelas.

Mezzanotte todavía no sabía muy bien qué pensar de aquel hombre. Instintivamente, correspondía a la simpatía que el General había dicho que sentía por él, y no podía más que admirar la habilidad con la que durante años había mantenido su tapadera sin que nadie en la estación, empezando por él mismo, hubiera sospechado nunca nada. Realmente debió de ser buenísimo como espía. Por otra parte, no olvidaba que era el responsable de la muerte de Chute, que había mandado al manicomio a Scognamiglio y quién sabe en cuántos y en qué graves delitos se había visto envuelto durante todo aquel tiempo. En cualquier caso, al menos mientras el destino de Laura dependiera de él, seguiría tratándolo como a su mejor amigo.

Aún quería preguntarle muchísimas cosas. Tantas que no sabía por dónde empezar. Pero no tuvo ocasión de hacerlo. Un muchachito escuchimizado que llegó corriendo, sin aliento, con un arco al hombro, interrumpió la conversación. El chico se detuvo ante el General y con torpeza se puso en posición de firmes.

—¿Qué pasa? —le preguntó el viejo.

El muchacho vaciló, lanzó una mirada de desconfianza a Mezzanotte y acto seguido se inclinó para susurrar algo al oído del General, cuya frente fue cubriéndose de arrugas cada vez más profundas conforme iba escuchándolo.

—Necesito seis hombres provistos de armas de fuego dispuestos a ponerse en marcha dentro de diez minutos —ordenó en tono perentorio—. Yo me quedo aquí esperando. Tú, mientras tanto, ve a buscar mi fusil. Y manda a alguien a avisar a *maman*. ¡Venga, deprisa! ¿A qué estás esperando?

El muchacho se fue corriendo. Mezzanotte estaba a punto de preguntar al General si aquello tenía que ver con el Fantasma —¿habían descubierto finalmente su escondite? —, pero el viejo se le anticipó.

—Cuando la otra noche te metiste en el refugio antiaéreo —le preguntó mirándolo fijamente a los ojos con expresión inquisitiva—, ¿ibas solo?

—Me acompañaron unos tipos que sabían cómo llegar a él —respondió Riccardo, un poco descolocado—. Los descubrí en internet. Se definen como espeleólogos urbanos y...

—Ya sé de quiénes se trata —le cortó el General—. Ellos no son el problema. ¿Es posible que os siguiera alguien? Piénsalo bien, es muy importante.

Mezzanotte no entendía a qué venía aquella inquietud, pero se esforzó por recordar.

—Lo siento, no lo sé. La verdad es que no me di cuenta. Estaba cansado y muy angustiado por Laura...

—¿Contaste a alguien lo que tenías intención de hacer?

—No, lo decidí en aquel mismo momento. No lo sabía nadie. ¿Quiere decirme qué está pasando? ¿A qué viene este interrogatorio?

Del rostro del viejo desapareció todo rastro de la irónica afabilidad que lo caracterizaba. Sus rasgos ahora eran duros, fríos, afilados, y el sombrío centelleo de su mirada inspiraba temor.

—Un centinela acaba de comunicar que se ha producido una intrusión en el refugio, mira por dónde, pocas horas después de que pasaras tú por él. Antes he asegurado a *maman* que no tenías nada que ver con ellos, pero, si descubro que no es así, eres hombre muerto...

—Escuche, puedo jurarle que no tengo relación con nada de eso —exclamó Mezzanotte, poniéndose a la defensiva—, y no tengo la menor idea de qué es lo que está pasando.

En ese momento volvió a su mente el relato del joven afgano, que había visto a unos hombres armados y enmascarados persiguiendo al Fantasma por los pasillos del albergue diurno, y se lo contó al General.

—Sí, son ellos. De un tiempo a esta parte representan un verdadero grano en el culo para nosotros.

—Cuando antes me dijo que hay alguien más a quien le molesta que me meta en lo que sucede en los sótanos, ¿se refería a esta gente?

—Exacto. Por supuesto, no actúan dentro del marco de la ley y, como nosotros, aunque por motivos muy distintos, no quieren que nadie les ponga palos en las ruedas.

—Entonces, según usted, ¿son ellos lo que mandaron la falsa petición de rescate?

—Puedes apostar lo que quieras.

Como le sucedía a menudo, para desesperación de la vocecita que llevaba en la cabeza, Mezzanotte tomó la decisión sin encomendarse a nadie, sin siquiera molestarse en pensar en sus implicaciones y sus consecuencias.

—Voy con ustedes —dijo.

Subieron la pendiente hasta llegar al borde de la pared de la gran caverna, para desembocar en una galería de dimensiones más reducidas que aquella a través de la cual lo habían llevado hasta el poblado. Se dirigían al templo celta por otro camino, más rápido y dificultoso. Caminando con el General a la cabeza del grupo, Mezzanotte no pudo por menos que notar que el viejo trepaba por el repecho con una energía y a una velocidad sorprendentes en un hombre de su edad.

Tras algunas vacilaciones iniciales, el viejo había accedido a dejarlo participar en la misión e incluso le había devuelto la pistola. Un hombre ducho en el manejo de las armas de fuego podía serles útil, dijo, teniendo en cuenta que, desde ese punto de vista, por voluntariosos que fueran, sus soldados dejaban bastante que desear, lo mismo que el propio arsenal del que disponían, constituido por un puñado de pistolas y fusiles antediluvianos, procedentes de un depósito de armas nazis hallado en los sótanos. La mayor parte de las armas estaban inservibles, pero habían conseguido recuperar algunas y habían aprendido a fabricarse las municiones. Como ya le había explicado el General, hasta ese momento, salvo alguna escaramuza aislada, los «Hijos de la Sombra» habían logrado esquivar todo enfrentamiento abierto con aquellos hombres. Pero si habían localizado el pasadizo secreto que daba acceso al tercer nivel y penetrado en su territorio, el conflicto directo sería inevitable, y los arcos y las lanzas no bastarían. Tenían que rechazarlos a toda costa y después bloquear para siempre aquel acceso.

Mientras trotaban por aquella tortuosa galería, que en algunos tramos se reducía a un callejón tan estrecho que los obligaba a avanzar a gatas, el General le explicó cómo en el origen de la ruptura con Adam estaban las divergencias sobre la forma en que debían hacer frente a esa amenaza. Hasta el momento, pese a que no siempre había resultado fácil tratar con él, Adam había formado parte de la comunidad, y había constituido un recurso valiosísimo desde muchos puntos de vista. Sus particulares habilidades y su incomparable conocimiento de los sótanos lo convirtieron en uno de los mejores elementos de los que había dispuesto el General, y la sacerdotisa, convencida de que la simplicidad de su mente lo haría proclive a acercarse al reino de los espíritus y propenso a participar de él, le había concedido su favor. Adam siempre había sentido una animosidad instintiva hacia todo aquel que procediera de lo que él llamaba «el mundo de arriba». Cuando los enmascarados desconocidos empezaron a perpetrar sus incursiones, Adam, inspirado por Koku, el belicoso vodún en cuyo culto lo había iniciado *maman*, se mostró cada vez más ansioso por luchar contra ellos, mientras que el General, preocupado por la eventualidad de que, actuando de esa forma, acabaran atrayendo la atención de las autoridades, convenció a la sacerdotisa de que adoptara un planteamiento más cauto. El enojo de Adam por las continuas incursiones que se llevaban a cabo en los subterráneos acabó resultando cada vez más difícil de refrenar, hasta que lo cegó por completo. Como si hubiera enloquecido, robó del santuario las pociones necesarias para el ritual y se fue con la intención de enfrentarse solo al enemigo. Después comenzó a esparcir por toda la estación los animales sacrificados con el fin de desafiarlo y a meterle miedo.

—¿Quiénes son esos hombres? —preguntó Mezzanotte.

—Ese es uno de los problemas —fue la respuesta del viejo—. Lo ignoramos. Por más que nos hemos esforzado, no hemos conseguido descubrir nada sobre ellos.

—Pero ¿qué tienen contra ustedes? ¿Qué quieren?

—Si como policía valieras solo la mitad de lo que creo que vales, deberías haberte fijado en las joyas que adornan el altar de la diosa en el santuario.

Mezzanotte asintió.

—¿Entonces son auténticas?

—Sí. Y además de las joyas hay una bolsita llena de diamantes de gran pureza, que tienen un valor incalculable. Eso es lo que buscan.

—¿Se los robasteis y ahora quieren recuperarlos? ¿Eso es lo que pasó?

El General se enfureció y Mezzanotte tuvo la impresión de que su indignación era sincera.

—Nosotros no hemos robado nada a nadie —replicó con vehemencia—. Es nuestro tesoro. Lo encontramos en los sótanos. Llevaba décadas olvidado y no tenemos constancia de que nadie lo haya reclamado. A saber cómo, pero lo cierto es que alguien tuvo noticias de esas joyas y ahora quiere adueñarse de ellas. Hace varios años que los hombres de negro registran los sótanos con la intención de encontrarlas. Mucho me temo que sospechan de nuestra existencia y creen que las custodiamos nosotros. En estos últimos tiempos sus incursiones se han vuelto cada vez más frecuentes y agresivas.

Durante el rato que marcharon en silencio, Mezzanotte estuvo meditando sobre todas las cosas de las que acababa de enterarse.

—Perdone que se lo pregunte —dijo en un momento dado—, ¿por qué viven como unos pordioseros cuando con el dinero que obtendrían por esas joyas podrían conseguir todo lo que necesitan y mucho más?...

—Mucho me temo que no puedas entenderlo, joven —respondió el General moviendo la cabeza a un lado y otro—. El tesoro es la prenda del pacto que hemos sellado con Mami Wata. Se lo hemos ofrecido como muestra de nuestra devoción, a cambio de la paz y la serenidad que ella nos garantiza con su protección. Tocarlo, por el motivo que sea, solo nos acarrearía desgracias. La cólera de la diosa puede ser tan terrible como grande es su benevolencia. Además, aquí, entre nosotros, el dinero está prohibido.

Pasar a formar parte de los Hijos de la Sombra implica renunciar a la posesión de cualquier forma de riqueza material. Fue el dinero lo que llevó a la ruina en su vida anterior a muchos de los que ahora habitan en el poblado.

Mezzanotte lo miró sin mucho convencimiento.

—¿Quiere hacerme creer que a ninguno de ustedes se le ha pasado nunca por la cabeza la idea de intentar meterse en el bolsillo esas joyas que se exhiben a la vista de todo el mundo sobre el altar?

De nuevo el rostro del General se convirtió en una máscara de piedra, y Riccardo tuvo la desagradable sensación de que, llegado el caso, aquel hombre era capaz de mostrarse absolutamente inflexible y despiadado.

—No he dicho eso. En el pasado hubo alguno que cedió a la tentación. Pero no sobrevivió para contarlo.

La salida del túnel estaba cerrada por una gruesa losa de piedra. Para retirarla fue necesaria la fuerza de tres hombres que hicieron palanca con una gruesa estaca de madera. Detrás de ella los aguardaba una cámara rectangular excavada en la roca. Una abertura en la pared opuesta daba acceso a uno de los pasillos del laberíntico hipogeo celta. El techo de la sala estaba parcialmente hundido y en el suelo había escombros dispersos por doquier. Una vez colocada la losa de nuevo en su sitio, sería casi imposible percatarse de la existencia del pasadizo.

Tras mandar apagar las antorchas y recomendar a todos la máxima cautela, el General envió a un par de hombres a reconocer el terreno. Cuando volvieron, al cabo de unos diez minutos, sus peores temores se vieron confirmados: cinco hombres armados hasta los dientes acababan de colarse en el interior del templo a través del agujero abierto en los retretes del refugio antiaéreo. Siguiendo las directrices del viejo, los Hijos de la Sombra se dividieron por parejas y se dispersaron por el templo, rápidos y silenciosos como gatos, empuñando las armas. Mezzanotte encendió la linterna de su casco, sacó del bolsillo del pantalón la pesada Smith & Wesson de su padre, le quitó el seguro y se colocó detrás del General. Mientras recorrían con expresión seria uno de los pasillos, sintió que el corazón retumbaba con tal fuerza dentro de su pecho que podría oírse a varios metros de distancia. Gruesas gotas de sudor surcaban su frente.

Unos crujidos aislados y una voz ahogada procedente de una esquina indujeron al General a detenerse de golpe. Hizo a Mezzanotte una seña para que apagara la luz del casco y luego se asomó para tratar de ver lo que había. Por un instante lo hizo también Riccardo, quien, al fondo del pasillo, distinguió a un hombre de espaldas que susurraba algo por un walkie-talkie.

Llevaba un fusil ametrallador con una linterna fijada debajo del cañón, un chaleco antibalas reforzado con planchas de Kevlar, traje de camuflaje negro sin marcas y la cara tapada con un pasamontañas: por su equipamiento cabía deducir que se trataba de un profesional.

Realmente la cosa no pintaba bien. El equipo en el que él militaba tenía de su parte la superioridad numérica y un mayor conocimiento del campo de batalla, pero los adversarios estaban sin duda mejor adiestrados y contaban con una potencia de fuego superior con diferencia. Los pronósticos hablaban de un partido de resultado, cuando menos, incierto.

Mientras tanto, el General se había arrodillado, había empuñado el fusil y apuntaba a su objetivo con meticulosidad de francotirador, pero, antes de que pudiera disparar, el hombre se movió y desapareció de la vista.

Hacía unos minutos que acababan de reemprender la marcha cuando resonaron en el templo los primeros disparos. Empezaba el baile. Se apresuraron en la dirección de la que provenían los tiros y poco después oyeron varias ráfagas de ametralladora seguidas de un grito desgarrador. Siguieron adelante hasta que llegaron al lugar donde se hallaban dos de los suyos, que les dieron la funesta noticia: los Hijos de la Sombra habían sufrido sus primeras bajas, un muerto y un herido. Los dos estaban siendo trasladados a la entrada del pasadizo.

«Adiós a la superioridad numérica», dijo para sus adentros Mezzanotte suspirando.

El General mantuvo un breve conciliábulo con los dos hombres, luego los mandó en una dirección, y Riccardo y él tomaron la contraria.

Caminaban a lo largo del enésimo pasillo, que continuaba recto hasta perderse de vista y que a Mezzanotte, totalmente incapaz de orientarse allí dentro, le parecía idéntico a todos los demás, cuando, justo a la altura de una bifurcación, resonó un tiro a su derecha. Un proyectil fue a incrustarse en la roca a pocos centímetros del General.

Mientras este se empeñaba en responder al fuego, Mezzanotte, que se encontraba detrás de él, pensó que en aquel preciso instante nada le impediría meter una bala por la espalda al viejo y salir corriendo en medio de la confusión. Sería un juego de niños, y él recuperaría la libertad. Pero entonces ¿qué sería de Laura? Necesitaba su ayuda para encontrarla. Aunque ¿de verdad podía estar seguro de que el General tenía intención de salvarla? ¿Y si se lo hubiera hecho creer solo para mantenerlo tranquilo? Quizá tenía pensado arrancarla de las garras del fantasma para matarlos luego a los dos y hacerlos desaparecer para siempre. No sabía qué creer. Estaba demasiado tenso y nervioso para razonar con claridad.

Entonces el General volvió la cabeza y vio a Mezzanotte con el revólver apuntándolo. Se le dilataron las pupilas y abrió la boca para decir algo, pero antes de que pudiera pronunciar una sola sílaba Riccardo apretó el gatillo.

En el instante en el que el percutor golpeaba el cebo del cartucho, una detonación fragorosa rasgó el aire. Lanzada fuera del cañón a una velocidad de más de cuatrocientos metros por segundo, la bala del calibre .44 Magnum rozó dando un silbido la cabeza del viejo, le levantó algunos mechones de su espesa cabellera blanca y siguió su curso hasta estrellarse en el chaleco antibalas de uno de los hombres de negro, que acababa de aparecer al fondo del pasillo metralleta en ristre. No logró atravesarlo, pero debido a la violencia del impacto el hombre salió volando un par de metros hacia atrás y se fracturó una costilla.

El herido escapó arrastrándose y lanzando maldiciones a causa del dolor. En cuanto estuvo a salvo, Mezzanotte y el General lo oyeron pedir socorro por radio y ordenar la retirada.

5

¿Cuánto tiempo llevaba encerrada en aquella jaula de cemento? Quizá fuera una reacción al miedo y al estrés, pero casi no hacía nada más que dormir, de modo que me resultaba imposible llevar la cuenta del paso de las horas. El Fantasma me había dado de comer una sola vez más —en la segunda ocasión, cosas envasadas, un sobre de jamón cocido y un paquete de galletas Ritz, que supuse había robado en alguna parte—, así que no debía de haber pasado mucho más de un día; sin embargo, me parecía que estaba prisionera allí desde hacía una eternidad. A fuerza de estar tumbada en el duro suelo, sin poder desentumecer un poco las piernas, me sentía anquilosada por completo.

Mi carcelero pasaba la mayor parte del tiempo fuera. Cuando estaba él también en la habitación se quedaba mirándome largo rato, con una curiosidad en la que se mezclaban la atracción y el temor. Su cara, singularmente rígida e inexpresiva, no permitía intuir lo que le pasaba por la mente, pero yo notaba en él una especie de vacilación, como si fuera presa de un conflicto interior. Si tenía una pequeña amabilidad conmigo o un mínimo gesto de atención, me daba la impresión de que luego se arrepentía. En un momento dado, por ejemplo, me acercó un balde con agua y un trapo, y con gestos me indicó que los utilizara para lavarme. Bajo su mirada, me *pasé el trapo humedecido por la cara, los brazos y las piernas. Él, al principio, asintió con un gesto, satisfecho del resultado, y luego empezó a sacudir con fuerza la cabeza, como si quisiera espantar una mosca que lo molestaba. O una idea no deseada que había arraigado en su cerebro. Cuando salió con precipitación de la habitación, habría jurado que era de mí de quien estaba huyendo.*

Sus emociones, que de vez en cuando llegaban a rozar la campana de cristal, eran elementales como las de un niño. Pero, muy a mi pesar, notaba también algo dentro de él, un grumo de furor, oscuro e hirviente, de una violencia primordial, sobrehumana. Yo no había percibido nunca nada parecido, y me causaba verdadero terror.

Hice algún que otro intento de hablar con él, con la esperanza de que, si lograba establecer un contacto conmigo, le resultara más difícil llevar a cabo lo que tenía en mente. Porque no olvidaba cuál era el motivo por el que me había hecho prisionera, y no me hacía demasiadas ilusiones: podía tomar la decisión de pasar a la acción de un momento a otro. No había conseguido sacarle ni una palabra, pero estaba bastante segura de que entendía lo que le decía.

Cuando regresó, se mostró bastante tenso todavía. Se sentó a la mesa sin dignarse dirigirme ni una mirada y abrió un viejo envase de hojalata, completamente oxidado y abollado, y se puso a hurgar en su interior. Parecía una caja de los recuerdos. Entre las distintas cosas que revisó logré distinguir algunos dibujos infantiles en hojas de papel amarillentas, dobladas en cuatro, un pequeño tirachinas, y una especie de soldaditos de juguete construidos ensamblando trocitos de madera y fragmentos de metal.

Me dio la impresión de que aquella actividad lo iba serenando poco a poco. Se le relajaron los hombros y se dejó caer hacia atrás, se apoyó en la pared con los brazos cruzados y los ojos cerrados, y se sumió en sus pensamientos.

Hasta entonces me había guardado mucho de retirar la campana de cristal en su presencia. La idea de que me invadieran sus emociones me repugnaba, pero había llegado el momento de in-

tentarlo. Parecía tranquilo y averiguar algo más de él podría re-
sultarme útil.

En cuanto relajé las defensas, me sorprendí al sentir que se
adueñaba de mí una nostalgia intensísima. No era nada repulsi-
vo ni desagradable, así que me abandoné a ella sin oponer resis-
tencia. Empecé a ver flashes, imágenes turbias y temblorosas,
como reflejos en un charco de agua. Intuí que estaba evocando
episodios de su infancia. Vi a un niño pálido y delgado vestido con
harapos apostado en la oscuridad. Apuntaba con un tirachinas y
lanzaba una piedra a una rata que olisqueaba recelosa el aire a
pocos metros de distancia de él, matándola de un golpe. Su pri-
mera presa. Salió de un salto de las rocas detrás de las cuales se
había escondido, agarró la rata y se fue corriendo con el corazón a
punto de estallar de felicidad y orgullo, impaciente por enseñár-
sela a su padre. Luego cambió la escena. En ese momento el niño
estaba tumbado junto a una hoguera, con la cabeza apoyada en el
regazo de una mujer que acariciaba con ternura sus cabellos hir-
sutos mientras le susurraba algo. Yo no conseguía entender sus
palabras, tenía que abrirme más. Dejé que aquellas emociones
penetraran en todas las fibras de mi ser. Ya no estaba solo miran-
do al niño, sino que yo era él, sentía el roce delicado de la mano
de la mujer en mi cabeza y percibía con los ojos arrasados en lá-
grimas todo el amor dulcísimo e inmenso que el pequeño profesa-
ba a su madre. Ella canturreaba una nana entre dientes. Yo cono-
cía aquella cancioncilla, pensé llena de asombro, ya la había
escuchado anteriormente. Era Estrella, estrellita, con la letra
cambiada, la misma que cantaban siempre los dos hermanitos.

Volvió a asomar en mi mente la idea que se me había ocurri-
do en la estación subterránea, tras recuperarme de la visión per-
turbadora de los judíos metidos a la fuerza, a empujones, en los
vagones de ganado. La había descartado inmediatamente por
considerarla absurda, pero... ¿y si era realmente así?

Armados de cemento y paletas, habían tardado horas en cegar el pasadizo que unía el refugio antiaéreo y el hipogeo celta; a partir de ese momento, solo podrían reabrirlo haciéndolo saltar con explosivos y, por el secretismo con el que actuaban, resultaba bastante evidente que los hombres de negro no deseaban atraer la atención de los Hijos de la Sombra, así que era harto improbable que optaran por recurrir a medios tan poco discretos.

—Encontrarán otra forma de volver, lo sabe, ¿verdad? —dijo Mezzanotte mientras recorrían de vuelta la estrecha galería por la que habían pasado a la ida junto a un puñado de hombres—. Por suerte para ustedes, no esperaban encontrar verdadera resistencia y no estaban preparados para sufrir pérdidas. La próxima vez no saldrán tan bien las cosas.

—Ya veremos qué ocurre. Mientras tanto, hemos ganado un poco de tiempo y, en nuestra situación, eso es todo a lo que podemos aspirar. Aquí abajo vivimos al día, y disponer de uno más es un regalo que debemos agradecer —respondió el General—. De todos modos, me has salvado el pellejo ahí en el templo, joven. Ahora ya puedes tutearme.

—Ni siquiera sé cómo te llamas de verdad.

El viejo frunció los labios esbozando una amarga sonrisa.

—Yo ya no tengo nombre. El hombre que era ha muerto para siempre. Ahora soy el General y nada más.

Un resplandor al fondo del túnel anunció que su destino estaba cerca. Llegados a la gran caverna iluminada en la que se levantaba el poblado, Mezzanotte hizo amago de dirigirse a la escarpada cuesta que bajaba hacia él, pero el General lo detuvo.

—Espera, hay algo que quiero que veas —dijo consultando su reloj, que marcaba las 21.56—. Es cuestión de unos minutos...

Incapaz de adivinar lo que esta vez tenía en mente el viejo, Riccardo permaneció a la espera.

A las diez en punto los reflectores anclados en las paredes de piedra se desactivaron de golpe sumiendo la gruta en tinieblas. No obstante, la oscuridad no era absoluta. A sus pies, el poblado era un cúmulo de destellos gracias a centenares de lucecitas encendidas, diseminadas entre las casuchas.

—Pero... ¿qué ha sido eso?

—Es la noche de los sótanos. Apagamos las luces a las diez y las volvemos a encender a las seis de la mañana del día siguiente. Bonito, ¿verdad?

Riccardo no podía estar más de acuerdo: se trataba sin duda de un espectáculo muy sugerente.

—Mucho. Una pregunta, si no es mucha indiscreción: ¿de dónde cogéis la electricidad?

—Nos hemos enganchado ilegalmente a las instalaciones de la estación: consumen tanta que nunca se enterarán. Llevar a cabo la derivación no fue una broma, pero uno de los nuestros era un electricista buenísimo, antes de que empezara a pincharse y destrozara su vida. No puedes figurarte cuántas profesiones inutilizadas se esconden entre los desheredados de la Central —comentó sacudiendo la cabeza—. De desechos humanos nada...

A su llegada, los acogió una pequeña multitud festiva. La noticia del resultado de la batalla se había propagado por el poblado, pues el General había mandado de inmediato trasladar a ella al muerto y al herido, con la petición de enviar los hombres y los materiales necesarios para sellar el acceso que había sido forzado.

El viejo y sus hombres enseguida se vieron rodeados de gente y abrumados por sus manifestaciones de afecto y gratitud. Incluso Mezzanotte recibió su cuota de besos, abrazos y apretones de mano. Parecía que la desconfianza con la que lo habían acogido al principio se había atenuado, era como si ya empezaran a considerarlo uno de los suyos.

Durante el día no había hecho caso, pero en ese momento era evidente por qué el poblado resplandecía de aquel modo. Todas las viviendas exhibían una cantidad de luces de formas variadísimas fijadas a las paredes, colgadas de los aleros de los tejados o dispuestas alrededor del umbral de las puertas, todo de segunda o tercera mano. Había lámparas de mesa, focos, faroles, tubos de neón, arañas, lámparas de pie, además de una enorme profusión de luces navideñas.

A los Hijos de la Sombra les encantaba la luz, y no era difícil entenderlo: vivir bajo tierra, rodeados perennemente de tinieblas, tenía que resultar bastante deprimente.

Con aquel aspecto tan deslumbrante, en cambio, el ambiente del poblado era incluso alegre. Para Mezzanotte, contribuía a hacerlo más agradable aún el hecho de que la oscuridad que lo rodeaba escondiera la bóveda de la caverna —que a la luz de los reflectores se le venía a uno encima de un modo un tanto opresivo— y creara la ilusión de que tenía la inmensidad del cielo nocturno sobre la cabeza.

Los festejos improvisados por la victoria se vieron interrumpidos por la llegada de una mujer vestida de blanco que comunicó al General que lo esperaban en el santuario. *Maman* deseaba con urgencia hablar con él. El viejo hizo a Mezzanotte una seña para que se uniera a ellos.

«¿Y ahora qué pasará?», se preguntó el policía suspirando mientras seguía a los otros dos hacia la gran tienda. El General había reconocido que con los recursos que tenían a su disposición sería muy difícil sacar al Fantasma de su guarida. Se necesitaba algo más y esperaba que la sacerdotisa se lo concediera tras consultar a sus divinidades vudú. Riccardo no sabía qué quería decir el viejo con eso, pero, se tratara de lo que se tratase, esperaba ardientemente que fuera ese el motivo por el que había sido convocado a la tienda. De hecho, pasaban las horas y Laura seguía en poder de aquel loco, al que en cualquier momento podía darle por matarla para complacer a una de aquellas jodidas divinidades.

Comprendí que algo no iba bien en el instante mismo en que el Fantasma irrumpió en la habitación dando un portazo tras él y no cerrando con llave. Una ira incontenible deformaba los rasgos de su cara y sus ojos ardían con una exaltación salvaje.

La furia primigenia que había notado en él se había desbordado y había acabado por imponerse. Sentía cómo presionaba contra las paredes de la campana de cristal y la hacía crujir. Si las inseguridades que me había parecido percibir en el comportamiento de mi carcelero significaban que había intentado luchar contra ella, había perdido la batalla definitivamente.

Me acurruqué contra la pared presa de un terror tan intenso que me cortó la respiración, lo que me obligó a abrir la boca en busca de aire como un pez fuera del agua.

El Fantasma levantó la tapadera de un recipiente de terracota que había sobre la mesa y metió las manos en su interior. Al ver que se daba la vuelta de golpe y se abalanzaba sobre mí di un chillido, convencida de que quería golpearme. Sin embargo, se limitó a embadurnarme con la sustancia amarillenta que llevaba en las manos, me untó con ella la cara y el cuerpo mientras yo me debatía como una histérica. Se acercó de nuevo a la mesa y cogió un frasquito de vidrio. Al comprobar que estaba vacío, lo tiró al suelo lanzando un rugido de rabia.

Durante unos segundos permaneció quieto, como si estuviera bloqueado, con la cabeza gacha, apretando los puños, presa de espasmos. Luego se desprendió de la chilaba sacándosela por la cabeza y se quedó con solo unos pantalones andrajosos. Su cuerpo huesudo era un mosaico de cicatrices que le surcaban los brazos, el pecho, la espalda y el vientre cubriéndolos casi por completo. Me pregunté qué habría podido provocarlas. En ese momento no sabía que lo descubriría poco después.

Mientras se untaba él también con aquel ungüento amarillo, sus ojos reflejaban una expresión cruel y vacua, como si hubiera caído en una especie de trance. Sacó de debajo de la mesa el recipiente en el que había dejado caer la sangre de las ratas y lo colocó en el suelo en medio de la estancia. En ese momento advertí que era una calabaza vaciada dentro de la cual había una decena de viejos cuchillos. No resultaba fácil distinguirlo, porque tanto estos como su recipiente tenían incrustadas espesas capas de una materia rojiza que debía de ser sangre seca.

Apretó una de las teclas de un decrépito radiocasete, y toda la habitación se llenó de una lúgubre y machacona música de tambores. Subió el volumen a un nivel tal que los sonidos se convirtieron en retumbos distorsionados.

En ese momento se puso a bailar alrededor de la calabaza, si es que aquellos meneos descompuestos podían calificarse de danza. Giraba vertiginosamente sobre sí mismo haciendo piruetas, se golpeaba el pecho con los puños, daba brincos, se tiraba al suelo pataleando como un energúmeno, en medio del estruendo cada vez más ensordecedor de la música de percusión.

Siguió así bastante rato, sin la más mínima señal de fatiga. Luego, ante mis ojos estupefactos, empezó a golpearse la cabeza contra la pared una vez y otra y otra, insensible en apariencia al dolor, hasta dejar una mancha roja en el cemento.

Cuando volvió a la mesa, en su rostro, por el que corrían regueros de sangre, había una expresión de júbilo enloquecido y feroz. Empuñó un cuchillo enorme y, siguiendo el son de la música, que había alcanzado un paroxismo frenético, se puso a bailar otra vez fingiendo dar cuchilladas a enemigos imaginarios. En varias ocasiones se pasó la hoja del puñal por su propio cuerpo provocándose largos cortes sangrientos.

Solo cuando se acabó la música, cuando los tambores callaron de golpe y él se volvió hacia mí, comprendí la verdadera naturaleza del espectáculo al que estaba asistiendo. Demasiado turbada y aterrorizada, no me había dado cuenta de que se trataba del aberrante ritual destinado a concluir con mi sacrificio.

Era todo tan absurdo que no podía dar crédito a mis ojos, ni siquiera cuando empezó a avanzar hacia mí, chorreando sangre, sudor y ungüento amarillo. Se acabó. «Ahora es cuando va a hacerme pedazos», pensé. Ya nada ni nadie podría salvarme. Al ver que se plantaba delante de mí y levantaba el cuchillo, me vi a mí misma deseando que se diera prisa y que todo terminara lo *antes posible. Cerré los ojos con la esperanza de no sufrir demasiado.*

Estrella, estrellita,
las tinieblas se acercan,
el cuarto está ya oscuro,
y la noche da miedo.

Al oír los versos que entonaba una voz débil y temblorosa, no me di cuenta de que esa voz salía de mi garganta. Ni siquiera hoy sabría decir cómo se me ocurrió la idea ni dónde encontré la fuerza y los ánimos para ponerla en práctica. Evidentemente, desde algún remoto rincón del inconsciente, mi instinto de supervivencia se había hecho oír.

Entreabrí los ojos. El Fantasma seguía allí, inmóvil, con el brazo levantado. Continué cantando con más convicción, intentando hacerlo en el tono más dulce y persuasivo del que era capaz.

La lechuza en el tejado,
los monstruos bajo la cama,
hacen ruidos espantosos
y a dormir no te atreves.

El Fantasma se puso a temblar de pies a cabeza. El rostro se le contrajo por momentos. Una vez más, era como si dentro de él tuviera lugar una lucha entre dos entidades que se disputaban el predominio sobre su cuerpo.

Poco a poco los rasgos de su cara se distendieron, la mirada perdió su vacuidad y fijeza. La nana conseguía amansarlo.

Pero aquí está mamaíta,
ya puedes cerrar los ojos.

Lentamente bajó el brazo y dejó caer el cuchillo al suelo. Vino a tumbarse a mi lado, apoyando la cabeza sobre mis piernas.

Yo alargué una mano y, sin dejar en ningún momento de cantar, se la pasé por el cabello.

En la penumbra del santuario, la atmósfera sofocante y el torbellino de reflejos multicolores que los fragmentos de vidrio colgados a media altura proyectaban en las paredes de la tienda de nuevo provocaron en Mezzanotte una sensación de desorientación e incomodidad.

La sacerdotisa los esperaba acomodada en el mismo sofá que la otra vez. Había también algunas mujeres con vestidos blancos sentadas en el suelo con las piernas cruzadas. La que los había acompañado fue inmediatamente a reunirse con ellas. En un rincón se divisaba la figura mastodóntica de la pitón Dan, que dormía enrollada sobre sí misma.

—Felicidades por tu victoria, General —dijo *maman* con su voz ronca y profunda—. Los vodún han guiado tus pasos y han dado fuerza a tu brazo. Debemos ofrecerles sacrificios en agradecimiento.

—En esta ocasión hemos conseguido rechazarlos, pero la amenaza sigue pendiente sobre nuestras cabezas —se excusó el viejo, para luego añadir señalando a Mezzanotte—: En cualquier caso, de no haber sido por él, es probable que yo no estuviera aquí ahora.

La mujer se volvió hacia Riccardo. Los reflejos de las llamas del brasero danzaban sobre la mitad destrozada de su rostro creando un contraste todavía más fuerte entre los tintes violáceos y purpúreos de la carne lacerada y su piel de ébano. Lo observó con el único ojo sano, escrutándolo de nuevo con aquella mirada suya tan penetrante que parecía capaz de abrir un surco en su interior y desenterrar incluso los secretos mejor guardados y más inconfesables. Concluido el examen, asintió complacida.

—Al final has hecho lo correcto.

El policía no pudo evitar sentir un escalofrío. ¿Por qué demonios tenía la impresión de que aquella mujer sabía perfectamente lo que por un instante se había visto tentado de hacer antes de disparar al tipo enmascarado?

—¿Y respecto al otro asunto, *maman*? —terció el General.

—El panorama es todavía demasiado incierto y nebuloso. La respuesta de los espíritus no indica un camino claro que seguir. Solicitar la intervención de Mami Wata significaría obligarla a entrar en conflicto con la voluntad de Koku, y enfrentar a dos vodún entre sí puede resultar peligroso. Las consecuencias serían imprevisibles.

—*Maman*, ya no hay tiempo. Tenemos que actuar, antes de que la locura de Adam cause daños irreparables —se permitió insistir el General.

—No es Adam, ya te lo he dicho, sino Koku —replicó la sacerdotisa, dejando notar un punto de irritación—. El cuerpo de Adam es ahora solo el guante en el que se ha metido la mano divina tras expulsar la humana.

El viejo no se dio por vencido.

—Sea como fuere, hay que detenerlo de inmediato.

—¿Y si él tuviera razón? —exclamó con vehemencia la sacerdotisa—. ¿Y si la alternativa adecuada fuera combatir? La sangre llama a la sangre.

—No sería ni sensato ni prudente, al menos mientras no sepamos a quién nos estamos enfrentando. No es bueno entrar en una guerra sin saber qué posibilidades hay de ganarla. Ante todo, debemos descubrir quiénes son nuestros enemigos, tarea de vital importancia a la que dedicaré todas mis energías en cuanto hayamos resuelto el problema de Adam.

La mujer estuvo un rato sopesando la cuestión. Cuando habló, quedó claro que el General había conseguido templar sus instintos más belicosos.

—Sea. Consultaré a la Madre de las Aguas. Le pediré que intervenga en nuestro favor.

Bastó un gesto de su parte para que las mujeres vestidas de blanco se pusieran en movimiento. Mientras dos de ellas la ayudaban a levantar del diván su cuerpo hinchado y deforme, otra cogió del altar el recipiente adornado con conchas y fue a depositarlo en medio de una estera tendida en el suelo. La cuarta, que había salido de la tienda, regresó poco después sujetando por las patas una gallina blanca que aleteaba ruidosamente.

Como no entendía qué estaba pasando, Mezzanotte volvió la cabeza hacia el General para pedirle que lo iluminara, pero el viejo le ordenó con una mirada severa que guardara silencio.

La sacerdotisa y las cuatro mujeres se sentaron en círculo alrededor del recipiente. Entonaron a coro una especie de invocación a media voz en una lengua desconocida para él, y una de ellas la acompañaba haciendo tintinear una campanilla.

En un determinado momento, y sin que la letanía se interrumpiera, *maman* mandó que le pasaran el cuchillo. Con él degolló la gallina, que una de sus ayudantes sujetaba para que se estuviera quieta. Dejaron que la sangre que brotó de la herida cayera dentro del recipiente.

Cuando la gallina se hubo desangrado, el canto cesó y una de las mujeres se levantó para ir en busca de una tablilla cubierta de una capa de arena finísima. La colocó delante de la sacerdotisa y la alisó cuidadosamente con una espátula. *Maman* extrajo unas pequeñas conchas de una taleguita de lienzo y, tras agitarlas entre las manos cerradas a modo de copa, las tiró sobre la tablilla. Estudió atentamente su colocación y luego se puso a dibujar con el dedo sobre la arena unos trazos que unían unas con otras, farfullando entre dientes como si estuviera efectuando complejos cálculos mentales. Recogió las conchas de la tablilla, cuya superficie alisó de nuevo, las agitó y las volvió a tirar. Repitió la misma operación siete veces.

Finalmente, la sacerdotisa levantó la cara y miró al General con aire grave.

—La diosa ha aceptado acudir en nuestra ayuda. Me hará saber dónde se esconde Adam. Pero nos pone en guardia: el tributo de sangre que habrá que pagar a Koku por capturarlo será muy alto.

—Estamos preparados, *maman*.

La sacerdotisa sacudió la cabeza.

—El ritual ese..., no debería habérselo enseñado nunca.

—No es culpa tuya, *maman*. Lo que pasa es que la cabeza no le funciona como es debido. Probablemente se habría inventado cualquier otra cosa.

—Sin embargo... Tal vez, si no lo hubiera iniciado nunca en Koku...

—Puede ser, pero ¿cómo ibas a saberlo? Te prometo que haremos todo lo que haga falta por cogerlo vivo.

—Te lo agradezco —dijo ella con voz triste—, pero me temo que no será posible. Cuídate más bien de traerme sana y salva tu vida, General.

Apoyó las manos en las piernas que tenía cruzadas y empezó a salmodiar unas palabras incomprensibles con voz átona y la mirada clavada fijamente ante sí. Al cabo de unos minutos un temblor sacudió su cuerpo y el ojo sano se giró hacia atrás dejando ver únicamente el blanco de la esclerótica. En el preciso instante en que ocurría eso, la pitón se despertó y salió de la tienda deslizándose silenciosamente.

Mientras el General lo sacaba a rastras, Mezzanotte volvió la cabeza para mirar una vez más a la desfigurada mujer, que parecía haber perdido el conocimiento. Temblaba y sudaba copiosamente, asistida por las mujeres de blanco que le limpiaban el rostro e impedían que perdiera el equilibrio y se cayera de lado. Una vez fuera del santuario, en un intento por desahogar su desconcierto, Riccardo tomó la palabra.

—¿Qué coño es eso a lo que hemos asistido ahí dentro? ¿Qué eran todas esas payasadas? ¿Eh? ¿Pensáis hacer algo en concreto para encontrar al Fantasma o dejaréis que mate a Laura sin mover un dedo?

—Acaba de concedérsenos la ayuda que necesitábamos —respondió con toda tranquilidad el viejo—. *Maman* ha ido a buscarlo.

—Pero si no se ha movido de ahí...

—Dan, la serpiente. Ya te lo he dicho, ¿no?, que ella puede ver a través de sus ojos. Mami Wata la conducirá hasta el escondite de Adam.

Mezzanotte se vino abajo. ¡Era increíble! Si aquellos eran los medios especiales con los que contaba el viejo para localizar al Fantasma, estaban apañados. Los Hijos de la Sombra no serían ciegos o caníbales, pero pirados sí que estaban, de eso no cabía la menor duda. Y lo que era aún peor, en sus manos estaba el destino de Laura.

Se había hecho la ilusión de que con su ayuda podría salvarla, pero en ese momento se le presentaba la duda de si depositar sus esperanzas en aquella gente no suponía un error de colosal tamaño.

—Entonces ¿qué es lo que debería pasar ahora? —musitó con resignación Riccardo, totalmente descorazonado.

—No nos queda más que esperar. Es posible que no se esconda muy lejos de la estación. En cuanto *maman* vuelva y nos diga dónde tiene su guarida, nos pondremos en marcha.

Mezzanotte lanzó al viejo una mirada perpleja. Parecía racional y equilibrado. Sin embargo, estaba convencido de que aquella mujer podía localizar el escondrijo del Fantasma sin moverse de su tienda, a través de los ojos de un reptil al que una entidad sobrenatural debía indicar el camino.

—¿Pero de verdad tú crees en estas cosas?

—Si te refieres al vudú, no puedo decirte con sinceridad que sea uno de sus seguidores. Tampoco era creyente en mi vida anterior. El consuelo de la fe es algo a lo que nunca he tenido acceso. Quizá por eso la muerte de mi mujer y de mi hija me sumió en la desesperación.

—Entonces ¿qué haces aquí, al lado de esa mujer?

El General tardó unos segundos en responder.

—He dicho que no tengo fe en el vudú en cuanto religión, joven, pero en lo más profundo de mi corazón creo en ella. Creo en lo que le he visto hacer. Creo en todo esto —y con un amplio gesto de la mano señaló el poblado que se extendía ante ellos—. *Maman* ha sabido darme de nuevo un objetivo, a todos los que viven aquí abajo les ha ofrecido una nueva vida, y si lo ha conseguido a través del vudú, bienvenido sea. No sé si se trata de un milagro, de magia o de una simple ilusión o de algún tipo de truco. He renunciado a intentar explicarme cómo puede *maman* hacer ciertas cosas. Me basta con saber que en la mayor parte de los casos funciona.

Mezzanotte no supo cómo tomarse las palabras del viejo. No se sentía muy cómodo con las cuestiones espirituales.

—La sacerdotisa..., *maman*... Háblame de ella.

—¿Qué quieres saber?

—Todo. De dónde viene, quién le ha desfigurado así la cara, qué la ha traído a los sótanos de la Central.

—No será tiempo lo que nos falte. Puedo contarte su historia, tal como ella me la contó a mí. Pero, mientras tanto, vayamos a comer algo. Yo diría que esta noche nos lo hemos ganado.

Me llamo Eki Osakue. Nací en un pequeño poblado rural al norte del estado nigeriano de Edo, donde mi padre era el sacerdote vudú. Consagrado al dios del rayo, Shango, era muy apreciado por sus dotes de adivino y de curandero. A partir del momento en que los pentecostales llegaron también a aquella zona perdida y erigieron una iglesia en un poblado cercano, cada vez eran menos las personas que practicaban la religión de nuestros antepasados, pero él seguía teniendo cierta influencia. Acudían a consultarlo de muy lejos, y era a él, y no a los pastores cristianos, a quien visitaban incluso algunos conversos cuando se les presentaban problemas de especial gravedad. Gracias a su posición privilegiada, gozábamos de muchas comodidades y vivíamos en una de las po-

cas casas de fábrica que había en el poblado, compuesto todavía en gran parte de chozas de arcilla con el tejado de paja.

Sus dos esposas le habían dado cinco hijos, tres la primera y dos la segunda. Yo era la primogénita. Fascinada por el vudú desde mi más tierna infancia, pasaba mucho tiempo con él. Lo acompañaba al bosque en busca de hierbas y raíces, lo ayudaba en la fabricación de fetiches, asistía a los rituales curativos y adivinatorios, y participaba en las ceremonias. Observaba, escuchaba y aprendía.

Deseaba ser sacerdotisa y mi sueño era ocupar el puesto de mi padre cuando él fuera demasiado viejo. Tenía quince años cuando encontré el valor necesario para hablarle de ello y supuso una desilusión muy amarga descubrir que mi sueño nunca se haría realidad. El jefe del poblado se había reunido ya con los ancianos para hablar de la cuestión y designar a su sucesor. Mi padre propuso también mi nombre, pero la elección del consejo recayó en su joven aprendiz, un huérfano al que papá había recogido de la calle para que mantuviera el santuario en orden y lo ayudara en sus numerosas tareas. A mí el chico nunca me resultó simpático. Lo encontraba obtuso, arrogante y poco de fiar, y estaba segura de que yo sabía mucho más que él en materia de vudú. Cuando le pedí que me aclarara las cosas, papá respondió con vaguedades, pero yo intuí la verdad: no querían a una mujer como sacerdote. Una injusticia que me humilló y me llenó de rabia.

Algún tiempo después oí en el mercado a unas mujeres hablar de una sacerdotisa de Mami Wata que acababa de instalarse junto con algunas seguidoras en una choza de pescadores abandonada, a orillas del río que discurría no lejos de nuestro poblado. Se trataba de un vodún del que yo no sabía gran cosa, pues su culto no estaba muy extendido en nuestra zona. Entre los rumores que había oído sobre ella destacaban los que habían hecho correr los predicadores pentecostales, para los cuales era una encarnación del demonio tentador, que llevaba a los hombres a la perdición e incitaba a las mujeres a adoptar conductas lascivas e inmorales. Según una de las *historias que contaban, Mami Wata solía emerger del agua mostrándose a los hombres de los que se encaprichaba con la apariencia de una sirena de belleza perturbadora, para luego seducirlos y arrastrar a aquellos que más satisfacción le daban durante la cópula hasta su reino submarino, del que no volvían jamás.*

Pregunté a mi padre qué pensaba de ella, y él me puso en guardia: Mami Wata, como evidenciaba su piel más clara, era de origen extranjero, procedía de ultramar, como los blancos, por lo que era poco de fiar. Era una divinidad poderosa, pero también voluble y cruel. Su cólera podía resultar destructiva.

Pero yo era curiosa, como siempre que andaba de por medio el vudú, así que una noche me dirigí al río y, oculta entre el follaje, espié el desarrollo de una ceremonia. Quedé hechizada por la sensualidad dulcemente impetuosa de la música y de los bailes, y en el camino de vuelta mi corazón rebosaba de una serenidad lánguida y satisfecha.

A partir de la mañana siguiente empecé a sentirme rara. Tenía una sensación de desapego de todo lo que me rodeaba y un vago malestar minaba mi cuerpo. Pasé noches inquieta debido a unos extraños sueños en los que el agua constituía un elemento recurrente.

Al cabo de unos días, un impulso ingobernable guio de nuevo mis pasos hasta el río. No pude evitarlo, me quité los vestidos y me zambullí en el agua. Aquel baño fue en verdad una cura para mí. Al volver a la orilla, junto a mi ropa encontré a una mujer sonriente, vestida de blanco. Se llamaba Olaitan y era la sacerdotisa de Mami Wata. Le conté que había asistido a escondidas a una de sus ceremonias y que desde entonces ya no era la misma. La mujer me explicó que mis trastornos eran un signo de la llamada de la diosa. Debió de fijarse en mí aquella noche, cuando estaba escondida entre los árboles. Se había encaprichado de mí y deseaba que me uniera a las filas de sus adeptos.

Me habló largo y tendido de Mami, como la llamaba confidencialmente, de lo hermosa y sensual que era, de su amor por la limpieza y la pureza, de su gentileza y su amabilidad. La mayoría recurría a ella en busca de dinero o de éxito, para curar alguna enfermedad o para lograr concebir un hijo. Pero a Olaitan, más que los dones materiales que la diosa podía otorgar, le interesaban los espirituales: la prudencia, la sabiduría, la serenidad del ánimo. Y, en especial, su capacidad de infundir en las mujeres la determinación necesaria para ser autónomas y abrirse paso en un mundo dominado por los hombres utilizando su inteligencia y su poder de seducción. Era eso, según dijo, lo que asustaba a muchos y lo que los inducía a propagar falsedades sobre ella. Por supuesto, Mami amaba el lujo, era frívola y coqueta, voluble y a veces caprichosa, pero ¿qué mujer consciente de su propio encanto no lo es, un poco por lo menos? No obstante, era celosa, eso sí, exigente y vengativa. A cambio de sus favores reclamaba una fidelidad absoluta. Y si bien sabía mostrarse generosa y protectora con quien la honraba, su furia se abatía sin piedad sobre los que transgredían los compromisos secretos contraídos con ella.

Empecé a ir regularmente al río, y a participar en los ritos y las celebraciones. En menos que canta un gallo, mis síntomas desaparecieron y volví a sentirme bien. Unos meses más tarde me inicié en el culto y, bajo la guía de Olaitan, emprendí el recorrido que me llevaría a convertirme en sacerdotisa. Desde el momento en que, durante la ceremonia de iniciación, fui poseída por Mami Wata, noté que una fuerza nueva y desconocida bullía dentro de mi cuerpo.

Lo mantuve en secreto, porque las ceremonias que se desarrollaban al atardecer a la orilla del río eran cada vez más multitudinarias y porque el hecho de que mucha gente de la zona —mujeres, sobre todo— hubiera empezado a descuidar la iglesia cristiana y los santuarios vudú locales estaba provocando un descontento generalizado. Los pastores pentecostales, en particular, arremetían cada domingo desde el púlpito contra Olaitan con sermones inflamados.

Para mí todo cambió el día en que reapareció en el poblado

Jimoh. Era cinco años mayor que yo y su familia vivía cerca de nuestra casa. La vida en el campo se le había quedado demasiado estrecha, de modo que hacía unos años decidió abandonar el poblado y marchar en busca de fortuna. De vez en cuando llegaban noticias suyas desde Benin City, donde, por lo que se decía, se dedicaba a los negocios y ganaba mucho dinero. No se sabía con claridad qué clase de negocios eran los suyos.

También poco claros eran los motivos de su regreso. Él decía a todo el mundo que había decidido tomarse unas vacaciones, pero no se cansaba de repetir cuánto echaba de menos la vida de la ciudad.

Jimoh podía tener muchos defectos, pero era muy apuesto y yo siempre había estado enamorada de él. Cuando se fue, yo era poco más que una niña y él ni siquiera había reparado en mí. Pero en ese momento ya tenía diecisiete años, y él devolvía mis miradas. ¡Y qué miradas!

En una ocasión mi padre nos sorprendió hablando junto al pozo y se puso hecho una furia. En casa me echó una reprimenda, me dijo que Jimoh era un mal tipo, todo el mundo lo sabía, y que estaba metido a saber en qué negocios turbios. Corría el rumor de que en Benin City lo buscaba la policía y que por eso había vuelto. En definitiva, me prohibió que siguiera viéndolo.

Naturalmente, no lo obedecí. Mi deseo era demasiado fuerte. Pensaba en él continuamente y por la noche me tocaba hasta la extenuación fantaseando sobre nosotros dos juntos. Incluso el vudú pasó a segundo plano. Dejé de ir al río, ya no dedicaba oraciones ni ofrendas al altar de Mami Wata y ni siquiera estaba muy segura de que quisiera seguir siendo sacerdotisa.

Y por fin sucedió. La primera vez lo hicimos en el bosque, a la luz de las estrellas. Él me poseyó con fuerza, con lo que me convirtió en una mujer. Viví las semanas siguientes como si estuviera en un sueño. Pasábamos la mayor parte del tiempo en su cama, desnudos y entrelazados. Decía que me quería y que cuando volviera a Benin City me llevaría con él.

Luego, mi padre murió de repente. Nadie supo explicárselo: por la noche estaba bien, y a la mañana siguiente ya no se despertó. Si no hubiera sido un poderoso sacerdote vudú, decían algunos, cabría pensar en el sortilegio de algún brujo.

Sus dos esposas y mis hermanos y hermanas, destrozados por el dolor, se deshicieron en lágrimas. Yo no. Me sentía petrificada, porque en el fondo de mi corazón temía haber sido yo la causante de su muerte. Hacía mucho tiempo que descuidaba mis deberes hacia Mami Wata y, lo que es peor, había quebrantado el voto que hice en el momento de emprender el camino hacia el sacerdocio: podía seguir teniendo relaciones sexuales con hombres, pero no casarme ni establecer lazos estables; mi corazón no pertenecería a nadie más que a la diosa. Sí, era culpa mía, y en ese momento en que la había provocado sabía cuán despiadada y cruel podía ser la cólera de la Madre de las Aguas.

Corrí al río, a casa de Olaitan, para pedirle consejo, pero no encontré a nadie. El santuario había quedado reducido a cenizas. Un par de días antes, una manifestación de gentes de la zona, encabezada por los pastores pentecostales, había sacado a las sacerdotisas y a sus seguidoras de la vieja cabaña de pescadores y le habían prendido fuego. Y yo, perdida en mis delirios amorosos, no me había enterado de nada.

Pero la furia de la diosa todavía no se había aplacado. El exaprendiz de papá, que no tardaría en ser consagrado sacerdote, se había conchabado con su segunda esposa, más joven y hermosa. Juntos se habían adueñado de la casa y de toda la herencia, y dejaron a mi madre tan solo un tugurio a las afueras del poblado.

De hoy para mañana nos encontramos sumidas en tan graves apuros económicos que ni siquiera sabíamos cómo conseguir comida. No teníamos a nadie a quien recurrir, de modo que decidí ir a ver a Jimoh. Aunque lo primero que había hecho yo en mi afán por congraciarme con Mami Wata había sido romper con él, el hombre se mostró comprensivo y se avino a prestarnos dinero.

Al cabo de unos meses, sin embargo, me hizo saber que le ha-

cía falta y que debíamos devolverle el préstamo. *Evidentemente nosotras no teníamos dinero. Entonces me hizo una propuesta que me permitiría saldar mi deuda. Andaba metido en un negocio: había unas chicas de la zona que querían irse a trabajar a Europa. Él estaba asociado con ciertas personas capaces de preparar la documentación, organizar el viaje y encontrarles empleo como camareras, dependientas o mujeres de la limpieza. El precio era muy alto, por lo que las chicas tenían que comprometerse a devolverlo poco a poco con los ingresos de su futuro trabajo. Necesitaba que yo hiciera jurar solemnemente a aquellas muchachas mediante un rito vudú que saldarían sus deudas, y que las acompañara para ser su* maman, *o sea, para estar al cuidado de ellas y asegurarme de que respetaban lo acordado. Yo al principio vacilé, pero mi madre me convenció de que no teníamos ninguna otra opción.*

Me marché con Jimoh y otras seis chicas a Benin City, donde ejecuté el rito que me habían pedido en un santuario de Mami Wata. Jimoh me explicó que se trataba solo de una precaución para que las muchachas no cayeran en la tentación de engañarlo. Yo no veía nada de malo en todo aquello, antes bien, esperaba que procurándole nuevas seguidoras pudiera recuperar el favor de la diosa.

Una tras otras, las chicas fueron llevadas ante el altar, desnudas y untadas de polvos de talco. Les corté un mechón de cabellos y un poco de pelo púbico, que guardé en una bolsita junto con una foto suya; luego les hice un corte en la palma de la mano y derramé unas cuantas gotas de sangre en el interior de la bolsita, que cerré cosiéndola. Las chicas juraron que devolverían hasta el último céntimo que debían. Si cumplían su promesa, Mami Wata les proporcionaría buena suerte y bienestar, pero si osaban romperla, se abatirían sobre ellas y sus familias terribles desventuras. El voto quedó sellado con el sacrificio de una oca blanca cuya sangre fue derramada sobre el fetiche de la diosa y untada en la frente de las muchachas.

Al término del rito, Jimoh se despidió de mí sin ni siquiera mirarme a la cara. Las chicas y yo nos quedamos al cargo de unos desconocidos que nos sacaron de allí a rastras de muy malas maneras. Un pequeño autobús nos condujo al aeropuerto. Allí nos esperaba un acompañante que tenía nuestros billetes y documentación falsa. Para todas nosotras era el primer vuelo, por lo que subimos a bordo del avión entre gritillos de nerviosismo y miedo. Al cabo de varias horas aterrizamos en Milán, en el norte de Italia. El hombre que había viajado con nosotras nos depositó en un apartamento destartalado en un gigantesco bloque de pisos de la periferia de la ciudad. Nos recibieron tres compatriotas de aspecto amenazador y maneras brutales. El que se las daba de jefe me llevó aparte y me explicó sin muchos circunloquios lo que se esperaba de mí: las chicas se pondrían a trabajar al cabo de unos días; yo tenía que asegurarme de que lo hacían puntualmente, atender a sus necesidades cotidianas y, sobre todo, velar por el cumplimiento de su promesa de devolver la deuda contraída con la organización; a cambio me entregarían una cuota de sus ganancias, y yo, a mi vez, tenía que dársela a ellos, aunque podía quedarme con la parte que me correspondía. Solo que lo que esperaba a las muchachas no era ninguno de los empleos de los que les habían hablado antes de emprender el viaje. No, lo que tenían que hacer era prostituirse. A mí me tocaba explicárselo y convencerlas de que no debían crear problemas, y podía recurrir, en caso de necesidad, al vudú para asustarlas. Si ellos se veían obligados a intervenir directamente, sería peor para todas. Para las chicas en primer lugar, pero también para mí.

Tenía la sensación de estar viviendo en una pesadilla de la que no lograba despertar. Con lágrimas en los ojos pedí que me permitieran llamar por teléfono a Jimoh. Me dijeron que nunca habían oído hablar de él, y luego me recordaron que yo también había contraído una deuda con ellos. Si no estaba dispuesta a desempeñar el cometido que me había sido asignado, siempre podía hacer la calle con las otras chicas.

Aquella fue, con mucho, la cosa más horrible y penosa que había tenido que hacer hasta entonces. No olvidaré jamás las caras de mis compañeras de viaje al descubrir lo que las esperaba.

Durante más de un año fui la celadora de aquellas pobres muchachas, algunas de las cuales eran menores de edad. Ya no me consideraban una de ellas, sino una cómplice de los proxenetas, y al tener que vivir a su lado me veía obligada a respirar incesantemente la inquina y el rencor que sentían hacia mí.

Mi situación era solo ligeramente mejor que la suya. Desde luego no tenía que prostituirme, aunque el trabajo que me veía obligada a hacer me resultaba también odioso. A diferencia de ellas, disponía de una habitación solo para mí y tenía libertad para salir del piso, pero me sentía muy sola, privada como estaba del consuelo que las chicas encontraban en la solidaridad mutua. Comer se convirtió en mi único desahogo, y acabé por engordar de un modo desaforado. Día tras día veía ante el espejo cómo mi belleza se marchitaba al igual que mi inocencia.

Rezaba continuamente a Mami Wata frente al altar improvisado que había fabricado en mi cuarto, le presentaba ofrendas y celebraba sacrificios en su honor suplicándole que viniera en mi ayuda. Pero la diosa, desdeñosa, no me escuchaba.

Y yo temía saber por qué: había utilizado en su nombre un rito para tener sometidas a aquellas muchachas. Ella ofrecía como regalo la libertad, y yo, en cambio, había hecho de ellas unas esclavas mediante el engaño. El hecho de que no lo supiera, de que yo misma hubiera sido engañada, no bastaba para redimirme. No merecía su benevolencia.

De un modo u otro, las chicas acabaron por resignarse y adaptarse como pudieron a la situación. Por otro lado, sus propias familias las animaban en las cartas que les enviaban. A sus parientes lo único que les importaba era que mandaran dinero a casa, el modo en que lo ganaran era secundario.

Todas menos una. Convencer cada noche a Peach —la única entre nosotras de religión cristiana— de que saliera a hacer la calle era toda una empresa. *Más de una vez tuve que recordarle lo que les ocurriría, a ella y a sus familiares, si rompía la promesa que había hecho ante Mami Wata. Pero la chica seguía sin atender a suficientes clientes y ganaba menos que las otras, de lo que nuestros explotadores se quejaban conmigo.*

Al final decidieron darle una lección recurriendo a los medios contundentes con que a menudo nos habían amenazado. La encerraron con llave en una habitación y cada día entraban a pegarle y violarla. Sus gritos desgarradores llenaban el piso durante horas. Fue demasiado. Yo no podía soportar la idea de ser cómplice de aquello. Antes de que volvieran por tercera vez, la ayudé a escapar. Debería haberlo hecho yo también, lo sabía, pero en aquellos momentos no me veía capaz de abandonar a su suerte a las otras chicas.

Ingenuamente esperaba que la puesta en escena que había ideado —me hice adrede una herida en la cabeza y aseguré que Peach me había dado un golpe y me había quitado las llaves de la casa— me protegería. Pero me equivoqué. Yo era la maman, *las chicas estaban bajo mi tutela. Al no poder infligir a Peach un castigo ejemplar que disuadiera a las demás de cualquier intento de rebelión, la tomaron conmigo. Me molieron a golpes, abusaron de mí de las maneras más indignas imaginables y luego me echaron en la cara un frasco de ácido y me abandonaron medio muerta bajo las arcadas del paso elevado de las vías donde trabajaban las chicas, para que todas pudieran verme.*

Horas después, encontré la fuerza necesaria para levantarme y me puse a caminar a trompicones siguiendo la muralla de las vías. Me dolía todo y el escozor en la cara era horroroso. Estuve andando mucho rato. Cerca de la gran estación blanca me topé con una puertecita entreabierta y me colé por ella. Guiada por el instinto de un animal herido, lo único que deseaba era llegar a un lugar oscuro y remoto en el que morir. Recorrí pasillos y tramos de escaleras, hasta que por fin llegué a unos sótanos sucios y malolientes.

Me arrojé al suelo en un rincón y allí me quedé, inmersa en un

sufrimiento atroz, presa de delirios causados por la fiebre, sin co-
mer ni beber, esperando que la muerte arramblara finalmente
con todo aquel dolor.

Durante uno de los breves intervalos de lucidez que la fiebre
me concedió, vi a unas personas a mi alrededor. Tenían la cara
sucia y vestían harapos. Me dieron agua y curaron mis heri-
das como pudieron. Uno de ellos, de barba y pelo blanco, me
susurró:

—No te preocupes, cariño. Nosotros nos ocuparemos de ti.

Débilmente iluminado por el lívido resplandor de las luces de seguridad, el amplio túnel se adentraba en las entrañas de la ciudad como si fuera un fétido tubo digestivo. El General, Mezzanotte y otros diez hombres, unos provistos de armas de fuego y otros de arcos y lanzas, caminaban silenciosos en fila india casi rozando la pared negra de hollín. Cuanto más avanzaban, más espaciados estaban los grafitis y las pintadas garabateados con aerosoles. El horario de servicio ya había finalizado, por lo tanto no corrían el riesgo de que el maquinista de algún convoy de paso los viera, ni, todo sea dicho, de acabar arrollados por él.

La sacerdotisa había salido del trance al cabo de tres horas. Exhausta, necesitó algo de tiempo para recuperarse y poder hablar. Había localizado a Adam, o al menos eso aseguraba. Su escondite se encontraba en el metro. Añadió además una cosa muy rara que Mezzanotte no entendió bien.

—La chica, General... Tiene algo..., es especial. Haz lo que sea necesario para traerla viva.

Basándose en las indicaciones proporcionadas por *maman*, el viejo acabó por convencerse de que había localizado el sitio: una doble galería de servicio, poco frecuentada por los trenes, que unía la línea 2 con la línea 3 del metro entre la estación de la Central y la de Caiazzo.

A pesar de que ya era la una pasada y de que habían tenido que librar una batalla pocas horas antes, el General decidió no aguardar al día siguiente: la cacería debía empezar de inmediato. A la pregunta de si seguía pensando participar en la misión, Mezzanotte contestó que sí, aunque sin demasiado entusiasmo. No se hacía ilusiones, era probable que solo fuera una pérdida de tiempo, pero siempre era mejor que quedarse de brazos cruzados en el poblado.

Al salir del santuario se cruzaron con el gitano que había medicado a Mezzanotte a su llegada. Parecía preocupado y con prisa, por eso el General le preguntó si algo no iba bien.

—Los Antiguos —dijo el hombre antes de meterse en la tienda—. Tengo que ver a *maman*, su estado está empeorando.

Llevado por la curiosidad, Mezzanotte preguntó al viejo quiénes eran los Antiguos.

—Los padres de Adam —respondió—. Los llamamos así porque viven aquí desde mucho antes de que llegáramos nosotros. Son unos personajes amados y respetados en todo el poblado, casi una especie de padres fundadores. Ya son viejos y están enfermos, y desde que su hijo, al que están muy unidos, se escapó, su estado de salud no ha dejado de deteriorarse.

A Mezzanotte le habría gustado enterarse de algo más, pero el viejo cortó por lo sano.

—Ahora tenemos otras cosas de las que ocuparnos. Debemos organizar la expedición.

Se metieron en la estación de metro de la Central a través de uno de los numerosos pasadizos secretos que solían utilizar los Hijos de la Sombra. Se hallaba desierta, pero, para no ser captados por las cámaras de vigilancia, se vieron obligados a moverse con extrema cautela y tuvieron que inutilizar algunas de ellas. Según el General, en vista de la facilidad con que aparecía y desaparecía de la estación, no era muy verosímil que Adam siguiera siempre aquel itinerario, debía de haber descubierto alguna ruta alternativa que incluso ellos desconocían.

Desde la entreplanta de la parada, bajaron furtivamente a las vías y se adentraron en los túneles. Al principio, Mezzanotte estaba muy atento a no rozar los raíles con los pies, pero el General le hizo saber que en Milán solo la línea roja se alimentaba desde el suelo y que en la verde la corriente pasaba a través de unos cables colgados sobre las vías, de modo que no corría ningún peligro de quedar fulminado por pisar un raíl electrificado.

Más o menos a mitad de camino respecto a la siguiente parada, se toparon con una ramificación. Un par de galerías más pequeñas, con una única vía, se desgajaban de la línea principal.

—Este es el sitio —anunció el viejo, quitándose el fusil del hombro y abriéndolo para comprobar si estaba cargado—. De ahora en adelante, máxima prudencia y ojos bien abiertos.

Al no saber cuál de los dos túneles de conexión era el que debían tomar, se metieron en uno de ellos al azar. Moverse por allí resultaba más fácil, dado que en paralelo a la vía corría una cómoda acera más alta que el nivel de los raíles. Mezzanotte notó el nerviosismo que traslucían las caras de los hombres a su alrededor. Caminaban cautelosos empuñando las armas, controlando cualquier nicho u oquedad que encontraran, como si temieran que de ellas saliera al diablo en persona.

De repente, en la bóveda del túnel resonó un estrépito metálico que los hizo estremecer a todos. El General ordenó a los dos hombres que en aquel momento marchaban en cabeza que se quedaran donde estaban y se acercó a ellos lanzando maldiciones. Se arrodilló para examinar el terreno. Había un finísimo hilo de nailon tendido a lo largo de la acera. Uno de sus cabos debía de estar atado a una pila de latas escondidas entre los raíles, por debajo de donde ellos avanzaban. Al chocar con el hilo las habían hecho caer ruidosamente al suelo.

—Hemos llamado al timbre de su casa —murmuró el viejo apretando los dientes—. Ahora que Adam está al tanto de nuestra llegada, tendrá todo el tiempo que necesite para prepararnos una acogida digna.

—¿Por qué tanta preocupación? —preguntó Mezzanotte acercándose a ellos—. Aun admitiendo que lo encontremos, cosa que no doy por descontada, somos doce contra uno. Al templo celta te llevaste menos hombres.

El General parecía afligido.

—Comparada con lo que nos espera, la batalla del templo ha sido una excursión de fin semana. Te lo repito, no hay que infravalorar a Adam. Es muy peligroso, sobre todo si tiene al espíritu de Koku dentro de su cuerpo. ¿Sabes cuál es el don que otorga a sus seguidores?

Mezzanotte se quedó pensativo unos instantes.

—La invulnerabilidad en la batalla, si no recuerdo mal. Pero son solo...

—Fuerza sobrehumana, inmunidad ante el miedo, resistencia a la fatiga, insensibilidad al dolor... —lo interrumpió bruscamente el viejo—. No es para luchar contra un hombre que debemos estar preparados, sino para enfrentarnos a un poder de la naturaleza animado por un furor destructivo y sanguinario.

Unos diez minutos después dieron con una puerta metálica comida por la herrumbre. Por medio de gestos, el General ordenó a uno de sus hombres que se preparara para abrirla y a todos los demás que se colocaran a ambos lados. Mezzanotte consideraba toda aquella pantomima excesiva y un poco ridícula —¡ni que estuvieran a punto de irrumpir en una guarida de Al Qaeda!—, pero también él se hizo a un lado y se pegó al muro.

El hombre que estaba delante de la puerta, un cincuentón fornido, con espesas patillas negras y un sudor frío recorriendo todos sus músculos, hizo el intento de accionar el tirador. No estaba cerrada con llave. A una señal del General, la abrió de par en par mientras los demás se preparaban para lanzarse al interior.

Se oyó un chasquido seco, seguido de inmediato de un ruido sordo y un gemido ahogado.

Los Hijos de la Sombra retrocedieron entre exclamaciones de horror. Mezzanotte tardó unos segundos en darse cuenta de que el tipo al que se había confiado la tarea de abrir la puerta se había quedado inmóvil en la entrada. Riccardo se puso blanco como la cera al comprobar que la punta de una estaca puntiaguda sobresalía por su espalda. Lo habían dejado seco.

Más allá del cadáver empalado se extendía una densa oscuridad. Encendieron las antorchas, que alumbraron un largo pasillo al que daban varias puertas. Escombros y desechos abarrotaban el suelo, del techo colgaban telarañas deshilachadas, la pintura de las paredes estaba hinchada por la humedad y llena de manchas de moho. Debían de ser dependencias de servicio en desuso, tal vez utilizadas en un tiempo ya lejano por los encargados del mantenimiento de las líneas. En el interior no había ni un alma y, a diferencia de lo que ocurría en los túneles, la luz no funcionaba.

Tras retirar el cuerpo sin vida de su compañero, que obstruía la entrada, los hombres, espoleados con rudeza por el General, empezaron a inspeccionar el lugar, aunque con cierta renuencia. Mezzanotte se detuvo a estudiar la trampa que había dejado tieso a aquel pobre hombre, enfocándola con la luz frontal de su casco, que acababa de ponerse. Habían colocado una tabla de madera rematada por un pequeño palo puntiagudo encima de la puerta, de modo que, cuando esta se abriera, cayera de golpe. Un mecanismo muy ingenioso en su tosca sencillez. Y de una eficacia letal.

¿A quién se le habría ocurrido colocar esa trampa, se preguntó inquieto Riccardo, sino al Fantasma? ¿Y si, a pesar de su escepticismo, habían descubierto realmente el escondite de Adam? En tal caso, era posible que también Laura estuviera encerrada allí, en algún sitio.

Tenía la desagradable sensación de que la pesadilla no había hecho más que empezar. Lo peor estaba todavía por venir. Como si ese pensamiento hubiese sido una premonición, un grito desgarrador lo obligó a darse la vuelta de forma repentina.

Sin advertirlo, uno de los hombres había metido el pie en un sumidero escondido debajo de unos trozos de cartón. Largas esquirlas de vidrio fijadas con cemento a las paredes del agujero habían destrozado la pierna del infortunado casi hasta la altura de la rodilla. Para lograr extraerla, los compañeros que habían acudido en su auxilio no pudieron evitar rematar el destrozo.

—Trampas de estilo Vietcong —le explicó el General mientras curaban el miembro desgarrado del hombre con medios improvisados, con el fin de detener las abundantes hemorragias—. En mis tiempos fui un experto en técnicas de guerrilla. Veo que Adam ha aprendido muy bien mis enseñanzas.

—Debo pedirte disculpas —dijo Mezzanotte, bastante alterado—. Sinceramente, no habría apostado ni un euro a la posibilidad de encontrar algo aquí.

El viejo chasqueó la lengua.

—Ya te lo he dicho. No sé cómo se las apaña *maman*, pero el caso es que acierta.

Reanudaron la inspección multiplicando las precauciones. La tensión estaba por las nubes entre los hombres. Parecían nerviosos y amedrentados, más o menos como el propio Mezzanotte. El único que no había perdido su sangre fría era el General. Excepto una que estaba cerrada con llave, entraron en todas las habitaciones que daban al pasillo, una tras otra. Todas vacías. En una de ellas consiguieron evitar sin sufrir daños una tercera trampa.

Sobre la puerta situada en el extremo opuesto del pasillo habían colocado un dispositivo idéntico al primero, pero este fue fácil de localizar y desactivar, pues era perfectamente visible desde el interior. La puerta conducía al túnel gemelo de aquel por el que habían llegado.

Miraron por todas partes, pero, del Fantasma, ni rastro.

¿Dónde demonios se había metido? ¿Se había largado antes de que ellos llegaran? ¿O se había atrincherado en la habitación que tenía la puerta cerrada, quizá con Laura? Siempre y cuando no llevara clausurada desde tiempo inmemorial.

¿Qué podían hacer? Descerrajar o echar abajo aquella plancha de metal gruesa y robusta no era ninguna broma y, en cualquier caso, si de verdad estaban dentro los dos, cualquier tentativa de irrupción pondría en peligro la vida de la rehén.

Un repentino estrépito arrancó a Mezzanotte y al General de los dilemas que los atenazaban. Ahí estaba. Adam apareció en medio del pasillo, por detrás de uno de los Hijos de la Sombra, al que sujetaba por el pescuezo apuntándolo con un cuchillo. Era fácil creer que se había materializado de la nada como por arte de magia, pero Riccardo no tuvo más que levantar la vista al techo para comprender que había saltado al suelo por una boca del sistema de ventilación. Había estado todo el rato escondido en los conductos de aire espiándolos a través de la rejilla.

Sus ojos anómalos refulgían con una exaltación cruel mientras miraba con aire desafiante a sus excompañeros. El joven magrebí al que amenazaba con la hoja del cuchillo en la garganta lloriqueaba aterrorizado.

—Adam, te lo ruego, no lo hagas —le suplicó el General bajando su fusil—. Tira el cuchillo y ven conmigo. Volvamos a donde está *maman* y hablemos juntos con calma. Lo solucionaremos todo, ya verás.

La única respuesta del Fantasma fue una sonrisa obscena que asomó a su rostro. Sin la más mínima vacilación, con una frialdad espantosa, hundió la hoja del cuchillo en la carne del muchacho.

Mientras la sangre salía a borbotones del cuello rebanado de la víctima, bombeada por el corazón moribundo, Adam lanzó el cuchillo contra el Hijo de la Sombra que tenía más cerca, hundiéndoselo en el pecho, y, a continuación, sacó la pistola de debajo de su capa y empezó a disparar. Enseguida quedó claro que apuntaba a los hombres que llevaban las antorchas, y más de una se apagó al caer al suelo. Buscaba la oscuridad, su mejor aliada.

El General y los suyos respondieron al fuego al tiempo que intentaban ponerse a cubierto, pero solo consiguieron dar en el cadáver del joven que el Fantasma seguía sujetando con un brazo a modo de escudo. También Mezzanotte sacó su pistola, pero tenía la línea de tiro tapada y, de todos modos, le temblaba tanto la mano que difícilmente habría dado en el blanco.

Durante un puñado de minutos que parecieron prolongarse de forma desmesurada, el pasillo se convirtió en la antesala del infierno. En la semioscuridad desgarrada por los fogonazos de los disparos, los gritos y las detonaciones se superponían produciendo un estruendo ensordecedor. El aire estaba impregnado de olor a sangre y a cordita, hasta el punto de resultar casi irrespirable.

Sin dejar de disparar, el Fantasma retrocedió arrastrando consigo el cuerpo acribillado a balazos del muchacho. Luego lo soltó y con su agilidad simiesca saltó por la puerta situada al fondo del pasillo y se dio a la fuga por el túnel del metro. El General espoleó a los hombres que aún quedaban en pie para que lo siguieran y él mismo se lanzó en su persecución.

Al quedarse solo en medio de la calma y el silencio que habían caído a su alrededor como un sudario, Mezzanotte tuvo que apoyarse a la pared para no caer al suelo. Sentía vértigo y las náuseas le retorcían el estómago. Ya se había visto envuelto en un enfrentamiento a tiros con anterioridad, pero nada comparable ni de lejos con aquella matanza. Reconoció el terreno con la luz frontal del casco en medio de la oscuridad y la humareda dejada por el tiroteo: contó cuatro cuerpos tendidos en el suelo encharcado de sangre. Demasiados muertos, demasiada sangre.

Se esforzó en dar una serie de profundos suspiros, pese a que su garganta tenía apenas el tamaño de una cabeza de alfiler, hasta que la cabeza dejó de darle vueltas y el temblor de las manos se redujo y alcanzó unos niveles aceptables. Su primer impulso fue unirse a los otros en su persecución del Fantasma, pero entonces se acordó de que en la habitación con la puerta cerrada podía estar Laura.

Se puso a dar puñetazos en la puerta metálica gritando su nombre.

—Laura, Laura, ¿estás ahí dentro?

Pasó un rato antes de que un susurro vacilante llegase a sus oídos.

—¿Quién es? ¿Cardo? Cardo, ¿eres tú?

La había encontrado. Por fin la había encontrado. Poco faltó para que se pusiera a llorar de alegría.

—Sí, soy yo. ¿Tú estás bien?

—Sí, sí. ¡Oh, Dios mío, Cardo, empezaba a perder las esperanzas... ¡Qué contenta estoy de que estés aquí!

—Yo también. ¡No te imaginas cuánto!

—Pero ¿qué ha pasado? He oído disparos. ¿Dónde está él? ¿Lo habéis cogido?

—Luego te lo cuento. Ahora no hay tiempo. ¿Tienes forma de abrir la puerta?

—¿Cómo voy a hacerlo? Estoy encadenada a una tubería y las llaves las tiene él. ¿No lo habéis detenido?

Un rápido examen de la cerradura le confirmó lo que se temía: imposible abrirla sin las herramientas adecuadas.

—¡Mierda! Voy a buscar algo con que forzarla.

—¿No podéis utilizar un soplete? ¿Llamar a un cerrajero o algo por el estilo? No entiendo dónde está el problema.

—La situación es un poco complicada. Estoy solo y no puedo llamar a nadie. De todas formas, no te preocupes. Voy a sacarte de ahí.

Mientras daba vueltas por las habitaciones buscando febrilmente algo que pudiera resultarle útil, desde los túneles le llegó el eco amortiguado de unas detonaciones. La batalla no había terminado aún.

No encontró nada mejor que una barra de hierro de poco más de un metro de longitud. Volvió corriendo, dejó la pistola en el suelo e intentó hacerse una idea de cómo podía utilizar aquel instrumento para arrancar la puerta de sus goznes. No lo consiguió. Lo cierto era que no encontraba ningún punto por el que meter la barra de metal para hacer palanca. Se puso entonces a dar golpes rabiosamente en el cemento situado junto al marco de la puerta intentando abrir una brecha lo suficientemente grande para meterla por allí, pero los extremos de la barra eran redondeados y no se prestaban mucho a ese fin; por más fuerza que empleaba, apenas conseguía hacer algún que otro arañazo.

Al cabo de unos minutos tuvo que parar, jadeando y con los brazos doloridos. Estaba contemplando desconsolado el mínimo hueco que había conseguido abrir —a ese paso necesitaría mil años, pensó—, cuando notó una presencia a sus espaldas. Se volvió con la esperanza de que fueran el General y los suyos, que podrían echarle una mano.

No fue así. En el pasillo, en medio del cono de luz que emitía la linterna de su casco, estaba de nuevo el Fantasma. Harapiento y maltrecho, pero todavía vivo. Vivo y combativo. Con una mano empuñaba un machete cuya hoja goteaba sangre.

Avanzaba hacia él con inexorable lentitud, dando un paso tras otro, arrastrando ligeramente una pierna. Fue una alegría comprobar que, por lo menos, estaba herido.

Mezzanotte se llevó la mano a la espalda, pero la pistola no estaba allí. ¡Joder! La había dejado en el suelo. Estaba justo detrás de él, pero, si se volvía para cogerla, Adam estaba tan cerca que podría cortarle el brazo o arrancarle la cabeza antes de que él apretara el gatillo. Lo único que tenía a su disposición era la barra de hierro. No precisamente el arma ideal para enfrentarse a un machete.

Se preguntó qué habría sido de los Hijos de la Sombra. ¿Los había matado a todos? Recordó las palabras del viejo: «No es para luchar contra un hombre que debemos estar preparados, sino para enfrentarnos a un poder de la naturaleza animado por un furor destructivo y sanguinario». Sin duda, no era una exageración.

Y en ese momento aquel poder de la naturaleza estaba cabreado con él. Oponerse al pánico que desde todas las células de su cuerpo le gritaba que saliera por piernas puso a prueba su fuerza de voluntad, pero Laura estaba en la habitación que tenía a sus espaldas, y él era el único escudo que se interponía entre la joven y aquella fiera endemoniada. No lo dejaría pasar, aunque fuera lo último que hiciera en su vida.

Cuando estaba a menos de metro y medio de él, Adam se detuvo y levantó el machete, empuñándolo con las dos manos. Lo miraba con ojos llameantes de odio. Mezzanotte estaba seguro de que se acordaba de sus anteriores encuentros: el Fantasma tenía una cuenta pendiente con él y estaba ansioso por saldarla.

Se apretó la correa del casco por debajo de la barbilla. Tenía que estar atento, su vida dependía de la luz de la linterna frontal. Todas las antorchas que se habían caído al suelo estaban apagadas, salvo un par, que aún ardían débilmente. Si perdía el casco se quedaría a oscuras, completamente a merced de su adversario.

Una sonrisa feroz dejó al descubierto los dientes amarillos del Fantasma, que empezó a hacer girar lentamente el machete a su alrededor, como en aquellas pésimas películas de artes marciales que era muy poco probable que hubiera visto. Se disponía a atacar.

Bien plantado sobre sus piernas, Mezzanotte apretó nerviosamente las manos alrededor de la barra de hierro intentando sujetarla bien. En el combate con los puños se manejaba estupendamente, pero, por desgracia, su familiaridad con el uso de espadas, palos y cosas por el estilo dejaba mucho que desear.

—Cardo, ¿qué pasa? ¿Por qué has parado? ¡Por favor, sácame de aquí! ¡No soporto más seguir aquí dentro!

Laura. No tuvo manera de responder. El Fantasma escogió precisamente ese momento para descargar el primer golpe. Mezzanotte lo esquivó dando un salto atrás, y poco faltó para que la hoja afilada del machete, que se deslizó a lo largo del barrote, se llevara por delante sus dedos. Otra cosa a la que debía prestar atención.

El duelo había dado comienzo y resultó desigual desde el principio. Riccardo no hacía más que eludir los golpes, parando o esquivando con dificultad las acometidas que Adam llevaba a cabo con ímpetu furibundo sin darle un instante de tregua. La pierna herida lo perjudicaba mucho menos de lo que había esperado. El joven policía no tardó en darse cuenta de que no podía seguir así. Se limitaba a defenderse y, además, mal. Tarde o temprano —más temprano que tarde— uno de los golpes de su adversario daría en el blanco y, entonces, ¡adiós Mezzanotte! Había estado ya a punto varias veces. Su única esperanza era volver a equilibrar el combate trasladándolo a un terreno más favorable para él. Tenía que intentar dar el todo por el todo, aunque el paso que se le había ocurrido era tan peligroso como inconsciente.

Para desconcierto del Fantasma, Riccardo dejó caer la barra de hierro al suelo. Como vio que su adversario vacilaba, tal vez oliéndose un engaño, comenzó a burlarse de él y a provocarlo, incitándolo a dar un paso al frente. A fuerza de pasarle el capote por la cara, finalmente consiguió que Adam se lanzara a la carga. Haciendo un regate y echándose a un lado, evitó por un pelo que lo alcanzara el machete que se abatía sobre él, y se agarró con todas sus fuerzas al brazo que lo empuñaba. Intentó desesperadamente obligarlo a soltarlo, pero por más que apretaba y retorcía la muñeca de su adversario, este resistía, al tiempo que con la otra mano procuraba arrancarle de la cabeza el casco. Mezzanotte le clavó entonces los dientes en el antebrazo y mordió hasta que sintió en su boca el sabor ferruginoso de la sangre. El Fantasma abrió los dedos dando un gruñido de dolor.

Cayeron los dos al suelo y allí continuó la pelea. En ese momento Riccardo no solo recibía golpes, también los daba, pero Adam tenía los brazos más largos y, pese a su delgadez, sus músculos parecían de acero. Además, encajaba la mayor parte de los golpes como si nada.

Mientras la pelea los hacía rodar de un lado a otro, Mezzanotte intentaba no perder de vista su pistola, que, por desgracia, seguía fuera de su alcance. En un momento dado, debido a que la fatiga le restaba lucidez, cometió un error. Se lanzó hacia delante para cogerla, pero calculó mal la distancia y, antes de que llegara a alcanzarla, el Fantasma lo inmovilizó en el suelo. Le rodeó el cuello con las manos y empezó a apretar. Mezzanotte comenzó a jadear en un vano intento de tomar aire. Sentía que le fallaban las fuerzas cuando, tanteando a su alrededor, sus dedos dieron con una de las antorchas que habían caído al suelo. Vio que del trapo empapado en aceite atado a uno de sus extremos salía todavía una pequeña llama. Consiguió agarrarla y la acercó a uno de los ojos del Fantasma, que estaba encima de él. Sintió cómo su carne chisporroteaba de un modo repugnante.

En cuanto Adam se llevó las manos a la cara, Mezzanotte se lo quitó de encima tosiendo desesperado. No intentó ni siquiera alcanzar la pistola. Sin dar a su adversario tiempo para recuperarse, cogió un ladrillo del suelo y le golpeó con él la cabeza. Cuando paró, el Fantasma ya no se movía. A su alrededor había un charco de sangre que iba haciéndose cada vez más grande. Esforzándose por no pensar en la cruda realidad de que acababa de matar a un ser humano como él rompiéndole el cráneo a ladrillazos, lo registró hasta que encontró el manojo de llaves en el bolsillo de los pantalones y acto seguido se precipitó de nuevo hacia la puerta, no sin antes recoger la pistola.

—Ya estoy aquí, Laura. ¡Voy a liberarte!

La puerta se abrió de par en par y Laura se quedó mirando, con el corazón en un puño, la figura oscura que acababa de entrar en la habitación, de cuya cabeza salía una luz deslumbrante. Solo cuando él le dio al interruptor para encender la bombilla del techo pudo ver quién era y respirar de nuevo con normalidad. La alegría y el alivio que la invadieron fueron tan arrolladores que le flojearon las piernas. Era la segunda vez que Riccardo Mezzanotte irrumpía en una habitación para socorrerla. Sin duda, alguna enseñanza tenía que sacar de aquello, pero no estaba segura de cuál ni de querer extraerla. No en ese momento, al menos.

Los últimos minutos de su cautividad habían sido, con diferencia, los peores. Cuando, poco antes, Cardo la había llamado a través de la puerta, se había sentido prácticamente a salvo. Por eso supuso una desilusión muy amarga descubrir que había llegado solo y que no sabía cómo abrirle la puerta. Lo oyó golpear la pared, pero de repente dejó de hacerlo. Durante un rato se hizo el silencio y luego, sin que ella tuviera la más mínima idea de qué estaba ocurriendo, al oír ruidos de lucha la angustia se volvió a apoderar de ella. En aquel momento en que el final de la pesadilla parecía estar a un paso, cada segundo más de reclusión le resultaba insoportable. Además, temía que, si algo había impedido a Cardo liberarla, no volviera a presentársele otra oportunidad.

Después de que, gracias a aquella cancioncilla, disuadiera al Fantasma de llevar a cabo el sacrificio, las cosas mejoraron un poco para ella, pero su situación seguía siendo extremadamente precaria. Aquel hombre había mostrado un lado de su personalidad, amable y atento, que hasta aquel momento Laura solo había podido vislumbrar, y pudo comprobar que bajo aquella salvaje y primitiva rudeza se escondía un alma en el fondo buena. Consiguió incluso que le dijera su nombre e intercambiar con él unas cuantas palabras. Pero Adam seguía negándose a dejarla marchar y —la muchacha podía percibirlo claramente— la furia ancestral que lo había llevado a estar a un paso de matarla continuaba allí, en alguna parte, dentro de él, e insistía incesantemente en volver a salir a la superficie. En cuanto notaba que volvía a ganar terreno, Laura se ponía a cantar *Estrella, estrellita* y Adam se calmaba, pero aquello no podía seguir funcionando mucho tiempo. El efecto tranquilizador de su canto perdía cada vez más intensidad y duraba menos. Pronto dejaría de constituir un dique eficaz contra la tempestad que se le venía encima.

Además, durante la noche —suponiendo que fuera de noche cuando Adam se metía en su saco de dormir— había ocurrido algo. Demasiado nerviosa e inquieta para poder conciliar el sueño, Laura vio que se despertaba de golpe y aguzaba el oído. Debió de oír ruidos que a ella le habían pasado desapercibidos. Cogió sus armas y salió precipitadamente de la habitación, cerrándola de nuevo con llave. Ella se quedó inmóvil en la oscuridad, hasta que por la rendija que había debajo de la puerta se filtró una luz y se oyeron voces. Durante un rato, tuvo la tentación de intentar llamar y hacer notar su presencia, y justo cuando se había decidido a hacerlo estalló un estruendo espantoso. Asustada por aquella continua sucesión de disparos y gritos, se agazapó en un rincón y dejó de moverse hasta que oyó la voz de Cardo.

Y ahora él corría a su encuentro, con un casco de minero en la cabeza, la ropa ensangrentada, y la cara cubierta de arañazos y contusiones. Lo cierto era que los dos estaban en unas condiciones que daban ganas de tirarlos a la basura, se dijo antes de abandonarse al abrazo en el que él la estrechó con todas sus fuerzas. Por primera vez desde el comienzo de aquella pesadilla, se sintió de nuevo segura. Sabía que todo había acabado de verdad. Estaba a salvo y entre sus brazos.

Esta vez no rechazó la boca de Cardo que buscaba la suya. Entreabrir los labios y dejar que sus lenguas se encontraran le resultó lo más natural del mundo. Y mientras la tensión acumulada en su cuerpo se liberaba con la húmeda dulzura de aquel beso, no pudo por menos de pensar en todo lo que había hecho falta para que por fin superara todas sus reticencias y vacilaciones.

Deseaba que aquel momento no acabara nunca, pero fue ella quien lo hizo pedazos lanzando un grito de terror provocado por lo que vio a la espalda de Riccardo.

En el umbral de la puerta había aparecido la figura del Fantasma. Incapaz casi de sostenerse sobre sus piernas, se apoyaba en el marco blandiendo un cuchillo enorme en la mano. Laura no sabía qué le había pasado, pero tenía un aspecto horroroso, parecía una criatura de ultratumba. En el centro de la órbita chamuscada, en el sitio donde debería estar el ojo izquierdo, había una repulsiva esfera lechosa, y sus hirsutos cabellos blancos estaban cuajados de sangre, fragmentos de hueso y materia orgánica.

Mezzanotte se dio media vuelta siguiendo la dirección de la mirada de la chica.

—¡Joder, tú otra vez! —farfulló entre dientes. A continuación, sacó la pistola de la parte posterior de los pantalones y disparó.

Antes de caer al suelo, el Fantasma tuvo tiempo de inclinar la cabeza y observar con asombro el agujero humeante que se le había abierto en el pecho, a la altura del corazón, lo bastante grande para que un brazo pudiera atravesarlo.

Mezzanotte se vio obligado a sacudir a Laura por los hombros para que se recuperase del susto.

—Venga, un último esfuerzo —dijo para animarla—. Todavía no estamos a salvo, tenemos que apresurarnos a salir de aquí.

—¿Por qué? —balbució la muchacha alucinada, mientras Cardo, a sus pies, intentaba ora con una llave ora con otra abrir el candado para soltar la cadena y liberarla—. Está muerto, ya no tenemos nada que temer...

Cuando su tobillo quedó libre, Laura advirtió que a su alrededor tenía un hematoma amoratado.

—Del Fantasma no —replicó Mezzanotte cogiéndola de la mano—, pero ahora debemos escapar de los que me han ayudado a encontrarte. ¿Podrás correr pese a la herida de la pierna?

Laura asintió. Aunque no entendía nada, se dejó arrastrar fuera de la habitación sin oponer resistencia.

Recorrieron a la carrera un pasillo sembrado de cadáveres, hasta desembocar en una puerta por la que se accedía a un túnel en el cual se vislumbraban unos raíles.

Una vez fuera, él se detuvo de golpe y le apretó la mano con tanta fuerza que le hizo daño. Le bastó girarse hacia un lado para descubrir el motivo. Junto a la puerta estaba agazapado un viejo con la barba y el pelo completamente blancos, y le dio la impresión de que lo había visto en alguna parte. Tenía una herida en un brazo, que le colgaba inerte. Con el otro sujetaba el cañón de un fusil que apretaba contra la mejilla de Cardo. Detrás de él había dos hombres más, también bastante maltrechos, y un tercero que surgió por detrás de Laura y le apoyó algo frío y punzante en la espalda.

—Sabía que lo intentarías, jovencito —dijo el viejo en tono jovial—. No te culpo por ello. Pero lo siento. Sencillamente no puedo dejaros marchar.

6

Aturdida y asustada, Laura se apretaba al costado de Mezzanotte. Aquellos olores intensos y misteriosos, y todos aquellos pedacitos de cristal que giraban a su alrededor en medio de la oscuridad proyectando los reflejos cambiantes de las llamas en las paredes de la tienda la mareaban. Cuando Cardo mató al Fantasma se había creído a salvo, y en cambio habían sido capturados y arrastrados a aquel absurdo poblado subterráneo, donde, según lo que Riccardo le había contado a lo largo del camino, el viejo de la barba blanca y la sacerdotisa africana con la cara horriblemente desfigurada debían decidir lo que iba a ser de ellos. Por si fuera poco, aquella mujer espeluznante seguía mirándola con una insistencia que la incomodaba y —detalle todavía más inquietante— ella no conseguía percibir sus emociones. En general, cuando se protegía con la campana advertía al menos un eco amortiguado de lo que experimentaban las personas que tenía cerca. Con ella, en cambio, no percibía nada de nada. Nunca pensó que eso fuera posible, pero, por lo visto, aquella mujer era capaz de blindarse por completo.

Mientras el General, con un brazo vendado en cabestrillo, contaba a la sacerdotisa las dramáticas fases de la caza de Adam, Mezzanotte se exprimía las meninges en busca de una idea que pudiera sacarlos de aquel lío. Aquellos dos no tardarían en ponerse a discutir sobre su suerte. Y habría problemas.

Cuando el General puso fin a su relato, *maman*, sentada en su pequeño sofá, en medio de las sombras móviles del santuario, felicitó al viejo por haber llevado a cabo con éxito aquella misión, aunque manifestó su profundo pesar por las pérdidas sufridas.

—Dijiste que cuando resolvieras este asunto te ocuparías de los que se han atrevido a violar nuestras fronteras —añadió a continuación, temblando de indignación y de cólera—. Hace demasiado tiempo que los hombres de negro representan una amenaza para nosotros. No podemos seguir tolerándolo. Por culpa suya han muerto Adam y nuestros hermanos. Tienen que pagar por ello. Prométemelo, General. Prométeme que pagarán...

—No lo dudes, *maman*. De ahora en adelante, esa será mi prioridad —le aseguró el General. Luego, señalando a Laura y a Mezzanotte, añadió—: Pero antes tenemos pendiente otra cuestión. ¿Qué hacemos con ellos?

Riccardo se apresuró a intervenir.

—Ya os lo he dicho. Yo no tengo nada contra vosotros. Lo que yo quería era salvar a Laura, y con vuestra ayuda lo he conseguido. A cambio, os he echado una mano en el ataque de los hombres enmascarados y también parándole los pies al Fantasma. Dejad que ahora nos vayamos. No revelaremos a nadie lo que hemos visto aquí, tenéis nuestra palabra.

—¿Cómo podemos fiarnos de vosotros? —replicó *maman*—. Una vez en la superficie, nada podrá impedir que rompáis vuestra promesa...

Después de lanzar otra mirada interesada a Laura, se volvió hacia el General.

—¿Y si nos los quedamos a los dos? —sugirió.

—No creo que sea una buena idea. Ellos no son como nosotros. En la superficie los espera una vida, intentarían escapar. Y, además, hasta que los encuentren, vivos o muertos, las autoridades no dejarán de buscarlos, y eso podría conducir a otros hasta aquí.

Lo de «vivos o muertos» puso a Mezzanotte la piel de gallina. Como se temía, la discusión estaba tomando mal cariz. Necesitaba algo que poder ofrecer, algo que justificara que les perdonaran la vida aun conociendo su secreto. Y tal vez lo tenía.

—A vosotros os urge saber quién intenta adueñarse del tesoro, pero hasta ahora no habéis sacado nada en claro. Yo soy policía, puedo indagar mucho más a fondo. Dejadnos libres y descubriré para vosotros quiénes son esos hombres...

El General se mostró enseguida interesado en la propuesta, pero, antes de pronunciarse, miró a *maman* y esperó a que ella se manifestase primero.

—Podría ser —dijo la mujer tras concederse una breve pausa de reflexión—, pero con dos condiciones.

—Veamos —dijo Mezzanotte.

—La primera es que los dos juréis solemnemente que no diréis nunca a nadie ni una palabra de nuestra existencia.

—De acuerdo. ¿Y la otra?

—La chica tendrá que someterse a uno de nuestros rituales —declaró la sacerdotisa estirando lo que quedaba de sus labios para formar una especie de sonrisa—. Un rito de iniciación al culto de la diosa —especificó señalando la mesa en el centro de la cual, entre los diversos cachivaches y joyas refulgentes, destacaba el gran recipiente cubierto de costras de sangre.

—Espere... Pero ¿eso qué tiene que ver? Yo no creo que... —balbució Mezzanotte, que se habría esperado cualquier cosa menos esa.

—De acuerdo, lo haré —oyó que decía a su lado la voz suave, pero firme de Laura.

—¡Eh, no tienes ninguna obligación! —exclamó él apoyando sus manos en los hombros de la chica—. Si no te parece bien, encontraremos otro modo...

—He dicho que lo haré —reiteró Laura sin vacilar.

Todavía aturdida por todas las cosas que le habían pasado, en la cabeza de la muchacha reinaba una confusión enorme, pero tenía algo muy claro: aquella gente no bromeaba. Riccardo Mezzanotte había arriesgado su vida por salvarla, ahora le tocaba a ella hacer lo necesario para sacar a ambos de aquel atolladero. «Y, además —se dijo—, ¿qué podría ocurrirme si me someto a ese rito?». Inmediatamente después se acordó de que el Fantasma también había querido someterla a un ritual. Un ritual que contemplaba su desmembramiento.

—Estupendo. Entonces ya está decidido —dijo *maman* cogiéndola del brazo—. Dentro de poco será de día. Empecemos la iniciación de inmediato. El rito concluirá esta misma noche con una ceremonia pública. Luego seréis libres y podréis marcharos de aquí.

Antes de que Mezzanotte pudiera poner cualquier objeción, la sacerdotisa desapareció junto con Laura en la oscuridad espesa del fondo de la tienda.

—La sociedad en la que vivimos está gobernada por un mecanismo perverso —le dijo el viejo—. Nos hace creer que nos dirigimos a algún sitio y nos obliga a dar vueltas cada vez a más velocidad, como los caballos de un tiovivo, dispuesta a aplastar en sus engranajes a quien no es capaz de aguantar el ritmo.

Entre los múltiples desechos humanos que, tras ser regurgitados como los restos de un naufragio, iban a la deriva y encallaban entre los mármoles ennegrecidos de la Central, los que se hundían hasta lo más profundo de los círculos del Hotel Infierno constituían, según el General, un capítulo aparte.

Si bien los que todavía tenían fuerzas para combatir y participar en la lucha cotidiana por la supervivencia, obstinados en no renunciar a sus propios sueños hechos trizas, se quedaban en la superficie, los que bajaban a los sótanos eran en su mayoría aquellos que ya habían entregado las armas y, perdida toda esperanza, su único deseo era esconder al mundo la vergüenza de su fracaso. Desechos entre los desechos, se ocultaban en la oscuridad, donde saboreaban una quietud con regusto de muerte.

Mezzanotte pasó todo el día a la espera de la ceremonia sin tener nada que hacer, y por lo tanto tuvo ocasión de charlar largo y tendido con el General.

Se preguntó —y no era la primera vez que lo hacía— por qué el viejo confiaba tanto en él. Si bien al principio había sospechado que hablaba con tanta libertad porque sabía que al final lo mataría, después creyó que lo hacía con el sincero deseo de convencerlo de la bondad de sus intenciones, como si de verdad esperara ponerlo de su parte. No era así, obviamente, pero, desde luego, en ese momento era capaz de entender un poco mejor a los Hijos de la Sombra, y conocía con todo lujo de detalles la historia de cómo hacía quince años habían decidido emprender una nueva vida bajo un cielo de piedra.

El primer embrión de la futura comunidad se desarrolló espontáneamente alrededor de aquella muchacha africana que, pese a las condiciones desesperadas en las que se hallaba, no terminaba de encontrarse con la muerte. Al cabo de dos días, al oír cómo sus lamentos resonaban entre los pútridos muros del albergue diurno, algunos huéspedes del Hotel Infierno, entre ellos el General, acabaron sintiendo compasión por ella. Le dieron de beber y de comer, se privaron incluso de una manta para que tuviera algo con que calentarse e hicieron colectas para comprar las medicinas que necesitaba.

En cuanto se sintió un poco mejor, *maman* elevó una oración a su diosa y enseguida se dio cuenta de que algo había cambiado. Tras el acto de valentía realizado en defensa de Peach y después del martirio al que había sido sometida por ello, Mami Wata la había perdonado. No solo había dejado de negarle su presencia, sino que la joven africana la percibía con más intensidad que antes.

Tras montar un pequeño altar improvisado, empezó a celebrar ritos en su honor, aunque no tuviera la mayor parte de los instrumentos ni los ingredientes necesarios. A falta de algo mejor, utilizaba para los sacrificios las ratas capturadas con trampas que sus nuevos amigos le habían enseñado a fabricar.

El grupito de drogatas, pordioseros y sin papeles que la había ayudado asistía lleno de curiosidad a aquellas prácticas tan extrañas. Algunos empezaron a hacerle preguntas, y ella estuvo encantada de contestarles. Les habló de un mundo —el mundo del vudú— en el que todo está dominado por el espíritu, todo posee alma y vida. Por consiguiente, cualquier cosa, ya sea una flor, una piedra o una tormenta, es considerada sagrada y digna de respeto. Hay que disculparse con los animales antes de matarlos, dar las gracias a las plantas por los frutos que nos ofrecen y a la lluvia que riega los cultivos. Les habló de un mundo en el que los dioses están vivos y presentes en todas partes, e intervienen activamente en cualquier aspecto de la existencia humana. Solo depende de los hombres que puedan merecer su favor concediéndoles el bien y manteniendo a raya al mal, y no al revés.

Los desamparados que ya no creían en nada, y menos aún en ellos mismos, quedaron asombrados y fascinados. Uno tras otro pidió permiso para participar en los ritos y con el tiempo acabaron por abrazar una fe que, como sucediera ya en los tiempos de los barcos negreros que se dirigían a América, había recorrido miles de kilómetros para llegar hasta allí desde el continente africano. Mientras tanto, el Hotel Infierno no dejaba de suministrar nuevos adeptos potenciales que iban sumándose al público que asistía a las ceremonias.

Cuando terminó la larga convalecencia de *maman*, entre los que se habían reunido a su alrededor fue creciendo el temor de que se marchara. Pero ya era una de ellos. Había sido traicionada, herida y despojada de todo. Ya no tenía nada que la aguardase en la superficie. Y, además, ¿dónde habría podido ir? ¿Qué habría podido hacer con la cara en aquel estado? Allí abajo, en cambio, había personas que le tenían cariño, la respetaban y la escuchaban. Personas que la necesitaban.

Se quedó.

Gracias a la aportación de todos, se preparó un santuario en una de las habitaciones del albergue diurno. Alguien pintó incluso un mural espléndido que representaba a la diosa. A partir de ese momento, los Hijos de la Sombra, como *maman* había bautizado a su pequeño grupo de seguidores, dispusieron de un lugar de culto y sus filas siguieron creciendo.

En cuanto al General, no participaba en las actividades religiosas, pero, en compensación, se prodigaba a la hora de hacer frente a las exigencias cotidianas de la comunidad. Casi sin darse cuenta, había encontrado algo por lo que valía la pena vivir y en lo que merecía la pena comprometerse.

Había pasado ya un par de años cuando los Hijos de la Sombra se dieron cuenta de que un extraño individuo los espiaba a escondidas. Se trataba de Adam. Nadie lo había visto nunca con anterioridad y no sabían de dónde había salido, pero el subsuelo de la estación le resultaba más familiar que a todos ellos juntos. Temeroso, desconfiado y agresivo como un animal salvaje, pasó mucho tiempo hasta que lograron ganarse su confianza. Él tomó por costumbre visitarlos con regularidad, y le tomó un afecto particular a *maman*. Pasaba unos días en su compañía y luego desaparecía de nuevo en los meandros de los túneles.

Un día se decidió a revelarles la existencia del tercer nivel, donde aseguraba que vivía desde que había nacido. Le preguntaron si podían verlo y él, recorriendo caminos y pasadizos ocultos, los condujo a través del templo celta hasta la gran caverna.

Los Hijos de la Sombra eran ya bastante numerosos y el albergue diurno empezaba a quedárseles pequeño. La sacerdotisa vio de inmediato que aquel era el sitio perfecto para hacer realidad el sueño que llevaba largo tiempo cultivando. Era lo suficientemente grande y desconocido por todos. Allí no los molestaría nadie. Y, además, la presencia de Mami Wata en aquellas profundidades resultaba más intensa que nunca. Incluso el antiguo pueblo que había construido aquel templo subterráneo debió de percibirla. De hecho, *maman* estaba convencida de que, aunque con otro nombre y aspecto distinto, ya entonces habían adorado allí a la Madre de las Aguas. Empezaba a pensar que tal vez había sido la propia diosa quien la había guiado hasta aquel lago, en cuyas profundidades sospechaba que se encontraba su verdadera morada.

Habló de su proyecto con el General, al que había elegido como consejero y brazo derecho, y él se mostró de acuerdo. Pocos días después, los Hijos de la Sombra se trasladaron en masa a la caverna y emprendieron la construcción del poblado.

Con la guía, ya no solo espiritual, de *maman*, aquellos hombres y mujeres que habían perdido su lugar en el mundo y ya no eran nadie, comenzaron una nueva vida bajo tierra, dando la espalda para siempre a los errores, las derrotas y las tragedias de la que habían dejado en la superficie.

No cesaban de hacer nuevos prosélitos entre los desesperados del Hotel Infierno, e invitaban a que se les unieran a quienes, tras vigilarlos de cerca durante cierto tiempo, demostraban poseer los requisitos necesarios.

El agua del lago, la misma que salía de los grifos de las casas de la ciudad, ofrecía una reserva inagotable de agua potable. Para la electricidad, se engancharon a las instalaciones de la Central. Durante los primeros tiempos siguieron saqueando los almacenes y depósitos de la estación para hacerse con comida, pero cuanto más crecía la comunidad, menos desapercibido pasaba aquel método, por lo que diversificaron la manera de conseguir alimentos yendo a robar a otras zonas de Milán a través de los conductos del alcantarillado y los túneles del metro, y, mientras tanto, dieron los primeros pasos hacia la autosuficiencia en materia alimentaria.

En el poblado, en el que estaba prohibido el dinero, todo se ponía en común y todo el mundo contribuía al esfuerzo colectivo como podía y con lo que podía, según sus capacidades y competencias. Basándose en ese principio, el General se convirtió en el responsable de la seguridad de los Hijos de la Sombra, al frente de un puñado de hombres adiestrados por él mismo que desempeñaban funciones militares y de policía, y también en el único integrante de sus servicios secretos, la única persona autorizada a dejarse ver abiertamente en la superficie.

Sellaron un nuevo pacto con Mami Wata, por el cual, como testimonio y garantía de profunda devoción, le ofrecieron la totalidad del tesoro encontrado en los subterráneos. A cambio le pidieron paz y prosperidad para el poblado.

Y, en efecto, bajo la protección de la diosa, la comunidad de los Hijos de la Sombra no había dejado de crecer y de desarrollarse a lo largo de los años, superando obstáculos y adversidades de todo tipo sin sufrir daño alguno.

—Lo único que queremos es que nos dejen tranquilos, no pedimos nada más —le dijo al término de su parlamento el General—. Pero estamos dispuestos a todo con tal de defender lo que hemos construido. A todo, ¿me has entendido, jovencito?

Todo el poblado se reunió a la orilla del lago subterráneo para la ceremonia. Varios centenares de personas se colocaron en semicírculo, la mayor parte de ellas sentadas en el suelo, y algunas de pie para poder participar en las danzas. Todos cantaban cuando había que cantar, daban palmadas al compás de los tambores, reían y bromeaban en las pausas, comían y, sobre todo, bebían. La atmósfera vibraba de alegría y excitación.

Tres grandes hogueras situadas detrás de la gente y algunas antorchas plantadas a lo largo de la ribera iluminaban la zona. A Mezzanotte le reservaron un lugar de honor: en primera fila, al lado del General, que, a su vez, estaba sentado a la derecha de *maman*, la única que podía disfrutar de la comodidad de un pequeño sillón. Una especie de aguardiente de bayas que destilaban en el mismo poblado circulaba de mano en mano entre los espectadores. Era fortísimo, y cada vez que llegaba una botella donde él se encontraba, el anfitrión le llenaba el vaso de plástico y lo animaba a beber. Antes de que pudiera darse cuenta, Riccardo ya estaba medio borracho.

Entre el público divisó también a Amelia. Rodeada de tres vejestorios que se disputaban sus atenciones, daba la impresión de que estaba de buen humor y completamente a sus anchas. Quizá no era mala cosa que la hubieran arrastrado al poblado, se dijo. Movió una mano en señal de saludo y ella le respondió levantado el dedo medio en un gesto obsceno.

Las celebraciones habían empezado hacía ya un buen rato, y Mezzanotte adquirió una vaga idea de la clase de acto al que estaba asistiendo gracias a las explicaciones que de vez en cuando pidió al viejo. Habían comenzado con los sacrificios a Legba, el pérfido y lúbrico vodún cuya ayuda era indispensable para establecer cualquier comunicación con las divinidades. Además de protector de casas y poblados, era, de hecho, el mensajero de los vodún y el guardián del Gran Camino, la misteriosa senda que conduce del mundo de los espíritus al de los hombres. Su fetiche exhibía un gigantesco miembro en erección, al igual que las estatuas colocadas a la entrada del santuario.

Luego tuvo lugar el rito fúnebre en honor de los caídos en el enfrentamiento con el Fantasma y del propio Adam, mediante el cual acompañaron sus almas en el viaje al más allá con música, danzas y oraciones.

Maman acababa de concluir un enfervorecido discurso dirigido a su pueblo, que Mezzanotte escuchó no sin inquietud. Sus palabras desentonaban con la imagen pacífica de los Hijos de la Sombra que le había pintado el General, que, por lo demás, se correspondía con la idea que él mismo se había llevado tras pasear por el poblado.

—Somos los invisibles, los Hijos de la Sombra —tronó la sacerdotisa—. Rechazados por el mundo, engullidos por las tinieblas, en las tinieblas hemos renacido. Pero nuestro exilio no durará para siempre: volveremos a caminar a plena luz del día. Los que nos han privado del sol no escaparán al castigo. La oscuridad se acerca, señores de la luz, y la oscuridad no perdona.

Al margen de lo que pudiera significar aquella críptica profecía, no resultaba muy tranquilizadora. Resonaban de modo siniestro en ella los ecos de la advertencia que le había hecho el inspector jefe Scognamiglio a la puerta de su apartamento. ¡Al final resultará que el viejo chiflado no estaba equivocado del todo al atrincherarse en su casa!

Sea como fuere, en ese momento estaba a punto de dar comienzo la parte más importante de la ceremonia, la dedicada a Mami Wata, durante la cual Laura sería iniciada en su culto. En el momento culminante del rito se esperaba que la diosa, alimentada con la sangre de los sacrificios, halagada por las plegarias y atraída por el sonido de los tambores, se apareciera a sus seguidores poseyendo a uno de ellos.

El tintineo cristalino de una campanilla anunció la llegada del cortejo de las iniciadas. Provenientes del poblado, caminaban a lo largo del sendero abierto entre las rocas salmodiando las alabanzas rituales. Eran una decena de mujeres de edad comprendida entre los veinte y los sesenta años. Llevaban únicamente una falda blanca de algodón que dejaba al desnudo el torso de la cintura para arriba. Sus senos asomaban entre los largos collares de cuentas de vidrio de colores que, además de las pulseras y tobilleras, adornaban sus cuerpos rociados con polvos de talco. Laura era la única que llevaba púdicamente sujetador. Avanzaba, acompañada de las demás, con el cuerpo y el rostro cubierto con un velo que marcaba su condición de novicia.

Al llegar a la orilla, la procesión desfiló con lentitud hasta el hemiciclo delimitado por los espectadores, donde las mujeres, junto con *maman*, vaciaron en el lago frasquitos de perfume y botellas de ginebra y de vodka, ofrendas de especial agrado de la diosa. Luego entraron en el agua hasta la altura de los tobillos y mojaron los collares sagrados para recargarlos de energía espiritual.

Dos hombres llevaron en brazos una cabra blanca con las patas atadas y, obedeciendo a un gesto de la sacerdotisa, la arrojaron al lago. Cuando el animal dejó de balar y de moverse lo sacaron del agua y lo degollaron. Parte de la sangre se derramó sobre el fetiche de la diosa, y el resto lo recogieron en un cuenco. *Maman* metió un dedo en su interior y trazó con él unos signos en la frente de las iniciadas. Por último, le tocó el turno a Laura, que se quitó el velo ante la sacerdotisa. Mientras la embadurnaba de sangre, la mujer desfigurada pronunció unas palabras que Mezzanotte, situado demasiado lejos, no pudo oír. Finalmente, con una especie de cazo derramó sobre la cabeza de la joven un poco de agua del lago, lo que suscitó el aplauso de los fieles.

Pese a parecer un poco abatida y aunque el talco que llevaba encima acentuaba la palidez natural de su cutis, Riccardo encontró a Laura más hermosa que nunca. No se veían desde que la noche anterior los habían separado en el santuario, y él estaba impaciente, deseando que acabara de una vez aquella farsa para quedarse a solas con ella. Todavía podía sentir en sus labios el sabor del único beso que se habían dado.

Tras volver a sentarse en su sitio, *maman* levantó un brazo y todos se callaron y permanecieron inmóviles. Durante unos instantes un silencio solemne y cargado de impaciencia se abatió sobre la orilla del lago. Las iniciadas se situaron en el espacio reservado a la danza, en medio del semicírculo formado por el público, donde unas esteras, sobre las cuales habían dibujado con tiza intrincados arabescos, cubrían los guijarros de la playa.

Luego la sacerdotisa entonó una especie de plegaria o invocación, a la que los espectadores se unieron de inmediato poniéndose a cantar con ella. A un gesto de invitación suyo, el retumbar imperioso de los tambores se agregó al coro, y se impuso sobre su sonoridad con su estruendo violento y visceral, que parecía provenir de remotas lejanías y se propagaba por el aire al rebotar, lúgubre, contra las paredes de la caverna. El General explicó a Riccardo que los tambores llamaban a los vodún por su verdadero nombre, impronunciable para los humanos, al crear el puente entre el plano físico y el sobrenatural que las divinidades tenían que cruzar para manifestarse.

Mezzanotte echó una ojeada al grupo de músicos. Robustos y musculosos, llevaban el torso desnudo. Tres de ellos asestaban recios golpes con unos bastones sobre grandes tambores, cuya caja habían fabricado reciclando bidones de metal para combustible; los demás los acompañaban tocando con las manos bongos, congas y otros tipos de instrumentos de percusión.

Mientras tanto, las iniciadas empezaron a bailar. Sus movimientos etéreos y seductores evocaban ora el fluir de las olas, ora el deslizarse de un pez en el agua, ora la sinuosidad de una serpiente. Se contoneaban y movían las caderas de puntillas, ejecutaban piruetas con las faldas revoloteando a su alrededor y dejando al descubierto las piernas, arqueaban la espalda echando la cabeza hacia atrás, y flexionaban los hombros y los ondulantes brazos. Sus pies desnudos pisoteaban los elaborados motivos dibujados en el suelo con tiza levantando pequeñas nubes de polvo blanco.

Laura miraba lo que hacían las demás e imitaba sus gestos con la elástica gracia que le conferían los años pasados en la escuela de danza. Si bien al principio daba la impresión de estar un poco cohibida y vacilante, no tardó mucho en aprenderse los pasos y adquirir soltura.

Mezzanotte no podía evitar comérsela con los ojos. Hasta ese momento, la sensualidad era una cualidad que solo había imaginado que la chica pudiera poseer, ya que no había tenido la ocasión de expresarla plenamente. Pero en ese momento, al observar con la complicidad de la embriaguez que le calentaba la sangre el movimiento de su cuerpo esbelto y sinuoso, de piernas largas y finas, cintura delgada y senos pequeños que se intuían firmes y duros bajo el sujetador, temblaba de deseo.

Inclinados sobre sus instrumentos, los músicos, empapados en sudor, al igual que las bailarinas, multiplicaban sus esfuerzos al hacer redoblar los tambores con una cadencia cada vez más intensa. La música sacudía los cuerpos de las iniciadas, que se movían en perfecta sincronía con aquel ritmo frenético y obsesivo, como si les saliera de dentro.

Mientras la danza se transformaba en un contonearse desenfrenado y convulso que tenía algo de orgiástico, y una euforia incontrolada, de la que él mismo no estaba exento, se adueñaba de los espectadores, Mezzanotte empezó a notar una extraña sensación. Quizá se debiera sencillamente al hecho de que el último vaso de aguardiente que el General le había hecho trasegar estuviera de más, pero le parecía que el aire a su alrededor estaba tan cargado de electricidad que —literalmente— echaba chispas. Era como si, en un determinado momento de la ceremonia se hubiera roto un dique invisible, permitiendo que un torrente de energía ancestral inundara la caverna. Aquella energía había seguido acumulándose hasta invadirlo todo. Y no tardaría en estallar.

Entonces Laura tropezó. Intentó reanudar la danza, pero daba la impresión de que no podía más. Sus miembros se habían vuelto de repente rígidos y pesados. Sacudió la cabeza y miró a su alrededor con expresión de desconcierto, mientras las otras mujeres continuaban impertérritas bailando al son salvaje de los tambores.

Un relámpago de temor pasó por sus maravillosos ojos verdes, luego el rostro se le frunció en una mueca de dolor. Presa de espasmos convulsos, empezó a tambalearse y a gesticular de un modo desordenado. Daba la sensación de que ya no tenía pleno control de sus funciones motrices.

—¡Lo sabía! —exclamó *maman* aplaudiendo con entusiasmo—. ¿Has visto, General? La ha escogido. Entre todas, la ha escogido a ella.

Laura siguió moviéndose un rato más de un modo involuntario, hasta que finalmente se dejó caer sin fuerzas. De rodillas en el suelo, continuó meneando la cabeza con la mirada perdida.

Temiendo que le hubiera dado un mareo o algo por el estilo, Mezzanotte hizo amago de ir a socorrerla, pero el General lo detuvo apoyando una mano en su brazo.

—No hay nada de que preocuparse. No se encuentra mal —le dijo—. Aunque es raro que le pase a una novicia, Mami Wata está descendiendo sobre ella. Sucede siempre lo mismo la primera vez: el que es poseído por ella, al principio opone resistencia, como un caballo salvaje que cocea y se encabrita en su intento de derribar al jinete que lo monta. Pero eso termina enseguida.

En efecto, al cabo de un rato, pareció que Laura se había recuperado por completo. Se puso de pie de un salto con una expresión de triunfo, de nuevo llena de energía y de fervor. Se pasó las manos por la cara y el cuerpo, como si quisiera comprobar que todo estaba en su sitio. Luego, como si en ese momento se diera cuenta de que lo llevaba puesto y le resultara molesto, se desabrochó el sujetador y se lo quitó.

Se puso otra vez a bailar junto a las demás iniciadas y, si bien hasta entonces Mezzanotte había encontrado sensuales sus movimientos, el erotismo explosivo desencadenado por los voluptuosos contoneos y las ondulaciones serpentinas de la muchacha lo dejaron sin aliento. A ese resultado contribuyó sin duda que los collares de cuentas, al oscilar cada vez que la chica daba una vuelta, ofrecían generosamente a los ojos de todos los presentes su pecho reluciente por el sudor.

Cuando los tambores empezaron a marcar un ritmo más lento, las demás bailarinas se hicieron a un lado para dejar todo el escenario a Laura, que no defraudó las expectativas del público. En cuanto cesó la música, las iniciadas corrieron a rodearla y la saludaron como si la vieran por primera vez. Mezzanotte pudo constatar que la actitud de aquellas mujeres hacia ella había cambiado. Parecía casi que le rendían pleitesía, con gesto reverencial.

Pero la primera que parecía cambiada era la propia Laura, y no solo por la complacida desenvoltura con la que ostentaba su feminidad, sin pensar ni por asomo en cubrirse pese a que la danza había terminado. Había en ella una especie de orgullo regio, y por la forma en que recibía las atenciones de las iniciadas se notaba la benevolencia de quien es consciente de su infinita superioridad.

Una de las mujeres le llevó una paloma blanca e hizo una reverencia al entregársela junto con un cuchillo. Sujetando con fuerza el ave con una mano y el cuchillo con la otra, Laura le cortó la cabeza de un golpe y, en medio del regocijo generalizado, levantó el cuerpecillo de la paloma y derramó en su boca la sangre que manaba del cuello del ave recién cortado. Mientras bebía con avidez, salían de sus labios unos regueros rojizos que corrían por su garganta.

«¿Qué demonios le pasa? —pensó Mezzanotte—. ¿Ha perdido la cabeza o también ella está borracha?». Se le ocurrió que la sacerdotisa podía haberla convencido de que le siguiera el juego y se prestara a aquella farsa de la posesión divina. Pero ¿por qué lo había aceptado? ¿La habían obligado a hacerlo, tal vez mediante amenazas? Lo cierto es que se había metido en el papel de un modo sumamente convincente, incluso demasiado. Quizá el ambiente sobrecalentado de la ceremonia había favorecido cierta forma de autosugestión.

Mientras tanto, Laura había empezado a dar vueltas entre los espectadores de las primeras filas. Se dejaba estrechar y besar las manos, aceptaba la bebida y la comida que le ofrecían, jugaba con los niños bromeando y asustándolos, y respondía a las preguntas de los adeptos.

Al llegar ante *maman*, que la saludó con deferencia, permaneció largo rato con ella. Hablaran de lo que hablasen, lo hicieron en voz baja, casi al oído, y Mezzanotte no consiguió oír ni una palabra.

Terminada la conversación, Laura volvió al centro del escenario y miró a su alrededor con una expresión teatralmente dubitativa. Un temblor de excitación se apoderó de la multitud. Fuera lo que fuese lo que estaba a punto de suceder, era un momento esperado por todos, que ya había tenido lugar otras veces con anterioridad.

Laura empezó a someter a los hombres del público a una especie de selección. Se acercaba a alguno de los que consideraba más apuestos, evaluaba en voz alta sus virtudes y sus defectos, a veces pedía incluso el parecer de los espectadores, lo provocaba con actitud maliciosa y luego pasaba de largo para dedicarse a otro. Por la forma en la que se reía, a Mezzanotte le dio la impresión de que estaba disfrutando mucho.

En un momento dado se dirigió hacia uno de los músicos, un senegalés de físico escultural. Tocó insistentemente sus bíceps y sus pectorales haciendo visibles gestos de aprecio, luego se sentó en su regazo y le estampó un beso en los labios.

Mezzanotte empezó a cabrearse, atravesado por agudas punzadas de celos. Si se trataba de una comedia, estaba yendo demasiado lejos. El General se dio cuenta e intentó explicarle que no debía pensar que era Laura quien se comportaba así. Su cuerpo se había convertido en el receptáculo de la diosa, que había tomado posesión de la muchacha alejando de ella temporalmente toda conciencia. En aquellos momentos sus gestos y sus palabras eran expresión directa de la personalidad de Mami Wata, no de la de Laura.

«¡Sí, mis cojones!», pensó Riccardo entre vapores de rabia y de alcohol, decidido, como aquel guaperas del músico se atreviera a alargar las manos, a ir hasta allí y romperle la cara.

—Y, en cualquier caso, ¿qué coño se supone que está haciendo ahora tu diosa? —farfulló.

—Bueno —respondió con cierta incomodidad el General—, puede que, en sus visitas al mundo mortal, Mami Wata escoja a un hombre de su agrado con el que..., en fin, con el que entretenerse un rato.

Laura provocó durante algunos minutos más al senegalés, que estaba ya muy salido. Pero al final se levantó y también lo dejó plantado.

Volvió a echar una ojeada a su alrededor y entonces se dirigió con resolución hacia Mezzanotte. Se detuvo delante de él mostrando una sonrisa carnívora que puso de manifiesto sus dientes, de una blancura refulgente y, al menos eso le pareció a Riccardo, peligrosamente afilados.

En ese preciso momento, al mirarla de cerca, se dio cuenta de que no era solo el comportamiento de la muchacha lo que había experimentado una transformación. En sus ojos había una perturbadora luz chispeante que no le había visto nunca y que la volvía extraña, irreconocible. ¿Se podía fingir algo así?

—Tú, levántate —le ordenó Laura, en un tono tan perentorio que Mezzanotte no pudo por menos que obedecer. Lo examinó de pies a cabeza, luego lo agarró de la mano y se lo llevó de allí corriendo.

Jadeando, Mezzanotte se inclinó hacia delante y apoyó las manos en las rodillas; la cabeza le daba vueltas vertiginosamente. Correr cuando se está borracho no es una buena idea.

—Vale, ya nos hemos alejado bastante —resolló como pudo—. Por fin puedes dejar de fingir.

Sin decir una palabra, Laura se quitó los collares y, con un solo gesto, se bajó la falda y las bragas, y se quedó completamente desnuda ante él, salvo por los brazaletes en torno a los bíceps y los tobillos.

Pillado por sorpresa, Riccardo pensó que tal vez debería apartar la vista, pero lo cierto era que no podía quitarle los ojos de encima. El cabello revuelto de la chica le caía a mechas sobre la cara, tenía las mejillas encendidas, los senos le temblaban al ritmo de su respiración jadeante, y su cuerpo, elástico y esbelto, relucía, como si fuera de alabastro, en la penumbra. Él ya había fantaseado pensando en cómo sería por debajo de la ropa, pero la realidad superaba con mucho lo que había imaginado.

—¡Eh! Pero ¿qué haces? —balbució, avergonzado—. Ahora estamos solos. Ya no estás obligada a interpretar ese papel.

—Te gusto, ¿verdad? —dijo la chica sin hacerle caso, con una inflexión en la voz tremendamente provocadora—. Tú me deseas, lo noto. Por eso te he elegido. Eres el que más me deseaba de todos.

Sin duda la deseaba, pero estaba borracho como una cuba y, por la forma que tenía de comportarse, tampoco le parecía que Laura fuera muy dueña de sí misma. Para él, aquella no era una historia de un polvo y a otra cosa, y no quería que lo fuera. No le apetecía empezar con mal pie, cometiendo alguna gilipollez de la que luego tuvieran que arrepentirse los dos.

—Por supuesto que me gustas, ya lo sabes. ¿Pero no crees que deberíamos tomárnoslo con un poquito más de calma? ¿Qué prisa hay? Tenemos todo el tiempo del mundo.

—Tú tal vez lo tienes, yo no —replicó Laura. Se le acercó dando pasos muy cortos, hasta acariciarle el pecho con sus pezones abultados. Lo miraba y pestañeaba, insinuante y lasciva, con aquella extraña luz que refulgía en sus pupilas dilatadas.

¿Cómo habría podido resistirse? La niebla del deseo, unida a la del alcohol, le ofuscaba cada vez más la razón. La estrechó por la cintura y la atrajo hacia sí para besarla. Pero de forma totalmente inesperada, ella lo rechazó propinándole un bofetón. El chasquido no pudo ser más sonoro y el impacto fue como una quemadura. Le había pegado con todas sus fuerzas.

Mezzanotte se quedó allí acariciándose la mejilla, aturdido y confuso, mientras ella se dirigía corriendo hacia el lago meneando con desvergüenza el trasero, compacto y redondo. Después de zambullirse, permaneció tanto rato debajo del agua que Riccardo empezó a preocuparse. Cuando por fin salió a la superficie, lo invitó a reunirse con ella riendo maliciosamente, como si aquella bofetada nunca hubiera existido.

Riccardo vaciló, no sabía qué hacer, y luego se metió en el agua vestido.

—Venga, Laura, sal de una vez. Te llevo de vuelta al poblado, es lo mejor. Me parece que los dos estamos un poquito pasados de rosca...

Sin embargo, la muchacha no parecía de la misma opinión. Agarró el borde de la camiseta del joven y empezó a subírsela para quitársela. Riccardo opuso una leve resistencia, pero ella siguió dando tirones, hasta que el joven acabó por levantar los brazos y permitirle que se la quitara.

—Vale. Pero ahora basta, ¿eh?

Laura estaba demasiado ocupada desabrochándole el cinturón y los pantalones para hacerle caso.

—Venga, sé buena chica...

Con gestos impacientes, Laura le bajó primero los vaqueros y luego el bóxer hasta las pantorrillas. Si pretendía conocer la verdadera medida de su deseo, ahora la tenía delante de los ojos.

—Por favor, para de una vez...

Las manos de la chica, que se adueñaron de su sexo apretándolo como si quisiera probar su consistencia, apagaron definitivamente todo atisbo de protesta por parte de él. La atrajo hacía sí con furia e intentó besarla otra vez. Al principio Laura lo dejó hacer, pero luego, sin avisar, le dio un mordisco en el labio que le arrancó un grito de dolor.

Riccardo se pasó el dorso de la mano por la boca. Le dejó una marca roja. La ira sorda y violenta que iba creciendo en su interior borró su incredulidad.

—¿Se te ha ido la olla? —protestó exasperado—. ¿Se puede saber qué cojones te pasa?

—Todavía no estabas lo bastante enardecido para mi gusto —admitió la chica con candidez, y a continuación se echó a reír en su cara.

A Riccardo se le subió la sangre a la cabeza. Aquella mema estaba tomándole el pelo, pretendía volverlo idiota.

Borrachera, más excitación, más rabia: un compuesto inestable y sumamente inflamable. Y Laura acababa de tirarle encima el equivalente de una cerilla encendida.

—Ah, ¿sí? Ahora vas a ver...

La agarró por las muñecas y se las retorció, mientras ella intentaba zafarse como una gata salvaje arañándole la cara. Pero entonces él tropezó con los pantalones, que le aprisionaban las piernas, y cayó de bruces encima de ella. Se derrumbaron los dos a la orilla del agua, la mitad del cuerpo dentro y la otra mitad fuera de ella. Durante unos instantes permanecieron inmóviles, tumbados uno encima de otro, piel contra piel, acalorados y jadeantes.

—Realmente lo mejor sería dejarlo aquí, antes de que sea demasiado tarde —dijo Riccardo en un último y titánico esfuerzo por dominarse.

Por toda respuesta, Laura se dio la vuelta sobre sí misma y le dio la espalda. Mirándolo de reojo con aire desafiante, empujó las nalgas hacia atrás y las restregó contra la erección de él. En ese momento, Riccardo ya no entendía nada. La agarró por las caderas y se hundió en ella con un único, poderoso, envite de su pelvis.

Cuando Laura se despertó, su cerebro, todavía lejos de estar plenamente operativo, registró dos cosas que le costó cierto trabajo procesar. En cuanto lo consiguió, saltaron en ella todos los sistemas de alarma: estaba desnuda debajo de una sábana que la cubría, y yacía entre los brazos de Cardo, también desnudo y aún dormido.

Petrificada por la vergüenza, dejó vagar la mirada por lo que tenía a su alrededor. La luz que se filtraba a través de la cortina corrida ante el umbral de la puerta iluminaba el interior de una angosta casucha de chapa carente de ventanas.

¿Cómo diablos había acabado en compañía de Riccardo Mezzanotte, en aquel viejo colchón lleno de bultos, tirado de cualquier manera en el suelo, en el interior de semejante tugurio? ¿Qué había ocurrido entre ellos? ¿Lo habían hecho? No recordaba nada en absoluto, pero tenía la clara sospecha de que había habido algo físico entre ellos. Se lo daba a entender la naturalidad con la que, a diferencia de la mente, que de inmediato había sido presa del pánico, su cuerpo aceptaba su cercanía.

Se preguntó si las agujetas y el lánguido agotamiento que invadían sus miembros tenían que ver con aquello. No le pasaron desapercibidos los cardenales que tenía en las muñecas y en otras partes del cuerpo, ni tampoco las marcas en los hombros y en el cuello de Cardo, que parecían arañazos. Se miró las uñas. Sea lo que fuere lo que habían hecho, tuvo que haber sido algo movidito.

Intentó atenuar su nerviosismo suspirando profundamente varias veces y, a continuación, se concentró en tratar de reconstruir los acontecimientos del día anterior.

Tras hacerse cargo de ella, la sacerdotisa la había llevado a la parte posterior del santuario, una zona que una cortina separaba del resto de la gran tienda, donde unas mujeres vestidas de blanco la habían desnudado y la habían metido en una tina llena de agua caliente y esencias perfumadas. Después de los días transcurridos entre la suciedad de la guarida de Adam, el baño resultó muy relajante y agradable. No podría decir lo mismo de tener que tragarse el mejunje a base de hierbas, de sabor inmundo, que le habían dado. Pero era necesario, le dijeron: para resultar digno de acoger en su interior un espíritu divino, el cuerpo tenía que purificarse debidamente, tanto por fuera como por dentro.

Después, ataviada con una túnica blanca, la acompañaron a una chabola situada allí cerca, donde permaneció el resto de la noche y todo el día siguiente, hasta que dio comienzo la ceremonia. De una celda a otra, se dijo suspirando. La habitación estaba completamente vacía y tenía las paredes pintadas de blanco, el color de la pureza y el predilecto de Mami Wata. En el suelo había unos extraños símbolos trazados con tiza. A su llegada, la sacerdotisa le explicó que el rito de iniciación al que sería sometida habitualmente duraba mucho más tiempo, pero, dadas las circunstancias, se desarrollaría de forma reducida y simplificada. Pasaría a ser algo menos que una verdadera iniciada, pero más que una simple adepta. El periodo de reclusión que seguiría representaba la muerte simbólica del individuo, que, transformado por el contacto con la divinidad, resucitaría a una nueva vida durante la ceremonia final.

Las largas horas siguientes transcurrieron para Laura entre sesiones de meditación, en las que debía abrir su mente a la diosa —ella estuvo demasiado ocupada en combatir el sueño que hacía que se le cerraran los párpados para poder conseguirlo—, y una especie de clases durante las cuales la sacerdotisa le explicó lo más esencial que debía saber acerca del culto. Laura escuchó sin mucho interés, distrayéndose a menudo y aburriéndose mortalmente. Si para poder volver a casa tenía que tragarse aquel suplicio, lo haría, pero no podían obligarla a tomarse aquello en serio. Hubo un único momento en el que *maman* consiguió captar su atención, y fue cuando le dijo que, si Mami Wata la consideraba digna, le daría la fuerza necesaria para controlar lo que escondía en su interior. Probablemente hablaba en general, pero Laura tuvo la impresión de que se refería precisamente al don.

Al anochecer desfiló en procesión junto con las demás iniciadas al lugar de la ceremonia, donde tenía que bailar medio desnuda delante de todo el mundo. Al principio le resultó bastante embarazoso, pero poco a poco se dejó arrastrar por el ritmo hipnótico de la música y por la exaltación del público y de las otras bailarinas, y todo acabó siendo sorprendentemente fácil. Le bastaba permitir que quien dictara la cadencia de los movimientos fuera su corazón, que latía en perfecta sincronía con los tambores.

Pero en un determinado momento empezó a sentirse rara. De repente, la cabeza se le volvió ligera, y el cuerpo, torpe, pesado. Algo en su interior se había puesto a dar tirones y empujones, como si quisiera abrirse paso, y, por más que se esforzaba, no conseguía liberarse de aquella fuerza. Mientras sus pensamientos se disgregaban y su conciencia se adelgazaba, experimentó con terror una sensación de muerte inminente. Luego, un resplandor blanco se extendió dentro de sus ojos. Sintió que algo la arrastraba hacia abajo, como si se la tragara, y al mismo tiempo la proyectaba hacia lo alto. Aquello era lo último que recordaba. Después de aquello, el vacío.

Y en ese momento estaba ahí, en la cama con Cardo, sin saber cómo había acabado en ella. Tal vez le convendría levantarse y vestirse. Probablemente sí, pero debía reconocer que tampoco tenía muchas ganas. Una vez superado el desconcierto inicial, no resultaba ni mucho menos desagradable permanecer pegada a él, con la cabeza recostada en el hueco de su hombro y sintiendo su brazo abandonado a lo largo de su espalda.

La verdad era que, para no haber ni siquiera empezado todavía, su vida sexual era ya una catástrofe de proporciones bíblicas, pensó. Había tenido dos primeras veces: de una se acordaba demasiado bien, pero no fue una experiencia suya, sino de su madre, y la encontró repugnante. La otra la había vivido ella misma en primera persona, al menos eso parecía, pero no conservaba de ella ni el más pálido recuerdo, por lo que ignoraba si había sido satisfactoria y hasta qué punto lo había sido.

Quizá el tercer intento fuera mejor, se dijo con amarga ironía observando dormido a su lado a Cardo, cuyos ojos se movían debajo de los párpados a causa de a saber qué sueño. Llevaba varios días sin afeitarse y las marcas de la lucha con el Fantasma eran todavía bien visibles en su rostro, pero nada de eso impedía que siguiera encontrando atractiva aquella cara ligeramente angulosa. Acercó la nariz a su cuello y aspiró. Olía bien. Advirtiendo que en su pecho había algo que sobresalía del embozo de la sábana, la bajó lo suficiente para ver entero el tatuaje de una calavera con una cresta de mohicano. Si no recordaba mal, cuando le habló de su época punk, Cardo le dijo que se había hecho varios.

Luchó brevemente con la curiosidad que la azuzaba, hasta que acabó por rendirse. Moviéndose lo más despacio que pudo para no despertarlo, se apartó un poco de él y levantó la sábana. Pasó revista a los tatuajes que decoraban su cuerpo, cicatrices rabiosas de un pasado rebelde. De entre ellos, el que más la sorprendió fue el del majestuoso grifo que ocupaba todo el abdomen, con las patas que llegaban a rozar los pelos del pubis.

Aunque se esforzó todo el rato por evitarlo, al final no pudo impedir que su mirada se deslizara más abajo, hacia lo que anidaba debajo de las alas del ave rapaz: su pene, que reposaba flojo entre las piernas musculosas. ¿De verdad lo había acogido dentro de sí unas pocas horas antes? Aquella idea hizo que una burbuja de calor se extendiera por todo su vientre.

Precisamente en ese instante Cardo se movió al tiempo que emitía una especie de prolongado gruñido. La muchacha se apresuró a cubrirlo con la sábana y volvió a apoyar la cabeza en su hombro.

Al salir del sueño, a Mezzanotte le sorprendido encontrarse la cara de Laura a pocos centímetros de la suya. Intentando reactivar la circulación del brazo sobre el que ella debía de haber dormido, le rozó sin querer el trasero con la mano. Al parecer, Laura estaba desnuda debajo de la sábana, que se había subido hasta la barbilla. Y él también, advirtió en ese momento. Se esforzó por recordar qué había ocurrido entre ellos la noche anterior, sin apenas resultado. Por lo demás, se había emborrachado a lo bestia, según confirmaba el embotamiento que atenazaba su cabeza.

Aunque hacía mucho que no le ocurría, no era la primera vez que se despertaba al lado de una mujer sin tener la más mínima idea de cómo había acabado en su cama, pero no le había sucedido nunca con una chica por la que sintiera algo. Temía haber cometido alguna de las impulsivas meteduras de pata tan habituales en él.

La muchacha lo escrutaba sin decir palabra. Le dio la impresión de que estaba tensa e incómoda, y al rozarle la piel desnuda hacía un minuto, ella se había sobresaltado como si le hubiera dado una descarga. Sin embargo, pese a que se despertó antes que él, no se había movido de allí.

Al no saber muy bien cómo comportarse, intentó romper el hielo con un «Buenos días» no muy imaginativo.

De golpe y en apenas un susurro, de los labios de Laura salió un soplo ininteligible, que sonó más o menos como: «Lomcho».

—¿Perdona?

Ella, un poco más despacio y a un volumen ligeramente más alto, repitió:

—¿Lo hemos hecho?

Bonita pregunta.

—¿No lo recuerdas?

Laura hizo un gesto negativo.

—¿Nada en absoluto?

—Vacío total.

Riccardo probó a excavar de nuevo en su mente con más afán, pero era como hundir las manos en un charco fangoso. Recordaba con relativa claridad hasta el momento en el que Laura, que llevaba ya bastante rato comportándose de un modo, como poco, raro, lo cogió de la mano y se lo llevó de la ceremonia; a partir de ahí todo aparecía envuelto en una nebulosa. A decir verdad, una imagen más nítida que las demás afloró a su mente, pero era algo que solo podía haber soñado: ellos dos enlazados en un abrazo, suspendidos en el aire o tal vez bajo el agua, con la gigantesca serpiente Dan voluptuosamente enrollada alrededor de sus cuerpos.

—Yo también me acuerdo de muy poco —respondió—. Pero... bueno, la verdad es que creo que sí.

Ella asintió con la cabeza. Una sombra cruzó su rostro.

—Era mi primera vez —dijo.

«¡Mierda!», pensó Riccardo, mientras lo asaltaba un sentimiento de culpa. Si pudiera recordar cómo había ido la cosa... Debió de dejarse arrastrar. Tampoco la muchacha se encontraba al cien por cien de sus facultades, y él se había aprovechado de la situación. Lo había estropeado todo, como de costumbre.

—Yo... —empezó a farfullar, mortificado y abatido—. ¡Joder! Te pido disculpas, estaba borracho, no sé lo que pudo pasarme... De verdad, lo siento muchísimo. Puede que lo mejor sea que me vaya ahora...

Hizo ademán de levantarse del colchón, pero ella se lo impidió aferrándolo por el brazo.

—¿Qué?

—Por favor, no te vayas —le susurró la chica con el rostro apoyado en su pecho.

—¿Estás segura?

—Sí. Quédate conmigo.

Riccardo se dio la vuelta para ponerse de lado y la estrechó entre sus brazos. Estaba temblando. Buscó su boca y la besó. Ella respondió con un ardor inesperado, pegándose con todo su cuerpo al de él.

—¿Estás segura? —repitió, aunque esta vez se refería a otra cosa.

Con las mejillas ardiendo y el corazón al galope en su pecho, Laura hundió sus ojos en los de él. La consoló notar en su mirada pasión, ternura, quizá incluso amor. ¿Que si estaba segura? Ahora que estaba a punto de suceder, se sentía asustada y vacilante como antes de dar un salto en el vacío, pero no tenía la menor intención de echarse atrás.

—Sí.

Empezaron a besarse otra vez, y Cardo se incorporó y se tumbó sobre ella. El cuerpo del hombre, cálido y fuerte, que le pesaba encima del suyo, y, sobre todo, su excitación, que palpitaba contra su vientre, la dejaron sin aliento. Luego Riccardo retiró sus labios de los de ella y fue deslizando la boca por su cuello, provocándole escalofríos de placer por todas partes. Nada comparado con lo que la hizo sentir en el momento en que pasó a dedicarse a sus pechos. Tenía los pezones tan tensos y sensibles que bastaba que se los rozara para que ella se estremeciera, pero el joven no se limitó a eso. Las deliciosas torturas a las que los sometió, lamiéndolos y chupándolos y mordisqueándolos, le provocaron sensaciones tan intensas que resultó casi un alivio sentir que la boca de él reemprendía el descenso por su piel, dejando tras de sí una húmeda estela de besos. Cuando sobrepasó el ombligo, Laura sintió que se le contraía el estómago. De ahí para abajo era terreno desconocido. Hasta ese momento no había permitido a nadie pasar más allá.

Con un gesto delicado y firme a un tiempo, Cardo puso las manos entre sus muslos y se los separó, deteniéndose a contemplarla justamente allí, con ojos chispeantes de asombro y deseo. Laura creyó morirse de vergüenza ante la idea de hallarse tan completa e íntimamente expuesta. El instinto la impulsaba a taparse, pero Cardo se lanzó sobre ella, y fue como si de golpe se le abrieran las puertas de una dimensión desconocida. Una dimensión en la que no cabía la vergüenza, el pudor ni las inhibiciones. Solo contaba el placer y todo era lícito con tal de alimentarlo y aumentarlo.

Lo que Cardo le hizo con la boca, la lengua y, a partir de un momento dado, también con los dedos, la inundó de una voluptuosidad embriagadora a la cual no pudo por menos que abandonarse. Se vio a sí misma acariciándole la cabeza, mientras suspiraba y gemía sin la menor contención, con la espalda arqueada y las piernas completamente abiertas para facilitarle la tarea. Hasta que una urgencia irrefrenable la obligó, casi contra su voluntad, a agarrarlo por los hombros y atraerlo hacia sí. Riccardo había provocado aquel incendio en su cuerpo y ahora no había manera de apagar las llamas.

—Te quiero dentro de mí —se oyó a sí misma murmurar, y no habría sabido decir si era una orden o una súplica.

Riccardo no esperaba otra cosa. Ayudándose de una mano, se abrió camino entre los pliegues del sexo húmedo de la chica. Al primer envite, hecho con cautela, encontró cierta resistencia y vio que sus labios se contraían durante un instante en una mueca de dolor. Pero le bastó insistir un poco para sentir cómo se hundía en la presa envolvente e infinitamente blanda de su carne.

Las pupilas de Laura se contrajeron a consecuencia de aquella poderosa invasión que la llenaba y la empujaba hacia el espasmo.

La manera en la que Cardo empezó a moverse dentro de ella, penetrándola cada vez un poco más, levantó impetuosas oleadas de placer en las que se vio arrastrada y sumergida.

Hasta entonces se había obligado a permanecer concentrada en la campana de cristal, reforzando sus paredes ya inestables, lo que, entre otras cosas, le había impedido dejarse llevar por completo, pero, en ese momento, ni aun queriendo habría sido capaz. En cuanto su dique mental se rompió, todo el placer que el propio Cardo estaba experimentando la invadió con toda su impetuosidad y fue a sumarse al suyo.

—¡Qué fantástico es! ¡No pares! —exclamó jadeando, presa de una especie de desmayo, mientras, encima de ella, Cardo ondulaba la pelvis apoyándose en los brazos con una expresión concentrada y casi dolorosa, con los músculos en tensión por el esfuerzo. Era en verdad maravilloso sentir lo que estaba experimentando, lástima que él no pudiera imaginarse ni de lejos lo que ella sentía, bajo el efecto de aquel doble goce.

Solo faltaba una cosa para que todo fuera perfecto. Laura plantó las manos sobre los glúteos del joven y empezó a imprimir un ritmo distinto a los envites de él, hasta que las sensaciones de ambos sintonizaron en una armonía total. Ahora Laura ya no era capaz de distinguir su placer del de él. Era solo el placer. Un océano de placer en medio de la tempestad que se hinchaba cada vez más, entre olas vertiginosamente altas, para luego abrirse formando un remolino abismal que la atrapaba en su interior. La muchacha se dejó precipitar en él sin oponer resistencia, cada vez más deprisa, cada vez más deprisa, cada vez...

Un instante antes de que los dos incontenibles orgasmos explotaran simultáneamente dentro de ella, sintió cómo Cardo salía de su interior y se dejaba caer sobre su pecho. Se aferró a él con todas sus fuerzas, mientras las ondas de choque se propagaban dentro de su cuerpo y lo sacudían hasta las entrañas.

Riccardo y Laura estaban vistiéndose cuando oyeron unas voces agitadas procedentes del exterior de la cabaña y el rumor de unos pasos de gente corriendo. De buena gana se habrían quedado horas y horas deleitándose abrazados sobre el colchón, acariciándose y musitando dulces palabras, pero el General les había prometido que aquella mañana los acompañaría a la superficie y les devolvería la libertad, así que convenía aprovechar la ocasión, no fuera a cambiar de idea. Ponerse la ropa sucia y ya harapienta de los días anteriores no era una idea que les gustara, pero si hubieran aparecido en la estación de punta en blanco muchos lo habrían encontrado raro, y ya tenían bastantes explicaciones que dar para verse en la obligación de aclarar también dónde habían encontrado en los sótanos ropa para cambiarse.

Tras apartar la cortina de la entrada, vieron un insólito ir y venir de gente nerviosa y cariacontecida. Mezzanotte paró a un tipo que pasó por su lado a grandes zancadas y le preguntó qué había ocurrido. Al reconocerlo, el hombre esbozó una sonrisa y le hizo un guiño señalando a Laura. El espectáculo que había ofrecido la chica la noche anterior durante la ceremonia debía de habérsele quedado grabado.

—Los Antiguos están a punto de morir. Parece que no les queda mucho —respondió antes de salir corriendo.

—¿De quién hablaba? —preguntó Laura viendo al hombre alejarse en la misma dirección en la que se apresuraba la mayor parte de la gente.

—De los padres del Fantasma, me parece.

La muchacha arrugó el entrecejo en una extraña mueca.

—Vayamos también nosotros —dijo en un tono que no admitía réplica—. Tengo que verlos.

Se unieron a la gente que salía del poblado por un sendero que ascendía entre las rocas. Por el camino se encontraron al General, quien, pese a llevar el brazo en cabestrillo, trepaba por la pendiente con tanta agilidad como los demás.

—Buenos días, ¿qué tal habéis dormido? —dijo respondiendo a su saludo, con una sonrisa cargada de sobreentendidos.

—Olvídalo —le cortó Mezzanotte, mientras Laura apartaba la mirada, ruborizada.

—Mirad, si estáis aquí por vuestro regreso, tendréis que esperar un poco. Ha habido una emergencia.

—Lo sabemos. Los Antiguos. Laura desearía verlos...

El General se lo pensó un instante.

—Bueno, de acuerdo... No veo nada de malo en ello. Venid conmigo.

El sendero terminaba a la entrada de una cueva que se abría a los pies de la pared rocosa de la gran caverna. En torno a ella se había congregado una multitud triste y silenciosa.

—¿Qué es eso? —preguntó Laura señalando cinco toscas cruces de madera plantadas junto al sendero.

—Son las tumbas de los hermanos y las hermanas de Adam —respondió el General—. Ninguno de ellos llegó a cumplir los dos años. Por entonces los Antiguos vivían solos aquí abajo. Sus condiciones de vida eran muy duras. Adam fue el único de sus hijos que logró sobrevivir. Eso quizá os dé una idea del temple del que estaba hecho.

Siguiendo al viejo, se abrieron paso entre la multitud allí reunida hasta llegar a la entrada de la pequeña gruta. Dentro encontraron al chamán del tiovivo, de rodillas junto a un hombre y una mujer muy ancianos, que estaban acostados sobre un jergón. Un poco más allá, la sacerdotisa y algunas mujeres de blanco, sentadas en círculo con las piernas cruzadas, cantaban en voz baja con los ojos cerrados y el rostro dirigido hacia lo alto.

El mobiliario de la gruta, escaso pero acogedor a su manera, constaba, entre otras cosas, de un segundo jergón más pequeño, probablemente el de Adam; una mesa con unos taburetes; unos pequeños armarios colgados de la pared, llenos de comestibles, cacharros de cocina y herramientas; una gran profusión de cachivaches decorativos repartidos aquí y allá, fabricados con fragmentos de madera y de metal ensamblados de manera bastante ingeniosa y creativa; una pequeña chimenea de piedra rematada por una especie de conducto de ventilación unido a un tubo que llegaba hasta la entrada de la cueva.

—Les propusimos muchas veces que se mudaran al poblado con nosotros —dijo el General encogiéndose de hombros—, pero siempre se negaron. Por lo menos los ayudamos a hacer algunas mejoras aquí dentro.

En ese instante, el gitano pasó una mano por el rostro demacrado de la mujer tumbada en el jergón y le cerró los ojos.

—Ella ya se ha ido —anunció con tristeza volviendo la cabeza hacia el General—. Mucho me temo que él no tardará en seguir sus pasos. En cuanto *maman* les comunicó la muerte de Adam, empezaron a apagarse.

Mientras tanto, Laura se acercó en silencio a la cabecera de los dos ancianos. Al advertir su presencia, el hombre levantó con esfuerzo una mano arrugada en dirección a ella y murmuró algo inaudible. El gitano se inclinó sobre él y acercó el oído a su boca para que se lo repitiera.

—Ven —invitó a Laura—. Quiere decirte algo.

Mezzanotte se quedó asombrado. ¿Qué podía tener que ver Laura con aquel viejo moribundo? Observó cómo la muchacha se acurrucaba junto al jergón, visiblemente conmovida.

—Yo..., yo he... soñado contigo —musitaron los labios del anciano, del color de la cera.

Ella asintió sonriéndole con los ojos húmedos. Cogió una de sus manos con la suya y con la otra le acarició el rostro. La piel apergaminada del hombre, de un tono ya cadavérico, parecía pegada directamente a los huesos del cráneo. Su ceja izquierda estaba partida en dos por una cicatriz.

—Amos —exclamó ella con la voz rota por la emoción—. Amos y Lia Felner. Por fin os he encontrado.

Se quedó mirando a la mujer diminuta que yacía exánime junto al viejo. Llevaba un collar hecho de chapas de botella, idéntico al que había visto en el cuello de Ester Limentani. Ella era la mujer que cantaba a Adam la nana que conseguía calmarlo, la misma que los dos niños entonaban cuando se le aparecían en las cercanías de la estación. Amos y Lia, hermano y hermana, eran los padres del Fantasma. El hecho de que hubieran tenido relaciones incestuosas quizá habría debido escandalizarla u horrorizarla, pero no fue así. Habían pasado toda su vida allí abajo, en un aislamiento total. Estaban ellos dos solos, ¿qué otra cosa habrían podido hacer? Debía de haber sido algo natural que, al ir creciendo, su amor fraterno evolucionara y se convirtiera en algo distinto. En cualquier caso, era amor y todo daba a entender que había sido un gran amor.

Así, pues, la verdad era justo lo que ella había imaginado, aunque no hubiera llegado a creérselo. Amos y Lia no habían dejado nunca los sótanos de la estación. Habían estado siempre allí, durante todo aquel tiempo. Por eso solo se le aparecían ellos, nadie más. Y por eso percibía con tanta intensidad las viejas emociones que impregnaban las vías del subsuelo. A diferencia de las demás víctimas, los dos hermanos seguían vivos, y no superaron nunca el terrible trauma de la deportación, que había marcado de manera indeleble su existencia. El dolor, el miedo, la tristeza que les habían infligido habían seguido palpitando dentro de ellos y, de alguna manera, catalizaban también los de sus compañeros de infortunio.

—Ester te manda muchos recuerdos —dijo al viejo en tono afectuoso—. ¿Te acuerdas de Ester Limentani? No ha dejado nunca de pensar en ti. Y te sigue queriendo. ¿Sabes que todavía lleva el collar que le hiciste?

—La buena de Ester —murmuró Amos Felner—. Está viva entonces... Cuánto me alegro...

Con enorme fatiga, movió un brazo hurgando entre las mantas a su alrededor. Sacó de ellas un libro ajado. Era un ejemplar muy viejo de *Robinson Crusoe*, de Daniel Defoe.

—Le gustaba... que se lo leyera. Yo no sabía aún que a mí me sucedería lo mismo. Náufrago bajo tierra... en vez de en una isla desierta. Si la ves, dáselo... Me gustaría que lo tuviera ella...

—Sí, por supuesto. Lo haré sin falta —le aseguró Laura, incapaz de contener las lágrimas que habían empezado a rodar por sus mejillas.

Amos esbozó una sonrisa, que un estremecimiento que atravesó su cuerpo, ya esquelético, enseguida borró. Respirando afanosamente, agarró con fuerza la mano de Laura, luego exhaló un largo suspiro y volvió a caer sobre el jergón, donde permaneció inmóvil, con los ojos desorbitados.

Mezzanotte vio cómo el cíngaro se los cerraba también a él mientras Laura sollozaba con la cabeza gacha, apretando todavía la mano del anciano entre las suyas. Le habría gustado que la chica le contara dónde conoció al padre de Adam, pero, desde luego, aquel no era el momento más oportuno para satisfacer su curiosidad. Se dirigió, por tanto, al General, y le preguntó cuánto tiempo hacía que los Antiguos vivían en los sótanos de la estación.

—Desde 1944. ¿Te lo puedes creer? Eran solo unos niños —le contestó sacudiendo la cabeza—. Ven, jovencito, voy a enseñarte algo.

Condujo a Mezzanotte al fondo de la cueva, donde una cantidad impresionante de dibujos de trazos infantiles llenaba de arriba abajo una de las paredes. A Riccardo le recordaron las incisiones rupestres que había visto de niño durante una excursión que había hecho con la escuela a la Val Camonica.

—Mira —dijo el General—. Aquí puedes ver ilustrada toda su historia. Los dibujos los hizo Lia, la madre de Adam.

Le mostró algunos y le explicó su significado. Uno de los primeros representaba una fila de judíos a quienes unos hombres vestidos de uniforme obligaban a subir a un vagón; en los siguientes, se veía a su padre empujando a Amos y a Lia al otro lado de una puerta, y cómo era atrapado de nuevo por los soldados alemanes antes de conseguir ir tras ellos. En otros se contaba cómo los niños, obedeciendo lo que les había ordenado su padre antes de que se lo llevaran, habían permanecido escondidos en los sótanos de la Central, en medio de infinitas dificultades, aprendiendo a sobrevivir solos ahí abajo con los escasos medios de que disponían, al igual que Robinson en la isla desierta; cómo algún tiempo después dos hombres los habían perseguido por los túneles, lo que había reforzado en ellos la convicción de que corrían un grave peligro y los había empujado a refugiarse en rincones aún más profundos de la estación; cómo en un determinado momento descubrieron un pasadizo que conducía al templo celta y de allí a la gran caverna en la que decidieron asentarse; cómo, en su aislamiento, al hacerse mayores, habían acabado por enamorarse, a pesar de los lazos de parentesco que los unían. Otros describían el nacimiento y la muerte de sus hijos, las diversas fases del crecimiento de Adam y numerosos acontecimientos, grandes y pequeños, de su vida extraordinaria y extraordinariamente difícil de náufragos del subsuelo.

—¿Lo ves? —dijo el General—. Su padre les ordenó que permanecieran escondidos hasta que él volviera a buscarlos, pero nunca regresó. Ellos vivieron siempre convencidos de que debían evitar cualquier contacto con el mundo exterior; de que, si alguien los descubría, los capturarían y los matarían. Nunca supieron que, una vez acabada la guerra, ya no corrían riesgo alguno. Cuando intentamos explicárselo, ya eran viejos, su mundo era este, y no se habrían adaptado a vivir en ningún otro sitio.

»Además —añadió—, no recuerdo si te lo dije, pero fueron los Antiguos quienes encontraron las joyas al cabo de unos meses de vivir en los sótanos. Estaban en un maletín bien escondido. Amos las cogió para que su hermanita jugara con ellas, y parece que Lia se divertía una barbaridad adornándose como una reina. Pero no les dieron mayor valor y al final ya no hacían nada con ellas, así que, cuando también nosotros nos trasladamos aquí, nos las regalaron. Ni siquiera ellos sabían a quién pertenecían.

—Eso creo que lo sé yo —intervino en ese momento Laura, que, mientras tanto, se había reunido con ellos y, con los ojos enrojecidos, había escuchado las últimas palabras del viejo, cogida del brazo de Mezzanotte—. Entre los judíos destinados a la deportación el mismo día que Amos y Lia había un joyero. Llevaba consigo un maletín del que no se separaba nunca. Dos hombres vestidos con camisa negra se lo llevaron por la misma puertecita detrás de la cual habían escapado los niños. En el momento de subir al tren, llevaba en la cara señales de haber sido golpeado, y el maletín había desaparecido.

El General se quedó un rato sopesando las palabras de Laura, mientras se alisaba la espesa barba blanca.

—Desde luego, es bastante verosímil. Esos dos canallas fascistas debieron de robarle las joyas por la fuerza. Me figuro que no tenían la menor intención de entregárselas a los alemanes, así que las escondieron pensando que las recuperarían después, pero, llegado el momento, algo debió de impedírselo.

Se interrumpió abriendo desmesuradamente los ojos, como si acabara de tener una iluminación.

—Mejor dicho, ahora que lo pienso... Amos estaba convencido de que los dos hombres que los habían aterrorizado y perseguido con tenacidad por los túneles, de los que habían conseguido escapar por los pelos, querían que acabaran como su padre y los demás deportados, pero las cuentas no me cuadraban. Según decía, había pasado ya más de un año de aquello. La guerra debía de haber acabado ya y nadie se dedicaba a perseguir a los judíos. Yo pensé que tal vez se tratara de unos pervertidos, pero ¿y si hubieran sido los dos fascistas, que habían vuelto a buscar el maletín? Al no encontrarlo, debieron de ponerse hechos una furia y puede que persiguieran a los niños porque debieron de fijarse en las joyas que Lia llevaba puestas. Sí, cuanto más lo pienso, más me convenzo de que esos dos eran los ladrones del tesoro —concluyó señalando el dibujo que representaba a los dos hombres malos que corrían detrás de los hermanos.

Mezzanotte, que al principio le había echado una ojeada somera, se acercó para observar con más atención el dibujo. La maldad de las dos figuras estilizadas se ponía de relieve a través de la línea de la boca cuyos extremos estaban torcidos hacia abajo. Uno de los dos llevaba un parche en un ojo y empuñaba una pistola, y el otro parecía ayudarse de una muleta. Debajo de las figuras había algo escrito, probablemente sus nombres, que los niños debieron de oír durante la persecución: «Castrillo» y «Drago».

Laura, que todavía lo tenía cogido del brazo, sintió que Cardo se ponía tenso de repente. De él emanó una violenta ráfaga de emociones que fue a chocar contra sus barreras psíquicas: estupor mezclado con rabia, rencor y remordimiento. Laura reconoció la oscura maraña emocional que anidaba en el fondo del alma del joven, la misma que había percibido cuando lo había sondeado en la pizzería de Farid. Era como si, de golpe, algo hubiera atizado las brasas que dormitaban allí abajo y hubiera provocado una llamarada.

Volvió la cabeza para mirarlo. Tenía la vista clavada en la pared cubierta de dibujos, los labios prietos y la frente surcada de profundas arrugas. Estaba a punto de preguntarle qué le pasaba, cuando el General intervino.

—Bueno, ya es hora de irnos. Me gustaría llevaros de vuelta a la estación y estar de regreso a tiempo para participar en la ceremonia fúnebre. Eso significa que tenemos que ponernos en marcha enseguida.

Antes de irse, se despidieron de la sacerdotisa, que había dejado de cantar y parecía profundamente afligida por la desaparición de los Antiguos. *Maman* saludó a Laura con especial emoción estrechándola en un largo abrazo. Luego clavó en ella el ojo sano y la escrutó con aquella mirada suya tan penetrante. Le recordó que, en adelante, Mami Wata la protegería y la ayudaría, siempre y cuando ella siguiera escrupulosamente las instrucciones que le había dado.

—Ya tendremos ocasión de vernos de nuevo —dijo al final.

Laura esperaba que no fuera así, pero se guardó mucho de manifestarlo.

Cuando el General y la chica salieron de la cueva, Mezzanotte los siguió como un autómata, con la cabeza en otro sitio. Por el camino, al verlo tan sombrío y taciturno, Laura le preguntó si algo iba mal. Él le contestó con un «no» seco, casi irritado por la pregunta.

III

Lo de abajo arriba y lo de arriba abajo

Si miras largo rato en la oscuridad, siempre
hay algo.

WILLIAM BUTLER YEATS

1

—Ya casi hemos llegado —anunció el General—. Ahora podéis quitaros las vendas.

Laura y Riccardo no se hicieron de rogar. Cuando se retiraron los trozos de tela con los que les habían tapado los ojos a la salida del poblado, para impedirles ver qué camino iban a recorrer, se encontraron en uno de los numerosos depósitos de material abandonado que se pudría desde tiempos inmemoriales en el subsuelo de la estación. Dos Hijos de la Sombra estaban retirando unas viejas cajas con la etiqueta de Correos, detrás de las cuales se escondía una pequeña puerta de hierro, ya oxidada y corroída, que recordaba a las de los montaplatos. El General la abrió, la atravesó e hizo una señal a los prisioneros para que lo siguieran. Una escalera de travesaños de metal empotrados en el cemento ascendía a lo largo de un estrecho conducto vertical. Los tres subieron unos metros por ella, mientras que los hombres que los habían escoltado se quedaron en el depósito.

Aunque la escalera continuaba, el viejo se detuvo delante de otra puertecilla de forma ovalada. Después de trastear un rato con el cerrojo para desbloquearlo, la empujó y salió del conducto. Mezzanotte ayudó a Laura a pasar y, a continuación, lo hizo él.

Desembocaron en un retrete que, de no haber sido por el polvo y las costras de suciedad que cubrían todas las superficies, se hubiera podido considerar de lujo: paredes de mármol, grifería dorada, espejos de cristal. Uno de ellos era el encargado de ocultar la puertecilla por la que habían entrado. Riccardo no había visto nunca nada por el estilo en la Central.

—¿Adónde nos habéis traído? —preguntó.

Sin dar contestación alguna, el General los invitó con un gesto a salir del cuarto de baño. Traspasado el umbral, la antorcha que el viejo llevaba en la mano y la lámpara frontal del casco de Mezzanotte alumbraron un fastuoso salón decorado con bajorrelieves, columnas y pilastras. También allí eran evidentes las muestras de abandono: los revestimientos marmóreos de las paredes estaban surcados de grietas y los casetones del techo mostraban manchas de moho a causa de la humedad; los pesados cortinajes y el forro de terciopelo rojo de los muebles se veían ajados; el suelo de parquet, decorado con motivos geométricos en taracea, estaba lleno de arañazos y desvencijado.

Tres altas puertas de madera y cristal opaco divididas en cuarterones permitieron a Mezzanotte deducir dónde estaban. Había pasado delante de ellas, por el lado opuesto, en innumerables ocasiones.

—Nos encontramos en el interior del Pabellón Real —exclamó Riccardo, para luego añadir, con objeto de que Laura lo entendiera—: Era la sala de espera reservada a los Saboya. Estas puertas dan directamente a las vías.

—Pues sí —confirmó el General—. La estación no deja nunca de depararnos sorpresas, ¿verdad? Es una lástima que dejen que se estropee de esta forma. Pensad que el pasadizo secreto por el que hemos entrado es de aquella época. Lo construyeron como vía de escape para el rey, en caso de peligro. Nosotros nos hemos limitado a modificarlo un poco.

A propósito de sorpresas, al dar una vuelta por el salón, Mezzanotte se fijó en unas pequeñas esvásticas entre los motivos ornamentales formados por la taracea del suelo. Probablemente, un homenaje del régimen fascista a su poderoso aliado alemán, que, a la luz de los horrores que habían sido perpetrados en los sótanos durante la guerra, resultaba bastante siniestro.

Antes de separarse repasaron por enésima vez la versión de los hechos acordada con el General que Laura y Mezzanotte iban a dar a las autoridades: Riccardo se había colado solo en los sótanos de la estación, donde había andado vagando hasta lograr localizar el escondite en el que Laura estaba prisionera, justo a tiempo para impedir que fuera sometida al sacrificio; para liberarla, se había visto obligado a enfrentarse al Fantasma y a matarlo. Ni una palabra sobre el papel desempeñado por los Hijos de la Sombra ni sobre la existencia del tercer nivel y del poblado.

En una de las zonas conocidas de los sótanos los hombres del General estaban ya preparando una falsa guarida en la que iban a dejar el cadáver de Adam. Mezzanotte afirmaría que no se acordaba exactamente de su localización. Debido a sus indicaciones imprecisas tardarían varios días en dar con ella, de modo que a la Científica le resultara más difícil encontrar rastros que pudieran poner en duda la veracidad de sus testimonios. Por lo demás, era harto improbable que los investigadores fueran muy a fondo en sus pesquisas. Ya debían de haberse dado cuenta de que la petición de rescate era falsa, y la historia con final feliz que Laura y Mezzanotte tenían intención de ofrecer a las autoridades representaba la mejor oportunidad que estas podían hallar para ahorrarse un vergonzoso ridículo ante los ojos de la opinión pública. Sería muy difícil que no aprovecharan esa oportunidad. Cabía esperar también que fueran las primeras en zanjar eventuales discrepancias y contradicciones con tal de cerrar el caso lo antes posible y de tratar que todo el mundo se olvidara del asunto.

Cuando se despidieron, el viejo dijo a Mezzanotte que se pondría en contacto con él para recibir noticias de sus progresos en las pesquisas sobre los hombres de negro.

—¿Y si yo necesitara ponerme en contacto contigo? —le preguntó Riccardo.

—¿Te acuerdas de las estatuas de las quimeras colocadas en el extremo de las marquesinas de la cubierta? Deja una nota en la boca de la que está a la izquierda. Alguien pasará periódicamente por allí.

—¿No hay ningún sistema menos farragoso?

—Bajo tierra los móviles no tienen cobertura, jovencito. Y, en cualquier caso, los viejos métodos son siempre los más seguros. Mira hasta dónde ha llegado la mafia a base de ir dejando papelitos —replicó el General—. Y ahora tengo que irme. Buena suerte y no olvidéis vuestra promesa.

Antes de desaparecer detrás de la puerta del retrete real, el viejo volvió una última vez la cabeza.

—Hay algo más —dijo a Mezzanotte—. Si, como creo, los hombres de negro estaban vigilándote, al verte reaparecer les preocupará lo que puedas haber descubierto en el subsuelo. Y en caso de que se den cuenta de que los estás investigando, no cabe descartar que intenten pararte los pies.

Riccardo se encogió de hombros. Era una eventualidad que ya había considerado. Luego se acercó a las puertas para salir de allí y accionó el tirador. Las tres estaban cerradas con llave, como suponía. Por fortuna sabía manejarse con en este tipo de cosas y no le resultó muy difícil forzar la cerradura.

Antes de abrir la puerta miró a Laura, que estaba a su lado.

—¿Preparada?

La muchacha asintió con la cabeza y los labios prietos.

Aunque solo habían pasado unos días a poco más de unos centenares de metros de distancia de allí en línea recta, ambos se sentían como si estuvieran volviendo de un largo viaje al otro extremo del mundo, después de todo lo que les había sucedido.

Se cogieron de la mano y salieron del Pabellón Real.

Decir que los compañeros presentes en la Unidad recibieron con sorpresa su entrada en compañía de la chica secuestrada no sería suficiente para hacerse una idea de lo que supuso su aparición. Tras unos instantes de estupefacto silencio se desencadenó un auténtico escándalo. Desde hacía días se filtraban rumores procedentes de la Jefatura acerca de una posible implicación de Mezzanotte en el secuestro, y su repentina desaparición no había hecho más que alimentar las sospechas. Se esperaba que de un momento a otro se dictara una orden de prisión preventiva contra él, por lo que, al verlo reaparecer, nadie supo si recibirlo como un héroe o, por el contrario, ponerle las esposas.

En espera de la llegada del comisario Dalmasso, que ya había salido de su despacho y volvía a toda prisa, aparcaron a Riccardo y Laura en la salita destinada a los interrogatorios, les ofrecieron algo de comer y de beber, y decidieron que los visitara un médico. A su llegada, el máximo responsable de la Unidad, que ya se había encargado de avisar a las autoridades competentes, los sometió a una primera tanda de preguntas, en el transcurso de la cual un ataque de transpiración incontrolada delató su nerviosismo. A continuación, los acompañó a via Fatebenefratelli en un automóvil con las sirenas pitando a todo meter.

En la Jefatura, los dos tuvieron que prestar declaración varias veces, primero por separado y luego juntos, ante De Falco y los fiscales Rizzi y Tafuri, que los acribillaron a preguntas y aclaraciones, pero, tal como estaba previsto, en ningún momento plantearon dudas sobre la fiabilidad sustancial de su relato. A decir verdad, De Falco intentó en un par de ocasiones acorralar a Mezzanotte, pero los dos fiscales, con tal de no reconocer que habían cometido un error garrafal, le pararon los pies de inmediato dándole a entender que a él también le convenía cerrar el asunto de la manera más rápida e indolora posible.

Mientras tanto, en el pasillo situado delante de la sala donde tenían lugar los interrogatorios había dado comienzo un ir y venir de policías que acudían para comprobar con sus propios ojos cuál era el motivo del insólito nerviosismo que reinaba en la Jefatura. En las pausas entre una sesión y otra, alguno de ellos se acercó incluso a Mezzanotte para felicitarlo, a pesar de la mala fama que todavía lo rodeaba por aquellos lares. Hasta el propio comisario jefe se tomó la molestia de hacerlo; con este fin, bajó de los pisos superiores seguido de una caterva de mandos, entre ellos el propio Venturi, quien, radiante de felicidad, le guiñó un ojo mientras le alzaba el pulgar.

—Deseaba presentarle personalmente mi enhorabuena —le dijo el comisario jefe estrechándole la mano. A continuación, le ofreció el correspondiente permiso especial —que él cortésmente rechazó, tan solo aceptó un día de descanso— y le aseguró que la suspensión de funciones de la que había sido objeto, «fruto de un desagradable malentendido», se consideraría revocada con efecto inmediato. Todo ello delante de Dalmasso, que se había visto obligado a tragarse aquel sapo asintiendo vigorosamente con la cabeza.

Luego lo agarró del brazo y se lo llevó a la rueda de prensa organizada en un santiamén con el fin de aplacar a los medios de comunicación, que, desde que se había hecho pública la noticia del secuestro, asediaban sin descanso el edificio de la Jefatura. Sentado al lado de un De Falco que no podía ocultar su disgusto, Mezzanotte escuchó al máximo responsable de la policía de Milán exaltar los esfuerzos conjuntos de la Brigada Móvil y de la Polfer, que habían conducido a la rápida liberación de la rehén, como si se hubiera tratado de una operación oficial, y no de la iniciativa personal y no autorizada de un policía que ni siquiera estaba de servicio. Previamente aleccionado, cuando le pasaron el micrófono, Riccardo solo dijo unas cuantas palabras de circunstancias, pasando por alto el hecho de que, cuando había expuesto su teoría acerca del secuestro de la muchacha, no solo nadie le había creído, sino que, por el contrario, lo habían suspendido en sus funciones y lo habían acusado de insubordinación.

Entre unas cosas y otras, no había tenido ocasión de pasar ni siquiera un minuto a solas con Laura. La había visto al fondo del pasillo, cuando sus padres se la llevaban. Un instante antes de desaparecer en el ascensor, la chica volvió la cabeza y mandó un beso en dirección a donde él estaba.

Durante todo el tiempo que duraron los interrogatorios, que se habían prolongado hasta altas horas de la noche, Mezzanotte estuvo a punto de perder la paciencia y le costó mucho trabajo mantener la concentración, impaciente por volver a casa para hacer frente a la inquietud que lo atormentaba desde que leyó aquel nombre, «Castrillo», en la pared de la cueva.

Sin embargo, ahora que por fin podía hacerlo, vacilaba. Plantado de pie delante del armario de su dormitorio, no era capaz de decidirse a abrirlo. Seguía repitiéndose que no tenía por qué preocuparse. Solo debía efectuar una sencilla comprobación que no conduciría a nada, simplemente para disipar cualquier duda, eso era todo. ¿Por qué, pues, tenía el angustioso presentimiento de que al abrir aquel armario corría el peligro de destapar una especie de caja de Pandora?

Era solo un apellido, no significaba nada. Se trataba de una mera coincidencia. En definitiva, ¿qué relación podía existir entre las dos cosas? Por otra parte, era un apellido nada corriente. Por eso le había llamado la atención. En toda su vida solo se lo había encontrado en otra ocasión. Y se acordaba perfectamente de ella. Al verlo grabado en la piedra, debajo del dibujo de Lia, todo volvió a aflorar de nuevo a la superficie: el dolor por la muerte de su padre, la furia contra su asesino desconocido, los sentimientos de culpa por no haber sido capaz de encontrarlo.

No sabía qué le daba más miedo: lo que pudiera descubrir, o no descubrir nada. Pero no había manera de eludirlo. Aquella carcoma no dejaría de corroerle las entrañas, así que lo mejor era hacer un esfuerzo y quitarse de encima enseguida aquella inquietud.

Sus manos temblaban ligeramente cuando agarró el pomo y abrió de par en par las puertas del armario. Las cajas de cartón que contenían los papeles de las pesquisas sobre el homicidio del comisario Mezzanotte se encontraban al fondo del estante más alto, y resultaban tan engorrosas como su mala conciencia. Hacía por lo menos dos años que no las abría. No había llegado a reconocerlo nunca, ni siquiera ante sí mismo, pero incluso él había tirado la toalla, al igual que todos los demás. Para bajarlas de allí arriba, tuvo que subirse a una silla y retirar todos los trastos que habían ido acumulándose delante de ellas.

Sentado en el suelo, les quitó el polvo con una camiseta recogida de entre la ropa sucia que había tirada en el suelo. Tras retirar la cinta adhesiva con la que las había precintado, las abrió y se puso a hojear carpetas y archivadores. Sabía qué estaba buscando: los dosieres de las investigaciones en curso de la Brigada Móvil que su padre tenía encima de su mesa en el momento de su muerte. Sacó uno de ellos. Sintió cómo la sangre empezaba a hervirle en las sienes. Ahí estaba, el mismo apellido, la memoria no le había fallado. El encabezamiento del expediente rezaba: «Investigaciones sobre desconocidos por el homicidio de Luisa Castrillo».

Apoyó la documentación en una de las cajas de cartón y se puso a hojearla. El cadáver de la víctima, una mujer soltera de cincuenta y cinco años que vivía sola, había sido encontrado en su domicilio el 10 de mayo de 1998 a raíz del aviso de un vecino. La autopsia estimó que la muerte databa de unas cuarenta y ocho horas antes aproximadamente. Había habido una pelea entre ella y su asesino, que le había roto el cráneo golpeándola con una estatuilla del padre Pío, de metal plateado, que había cogido de entre los adornos de la casa. En el arma del delito, abandonada junto al cadáver, no había huellas digitales. El piso estaba situado en la primera planta, las ventanas no tenían rejas, y una de ellas presentaba claros signos de rotura. Habían puesto el apartamento patas arriba, pero nadie supo decir con certeza qué habían robado. Desde el principio, en cualquier caso, la hipótesis que todos consideraron más probable era que se trataba de un intento de robo que había acabado mal. Luisa Castrillo debió de ser asesinada por un ladrón que se había metido en el piso pensando que la dueña no estaba en casa o que había sido sorprendido debido al regreso anticipado de la víctima. Desde luego, cabía preguntarse por qué el delincuente había escogido precisamente aquel objetivo, teniendo en cuenta las condiciones económicas, ni mucho menos boyantes, de la pobre mujer, que vivía de una pensión mínima, pero quizá tenía el proverbial montón de ahorros guardado debajo del colchón y el ladrón lo sabía. De lo que no podía caber la menor duda era que se mostró sumamente prudente y meticuloso. Llevaba guantes y no había dejado tras de sí ni rastros ni testigos. En la escena del crimen, la Científica no había encontrado ningún indicio —huellas digitales, cabellos, residuos orgánicos ni cualquier otra cosa— que permitiera dar con él. Al finalizar los plazos concedidos para las pesquisas preliminares, el caso había sido archivado con el epígrafe de «Sin resolver».

El amanecer sorprendió a Mezzanotte todavía inclinado sobre declaraciones e informes. Los rayos del sol reverberaban a través de los cristales cubiertos de suciedad de las ventanas resaltando sin piedad las condiciones lamentables en las que se hallaba su domicilio: polvo en los muebles, montones de platos, cubiertos y cacerolas con una costra de suciedad encima acumulados en el fregadero, las botellas y las latas que se había bebido para emborracharse después de que lo suspendieran en sus funciones todavía dispersas por el salón. Las dos ventanas que había abierto de par en par a su regreso, al menos, habían disipado la peste a cerrado y a rancio.

Mientras continuaba leyendo, como había hecho ya en su momento sin lograr darse una explicación convincente, Riccardo se preguntó de nuevo por qué aquel expediente estaba encima de la mesa de su padre. Aunque ya no llevaba a cabo pesquisas personalmente desde que lo habían ascendido a un alto cargo, el comisario Mezzanotte no había renunciado nunca a supervisar de cerca el trabajo de sus investigadores, que lo consultaban a menudo para sacar provecho de sus intuiciones, siempre tan esclarecedoras. No era raro que mandara que le trajeran el expediente de cualquier caso complicado para repasarlo personalmente con la mayor minuciosidad, y tampoco lo era que lograra encontrar la clave del problema y se pusiera a tirar del hilo. Pero entre los diversos dosieres que estaba revisando en el momento de su muerte, el caso Castrillo destacaba por ser el menos relevante y significativo. En Milán se cometían decenas de homicidios al año, y aquel era solo uno de tantos. ¿Qué podía haber llamado su atención en un robo banal que había acabado en tragedia? Era una pregunta con mucha probabilidad destinada a quedar sin respuesta, dado que el comisario no había hablado nunca de aquel caso con nadie, ni siquiera con los policías a quienes había sido asignada la investigación, y en el posterior examen de la documentación no se habían observado anomalías ni cosas raras de ningún tipo.

En cualquier caso, por lo que él había podido comprobar, no había absolutamente nada que permitiera suponer que hubiera la más mínima relación entre el asesinato de Luisa Castrillo y los sótanos de la Estación Central. Por raro que fuera aquel apellido, su presencia en la cueva de los padres del Fantasma era solo una coincidencia. Había dado rienda suelta a su imaginación y se había preocupado por nada.

Tranquilo y decepcionado a un tiempo, continuó dando vueltas a las páginas del expediente, más por inercia que por otra cosa, ojeándolas distraídamente. Al llegar a la sección acerca de los objetos recogidos por la Científica en la escena del crimen para someterlos a examen en el laboratorio, se detuvo y se puso blanco como la cera. Ante sus ojos tenía la reproducción de una vieja fotografía color sepia manchada de sangre. La encontraron debajo de un mueble del cuarto de estar, en el que yacía el cadáver de Luisa Castrillo. La presencia de la sangre, que más tarde se comprobó que pertenecía a la víctima, hacía suponer que había acabado allí durante la pelea o inmediatamente después, por lo que los técnicos la habían clasificado como prueba con la esperanza de encontrar en ella algún indicio. Aparte de los rastros de sangre, se había comprobado que la fotografía estaba inmaculada, como todo lo demás.

Con toda seguridad no era la primera vez que Mezzanotte la veía. En la época en que dedicó gran parte de su tiempo libre al estudio incansable y obstinado de aquella montaña de papeles, sin duda habría caído en sus manos, pero en ningún momento atrajo su atención. En ese momento, en cambio, era muy distinto. Porque en aquella foto de época habían sido inmortalizados dos milicianos con camisa negra, uno de los cuales llevaba un parche en un ojo, mientras que el otro se apoyaba en una muleta.

Castrillo y Drago.

Por mucha confusión que aquello suscitara en él, parecía obvio que eran precisamente los dos fascistas del dibujo de Lia.

Con el rostro escondido bajo un pequeño sombrero de ala ancha y voluminosas gafas de sol, Laura ocupaba uno de los asientos del fondo del autobús 43 y apretaba nerviosamente el bolso sobre su regazo. Le causaba impresión volverse a encontrar en los amplios espacios abiertos de la ciudad inundada de sol que se desplegaban al otro lado de las ventanillas del vehículo, después de los días pasados en la oscuridad de su prisión subterránea. Quizá fuera debida a eso la sensación de ansiedad y extrañeza que experimentaba. Era como si un velo de irrealidad se hubiera extendido sobre el mundo.

Aunque casi no había pegado ojo, esa mañana había salido temprano, tras tomar un rápido desayuno bajo la mirada preocupada de sus padres, que no comprendían los motivos de tanta prisa y habían intentado convencerla de que se tomara unos días de descanso en casa antes de volver a zambullirse en la vida de siempre. Enrico Cordero se habría sentido más tranquilo si ella hubiera permitido que la visitara su médico de confianza, si bien la noche anterior, todavía en la estación, ya la había examinado un doctor en la unidad de la Polfer y la había encontrado perfectamente sana. Le sugirió que consultara a un psicólogo para que la ayudara a superar el trauma del secuestro. Sus padres se habían vuelto terriblemente aprensivos, más incluso de lo habitual, pero había que comprenderlos. Su desaparición los había tenido angustiados durante varios días. En realidad, quien más aprensivo se mostraba era su padre. Solange parecía más bien enfadada, como si le atribuyera a ella la responsabilidad de lo sucedido.

Pero Laura tenía una cosa importante que hacer y por varios motivos no estaba dispuesta a posponerla, así que no había renunciado a salir tras asegurarles que se sentía perfectamente bien, cosa que en esencia era verdad, exceptuando un ligero cansancio y el dolor de cabeza que la atormentaba desde que se había levantado de la cama y que ni siquiera un paracetamol había conseguido disipar. Se había escabullido pasando por el garaje, cuya rampa desembocaba en la parte trasera del edificio, para evitar al grupito de periodistas apostados a la puerta de su casa, y lo había hecho camuflada, para que no pudieran reconocerla, dado que ese día su foto aparecía en todos los periódicos. Por suerte, eso no iba a durar mucho. Su caso se había resuelto demasiado deprisa y había acabado demasiado bien para merecer el honor de aparecer en las páginas de sucesos durante mucho tiempo.

Desde la tarde anterior, mientras la llevaban a casa al salir de la Jefatura, sus padres habían vuelto a la carga para convencerla de que dejara el Centro de Escucha. Con la poca imaginación que los caracterizaba, habían insistido, una vez más, con la monserga de que la estación era un sitio demasiado peligroso. Sin embargo, ella dejó enseguida bien claro que no pensaba hacerlo de ninguna manera. Preveía que iba a ser una auténtica batalla, pero no quería ceder ni un milímetro. El voluntariado había cambiado su vida en tantos sentidos que no renunciaría a él ni por todo el oro del mundo. La había animado a salir de su cascarón y le había demostrado que era capaz de vivir de manera plena y de enfrentarse cara a cara a sus problemas; le había hecho entender que ayudar a los demás era una exigencia que venía de lo más profundo de su ser, quizá su verdadera vocación, y le había permitido conocer a Cardo, con todo lo que eso había conllevado. En cierto modo, le había revelado quién era ella misma. Sí, desde luego, también se había visto envuelta en situaciones desagradables, pero eso tenía que ver en buena medida con su falta de previsión.

En cualquier caso, al final, lo había conseguido. Había salido ilesa de las garras del Fantasma, no solo gracias a Cardo, sino también al don, que literalmente le había salvado la vida al indicarle cómo abrir una brecha en el ánimo de su captor. En esa ocasión, por primera vez, había dado gracias al cielo por poseerlo.

A pesar de todo lo que le había sucedido en los sótanos de la estación, tenía que reconocer que se sentía mucho menos sobrecogida de lo que habría cabido esperar. Un poco desorientada, quizá, pero nada más. A fin de cuentas, había valido la pena, y habría vuelto a repetirlo todo sin vacilar. Si Adam no la hubiera capturado, no habría encontrado nunca a los hermanitos y no habría logrado comprender por qué se le aparecían, ni cómo era capaz de percibir emociones relacionadas con acontecimientos de más de medio siglo de antigüedad. Ahora que se había resuelto definitivamente aquella cuestión que la había tenido en jaque durante semanas, tenía la impresión de haberse quitado un peso enorme de encima.

Solo lamentaba que Lia y Amos no hubieran podido decirle qué querían de ella. De todas formas, se sentía en la obligación moral de hacer algo por ellos, y también por todos los demás deportados cuyo tremendo destino había revivido en su propia piel, en su propia carne. Había pensado mucho en ello, convenciéndose de que sus indecibles sufrimientos, que hacía tantos años que resonaban en el vacío como gritos silenciosos y que solo ella era capaz de captar, exigían ante todo ser escuchados, reconocidos y recordados, no solo por ella, sino por todo el mundo, como un aviso para evitar que pudiera repetirse el horror que los había engendrado. Creía saber también cómo conseguirlo. Se le había ocurrido una idea, solo tenía que encontrar la ocasión y las palabras adecuadas para hablar de ella con su padre. De hecho, no podría hacerla realidad sin su ayuda.

Por enésima vez echó una ojeada al móvil. Todavía sin noticias de Cardo. Ni siquiera había respondido al SMS de buenas noches que le había mandado la noche anterior. Probablemente lo habían entretenido en la Jefatura hasta muy tarde. Si no recordaba mal, le había dicho que se iba a tomar un día libre. Lo más seguro era que todavía estuviera durmiendo.

Se moría de ganas de volver a verlo. En ese momento se sentía por fin preparada para tener una relación de verdad, estaba dispuesta a poner toda la carne en el asador para conseguirlo. Pero estaba también llena de temores. Sabía que irremediablemente tendría que confesarle lo del don y seguía preguntándose cómo reaccionaría él, si sería tan abierto de mente como para aceptar algo que no podía entender del todo. Esperaba que así fuera.

El gemido neumático de las puertas del autobús al abrirse la hizo salir de pronto de su ensimismamiento. Estaba a punto de pasarse de parada. Se levantó de un salto y bajó del autobús un instante antes de que volviera a arrancar.

Al cabo de un rato, Ester Limentani oyó sonar el timbre y fue hacia la puerta. El estupor le hizo abrir como platos sus tristes ojos cuando vio a Laura en el descansillo.

—Señorita, no esperaba su visita...

—Sí, tiene razón. Perdone que haya venido sin avisarla antes, pero necesito hablar con usted con urgencia.

—Me parece que he oído su nombre por la radio esta mañana, pero no recuerdo a propósito de qué. ¿O tal vez me equivoco? —dijo la anciana señora mientras se echaba a un lado para dejarla pasar.

—No se preocupe, no era nada importante —respondió enseguida Laura, dirigiéndose hacia las zapatillas de fieltro antes de que se lo recordara.

—Los he encontrado, ¿sabe? —anunció en cuanto estuvieron sentadas de nuevo una frente a otra en la penumbra inmóvil y marchita del saloncito. Ester Limentani le devolvió una mirada opaca, demasiado educada o quizá demasiado tímida para preguntarle a qué se refería.

—A Amos y a su hermana. Al final he conseguido descubrir qué fue de ellos.

—Ah, ¿sí? —La débil voz de la anciana se había adelgazado tanto que daba la impresión de que estaba a punto de romperse.

—Murieron, pero no aquel día en la estación, y tampoco en el tren que iba a Auschwitz, donde nunca llegaron a poner los pies. Vivieron muchos años. Sí, desde luego, fue muy duro. Sufrieron, no voy a ocultárselo, pero conocieron también muchas alegrías.

Ester Limentani permaneció en silencio, sin dejar de juguetear con el collar de chapas de botella que llevaba al cuello.

—No me pregunte cómo he llegado a saberlo —continuó diciendo Laura al tiempo que ponía una mano en la rodilla de la anciana—, pero puedo asegurarle que tampoco Amos la olvidó nunca a usted. La quería. Sus últimos pensamientos, antes de marcharse, se los dedicó.

—No lo entiendo, no es posible que... —balbució, confusa, Ester.

Laura se inclinó para coger el bolso, sacar de él el ejemplar del *Robinson Crusoe* y entregárselo.

—Quería que fuera para usted.

La anciana agarró con sus dedos, rígidos a causa de la artrosis, el volumen viejo y gastado, mientras el estupor se adueñaba de su rostro rugoso. Luego lo abrió y deletreó en voz baja el nombre de su propietario, escrito en la primera página en blanco. El nombre de su viejo amor perdido. Acarició la tapa con los ojos húmedos, luego estrechó el libro contra su pecho y empezó a mecerlo sollozando suavemente.

Laura aguardó con paciencia a que la señora Limentani se desahogara y derramara todas las lágrimas que hiciera falta. Reprimir el llanto que también quería brotar de sus ojos como consecuencia de las emociones experimentadas por Ester, tan tumultuosas que sus barreras mentales no eran capaces de contenerlas del todo, le exigió un no pequeño esfuerzo.

Después le contó cuál era el proyecto que tenía y el papel que esperaba que ella desempeñara en él.

La adrenalina que corría por sus venas no le dejaba quedarse quieto. Hacía horas que Mezzanotte daba vueltas por el piso, perdido como una bola de pinball, limpiando y ordenando la casa, presa de una euforia nerviosa mientras pensaba en las implicaciones de su descubrimiento. ¿Estaba solo haciéndose ilusiones o había dado de verdad con una pista —la primera, en realidad— que prometía arrojar un poco de luz sobre el asesinato de su padre?

Después de recoger botellas y latas vacías, meter en la lavadora la ropa sucia, fregar los platos y pasar el aspirador, se disponía a fregar el suelo. Si Luisa Castrillo era pariente de uno de los dos camisas negras que en 1944 robaron el maletín al joyero judío, entonces podía darse el caso de que el motivo de su asesinato estuviera relacionado con el tesoro de los sótanos. Quizá lo del robo del apartamento fuera solo un montaje preparado por el asesino para cubrir su rastro. En tal caso, el interés del comisario Mezzanotte no resultaba tan gratuito e inexplicable. Debió de intuir que algo no encajaba, pero ¿qué pudo suscitar sus sospechas? En el expediente no había absolutamente nada que pusiera en duda que las cosas hubieran sucedido como parecía que lo habían hecho.

Dejó de restregar el suelo con la fregona y repitió para sus adentros lo último que había pensado: «No hay absolutamente nada...». Un escalofrío le recorrió la espina dorsal. A lo mejor ese era el quid de la cuestión: lo que desentonaba no era algo que estuviera en la documentación, sino lo que faltaba en ella. En aquel delito lo que faltaba por completo eran rastros. La escena del crimen había sido limpiada a la perfección. Incluso con demasiado esmero, para ser el escenario de un hurto que había terminado de manera trágica. ¿Era verosímil que un simple ladrón, tan torpe que se había dejado pillar con las manos en la masa por la dueña del piso, hiciera luego gala de tanta pericia a la hora de borrar cualquier indicio que permitiera dar con él?

Escurrió la fregona y empezó a pasarla otra vez frenéticamente por el suelo. ¿No había sido aquel el detalle fuera de lugar que había llevado a su padre a aguzar los oídos y de paso a intentar profundizar en el asunto? Era muy poco, casi nada, pero para un sabueso del calibre del comisario Mezzanotte debió de ser suficiente como punto de partida.

Entonces ¿qué le había ocurrido en realidad a Luisa Castrillo aquel día? Si su intención no era desvalijar el domicilio de la pobre mujer, que, por lo demás, carecía casi por completo de recursos, ¿cuál había sido la finalidad del asesino? ¿Se trataba de algo relacionado con las joyas? La fotografía de los dos fascistas que las habían robado hallada debajo del mueble permitía suponerlo. Con independencia de que el asesino hubiera conseguido o no lo que quería, después había matado a la señora Castrillo, con lo que se había deshecho de un testigo incómodo, y había simulado un robo para despistar a los investigadores, estratagema que le había salido a la perfección. O, mejor dicho, casi a la perfección. Hubo una persona que no se dejó engañar. El mejor de todos, el legendario comisario Mezzanotte, debió de olerse que las cuentas no cuadraban y se puso a investigar el caso personalmente.

¿Y después? De un modo u otro, su padre debió de descubrir algo y el asesino, sintiéndose acorralado, lo había atraído a aquella nave industrial abandonada para eliminarlo a él también. ¿Podía haber sido así realmente? Mirándolo bien, un nexo, por frágil que fuera, entre los dos homicidios sí lo había: en ambos casos no se había encontrado ni un solo indicio, por pequeño que fuera, en la escena del crimen, y en uno y otro caso el culpable había sido lo bastante hábil para limpiarla a la perfección. ¿Bastaba eso para suponer que detrás de ambos crímenes se escondía la misma mano? ¿De verdad era posible que su padre hubiera averiguado o hubiera estado cerca de averiguar quién había matado a Luisa Castrillo y que eso fuera lo que había determinado su muerte?

Se preguntó si no debería comentarlo con alguien. ¿Con Venturi quizá? Pero no podría hacerlo sin sacar a relucir lo del tesoro y revelarle la existencia de los Hijos de la Sombra. Y, además, por el momento, lo suyo no eran más que especulaciones que cualquiera habría considerado demasiado inconsistentes y llenas de lagunas.

Dicho eso, valía la pena indagar más a fondo. Y la primera cuestión que había que aclarar era si el asesinato de Luisa Castrillo estaba en efecto relacionado con el caso de las joyas. Una empresa que no era fácil, teniendo en cuenta que los hechos databan de hacía más de medio siglo. Por otro lado, si el comisario Mezzanotte lo había conseguido disponiendo de las mismas cartas que tenía él en sus manos, una manera de aclararlo debía de haber.

Entonces le vino una cosa a la cabeza. Dejó caer la fregona y, al dirigirse con precipitación al dormitorio, chocó sin querer con el cubo, que se volcó e inundó el suelo de agua sucia. En el expediente habían adjuntado también una fotocopia del reverso de la fotografía, dado que también en él había salpicaduras de sangre. Si no recordaba mal, había escrito en ella algo que, convencido de que no tenía ninguna relación con el caso, no se había tomado nunca la molestia de leer.

Le bastó dar la vuelta a la página para encontrar lo que buscaba. Un texto escrito a mano, con una letra apretada e irregular, llenaba el reverso de la foto. Su legibilidad se hallaba en parte reducida debido a las manchas de sangre que tapaban algunas palabras.

Milán, 7 de marzo de 1945

Adorada Elvira:
Finalmente me han dado de alta en el hospital. La pierna sigue doliéndome una barbaridad, pero con la ayuda de la muleta por lo menos me agu[...]
   Fuera estaba esperándome el viejo Drago, con su parche recién estrenado, con el que parece un pirata. Si yo en aquel maldito ataque de los partisanos en la carretera de Lecco por poco me quedo sin una pierna, él ha perdido el ojo derecho. Nos fuimos a emborracha[...] poco que celebrar. La guerra va muy mal, en la ciudad se respira un aire de derrota.
   Pero tú no debes preocuparte. Ahora que Drago y yo estamos juntos otra vez y hemos vuelto a Milán, podremos ocuparnos del asunto que ya sabes. Verás cómo dentro de poco para nosotros todo cambi[...]
   Da un beso a la pequeña Luisa de mi parte.
   Con cariño,
   Tito

Así que eran los dos fascistas del dibujo. El de la muleta se llamaba Tito Castrillo y era el padre de la mujer asesinada. En cuanto al «asunto» al que hacía alusión la carta, ¿era posible que se tratara de la recuperación de las joyas escondidas en la estación? Mezzanotte sabía que los dos camisas negras lo habían intentado al menos una vez sin éxito, inmediatamente después de que acabara la guerra, pero ¿y luego? ¿Por qué no habían conseguido llevar a cabo su propósito?

De Drago, el del parche en el ojo, de momento sabía demasiado poco; pero ahora que conocía el nombre completo del otro podía intentar descubrir algo más sobre él.

Fue a buscar un número de teléfono en la guía y cogió el inalámbrico, pero se le había agotado por completo la batería. Volvió a colocarlo en su sitio y encendió el móvil, que había apagado la noche anterior. Lo esperaba una larga lista de llamadas perdidas y de mensajes, uno de ellos de Laura. Abrió solo ese: le deseaba buenas noches y añadía que pensaba en él. Demasiado tarde para contestar, ya era por lo mañana. La llamaría en cuanto acabara con aquel asunto. Marcó el número del Registro Civil y formuló su pregunta al empleado que le respondió. Cuando volvió a colgar, unos diez minutos más tarde, se quedó pensativo un buen rato.

En su certificado de defunción figuraba que Tito Castrillo había fallecido de insuficiencia respiratoria, a los ochenta y cuatro años de edad, el 11 de junio de 1998, en una casa de reposo, Villa Alegría. Había estirado la pata más o menos un mes más tarde de que muriera su hija y exactamente cinco días después que el padre de Riccardo.

¿Meras coincidencias?

Al volver la cabeza para maniobrar cuando aparcaba el Panda a un par de manzanas del asilo, Mezzanotte vio a través de la luneta posterior una moto de gran cilindrada parada al final de la calle; la montaba un hombre vestido con un mono negro, cubierto con un casco integral. Tuvo la clara impresión de haberlo visto aparecer varias veces por el espejo retrovisor en el trayecto hacia Quarto Oggiaro, en la periferia al noroeste de la ciudad, un barrio tristemente conocido como el Bronx de Milán. Se le pusieron los pelos de punta. ¿Estaban siguiéndolo?

Bajó del coche y se plantó en medio de la acera con los brazos cruzados, mirando con insistencia en dirección a aquel hombre hasta que este volvió a encender el motor y se alejó acelerando rabiosamente.

El número de la calle correspondiente a Villa Alegría coincidía con una cancela desvencijada de color verde, más allá de la cual un edificio decrépito de tres plantas, con un jardincillo descuidado delante, se calcinaba al sol como si fuera un montón de huesos. Estaba a punto de llamar al portero automático cuando se dio cuenta de que la cancela estaba entreabierta. Entró y recorrió un camino a cuyos lados la hierba amarillenta del parterre parecía implorar aunque solo fueran unas gotas de agua. Bajo el pórtico, junto a la entrada, vegetaban dos viejos en estado catatónico, uno en una tumbona de playa y el otro en una silla de ruedas. «Desde luego, hay que tener valor para poner semejante nombre a este sitio», pensó Riccardo. Parecía que alegría no había mucha por los alrededores.

Sucio y mal atendido, el interior del edificio no estaba en mejores condiciones que el exterior. En el mostrador de la recepción no se veía a nadie. Mezzanotte esperó unos minutos durante los cuales intentó llamar la atención de una limpiadora que lo ignoró por completo, hasta que por fin decidió tocar el timbre colocado encima del mostrador, junto a una planta de plástico descolorida. Cuando ya empezaba a perder la paciencia, apareció un hombre corpulento en mangas de camisa. A juzgar por el bostezo que se le escapó mientras se atusaba el cabello con las manos, Mezzanotte debía de haber interrumpido su siestecita en su puesto de trabajo.

—Diga —soltó sin más, acercándose con desgana al mostrador—. Estas no son horas de visita.

Como toda respuesta, Mezzanotte le pasó por las narices su tarjeta de identificación policial. El individuo perdió en un abrir y cerrar de ojos toda su flema.

—Inspector, perdone, yo... —balbució.

—No se asuste —dijo para tranquilizarlo Riccardo—. No estoy aquí por ustedes. Necesito alguna información y, si la consigo, cuando salga no se me ocurrirá llamar a Sanidad para sugerirles que vengan a darse una vuelta por aquí.

—Espere solo un momento —respondió el hombre. Agarró el teléfono y se puso a parlotear en voz baja cubriendo el auricular con la mano—. Estoy a su entera disposición —anunció mostrando una sonrisa forzada en cuanto colgó.

—Tito Castrillo. ¿Se acuerda usted de él? Estuvo ingresado aquí; falleció hace cinco años.

—Claro, ¿cómo me iba a olvidar de él? Llevaba aquí bastante tiempo. Estaba paralizado de cintura para abajo y tenía un carácter horrible, que en paz descanse.

—¿Paralizado? Tenía entendido que se movía ayudándose de una muleta.

—No sé qué decirle. Cuando ingresó en Villa Alegría, hará cosa de quince años, estaba ya en silla de ruedas.

—Querría saber algo más sobre las circunstancias de su muerte.

—Si es tan amable de aguardar un momento, voy a buscar su historial clínico.

—Adelante.

El hombre desapareció tras la misma puerta por la que había entrado y, en una sorprendente demostración de eficiencia recuperada, volvió al cabo de pocos minutos.

—Entonces..., vamos a ver —dijo consultando el expediente—. Nuestro médico certificó su defunción el 11 de junio del 98 por la mañana. Aquí dice que murió de insuficiencia respiratoria. Recuerdo que falleció por la noche, sin siquiera despertarse. No es una mala manera de dejar este mundo. Yo ya firmaba...

—¿Ninguna duda sobre las causas naturales de la muerte?

El hombre lo miró sorprendido.

—Absolutamente ninguna. Como demuestra su historial, Castrillo tenía un cuadro clínico muy delicado. Fumaba como un carretero y, entre otras cosas, padecía... —echó una ojeada a los papeles que tenía delante—. Aquí está: enfisema pulmonar. Tenía que ocurrir, solo era cuestión de tiempo.

—¿Se le practicó la autopsia?

—¿Por qué motivo?

Mezzanotte no ocultó una mueca de disgusto.

—¿Sabría decirme si venía alguien a visitarlo con regularidad?

—Aparte de su hija, que en cualquier caso lo hacía muy de vez en cuando, por lo que yo recuerdo, nadie más.

—¿Y había alguien con quien tuviera especial confianza? ¿Qué sé yo..., algún enfermero, algún usuario del centro?

El hombre frunció el entrecejo en un esfuerzo por recordar.

—No hizo muchos amigos. Como ya le he dicho, era un tipo difícil: huraño e irritable como pocos. Pero siempre jugaba a las cartas y cosas así con la señora Balbiani.

—¿Y esa señora sigue con ustedes? ¿Podría charlar un minuto con ella?

—¡Claro! Ahora debería encontrarla en la sala común, al final del pasillo. No le costará trabajo reconocerla, va abrigada como si estuviéramos en pleno invierno.

Mezzanotte le dio las gracias y se fue en la dirección indicada. Al hacer su entrada en aquella gran estancia desnuda y sórdida, un hedor inequívoco hirió su pituitaria. Allí dentro alguien debía de haberse cagado encima a saber hacía cuánto tiempo. Todos los ancianos presentes levantaron la vista hacia él y le dirigieron una mirada esperanzada. En cuanto se dieron cuenta de que se dirigía hacia la mujer que estaba sentada a un lado, ante una mesa de backgammon, volvieron a clavarla, decepcionados, unos en la televisión colgada de la pared, otros en la ventana y otros simplemente en el vacío. Aquellos pobrecillos parecían abandonados a su suerte y desesperadamente hambrientos de compañía.

—¿La señora Balbiani? —preguntó a la viejecilla que, pese al calor que hacía, tenía los hombros envueltos en un grueso chal y llevaba un gorrito de lana encasquetado en la cabeza.

—Presente —dijo la mujer escrutándolo con animada curiosidad.

—Me llamo Riccardo Mezzanotte. Soy inspector de policía. ¿Tendría unos minutos para atenderme?

—¿Usted qué cree, inspector? —contestó la buena señora y a continuación le indicó la silla situada al otro lado de la mesa.

Mezzanotte sonrió y se sentó delante de ella.

—Me han contado que conocía usted bien a Tito Castrillo —empezó diciendo.

—No exactamente. No éramos amigos ni nada por el estilo. Además, yo de muchacha fui mensajera de los partisanos, mientras que él era un fascista convencido. Pero jugábamos todos los días al backgammon. No tiene usted idea de cuánto me ayudaba eso a pasar el tiempo. Tito era el único que sabía jugar decentemente, ahora me veo obligada a jugar yo sola. —Una idea que se le pasó por la cabeza encendió un animado fulgor en sus ojos—: ¿Conoce usted las reglas del juego? Podríamos echar una partidita mientras hablamos...

—No, señora, lo siento. No he jugado a eso nunca en mi vida —se disculpó Mezzanotte—. Hábleme un poco de él. ¿Qué clase de tipo era?

—La vida no fue muy generosa con Tito. Había hecho de él un viejo rencoroso y amargado. Pero si de verdad quiere usted saberlo, se lo merecía un poco, en mi opinión. No era una buena persona y sospecho que de joven hizo cosas muy malas.

—¿Recuerda haberle oído nombrar alguna vez a un tal Drago?

—Me parece que sí, alguna vez. Creo que hicieron la guerra juntos, pero no sé nada más.

—¿No conocerá usted por casualidad su nombre de pila?

La señora Balbiani dijo que no sacudiendo la cabeza.

—Si en alguna ocasión me lo dijo, no se me quedó en la cabeza. Por desgracia, mi memoria no es la que era.

—¿Cómo se encontraba en la época anterior a su muerte? ¿Se comportaba con normalidad? ¿Mantenía su humor habitual?

—Bueno, unas semanas antes había perdido a su hija, y, aunque no estaban muy unidos, eso lo había alterado bastante, como se puede usted figurar.

—Claro. Y, aparte de la natural aflicción, ¿no notó en él nada extraño? ¿Algo que se saliera de lo corriente?

—No sabría decirle... Me parece que no —respondió la señora, siempre aterida de frío, y a continuación se corrigió—: Aunque, si lo pienso, en realidad sí puede que hubiera algo. Aparte de su hija, que lo hacía de vez en cuando, nunca venía a verlo nadie. Por eso me sorprendió que en un breve lapso de tiempo recibiera dos visitas.

Mezzanotte aguzó su atención.

—¿Dos visitas? ¿De la misma persona?

—No. De dos hombres distintos.

—¿Sería usted capaz de describírmelos?

—Me temo que no. Los vi solo de pasada y, como ya le he dicho, mi memoria...

—¿Ni siquiera su edad, aunque sea solo de forma aproximada?

La señora Balbiani negó con la cabeza.

—¿Y luego no le contó él quiénes eran ni qué querían? —insistió Mezzanotte.

—Ni una palabra. Tampoco hablábamos mucho. La mayor parte de las veces jugábamos y nada más. Pero recuerdo que después de aquellas visitas no paraba de remover viejas historias de su pasado...

—¿Qué historias?

—No lo sé con exactitud. Maldecía su suerte. Se lamentaba de que había tenido la ocasión de cambiar de vida, mucho tiempo atrás. Si las cosas hubieran salido entonces como habrían debido, decía, no habría acabado pudriéndose en este asilo piojoso, solo como un perro, obligado a vivir en una silla de ruedas. Sin embargo, todo había salido mal y él no se había hecho rico. Por el contrario, había perdido incluso el uso de las piernas.

Así pues, se quedó pensando Mezzanotte, después del atentado de los partisanos a raíz del cual se había quedado cojo, le había ocurrido otra cosa. Un incidente que lo había dejado paralítico y le impidió llevar a cabo la búsqueda y recuperación de las joyas. Por otra parte, a saber qué había sido de Drago.

—Se lo agradezco infinitamente. Hablar con usted me ha resultado útil de verdad —dijo Riccardo levantándose de su asiento, y luego, a grandes zancadas, volvió a la recepción. Por fortuna, el hombre con el que había hablado antes seguía allí.

—¿Llevan ustedes un registro de las visitas? —le preguntó a quemarropa.

—Sí, claro...

—Necesito consultar el de 1998.

El hombre se agachó para rebuscar debajo del mostrador. Sacó una vieja agenda hecha trizas, algunas de cuyas páginas estaban sueltas y corrían el peligro de perderse.

—¿A esto lo llama usted registro? —comentó con sarcasmo Mezzanotte.

El hombre se encogió de hombros.

—Venga, démelo.

Le arrancó la agenda de las manos, la abrió por la página correspondiente al 11 de junio y se puso a hojearla hacia atrás. Se estremeció al leer el dato apuntado el 28 de mayo. «Alberto Mezzanotte para T. Castrillo». Entonces era verdad, su padre estaba investigando en persona aquel asunto. Pasó unas cuantas páginas más. Bajo la fecha correspondiente al 5 de mayo aparecía escrito: «Mario Rossi para T. Castrillo».

En ninguno de los dos casos se especificaba el motivo de la visita, tampoco había ninguna dirección, ni número de teléfono ni los datos de ningún documento. No aparecía su oficio junto al nombre, señal de que debió de presentarse de incógnito, sin revelar que era policía. En cuanto al otro nombre, sonaba tan falso como los Rolex que vendían los manteros en la Central. Aunque ninguno de los dos era pariente de Castrillo, nadie les había preguntado en calidad de qué lo visitaban. ¿Pero de qué se extrañaba? En un sitio como aquel, lo más probable era que bastara sacar un par de billetes para apagar cualquier curiosidad.

—Usted, por supuesto, no se acuerda de estas visitas, ¿verdad? —preguntó antes de irse, sabiendo ya cuál sería la respuesta.

El hombre volvió a encogerse de hombros.

—Vaya usted a saber quién estaba de turno...

De camino a casa, Mezzanotte estuvo atento a los retrovisores, pero no advirtió ningún movimiento extraño. Si todavía había alguien siguiendo sus pasos, había aumentado las precauciones.

De regreso a su casa, intentó poner en orden los hechos de los que había logrado tener conocimiento, tomando apuntes en su libreta.

El 5 de mayo de 1998 Tito Castrillo recibe en el asilo la visita de alguien que se presenta con nombre falso.
Tres días después, la hija de Castrillo, Luisa, es asesinada en su domicilio.
El 28 de mayo el comisario Mezzanotte, que tiene encima de su mesa el dosier del crimen, va a hablar con el viejo Castrillo en Villa Alegría.
El 6 de junio, el cadáver del comisario aparece en una nave industrial abandonada con tres balas en el cuerpo.
Apenas pasan cinco días y también muere Tito Castrillo.

Dudó unos instantes. ¿Tenía que añadir también la información que le había proporcionado el General? Al final optó por el sí.

En el otoño de 1998 dan comienzo las incursiones de los hombres de negro en los sótanos de la Central.

Releyó varias veces lo que había escrito. Era todo tan impalpable y evanescente que podía perfectamente tratarse de una especie de ilusión óptica, pero tenía la clara impresión de poder vislumbrar una sombra, siempre la misma, que aleteaba sobre algunos de aquellos acontecimientos aparentemente carentes de relación unos con otros.

¿Era todo una fantasía o existía de verdad un hilo conductor que concatenaba unos datos con otros? En cualquier caso, suponiendo que detrás de todo aquello hubiera una sola mano, la lista podía leerse de la manera siguiente: alguien se entera de la existencia de un tesoro de valor incalculable robado en 1944 a un joyero judío, que dos camisas negras habían escondido en los sótanos de la estación y que, por motivos en parte aún por esclarecer, no se ha recuperado nunca. En busca de una confirmación, ese alguien se presenta primero en el asilo de Tito Castrillo, uno de los dos milicianos fascistas, y luego en el domicilio de su hija, Luisa, a la que al final mata simulando un intento de robo. El comisario Mezzanotte intuye que en aquel crimen hay algo que no encaja y se pone a indagar con discreción. Se presenta en Villa Alegría, donde interroga al padre de la víctima. Las revelaciones de este último le proporcionan una pista para identificar al homicida, pero por algún motivo continúa investigando sin decir nada a nadie en la Jefatura. Tanto si había averiguado ya quién era el culpable del crimen como si abrigaba solo sospechas de su identidad, en un determinado momento el asesino, sintiéndose amenazado, le tiende una trampa y se lo carga. Consciente de que quien ha puesto al comisario tras su pista no puede haber sido más que el viejo Castrillo, se cuela en la casa de reposo y lo elimina también a él. Unos meses más tarde, está ya tan seguro de que el tesoro sigue debajo de la estación que contrata a unos mercenarios para que exploren en secreto los sótanos en busca de las joyas, y no se da por vencido, aunque al cabo de cinco años todavía no haya sido capaz de echarles el guante.

¿De verdad habían sucedido así las cosas? ¿Sonaba convincente esa reconstrucción? Tenía que reconocer que no del todo. Habría cabido objetar, por ejemplo, que la muerte de Castrillo había sido atribuida oficialmente a causas naturales. Por otro lado, no había una autopsia que lo confirmara y las inexistentes medidas de seguridad que había en Villa Alegría no permitían excluir por completo la eventualidad de que alguien se hubiera colado a hurtadillas en el edificio para ahogar al viejo fascista con una almohada mientras dormía.

Si existía de verdad, el tipo responsable de todo aquello debía de ser un hombre temible, dotado de una gran habilidad, de una determinación feroz y de una total falta de escrúpulos. Para ocultar su rastro no había vacilado en dejar tres cadáveres tras de sí en un brevísimo lapso de tiempo, y hasta la fecha había conseguido salir impune. Además, debía de contar con unos recursos que le permitían tener a su servicio durante años a todo un equipo de profesionales perfectamente adiestrados.

Pero una cosa eran las conjeturas, y otra muy distinta las pruebas capaces de respaldarlas. Riccardo había exprimido la pista de Tito Castrillo hasta donde había podido. Para dar algún paso adelante tenía que descubrir más cosas sobre su colega Drago. Suponiendo siempre que hubiera alguna manera de hacerlo sin siquiera conocer su nombre completo.

Un pitido del móvil que anunciaba la llegada de un SMS interrumpió el hilo de sus razonamientos.

«¿Qué tal estás? Yo todavía un poco zumbada, pero bien. Si no me equivoco nosotros dos tenemos todavía pendiente una cena. ¿Cuándo piensas tomar medidas?».

Laura. Desde primera hora de la mañana Riccardo se decía una y otra vez que tenía que llamarla por teléfono; casi se había acabado el día y todavía no lo había hecho. Escribió a toda prisa: «Tienes razón. Te llamaré pronto». Vaciló un instante. ¿Demasiado escueto quizá? Luego apretó la tecla de «Enviar» y apagó el móvil.

Tumbada desde hacía más de una hora en la gran bañera ovalada que presidía el cuarto de baño de casa de sus padres, Laura se dejaba mecer por los remolinos creados por los chorros del hidromasaje en el agua caliente. Acababa de mandar un mensaje a Cardo diciendo que estaba bien, pero no era verdad, al menos en parte. Durante todo el día se había sentido rara. Pensaba que aquella perturbadora sensación de extrañeza no sería más que un fenómeno pasajero destinado a desaparecer muy pronto, pero se equivocaba. Por el contrario, estaba agudizándose. A decir verdad, no era una experiencia totalmente nueva para ella: la necesidad de protegerse detrás de la campana de cristal cuando se encontraba con otra gente solía abrir un surco entre su persona y el resto del mundo, y ella se sentía separada y distante de todo y de todos. Pero aquello era algo distinto, incomparablemente más intenso. Le parecía que la realidad había perdido color y consistencia, y se había convertido en un simulacro, una escenografía espectral en la que ella se movía como una extraterrestre, sin reconocer nada, aunque en apariencia todo seguía idéntico a lo que siempre había sido. Por si eso no era suficiente, a la ligera pero persistente migraña, que no tenía la menor intención de soltar a su presa, se habían sumado otras molestias igualmente imprecisas: un entumecimiento generalizado del cuerpo y fastidiosos pruritos causados por una sequedad de la piel quizá más percibida que real.

Por la tarde había intentado volver a ponerse con los libros. El examen de patología estaba al caer y llevaba un retraso espantoso en el estudio. Pero no había habido manera; en aquellas condiciones, concentrarse le había resultado sencillamente imposible.

En un determinado momento, una necesidad tan inmotivada como imperiosa de meterse en el agua la había empujado a darse un baño, aunque por la mañana ya se había duchado. En cualquier caso, tenía que reconocer que le había sentado bien, tanto que en ese instante no tenía ningunas ganas de salir del jacuzzi para bajar a cenar.

En cuanto empezó a vibrar el móvil, apoyado sobre el borde de la bañera de piedra volcánica, se lanzó a cogerlo. El corazón le dio un vuelco al ver que se trataba de un mensaje de Cardo, aunque quedó un poco decepcionada por la frialdad expeditiva de su respuesta al SMS que ella le había mandado poco antes. Intentó llamarlo, pero el contestador automático le cortó el paso. Riccardo había apagado el móvil; debía de haberlo pillado en un mal momento. Se preguntó qué sería lo que lo tenía ocupado, y el hecho de no ser capaz de imaginárselo la llevó a recordar claramente lo poco que lo conocía todavía.

Anunciado por una llamarada de calor que desde el bajo vientre fue subiéndole hasta las mejillas, se asomó a su mente el recuerdo de lo que habían hecho acostados en el viejo colchón en aquella barraca de chapa. Fue algo tan bonito y tan dulce, tan indescriptiblemente intenso... Su primera vez. Otra ocasión, pensándolo bien, en la que no había lamentado poseer el don, ya que gracias a él todo había resultado todavía más extraordinario. Las emociones de Riccardo entrelazándose con las suyas, hasta fundirse en una sola, lo mismo que sus cuerpos palpitantes... ¿Cuándo volvería a ocurrir?

Cerró los ojos y se abandonó al deleite que le procuraban unas fantasías que raramente se permitía. Volvió a ver los labios de Cardo moviéndose alrededor de sus pezones, y sintió que se ponían erectos y tensos cuando él los rozó con sus dedos. Una languidez mórbida la invadió mientras sus manos recorrían el itinerario seguido a lo largo de su cuerpo por los labios de él. Luego las caricias íntimas y voluptuosas a las que, casi a su pesar, la empujó el incendio del deseo que había prendido en su interior la transportaron otra vez a aquella dimensión en la que reinaba el placer sin que nada le disputara su primacía.

Poco antes de llegar al orgasmo, con los ojos semicerrados, vio algo que la hizo estremecerse y dar un grito. Se puso en pie de un salto profundamente asustada hasta tal punto que el agua rebasó el borde de la bañera y las salpicaduras mojaron el suelo. Durante unos segundos escudriñó con la mirada el remolino de burbujas en el que aún estaba inmersa hasta la altura de las rodillas, pero no vio nada. Desactivó el hidromasaje para ver mejor lo que pasaba, pero solo constató que, en el agua, de nuevo tersa e inmóvil, no había nada en absoluto. Por otra parte, ¿qué quería que hubiera? Sin embargo, estaba segura de haber visto..., no lo sabía bien, una silueta, una sombra, algo que se movía justo debajo de la superficie. Probablemente se tratara de un reflejo, un deslumbramiento o a saber qué otra cosa, y ella no era más que una miedica con los nervios demasiado tensos, se dijo soltando un suspiro de alivio.

La ráfaga de aire frío que salía por las rejillas del sistema de climatización al chocar con su piel mojada la estremeció. Bajó los peldaños que daban acceso a la bañera, recogió la toalla y se arropó con ella.

Unos minutos más tarde, ya completamente tranquila, se secó el pelo con el secador delante del gran espejo de cristal.

«Lo tengo larguísimo —pensó pasándose los dedos por el pelo, negro como ala de cuervo—. Nunca me lo he dejado crecer tanto. Quizá debería pegarle un buen tijeretazo..., además resultaría más práctico. No sé si Cardo lo preferirá largo o corto».

En ese momento volvió a verla. O, mejor dicho, la vislumbró de pasada por el rabillo del ojo, aunque no consiguió enfocarla bien. Una figura se movía con rapidez por detrás de ella. Se dio la vuelta lentamente, con la garganta paralizada por el terror que le impedía respirar. Nada. Nadie. Estaba sola en el cuarto de baño. Completa y desesperadamente sola.

¿Qué me está pasando?, pensó, asustada, mientras un repentino ataque de vértigo la obligaba a agarrarse al borde del lavabo a fin de mantener el equilibrio.

2

Al llegar a la puerta de la Unidad, Mezzanotte encontró la entrada atestada de agentes. Por un instante, pensó que se había producido alguna emergencia. Al fin y al cabo, se dijo, ¿qué otra cosa cabía esperar al reanudar el trabajo un viernes y 13? Tener que lidiar de inmediato con un follón de los grandes era lo mínimo que le podía ocurrir. Tal vez una amenaza de bomba, lo que le faltaba. Tendrían que evacuar toda la estación por culpa de algún viajero despistado que había dejado olvidada la maleta por ahí. Por otra parte, después de lo del 11 de septiembre, la alerta por atentados islamistas era máxima y nadie quería correr riesgos.

Enseguida oyó un aplauso general y entre del grupo de policías vio la cara oronda de Filippo Colella, que blandía en sus manos una botella. Entonces lo entendió todo. Su amigo soltó el tapón y se puso a servir el vino espumoso en los vasos de plástico que un par de agentes estaban repartiendo. Había organizado una pequeña fiesta en toda regla, había incluso bandejas de patatas fritas distribuidas aquí y allá.

Mezzanotte se abrió paso entre los compañeros que lo rodeaban dándole palmadas en la espalda y chocando los cinco con él. Si había algo que no le gustaba en absoluto eran las fiestas sorpresa, así que de buena gana habría estrangulado al bueno de Filippo, pero sabía que lo movían las mejores intenciones y, antes incluso de llegar hasta donde se encontraba, ya lo había perdonado.

En cuanto lo tuvo delante, Colella plantó en manos de Mezzanotte un vaso y levantó el suyo, lo que suscitó una nueva salva de aplausos. Riccardo levantó también su copa en señal de agradecimiento y a continuación bebió a regañadientes un sorbo de vino espumoso tibio, pese a que no le apetecía nada.

—Bienvenido, Cardo, te he echado de menos —le dijo su amigo mientras le daba un abrazo.

—¿Qué tal estás, Filippo? —le preguntó a su vez Mezzanotte dándole una palmadita en la mejilla.

—Bueno, han ingresado otra vez a mi madre.

Mezzanotte solía olvidarse de los problemas que tenía Colella con su madre inválida.

—Lo siento mucho. Nada grave, espero...

Filippo sacudió la cabeza de rizos rubios suspirando.

Al pasar revista a los presentes, Mezzanotte se fijó en dos ausencias que destacaban entre las demás.

—¿Dalmasso? —preguntó a su amigo.

—Atrincherado en su despacho —respondió Colella—. Cuando he ido a avisarlo para el brindis me ha puesto la excusa de que tenía una llamada urgente.

«¿Cómo se lo voy a tener en cuenta?», pensó Riccardo. Su regreso triunfal después de haber sido suspendido en sus funciones representaba un duro golpe para la credibilidad del jefe en toda la comisaría.

—¿Y qué ha sido de Carbone?

—No lo sé muy bien. Está de baja desde hace unos días. Un accidente de no sé qué. Pero no te alegres demasiado, parece que no es nada grave.

En realidad, sentía un poco que no estuviera allí. Verlo rabiar era siempre una enorme satisfacción para él. En cualquier caso, allí estaban sus dos lacayos, Lupo y Tarantino, que habían rechazado desdeñosamente los dos vasos que les había ofrecido Colella y se mantenían a distancia con caras largas. En compensación, estaban atiborrándose sin miramiento de patatas fritas.

Al cabo de un rato, dejando de lado al enésimo agente ansioso por conocer toda la historia de la liberación de la rehén, que en versiones cada vez más escuetas había repetido ya decenas de veces, se acercó al mostrador de la recepción. Si con alguien no podía dejar de brindar, era el viejo Fumagalli. Sin su ayuda no habría conseguido nunca salvar a Laura. El guardia le sonrió desde su garita siempre exuberante de plantas.

—No sé cómo darte las gracias, Pietro. La carpeta que me pasaste fue lo que me condujo por el camino acertado —dijo chocando su vaso con el de él.

—¡Figúrese, inspector! Es más, siento mucho no habérsela facilitado antes.

Siempre modesto, Fumagalli. Mezzanotte renunció a rogarle por millonésima vez que lo llamara de tú.

—A propósito, hay una cosa que quería preguntarte. ¿Cómo no te vino inmediatamente a la cabeza el caso del Vampiro? El parecido de su descripción con la del Fantasma saltaba a la vista.

El ayudante primero carraspeó con evidente incomodidad. Confesó que el comisario le había hecho una petición muy extraña mientras Mezzanotte estaba ingresado en el hospital tras arrancar al pequeño Matteo de las garras de su secuestrador. Le había ordenado que le llevara dos expedientes del archivo y que no dijera nada del asunto al inspector. «Evitemos alimentar sus teorías fantásticas por su propio bien», fue la justificación que le dio. De buenas a primeras, Fumagalli se atuvo a las órdenes recibidas. Pero como no se le habían escapado las analogías existentes entre los dos casos, tuvo la perspicacia de fotocopiar el dosier del Vampiro antes de entregárselo a su superior. Cuando desapareció Laura Cordero y Mezzanotte expresó su convencimiento de que quien la había raptado había sido el Fantasma, empezó a preguntarse si no sería tal vez un error esconderle aquel expediente, pero no se atrevió a contravenir la orden de un superior. Solo cuando el inspector fue suspendido en sus funciones, angustiado por la idea de que, si mataban a la chica, la culpa habría recaído también sobre él, se dejó de miramientos y le depositó el expediente encima de la mesa.

Mezzanotte no podía creérselo. La estupidez del comisario iba más allá de lo que cabía imaginar. Para evitarse los quebraderos de cabeza que temía que pudieran acarrearle las pesquisas de Riccardo, casi había permitido que una inocente fuese brutalmente asesinada, cosa que, por lo demás, habría supuesto para él un lío mucho peor.

—¿Y el segundo? —preguntó.

Fumagalli se lo quedó mirando sin comprender.

—El segundo expediente. Has dicho que mandó que le llevaras dos.

—Ah, sí —respondió Fumagalli—. El segundo era una investigación más reciente, pero, la verdad sea dicha, no entendí qué tenía que ver con su caso.

«¡Bah! —pensó Mezzanotte—. Total, ya no tiene importancia. La cuestión del Fantasma está definitivamente resuelta. Al menos esa sí».

—¿Puedo felicitar yo también al héroe de la jornada?

Al darse la vuelta, Mezzanotte se encontró con los caprichosos rizos negros y los ardientes ojos oscuros de Nina Spada. La agente especializada se puso de puntillas y le soltó un beso en la mejilla, un poco demasiado cerca de la comisura de los labios para calificarlo de inocente.

—Del suelo al cielo, ida y vuelta sin pasar por la casilla de salida —dijo en un tono entre la admiración y el pitorreo—. A ti desde luego no te van las medias tintas.

A continuación se alejó con aquellos andares y aquel contoneo que, hasta vestida de uniforme, eran un verdadero imán al que no podían sustraerse los ojos de los tíos.

No se equivocaba del todo. Los altibajos de su carrera se parecían cada vez más a una montaña rusa. Antes de la expedición a los sótanos de la estación había tocado fondo, y ahora se encontraba de nuevo en lo más alto. No es que se hiciera demasiadas ilusiones. Era probable que tampoco en esta ocasión durara mucho su suerte. La primera vista del proceso se acercaba a pasos agigantados, y volvería a poner en primer plano todo el asunto —la hostilidad y el desprecio de los compañeros, la frialdad de sus superiores, las intimidaciones—, como antes o incluso más.

Mientras tanto, las celebraciones estaban ya dando sus últimas bocanadas, al mismo ritmo que se agotaban las tres botellas de vino espumoso que Colella había llevado. Los compañeros del turno anterior, que se habían quedado para asistir al festejo, estaban marchándose poco a poco, y los demás se disponían a retomar sus obligaciones. También Mezzanotte aprovechó para escabullirse. Después de haber pasado la noche devanándose los sesos, mientras se dirigía a la Unidad había tenido una idea, y estaba ansioso por intentar ponerla en práctica.

Su razonamiento era que, visto cómo se comportaron Castrillo y Drago, no debieron de ser unos angelitos que digamos. De repente habían vislumbrado la ocasión que se les presentaba de dar el golpe y no habían vacilado en cogerla al vuelo, aunque eso significase robar a las SS y correr el riesgo de atraer su furia contra ellos. Nadie se aventuraría a lanzarse a una empresa semejante así como así, a menos que hubiera cometido otras fechorías con anterioridad.

Pues bien, si los dos fascistas eran delincuentes habituales, dado que parecían uña y carne, era verosímil que hubieran cometido otros delitos juntos, y que por consiguiente hubieran sido sometidos a las pesquisas de la policía y a procedimientos judiciales de los que tenía que haber rastro en los documentos de la época, que, por lo que sabía, se conservaban en los Archivos Nacionales.

Lo que pretendía era verificar si el apellido Drago aparecía en algún viejo documento de la Jefatura Superior o de los Tribunales relacionado con Tito Castrillo. Así, podría descubrir el nombre completo del segundo fascista, su fecha y lugar de nacimiento, y quizá también otras informaciones útiles para seguir adelante con sus investigaciones.

Se sentó a su escritorio, buscó el número telefónico de la sede milanesa de los Archivos Nacionales y llamó. Después de dar con varios funcionarios que fueron pasándose la pelota unos a otros y se lavaron las manos afirmando que la cuestión no era de su competencia, logró que lo pusieran con un archivero.

La voz de mujer que le contestó era chillona y enérgica, aparentemente inmune al abúlico desinterés que caracterizaba a las personas con las que había hablado hasta ese momento. Debía de tratarse de una joven novata cuyo entusiasmo por su trabajo se mantenía de momento intacto. Una auténtica suerte para él.

Le preguntó su nombre —Tiziana Sarti— e intentó congraciarse con ella con alguna que otra zalamería a la que la chica no fue inmune. Luego, sin pararse mucho en los detalles, le explicó que estaba investigando un crimen sin resolver cuyas raíces se hundían en la época del fascismo, subrayando que la información que necesitaba le permitiría desenmascarar a un asesino que llevaba años suelto.

La joven archivera quedó impresionada por su relato, pero lo insólito de la petición pareció amedrentarla. Respondió que no sabía. Sus colegas y ella se veían a veces en la tesitura de llevar a cabo algunas investigaciones por encargo de algún estudioso que no tenía posibilidad de presentarse en el archivo personalmente, pero unas pesquisas policiales no eran lo mismo. Tal vez sería más adecuado que presentase una solicitud por la vía oficial.

—Tiziana —dijo entonces Mezzanotte utilizando la entonación grave e impostada a la que recurría cuando quería impresionar a una chica—, ¿puedo tutearte?

La archivera manifestó con un gorgorito su beneplácito.

—Vale, y tú llámame Riccardo, por favor. A propósito, tengo que decírtelo, ¿sabes que tienes una voz preciosa?

Al otro lado de la línea sonó una risita burbujeante de complacencia avergonzada.

—Tiziana, mira, mi problema es precisamente ese. No puedo utilizar los cauces oficiales mientras el caso siga archivado. Precisamente estoy buscando elementos que me permitan volver a abrirlo. Tú eres la única que puede ayudarme, y el tiempo apremia —se inventó sacándose de la manga aquella historia—, pues el delito está a punto de prescribir. Apelo a tu buen corazón y a tu sentido cívico; échame una mano, antes de que sea demasiado tarde, para que por fin podamos hacer justicia a una víctima inocente impidiendo que su asesino se vaya de rositas.

La apasionada perorata de Mezzanotte dio en el blanco. No tuvo que insistir mucho para que la chica, superando todos sus escrúpulos, acabara por dejarse convencer.

—No digas más, Riccardo —afirmó con la solemnidad de una Juana de Arco dispuesta a inmolarse por la causa—. Puedes contar con toda mi colaboración. Explícame exactamente lo que necesitas.

En vez de contentarse con responder con otro «Hasta luego», Wilma le dio un fuerte abrazo estrechándola un largo rato contra su opulento pecho, y luego se la quedó mirando a la cara mientras le acariciaba maternalmente una mejilla.

—¿Seguro que está todo bien, niña? ¿Quieres que te acompañe alguien? Recuerda que aquí estamos, para lo que sea.

—Gracias, pero no te preocupes. Solo estoy un poco cansada —respondió Laura negando con la cabeza. Se despidió una vez más con la mano dirigiéndose a Raimondi y a los otros voluntarios y salió del Centro.

Fuera, el sol estaba a punto de desaparecer tras los altos edificios circundantes y el tremendo calor del día empezaba a atenuarse. Había preguntado si podría irse un poco antes poniendo como excusa el cansancio, y Leo le había dado permiso encantado. De hecho, la veía un poco pálida y tensa, le comentó, si quería tomarse unos días de descanso, por él no había inconveniente. Después de lo que le había pasado, era más que comprensible.

De haber sido por ella, Laura no habría tenido la menor intención de hacerlo. Lo cierto era que seguía sintiéndose rara, cada vez más. También aquella noche había dormido mal, presa de pesadillas de las que no recordaba nada, salvo que tenían que ver con el agua y que, al final, se había despertado respirando fatigosamente, con la horrible sensación de estar ahogándose. Su colección de molestias había ido en aumento con ocasionales ataques de vértigo, y aquella sensación de desapego de la realidad que le provocaba una ansiedad opresiva no hacía más que intensificarse. Por último, las breves alucinaciones que había empezado a tener la noche anterior en el baño contribuían a desestabilizarla. Le había sucedido ya varias veces a lo largo del día. Vislumbraba aquella sombra que se movía furtivamente por detrás de ella en las superficies reflectantes más dispares: charcos, escaparates, la carrocería brillante de los automóviles. Nunca directamente y nunca de manera nítida, solo de pasada, sin que ella pudiera llegar a enfocarla bien, cosa que resultaba tan frustrante como inquietante. Ahora caminaba constantemente con los ojos bajos para no tener que verla de nuevo.

Quizá sus padres no estuvieran equivocados del todo: tal vez se había precipitado un poco al querer volver a ponerse en marcha de inmediato. Puede que todo lo que había vivido en los sótanos la hubiera trastornado a nivel inconsciente más de lo que ella creía. Empezaba a no parecerle tan peregrina la idea de su padre de que acudiera a un psicólogo.

Y eso que se había puesto contentísima al volver al Centro de Escucha y encontrarse de nuevo con Raimondi, con Wilma y con los demás voluntarios. El afecto con el que la habían recibido la había conmovido, se sentía plenamente parte de la familia. Le pareció que el más contento por su regreso era Leo. Por lo que le habían contado, tenía que estarle particularmente agradecida.

Fue él el primero en preocuparse por su desaparición y la denuncia que había presentado permitió poner rápidamente en marcha las pesquisas que, de lo contrario, a saber cuánto habrían tardado en empezar. Nada de eso había impedido que le echara un buen rapapolvo, y la obligó a prometerle que en adelante sería más prudente y que no tomaría iniciativas sin consultarle.

Se rascó furiosamente un hombro con las uñas a través de la blusa. Los picores causados por la sensación de tener la piel seca como el cuero viejo no la dejaban en paz, y no había forma de calmarlos, al menos de forma transitoria, como no fuera metiéndose en el agua. A fuerza de rascarse empezaba a tener ronchas por todas partes.

Estaba a punto de dirigirse a la parada del tranvía —tenía unas ganas locas de volver a casa y meterse bajo la ducha—, pero decidió aguantar un poco más y pasar primero por la comisaría de policía de la estación a ver si estaba Cardo. No había vuelto a intentar ponerse en contacto con él después de que tuviera el móvil apagado la noche anterior, y él no había dado señales de vida. «Te llamaré pronto», le había escrito; sin embargo, hasta ese momento silencio absoluto. Dada su inexperiencia casi total en materia amorosa, Laura no sabía qué pensar. Pero por el comportamiento de Cardo empezaba a temer que algo no iba bien. ¿Estaban juntos o no? Después de lo que había habido entre los dos, ella dio por descontado que sí, pero en ese momento empezaba a tener dudas. Desde luego la cosa era de risa: cuando ella se sentía por fin preparada para emprender una verdadera relación, el que se negaba a hacerlo era él.

Subió a la Galería Principal por la escalinata lateral y pasó ante el tablón de los horarios, que emitía un constante repiqueteo. La zona de salidas sufría la constante invasión de trabajadores de la periferia que volvían a casa. Como de costumbre, al encontrarse rodeada de gente se sintió incómoda, de modo que se vio obligada a concentrarse para reforzar la campana de cristal. Mientras se dirigía al letrero blanco y azul de la Polfer, a la derecha de los andenes, vio surgir a Cardo por detrás de un grupito de turistas escandinavos, altos y rubios, con unas mochilas enormes a la espalda. Iba de paisano —pantalones militares rotos y camiseta de algún grupo musical del que ella no había oído hablar nunca—, tenía cara de pocos amigos y llevaba una bolsa grande echada de cualquier manera al hombro. Debía de haber acabado su turno y volvía a casa. De haber tardado un minuto más, no se habrían cruzado.

—¡Cardo! —exclamó.

Él volvió la cabeza en todas direcciones intentando localizar de dónde venía la voz. Cuando se encontró con la mirada de ella puso una cara rara. ¿De sorpresa? ¿De contrariedad?

—¡Laura! Hola... —dijo yendo a su encuentro. Desde luego no podía decirse que estallara de alegría al verla.

Vaciló un instante y por fin se inclinó hacia delante para besarla. En la boca, pensó Laura. Él, en cambio, iba directo a la mejilla. Acabaron por darse un cabezazo. Los dos se enderezaron de golpe y farfullaron una disculpa. Se produjo entre ellos un silencio torpe.

—¿Qué tal estás? —preguntó por fin Riccardo.

—Bueno, yo... —respondió la chica—. Como no has dicho nada...

—Sí, ya lo sé, lo siento. Iba a llamarte, pero he estado bastante liado; ya sabes, el trabajo... ¿Y tú, todo bien?

Parecía distraído, con los nervios a flor de piel. ¿Por qué se comportaba de aquella manera? Decididamente no era así como se había imaginado su encuentro. Aunque sabía que no era muy correcto, bajó sus defensas mentales para intentar sondear los sentimientos de él. Pero había demasiada gente a su alrededor, demasiada confusión, demasiadas interferencias, y no logró percibir nada.

—Mira, Cardo —empezó a decir, expulsando con fatiga las palabras de la boca—, solo quería saber...

Justo en ese momento al móvil de Mezzanotte se le antojó

ponerse a sonar y la interrumpió. Él lo sacó de uno de los grandes bolsillos laterales de los pantalones, miró la pantalla y se apresuró a responder.

—¿Sí? ¿Riccardo? Soy Tiziana Sarti, de los Archivos Nacionales —oyó apenas decir Mezzanotte con el móvil pegado a la oreja, entre el retumbar de los anuncios lanzados por los altavoces y el parloteo del gentío que atestaba los andenes.

Hizo una seña a Laura dándole a entender que se trataba de una llamada importante que no podía dejar de atender y se alejó unos pasos tapándose con una mano la oreja que le quedaba libre para oír mejor.

—¡Tiziana, qué prisa te has dado! Eres un verdadero ángel. ¿Qué has descubierto?

—Yo, pues mira... —empezó a decir la archivera, y por su tono decepcionado Mezzanotte comprendió que no iba a darle buenas noticias—. Efectivamente, Tito Castrillo tenía antecedentes. Su nombre aparece varias veces en el registro de antecedentes penales a lo largo de los años treinta por delitos que van del hurto al atraco o la estafa, cometidos por él solo o en compañía de terceros. Esto hasta el año 39, cuando se alistó en la Milicia Voluntaria para la Seguridad Nacional. A partir de ese momento solo hay unas cuantas denuncias contra él, que, al parecer, no tuvieron consecuencias. Por desgracia, no he encontrado a ningún Drago citado entre sus cómplices. Lo siento mucho, si hay algo más que pueda...

Mezzanotte ya había dejado de escucharla. Masculló algunas palabras de agradecimiento y colgó antes de que la muchacha terminara la frase. Sintió que se hundía en el más completo desánimo. Buscó con la mirada a Laura entre la multitud, pero evidentemente no lo había esperado. Debería correr tras ella, lo sabía. Desde que había vuelto no le había hecho caso y no hacía falta ser un genio para comprender que la chica debía de sentirse mal. Merecía, al menos, que le diera alguna explicación, pero en esos momentos estaba demasiado desmoralizado para hacer frente a una conversación delicada y comprometida. No se sentía capaz de hacer otra cosa que no fuera estar solo y lamerse las heridas. Ya pensaría en Laura al día siguiente.

Como esa mañana no había cogido el coche, bajó a la estación del metro y se metió en un vagón atestado de viajeros. Al ver pasar por la ventanilla la entrada de los túneles de intercambio que conducían a la guarida de Adam, recordó la furia salvaje que se había desencadenado allí abajo y sintió un escalofrío. Apenas unas horas antes, el fiscal Rizzi lo había llamado para informarle de que el cadáver del Fantasma había sido encontrado en el falso escondite aprestado por los Hijos de la Sombra, cosa que él ya sabía, pues algunos agentes de la Unidad habían participado en su búsqueda. La autopsia y las pruebas de laboratorio a las que habían sido sometidos los restos todavía no habían terminado, pero por los resultados preliminares de la inspección no parecía que hubieran hallado nada que contradijera los testimonios que habían prestado los dos. Al menos en ese frente no había motivos de preocupación.

Cuando bajó del metro en Loreto y salió a la superficie, se puso a caminar con tristeza por la via Padova, cavilando sobre las noticias que le había dado la joven archivera. No había tenido ni tiempo de retomarla, y la investigación parecía estar ya en un callejón sin salida. Sus esperanzas de conseguir por fin destapar el misterio de la muerte de su padre habían resultado, como se temía, muy efímeras, y sentía de nuevo que se le venía encima la rabia impotente que lo había desgarrado unos años atrás, durante las largas noches de insomnio que había pasado rompiéndose los cuernos enfrascado en la lectura de la documentación del caso, ante la idea de que su asesinato estuviera condenado a quedar impune para siempre.

Giró en una bocacalle y entró en el minimarket de unos peruanos a hacer la compra. Al salir de la tienda, bajó distraído de la acera para cruzar la calle, que a primera vista parecía despejada salvo por un SUV aparcado en doble fila con los faros apagados.

Solo había dado unos pocos pasos cuando el rugido de un motor y el chirriar de unos neumáticos resonaron a su derecha. Al levantar la vista vio una masa oscura que se le venía encima. Instintivamente se lanzó hacia delante y se coló entre dos coches aparcados una fracción de segundo antes de que pudieran atropellarlo. Por un pelo no lo golpeó el guardabarros del SUV. Solo chocó con su bolsa, que estalló esparciendo toda la compra en un radio de varios metros.

Casi sin aliento y con el corazón a mil por hora en su pecho, Riccardo vio cómo el pirata de la carretera continuaba su carrera sin levantar el pie del acelerador. Las luces apagadas del vehículo le impidieron quedarse con la matrícula.

Había sido todo tan repentino que tardó un rato en asimilar lo ocurrido; enseguida se percató de que no podía haber sido una distracción ni un error del conductor. Acababan de intentar atropellarlo deliberadamente.

Anothers hope, anothers game,
Anothers loss, anothers gain,
Anothers lies, anothers truth,
Anothers doubt, anothers proof.

Mezzanotte se miró las manos. Todavía le temblaban. Necesitaba calmarse para poder razonar fríamente, la música lo ayudaba. Podía parecer extraño, pero era verdad; en medio de aquel estruendo infernal se le relajaban los nervios, todavía sacudidos por el peligro del que se había librado por los pelos. Tanto peor para el vecino del piso de abajo.

A su modo de ver, no cabía duda, acababa de sufrir un atentado en toda regla. No se había tratado ni de un gesto ni de una advertencia. No, no pretendían solamente asustarlo. Alguien lo quería muerto. ¿Pero quién? El único problema era que tenía un amplio abanico de candidatos entre los que elegir. Los más evidentes eran los mismos que hacía pocas semanas lo habían esperado a la puerta de casa para inflarlo a hostias, amigos o cómplices de los compañeros a los que había mandado al talego como consecuencia de su denuncia. Pero él se inclinaba más bien por la hipótesis de que detrás de lo ocurrido estuvieran los hombres de negro, quienes, con toda probabilidad, lo habían seguido hasta Villa Alegría. El propio hecho de que se hubiera dirigido allí debía de haber representado un timbre de alarma para ellos y, como había previsto el General, habían aprovechado la primera ocasión que se les había presentado para intentar librarse de él fingiendo un accidente. En adelante tendría que moverse con mucha más cautela, vigilando constantemente lo que sucedía a su espalda.

Mirándolo bien, la cosa tenía también un lado positivo, pensó mientras los Crass seguían gritando su rabia ante el mundo entero. Si a aquella gente le daba miedo lo que él pudiera descubrir, significaba que había algo que descubrir. Era la confirmación de que había empezado a seguir la pista correcta. Si iba tras ella a fondo, llegaría hasta ellos. Lástima que, tal como estaban las cosas en ese momento, no tuviera la menor idea de cómo dar un solo paso adelante en su investigación, estática e inamovible como una ballena varada en una playa.

El atentado confirmaba además otra cosa: la muerte del comisario Mezzanotte estaba ligada con doble nudo al misterio del tesoro de los sótanos de la estación. Fuera quien fuese el que lo había asesinado, era la misma persona que estaba intentando adueñarse de las joyas custodiadas por los Hijos de la Sombra.

Respecto a estos últimos, por lo demás, tenía todavía que decidir cómo actuar. Por lo pronto se atendría formalmente al pacto que había hecho con ellos, y seguiría intentando descubrir la identidad de los hombres de negro, teniendo en cuenta que con toda probabilidad entre ellos se escondía el asesino de su padre, pero, aunque la idea de faltar a la palabra dada le resultaba incómoda, con toda sinceridad no sabía si iba a poder respetar la promesa que les había hecho de mantener en secreto su existencia. Sentía compasión por los habitantes del poblado, la mayor parte de los cuales le habían parecido unos pobrecillos inocuos que solo deseaban salir adelante en paz y sin meterse con nadie. Lo sorprendía que en el siglo XXI y en una ciudad como Milán hubiera gente que, obligada a vivir en los márgenes del mundo civilizado, se viera en la necesidad de construir su vida bajo tierra para encontrar una pizca de dignidad. Por rica y desarrollada que pudiera parecer, una sociedad que creaba las premisas necesarias para que se produjeran situaciones como esa tenía algo profundamente enfermizo en su interior.

No obstante, él seguía siendo un policía, y los Hijos de la Sombra vivían debajo de la estación al margen de toda regla y de toda ley. Consideraba sincero al General cuando afirmaba que solo deseaba el bien y la seguridad de su comunidad, pero sabía que no había nada que no estuviera dispuesto a hacer para proteger el poblado, y por eso había cometido verdaderos crímenes. En cuanto a la sacerdotisa, no estaba tan convencido de que sus intenciones fueran del todo pacíficas. Había algo malévolo en el comportamiento de aquella mujer cuyos poderes no comprendía, y tampoco sabía valorar el alcance que pudieran tener. Quizá fueran solo palabras soltadas al azar, pero el fogoso discurso que había pronunciado durante la ceremonia estaba lleno de oscuras amenazas. Ignoraba cuáles pudieran ser sus propósitos, pero tuvo la impresión de que estaba maquinando algo. ¿Por qué, solo por poner un ejemplo, había querido someter a toda costa a Laura a aquel rito iniciático? ¿Qué sacaba de aquello?

Sí, Laura. Ahí tenía otro asunto sobre el que debía tomar de inmediato una decisión. Con ella estaba comportándose como tenía por costumbre, se daba perfecta cuenta. En los momentos difíciles tendía a cerrarse por completo en sí mismo, dejando fuera incluso a las personas a las que tenía más cerca. Con Alice le había ocurrido lo mismo. Si seguía así, corría el peligro de perderla.

Pero por desgracia aquel no era el mejor momento para embarcarse en una historia seria. Ya no. Sabía demasiado bien lo absorbente que podía ser su entrega a una investigación: era un agujero negro que se tragaba toda su energía, todos sus pensamientos, sin dejar sitio para nada más. Y para él aquella no era una investigación cualquiera. En cierto modo, cabía decir que se había hecho policía únicamente para resolver ese caso. Había prometido ante la tumba de su padre que descubriría quién lo había asesinado y, cuando ya pensaba que tenía que resignarse a la idea de haber fracasado, se había abierto una nueva oportunidad de hacerle justicia y no podía desaprovecharla. En tales circunstancias, ¿qué le podía ofrecer a Laura?

Y no era solo eso. El rumbo que había tomado la investigación lo llevaba a entrar en trayectoria de colisión con gente muy peligrosa —por si le quedaba alguna duda al respecto, bastaba para disiparla el episodio del SUV que a punto había estado de segar su vida—, y tener a Laura cerca significaba poner en peligro también la vida de la muchacha. Por su propio bien, debía mantenerla a distancia.

Lo que había sucedido entre ellos en el subsuelo de la estación había sido sin duda algo especial. No recordaba haber experimentado nunca hasta entonces una sintonía tan inmediata, un sentido de fusión tan completa con ninguna chica. No había sido solo sexo. No obstante, o precisamente por eso, empezaba a preguntarse si no sería mejor romper de inmediato, cortar claramente cuando todo estaba en una fase inicial. En la situación en la que se encontraba en esos momentos, dejar que las cosas fueran a más, que los sentimientos que experimentaban echaran raíces, tan solo serviría para causarle más sufrimientos a Laura después. Era lo mejor para ella, se dijo, pero sobre todo era en sí mismo en quien pensaba.

A la mañana siguiente, mientras desayunaba sentado a la mesa del salón, seguía comiéndose el tarro pensando en lo que debería hacer con Laura. «Mañana» por decirlo de algún modo, teniendo en cuenta que eran más de las doce. La noche anterior, en cuanto el flujo de adrenalina empezó a disminuir, se quedó roque de inmediato y había dormido como un tronco diez horas seguidas.

Cuando sonó el móvil temió que fuera ella. Pero no era su nombre el que refulgía en la pantalla, sino el de Tiziana Sarti, de los Archivos Nacionales. ¿Por qué lo volvía a llamar? Y encima en sábado. ¿Había exagerado tal vez con sus zalamerías para intentar camelársela y le había dado pie a que se hiciera ilusiones de que podía haber algo entre ellos? Permaneció indeciso unos instantes, no sabía si contestar o no, pero al final se impuso la curiosidad.

—¡Riccardo! —explotó en el auricular del móvil la voz rebosante de excitación de la joven archivera—. ¡No te lo vas a creer, pero lo tengo!

—Me parece estupendo, Tiziana, pero... ¿de qué me hablas?

—¿Sabes? He seguido pensando en ti, en lo que me dijiste... Y al final lo he hecho, lo he conseguido.

«¡Dios mío! —pensó Riccardo—. ¿Qué lío habrá organizado?». Recordaba vagamente que, al final de la primera llamada, le había dicho que, en su opinión, una chica tan apasionada y tan brillante como ella estaba echándose a perder en un sitio como aquel. ¿Se lo había tomado al pie de la letra y había dejado el trabajo o algo por el estilo?

—¿Qué has conseguido, Tiziana? —preguntó tímidamente.

—¡El hombre al que buscabas, Drago! Lo he encontrado.

—Explícate mejor —dijo el inspector, esforzándose por mantener a raya la esperanza que ya empezaba a aflorar otra vez en su pecho, al menos hasta que entendiera con exactitud lo que quería decir.

En tono emocionado, la chica le contó que el día anterior, después de comunicarle la mala noticia, se había sentido fatal por no haber podido ayudarlo y no había dejado de pensar en ello. La idea de que aquel asesino anduviera suelto y siguiera impune no la había dejado dormir. Acostumbrada a enfrentarse a un pasado muerto y enterrado, nunca le había pasado por su cabeza que su trabajo pudiera tener efecto de un modo concreto en el presente. Y menos aún que dependiera de él la resolución de un crimen. Seguía preguntándose si había hecho todo lo posible, y había acabado por reconocer que no. Así, esa misma mañana temprano, a pesar de ser día festivo, había vuelto al despacho y se había dedicado a efectuar más pesquisas, con más profundidad; no se limitó a examinar los encabezamientos de los documentos, sino que los leyó de arriba abajo.

Se fijó en que en los documentos relativos a los delitos por los que había sido investigado o de los que había sido acusado Castrillo aparecía varias veces un hombre en calidad de cómplice habitual, quien, sin embargo, no se apellidaba Drago. Hurgando entre los papeles, Tiziana logró localizar un pasaje del acta de un interrogatorio en el que se citaba el apodo por el que era conocido aquel individuo en los bajos fondos milaneses. Y mira por dónde, el apodo en cuestión sí era «Drago». Efectuó entonces unas comprobaciones sobre él y constató que la lista de sus antecedentes era todavía más larga que la de Castrillo.

Pero no acababa ahí la cosa. Ampliando el radio de sus investigaciones, había dado con otro asunto en el que se habían visto implicados los dos juntos, y no en el papel de reos, sino en el de víctimas. En septiembre de 1945 habían sido objeto de una brutal paliza, a raíz de la cual Castrillo había quedado paralítico, mientras que Drago fue trasladado moribundo al hospital, pero no sobrevivió.

—¿Dónde ocurrió? —preguntó Mezzanotte.

—En las inmediaciones de la Estación Central. Los agresores nunca fueron identificados. Es posible que se tratara de una venganza. Algún ajuste de cuentas, uno más de los muchos que sufrieron fascistas y colaboracionistas, y que marcaron trágicamente el periodo de posguerra en nuestro país.

Ya estaba aclarado el misterio de por qué las joyas al final se habían quedado en los sótanos de la estación, se dijo Mezzanotte. Los dos camisas negras habían escondido el maletín que habían arrancado de las manos del joyero con la intención de volver luego a recuperarlo. Pero llegó la guerra y diversos contratiempos se lo habían impedido. Fueron destinados a alguna parte fuera de la ciudad y posteriormente heridos en un atentado a manos de los partisanos. Tras la Liberación, debieron de verse obligados a permanecer escondidos durante un tiempo. No muy largo, a juzgar por lo que les había sucedido. Al cabo de unos meses, cuando habían logrado introducirse otra vez en los sótanos de la estación, el maletín ya no estaba donde ellos lo habían dejado, porque, en el ínterin, lo habían cogido los hermanitos para jugar con él. Los persiguieron, pero fue en vano. Bien en aquella ocasión o en el curso de un intento posterior, los molió a golpes alguien que debió reconocerlos como miembros de las milicias fascistas. Con Drago muerto y Castrillo reducido a una silla de ruedas, no quedó nadie capaz de reclamar el tesoro.

—Tiziana, la verdad es que no sé cómo agradecértelo —exclamó eufórico por la idea de poder retomar la misión que se había impuesto—. Has sacado de la tumba mis pesquisas, las has resucitado. Un ramo de flores no te lo quita nadie.

—Una invitación a cenar también se agradecería... —soltó esperanzada la archivera.

—Me encantaría —dijo Riccardo de inmediato, haciendo gala de una cara dura de la que no pudo por menos que avergonzarse, al tiempo que se sentía culpable por haberla manipulado e ilusionado—. Por desgracia tengo una novia celosísima. Si se enterara de que salgo con otra, como mínimo me rompe las piernas.

La decepción al otro extremo de la línea fue palpable. Mezzanotte estaba a punto de despedirse y colgar, impaciente por ponerse de nuevo manos a la obra, pero ella lo detuvo.

—Espera, todavía no te he dicho el verdadero nombre de Drago. ¿No era eso lo que querías saber?

—Sí. Claro. ¡Qué idiota! —se reprochó Riccardo—. ¿Cómo se llamaba?

Al oírlo, se quedó helado. Otra vez un apellido que no le resultaba desconocido. Más bien todo lo contrario. Se acordó del nefasto presentimiento que había tenido antes de sacar del armario las pesadas cajas de cartón con el material de la investigación sobre su padre. Demasiado tarde ya. Una vez levantada la tapa de la caja de Pandora, nada habría podido detener el caos desencadenado por los demonios que habían salido de ella.

El sol insinuaba cuchilladas de luz entre las tablillas de las contraventanas todavía cerradas. En el exterior era ya pleno día. En la habitación, en cambio, parecía que la noche no acabaría nunca. Encogida en el futón, Laura se había quitado la camiseta que utilizaba para dormir y, como si estuviera buscando algo, con una mano iba palpándose febrilmente el cuerpo desnudo, cubierto ya de amplias zonas de piel desollada y ensangrentada, como si buscara algo. Con la otra mano sujetaba unas largas tijeras de coser. Tenía el pelo enredado, ojeras, el rostro cubierto por una costra de lágrimas y sudor, y una expresión de turbación en él.

Como si hubiera encontrado lo que buscaba, apretó dos dedos contra su vientre, delimitando un punto muy concreto, aunque le daba la impresión de que allí no había nada que le interesara. Se acercó las tijeras que empuñaba en su mano temblorosa. Vaciló un instante. Con una mueca que revelaba el enorme esfuerzo que le costaba, llegó a poner varias veces una de las hojas en contacto con la piel y la retiró de inmediato. Apretando los dientes, se obligó a clavar la punta en la carne hasta que se hizo un pequeño corte del que salieron algunas gotas de sangre. Por más que lo intentó, no consiguió ir más lejos. Al final renunció a seguir adelante lanzando un gemido de frustración. Arrojó las tijeras lejos de sí, se abandonó sobre la superficie del cojín escondiendo la cara entre los brazos y estalló en un llanto incontenible.

¿Cómo había podido acabar en ese estado?

La tarde anterior, en la estación, mientras Cardo hablaba por teléfono, la piel había empezado a picarle otra vez de un modo insoportable. Entre eso y la decepción por la forma en la que él se comportaba, no tuvo ganas de seguir esperando y se fue.

Una vez en casa, en las horas que siguieron, las molestias no habían hecho más que empeorar. La migraña no le daba descanso, los vértigos continuaban, la sensación de extrañeza e irrealidad que experimentaba había empezado a extenderse a su propio cuerpo, la sombra que la perseguía asomaba la cabeza en cualquier superficie de vidrio o de metal junto a la que pasaba.

Pero lo peor eran los picores, cada vez más intensos e incontrolables. Demasiado, para ser provocados por la simple sequedad de la piel. El modo en que se manifestaban de repente, ahora en un sitio, ahora en otro, para luego trasladarse según unas trayectorias imprevisibles, había acabado por convencerla de que lo que los desencadenaba era algo distinto. Algo que tenía en su interior. Algo vivo que, a saber de qué forma, se le había metido debajo de la piel y corría a sus anchas por todo su cuerpo. Ignoraba qué podía ser, un insecto, un gusano, quizá una serpiente diminuta. Sentirlo mientras se abría paso dentro de su carne era lo más horrible y repugnante que había experimentado en su vida.

Después de una noche alucinante de insomnio y toda una mañana rascándose en la oscuridad de su cuarto, en un determinado momento, llena de exasperación, pensó que la única solución era extirpar de su cuerpo aquella cosa repugnante, pero no pudo.

Estaba desmoronándose, tanto física como mentalmente, y no lograba entender por qué. Solo estaba segura de dos cosas. Una era que el don no tenía nada que ver con lo que le sucedía. La otra que, a ese paso, acabaría volviéndose loca de verdad.

¿Por qué tenía que pasarle todo a ella?, se preguntó al ver disiparse ante sus ojos toda esperanza de reanudar un mínimo asomo de vida normal y, de nuevo, se sintió desesperadamente sola. No tenía nadie a quien pedir ayuda. A su padre y a su madre, ni hablar. No se lo habrían pensado dos veces y la habrían mandado a alguna clínica exclusiva para ricos, uno de esos lugares en los que sabes cuándo entras pero no cuándo sales, y sobre todo cómo sales. Lo había visto ya en más de una ocasión. Los trastornos psíquicos no eran raros en los vástagos de la gente bien de Milán. El dinero protege de muchas cosas, pero no de uno mismo ni de sus propias fragilidades. Más bien, a menudo el cerebro complica las cosas todavía más. Se acordaba de un compañero de clase, en el Parini, que había ingresado en una clínica en Suiza debido a una forma grave de depresión. Cuando volvió al instituto, al cabo de seis meses de terapia a base de electrochoque, era una sombra de sí mismo: parecía un zombi, dócil y apagado. No, a sus padres acudiría solo en caso de extrema necesidad y como último recurso.

En cuanto a Cardo, evidentemente tenía la cabeza en otro sitio. La víspera, en la estación, cuando se alejaba con el móvil pegado a la oreja, lo había oído pronunciar un nombre de mujer. ¿Había otra? ¿Era posible que ella hubiera entendido tan clamorosamente mal sus intenciones y sus sentimientos? ¿Que lo que había sucedido entre ellos no hubiera significado nada especial para él? ¿Que ella solo hubiera sido una más?

¿Mejor una verdad dolorosa o ninguna verdad? Mezzanotte había creído siempre que sabía cuál era la respuesta que debía dar a esa pregunta. En ese momento, sin embargo, no estaba tan seguro. Encontraba consuelo en repetirse que haría justicia a su padre a toda costa, pero en realidad no había pensado en el precio que tendría que pagar, y desde luego no se figuraba que pudiera ser tan alto.

Sobre el caso del asesinato de su padre se cernía desde siempre una sospecha inconfesable. La había tenido él, pero seguramente se les había pasado también por la cabeza a otros, sin que nadie se hubiera atrevido a formularla en voz alta. Costaba trabajo explicarse cómo era posible que el comisario Mezzanotte cayera de aquel modo en una trampa. Un hombre con su experiencia no habría ido nunca a la nave abandonada en la que luego había sido asesinado sin tomar las debidas precauciones. A menos que quien lo había atraído hasta allí no fuera un perfecto extraño, sino alguien de quien se fiaba, al menos hasta cierto punto. Un policía, por ejemplo, cosa que explicaría la habilidad demostrada a la hora de ocultar su rastro, como si conociera al dedillo las técnicas y los procedimientos de investigación, y también la absoluta reserva con la que el comisario había llevado a cabo sus pesquisas: si sospechaba de algún compañero, tenía que estar completamente seguro antes de acusarlo públicamente. Pero nunca había salido a la luz ni el más mínimo elemento que sustentara esos temores, que, por consiguiente, habían quedado confinados al ámbito de lo no dicho.

Hasta ese momento.

Tras escuchar el nombre que había salido de los labios de la joven archivera, Mezzanotte se había aferrado a la esperanza de que se tratara solo de una extraña casualidad. Pero había bastado una simple comprobación en la oficina del registro civil para confirmar que no era sí. El cómplice de Tito Castrillo se llamaba Guido Fabiani, y no era una mera coincidencia que llevara ese apellido que a él le resultaba tan familiar. Drago era el abuelo de Vanessa Fabiani, la mujer de Tommaso Caradonna.

Si bien Mezzanotte no podía decir que no se le hubiera pasado nunca por la cabeza la duda de que el asesino de su padre era o había sido un policía, lo que nunca se había figurado ni remotamente era que pudiera ser alguien tan cercano a él. La posibilidad de que Caradonna tuviera algo que ver con el asesinato era tan inverosímil como sobrecogedora. ¡Por Dios santo! ¡Era uno de los Tres Mosqueteros! Dario Venturi, Alberto Mezzanotte y él, más que simples amigos habían sido como hermanos. Cada uno de ellos había puesto a diario su vida sin la menor vacilación en manos de los otros dos y en varias ocasiones se la habían salvado mutuamente. Lo habían compartido todo, penas y alegrías, éxitos y fracasos, tanto en el trabajo como fuera de él. El propio Riccardo consideraba a Caradonna un miembro de la familia, una especie de pariente sobrevenido, a mitad de camino entre un tío y un hermano mayor. Sentía cariño por aquel hombre. Durante el funeral de su padre, había estado a su lado prestándole apoyo todo el tiempo.

No podía creerlo. No era capaz de hacerlo. Algo en su interior se rebelaba con todas sus fuerzas ante la idea de que hubiera podido mancharse con una traición tan horrenda y tan vil. Por fortuna para él, ya no tenía ni una gota de alcohol en casa, de lo contrario la tentación de emborracharse hasta llegar al coma etílico habría sido irresistible.

Al mismo tiempo, una parte de su cerebro, la correspondiente al madero que era, no podía por menos que tener en cuenta esa hipótesis y sopesar todo tipo de razonamientos. Caradonna había vivido siempre por encima de sus posibilidades, era un manirroto y además tenía el vicio del juego. La empresa que había creado parecía navegar constantemente por aguas turbulentas. ¿Cuántas veces había oído decir que por su carácter y sus actitudes se parecía demasiado a los delincuentes a los que perseguía? Frecuentaba los mismos ambientes que ellos y se murmuraba que durante una época incluso había compartido una amante con Vallanzasca, el célebre bandido. Luego estaba el turbio asunto que lo había llevado a presentar la dimisión y dejar la policía en el 94, del que se negaba a hablar y sobre el cual tanto su padre como Venturi siempre se habían limitado a hacer solo vagos comentarios, pero algunos rumores que había oído en la Jefatura aludían a un episodio de corrupción que, tal vez para no romper la leyenda de los Tres Mosqueteros, había sido tapado por las altas esferas. Además, dado que su empresa de seguridad se encargaba del servicio de vigilancia del supermercado de la Central, a Caradonna le habría resultado relativamente fácil mandar equipos de hombres armados y bien adiestrados a registrar los sótanos de la estación. Era una circunstancia en la que acababa de caer, pero, de hecho, el único entre todas las personas que conocía que todavía no lo había llamado tras su regreso del subsuelo para preguntar cómo estaba era precisamente él. ¿Cómo era posible? Quizá porque no se había alegrado demasiado de su reaparición.

Si de algún modo, a través de su mujer, se hubiera enterado de la existencia del tesoro, para alguien en su situación una fortuna tan grande en joyas y piedras preciosas, capaz de resolver de una vez por todas las dificultades financieras crónicas que lo afligían, habría resultado muy apetitosa. ¿Hasta dónde habría estado dispuesto a llegar con tal de echarle el guante?

Cuanto más lo pensaba, más se mezclaba la desgarradora sensación de decepción que lo afligía con una rabia sorda y tempestuosa. Se puso a dar puñetazos en la mesa a la que estaba sentado, una vez y otra y otra, haciendo saltar y luego tirando al suelo todo lo que había en ella: móvil, taza, azucarero, cartón de leche, bolsita de galletas... Siguió golpeando la mesa cada vez con más fuerza, sin atender a las punzadas de dolor en las manos y en los antebrazos, sino todo lo contrario, buscando el dolor físico con la vana esperanza de que acallase el que sentía por dentro, hasta que en el tablero de madera rústica apareció una grieta que amenazaba con partirlo en dos.

Mientras un rugido gutural de animal herido surgía del fondo de sus entrañas, se levantó con ímpetu y tiró la mesa al suelo, patas arriba. Luego, como si de repente las fuerzas dejaran de sostenerlo, se desplomó él también contra el respaldo del sofá y escondió la cara entre las manos.

¿Cuántas horas permaneció allí acurrucado en el suelo? No sabría decirlo, pero cuando se sintió lo bastante tranquilo para poder levantarse, las sombras del atardecer se alargaban ya en el interior del piso.

¿Qué debía hacer? Por terribles que fueran, lo suyo eran solo sospechas, no había ninguna prueba de una implicación directa o indirecta de Caradonna en la muerte de su padre. Como primera providencia, tenía que estar seguro más allá de cualquier género de dudas.

Cogió el móvil entre sus doloridas manos y seleccionó el número de Tommaso en la agenda. Quería enfrentarse a él cara a cara. Quería mirarlo directamente a los ojos mientras le decía que no tenía nada que ver con aquello. Si mentía, lo notaría. Llegado el caso, le haría escupir toda la verdad a la fuerza. Aunque tuviera que arrancarle los dientes, si fuera necesario.

Antes de apretar la tecla de llamada respiró profundamente varias veces, intentando sacar de algún rincón de su interior la frialdad y el distanciamiento suficientes para mantener aquella conversación sin traicionarse.

—¡Cardo! ¡Cuánto me alegra oírte! Ya lo sé, debería haberte llamado. Hace días que quería hacerlo, pero aquí, en el despacho, llevamos una semana terrible. He leído lo tuyo en los periódicos y luego Dario me ha contado también algo. En definitiva, lo has conseguido otra vez: has salvado a la chica y has pillado al malo. Si sigues así acabarás por eclipsarnos a las viejas glorias. Pero dime, ¿qué tal estás?

El Caradonna de siempre, inconstante y poco de fiar, que se olvidaba de los cumpleaños y los aniversarios, y llegaba tarde a las citas, pero luego era capaz de sacarse de la manga todo su encanto y lograba hacerse perdonar cualquier cosa. Esta vez, sin embargo, si se demostraba su culpa, de perdón no cabía ni hablar.

—Estoy bien —dijo Mezzanotte apretando los dientes, en un tono que, debido al esfuerzo por no dejar que se notara lo que bullía dentro de su ser, resultó neutro y monótono—. Mira, Tommaso, tengo que hablar contigo. ¿Podemos vernos mañana?

—Pues claro que sí. ¿Qué te parece si salimos a cenar por ahí los dos solos? Hace un montón de tiempo que no lo hacemos, así me lo cuentas todo bien. Hay una *trattoria* nueva aquí en mi barrio que no está nada mal.

—No, antes. ¿Puedes mañana por la mañana?

¿Había sido tal vez demasiado brusco? Se produjo un silencio que duró unos segundos. Cuando respondió, la voz de Caradonna tenía un matiz distinto. Más serio. Más circunspecto también, o al menos así se lo pareció a él.

—Vale. ¿Dónde?

—Digamos que en el Cementerio Monumental. A las ocho y media. Delante de la tumba de papá.

—¿En el cementerio? —No costaba trabajo percibir la perplejidad que aquella propuesta había provocado en Caradonna—. Sí, vale. ¿Pero no quieres decirme...?

—Pues entonces hasta mañana —dijo Mezzanotte cortándolo. Solo después de colgar pudo volver a respirar a pleno pulmón.

El agua estaba templada y tranquila. Haciendo el muerto con los brazos abiertos, Laura se dejaba llevar por la perezosa corriente del río y, mientras tanto, observaba sin pensar en nada cómo los rayos del sol jugaban al escondite entre el follaje de los árboles, que en aquel tramo se inclinaban hasta más allá de la orilla formando una bóveda compacta por encima de ella. A su alrededor resonaba el trino de los pájaros y, de vez en cuando, de lo más profundo de la selva llegaba el grito de algún animal. La sensación de paz y bienestar que la invadía, después de tantos sufrimientos, le llenaba el pecho de alivio y gratitud.

Dos animalitos alados empeñados en lo que parecía una danza de cortejo atrajeron su atención. Eran tan pequeños que, a primera vista, pensó que se trataba de algún tipo de libélula o de mariposa, pero, al mirarlos mejor, se dio cuenta de que eran unos pájaros minúsculos. Poseían unos picos largos y finos, y alas que batían tan deprisa que se convertían en una especie de aureola desenfocada a ambos lados de los cuerpecillos cubiertos de plumas variopintas. Permanecían unos instantes quietos en el aire para luego empezar a moverse otra vez aquí y allá como a rayos veloces.

«¿Cómo se llaman? —pensó—.Ah, ¡sí!, colibríes».

Encantada, fue siguiéndolos con la mirada, hasta que de golpe todo se oscureció, como si, detrás de los árboles, las nubes hubieran cubierto el sol. Los colibríes huyeron. Laura siguió flotando todavía un rato, pero el encanto se había roto ya de forma irremediable y una ansiedad sutil se insinuaba en su interior. No tardó mucho en comprender a qué se debía. Los pájaros y los demás animales habían enmudecido, y sobre el río se abatió un silencio pesado y opresivo. Se estremeció. ¿Era solo una impresión o la temperatura del agua había bajado varios grados?

Se puso a nadar para alcanzar la orilla. Notó que algo rozaba una de sus pantorrillas, pero no perdió tiempo en comprobar qué era. Con la respiración afanosa, aumentó el ritmo de las brazadas. Pero no lo suficiente. Algo duro y resbaladizo se enrolló alrededor de sus piernas, aprisionándoselas. Bajó los ojos. Una especie de lianas, o tal vez unas raíces nudosas y cubiertas de algas ascendían desde el fondo del río. ¿Qué había hecho para quedar atrapada? No tuvo siquiera tiempo de preguntárselo cuando se dio cuenta con horror de que aquellas fibras vegetales se movían, como si estuvieran dotadas de vida propia, y se enlazaban cada vez más a su cuerpo.

Aterrorizada, se puso a dar patadas como una loca, pero no hubo forma de liberarse. Cuando empezó a sentirse atraída hacia el fondo comenzó a mover los brazos. Cada vez le costaba más trabajo mantener la cabeza en la superficie y tragó agua varias veces, hasta que algo la arrastró hacia abajo. Debatiéndose con todas sus fuerzas al sentir que se quedaba sin respiración, logró finalmente salir de nuevo a la superficie. Escupió tosiendo el agua que había ingerido y se llenó ávidamente de aire los pulmones.

Entonces la vio, inmóvil en medio del río. Era una mujer joven. Completamente desnuda, salvo por las joyas de oro que la adornaban —un collar, algunos anillos y pulseras, un pasador sujetándole el pelo—, su piel ambarina refulgía en la penumbra.

Al principio pensó que montaba a horcajadas un tronco de árbol flotante, luego el tronco se movió y entreabrió unas grandes fauces pobladas de dientes. Laura comprendió que se trataba de un cocodrilo.

La mujer, cuya belleza tenía algo de sobrenatural, miraba hacia donde ella estaba, con una sonrisa rebosante de benevolencia y dulzura.

—¡Eh, tú! —gritó Laura—. ¡Por favor, ven, ayúdame!

La mujer permaneció quieta en su sitio. Laura se dio cuenta de que sus labios se movían. Estaba diciendo algo, pero de su boca no salía sonido alguno, o al menos ella no podía oírlo.

—No te entiendo, habla más fuerte —dijo lloriqueando—. Te lo suplico, ayúdame, me estoy ahogando...

La mujer montada en el cocodrilo no mostró la menor intención de ir a socorrerla. Mientras las lianas empezaban otra vez a atraer hacia el fondo a Laura, ella continuaba sonriendo y moviendo deliciosamente los labios. Pero su sonrisa ya había perdido aquel aire benévolo. En la seráfica indiferencia con la que contemplaba sin mover un dedo cómo se ahogaba la joven había algo ferozmente inhumano.

Con un nuevo tirón todavía más violento, Laura fue engullida por el agua y arrastrada hacia el fondo.

Abrió los ojos. ¿Dónde se encontraba? Desorientada y confusa, volvió la cabeza hacia un lado. Según el despertador que había encima de la mesilla eran las 7.32 del domingo 15 de junio de 2003.

Poco a poco, junto con los picores y el resto de las molestias, todo volvió a presentarse con claridad en su mente. Al término de otra jornada tremenda, durante la cual había contemplado incluso la posibilidad de tirarse por el balcón de su cuarto con tal de poner fin a aquel calvario, cuando anochecía llegó un momento en que más que caer dormida, se desmayó. Pero, despierta de nuevo, empezó todo otra vez, como antes, si no incluso peor, pensó, rascándose sin piedad el punto en el que el repugnante parásito había empezado a moverse de nuevo bajo su piel. Que fuera verdad o que solo se lo estuviera imaginando no suponía diferencia alguna.

Recuperó de la memoria la pesadilla que había tenido. Había sido tan real que se acordaba de todos los detalles. Quién sabe qué quería decirle aquella mujer misteriosa. Podía ver su rostro hermosísimo y cruel como si la tuviera todavía ante sus ojos. Se concentró en su boca, en un intento de leerle los labios.

«Ven a mí».

Nada más. No hacía más que repetir esas tres palabras, «Ven a mí», una y otra vez.

«¡Oh, Dios mío! —pensó de repente—. ¿Será posible que...?».

Le parecía francamente absurdo, pero en las condiciones en las que se encontraba no podía permitirse el lujo de desestimar ninguna posibilidad. Se levantó y empezó a dar vueltas de puntillas por el piso sumido en el sueño, en busca de todo lo que necesitaba. Esperaba tan solo no olvidarse de nada fundamental. Tras hacer varios viajes, había acumulado en el suelo de su habitación un montoncito de objetos de lo más diverso.

Abrió el armario y retiró de uno de los cajones toda la ropa que contenía. Era mejor que sus padres permanecieran en la ignorancia, y aquel le pareció un escondite bastante bueno. Colocó dentro del cajón los objetos que había reunido, y luego se puso a buscar algo en el cuarto. Al no encontrarlo, la asaltó el temor de haberlo perdido o de que la señora de la limpieza lo hubiera tirado tomándolo por simple basura. Nada más volver de la Jefatura lo había dejado por ahí, en alguna parte, sin prestar demasiada atención, y en ese momento no lograba recordar dónde lo había puesto.

Al final, con un alivio enorme, lo localizó en el fondo de la mesita de noche: el paquete que la sacerdotisa de rostro desfigurado había mandado que le entregaran poco antes de abandonar el poblado subterráneo. Lo cogió, cortó el cordel con el que estaba atado y abrió el envoltorio de tela.

Encontró en él una de las pulseras de cuentas de vidrio que

había llevado durante la ceremonia de iniciación y un pequeño recipiente blanco y azul, una copia en tamaño reducido del que destacaba en el altar de Mami Wata que había en el santuario. Sabía que ocultaba en su interior una bolsita llena de hierbas y de otros ingredientes sagrados, que, activados mediante ritos y oraciones, debería convertir el fetiche en una extensión de la divinidad en el mundo físico, lo que permitiría establecer una comunicación con ella. Se puso la pulsera en la muñeca y colocó el pequeño recipiente dentro del cajón, en medio de las otras cosas, entre las cuales figuraban unos pendientes, una polvera, una vieja muñequita de cuando era pequeña, un pintalabios, algunos bombones y un par de velas.

Contempló el resultado: no estaba todo, pero para empezar no estaba mal, o al menos eso esperaba. Todavía no era capaz de creer que las molestias que padecía tenían que ver con el hecho de no haber dado testimonio todavía de su devoción a la Madre de las Aguas, como se había comprometido a hacer en el momento en el que fue iniciada, pero con tal de librarse de ellas estaba dispuesta a intentar cualquier cosa. Se sentó delante del armario con las piernas cruzadas, encendió las velas y vertió en el recipiente unas gotas de ginebra de una botella que había cogido del mueble bar y un poco de perfume de un frasco que tenía en el cuarto de baño. *Maman* le había dicho que, a menos que quisiera pedirle algún favor particularmente grande, no era necesario que le ofreciera sangre.

En ese momento intentó recordar qué más le había explicado la sacerdotisa sobre el desarrollo del ritual y se maldijo por haber prestado tan poca atención a sus instrucciones. Cuando consideró que tenía claras en la cabeza las palabras que debía recitar, cerró los ojos y se concentró para orar.

Durante la noche debió de caer un chaparrón, pero en el momento en el que Riccardo se había metido en el coche el cielo estaba ya completamente despejado. En la amplia explanada a las puertas del cementerio, donde los floristas estaban acabando de colocar la mercancía alrededor de los puestos, el reflejo del sol transformaba el agua de los charcos en oro fundido y del asfalto húmedo se levantaban volutas de vapor.

A lo largo del camino había puesto en práctica todas las triquiñuelas imaginables para dejar atrás a eventuales informadores encargados de seguirlo, y en ese momento permanecía sentado en su Panda, discretamente aparcado a una distancia prudencial, vigilando las puertas del Cementerio Monumental. Había llegado unos minutos antes de la hora de apertura, a las ocho de la mañana, para someter a un atento examen a cualquiera que entrara y detectar si, mezclados entre los visitantes, había hombres de Caradonna dispuestos a tenderle una trampa. No tenía intención de acabar como su padre, y si el error de este había sido pecar de exceso de confianza, él no iba a repetirlo.

Tommaso Caradonna hizo su aparición a las 8.32. Iba solo. Hasta ese momento no había entrado en el cementerio nadie que pudiera despertar sospechas. Mezzanotte lo observó mientras, con sus andares desenvueltos y elegantes, rasgaba la impalpable bruma dorada que se cernía sobre la explanada. Aguardó unos diez minutos antes de seguirlo al interior, quería asegurarse de que no había llevado consigo a alguien para guardarle las espaldas. Aunque ya lo había hecho varias veces, comprobó de nuevo que el cargador de la Beretta estaba lleno, que había accionado el retroceso para meter la bala en el cañón y que le había quitado el seguro. Seguían doliéndole las manos —tenía unos cardenales violáceos que iban desde los antebrazos hasta más allá de las muñecas—, pero no tanto como para impedirle empuñar la pistola. Se la metió entre la camisa y los vaqueros, y bajó del coche.

Mientras caminaba sin prisa hacia la cancela echando miradas constantemente a su alrededor, se preguntó qué era con exactitud lo que iba a reclamar. ¿Justicia o venganza? A lo largo de los años se había imaginado a menudo el momento en el que finalmente encontraba al asesino de su padre. Se había visto a sí mismo retorciéndole los brazos por detrás de la espalda para ponerle las esposas, o mientras, sentado en una sala del tribunal, escuchaba al juez leyendo la sentencia condenatoria, pero no había tenido en cuenta la virulencia de los sentimientos que se apoderarían de él en cuanto el asesino dejara de ser solo una idea abstracta para adquirir un nombre y una cara, sobre todo si ese nombre y esa cara no pertenecían a un perfecto desconocido, sino a alguien que había gozado de todo su afecto y toda su estima.

¿Cómo se comportaría en caso de que dentro de nada tuviera la confirmación de la culpabilidad de Caradonna? ¿Lo detendría y se lo llevaría a rastras a la Jefatura, como era de justicia, o bien, cegado por la ira y el odio, vaciaría en el acto el cargador entero sobre su persona? No lo sabía. Honestamente, si miraba en su interior, no estaba en condiciones de prever cuál iba a ser su reacción.

3

Lavados por la lluvia nocturna, los mármoles de los sepulcros y los panteones refulgían brillantes en el aire leve, los senderos de gravilla, todavía semidesiertos, estaban constelados de charcos y las copas de los árboles —nada de cipreses en el Cementerio Monumental, en su lugar había coníferas, tilos, tejos, cedros— susurraban al son de la brisa exhibiendo un verdor total y resplandeciente.

Para llegar al sitio donde habían quedado, Mezzanotte dio una gran vuelta al tiempo que inspeccionaba los alrededores con el fin de asegurarse una vez más de que ninguna sorpresa desagradable estuviera esperándolo. Antes de hacerse visible, escondido detrás de una lápida junto a la macabra y curiosa estatua de bronce de un viejo barbudo que yacía semidesnudo en una losa de piedra, con dos alas plegadas que salían de su espalda, una gran hoz en la mano y gesto de aflicción, permaneció un rato observando en la distancia a Caradonna.

De pie junto a la tumba del hombre junto al cual había entrado en la leyenda y que, entre otras cosas, había sido su padrino de boda, quien quizá lo había asesinado a sangre fría miraba a su alrededor subiéndose de vez en cuando la manga de la chaqueta de marca para consultar el reloj. ¿Señal de nerviosismo o solo la impaciencia justificada por el retraso de Mezzanotte?

Hombros anchos, mandíbula prominente, mechón rebelde sobre la frente, su belleza de artista de cine sobrevivía magníficamente a las arrugas y a algunos kilos de más. Se contaba que en sus años dorados bastaba que posara sus límpidos y descarados ojos azules en una mujer para dejarla totalmente mojada. Una vez que se emborrachó, la propia Alice le había confesado que, a pesar de la edad, no le habría importado tener algo con él.

Ni a la altura de la axila ni detrás, por la espalda, se notaba ningún bulto que señalara la presencia de una pistola, pero de ahí a estar seguro de que no iba armado distaba un mundo.

Cuando salió al descubierto para ir a su encuentro, Mezzanotte tenía los músculos tan tensos y contraídos que le costaba trabajo caminar con normalidad.

—Lo siento, el coche no arrancaba. He tenido que recargar la batería con un juego de cables —se justificó dejándose abrazar pasivamente.

—¿Sigues yendo por ahí con ese cacharro? ¿Cuándo te decidirás a cambiarlo por un coche digno de tal nombre? Luego te enseño el nuevo Saab que me he comprado mediante un *leasing* —exclamó Caradonna con una alegría que sonaba un poco artificial.

Hablaron de la reciente hazaña de Mezzanotte, pero debido a la escasa locuacidad de este el tema de conversación se agotó pronto.

—¿Qué pasa, Cardo? —dijo entonces Tommaso poniéndose serio—. ¿Por qué tanta prisa en verme? ¿Y por qué precisamente aquí?

¿Por qué? A decir verdad, no lo sabía muy bien. La idea se le había ocurrido de repente, sin reflexionar. Quizá porque ingenuamente consideraba que, delante de su tumba, resultaría más difícil mentir sobre el hombre al que había traicionado y al que le había quitado la vida. Pero no fue eso lo que dijo.

—He empezado a indagar otra vez sobre la muerte de mi padre —respondió, y se lo quedó mirando para estudiar su reacción.

Caradonna manifestó cierta sorpresa, pero nada más.

—Ah, ¿sí? Creía que ya no había esperanzas de sacar de su escondrijo a ese hijo de puta.

—Tengo una nueva pista. Es pronto para cantar victoria, pero pienso que puede conducir a algo —afirmó Riccardo sin apartar los ojos del rostro de su interlocutor. Caradonna no movió ni una pestaña, no dejó escapar siquiera la más imperceptible contracción de los rasgos de su cara. Sin embargo, si había sido él, sabía de qué pista se trataba y que esta apuntaba en su dirección.

—Es una noticia estupenda —dijo retirándose el mechón rubio de la frente con una mano—, pero... ¿estás seguro? ¿Qué piensa Dario? ¿Lo has informado ya?

«¿Te preocupa que haya ya hablado con otros?», pensó Mezzanotte. Clavó la vista en la foto del comisario encajada en la lápida negra. Si había sido Caradonna, ¿qué debió de sentir su padre al ver que lo apuntaba con la pistola uno de sus amigos más viejos y más queridos? ¿Decepción, incredulidad, tristeza, desprecio, compasión, rabia? Fue este último sentimiento, mantenido fatigosamente bajo llave hasta ese instante, el que acabó por abrirse paso con prepotencia en Riccardo.

—En este sentido quería hacerte un par de preguntas —dijo sin responder a la que le había hecho el otro, bajando la voz hasta reducirla a un rugido sombrío, como el de una tormenta que se anuncia en el horizonte.

—Lo poco que sabía ya lo dije en su momento. Pero si piensas que puedo serte útil, pregunta...

—¿Dónde estabas el 6 de junio de 1998 por la mañana? Eso creo que no te lo preguntó nadie en su momento.

—¿Que dónde estaba? —dijo Caradonna irritado al pillarlo desprevenido—. ¿Por qué demonios tendrían que habérmelo preguntado? Cardo, ¿puede saberse qué bicho te ha picado? ¿Qué es esto? ¿Una broma?

—Ese fue el día, Tommaso, por si no te acuerdas —gruñó a modo de contestación Mezzanotte—, el día en que lo mataron. ¿Dónde estabas tú, mientras alguien le descerrajaba tres balazos a traición?

Se le habían hinchado las venas del cuello y le temblaba todo el cuerpo. «Si es que fue él», seguía diciéndose. ¿Pero quién, aparte de Caradonna, podía haber conocido la existencia del tesoro y poseía los medios para explorar los sótanos de la Central y buscarlo en ellos? Claro que había sido él. Tras eliminar a la hija de Castrillo, no había tenido ningún escrúpulo en asesinar a su padre, que estaba a punto de desenmascararlo, y luego en ordenar a sus sicarios que quitaran de en medio también a Riccardo por el mismo motivo. Todo encajaba. Era solo que no quería creerlo, porque reconocer la verdad habría sido demasiado doloroso.

—Me acuerdo perfectamente —saltó Caradonna, ya visiblemente nervioso—. Nos vemos aquí todos los años ese día, por si te has olvidado. Lo que no entiendo es dónde cojones quieres ir a parar.

—Es una pregunta muy sencilla, Tommaso —insistió Mezzanotte con cara de perro—. ¿Quieres contestarme o no?

—Pues no, no quiero. Es una pregunta idiota y no merece respuesta. Con todo el cariño que te tengo, Cardo, no te permito que me hables así.

Mezzanotte lo agarró con ambas manos por las solapas de su carísima chaqueta y lo atrajo hacia él.

—Pues ahora mismo me vas a contestar, ¡me cago en la puta! ¿Dónde estabas aquel día, eh? ¿Tienes o no una puta coartada?

—¿Pero se te ha ido la olla? ¿Cómo puedes pensar seriamente que yo...?

Los buenos propósitos que había abrigado Mezzanotte de mantener el control e ir con pies de plomo habían naufragado definitivamente. Estaba tan furioso que ni siquiera la vocecita que llevaba en la cabeza se atrevió a asomar la gaita, mientras iba dando empellones a Caradonna y golpeándolo contra la piedra sepulcral y sacaba la Beretta de debajo de los vaqueros para ponérsela bajo la barbilla.

—Adelante, niégalo —le gritó a la cara, con los ojos inyectados en sangre—. Niega que fuiste tú, aquí, sobre su cadáver, si es que tienes valor...

—Cardo, ¿te has vuelto loco? Para ya, deja que me vaya.

—¿Cómo pudiste, asqueroso hijo de puta? ¿Cómo pudiste? Precisamente tú...

Con la cara aplastada contra el mármol pulido y frío de la tumba, y el acero todavía más frío de la pistola clavado en la garganta, Caradonna palideció al darse cuenta de que Riccardo hablaba en serio. Iba a pegarle un tiro, era capaz de hacerlo. Ahora era miedo lo que podía leerse en sus ojos abiertos de forma desorbitada.

—¡No fui yo, joder, no fui yo! —se puso a gritar afanosamente—. No habría podido. Se lo debía todo a Alberto, literalmente me salvó el culo. Sin él, hoy estaría en la cárcel.

Aunque esas palabras lo descolocaron, Mezzanotte no retiró ni un milímetro la pistola de donde la tenía. El dedo le temblaba sobre el gatillo. Lanzó una ojeada más a la foto de su padre que había en la lápida, como si de los rasgos ceñudos de su rostro esperara obtener una indicación sobre cómo habría querido que se comportara en una situación tan apurada como aquella. No fue así.

—¿De qué diablos estás hablando? —preguntó al fin.

Caradonna lo largó todo, con la voz levemente estrangulada debido al cañón de la Beretta que le oprimía la tráquea. Unos meses antes de dejar la policía había recibido un soplo seguro acerca de una carrera de caballos y había hecho una apuesta muy fuerte —más dinero del que podía permitirse— con uno de los corredores que llevaban el floreciente negocio de las apuestas clandestinas en el hipódromo. Pero la carrera no había salido según lo previsto y él se había encontrado con una deuda de varios millones de liras. Le habían propuesto una manera de cancelar aquella deuda evitando las visitas de los matones: conseguir información acerca de una investigación sobre la organización que estaba llevándose a cabo por aquel entonces. Él al principio había cedido al chantaje, pero cuando le pidieron apoyo para tender una emboscada intimidatoria al colega responsable de las pesquisas había acudido al comisario Mezzanotte, y lo había confesado todo. Alberto le prometió que arreglaría el asunto, con la condición de que él aceptara el papel de infiltrado para desarticular a la banda de una vez por todas, dejara para siempre el juego y, después, presentara su dimisión del cuerpo. Había mantenido su palabra, y cuando todo hubo pasado hizo creer que Caradonna había llevado a cabo desde el principio una misión encubierta, para evitar que presentaran ninguna acusación contra él.

—Salí limpio gracias a él, y luego me echó también una mano cuando puse en marcha mi negocio. Nunca podré agradecerle lo suficiente todo lo que hizo por mí. Por lo demás, perdona, pero ¿por qué puto motivo debería yo haberlo matado, eh?

—¿Por qué? Por las joyas. Te encontrabas de nuevo sin dinero y querías apoderarte del tesoro escondido debajo de la estación, pero él se puso en medio...

—¿De qué joyas hablas? No sé una puta mierda sobre ningún tesoro, y no tengo particular necesidad de dinero. La empresa es una continua fuente de estrés, pero últimamente no va tan mal, si quieres te enseño los balances, y, desde que he dejado de jugar, el estado de mis finanzas es bastante sólido; controla también, si quieres, mis extractos bancarios. Y, además, ¡me cago en la puta, Cardo!, si de verdad hubiera sido yo, ¿crees que me habría presentado aquí solo y desarmado? Puedo ser muchas cosas, pero desde luego no un incauto...

Sin dejar de tenerlo a tiro, Mezzanotte lo registró con la mano que le quedaba libre, palpando por debajo de la chaqueta, manoseándolo entre las piernas y levantándole el borde de los pantalones para comprobar que no llevaba ningún arma escondida en los tobillos.

Decía la verdad. No llevaba nada encima, ni siquiera una navajita. Y, sobre todo, por mucho rencor que sintiera hacia él, le pareció sincero también en todo lo demás. No es que aquella fuera una ciencia exacta que permitiera obtener certezas incontrovertibles, y él, en cualquier caso, no la dominaba muy bien, pero lo había observado atentamente y debía reconocer que no había captado, ni en sus palabras ni en su lenguaje corporal, ninguna de las señales que había aprendido a reconocer como reveladoras de una mentira.

Caradonna se sacudió el traje y se arregló un poco el pelo. Luego miró a Mezzanotte, parado ahí, a su lado, con los ojos bajos y los brazos caídos a ambos costados. Seguía empuñando la pistola.

—Venga, guárdate la pipa y vámonos de aquí —dijo—. Necesito una copa.

Una hora más tarde estaban sentados junto a uno de los ventanales del bar Radetzky, en la esquina del largo La Foppa y el corso Garibaldi. Sobre la mesa, dos vasitos y una botella de Laphroaig, tres cuartas partes de la cual ya estaban vacías. Atestado siempre a partir de la hora del aperitivo, por la mañana el local estaba bastante tranquilo. Además de ellos habría poco más de una decena de clientes, sentados en su mayoría en la terraza para disfrutar un poco del sol antes de que el calor empezara a apretar. El camarero no pudo por menos que torcer la nariz al apuntar la comanda, poco en consonancia con la hora, pero se la sirvió sin rechistar.

Esta vez le tocó a Mezzanotte soltar la lengua. Le contó a Caradonna de forma concisa cómo había llegado a leer el nombre de Castrillo en la cueva debajo de la estación y, de manera más detallada, qué pesquisas había hecho, a partir de ese nombre, y cómo había sacado a la luz la relación entre el tesoro de los subterráneos y el asesinato de su padre, y cómo había descubierto el parentesco de su mujer, Vanessa, con uno de los dos camisas negras que habían sustraído las joyas.

—Todavía estoy cabreadísimo contigo, que te quede claro —le advirtió el expolicía cuando acabó su relato. Su cara había empezado apenas a recuperar algo de color—. Un único motivo me frena para no romperte la cara: después de descubrir lo que has descubierto, si yo hubiera sido tú, es probable que hubiera hecho algo peor. Soy lo bastante honesto para reconocerlo.

—Honesto... —repitió Mezzanotte haciendo una mueca—. ¿De verdad pasabas información reservada a aquellos delincuentes?

Caradonna hundió la mirada en su vaso, como si los reflejos color oro viejo que el líquido ambarino proyectaba en el cristal pudieran inspirarle las palabras adecuadas con que responder.

—Aquella... —dijo entonces—. Aquella no fue una buena época para mí. Desde que nuestros caminos, los caminos de los Mosqueteros, se separaron, entré en crisis. Bebía demasiado, esnifaba de todo, el juego y las apuestas se me habían ido de las manos. Con todo el dinero que les debía, me tenían cogido por los huevos. De todos modos, no me chivaba de todo, solo de lo estrictamente imprescindible. Y en cuanto me pidieron más, recurrí a Alberto...

—No puedo creer que el comisario Mezzanotte, siempre tan íntegro, te cubriera las espaldas.

—Tu padre era un hombre de sólidos principios. Incluso demasiado sólidos, tal vez. Pero comprendió mi situación y me ofreció una oportunidad de redimirme, con determinadas condiciones. Por un amigo, hasta él era capaz de hacer cosas al margen de lo debido.

Mezzanotte negó con la cabeza.

—Por un amigo tal vez, pero no por su único hijo —comentó con amargura—. A mí no me dejaba pasar ni una. Nunca.

—¿Cuántas veces te lo he repetido ya, Cardo? Alberto te quería. Si era severo contigo... y de vez en cuando exageraba, lo reconozco..., era porque quería que crecieras con los hombros lo bastante fuertes para enfrentarte al mundo. Y a ojos de un policía, el mundo es un lugar oscuro y lleno de insidias. Ahora lo sabes tú también.

—Ah, ¿sí? ¿A ti te lo dijo, que me quería?

—No, no explícitamente. No era del tipo de personas que muestran sus sentimientos, y menos aún hablar de ellos. Pero estoy seguro de que era así. Es solo que le costaba trabajo demostrártelo, un poco debido a su carácter y otro poco porque le recordabas demasiado a tu madre. Sobre todo de pequeño te parecías muchísimo a ella. Cada vez que te miraba, en ti la veía a ella, y el dolor por su pérdida se recrudecía.

Mezzanotte había oído ya aquella historia, tanto a Caradonna como a Venturi, pero no era capaz de creérsela del todo. En los primeros años, tal vez, puede que fuera verdad, pero ¿era posible que no hubiera encontrado luego la manera de demostrarle una pizca de afecto, ni siquiera una sola vez?

—Anda, déjalo ya —dijo sacudiendo el aire con una mano—. El hecho es que su asesino va tras el rastro del tesoro escondido debajo de la Central por dos fascistas, uno de los cuales era el abuelo de tu mujer.

—Ya. ¡Vaya puta historia absurda! Mira, reconozco que se trata de una coincidencia muy singular, pero por sí sola no demuestra nada. ¿Quién te dice que Vanessa sabe algo?

—¿Estás seguro de que no te ha hablado nunca de ello? ¿De que ni siquiera ha hecho una sola mención del asunto?

Una sombra oscureció el hermoso rostro de actor de cine americano de Caradonna. Bebió un generoso trago de whisky y luego le confesó que en realidad no hablaba mucho con su mujer. Su matrimonio estaba en crisis desde hacía bastante tiempo y, aunque en público seguían guardando las apariencias, en casa vivían ya prácticamente separados, ni siquiera dormían en la misma cama. Por culpa suya, reconoció. Durante los años oscuros, antes de abandonar la policía, además de implicarla en sus desastres económicos, la había dejado de lado y la había traicionado repetidamente. Entre ellos se rompió algo. No lo sabía con seguridad, pero hacía tiempo que sospechaba que tenía un amante.

—¿Cómo? ¿No lo sabes con seguridad? —exclamó con asombro Mezzanotte—. ¿No has intentado nunca averiguarlo? Con el trabajo que haces, te habría bastado poner a alguno de tus hombres a seguirle los pasos.

—Lo cierto es que no quiero saberlo. Si tuviera confirmación de que es cierto, debería actuar en consecuencia. Tendría que dejarla, pedir el divorcio..., pero no me siento preparado para hacer algo así. A pesar de todo, todavía la quiero. Después de volver al redil, decidí reconquistarla, y no he perdido completamente la esperanza de conseguirlo. En cualquier caso, considero absolutamente impensable que Vanessa esté implicada en la muerte de Alberto.

—No quiero decir que esté envuelta directamente en ella —replicó Mezzanotte, más para tranquilizarlo que porque estuviera de verdad convencido de ello—. Pero podría haber alguien que supiera por Vanessa la historia de las joyas y que luego actuara a sus espaldas. ¿No iba con mala gente cuando la conociste? Trabajaba en una casa de juego clandestina controlada por la delincuencia milanesa, ¿no?

—Solo porque se había visto obligada a hacerlo, para pagar las deudas de su padre. Fuimos nosotros los que la liberamos. No, Cardo, no me convence esa historia. A mi juicio, vas por el camino equivocado.

—Pero podrías intentar habl...

Caradonna dio tal puñetazo en la mesa que la botella se tambaleó y el camarero que les había servido arqueó las cejas.

—Ni lo sueñes —dijo con una voz cargada de ira contenida—. ¿Cuánto crees que estaría más cerca de volver a conquistarla, si, de forma más o menos velada, la acusara injustamente de complicidad en un asesinato?

—Pero...

—Te lo advierto —lo interrumpió Caradonna apuntándolo con el dedo—, mantente alejado de Vanessa o no me limitaré a romperte la cara.

Mezzanotte levantó las manos en señal de rendición.

—Vale, vale, tranquilo.

Al finalizar su turno de servicio, Mezzanotte montó en el Panda y se puso en camino hacia la agencia en la que Vanessa Fabiani trabajaba a tiempo parcial por las mañanas. Su intención era seguirla durante el resto del día. Sin que lo supiera Caradonna, por supuesto. Puede que él no estuviera preparado para mirar la verdad cara a cara, pero Riccardo necesitaba saber con quién lo engañaba su mujer. Si no había dejado nunca escapar ante su marido una alusión a las joyas, el segundo candidato más obvio era su amante, de momento hipotético.

En torno a las 13.30 se detuvo en un vado en el corso Genova, desde donde podía vigilar cómodamente los escaparates de la agencia. Solo esperaba no haberse equivocado. Habría llegado antes si durante el trayecto no hubiera perdido el tiempo realizando una serie de maniobras —bruscos cambios de velocidad, desvíos imprevistos, semáforos que no funcionaban— para evitar que alguien lo siguiera a su vez. Mientras esperaba bajo un sol de justicia, empapado en sudor en el habitáculo recalentado del coche, se preguntó si podía fiarse por completo de Caradonna y dar por buena su proclamación de inocencia. No estaba totalmente convencido, aunque el instinto le decía que sí. En caso de que en esa ocasión hubiera metido la pata, todas las medidas tomadas para impedir que lo siguieran habrían resultado inútiles. En efecto, Tommaso sabía hasta dónde había llegado en sus pesquisas y por lo tanto no le habría costado mucho trabajo imaginar dónde encontrarlo. En cualquier momento, uno de sus sicarios podría acercársele en moto para descerrajarle un tiro a través de la ventanilla y volarle los sesos. Mejor no pensar en ello y seguir concentrado en lo que estaba haciendo.

Cuando Vanessa salió en compañía de un tipo barrigón y medio calvo, vestido con chaqueta y corbata, en el que reconoció al propietario de la agencia, encendió el motor.

Con un cigarrillo en los labios, el pelo castaño, largo y ondulado, cayéndole descuidadamente sobre los hombros, con sus formas mullidas y exuberantes envueltas en un traje de chaqueta de verano de lino blanco, Vanessa caminaba con paso de maniquí, desenvuelta sobre sus altos tacones, contoneando para delicia de los transeúntes su suntuoso trasero al que la falda de tubo se adhería como un guante.

Cada uno de sus gestos y movimientos revelaba de forma natural una sensualidad capaz todavía de hacer volver la cabeza a cualquiera. Tampoco Riccardo, en sus tiempos, había escapado a su poder de seducción. De chavalín, tras la borrascosa entrada de Vanessa en las vidas de los Tres Mosqueteros que había estado a punto de hacer pedazos la amistad entre Venturi y Caradonna, él también se había enamorado secretamente de la joven y deseable «tía», que había despojado a Edwige Fenech el papel de protagonista de las tórridas fantasías de adolescente orquestadas por sus alborotadas hormonas.

Todavía recordaba como un hito de su formación erótica aquella vez en que su padre, al que habían llamado con urgencia en la Jefatura, al no saber dónde dejarlo —tenía solo doce años— lo había confiado a los cuidados de Vanessa, que se había ofrecido para alojarlo en su casa por la noche. En el momento de acostarse, la «tía» había anunciado que iba a darse un baño, y Riccardo no había sabido resistir a la tentación. De rodillas ante la puerta cerrada, conteniendo el aliento para no hacer ni el más mínimo ruido, se había puesto a espiar por el ojo de la cerradura. Durante un buen rato no hubo nada que ver, pero su paciencia se vio ampliamente recompensada cuando Vanessa salió de la bañera entre los vapores del agua caliente con toda su magnificencia carnal. Era la primera mujer por completo desnuda sobre la que se habían posado sus ojos. ¡Y qué mujer! Sin vestirse, Vanessa se puso ante el espejo del lavabo para acabar de quitarse el maquillaje y lavarse los dientes. Sintiendo en las sienes los latidos de su corazón a mil por hora y con una mano impúdica dentro de los pantalones del pijama, Riccardo se esforzó por grabar en su memoria todos los detalles de aquel cuerpo exuberante, hasta que, de golpe, dándole un susto, ella se acercó a la puerta y colgó del tirador algo que le tapó por completo la visual. ¿Lo había pillado? A la mañana siguiente, mientras desayunaban, por si acaso, no se atrevió a levantar la vista de la taza; tenía las mejillas rojas de vergüenza.

Avanzando a paso de tortuga, Mezzanotte fue siguiendo a Vanessa y a su jefe hasta una cafetería un par de manzanas más adelante. El gesto con el que el hombre, al cederle el paso a la entrada, le rozó la espalda bajando la mano, a su juicio tal vez demasiado, le suscitó cierta duda. ¿Sería él el famoso amante? Pero, dejando aparte el hecho de que costaba trabajo imaginar que Vanessa pudiera sentirse atraída por aquel hombre, Mezzanotte lo conoció una ocasión en que Alice y él habían organizado un fin de semana en París, y no le daba la sensación de que aquel tipo poseyera el *physique du rôle* propio del asesino múltiple. En cualquier caso, durante el almuerzo —una ensalada ella, un bocadillo él—, Riccardo no captó particulares signos de intimidad entre los dos y luego se separaron de inmediato, Vanessa paró un taxi y el barrigón volvió a la agencia. Le habría gustado ser su amante, eso seguro, a juzgar por la forma en la que le había echado el ojo mientras subía al coche, pero no era él.

Siguió pisándole los talones toda la tarde sin averiguar nada interesante, aparte de que tenía unos gustos incluso más sofisticados y costosos de lo que ya sabía. Después de unas cuantas compras en via Montenapoleone fue a ver una exposición a Palazzo Reale y al salir se reunió con unas cuantas amigas para tomar un aperitivo a base de sushi en Nobu.

De vuelta en su apartamento, Riccardo acababa de darse una prolongada ducha para quitarse la peste de sudor que se le había quedado impregnada —tal vez debería hacer caso a Caradonna e invertir en la compra de un coche dotado de más confort, empezando por aire acondicionado— cuando sonó el timbre. No esperaba a nadie. ¿Quién diablos podía ser a aquellas horas? Agarró la primera toalla que pilló a mano e intentó atársela alrededor de la cintura, pero era demasiado pequeña. Para tenerla en su sitio se vio obligado a sujetar los extremos con una mano. Tras pasar por la habitación para coger la Beretta, se acercó con cautela al recibidor.

—¿Quién es? —preguntó apoyándose contra la pared para neutralizar el peligro de que una bala atravesara la puerta y acertara de lleno en él.

—Soy yo, Laura.

«¡Ay, mierda!», pensó mientras miraba a su alrededor en busca de un sitio en el que esconder la pistola. No encontró nada mejor que meterla dentro de una cacerola que había en la encimera de la cocina americana y luego volvió a la entrada, presa de un nerviosismo mayor que si se hubiera tratado de alguien que tuviera intención de cargárselo. Con todo lo que tenía en la cabeza no había llegado todavía a ninguna conclusión respecto a cómo sería más oportuno comportarse con ella, y desde luego no se esperaba que la chica se le presentara en casa sin más. No recordaba siquiera haberle dado su dirección.

Solo en el momento en que abrió la puerta y vio los ojos de la chica como platos y su cara enrojecer como la grana, se acordó de que no estaba muy presentable.

En cuanto acabó de celebrar el ritual, el estado de Laura empezó a mostrar signos inequívocos de mejora, y al cabo de pocas horas todos los síntomas habían desaparecido. Se acabaron los picores, se acabaron las alucinaciones, se acabó todo. Incluso las manchas rojas en los puntos en los que se había rascado estaban camino de reabsorberse rápidamente. Se sentía como si hubiera vuelto a nacer. ¿Era posible que sus molestias fueran causadas realmente por la ira de una divinidad africana de las aguas a la que no había demostrado debidamente su devoción? Quizá solo se había dejado sugestionar, pero a fin de cuentas ¿qué más daba? Estaba bien de nuevo. Todo lo demás era secundario.

No pudo por menos que preguntarse qué habría sucedido si hubiera continuado haciendo caso omiso de las prescripciones del culto. Puesto que era una iniciada, ¿tendría que seguir venerando a Mami Wata para siempre, si quería que no volvieran a acometerla aquellas molestias? Aunque así fuera —se sorprendió a sí misma pensando—, hay cosas peores. Al fin y al cabo, no se trataba de una obligación tan onerosa. Según lo que le había explicado *maman*, la diosa quería que la honrara una vez a la semana. Durante el día dedicado a su veneración, además de halagarla con ofrendas y oraciones, Laura tenía que vestirse solo de blanco, consumir ciertos alimentos y evitar otros, y abstenerse de mantener relaciones sexuales. La última condición, de momento, no parecía la más difícil de cumplir, pensó desconsolada, teniendo en cuenta el modo en el que Cardo se comportaba con ella.

Ese día, Laura se dio cuenta de que había otro punto sobre el cual la sacerdotisa no le había mentido: seguía creando y manteniendo firme en su mente la campana de cristal, pero con menor esfuerzo y mayor eficacia que antes. Ahora tenía la impresión de que podía refrenar el don y mantenerlo plenamente bajo control. El placer de ir por la calle con el ánimo ligero y libre de cargas, sin notar apenas el asedio constante de las emociones ajenas, era impagable.

¿En verdad tenía eso que ver con un fragmento de la esencia divina que la había poseído y se había quedado en su interior después de la ceremonia? ¿Era la nueva sensación de fuerza interior y de seguridad en sí misma que la animaba otro de los dones concedidos por la diosa a sus adeptas, como afirmaba la sacerdotisa?

Tanto si era así como si no, fue esa fuerza lo que la convenció de que había llegado el momento de coger el toro por los cuernos. Se acabó aquello de consumirse en silencio por Cardo, ya estaba harta. Iría a su casa para enfrentarse a él cara a cara. De ese modo, al menos, él se vería obligado a decirle claramente cuáles eran sus intenciones y cómo estaban las cosas entre ellos, sin que tuviera ninguna posibilidad de escabullirse. Estaba decidida a exigir explicaciones y disculpas. En caso de que no fueran satisfactorias, no descartaba mandarlo a paseo.

Tan admirable arrogancia zozobró cuando, una vez a la puerta de su piso, llegó la hora de tocar el timbre. Había esquivado el obstáculo del portero automático colándose en el portal detrás de una señora que entraba, pero en ese momento ya no había escapatoria. «¿Y si me lo encuentro con otra? —se preguntó llena de ansiedad—. Bueno, al menos quedará todo bien claro». Al cabo de unos minutos de titubeo, tuvo el valor para pulsarlo.

Riccardo tardó un buen rato en abrir, lo que alentó sus peores temores. Cuando por fin lo hizo, se le plantó delante empapado en agua y desnudo, excepto por una mísera toalla que a duras penas le cubría el bajo vientre. Esa eventualidad no la había previsto y, desde luego, no le facilitaba las cosas. ¿Qué haría para mostrarse firme e inflexible si apenas podía dominar el impulso de abalanzarse sobre él?

Al verla allí delante, con aquella expresión frágil y decidida a la vez, sus ojos lanzando rayos moteados debido a las emociones contrapuestas que se reflejaban en ellos, el corazón de Mezzanotte dejó de palpitar acompasadamente. Era curioso, siempre que la veía le parecía más hermosa de lo que la recordaba, como si su memoria no lograra grabar más que una tenue aproximación de su aspecto real.

—¡Laura, hola...! ¡Qué sorpresa!

La muchacha le devolvió el saludo con una sonrisa tensa.

—Pero... ¿cómo has conseguido mi dirección?

—Antes de venir me he pasado por tu oficina en la Central. Me la ha dado ese policía tan amable de la recepción.

Mezzanotte pensó que el viejo Fumagalli se había pasado un poco. En cuanto se presentara la ocasión, tendría que decirle cuatro cosas. Ya decidiría si merecía insultos o palabras de agradecimiento.

—¿Piensas dejarme entrar o qué? —le preguntó Laura en tono guerrero, en vista de que él no daba señales de apartarse de la puerta entreabierta—. Si no te molesto, claro. Quizá he interrumpido algo...

—Por supuesto que no. ¿Pero qué dices? Venga, pasa —exclamó Mezzanotte abriendo la puerta de par en par.

La chica entró. Para ser un piso de soltero, lo encontró más ordenado de lo que se esperaba. Excepción hecha de la mesa medio rota, claro. Amueblado con una sencillez no exenta de buen gusto, tenía en las paredes algunos pósters de exposiciones de arte contemporáneo particularmente bonitos. Al recordar que hasta hacía poco vivía allí con una novia pintora o algo por el estilo, sintió un pinchazo de celos. Se detuvo en medio del salón y durante un rato permanecieron los dos en silencio, uno frente a otro, a un par de metros de distancia, sin saber muy bien qué hacer a continuación. Fue Laura quien tomó la iniciativa.

—Mira, Cardo, si no quieres que me quede, no tienes más que decírmelo. Salgo por esa puerta y no volverás a verme.

Él vaciló. Todas sus consideraciones acerca de las infaustas perspectivas de su relación habían empezado a desmoronarse en el mismo momento en que le había abierto la puerta, al quedar manifiesto que no eran más que bobadas. La pura y simple verdad era que no quería renunciar a ella y que, aunque lo hubiera querido, no podía hacerlo. La mera idea de perderla le resultaba insoportable.

—Entonces... ¿qué quieres que haga? —insistió en tono brusco Laura. Esa incertidumbre la estaba matando—. ¿Me voy o me quedo?

¿Sería muy complicado?, pensó Riccardo. Pues sí. ¿El momento no era el adecuado? De nuevo sí. Pero, ¡qué coño!, de alguna manera se las arreglarían. No había nada imposible, si lo quería de verdad, y la verdad es que no le sucedía a menudo conocer a alguien que le hiciera sentir lo que sentía por Laura. Si salía mal, al menos podría decir que lo había intentado.

—Yo... quiero que te quedes —murmuró dando un paso hacia ella. Laura reculó, con lo que la distancia entre ellos se mantuvo igual.

—Te has comportado como un capullo. Lo sabes, ¿verdad?

—Sí, lo siento.

Otro paso hacia delante de él y otro hacia atrás de ella.

—No hay excusas para la forma en que me has tratado —insistió la chica intentando no dejarse enternecer por la expresión de perro apaleado de él—. Ha sido humillante y ofensivo.

—Eso también lo sé. He sido un perfecto idiota...

Riccardo volvió a avanzar hacia ella. Laura se quedó donde estaba.

—¿Qué ha significado para ti lo que pasó en los sótanos, eh? —explotó la chica, que ya no consiguió controlar el temblor de su voz—. ¿Fue tan solo una forma de descargar la tensión, otra muesca que añadir en la cabecera de tu cama? ¿Te tiras a todas las chicas a las que les salvas la vida?

—Bueno, no salvo a tantas —se atrevió a decir Riccardo sonriendo.

La mirada que lo fulminó no dejaba lugar a dudas sobre cómo ella había recibido su torpe e inoportuno intento de desdramatizar la cosa.

—Laura, no hay justificación para la forma en la que te he tratado —dijo volviendo a ponerse serio—. Tengo un carácter de mierda y tantísimos líos que no sé por dónde empezar. Pero tú me gustas muchísimo. Me impresionaste desde el momento en que te presentaste en la Unidad con aquella historia disparatada de los niños perdidos. Empecemos de nuevo. Quiero que me perdones, pero lo comprenderé si piensas que es demasiado tarde.

Un último paso y ya solo unos pocos centímetros los separaban. Riccardo estaba tan cerca que Laura notaba el perfume del gel de ducha que exhalaba su piel todavía húmeda. Él clavó sus ojos en los de ella, tratando de leer en ellos su respuesta. Laura disponía de otros medios para obtener análogas seguridades. Le bastaba con bajar un instante sus barreras psíquicas para descubrir si las palabras de Cardo reflejaban fielmente o no sus sentimientos. Pero no lo hizo. No tuvo necesidad.

Él levantó una mano y le acarició el rostro. Laura dejó escapar un suspiro al sentir que toda la tensión que la atenazaba se disolvía como por encanto al contacto de su piel. El beso que los enlazó fue para los dos de una dulzura embriagadora. Cuando Cardo le pasó las manos alrededor de la cintura para estrecharla en sus brazos, la toalla que lo cubría cayó a sus pies. Entre sus brazos, Laura experimentó una curiosa sensación: una mezcla de alivio, protección y consuelo. Era como volver a casa. ¿Sería eso el amor?

—Me alegro de que estés aquí —dijo Mezzanotte en cuanto sus labios se separaron y ambos recuperaron el aliento—. Ahora me doy cuenta de cuánto te he echado de menos. Te lo contaré todo, han ocurrido cosas que...

—¡Oh, ya veo que te alegras! —le dijo ella con una sonrisa impertinente, tras echar una ojeada debajo del tatuaje del grifo que desplegaba sus alas sobre el esculpido abdomen de Riccardo—. Yo también tengo cosas que decirte, pero ¿podemos dejarlo para después? Ahora, si no te importa...

Lo agarró por la nuca y lo atrajo hacia sí para besarlo de nuevo, esta vez con voracidad, pegando sus labios a los de él, buscando la lengua de él con la suya.

Cardo la agarró por los muslos y la cogió en brazos. Ella se aferró a sus hombros y cruzó las piernas detrás de su espalda, y, enganchados de esa forma, fueron dando trompicones hasta el dormitorio, donde cayeron muertos de risa sobre la cama deshecha.

Laura se dejó desnudar, le deleitaba sentir el deseo creciente que se adueñaba de él a medida que la despojaba de la ropa. Cuando le hubo quitado las bragas, igual que la primera vez, Cardo quiso ir bajando despacio la cabeza entre sus piernas, pero ella lo detuvo y lo empujó hacia un lado con cierta vehemencia y se montó sobre él a horcajadas.

—A ti ya te ha tocado —respondió ella al ver su expresión inquisitiva con un destello malicioso en los ojos—. Ahora es mi turno. Quiero probar a qué sabes...

Se inclinó para besarle el pecho y luego fue deslizándose y bajando con los labios a lo largo de su vientre, al tiempo que buscaba la sábana palpando a su alrededor para echarla sobre la cabeza de Riccardo. Si él la miraba, se sentiría demasiado incómoda para actuar con libertad y hacerle todo lo que tenía en mente.

A la mañana siguiente, cuando se despertó, Laura permaneció largo rato tumbada con los ojos cerrados, deleitándose con la lánguida sensación de agotamiento y satisfacción que tan agradablemente la invadía. Mientras se estiraba respirando hondo, su nariz percibió el extraño olor que se cernía sobre la habitación. Un hedor intenso y especiado. Le costó un poco identificarlo. Era el olor del sudor y de los humores entremezclados de ambos. Olor a sexo.

Sintió los labios de Cardo posarse levemente sobre los suyos. Al entreabrir los párpados lo vio tumbado junto a ella, mirándola con una sonrisa de ternura.

—Buenos días. ¿Has dormido bien?

—Maravillosamente —respondió ella—. ¿Llevas mucho tiempo despierto?

—Un poco. Estaba mirándote. ¿Tienes una vaga idea de lo hermosa que eres?

Al oír esas palabras, a Laura la invadió un escalofrío de complacencia.

—¿Tienes que ir corriendo a trabajar? —le preguntó.

—No. Tengo turno de tarde. Y tú, ¿tienes que irte ya?

—Tengo clase, pero creo que por hoy podrán pasar sin mí.

—Fantástico. ¿Desayunamos?

Laura asintió entusiasmada con la cabeza.

Riccardo se incorporó y se sentó al borde la cama. Luego se inclinó para recoger del suelo unos cuantos preservativos anudados. Cuando salía de la habitación, desnudo como estaba, Laura no apartó la mirada de su cuerpo delgado y musculoso.

«Wilma tenía razón —pensó divertida—. Tiene un trasero muy bonito». Si encontrara el valor para contarle lo que había ocurrido aquella noche, seguramente se sentiría orgullosa de ella. Si no había perdido la cuenta, habían hecho el amor cuatro veces, la última a altas horas de la madrugada, después de dormir un buen rato. Lo habían hecho en la cama, en el suelo, de pie apoyados contra la pared, en la ducha, incluso ante la ventana. Lo habían hecho durante mucho rato y con pasión, en formas y posiciones que ahora, al pensar en ello, la sonrojaban, pero en su momento todo le había salido de un modo muy natural y, sobre todo, había sido muy excitante. Nunca olvidaría la primera vez, en el subsuelo de la estación. Había sido estupendo y Cardo se había mostrado increíblemente cariñoso y atento, pero en el transcurso de las horas de ardor que acababan de pasar juntos, con cierta sorpresa por su parte, no le había resultado en modo alguno desagradable que él actuara de forma más impetuosa e impulsiva, que dejara de tratarla con el cuidado que requiere el manejo de una frágil pieza de cristal. Cada una de las veces, al llegar al momento culminante, ella había levantado la campana de vidrio, dejando que el placer de él se sumara al suyo y la lanzara a un éxtasis vertiginoso.

Cuando Riccardo regresó portando una bandeja que apoyó a su lado encima de la cama, con dos tazas humeantes de café con leche y un paquete de galletas, le dirigió una sonrisa y dijo:

—Bueno. Ahora podemos hablar...

En los dos días siguientes, Mezzanotte se las apañó como pudo, no sin dificultad, para atender al trabajo, a Laura y a la mujer de Caradonna.

Se dedicó a seguir a esta última en todos los momentos libres del día, actividad que había resultado mucho más fatigosa de lo previsto. Vanessa era una mujer muy activa, con muchos compromisos e intereses. Le daba la impresión de que prefería pasar en casa el menor tiempo posible. Si bien dormía allí, permanecía en ella el mínimo necesario para cambiarse de ropa o dejar algún paquete. Gimnasio, masajes, compras, aperitivos, cenas, exposiciones, cines, conciertos, no se perdía nada. Lo único que escaseaba en su vida eran los amantes. Hasta ese momento Riccardo no había averiguado nada que le permitiera sospechar la existencia de una relación extraconyugal en curso.

En las dos noches que había dormido con Laura había acumulado ingentes cantidades de sueño atrasado; sin embargo, se cuidaba mucho de quejarse. El martes por la tarde, como Vanessa volvió pronto a casa y no parecía tener intención de salir de nuevo, pudieron recuperar la famosa cena suspendida en el local de Farid. El *pizzaiolo* egipcio se superó a sí mismo, y les preparó la mesa bajo la pérgola con sus correspondientes flores y velas. A Laura le gustó mucho aquel ambiente romántico y luego, en casa, supo demostrarle todo su agradecimiento. Mientras se zampaban una *margherita* cada uno y, aún no satisfechos, compartían otra, Mezzanotte insistió en su preocupación: en aquellos momentos tratar con él podía comportar un grave riesgo para ella. Sin embargo, la respuesta de Laura fue tan sencilla como clara.

—Tú pusiste en peligro tu vida por salvarme en los sótanos de la estación. ¿Por qué no iba a hacer yo lo mismo con tal de estar cerca de ti?

Que era una chica intrépida, ya lo había constatado. Que podía mostrarse tan testaruda como él o más, no tardaría en saberlo.

—Y además quiero ayudarte —añadió—. También podría serte útil, ¿sabes?

Se refería a lo que le había revelado mientras desayunaban, después de la primera noche juntos en su piso. Laura aseguraba poseer dotes de telepatía que afectaban no tanto a los pensamientos como a las emociones de las personas. Riccardo no sabía muy bien qué pensar de ello, pero no podía negar que a veces había tenido la impresión de que la chica era capaz de leer en su interior. Quizá no se tratara de una verdadera facultad extrasensorial, sino de una sensibilidad particularmente desarrollada. En cualquier caso, después de todos los fenómenos extraños e inexplicables a los que había asistido durante su permanencia en el subsuelo de la estación, los límites del ámbito de lo posible se habían ensanchado no poco. Al revelarle su secreto, Laura le confesó que temía que la tomara por loca. Puede que tal vez estuviera un poco chiflada, pero ¿quién era él para juzgarla? ¿Él, que estaba peleándose continuamente con la vocecita que llevaba en la cabeza?

En cuanto a Laura, había pasado la mayor parte del tiempo intentando retomar sus estudios, que iban a la deriva, a la espera de que llegara la hora de poder reunirse con Mezzanotte. Además, había hablado de su proyecto a su padre, de quien recibió su plena disponibilidad para ayudarla. No tenía muy claro cuánto había entendido Cardo del secreto que le había confiado ni qué pensaba del don, pero no había puesto pies en polvorosa, lo que podía considerarse un resultado estupendo. Después de que él le contara lo que estaba descubriendo acerca del asesinato de su padre, se sentía todavía más inclinada a perdonarle su comportamiento tras la liberación.

Sentado al volante del Panda, con la espalda hecha trizas por la incomodidad de los asientos, no precisamente ergonómicos, y hasta los huevos de estar allí, Mezzanotte acabó de engullir el kebab grasiento «con todo» que había comprado al vuelo en un chiringuito de las inmediaciones, y para poder tragarlo se ayudó de un trago de Coca-Cola de lata. Ese jueves era su día de descanso y había decidido consagrarlo al seguimiento de Vanessa. Había pasado la mañana delante de la agencia de viajes y la tarde entera saltando de un sitio a otro mientras ella se dedicaba a sus múltiples compromisos. Ya eran las nueve de la noche, estaba hasta la coronilla y no había presenciado nada que resultara ni remotamente digno de tenerse en cuenta. Por fortuna —¡menos mal!—, se suponía que la noche iba a ser agradablemente fresca y aireada.

Desde hacía cerca de una hora estaba estacionado a una decena de metros de un restaurante pijo donde Vanessa había ido a cenar con unos amigos. Lo había abierto un jugador del Milan hacía unos años y, por lo que él sabía, era uno de los sitios de moda a los que la gente iba porque lo frecuentaban caras conocidas del mundo del espectáculo, la política o el deporte, más que por la calidad de la comida. Tras pasar un par de veces caminando por delante de los ventanales del local, comprendió que se festejaba el cumpleaños de uno de los comensales. No le pareció que Vanessa mantuviera una relación particularmente íntima con ninguno de los hombres allí presentes, pero no podía estar seguro. El hecho de que ella lo conociera tan bien le impedía observarla demasiado de cerca.

Empezaba a preguntarse si no estaría perdiendo el tiempo. Tal vez Caradonna se equivocaba y su mujer no tenía ningún amante. O quizá era una mentira que le había dicho para despistarlo y ganar tiempo a la espera de la ocasión propicia para librarse de él como había hecho con su padre. Quizá la pista del parentesco de Vanessa con Drago no llevara a ninguna parte. Aunque le pareciera remota, la eventualidad de que se tratara de una mera casualidad no podía descartarse por completo.

Alrededor de las nueve y media, Vanessa se levantó de la mesa, se despidió de sus amigos y se puso el ligero abrigo rojo con el que había acudido a la cena. Mezzanotte, a quien hacía ya un rato que se le cerraban los ojos, se espabiló y dejó escapar un eructo con regusto a cebolla. Al salir del restaurante, la mujer se encendió un cigarrillo, luego sacó del bolso el móvil y habló brevemente con alguien. Convencido de que había llamado un taxi para volver a casa, Riccardo se quedó de piedra al ver que, en vez de quedarse a esperar el coche, se ponía a caminar sola.

Ese inesperado cambio de costumbres despertó su interés y reavivó de nuevo sus esperanzas. Por supuesto, quizá solo quisiera dar un paseo para favorecer la digestión, pero vivía bastante lejos y aquella no era la mejor hora para andar sola por la calle. Giró la llave de encendido del motor y se dispuso a seguirla.

Al cabo de un cuarto de hora más o menos, Vanessa se detuvo delante de un anónimo bar semivacío. Antes de entrar, hizo otra breve llamada por teléfono. Mezzanotte vio cómo intercambiaba unas palabras con la camarera y se dirigía al fondo del local. Su primera idea fue que quería ir al servicio, pero enseguida sonó en su cabeza un timbre de alarma. Bajó del coche, se precipitó en el interior del local y se dirigió a la individua que estaba detrás de la barra mostrándole su tarjeta de identificación policial.

—¿Qué le ha dicho la mujer que acaba de entrar? ¿Dónde se ha metido?

—Ha pedido un café y se ha ido a los servicios —respondió la camarera, atemorizada al ver su agresividad.

—¿Dónde están? ¿En la parte de atrás?

—Por ahí. Detrás de la puerta hay un patio. Los servicios están en la primera puerta a la derecha.

—¿Un patio? ¿Y desde allí hay forma de salir a la calle?

—Sí, hay una puertecita que da a la calle de atrás.

«¡Gilipollas, gilipollas, no eres más que un gilipollas!», se dijo hecho una furia Mezzanotte mientras se dirigía a toda prisa hacia donde la chica le había indicado. Desembocó en un patio mal iluminado en el que había unas cuantas bicis metidas en un bastidor de anclaje y los contenedores de la basura selectiva. Encima de uno de ellos, un gato de chispeantes ojos amarillos dio un bufido al verlo aparecer y erizó el pelo. Después de echar una ojeada al baño situado a un lado, que estaba abierto y vacío, Mezzanotte corrió hacia la puerta. Apretó el botón de apertura y salió a la calle justo a tiempo de ver un taxi blanco alejarse en medio de la noche. No habría llegado a su Panda con la suficiente rapidez ni utilizando un teletransportador, pero anotó el número de identificación del vehículo, Bari 53. Mientras volvía a su coche, llamó por teléfono a la compañía de taxis y tuvo que hacer juegos malabares con la mujer de la centralita para conseguir la dirección de destino de la carrera, en la zona de Città Studi.

Arrancó a toda prisa y condujo pisando el acelerador a fondo con el fin de recorrer a toda velocidad, en la medida que su cafetera se lo permitía, las calles, en las que ya había muy poco tráfico. Aprovechó el camino para reflexionar. La jugada de Vanessa no había sido improvisada. Había puesto en práctica un plan preparado con todo detalle. Conocía de antemano aquel bar y sabía que tenía una salida secundaria. No le extrañaría que hubiera memorizado la ubicación de varios sitios con características análogas en distintos puntos de la ciudad, para poder utilizarlos en caso de necesidad. De ello cabía deducir que era consciente de que podían vigilarla y no quería que se supiera adónde iba. ¿Precauciones excesivas para ocultar un adulterio? Tampoco tantas, cuando tu marido es un exmadero que dirige una empresa de seguridad. Aunque Caradonna se hubiera propuesto descubrir con quién le ponía los cuernos, le habría costado mucho trabajo conseguirlo.

Pero de una cosa sí estaba seguro: aquella estratagema no la había ideado ella sola. Su amante debía de tener mucha experiencia en ese tipo de asuntos. ¿Se trataría tal vez de alguien resurgido de su viejo pasado, cuando estaba envuelta en asuntos turbios?

Acababa de entrar en la calle a la que Vanessa había dicho que la condujeran cuando vio un taxi aparecer en sentido contrario. Vacío. Al cruzarse con él pudo leer su número de identificación, Bari 53. Demasiado tarde. Ya la había dejado en su destino.

Cuando llegó a la dirección que la mujer había dado al taxista, no había ni un alma junto a la puerta. Correspondía a un edificio de ocho plantas que ocupaba media manzana. Bajó del coche para observar el panel de los porteros automáticos. Tenía decenas de timbres, en muchos de los cuales solo había unas iniciales. Imposible determinar a casa de quién había ido, y aguardar a que saliera tampoco le serviría de mucho. Por supuesto, siempre podía hacer unas cuantas pesquisas sobre los propietarios de los pisos, pero eso requeriría una eternidad. La alternativa era deprimente: continuar siguiendo sus pasos quién sabe cuánto tiempo todavía, con la esperanza de tener más suerte la próxima vez.

Mientras volvía al Panda con el rabo entre las piernas, vislumbró en la oscuridad un centelleo rojo al fondo de la calle. Al instante siguiente había desaparecido. Podría haberse tratado de una persona que acababa de doblar la esquina. Y Vanessa llevaba un abrigo rojo.

Montó de nuevo en el coche, lo puso bruscamente en marcha y arrancó con un chirrido de neumáticos. En cuanto dobló la esquina la divisó; caminaba por la acera del paseo flanqueado de árboles. Por un exceso de prudencia no había querido que el taxi la dejara en la dirección a la que iba, sino en un sitio más o menos cerca. Riccardo dio un suspiro de alivio y fue tras ella.

Cuando la vio doblar una esquina, no se dio cuenta enseguida de qué calle era. Solo cuando la mujer se paró delante de un majestuoso portal de madera oscura y, una vez que, mirando a su alrededor con gran cuidado, hubo tocado el timbre del portero automático, Riccardo se percató de que él ya había estado en aquel edificio en numerosas ocasiones. Conocía muy bien a uno de sus inquilinos.

Se oyó el resorte de la cerradura al abrirse y Vanessa se introdujo en el portal. Mezzanotte se quedó con la boca abierta contemplando cómo la puerta se cerraba tras ella.

No era posible. Cualquier otro, pero él no. Por fuerza tenía que haber algún motivo inocente para aquel encuentro, se dijo. Por otro lado, eran amigos desde hacía mucho tiempo. Al cabo de un rato la vería salir y volver sobre sus pasos. Pero dejando de lado el hecho de que era bastante tarde para hacer una visita de cortesía, si Vanessa no tenía nada que esconder, ¿por qué recurrir a todos aquellos subterfugios para quitarse de encima a cualquiera que pudiera seguirla?

Dos horas más tarde Vanessa todavía no había bajado; a Mezzanotte iba a estallarle la cabeza a fuerza de formular y descartar hipótesis. Había pensado que la culpabilidad de Caradonna era lo peor a lo que pudiera tener que hacer frente. Ahora comprendía qué equivocado estaba.

Todas las ventanas del piso de él, en la tercera planta, estaban a oscuras. ¿Qué podía tener ocupados tanto tiempo a un hombre y a una mujer solos en una casa con las luces apagadas?

Tardó un poco en ver la silueta oscura que había aparecido en la ventana abierta de lo que debía de ser el dormitorio. Aguzando la vista, distinguió una figura femenina de cabellos largos y ondulados. Una llamita brilló a la altura de su rostro para inmediatamente dar paso al puntito luminoso de la brasa de un cigarrillo. Cuando se apoyó en el alféizar para asomarse, la luz de una farola la iluminó y él pudo confirmar que se trataba de Vanessa. Tenía los hombros desnudos y una sábana enrollada en el cuerpo. Se quedó allí fumando y disfrutando del fresco, hasta que otra figura se le acercó por detrás y le dijo algo. Ella se encogió de hombros y dio una calada al cigarrillo. Entonces la otra figura dio un paso y la agarró de un brazo alejándola bruscamente de la ventana. Al asomarse para cerrar los postigos, su rostro quedó por un instante expuesto a la luz de la farola, lo que permitió a un desconcertado Mezzanotte reconocer los cabellos grises y cortos y los rasgos afilados de Dario Venturi.

4

—Te dije que te mantuvieras alejado de ella.

—Sí.

—Te dije que no quería saber si me era infiel ni con quién.

—Lo sé.

—¡Joder!

—Ya.

Las siete y media de la mañana. Sentados uno frente a otro en el saloncito interior de un bar de mala muerte en la zona del viale Abruzzi, resultaba difícil decir cuál de los dos, Riccardo Mezzanotte y Tommaso Caradonna, tenía un aspecto más desastroso. Caradonna aparentaba en esa ocasión todos los años que tenía, incluso más. Cualquier rastro de su encanto de pícaro se había esfumado, y su cara, de un color terroso, mostraba la expresión de cansancio de un hombre en el umbral de la vejez. ¿A quién podría extrañarle? Acababa de recibir la noticia de que su mujer lo traicionaba con uno de sus mejores amigos, quien, además, era quizá también el responsable de la muerte del mejor amigo de ambos.

La noche anterior, en cuanto se recuperó del shock, Mezzanotte intentó ponerse en contacto con él, a pesar de la hora tardía. Pero su móvil estaba apagado y no había querido llamarlo al fijo —si ya había vuelto a casa, podía contestar Vanessa—, así que se contentó con dejarle un mensaje en el buzón de voz.

Después no había podido pegar ojo. Notaba una opresión dolorosa en el pecho que no lo dejaba respirar, y no lograba apartar de la mente los pensamientos que lo acosaban como si fueran cuervos de picos afilados. En el mundo solo había una persona cuya culpabilidad podía dolerle más que la de Tommaso Caradonna: Dario Venturi. Había salido de una pesadilla para hundirse en otra peor.

A pesar de toda la simpatía y todo el afecto que sentía por Caradonna, Venturi había estado siempre más cerca de él que nadie, tanto antes como después de la muerte de su padre. Representaba para él un punto de referencia sólido y fiable. Siempre que lo había necesitado, había estado ahí. La última vez fue cuando había ido a verlo después de que Dalmasso lo suspendiera en sus funciones. La idea de que quizá se había deshecho en lágrimas precisamente entre los brazos del hombre que era una de las causas principales de su desesperación y que se alegraba de ella, le daba ganas de gritar.

Si ya le pareció inverosímil que Caradonna hubiera asesinado al comisario Mezzanotte, que pudiera haberlo hecho Venturi le resultaba incluso inconcebible. Nunca se conoce a nadie a fondo, bien es verdad, pero eso era demasiado. En caso de que Dario hubiera sido capaz de cometer una acción tan ignominiosa, ¿qué había sido la legendaria epopeya de los Tres Mosqueteros? ¿Qué había sido una parte esencial de su propia vida? Un engaño. Una única y gran mentira.

Incapaz de soportar semejante realidad, intentaba aferrarse a la hipótesis de que Vanessa se acostaba con Venturi, sí, pero en el asunto del tesoro debía de estar conchabada con otro. Fingió no sentir la quemazón mientras se agarraba a ese triste clavo ardiendo.

Caradonna se había puesto en contacto con él poco después de las seis, con una voz pastosa y adormilada todavía. Mezzanotte le comunicó que tenía novedades sobre el caso y que debía hablar con él con urgencia, pero prefería no tratar del asunto por teléfono. Tenían que verse personalmente, lo antes posible.

—¿Tienes la intención de amenazarme de nuevo con una pistola? —le preguntó con desconfianza Caradonna.

—No —fue la respuesta de Riccardo—. Tú no tienes nada que ver. Ahora lo sé.

Su tono lúgubre había convencido a Caradonna de que no debía darle más vueltas. Se habían citado al cabo de media hora en un bar cercano a la sede de su empresa.

—Yo..., la verdad es que no soy capaz de explicármelo —dijo Riccardo agarrándose la cabeza con las manos—. Tiene que haber otra explicación, pero no encuentro ninguna que se sostenga.

—¿Por qué? —replicó con aire sombrío Caradonna—. Al contrario, todo encaja. Cuando la conocimos, nos enamoramos los dos de Vanessa, y antes de elegirme a mí, ella tuvo alguna que otra duda. Yo estaba convencido de que a Dario se le había pasado, todos lo estábamos, pero evidentemente nos equivocamos. Quizá no debería extrañarme, lo conozco desde hace treinta años y nunca lo he visto interesarse por ninguna mujer.

—No me refería a eso —precisó Mezzanotte—. Hablaba del asesinato de Alberto. No puedo aceptar la idea de que lo matara él. Nadie lo admiraba ni lo respetaba más que Dario. Se habría arrojado al fuego por él...

—Si es por eso —intervino Caradonna—, lo ha hecho más de una vez.

—Ya. Además, el único móvil del asesinato son esas malditas joyas. Y a él el dinero no le ha importado nunca gran cosa. ¡Por Dios santo! ¡Por algo lo llaman el Monje!

—¿Estás diciéndome que estabas dispuesto a creer en mi culpabilidad, pero no en la de Dario?

Mezzanotte apartó la mirada y no respondió.

—Debería sentirme ofendido, si no fuera porque tampoco yo soy capaz de creerlo.

—Sin embargo, ahí están los hechos, y no parece que sea posible interpretarlos de manera distinta.

Caradonna se encogió de hombros con cansancio.

—Ya no sé qué pensar. Tengo la cabeza hecha un lío. Demasiadas revelaciones desagradables que digerir de una sola vez. ¿Qué pretendes hacer?

—No tengo ni idea. Podría hablar del asunto con el fiscal que en su momento se encargó de la investigación...

—¿Estás loco? —exclamó Caradonna—. No es tan sencillo señalar con el dedo a un hombre como Dario con una imputación tan infamante. Para acusar al número dos de la policía de Milán de haber liquidado a un compañero, y no precisamente a uno cualquiera, no bastan unas vagas sospechas, se necesitan pruebas irrefutables. Es un hombre poderoso, con una reputación inmaculada. Sin algo sólido a mano, el único que acabaría destrozado por una denuncia como esa serías tú.

—Sí, tienes razón. Más aún considerando que mi posición es ya bastante precaria...

—No te aconsejo tampoco que recurras a la táctica suicida que utilizaste conmigo en el cementerio. Dario es la persona más fría y controlada que conozco, no se traicionaría nunca.

—¿Suicida?

—Bueno, si el culpable hubiera sido yo, tú a estas horas estarías bajo tierra.

—Ten en cuenta que había tomado precauciones —replicó picado en su honor Mezzanotte.

—Ah, ¿sí? ¿Acaso habías controlado también que en alguno de los tejados de los edificios de los alrededores no estuviera apostado un francotirador provisto de un rifle de precisión?

—No, eso no —se vio obligado a reconocer Riccardo.

—Pues ya está.

—Vale, pues ahora nos tocará encontrar las putas pruebas. Que lo exculpen o que corroboren su responsabilidad.

—Sí. ¿Pero cómo?

—Vanessa. Ella puede confirmarnos si contó lo del tesoro a Dario o a otros. Aunque no esté implicada directamente, algo tiene que saber.

—Te recuerdo que es de mi mujer de quien estás hablando. A ella déjala fuera de todo esto.

—Ya no es posible dejarla al margen, Tommaso. Si las cosas son como parecen, Vanessa ha tenido un papel en toda esta historia. Es esencial descubrir qué es lo que sabe.

Caradonna cerró los ojos y apoyó la frente en la palma de la mano, como si de pronto la cabeza le pesara demasiado.

—Hablaré con ella —accedió finalmente volviéndolos a abrir, con los labios convertidos en una mera rendija—. De una forma u otra, se lo sacaré todo. Por otra parte, cosas que discutir con ella tendría más que suficientes.

—Quiero estar presente yo también.

—Ni lo sueñes. Es una cuestión entre mi mujer y yo. Punto.

—Como quieras —respondió Mezzanotte, resignado—. Pero hazlo pronto. Y llámame inmediatamente después.

La llamada de Caradonna se produjo mucho antes de lo que él se esperaba. No hacía ni una hora que se habían separado y Mezzanotte apenas había tenido tiempo de ponerse el uniforme y entrar de servicio.

—¿Entonces qué? —dijo dando rienda suelta a la ansiedad que le retorcía el estómago.

—Entonces nada —fue la aciaga respuesta de Caradonna—. He vuelto a casa y ella no estaba.

—¿Cómo que no estaba? ¿No me has dicho que la habías dejado durmiendo cuando saliste?

—Se ha ido, Cardo. Ha hecho la maleta y se ha largado. Unas cortas vacaciones con una amiga, dice la nota que ha dejado pegada a la puerta del frigorífico, sin especificar ni adónde ni con quién.

—¿Así, de repente, sin despedirse siquiera?

—Bueno, es extraño, pero tampoco tanto. No es la primera vez que hace algo así. Ya te lo dije, llevamos vidas separadas.

—Unas vacaciones, mira por dónde, precisamente ahora. No me lo creo. Tanto si es cómplice de Venturi como si lo es de otro, deben de haberse olido algo feo y han decidido que lo mejor para ella era desaparecer de la circulación. A lo mejor, a pesar de todas nuestras precauciones, alguien nos ha visto juntos esta mañana. Siento decírtelo, Tommaso, pero eso quiere decir que ella también está involucrada. Está metida hasta el cuello.

—Veremos. Ya he puesto tras su pista a uno de los investigadores privados que colaboran con mi agencia. Es un tío muy bueno en lo suyo, la localizará. Pero, mientras tanto, ¿qué hacemos?

—No lo sé, tengo que pensarlo.

Después de colgar, Mezzanotte se esforzó por analizar la situación, a pesar del tumulto de emociones que lo ofuscaba. Aunque no quería ni podía convencerse de que fuera verdad, tenía que partir del supuesto de que Venturi era culpable. ¿Cómo podría demostrarlo?

Permaneció exprimiéndose las meninges un buen rato. Ante sus ojos, encima de la mesa, tenía el mismo informe que había cogido de la sobrecargada pila de expedientes pendientes de tramitar —de los cuales no se había ocupado nadie durante los pocos días en los que había estado suspendido y que, desde su vuelta, lejos de disminuir, no habían hecho más que aumentar—, cuya lectura interrumpían continuamente el teléfono o los agentes del servicio de patrullaje que acudían a preguntarle por las cuestiones más diversas.

La iluminación le llegó en el váter, mientras meaba, el único momento en el que, casi sin querer, se creó en su mente el vacío del que surgían las mejores intuiciones. Si detrás de todo aquello estaba Venturi, se dijo, no cabía excluir que estuviera involucrado también el comisario Dalmasso, que a menudo le había dado la impresión de estar atado a él de pies y manos por alguna antigua deuda de agradecimiento.

Dalmasso había intentado impedirle por todos los medios meter la nariz en los sótanos de la Central mientras investigaba al Fantasma, a pesar de que todas las pistas apuntaban en esa dirección. Riccardo tenía la impresión de que no quería siquiera oír hablar del asunto. Había prohibido a todo el mundo, excepto a un pequeño equipo de agentes de su confianza, bajar al subsuelo. Del grupito en cuestión, capitaneado por Manuel Carbone, formaban parte Lupo, Tarantino y unos pocos más. ¿Y si habían sido ellos los hombres de negro? Al fin y al cabo, ¿quién mejor que la Polfer podía registrar los sótanos sin correr el riesgo de levantar sospechas?

Ahora que lo pensaba, él mismo había herido a uno durante el tiroteo en el templo celta, y en aquel mismo momento Carbone se había cogido la baja debido a un «accidente» sin más especificación. La idea de que hubiera sido él el tipo al que había metido un balazo logró, a pesar de todo, arrancarle una sonrisa.

El comportamiento del comisario le había parecido siempre tan incomprensible como irracional, pero visto desde esa perspectiva adquiría todo su sentido. Si estaba en lo cierto, una de las tareas de Dalmasso era evitar a toda costa que alguien pudiera estorbar las operaciones de búsqueda de las joyas que estaban llevándose a cabo en secreto en las entrañas de la estación.

Además, había otra cosa. Nunca se había explicado cómo pudieron entregar la falsa carta de rescate con tanta rapidez, cuando él encontró el bolso de Laura en la vieja terminal subterránea de mercancías. Antes de la reunión en la fiscalía no había dicho ni una palabra a nadie. A nadie, salvo al comisario Dalmasso. Él era el único que lo sabía, el único que podía hacer algo al respecto.

Tenía la sensación de haber llegado a la fase decisiva de una investigación, en la que las piezas empezaban a encajar una tras otra casi sin esfuerzo y dejaban entrever la imagen que componía el rompecabezas. Normalmente se habría sentido entusiasmado, pero no en esas circunstancias, visto el dibujo que estaba tomando forma ante sus ojos. Cada paso que daba hacia la verdad era una espina que se clavaba dolorosamente en su carne.

Una vez más, en cualquier caso, aquello eran solo deducciones y conjeturas. No disponía de indicios concretos que las confirmaran. Pero quizá existiera alguna manera de conseguirlos.

Abandonó el escritorio y se presentó ante el mostrador de la recepción. El suboficial ayudante primero Fumagalli estaba dedicado a restregar con delicadeza una a una las hojas de sus queridas plantas con una cosa amarilla que al principio no supo muy bien qué podría ser. Fijándose un poco más vio que se trataba de piel de plátano.

—Es un truco de mi abuela. El interior de las pieles de plátano devuelve a las hojas todo su brillo —le explicó el guardia al ver su expresión de perplejidad.

—Pietro —le preguntó sin más preámbulos Mezzanotte—, el segundo expediente que Dalmasso no quería que yo consultara, ¿dónde está ahora?

—Nadie me lo ha devuelto, inspector, por lo que imagino que lo tendrá todavía el comisario.

—En tal caso —soltó sin más Riccardo con fingida despreocupación—, ¿dónde crees que puede tenerlo?

Fumagalli frunció la frente vacilando, luego se asomó al exterior de la garita y acercándose a él le dijo en voz baja:

—Bajo llave, en el fichero de su despacho.

—Te lo agradezco. ¡Ah, yo no te he preguntado nada! ¿De acuerdo? —dijo guiñándole un ojo.

El guardia se lo quedó mirando con aire de preocupación.

—Intente no volver a meterse en líos, inspector. Acaba de reintegrarse después de una suspensión de funciones.

—¿En líos yo? ¿Cómo se te ocurre algo así? —exclamó Riccardo con una risa forzada. Estaba a punto de irse, pero algo lo obligó a detenerse.

—Una última cosa. ¿Cuándo exactamente asumió el comisario el mando aquí en la Central?

Fumagalli respondió sin vacilar.

—En octubre de 1998.

Poco antes de que dieran comienzo las correrías de los hombres de negro en los sótanos.

Mezzanotte consideró que el mejor momento para actuar era entre la una y las dos de la tarde. El efecto combinado del cambio de turno y la pausa para el almuerzo dejaba la Unidad bastante desguarnecida. Estuvo apostado junto a la máquina del café, vigilando el despacho de su superior hasta que lo vio salir. Hombre de buen comer, como era sabido de todos, Dalmasso solía ir a almorzar a la Osteria del Treno, en la via San Gregorio, a unos diez minutos a pie de la estación, y acostumbraba a tomárselo con calma, de modo que tendría tiempo suficiente, según sus cálculos. Esperó a que no hubiera nadie a la vista en el pasillo para colarse en el despacho.

Alto y estrecho, el fichero al que se había referido Fumagalli estaba adosado a la pared, detrás del escritorio, a mano derecha. Se trataba de un mueble archivador de metal con siete cajones. No se esperaba que hubiera tantos. A saber en cuál de ellos estaba guardado el expediente que le interesaba. Tendría que actuar con rapidez; a menos que tuviera un golpe de suerte, corría el riesgo de que la tarea resultara más larga de lo previsto.

Un somero examen de las cerraduras le bastó para percatarse de que eran cilíndricas, sin especiales complicaciones. Se sacó del bolsillo los dos clips que había llevado consigo, junto con un lubrificante en espray que había ido a comprar, y los dobló moldeándolos con la forma deseada.

Después de rociar un poco de lubrificante en la primera cerradura, metió un clip en la parte baja de la ranura por la que se introducía la llave y lo mantuvo firme mientras ejercía una leve presión hacia un lado. Luego metió el segundo clip, que tenía la punta curvada hacia arriba, y empezó a moverlo con la mayor delicadeza dentro del mecanismo, donde había unos pistoncitos, a modo de muelle, de una longitud variable. Al introducirse en la hendidura, los dientes de la llave levantaban los pistoncitos a la altura necesaria para desbloquear el cilindro y permitir que girase. A falta de llave, Mezzanotte tenía que localizar y accionar los pistoncitos uno a uno levantándolos con la punta del clip. La tensión a la que el otro clip mantenía el cilindro, que no debía ser ni mucha ni poca, impedía a los pistones salir de nuevo de su sitio. Entonces, al girar el cilindro con los dos clips, la cerradura se abría. Para conseguirlo no bastaba con conocer la técnica, se requerían además sensibilidad, destreza y una precisión quirúrgica.

Y paciencia, se recordó Riccardo a sí mismo ahogando una maldición al verse obligado a empezar de nuevo por tercera vez. Cuando finalmente oyó el ansiado clic de la cerradura al girar, miró el reloj. Ocho minutos. Demasiado lento; de seguir así, mucho se temía que no tendría tiempo de registrar todos los cajones. Abrió el que acababa de forzar y hurgó en su interior. El dosier que buscaba no estaba allí. Si estaba guardado en el último, corría el riesgo de no poder recuperarlo.

Volvió a ponerse manos a la obra, descerrajando el segundo y el tercer cajón, pero el expediente tampoco estaba en ellos. Cuando se disponía a atacar el cuarto, oyó unas voces al otro lado de la puerta que lo estremecieron.

—¿Ha vuelto el comisario?

—No lo sé, no creo.

—Tengo un informe que debe firmar, se lo dejaré encima de la mesa.

Mezzanotte vio cómo se abría la puerta del despacho, detrás de la cual había corrido a esconderse. Sintió un escalofrío al darse cuenta de que había dejado abiertos los tres cajones del fichero y de que encima de la mesa se veía perfectamente el espray. «¡Mierda! —pensó—. ¡Habría que estar ciego para no verlo!».

—Bueno, no —dijo la voz desde el umbral de la puerta—. Ya pasaré más tarde, tengo que decirle también una cosa.

Cuando la puerta volvió a cerrarse, Mezzanotte exhaló un suspiro de alivio. De buena se había librado.

Volvió a meter los clips en la cerradura del cuarto cajón. No tenía mucho tiempo. El sudor que le corría por la frente le empañaba la vista y los dedos le temblaban por el nerviosismo. Tenía la impresión de que tardaba una eternidad en forzarla. «¡Alabado sea el patrono de los ladrones!», se dijo, pues resultó ser el cajón correcto. Reconoció el expediente por el color distinto de las tapas y porque era el único con un número de protocolo y el sello del archivo.

Se lo metió debajo de la camisa, volvió a cerrar todos los cajones e inspeccionó las cerraduras. Había solo unas ligerísimas señales que habían dejado los clips en el metal; era muy improbable que el comisario se diera cuenta. Se dirigió a la puerta y se puso a escuchar pegando el oído a ella. Todo parecía tranquilo. Abrió una rendija, echó una ojeada para asegurarse de que tenía vía libre y se escabulló del despacho.

Ya hacía rato que su turno había acabado. Al dirigirse a toda prisa al vestuario, impaciente por cambiarse de ropa e irse, no se percató de la mirada que lo seguía con atención e interés tras la puerta entreabierta de uno de los despachos.

Una sonrisa maligna se dibujó en la estúpida cara de Lupo. Hizo un globo enorme con el chicle que llevaba rumiando tanto tiempo que había perdido todo el sabor, luego dejó que se desinflara y se sacó el Big Babol de la boca. Lo pegó debajo del tablero de la mesa y sacó el móvil del bolsillo.

Con aquella grieta en el medio que amenazaba con que se viniera abajo de un momento a otro, la mesa del salón estaba inutilizable. Tendría que cambiarla, pensó, consciente de que no iba hacerlo enseguida.

Se sentó en el sofá, apoyó el expediente en las piernas y se sumió en la lectura del dosier. El primer documento era un acta de detención para identificación de fecha de 18 de enero de 1999. Una patrulla del turno de noche había interceptado a un individuo indocumentado que andaba dando tumbos por la Galería Principal con toda evidencia bajo los efectos de alguna sustancia estupefaciente. En vez de echarlo a la calle para que se helara de frío, los dos agentes habían decidido piadosamente permitir que se le pasara el subidón en el calabozo, en los bajos de la Unidad.

Al registrarlo le habían encontrado encima un collar de brillantes, a primera vista de bastante valor, cuya procedencia el sujeto no había sabido explicar de manera creíble. Habían hecho las debidas comprobaciones en el banco de datos de denuncias de hurtos de joyas, de las que no resultó que hubiera sido robado. A la espera de efectuar posteriores controles, habían requisado el collar. Si el sujeto, llegado el momento, estuviera en condiciones de demostrar de manera convincente que era su legítimo propietario, le sería devuelto. Al no haber acusaciones específicas reconocibles en su contra, a primerísima hora de la mañana siguiente, tal vez de forma un tanto precipitada, los dos agentes habían dejado que se marchara.

De los demás documentos incluidos en el expediente se deducía que aquel mismo día, por orden directa y urgente del comisario Dalmasso, habían buscado al toxicómano por todas partes para llevar a cabo un interrogatorio complementario. Al final lo habían encontrado. Su cadáver estaba tirado entre las columnas modernistas de hierro fundido de uno de los túneles bajo el paso elevado de las vías, a la altura del viale Lunigiana. El forense había atribuido la defunción a una sobredosis.

Mezzanotte volvió a cerrar la carpeta, frunciendo el entrecejo y con la mirada perdida en el vacío. Fumagalli tenía razón, el asunto no tenía nada que ver con la investigación sobre el Fantasma, pero estaba relacionado con el tesoro de los sótanos de la estación.

Basándose en todo lo que sabía, a Mezzanotte no le costó trabajo rellenar las lagunas, reconstruyendo lo que el expediente no decía. El drogata debía de ser uno de los Hijos de la Sombra que, según había reconocido el General, a lo largo de los años habían caído en la tentación de meterse en los bolsillos alguna pieza del tesoro. Había arramblado con el collar que estaba sobre el altar, probablemente junto con alguna que otra joya, y se había largado ansioso por volver a la superficie. Cuando la patrulla de la Polfer lo había detenido ya había vendido parte del botín para comprar la droga, que se había chutado inmediatamente. A la mañana siguiente, al leer el acta de detención, Dalmasso había intuido cuál era la procedencia del collar. Si el idiota aquel le hubiera revelado cómo lo había conseguido, habría podido descubrir dónde estaba escondido el tesoro. Debió de montar en cólera al enterarse de que ya lo habían puesto en libertad. Inmediatamente lanzó a toda la Unidad en su busca, pero por desgracia para él lo había encontrado antes el General, que había castigado su transgresión haciendo que acabara como el pobre Chute.

Se trataba de la confirmación definitiva de que también Dalmasso estaba metido en el ajo. El hecho mismo de que hubiera querido ocultarle aquel expediente equivalía al reconocimiento de su culpa. De no haber sabido nada de las joyas, no habría tenido motivo alguno para hacerlo.

Estaba implicado el comisario, estaba implicada la mujer de Caradonna. Y el único punto de contacto entre ellos era Dario Venturi. Ergo, era él quien estaba detrás de todo; por desgracia ya no cabía duda alguna. Tras enterarse por Vanessa de la historia del tesoro, había comenzado a efectuar pesquisas en el transcurso de las cuales había dejado tras de sí tres cadáveres. Una vez encontradas las confirmaciones que buscaba, gracias a su influencia había destinado a Dalmasso a la estación y le había confiado la tarea de coordinar sobre el terreno las operaciones de búsqueda y recuperación de las joyas perdidas. A su vez, el comisario había enrolado a algunos agentes de la Unidad para llevar a cabo ese cometido.

Y pensar que había sido el propio Dario quien le había entregado el expediente del asesinato de su padre y quien había hecho que lo trasladaran a la Central. Era evidente que no lo consideraba capaz de descubrir la verdad. Y, efectivamente, no estaba del todo equivocado. De no haber sido por el Fantasma, que lo había empujado a investigar la existencia de los sótanos, nada habría ocurrido. En cierto modo, tenía que estarle agradecido. Sin Adam, no habría resuelto nunca el caso de la muerte de su padre.

En cuanto a los famosos hombres de negro, no había que buscar muy lejos para encontrarlos. Los había tenido siempre a su alrededor, desde el primer momento. Todavía no estaba en posesión de ningún elemento que pudiera sostenerse ante un tribunal, pero ya empezaban a cuadrar las cuentas y los indicios se acumulaban.

A todo esto, el SMS de Laura llegó como un rayo en medio de un cielo sereno.

«¿Estás ya de camino?».

«¡Joder! Voy con retraso», se dijo mirando el reloj. Tenía que ir a cenar a casa de sus padres. Tras la noche en blanco, todo lo que había ido descubriendo durante el día lo había dejado extenuado, tanto física como psicológicamente, pero no podía echarse atrás, por pocas ganas que tuviera. Ya era demasiado tarde para darle plantón con una disculpa, Laura no se lo habría perdonado nunca. Según le dijo, su padre había insistido mucho en que lo invitara. Aseguraba que deseaba conocer y dar las gracias al hombre que había salvado a su hija, pero Mezzanotte sospechaba que más bien pretendía tomar la medida al hombre que había empezado a llevársela a la cama.

Se puso a toda prisa la única camisa limpia y planchada que milagrosamente encontró en el fondo de un cajón y salió deprisa y corriendo. Media hora más tarde cruzaba casi sin aliento la cancela del lujoso edificio de la via dei Cavalieri del Santo Sepolcro, blandiendo un ramo de calas y rosas arrancado prácticamente por la fuerza a un florista que acababa de bajar la persiana de su quiosco callejero.

Esperaba que fuera a abrirle Laura, sin embargo lo recibió un hombre no muy alto y de una sobria distinción, que lo invitó a pasar. Aunque su aspecto físico era muy distinto, tenía algo en la mirada que le recordaba a la chica. A pocos metros detrás de él estaba Laura al lado de una mujer; se parecían como dos gotas de agua, salvo por el cabello, teñido de rubio, y el vestido despampanante, con un escote tan profundo como el Gran Cañón del Colorado, que lucía la más mayor.

—Encantado, soy Enrico Cordero, el padre de Laura —dijo el hombre, estrechando su mano con un apretón viril.

—Riccardo Mezzanotte, mucho gusto en conocerlo —respondió él—. Les ruego me disculpen, vengo con un poco de retraso.

—¡Oh, no te preocupes! «La puntualidad es la virtud de quien se aburre», como decía Waugh —intentó desdramatizar Enrico Cordero. A continuación, señalando a la mujer que estaba junto a su hija, añadió—: Ella es mi dulce esposa, Solange...

La madre de Laura le tendió el dorso de la mano, en un gesto ostentoso que tenía toda la pinta de ser una especie de examen.

—Encantado, señora —dijo Riccardo besándole torpemente la mano, para luego ofrecerle el ramo de flores.

—Solange, por favor. Que me llamen «señora» hace que me sienta demasiado vieja... —exclamó la mujer con un fuerte acento francés.

—Pensábamos tomar un aperitivo en la terraza antes de cenar. A menos que prefieras que Laura te enseñe la casa —continuó el señor Cordero, para inmediatamente corregirse, ganándose una mirada fulminante de su hija—: ¡Ah, no, qué bobo! Si ya la conoces perfectamente...

Mezzanotte encajó la pulla con una tosecilla incómoda.

—Estaba bromeando —dijo alegremente Enrico Cordero—. Si no recuerdo mal, fue gracias a ese registro no autorizado que conseguiste localizar a mi hija, así que solo puedo estarte agradecido por ello.

«Va a ser una velada muy larga», se dijo para sus adentros Mezzanotte mientras Laura lo cogía del brazo y los cuatro se dirigían a la terraza.

—Entonces ¿prueba superada? —preguntó un par de horas más tarde a Laura, que lo había acompañado a la puerta. Al final, la cena había ido menos mal de lo previsto. La comida, traída de no sabía qué restaurante afamado y servida por una pareja de filipinos, había sido exquisita y el padre de Laura, detrás de su apariencia un poco rígida, había resultado mucho más cordial y abierto de miras de lo que se temía, dotado de una aguda ironía que Mezzanotte no pudo más que apreciar, aunque demasiadas veces la hubiera utilizado para meterse con él.

—¿Con papá? Yo creo que sí. Desde luego la has superado con mi madre. Te comía con los ojos. Creo que eres la primera decisión que tomo en lo tocante a mi vida que ha contado con su aprobación —respondió Laura, entre divertida e irritada—. ¡Por Dios, qué vergüenza! Solo ha faltado que acariciara tu pie con el suyo por debajo de la mesa.

Riccardo dejó escapar una risita nerviosa. Un poco para tranquilizarla y otro poco para cortar la conversación, la atrajo hacia sí y la besó.

—Hay algo que te preocupa —le dijo la joven cuando separaron sus labios, acariciándole las arrugas de la frente con los dedos—. Lo he notado, no he podido evitarlo.

—Ya —comentó riendo Riccardo—. A tus dotes psíquicas no se les escapa nada.

—Por favor, no te burles de... —replicó ella turbada.

—Perdona. De todas formas, es verdad, he dado algunos pasos adelante en mi investigación y lo que he descubierto no es precisamente agradable. Ya te lo contaré.

—Siento no poder irme ahora contigo, pero a mis padres no les gusta mucho que pase todas las noches fuera y además mañana tengo clase temprano.

—No sea que tu padre piense que ejerzo una mala influencia sobre ti.

Un último beso y se separaron. Como había intuido, entre Laura y su madre no andaban bien las cosas, a Mezzanotte no le había parecido oportuno informarla de que era muy probable que Solange le hubiera acariciado el pie por debajo de la mesa durante la cena. Los roces de un pie con otro que habían tenido lugar sin que nadie se percatara habían sido demasiado frecuentes e insistentes para considerarlos casuales. Y cada vez ella había acompañado su gesto con miradas desafiantes difíciles de interpretar, pero, en cualquier caso, no precisamente de las que cabría esperar que una madre dirija al novio de su hija.

Una vez en el coche, el disgusto por no poder pasar la noche con Laura renovó en él el estupor ante la rapidez con que se había colado por ella. La primera impresión que tuvo de ella había resultado acertada, no era en absoluto fría, sino todo lo contrario. Cuando se soltaba, era muy apasionada. Ocurría algo, cuando hacían el amor. No sabía explicárselo, era como si no solo sus cuerpos, sino también sus mentes y sus corazones se volvieran una sola cosa, y él no era capaz de prescindir de aquello. Le volvió a la cabeza su sonrisa en el momento en el que abría de nuevo los ojos después de un orgasmo: agradecida, satisfecha, de pura felicidad. Aquella sonrisa era un rayo de sol capaz de perforar hasta el manto más denso de nubes, trayendo luz y calor a la gélida oscuridad en la que últimamente se veía sumido.

Una vez en casa, se dio cuenta de que algo pasaba antes incluso de llegar al rellano. Subió los últimos escalones con todo sigilo y examinó la puerta del piso. Estaba entornada y la cerradura había sido forzada. Quien lo hubiera hecho, fuera quien fuese, había utilizado métodos más expeditivos que los suyos: casi la había reventado con un taladro o algo por el estilo. Riccardo se puso tenso al oír unos ruidos procedentes del interior del apartamento. Seguían allí.

Era extraño que no hubieran dejado a alguien de vigilancia abajo, pensó respirando hondo para poner de nuevo bajo control sus pulsaciones, que iban a mil por hora. Ya se había acostumbrado a vivir constantemente en estado de alarma, y cuando llegó a la altura del portal no había observado la presencia de ningún individuo sospechoso por los alrededores. Por supuesto, no podía descartar que le hubiera pasado desapercibido; durante la cena en casa de los Cordero había tomado alguna copa de más para aliviar la tensión.

Necesitaba un plan de combate, y rápido. No llevaba armas consigo, y había vuelto a guardar sus dos pistolas en el dormitorio, dentro de la mesilla. No podría llegar nunca hasta allí sin que le cortara el paso quienquiera que se hubiera colado en casa. Para abrir el cajón de los cuchillos tendría que rodear la encimera que separaba la cocina americana del cuarto de estar. Demasiados obstáculos. A la entrada, junto a la puerta, había un paragüero, ¿pero de qué le serviría un paraguas en aquella situación? Le vino a la memoria que, en una pared de la cocina americana, entre los cazos y otros utensilios había colgado un rodillo de madera, que se podía alcanzar con solo alargar el brazo. No es que fuera la mejor solución del mundo, pero tal vez fuera suficiente.

Empujó la puerta muy despacio. Los reflejos del alumbrado de la calle iluminaban débilmente la oscuridad del interior del piso. Habían puesto el cuarto de estar patas arriba, como si hubiera pasado un tornado. A juzgar por la procedencia de los ruidos que oía, era en el dormitorio donde el sujeto seguía llevando a cabo su labor destructiva. Se quitó los zapatos, entró a hurtadillas y se dirigió rápidamente a la cocina. Acababa de echar mano al rodillo inclinándose ligeramente al otro lado del mueble de la cocina, cuando sintió que lo agarraban por los hombros y lo lanzaban violentamente contra la pared opuesta. Rayos incandescentes de dolor le atravesaron la espalda y las sienes por el impacto.

El vigilante, ¡joder! No estaba apostado abajo, en el portal, sino en las escaleras de la casa, probablemente un par de tramos más arriba, desde donde no se había perdido ni uno solo de sus movimientos. De cuerpo recio, iba vestido de negro y un pasamontañas le cubría el rostro.

Impulsando el brazo a ciegas, Mezzanotte consiguió dar de lleno a su atacante con el rodillo. Aunque no lo había asestado especialmente bien, el golpe había servido al menos para hacerle perder el equilibrio. El tipo enmascarado se agarró a la estantería de Ikea cargada con todos los catálogos y los libros de arte que Alice todavía no se había llevado y la arrastró consigo en su caída. El individuo y el mueble se estrellaron contra el suelo con gran estrépito.

Mientras el hombre de negro se debatía en su intento de liberarse de la librería y de los volúmenes bajo los cuales había quedado sepultado, Mezzanotte se le acercó para dejarlo definitivamente KO. Pero antes de que tuviera tiempo de hacerlo, su cómplice salió como una furia por la puerta de la habitación y arremetió contra él con la cabeza gacha. Más alto y robusto que su colega, lo arrolló y a Riccardo se le escapó el rodillo de las manos. Enlazados en una pelea furibunda, fueron arrastrándose de un lado a otro del salón intercambiándose golpes, volcando muebles y rompiendo lo que se les ponía por medio. En un determinado momento, en medio del fragor de la lucha cayeron los dos encima de la mesa ya medio rota y acabaron de romperla del todo. Mezzanotte aterrizó de espaldas en el suelo y, al caerle su adversario encima con todo su peso, sus costillas crujieron. Riccardo percibió el olor de su aliento, que le echaba directamente en la cara mientras jadeaba. Un empalagoso aroma dulzón a fresa que le recordaba algo. Goma de mascar.

Luego el hombre de negro —debía de ser Lupo, de los dos rumiantes de chicle él era el más grande, así que el bajito que había acabado debajo de la estantería con toda probabilidad sería Tarantino— le plantó una mano en toda la cara para mantenerlo clavado al suelo y levantó la otra, pero Mezzanotte consiguió detener su brazo antes de que encontrara el modo de golpearlo. Mientras con tenacidad intentaba liberarse de su férrea sujeción, se preguntó cómo era que, pese a haber tenido más de una ocasión, aquellos tipos no le habían pegado un tiro en la cabeza y habían acabado con él de una vez por todas. Evidentemente la finalidad de su visita era otra y, como no entraba dentro de las órdenes recibidas, ahora no sabían muy bien qué hacer. Por lo demás, aquellos dos nunca le habían dado la impresión de que fueran muy espabilados.

Al ver la sombra que surgía de la oscuridad por detrás de Lupo, se dio por liquidado. Si eran tres contra uno, no lo conseguiría nunca. Acto seguido oyó un ruido seco, una especie de batacazo, y su adversario se desinfló y cayó lentamente a un lado.

En ese momento el otro hombre de negro —Tarantino, como parecía ya claro— se levantó de debajo de la librería. Saltó por encima de Mezzanotte y mandó de un empujón con las piernas al aire a la figura delgada y encorvada que blandía el bate de beisbol con el que acababa de derribar a Lupo. Cargó a hombros a su cómplice aturdido y puso pies en polvorosa.

En cuanto se recuperó lo suficiente para ponerse en pie, Riccardo encendió la luz. Al reconocer a su inesperado e improbable salvador, apenas pudo dar crédito a lo que vieron sus ojos. Sentado en el suelo, en pijama, con la espalda contra la pared y aspecto apabullado, se encontraba el viejo jubilado del piso de abajo, «Maffeis, aparejador», como rezaba la tarjeta de su buzón. El único contacto que habían tenido hasta ese momento había tenido lugar a través del suelo, y no podía calificarse precisamente de amistoso.

—¿Se encuentra bien? —le preguntó Riccardo inclinándose sobre él—. ¿Quiere un vaso de agua? ¿Necesita una ambulancia?

—¿Pero qué ambulancia ni qué niño muerto? —replicó con enojo el viejecillo—. ¡Ayúdame más bien a levantarme!

Mezzanotte se apresuró a obedecerle.

—No sé cómo darle las gracias, las estaba pasando canutas. Pero ¿qué hacía usted aquí con un bate de béisbol?

—¿Que qué hacía? —masculló Maffeis, que apenas se aguantaba en pie—. ¡Quería romperte la cabeza con él! ¡A eso había venido! El jaleo infernal que estabais haciendo aquí arriba no me dejaba dormir. Parecía que iba a venirse abajo el edificio entero. ¡Como si no fuera suficiente la música espantosa que sueles poner!

Por más que las circunstancias distaran mucho de ser graciosas, Mezzanotte tuvo que morderse los labios para no echarse a reír. No sucede muy a menudo que sea la mala educación la que te salve el culo.

—Tiene razón, tengo que pedirle disculpas —afirmó con solemnidad—. De ahora en adelante me pondré siempre los cascos. Se lo prometo.

La quimera a la que se refería el General era en realidad una figura más modesta, un león alado. La escultura de piedra, corroída por la contaminación y la intemperie, tenía las mismas formas escuadradas de los caballos que coronaban la fachada de la estación, aunque unas dimensiones mucho menos imponentes. Estaba hieráticamente sentado sobre las patas posteriores encima del parapeto situado al extremo de la zona de las vías, y tenía las alas plegadas, apoyadas contra el muro más externo de las marquesinas. La torva ferocidad de su expresión casi daba miedo y acentuaba la idea de que, junto con su gemelo situado en el otro lado, montaba guardia a la entrada de la Central.

Tras comprobar que no miraba nadie, Mezzanotte se acercó a la estatua para meter una notita hecha un gurruño en las fauces del león. ¿Cuánto tardaría su mensaje en llegar a manos del General? Tenía prisa por hablar con él: el descubrimiento de que los hombres de negro eran policías cambiaba por completo el juego, ya que volvían la situación mucho más delicada y peligrosa. Tenía que avisarlo para impedir que cometiera alguna imprudencia, quizá instigado por *maman*, sobre todo en ese momento en que él mismo corría el riesgo de ser considerado cómplice por haber mantenido la boca cerrada a propósito de la existencia del poblado subterráneo.

Riccardo sabía que cuando el General tuviera conocimiento de con quién se enfrentaba, querría gestionar el asunto a su manera y hacer frente al enemigo tal vez recurriendo a las técnicas de guerrilla de las que se proclamaba experto, pero esperaba convencerlo de que confiara en la justicia y que dejara que él se ocupara de todo. Si se hubiera tratado de delincuentes, como hasta ese momento habían estado convencidos los dos, él habría encontrado algo de que acusarles a fin de que los detuvieran y poner así fin a sus agresiones contra los Hijos de la Sombra. Pero denunciar a unos individuos pertenecientes a las fuerzas del orden, al frente de los cuales, por otra parte, no había precisamente un policía cualquiera, era harina de otro costal. Él lo sabía bien.

De regreso a la Unidad seguía atormentándolo la idea de qué habría podido empujar a Dario Venturi a hacer lo que había hecho. No conseguía darse una explicación porque era incapaz de deshacerse de la imagen que siempre había tenido de él, y el Venturi que conocía no se habría manchado por nada del mundo con semejantes vilezas.

Igual de difícil le resultaba imaginar qué podía tener en mente en ese momento. Seguramente no se quedaría de brazos cruzados, esperando que los acontecimientos siguieran su propio curso. Dario ya sabía que Caradonna y él conocían la verdad. ¿Intentaría quitarlos de en medio? No podía descartarlo, pero Riccardo lo dudaba. En cualquier caso, no lo haría antes de descubrir qué pruebas tenían en sus manos contra él y si habían puesto a alguien más al corriente del asunto. Esa era la finalidad de la visita de Lupo y Tarantino, tras la cual no había vuelto a ver el expediente sustraído del despacho de Dalmasso. Sin contar con que matarlos a los dos no carecía de riesgos. Habría armado un auténtico cirio y puede que a alguno se le ocurriera relacionar sus asesinatos con el del comisario Mezzanotte. No, Venturi ya tuvo ocasión de resolver el problema de raíz sin mayores consecuencias cuando había ordenado que lo atropellaran con el SUV. Ya era tarde para eso.

¿Entonces? Aun cuando consiguiera adueñarse del tesoro, Dario había ido demasiado lejos para pensar en continuar con su vida anterior como si no hubiera pasado nada. Sobre todo ahora que el peligro de ser desenmascarado se volvía cada vez más real. Seguro que ya habría tomado en consideración la hipótesis de verse obligado a darse a la fuga. De ser así, y si ya tenía preparado un plan para desaparecer, conociéndolo como lo conocía, a Mezzanotte no le cabía la menor duda de que lo habría urdido muy bien. Y, en caso de que hubiera decidido ponerlo en práctica, no resultaría fácil atraparlo.

Riccardo, sin embargo, no creía que lo hiciera. Todavía no, al menos. Llevaba años persiguiendo el tesoro y no se rendiría tan a la ligera. No mientras tuviera cartas que jugar. Antes de entregar las armas, haría todo lo posible para adueñarse de las joyas. No se largaría hasta haberlo logrado o cuando se diera cuenta de que todo estaba perdido, ni un segundo antes.

Si eso era así, todavía disponía de algo de tiempo. Solo tenía que descubrir cómo emplearlo.

A través de las paredes, revestidas de estanterías atestadas de equipos extrañísimos, llegaban a los oídos de Laura los retumbos rítmicos e insistentes del concierto que estaba teniendo lugar. Según Cardo, no podía haber un sitio mejor que aquella habitación del semisótano de un centro social para una reunión que pretendía ser secreta. En efecto, resultaría muy fácil confundirse entre la multitud que acudiera a disfrutar de una sesión de DJ set etnoreggae —significara eso lo que significase—, anunciada para ese sábado por la noche. Riccardo le dijo que se la había pedido prestada a unos amigos a los que conoció cuando investigaba su desaparición, cuya ayuda, por lo demás, había resultado determinante para encontrarla. A su llegada se los presentó: tres tipos raros pero simpáticos. Cuando ella les dio las gracias, los tres le dijeron que estaban muy contentos de haber contribuido a su rescate, aunque se habían cagado de miedo y pese a que, tras dejar que Mezzanotte continuara solo la empresa, habían pensado que nunca más volverían a verlo vivo.

Laura había insistido mucho en participar en aquella reunión clandestina. ¿Por qué? Por un lado, era la única manera de formar parte de la vida de Cardo, en aquel momento totalmente volcado en la investigación del asesinato de su padre. Por otro, aunque ella todavía no sabía muy bien cómo y él se mostraba bastante escéptico, pensaba que podía serle de ayuda.

Después de algunas vacilaciones iniciales, Riccardo había aceptado, y Laura estaba en ese momento incómodamente sentada en uno de los taburetes alrededor de la gran mesa de trabajo que ocupaba el centro de la habitación, junto con Mezzanotte y dos colegas suyos que le parecieron tan fuera de lugar como ella o más. Ya conocía al rubito gordito de los rizos, con bermudas y polo color salmón. Se llamaba Filippo Colella y era muy amigo de Cardo. El otro, solo unos años mayor que ella, con aspecto de chico bueno y tímido, y camisa de finas rayas metida por debajo de los pantalones, se presentó como Marco Minetti. Ninguno de los dos escondió su sorpresa por su presencia y ambos seguían observándola por el rabillo del ojo y bajando la mirada en cuanto se encontraban con la suya, cosa que, como era habitual, lo único que conseguía era que se sintiera incómoda. Lo que le resultaba especialmente desagradable eran los espasmos de deseo que percibía en Colella cada vez que posaba los ojos en ella.

Estaban esperando a una persona más para empezar la reunión. Una compañera de trabajo, le había dicho Cardo, también destinada en la Polfer. Cuando oyeron llamar a la puerta, Laura se ofreció para ir a abrir. Al hacerlo se encontró delante a una chica de unos veinticinco años, de cabello moreno con abundantes rizos, más baja que ella, pero con muchas más curvas. Vestía una cazadora de cuero y llevaba un casco colgado del brazo. A Cardo se le había olvidado especificar lo sexy que era.

—Hola, soy Nina. Tú debes de ser Laura —dijo tendiéndole la mano y mirándola con una sonrisa mientras le guiñaba un ojo—. Ahora entiendo muchas cosas.

Lanzó un saludo a Colella y a Minetti, y a continuación se acercó a Mezzanotte, a quien reservó unos cumplidos mucho más calurosos. Demasiado incluso.

—¡Enhorabuena, inspector! Tienes buen gusto —dijo la recién llegada refiriéndose claramente a Laura, que se sintió molesta al ver aquella familiaridad. Empezó a sospechar que había habido algo entre ellos.

Luego Nina se acomodó en uno de los taburetes que estaban libres. A partir del momento en que se quitó la cazadora y expuso a la vista de todos una camiseta de tirantes que apenas era capaz de contener sus exuberantes pechos, los ojos de Colella y de Minetti empezaron a deslizarse con mucha menos frecuencia hacia Laura. No los de Cardo, por fortuna.

—Entonces, inspector —preguntó la joven policía—, ¿por qué razón estamos aquí? Y ¿por qué toda esta aura de misterio?

—Ahora os lo explico —dijo Riccardo dando comienzo oficialmente a la reunión—. Para empezar, gracias por haber venido y disculpadme por las precauciones que os he obligado a tomar. Os he llamado porque necesito ayuda y vosotros sois las únicas personas de las que me fío en la oficina, pero os advierto que lo que voy a pediros no es nada reglamentario y podría resultar peligroso.

A continuación, contó la historia del tesoro de los sótanos con pelos y señales y cómo él lo había encontrado cuando intentaba arrancar a Laura de las garras del Fantasma. Pasó por alto solo la parte del asunto que enlazaba con el asesinato de su padre;

se limitó a comentar que al frente de todo estaba un alto gerifalte de la Jefatura.

Al término de su intervención se vio abrumado por las preguntas de sus desconcertados compañeros, a los cuales resultaba bastante dura de digerir la existencia de los Hijos de la Sombra y del poblado subterráneo. Él respondió con paciencia a todos, intentando disipar cualquier duda y también su perplejidad. En un determinado momento intervino Laura para confirmar lo que Cardo decía: ella también lo había visto todo con sus propios ojos. Los tres tardaron un poco en convencerse, pero al final ninguno de ellos se echó atrás: estaban dispuestos a ayudarlo.

Lo que Riccardo les pidió fue que tuvieran los ojos bien abiertos en la oficina para vigilar con discreción los movimientos de los llamados «hombres de negro», que intentaran enterarse de qué tramaban y que, a ser posible, consiguieran pruebas de sus actividades. Tendrían que avisar enseguida de cualquier cosa que descubrieran. Era fundamental coordinarse de manera que uno de ellos estuviera presente con la mayor frecuencia posible en los turnos de noche, pues era con el favor de la oscuridad cómo se llevaban a cabo las expediciones al subsuelo. Laura, por su parte, se encargaría también de recoger cualquier rumor acerca de los sótanos que llegara a sus oídos a través de los usuarios del Centro de Escucha.

—Vale, ya está todo claro —dijo finalmente la agente especializada Spada—. Pero me imagino que, al menos en lo que me concierne, hay algo más. ¿O me equivoco?

Riccardo adoptó una expresión levemente abochornada.

—Bueno, no lo niego. Sé que te pido mucho, pero, dadas las relaciones que mantenéis, tú puedes controlar a Carbone más de cerca...

—En definitiva, quieres que espíe a mi chico —dijo Nina. Se quedó pensándolo un instante y añadió—: Sí, ningún problema. Que Manuel es un cabrón ya lo tenía claro y lo que nos has contado viene a confirmarlo. Por lo demás, los motivos por los que estoy con él ya los conoces. En realidad, tenía pensado dejarlo plantado ya, pero creo que podré aguantar un poco más.

La reunión podía darse por concluida. Mientras todos se despedían, Nina se acercó a Laura y le susurró al oído:

—No te preocupes, no te lo voy a quitar. No podría ni aunque quisiera. Basta mirarlo para comprender que está loquito perdido por ti.

Pasados los mastodónticos arcos de acceso a la Galleria delle Carrozze, Mezzanotte divisó enseguida la cabellera blanca en medio del corrillo de gentes sin techo que se había reunido a la sombra de una de las pilastras, en el ala reservada a los vehículos particulares. Cuando cruzó su mirada con la del General, los dos intercambiaron un breve gesto de entendimiento.

Era domingo por la mañana y todo parecía tranquilo en la estación. Se veían pocos coches y también poca gente; no había casi nadie haciendo cola para coger un taxi a lo largo de la acera de la galería. Mezzanotte siguió andando sin reducir la marcha ni volver la cabeza, pero en vez de dirigirse, como de costumbre, a la escalera mecánica, se desvió hacia uno de los vestíbulos secundarios. Cuando llegó a lo alto de la escalinata que conducía al nivel de las vías, se apoyó en una de las columnas que daban acceso a la Galería Principal y permaneció a la espera, fingiendo que estaba mirando el móvil.

El General llegó pocos minutos después con su inconfundible paso renqueante. Ahora que conocía su verdadera identidad, Mezzanotte podía apreciar plenamente sus dotes de transformista. Nadie habría podido imaginarse nunca quién se escondía bajo la apariencia de aquel apacible e inofensivo *clochard*.

El viejo se sentó en un banco de mármol, debajo de una gran lámpara encastrada en una hornacina en forma de concha.

—¿Y bien, jovencito? —dijo en voz baja, mirando hacia delante sin inmutarse. A cierta distancia habría resultado casi imposible darse cuenta de que los dos estaban manteniendo una conversación—. ¿Has visto cómo no era tan difícil ponerte en contacto conmigo? ¿Qué pasa? ¿Tienes noticias?

—Sí, y no son buenas. Ya he descubierto quiénes son los hombres de negro.

—Te has dado prisa. ¿Quiénes son?

—Unos policías de la Ferroviaria. Mis putos compañeros. ¿Te lo puedes creer?

El General dio un pequeño respingo nervioso.

—¿Qué? ¿Estás seguro?

—Al cien por cien, pero todavía no puedo demostrarlo.

—¡Maldición! Es mucho peor de lo que pensaba.

—Y eso no es todo. Está metido en el ajo incluso el jefe de la Unidad y un alto funcionario de la Jefatura.

En ese momento, una pareja de unos sesenta años salió de la galería. Modestamente vestidos, iban cogidos del brazo y el hombre llevaba una vieja maleta. Por el aire despistado con que miraban a su alrededor se intuía que era la primera vez que estaban en Milán. Mezzanotte y el General esperaron a que empezaran a bajar por la escalera antes de reanudar su conversación.

—Así que policías... —dijo el viejo meneando la cabeza—. ¿Y cómo diablos vamos a librarnos de ellos? No podemos responder a sus ataques. Si empezaran a aparecer maderos muertos en los sótanos se armaría un follón, y aunque hiciéramos desaparecer los cuerpos tarde o temprano alguien iría a buscarlos.

—Hay que denunciarlos. Es la única solución.

—Pero entonces la existencia del poblado correría el riesgo de hacerse del dominio público —objetó el viejo con energía—. Eso supondría el fin de los Hijos de la Sombra.

—Por desgracia, en este momento no veo alternativas. Siempre será preferible a que mueran a golpe de ametralladora.

El General se quedó unos minutos pensando, con la cabeza entre las manos. Luego soltó un largo suspiro.

—Sí, tal vez tengas tú razón. Esperaba que también en esta

ocasión hubiera alguna forma de salir adelante, pero puede que nuestra historia haya llegado a su fin. Por lo demás, siempre he sabido que no iba a durar para siempre. Era inevitable. Cuanto más crecíamos, más cerca estaba el final. Ha salido adelante durante mucho más tiempo de lo que cabía esperar —dijo el General en tono consternado, volviendo la cabeza para mirarlo por vez primera—, pero no es tan sencillo. Hay una cosa que no sabes. La cueva en la que se encuentra el poblado está minada. Hemos colocado explosivos suficientes para que se derrumbe...

—¿Por qué coño habéis hecho semejante cosa? —exclamó Riccardo, que no podía dar crédito a sus oídos.

—Fue idea de *maman*. Según ella, la nuestra era una elección en la que no cabía dar vuelta atrás. No pensaba permitir que nadie nos arrebatara la nueva vida que nos habíamos construido y nos volviera a arrojar a la miseria y a la desesperación de la que procedíamos. Si se enterara de que todo está perdido, no vacilaría en ordenar, como último recurso, que prendan todas las cargas de explosivos. El poblado se destruirá. No se salvará nadie.

—¿Y tú estás de acuerdo con una cosa semejante?

—Al principio sí lo estaba, como todos los integrantes del grupo fundador de los Hijos de la Sombra. Estábamos muertos por dentro y *maman* nos había regalado una segunda vida. Nos parecía justo ponerla en sus manos dejando que dispusiera de ella como quisiera. Pero con el paso del tiempo las cosas han ido cambiando y ahora ya no pienso de la misma manera. No tanto por mí, a mí no me importa morir. Pero la comunidad ha crecido; como has visto, en el poblado hay hoy día muchos jóvenes e incluso niños. Y los miembros que se han unido a nosotros más recientemente no saben nada de los explosivos, ellos no participaron en aquella decisión.

—Hay que hacer algo para impedir que suceda. ¿Crees que se podría convencer a *maman* de que no cumpla sus amenazas, si se os dieran garantías de que los habitantes del poblado no serán abandonados a su suerte, sino que recibirán apoyo para su reinserción en la sociedad? Tal vez podría involucrarse el Centro de Escucha...

—Intentaré convencerla, pero no será fácil. *Maman* no es una mujer que cambie de parecer con facilidad.

—Bueno, tú haz todo lo posible. Yo, mientras tanto, buscaré la manera de encontrar las pruebas necesarias para lanzar una acusación contra los hombres de negro. Aunque eso tampoco será fácil. Necesitaré tiempo.

—Tiempo, por desgracia, puede que no tengamos mucho —dijo el General—. Después del tiroteo en el hipogeo celta, sus incursiones en los sótanos se han hecho todavía más frecuentes y agresivas. Hace un par de noches atacaron a algunos de los nuestros que habían salido a buscar víveres. Lograron retirarse a tiempo, pero hemos tenido varios heridos. Esos hijos de puta todavía no han encontrado otro acceso al tercer nivel, pero tarde o temprano lo harán. Y si llegaran a romper nuestras defensas y a invadir el poblado... Bueno, ahora ya sabes qué podría pasar.

Esta vez Tommaso Caradonna y él se habían citado en la oficina del primero. Intentar mantener ocultos sus encuentros ya no tenía mucho sentido —Venturi estaba ya al corriente de que también Caradonna lo sabía todo— y allí resultaba más difícil que en un sitio público que llegara a oídos indiscretos lo que tenían que decirse.

Mezzanotte venía directamente de Villa Alegría, donde había pasado varias horas de manera bastante provechosa, ya que se convenció de que, aunque arriesgado, el plan que había elaborado después de estrujarse los sesos hasta quedar agotado podía funcionar. Había acabado de espolearlo la angustia que creció en él al saber que los sótanos estaban minados. No había mucho tiempo; si no conseguía detener a los hombres de negro antes de que localizaran otra vía de acceso al tercer nivel, se produciría una catástrofe que podía costar la vida a centenares de personas.

Por lo general, en ocasiones similares acababa por preguntarse qué habría hecho su padre en su lugar, pero en este caso concreto sabía ya cómo se habría comportado, y no había tomado la decisión correcta. Él, en cambio, pensaba que había ideado una forma de inducir a Venturi a traicionarse, así conseguiría las pruebas necesarias para poder acusarlo. Ni que decir tiene que la vocecita que llevaba dentro de la cabeza no era tan optimista al respecto y que, con el tono sabihondo que la caracterizaba, no había tenido ningún reparo en hacérselo saber.

Caradonna lo invitó a sentarse en el sofá de piel que había en el rincón de su elegante despacho de director y le preguntó si quería un café o prefería otra cosa; la respuesta fue negativa. Tras arrellanarse en el sillón situado enfrente, puso a Cardo al corriente de sus progresos en la búsqueda de Vanessa. El investigador privado que seguía su rastro continuaba dando palos de ciego. Desde el día en que se había largado, no había utilizado ni cajeros automáticos ni tarjeta de crédito, y su móvil había permanecido apagado. No se tenían noticias de billetes de avión, ni de tren ni de barco emitidos a su nombre y no se había registrado en ningún hotel. Parecía haber desaparecido de la faz de la tierra. Una cosa podía ya darse por segura: no se había ido de vacaciones, estaba escondida a saber dónde.

Mezzanotte le dijo que no importaba y le anunció que tenía un plan para pillar a Venturi.

—Supón que hay un empleado de la casa de reposo —dijo— que se fijó en Dario el día que fue a hablar con Tito Castrillo, el socio del abuelo de Vanessa. Luego lo volvió a ver dando vueltas por los pasillos la noche de la muerte del viejo. En un principio no se sorprendió demasiado, dado que en Villa Alegría si se paga un extra bajo cuerda es posible visitar a los internos incluso fuera de horario. Ignoraba la identidad de aquel hombre hasta que algún tiempo más tarde lo reconoció por una foto del periódico y de este modo se enteró de que era un pez gordo de la policía. Movido por la curiosidad, no tardó mucho en darse cuenta de que había dado un nombre falso y de que poco después de su primera visita otro individuo se había reunido con el viejo: de nuevo un policía que, mira por dónde, pocos días después fue asesinado. Nuestro empleado es un tipo sin demasiados escrúpulos, para el que el dinero siempre es poco. Echa sus cuentas y se convence de que podría sacarle mucho a ese Venturi, implicado no en uno, sino en dos asesinatos. En definitiva, decide intentar chantajearlo.

—¿Y existe? —preguntó Caradonna.

—¿Quién?

—El tipo ese, el empleado del asilo.

—No, me lo acabo de inventar —reconoció Mezzanotte—, pero Dario no lo sabe y nosotros le haremos creer que existe.

Tommaso frunció el entrecejo.

—Eso es ilegal, ya lo sabes, ¿no?

Riccardo se limitó a asentir con la cabeza.

—Sí, ya lo he entendido —dijo Caradonna—. Pero ¿por qué ese hipotético empleado habría esperado cinco años? ¿Qué le impedía chantajearlo antes?

Mezzanotte sabía cómo rebatir esa objeción.

—En su momento todo el mundo estaba convencido de que Castrillo había muerto por causas naturales, por eso él no había sospechado que detrás de aquello pudiera haber algo turbio. Solo últimamente, cuando otro policía (que sería yo) se presentó en el asilo haciendo un montón de preguntas y planteó la hipótesis de que el viejo había sido asesinado, se acordó del hombre que había visto entonces y empezó a atar cabos. Consultando el registro y efectuando algunas investigaciones comprendió que el tipo aquel podía ser responsable de un doble homicidio y se le ocurrió la idea del chantaje. ¿Qué te parece? Tiene sentido, ¿no?

—No sé. —Caradonna movió la cabeza de lado a lado, no demasiado convencido—. ¿No te parece un poco pillado por los pelos?

—Quizá —contestó Mezzanotte esforzándose por ignorar la vocecita de siempre, que a cada réplica de su interlocutor asentía enérgicamente—, pero no hasta el punto de ser inverosímil. Si jugamos bien nuestras cartas, puede funcionar.

—Dario y los suyos acabarán por descubrir que ese hombre no existe. O, peor aún, podrían identificarlo erróneamente con cualquiera de los empleados de la casa de reposo y liquidarlo.

—No resultará tan fácil. Vengo ahora de allí. Ese sitio está lleno de irregularidades, si hubiera una inspección lo cerrarían de inmediato. He metido un poco de canguelo a los responsables asegurándome así su plena colaboración. Entre otras cosas, he hecho desaparecer el registro de visitas y el de asistencia de los empleados, por si a Dario se le ocurriera apoderarse de ellos. En total, en Villa Alegría trabajan unas treinta personas, entre cuidadores, personal de limpieza y colaboradores diversos; se tardaría semanas en someter a una criba a todos ellos, y nuestra farsa no durará tanto tiempo.

—Vale, lo doy por bueno —le reconoció Caradonna, que empezaba a tomar en consideración la idea—, pero, para que un chantaje salga bien, se necesitan pruebas, y me parece haber entendido que no tenemos...

—Que alguien sepa lo que ha hecho es ya de por sí algo que puede quitar el sueño a Dario. En cualquier caso, nuestro hombre dirá que las tiene y que se las enseñará a su debido tiempo. Recuerda que no tenemos que llegar hasta el final, solo aguantar el juego lo suficiente para inducirlo a hacer alguna que otra admisión comprometedora, algo en vista de lo cual a las autoridades les resulte más difícil ignorar nuestras acusaciones.

—¿Y tú crees que Dario caerá en la trampa?

—Por muy hábil que sea, algún pequeño error ha cometido ya. Piensa en la vieja foto de los dos camisas negras que dejó en casa de la hija de Castrillo. No podrá estar seguro al cien por cien de no haber cometido otros sin darse cuenta, y a nosotros nos basta suscitarle la duda para que pique.

—¿Y de verdad crees que no sospechará que detrás de todo estamos nosotros?

—Tal vez, pero tampoco de eso podrá estar seguro.

—¿Y si de todas formas decidiera que nos mataran, solo para no andar a tientas? Contigo ya lo ha intentado.

—Ese es un riesgo que de todos modos vamos a correr —observó Mezzanotte, para añadir a continuación—: El verdadero problema es que necesitaremos a alguien capaz de interpretar eficazmente el papel del chantajista. Eso no lo podemos hacer nosotros.

—Si es por eso, creo que conozco a la persona adecuada —dijo Caradonna—, es un expolicía especializado en misiones encubiertas. Hizo algunos trabajillos para mí en el pasado, pero no se le puede relacionar directamente con mi empresa. ¿Cómo pretendes actuar?

—Pensaba empezar con unas cartas anónimas. Por la forma en que Dario reaccione al recibirlas tendremos una confirmación de su culpabilidad. Si fuera inocente, denunciaría inmediatamente el asunto —explicó Riccardo—. Luego pasaremos a pedirle que acceda a mantener una reunión en persona, durante la cual habrá que empujarlo a hacer afirmaciones incriminatorias, que nosotros nos encargaremos de grabar.

Caradonna torció el gesto.

—Se trataría de declaraciones obtenidas mediante engaño. Ningún tribunal las admitirá nunca como pruebas.

—Solo necesitamos que logren convencer a alguien de que debe tomarnos en serio y abrir una investigación sobre Dario, y que lo pongan entre rejas mientras tanto para evitar que se largue —replicó Mezzanotte—. Es un hombre poderoso y tiene amistades influyentes, sí, y acusar al brazo derecho del comisario jefe será un escándalo mayúsculo. Pero en el otro platillo de la balanza está la solución del asesinato de un mito como el comisario Mezzanotte. ¿Qué policía o fiscal no querría colgarse esa medalla?

Caradonna se levantó y se puso a caminar de un lado a otro del despacho, como si fuera un león enjaulado.

—No sé —dijo finalmente—. No me parece un plan a prueba de bombas. Se me ocurren un millón de cosas que podrían salir mal.

—Si tienes una idea mejor, adelante —replicó Mezzanotte.

Las venas del cuello de Caradonna empezaron a hinchársele y se tensaron como si estuvieran a punto de explotar.

—Podríamos ir a su casa, obligarle a escupir toda la verdad a hostias y meterle una bala entre ceja y ceja —gruñó—. En estos momentos, es lo que más ganas tengo de hacer.

—Yo también, Tommaso, te lo aseguro. Pero correríamos el riesgo de acabar entre rejas, y es él quien merece pudrirse en la cárcel, no nosotros. Además, con que las pague todas juntas no me basta. Quiero que todo el mundo sepa lo que ha hecho.

5

Al final Caradonna se convenció. Mezzanotte y él empezaron a mandar anónimos a Venturi desde el día siguiente. Le mandaron tres, uno por día. Como ocurre con frecuencia en las películas, decidieron utilizar letras recortadas de periódicos y revistas para componer las palabras. Consideraban que era verosímil que un chantajista novato se comportara de esa forma. Al principio las prepararon ellos mismos, armados de tijeras y pegamento, pero era un trabajo pesado y aburrido. Caradonna se cansó enseguida y endilgó la tarea a su secretaria, que era de su absoluta confianza.

La carta del primer día decía tan solo: «Sé lo que has hecho, Mario Rossi». En las dos siguientes añadieron todos los detalles de lo que el remitente afirmaba conocer. Ninguna petición y ninguna amenaza explícita, de momento. La intención era poner nervioso al subcomisario jefe en funciones, a fin de que se cociera en su propio jugo.

Los contactos que uno y otro tenían en la via Fatebenefratelli y en el Palacio de Justicia no supieron que presentara denuncia alguna, como habría hecho cualquier inocente al convertirse en blanco de acusaciones calumniosas.

En la Unidad, mientras tanto, la atmósfera era surrealista.

Bajo una calma aparente, la tensión podía cortarse con cuchillo. Mezzanotte, con la colaboración de sus amigos, tenía vigilados a Dalmasso, Carbone y compañía, en un intento por dilucidar lo que estaban maquinando. Estos últimos hacían lo mismo con Mezzanotte. Y tanto unos como otros se esforzaban por comportarse con normalidad, pese a lanzarse miradas asesinas.

Desde que había vuelto tras el permiso por enfermedad, Manuel Carbone guardaba las distancias, incluso evitaba dirigirle la palabra, pero, por el odio que podía leer en su cara, Riccardo estaba seguro de que sabía a quién tenía que dar las gracias por la bala que le habían metido y que solo aguardaba la ocasión para devolverle el favor.

Se hallaban paralizados, en una situación de estancamiento, aunque basada en un equilibrio sumamente precario que podía romperse de un momento a otro. Todos eran conscientes de que el ajuste de cuentas se acercaba, aunque todavía no estaba claro qué forma adoptaría.

La vigilancia nocturna para la cual Mezzanotte había pedido colaboración a sus colegas no estaba dando los frutos esperados. Ninguno de ellos había observado movimientos sospechosos en la Unidad durante la noche, cosa que resultaba extraña dado que, según el General, los hombres de negro habían intensificado sus esfuerzos. Evidentemente adoptaban más precauciones de lo previsto.

La única que había podido suministrar alguna noticia fue Nina Spada. Gracias a su asiduo trato con Carbone, estaba convencida de que algo se cocía. Él estaba particularmente tenso y huidizo, se alejaba a menudo para llamar por teléfono, desaparecía de repente sin decirle nada y siempre tenía una excusa a mano para no pasar la noche con ella. Se veían cada vez menos. En realidad, ya casi se encontraban solo para follar. Cuando intentaba preguntarle qué le pasaba, él respondía gruñendo que no le tocara los cojones y que se ocupara de sus cosas. Nina estaba convencida de que no se fiaba de ella.

En cuanto a Laura, había referido algunos rumores que corrían entre los usuarios del Centro de Escucha. Según el tamtam de los habitantes de la Central, dormir en los sótanos ya no era tan seguro como había sido antes. Desde hacía algún tiempo existía el riesgo de tropezarse con grupos de hombres armados que andaban por el Hotel Infierno maltratando a la gente y haciendo preguntas raras. Raimondi sospechaba que probablemente se tratara de otra de aquellas inútiles operaciones represivas con las que la policía se hacía la ilusión de restaurar el orden en el lugar.

El tercer día Mezzanotte recibió una llamada de Villa Alegría. Aquella noche se había producido una intrusión en la casa de reposo. No habían robado nada de valor, pero alguien había puesto patas arriba las oficinas y el archivo. Como estaba previsto, Venturi y sus hombres lo habían intentado, pero él ya había puesto a buen recaudo lo que buscaban.

El cuarto día, la carta que Mezzanotte y Caradonna mandaron al subcomisario jefe en funciones tenía un tono explícitamente intimidatorio. El remitente pedía dinero para mantener la boca cerrada en todo lo referente a sus fechorías. Le exigía que pusiera un anuncio en el *Corriere della Sera* dando su beneplácito a la puesta en marcha de unas negociaciones sobre la cantidad y la forma de entrega de la suma que debía pagar. Si en el plazo de tres días no aparecía en la sección de necrológicas el siguiente texto: «En memoria de T. C. y A. M. El silencio es oro», divulgaría la información que poseía. Sería el momento decisivo para dilucidar si Venturi había mordido el anzuelo y, por consiguiente, había alguna esperanza de que el plan funcionara.

El sexto día, Mezzanotte y el General volvieron a reunirse para ponerse al día de las últimas novedades. El viejo lo informó de que uno de sus hombres hacía más de veinticuatro horas que no se presentaba al pase de revista. No había vuelto de una misión de patrullaje. Lo consideraba de fiar, pero llevaba demasiado poco tiempo con los Hijos de la Sombra para atreverse a poner la mano en el fuego por él en lo tocante a su lealtad. A la pregunta de Riccardo sobre la gravedad de aquello, el viejo respondió:

—Cuesta trabajo decirlo. Ahí en el poblado la gente percibe que estamos atravesando un mal momento, las preocupaciones y el mal humor están a la orden del día. En circunstancias semejantes, que se produzca una defección es algo fisiológico. Ya sucedió en otro tiempo, sin mayores consecuencias. Cuando alguien huye, se mantiene lejos de la estación por miedo a nuestras represalias y, aunque contara alguna cosa por ahí, no es fácil que lo tomaran en serio.

Al preguntarle Riccardo si había hecho algún progreso con *maman* en lo concerniente a la cuestión de los explosivos, el General le explicó que antes de intentar abordarla directamente quería poner de su parte al mayor número posible de componentes del grupo fundador, convencerles de que, a cambio de determinadas garantías, pudiera considerarse la hipótesis de abandonar pacíficamente el subsuelo y volver a la superficie. De ese modo daría más peso a sus peticiones. Mientras tanto, lo importante era evitar un ataque de los hombres de negro.

Esa conversación no dejó tranquilo, ni mucho menos, a Mezzanotte. El panorama presentaba demasiadas incógnitas y variables para que pudiera tenerlo todo bajo control. Era mucho lo que había en juego, todo dependía del éxito de su plan, y este distaba mucho de ser seguro, dado que Venturi todavía no había respondido al ultimátum que le habían lanzado.

El séptimo día, el último útil, el cielo empezaba apenas a iluminarse y las farolas de la calle estaban todavía encendidas cuando Mezzanotte se plantó delante del puesto de periódicos que tenía debajo de casa. En cuanto el camión del reparto descargó el paquete con los ejemplares del *Corriere* recién salidos de la imprenta, consiguió que el quiosquero le diera uno antes incluso de levantar las persianas, y se puso a hojearlo de inmediato.

En las necrológicas aparecía el anuncio de Venturi.

Corte de pelo a cepillo, mirada de hielo, un rostro cuyos rasgos parecían esculpidos en la piedra: el hombre que Caradonna le presentó como Mauro Traverso tenía pinta de ser uno de aquellos tipos que los tienen bien puestos, un hombre que sabe lo que se hace. Ya había sido debidamente instruido, pero, de todas formas, Mezzanotte prefirió repasarlo todo juntos una vez más.

Luego Traverso se acercó al escritorio, donde lo esperaba un móvil de usar y tirar adquirido en una tienda de chinos, que solían olvidarse de pedir la documentación en el momento de la compra. No había sido usado y lo destruirían al término de la llamada. Bajo la mirada de Mezzanotte y Caradonna, Traverso lo cogió y marcó el número escrito en un papelito que habían colocado allí al lado.

En el silencio absoluto que reinaba en el despacho, se oyeron claramente las señales de llamada. Cuando, al sexto timbrazo, Venturi se dignó responder, los dos acercaron sus cabezas a la de Traverso.

—¿Dígame? ¿Con quién hablo?

—Buenos días, Mario Rossi —dijo el falso chantajista con voz firme—. Por fin tengo el gusto de hablar con usted.

—Oiga, yo no me llamo...

—No, si ya lo sé —lo interrumpió Traverso—. Usted se llama Dario Venturi. Pero utilizó ese nombre en una determinada ocasión. Me parece que se acordará de cuál...

—Dígamelo usted.

—Para visitar a un interno de cierta casa de reposo.

—Mire, yo no sé quién es usted ni por qué está molestándome, pero no tengo nada que esconder.

—¿No? ¿No le convendría mantener en secreto su visita a Tito Castrillo dando un nombre falso y haber vuelto a verlo la noche de su defunción? ¿O que se encontrara el cadáver un compañero suyo de la policía por esa misma época, después de entrevistarse con Castrillo?

—Puede usted creer lo que quiera. Yo no he hecho nada malo.

—Yo creo que, por motivos que no me atrevo a imaginar, usted es directamente responsable de la muerte de dos personas. Pero lo que yo crea es irrelevante. Lo que cuenta es lo que pensarían las autoridades si recibieran las informaciones que obran en mi poder.

—Puras suposiciones. Se trataría de su palabra contra la mía.

—Solo si yo no pudiera proporcionar pruebas que corroboren lo que afirmo...

—¿Pruebas? No creo que las tenga, por la sencilla razón de que no existen.

Traverso no se inmutó.

—Bueno, pues entonces no hay ningún problema. Me habré equivocado. Podemos incluso poner fin a esta llamada; serán los fiscales quienes saquen sus conclusiones. Tengo un sobre dirigido a la Fiscalía de la República de Milán, listo para ser echado al correo.

Al otro lado de la línea, silencio.

—Bueno, entonces, ¿qué tengo que hacer, señor Venturi? ¿Cuelgo?

—¿Pero usted sabe quién soy yo? —siseó el subcomisario jefe en funciones tras un repentino cambio de actitud—. ¿Tiene la más mínima idea de lo que podría hacerle? ¿Cree que no soy capaz de localizar su llamada?

Mezzanotte no lo había oído nunca utilizar aquel tono glacialmente amenazador. Era como si un velo se hubiera rasgado de un extremo a otro y dejara vislumbrar a un Venturi al que no conocía. ¿El Venturi de verdad?

—Ah, sí. Sé perfectamente quién es usted —replicó Traverso sin dejarse intimidar—, y sé que, si me pasara algo, ese sobre sería enviado de todas formas. Mire, no tengo tiempo que perder. Estoy dispuesto a llegar a un acuerdo ventajoso para los dos. Si no le interesa, me lo dice ahora mismo y ponemos fin aquí a esta conversación. Luego, naturalmente, sufrirá usted las consecuencias.

De nuevo silencio. Mezzanotte apretó espasmódicamente los puños. Todo dependía de la respuesta que Venturi diera a esa pregunta.

—¿Cuánto? —dijo por fin el subcomisario jefe en funciones.

—Bueno, no pretendo nada exagerado. Pongamos trescientos mil, en metálico. Que entregará usted mañana. Una cosa rápida e indolora.

—No le daré ni un euro antes de haber visto las pruebas que asegura poseer.

—Se las enseñaré en el momento del pago. Luego calculará usted si valen el precio que le pido o no.

—No puedo reunir esa cifra en tan poco tiempo. Necesito por lo menos una semana.

—Puedo concederle cuarenta y ocho horas, ni un minuto más. Esté preparado, señor Venturi. Le comunicaré la hora y el lugar de la entrega con poco tiempo de anticipación. Si no se presenta solo y con el dinero, ya sabe qué pasará.

Dicho eso, colgó sin aguardar respuesta.

—¿Entonces? ¿Qué piensas? —preguntó Mezzanotte mirando a Caradonna.

—No ha admitido nada.

—No, pero ya has oído cómo ha amenazado a Traverso. Y, al final, ha estado de acuerdo en pagar. Si esa no es la forma que tiene de comportarse un culpable...

—No estoy seguro de que sea suficiente. Cardo, si no suelta algo más durante la reunión, corremos el riesgo de quedarnos con las manos vacías.

—Vale. ¿Hemos acabado?

De Falco dejó de escribir y lanzó un dardo de fuego con la mirada en dirección a Mezzanotte, sentado al otro lado de su escritorio.

—Sí, hemos acabado —respondió el subcomisario apretando los dientes.

Era la primera vez que Riccardo lo veía desde la tarde en que regresó de los sótanos de la Central. El policía lo había convocado en su despacho para perfilar algunos detalles de la declaración que había hecho con vistas al cierre definitivo de la investigación sobre el secuestro de Laura. Se trataba de algo que, en otras circunstancias, le habría dado no poca satisfacción. El subcomisario era un gilipollas de campeonato, pero tenía madera de policía y se veía a leguas de distancia que en aquel caso había varias cosas que no le cuadraban y sobre las cuales le habría gustado pedir explicaciones a Mezzanotte. Por desgracia, tenía las manos atadas, puesto que todo el mundo quería archivar la causa y relegarla al olvido con la mayor rapidez posible. Por eso aquel último interrogatorio debía de resultar penoso para él. Pero, absorto como estaba en unas preocupaciones muy distintas, Mezzanotte no se encontraba de humor para disfrutar de la revancha. Respondió a las preguntas de manera distraída y desganada, y su desinterés solo sirvió para cabrear todavía más a De Falco.

—Perfecto, entonces no quiero molestarlo más —dijo Riccardo poniéndose en pie. Le tendió la mano, pero el subcomisario ni siquiera hizo el gesto de estrechársela. Su actitud lo dejó totalmente indiferente. Para él aquello era solo un molesto trámite del que quería liberarse lo antes posible.

Cuando, al salir del despacho, recorría el pasillo a grandes zancadas en dirección al ascensor, oyó que lo llamaban.

—Cardo, ¿eres tú?

Se detuvo sobresaltado al reconocer la voz que lo llamaba a sus espaldas. La sangre empezó a golpearle las sienes mientras se daba la vuelta.

—¡Ah, vaya, me lo había parecido! ¿Adónde vas tan deprisa, sin siquiera pasar a saludarme? —dijo con gran afabilidad Venturi, que salió a su encuentro con una sonrisa.

Presa de un miedo irracional, Mezzanotte miró a derecha e

izquierda. Iba desarmado y en aquel momento no se veía a nadie más por el pasillo. ¿Pero qué podía ocurrir allí, en plena Jefatura Superior?

—Hola, Dario, perdona, pero llevo un poco de prisa... —dijo tragando saliva, mientras estrechaba con renuencia la mano que el otro le tendía. Lo había pillado desprevenido y no se sentía en absoluto preparado para aquel encuentro.

Venturi llevaba uno de sus austeros trajes oscuros. Recién afeitado, con su corta cabellera gris perfectamente peinada, a diferencia de él, parecía soberanamente sereno y relajado.

—Bueno, pero deberías haberme dicho que venías —insistió con amabilidad, sin aflojar el apretón de manos que le impedía escapar—. Podríamos haber ido a tomar un café. Hace mucho que no llamas.

¿Cómo coño era capaz de mostrarse tan desenvuelto? Su facilidad para fingir resultaba desconcertante, pero, por lo demás, no hacía otra cosa con todo el mundo desde hacía cinco años. O quizá desde siempre.

—Tú tampoco, si es por eso —replicó liberándose del apretón de manos dando un tirón. En ese momento se dio cuenta de que era la primera vez que se encontraba cara a cara con el asesino de su padre. Conscientemente, al menos. La cólera estalló en su interior como si alguien hubiera echado una cerilla encendida sobre un montón de hojas secas.

—Pues sí. Hay unos cuantos líos que me están teniendo bastante ocupado últimamente.

«¡Oh, no me cabe duda!», pensó Mezzanotte.

—Yo también he tenido cosas que hacer —dijo a continuación.

—Ah, ¿sí? ¿Qué te traes entre manos? —preguntó Venturi sin abandonar su tono jovial—. ¿Algún caso interesante?

Lo sabía perfectamente. ¡Dios santo! Su actuación era tan convincente que casi lo había engañado también a él, a pesar de todo lo que había descubierto sobre su persona.

—Un caso antiguo —contestó con la precisa intención de provocarlo—. Llevaba años sin resolverse, pero creo que estoy cerca de agarrar al culpable...

—Me alegro por ti. Pero, por favor, Cardo, sé muy prudente. Acabas de librarte de un buen lío por los pelos...

Mezzanotte tuvo la sensación de vislumbrar un rayo de hostilidad en sus ojos. ¿De qué se trataba? ¿De una advertencia? ¿Estaba amenazándolo de forma velada?

—Los líos pueden caerte encima por cualquier lado, y no siempre los ves llegar —replicó temblando de furia. Tenía que irse, y rápido. De lo contrario, la ira le haría hablar de más.

—Tienes razón —observó con tranquilidad Venturi—. Les ocurre incluso a los mejores. ¡Fíjate cómo acabó el pobre Alberto...!

La alusión a su padre hizo que al instante se le subiera la sangre a la cabeza. Para vencer el impulso de saltarle al cuello tuvo que desplegar toda su capacidad de autocontrol.

Una sonrisa burlona de triunfo asomó a los labios del subcomisario jefe. Su cañonazo había dado en el blanco. Tocado y hundido.

—¿Qué pasa, Cardo? ¿No te encuentras bien? Te veo un poco pálido...

—Mira, ahora tengo que irme, lo siento... —fue lo único que logró responder Mezzanotte dando media vuelta con brusquedad.

—Por supuesto, por supuesto, no quiero entretenerte. Pero a ver si hablamos uno de estos días. —La voz ufana de Venturi siguió persiguiendo a Riccardo mientras se batía desordenadamente en retirada.

Salió como un torbellino de la Jefatura, dio unos cuantos pasos y enseguida tuvo que buscar apoyo pegando la espalda a una pared. Respiró hondo hasta que la sensación de náusea se atenuó y las pulsaciones recuperaron una frecuencia aceptable.

Pero la jornada todavía no había acabado de depararle desagradables sorpresas. Cuando sacó del bolsillo el móvil que se había puesto a sonar, vio escrito en la pantalla el nombre de Minetti.

—Dime...

—Inspector, buenos días. ¿Tiene cinco minutos?

—Sí, Minetti. Cuéntame...

—Bueno, mire, no estoy seguro de que sea importante ni de que tenga que ver con lo que le interesa —dijo el joven agente curándose en salud—, pero como se hallan implicados dos de los compañeros a los que nos dijo que vigiláramos...

—No te preocupes. Mejor un aviso de más que uno de menos. Adelante.

—Esta mañana he estado hablando con un amigo mío, el agente Girardi, no sé si lo recuerda, y me ha contado una cosa un poco rara.

—Girardi, sí, me parece que sí que me acuerdo de él. ¿Qué te ha dicho?

—Hace unos días le tocó hacer el turno de guardia de noche en el calabozo. Lupo y Tarantino detuvieron a alguien aquella noche. Le llevaron a un hombre y le dijeron que lo metiera entre rejas. No tenía muy buen aspecto, alguien debía de haberle dado una buena paliza. Girardi les preguntó si querían que llamara a un médico y mientras tanto sacó el módulo de registro de detenciones, pero ellos le dijeron que no hiciera nada y se fueron. Al cabo de una hora volvieron a aparecer para llevarse al prisionero. Habían recibido la orden de trasladarlo, le comunicaron sin especificar adónde se lo llevaban y sin enseñarle ningún papel escrito. Como todo el procedimiento era completamente irregular, Girardi les pidió explicaciones. Ellos lo amenazaron de mala manera diciéndole que se ocupara de sus asuntos, que todo estaba bien. He intentado buscar alguna confirmación, pero no he encontrado ni el menor informe de detención ni ninguna orden de traslado. Como si no hubiera ocurrido nada...

Después de darle las gracias, Mezzanotte colgó y permaneció

un buen rato parado en medio de la acera delante de la Jefatura, mientras a su alrededor el tráfico de coches y peatones fluía con su habitual frenesí. No pudo dejar de relacionar el relato de Minetti con lo que le había contado el General respecto al hombre que había desaparecido. La posibilidad de que los matones de Carbone hubieran capturado a uno de los Hijos de la Sombra resultaba inquietante. Si habían logrado que les revelara la ubicación de una de las puertas de acceso al tercer nivel... No, no quería ni pensarlo. Ya faltaba muy poco. Su plan estaba a punto de rematarse, la reunión entre Venturi y el falso chantajista estaba prevista para el día siguiente.

Esperaba que funcionara.

Era aún noche cerrada cuando algo despertó a Laura. Palpó a su alrededor y no encontró a Cardo. El colchón estaba frío, debía de hacer un rato que se había levantado. Lo buscó con los ojos adormilados en la habitación vacía. Los contornos de su cuerpo, desnudo salvo por los bóxer, se recortaban débilmente en el marco de la ventana. Estaba ahí, con los brazos cruzados, inmóvil y rígido como un centinela.

El reloj parpadeaba en la mesilla las 04.02. Sabía que era algo indiscreto y poco correcto, pero, aunque se había prometido una y otra vez que no volvería a hacerlo ahora que estaban juntos, la aprensión empujó a Laura a deshacerse de la campana de cristal para sondear las emociones de él. Si bien la primera vez que lo había intentado fue como echar una ojeada al interior de un volcán hirviendo, en esa ocasión le pareció que estaba a punto de desbordarse en una erupción de proporciones catastróficas. La rabia, la angustia y el odio la abrasaron como tórrida lava y la obligaron a volver a formar las barreras en su mente a toda prisa. Por fortuna, mantenerlas firmes ya no le costaba excesivos esfuerzos, de lo contrario, estar junto a él en aquellos momentos le habría resultado imposible.

Maman no había mentido: desde que veneraba a Mami Wata siguiendo sus prescripciones, no solo habían desaparecido las molestias, sino que incluso lograba manejar mejor el don. Hasta se había convencido de que, de un tiempo a esta parte, podía notar una presencia dentro de sí. Percibía su inquietud que, a medida que pasaban los días, aumentaba junto con el hambre, hasta que, el domingo, la alimentaba con ofrendas y oraciones. Ignoraba si en efecto era una divinidad, pero no cabía duda de que allí había algo. Lo encontraba espantoso y tranquilizador a un tiempo. Era como tener dentro de su cuerpo una especie de ángel de la guarda que velaba por ella. Sabía que tenía que dar gracias a esa presencia por la nueva fuerza que recorría sus venas, y aunque esa fuerza era suya, aquella presencia permitía que fluyera con más libertad. Pero sabía también que la benevolencia y la protección que le concedía no estaban aseguradas. En caso de que Laura la contrariara, empezaría de nuevo a provocarle aquellas terribles molestias y quién sabe qué más.

Volvió a mirar a Cardo, angustiada por la cólera que había percibido en él. De momento parecía en condiciones de mantenerla a raya, pero si acabara imponiéndose era imposible predecir qué sería capaz de empujarlo a hacer.

Se levantó, se acercó a él y lo abrazó por detrás. Su cuerpo estaba tenso como la cuerda de un violín y, a través del ligero algodón de la camiseta, Laura notó una quemazón, como si lo abrasara la fiebre.

—Perdona, no quería despertarte —murmuró Riccardo sin volverse.

—¿Estás nervioso por lo de mañana?

—¿Nervioso? Estoy aterrorizado. Es tanto lo que hay en juego que solo de pensarlo me tiemblan las piernas.

—Venga, intenta volver a dormir.

Lo cogió de la mano y lo llevó de nuevo a la cama. Cardo se acurrucó a su lado como si fuera un niño, con la cabeza apoyada en su pecho. Laura le acarició el pelo muy despacio susurrándole que todo iba a ir bien. Sintió que él se relajaba poco a poco. Su respiración se regularizó y consiguió volver a conciliar el sueño.

Laura permaneció velándolo hasta el amanecer, no se atrevió a moverse a pesar de que tenía un brazo completamente dormido y dolorido.

Mezzanotte levantó la vista hacia el reloj situado encima de la puerta de la sala de oficiales. Marcaba las 20.05. Habían pasado cuatro minutos desde la última vez que lo había mirado. La anterior habían sido siete. Cuanto más se acercaba la hora, más parecía dilatarse el tiempo. A ese paso, acabaría por írsele la olla.

Aunque su turno había acabado a las siete, prefirió pasar en la Unidad las horas que lo separaban de la cita entre el chantajista y Venturi, fijada para las once. Temía que, solo en casa, la espera le resultara todavía más insoportable; allí, en la Central, por lo menos podía hacerse la ilusión de que dominaba la situación. Aun así, la ansiedad por el resultado de aquel encuentro, en el que estaban depositadas todas sus esperanzas de capturar al asesino de su padre y evitar la catástrofe que amenazaba al poblado subterráneo, no le daba tregua y los minutos corrían con una lentitud exasperante, como las gotas de un grifo mal cerrado.

Sin duda tenía mucho que ver también con todo el cansancio. La última vez que se había mirado al espejo tenía los ojos inyectados en sangre y la cara del color grisáceo de un muerto andante.

Por la noche había dormido poco y mal. Pensaba en Venturi y en lo que podía suceder al día siguiente. Su traición era una herida abierta de la que, en vez de sangre, brotaba una furia renovada que se mezclaba con la que ya lo intoxicaba. Estaba asustado por la forma en que había perdido el control con Caradonna en el cementerio. Estuvo en un tris de pegarle un tiro y convertirse en un asesino. No quería que eso se repitiera. Pero sentía cómo aquella rabia ciega y visceral, aquella oscura sed de venganza, ardía en su interior. ¿Sería capaz de no dejarse arrastrar por ella cuando llegara el momento?

Por fortuna, Laura se quedó a dormir en su casa. Entre sus brazos, había logrado al final descansar unas horas. No sabía cómo habría podido salir adelante sin ella aquellos últimos días. Estaba haciéndole pasar unos días infernales, era consciente de ello, y se preguntaba cómo ella era capaz de permanecer a su lado. En cuanto todo terminara, tendría que encontrar una manera de recompensarla. Siempre que todo terminara bien y hubiera un después.

En ese estado de ánimo, aprovechar el tiempo para adelantar el trabajo del despacho era una causa perdida de antemano. Decidió salir a dar una vuelta y tal vez parar en el bar a tomar un bocado, aunque desde primera hora de la mañana tenía un nudo que le cerraba el estómago. Cuando pasó por la sala de agentes, lo interceptó la voz de Colella, que también se había quedado en la Unidad fuera de horario para juguetear en el ordenador, como hacía a menudo para sacar provecho de la mejor conexión a internet que había en ella.

—¡Eh, Cardo! ¿Todo bien? ¿Quieres que te acompañe?

—No, voy a estirar un poco las piernas y luego me pasaré por el bar. ¿Quieres que te traiga algo?

—Bueno, quizá un trozo de pizza, gracias. O mejor dos. Con pimientos, si tienen. Y bien calentita, sobre todo.

Debía de notarse a miles de kilómetros que algo no iba bien. Filippo había estado todo el día rondando a su alrededor, no lo había dejado a sol ni a sombra y constantemente había preguntado si se encontraba bien.

El paso del aire acondicionado del despacho al calor húmedo que inundaba el exterior fue bastante brusco, como siempre en aquellos días. El andén situado delante de la Unidad estaba invadido por viajeros que bajaban del Eurostar Roma-Milán, que acababa de detenerse en la vía 21. Mientras se abría paso entre la gente cargada de maletas con ruedas y grandes bultos de mano, un hombre chocó con él con tal decisión que cabría decir que lo había hecho aposta.

—¡Eh! —gritó tras él, pero el individuo siguió adelante con la cabeza gacha perdiéndose entre el gentío.

De pronto se dio cuenta de que le había metido algo en la mano. La abrió. En la palma había un papel doblado varias veces.

Hasta ese momento la cena se había desarrollado en un silencio casi total. El único ruido alrededor de la mesa, a la cual estaban sentadas Laura y su madre, había sido el tintineo de los cubiertos en los platos. Visiblemente contrariada, Solange no paraba de lanzar miradas hacia el sitio vacío de Enrico, al que también aquella noche habían entretenido en el despacho y no sabía a qué hora volvería. Tenía en la mano la primera copa de vino, pero, a juzgar por su aspecto, debía de haberse metido ya varias entre pecho y espalda antes de sentarse a la mesa.

La doncella filipina acababa de servir el segundo plato cuando, tal como se temía Laura, su madre decidió desahogar su frustración sobre el único blanco que tenía a tiro.

—¿Vas en serio con el policía? —le preguntó sin más.

—Tiene un nombre, mamá. Se llama Riccardo. Y me pareció que te gustaba.

—Es un chico guapo, sí. ¿Pero cuánto lo conoces?

—¿Qué quieres decir con eso?

Estaba celosa, podía notarlo con toda claridad. Pero ¿de qué? ¿De que estuviera enamorada? ¿De su felicidad? ¿De su juventud? Se trataba, en cualquier caso, de un sentimiento tan mezquino que más que rabia le daba pena.

—Nada. Solo me pregunto si no estarás yendo demasiado deprisa.

—No más deprisa de lo que fuiste tú con papá —replicó Laura secamente. Acto seguido, habría preferido morderse la lengua.

Sobrepasar ciertos límites con su madre tenía como único efecto exponerla a sus represalias.

—Al menos alguna precaución tomaréis —espetó Solange cambiando el frente de ataque.

—Pues claro, ¿qué te crees?

—Es él el que se encarga de ello, ¿no? Deberías empezar a tomar la píldora... para no correr riesgos.

¿Riesgos? ¿Qué riesgos? ¿Que Cardo la atrapara dejándola embarazada, como ella había hecho con Enrico? Conocía lo suficiente a Riccardo Mezzanotte para saber que jamás haría algo así. Y también era consciente de que la idea de tener un hijo con él, quizá dentro de unos años, no le desagradaba en absoluto. Exasperada, estuvo a punto de darle una mala contestación de la que luego con toda seguridad se arrepentiría, pero las palabras murieron en su garganta antes de salir de sus labios.

Su madre vio cómo se ponía tensa e inclinaba la cabeza torciendo la boca a causa del dolor. Estuvo temblando sin cambiar de postura unos instantes. Cuando volvió a incorporarse había algo distinto en ella. Su expresión era vacua, su mirada opaca.

—Tengo que salir —anunció con una extraña inflexión en su voz, inexpresiva y monocorde. Se levantó de la mesa sin aguardar respuesta y se alejó ante los ojos estupefactos de Solange.

Mezzanotte desplegó el pedazo de papel. En él ponía: «En el baño. Ya». Nada más.

Los servicios públicos se encontraban un poco más adelante, en uno de los costados del andén. Riccardo se dirigió a ellos con una sensación desagradable. Metió un euro en la ranura y franqueó el torno. Una vez dentro, se vio rodeado por un penetrante olor a lejía. Encogida en una silla, vio a una mujer que llevaba un delantal del mismo color blanco sucio que los azulejos de la pared. Le preguntó si había alguien en el baño de los hombres.

—Un viejo pordiosero —respondió la mujer con voz resignada.

Mezzanotte le entregó un billete de diez euros y le pidió que pusiera a la entrada el cartel de «Estamos limpiando», y que no dejara pasar a nadie durante un rato.

Como se imaginaba, al entrar, se encontró al General esperándolo.

—¿Qué pasa? ¿Ha ocurrido algo? Espero que sea importante, justamente hoy no tengo el día...

El viejo desplazaba el peso del cuerpo de un pie a otro retorciéndose las manos. Mezzanotte no recordaba haberlo visto nunca tan nervioso e inseguro. Había perdido todo rastro de la actitud autoritaria que lo caracterizaba cuando asumía el papel de jefe militar de los Hijos de la Sombra.

—Sí —dijo en un tono lúgubre que no prometía nada bueno—. Tiene que ver con la chica, Laura. Mira, hay cosas que no te he dicho...

Tras subir al piso de arriba, Laura pasó sin detenerse por delante de la puerta de su habitación para entrar en la de sus padres. Una vez en el gran vestidor de Solange, pasó revista a las largas filas de vestidos colgados de las perchas. Su elección recayó en un traje de noche escotado y sin hombreras de color azul zafiro, con el corpiño cubierto de bordados. Se desnudó y se lo puso; luego se maquilló y se arregló el pelo, sentada al tocador de su madre. Completó su atuendo con unos pendientes de perlas que cogió de su joyero, un par de zapatos de tacón alto y un chal de seda.

A cualquiera que la hubiera visto bajar la escalera en ese momento le habría costado trabajo reconocerla, ataviada de aquella forma, con el cabello recogido en un moño, los labios pintados de un color rojo fuego, los hombros desnudos, el corpiño que le levantaba el pecho hasta casi salírsele del escote y la raja de la falda que, a cada paso, mostraba la pierna hasta la altura de la ingle.

Fue a la cocina, donde se hizo con un afilado cuchillo de cortar carne y se lo metió en el bolso, cogió las llaves del Smart de Solange al pasar por delante del mueble de la entrada y, sin más demora, salió del piso.

—¿Qué? ¿Y tú la has ayudado en esa locura?

—Sí, aunque no la aprobaba —respondió el viejo, profundamente mortificado—. Hasta ahora no me había opuesto nunca a ella. En el fondo podía comprender su odio y su rencor. Esperaba que con el tiempo se le pasara. Pero no ha sido así. Todo lo contrario, ha ido empeorando cada vez más...

Las revelaciones del General dejaron horrorizado a Mezzanotte, pero, mirándolo bien, encajaban perfectamente con la impresión que *maman* le había causado desde el principio. Ahora se explicaba muchas cosas y la siniestra advertencia lanzada por la sacerdotisa durante su enfervorizado discurso adquiría en ese momento todo su sentido. «Los que nos han privado del sol no escaparán al castigo. La oscuridad se acerca, señores de la luz, y la oscuridad no perdona». A eso se refería: era una amenaza que había que tomar al pie de la letra.

Poco tiempo después de que los Hijos de la Sombra se trasladaran a la caverna que Adam les había mostrado, cuando la construcción del poblado estaba ya bastante avanzada, la sacerdotisa hizo una petición al General. Quería que le trajera a los tres compatriotas que la habían maltratado, violado y desfigurado. No resultó fácil, pero, al final, sus hombres y él consiguieron localizarlos y atraerlos con engaños a la estación, donde los capturaron para luego llevarlos, cargados de cadenas, ante la sacerdotisa, quien durante varios días los sometió a torturas inenarrables, y solo cuando ellos le suplicaron que los matara, lo hizo. Pero eso no había apagado la sed de venganza de *maman*. Por el contrario, el único efecto que parecía haber surtido en ella fue recrudecerla. La sacerdotisa empezó a llamar ante su presencia uno a uno a todos los habitantes del poblado para que le contaran cómo cada uno de ellos había acabado en el Hotel Infierno. Cuando era posible identificar al responsable de sus desgracias —y casi siempre lo era; si acaso lo difícil es que hubiera solo uno—, mandaba al General a buscarlo. Si él y los suyos lo encontraban, y no era demasiado complicado, lo llevaban a los sótanos; si no, lo mataban directamente en el lugar donde estuviera. Las víctimas de aquellas expediciones punitivas habían ascendido ya a unas quince.

El General no estaba de acuerdo con nada de aquello, hasta el punto de que, cuando la sacerdotisa le propuso ajusticiar al hombre que, borracho al volante, había provocado el accidente en el que habían muerto su mujer y su hija, se negó a hacerlo. Para él, el recurso a la violencia era justificable solo cuando se ejercía en defensa de la comunidad y a falta de otras alternativas. Pero a causa del afecto, la entrega y el infinito agradecimiento que le debía a *maman* resultaba muy difícil negarle nada. Y además, se decía a sí mismo, en el fondo se trataba de personas despreciables cuya muerte haría del mundo un sitio mejor. Confiaba en que el rencor furioso y los instintos de revancha que abrigaba la sacerdotisa acabaran por aplacarse, pero lo cierto era que no habían hecho más que aumentar, y se habían extendido a todo aquel que viviera en la superficie.

No era el único que pensaba que el ansia de venganza se había adueñado de ella y le había hecho perder de vista el primitivo objetivo que estaba en el origen de su comunidad. También otros entre los primeros adeptos de *maman* compartían su opinión. Algunos de ellos consideraban que las graves amenazas que se cernían sobre el poblado se debían a que en respuesta a semejante comportamiento Mami Wata le estaba retirando su favor.

Si Mezzanotte había abrigado dudas respecto a la conveniencia de guardar silencio sobre todo lo que se escondía en los subterráneos de la estación, ya no le quedaba ninguna. La sacerdotisa era peligrosa y había que detenerla lo antes posible.

—Todo esto tiene que acabar. Después de lo que me has dicho, seguro que no podré seguir respetando la promesa que os hice. Lo sabes, ¿verdad?

El General se limitó a asentir con la cabeza y a bajar los ojos.

—Ya hablaremos más tarde de todo eso, ahora lo más urgente es ocuparnos de los hombres de negro antes de que encuentren la manera de llegar al poblado, antes de que esa loca haga saltar todo por los aires. Pero hay una cosa que no tengo clara: has dicho que tenías que hablarme de Laura. ¿Qué tiene que ver ella con toda esta historia?

La meta de Laura se encontraba al final de la via Torino. Se accedía a ella a través de una galería comercial que alojaba incluso un cine; había que bajar por una escalera estrecha y mugrienta hasta una puerta revestida de cuero oscuro claveteado con tachuelas de latón.

Cuando entró en el amplio local, situado en un semisótano inmerso en una penumbra velada por halos de humo azulado, el murmullo de los jugadores, el ruido de los codazos y el crujido de los bolos al ser derribados se interrumpieron. Había bastante gente alrededor de las mesas recubiertas de paño verde que casi resplandecían a la luz de las lámparas colgadas sobre cada una de ellas. Los jugadores, en su inmensa mayoría hombres, se la quedaron mirando con los tacos en la mano como si fuera un marciano recién desembarcado de una nave espacial.

Indiferente a todos aquellos ojos clavados en ella, la joven llegó hasta la barra de madera del bar, se sentó en un taburete y dejó caer el chal por detrás de la espalda, gratificando a los presentes con la visión de una generosa porción de piel desnuda. Hizo una seña al barman y pidió un gin-tonic con el mismo tono inexpresivo con el que había anunciado a su madre que tenía que salir. Mientras el chico preparaba la bebida manejando las botellas con maestría de malabarista, tal vez con la esperanza de impresionar a aquella cliente tan poco habitual y atractiva a un tiempo, Laura examinó la sala —donde, mientras tanto, se habían reanudado las partidas— a través de la imagen reflejada en el espejo que había detrás de la barra. La clientela estaba compuesta en una pequeña parte por estudiantes universitarios y el resto eran hombres de aspecto equívoco y poco recomendable. El maquillaje excesivo y la escasa ropa de las pocas mujeres que los acompañaban no dejaban muchas dudas sobre la profesión que ejercían. Casi todos los presentes fumaban como carreteros.

Cuando el barman le puso delante su combinado, ella le pidió que le indicara quién era Toni «Tenazas». En cuanto la chica pronunció aquel nombre, el barman comprendió que ya podía quitársela de la cabeza. Mejor no entrometerse si quería seguir ejerciendo su oficio, en el cual eran indispensables todos los dedos de la mano.

Mientras daba pequeños sorbos al gin-tonic, Laura volvió la cabeza hacia las mesas de billar con los codos apoyados en la barra y se puso a mirar con insistencia al hombre. Era un tipo de cincuenta y cinco años corpulento y velludo, con una gran nariz de forma vagamente fálica y un vientre hinchado de bebedor que le tensaba la camisa de manga corta. Él no tardó en darse cuenta del interés que despertaba en la recién llegada. De vez en cuando decía algo a los tíos con los que estaba jugando y todos la miraban intercambiando risas y codazos.

En un momento dado, Laura se informó a través del barman de lo que solía tomar aquel señor y pidió que le sirvieran una copa. Antes de beberse el cuba libre de un solo trago, Toni «Tenazas» levantó el vaso en dirección a donde estaba la chica. Dio algún golpe más con el taco, luego lo apoyó en el billar y se dirigió hacia ella, con una sonrisa siniestra en los labios, que apretaban la colilla de un puro.

—Acabo de enterarme, tienes que creerme —dijo el General a Mezzanotte, que lo miraba desconcertado—. De haberlo sabido antes, te habría avisado de inmediato.

Si Riccardo lo miraba de aquella forma, en realidad era porque no sabía qué pensar. Le costaba mucho trabajo creerse lo que le había contado el General acerca de la verdadera finalidad de la ceremonia de iniciación a la que había sido sometida Laura.

Con los medios limitados de que disponían, a los Hijos de la Sombra no siempre les resultaba posible llevar a cabo las venganzas ordenadas por *maman*. Andar por la ciudad mostrándose abiertamente era arriesgado, dado que, si los hubieran descubierto, habrían podido comprometer el secreto de su existencia. En más de una ocasión habían tenido que renunciar a su misión porque el objetivo estaba fuera de su alcance. Se requería un método de actuación más eficaz y, al parecer, sin que el propio General lo supiera, *maman* conocía uno. Lo que le faltaba era la persona idónea para ponerlo en práctica. Comprendió que la tenía delante en cuanto vio a Laura. Aquella muchacha era hermosa y deseable, de carácter combativo y podía moverse con libertad en la superficie sin despertar sospechas. En cuanto al poder especial del que estaba dotada, resultaría de gran utilidad. Confiaba también en que la Madre de las Aguas la encontrara de su agrado, requisito fundamental para que pudiera funcionar lo que tenía en mente.

Del mismo modo que tenía el control de la serpiente pitón Dan, la sacerdotisa sabía, aunque no lo había intentado nunca, que quizá sería capaz de ejercerlo también sobre un ser humano. Pero aquel experimento no estaba exento de peligros —el espíritu de las personas era más complejo que el de los animales, intentar invadirlo comportaba el riesgo de extraviarse dentro de él— y además requería un enorme gasto de energía, lo que significaba que solo podría llevarlo a cabo durante un tiempo limitado. Y, sobre todo, la persona en cuestión tenía que haber acogido a la diosa en su interior, dado que era a través de ella cómo se establecía el contacto. Por eso quiso a toda costa que Laura fuera iniciada y había disfrutado cuando Mami Wata la poseyó en el curso de la ceremonia.

La intención de la sacerdotisa no era solo servirse de la joven para continuar la serie de venganzas que había emprendido. Pensaba recurrir a Laura para desembarazarse de los jefes de los hombres de negro, ahora que Mezzanotte había descubierto su identidad, y para quitar luego de en medio incluso a este último, a fin de neutralizar el peligro de que no respetara los pactos alcanzados.

Aquella noche había programado una especie de ensayo general. *Maman* iba a hacerse con el control de Laura para asesinar a un usurero que había causado la ruina de uno de los habitantes del poblado. Como el sujeto en cuestión se pasaba el día atrincherado en unos billares desde donde llevaba sus negocios y, cuando salía, iba siempre protegido por unos cuantos matones, el General no había conseguido acercarse a él. Lo llamaban Toni «Tenazas», debido a su costumbre de cortar algún dedo a los deudores que no respetaban los plazos del pago de sus préstamos.

—A ver si lo entiendo —dijo Mezzanotte—. ¿Estamos hablando de una forma de hipnosis o algo por el estilo?

—Ya te lo he dicho, jovencito. No sé cómo funciona, pero has visto con tus propios ojos las cosas que es capaz de hacer esa mujer. Cuando salí del poblado para venir a avisarte, estaba a punto de dar comienzo al ritual. A estas horas podría haberse adueñado ya de la chica. Si no espabilas, no llegarás a tiempo de detenerla.

—¿Por qué me has contado todo esto? —le preguntó Riccardo, receloso. Siempre que no se tratara de una sarta de memeces, le costaba trabajo creer que el viejo estuviera dispuesto a traicionar a su querida sacerdotisa.

—Aunque sabía que era un error, las personas a las que hemos matado hasta el momento eran culpables, en cualquier caso. Tú y la chica no. Vosotros no nos habéis hecho nada. He pasado gran parte de mi vida anterior tapando las peores infamias en nombre de presuntos intereses superiores. Por mucho cariño que sienta por *maman*, no tengo la intención de volver a hacerlo en esta. Y, además, ya lo sabes, tú me caes simpático, jovencito... —respondió el viejo encontrando la fuerza necesaria para esbozar una sonrisa.

A Mezzanotte le pareció sincero, y lo que le había contado encajaba con su extraño y retorcido código moral.

—¿Y ahora qué vas a hacer? —le preguntó.

—Me vuelvo al poblado. Es un momento difícil y me necesitan.

—¿Estás seguro de que te conviene? Cuando se entere de que me lo has contado todo, se pondrá hecha una furia.

—Nunca abandonaré a *maman* —anunció el General sacando pecho, en un tono en el que no faltaba cierta solemnidad trágica—. Pase lo que pase, seguiré a su lado hasta el final. Lo que he hecho, lo he hecho siempre por ella. Espero que lo comprenda, aunque, si no es así, asumiré las consecuencias. Pero ahora te aconsejo que no pienses en mí y corras hasta tu chica; de lo contrario, será demasiado tarde.

Se estrecharon la mano deseándose buena suerte. Muy a su pesar, a Riccardo se le formó un nudo en la garganta. Algo le decía que aquella era la última vez que se veían.

Mientras salía de los servicios, se preguntó qué debía hacer. El General probablemente se creía todo lo que le había contado, pero a él le costaba trabajo tomárselo en serio. Además, la hora de la cita con Venturi estaba cada vez más cerca, no era precisamente el momento adecuado para abandonar el terreno de juego y largarse a la otra punta de la ciudad. Pero ¿y si realmente, en contra de toda lógica, aquella mujer era capaz de dominar a Laura a distancia y obligarla a hacer lo que ella quisiera? Recordó cuando, estando él presente, había caído en trance ante sus propios ojos: la serpiente había salido de la tienda y, a su regreso, ella ya sabía dónde estaba el escondite del Fantasma.

Intentó llamar a Laura, pero tenía el móvil apagado. La ansiedad que se desbordaba en su interior acabó decidiendo por él.

Aceleró el paso. No debería haberle permitido que participara en aquella puta ceremonia.

En la entrada de la Unidad encontró a Colella delante de la puerta.

—¿No me traes la pizza? —dijo con cara de decepción.

—No, lo siento —respondió sin detenerse—. Perdona, tengo que irme corriendo. Una emergencia...

Colella lo siguió trotando a su lado, en un esfuerzo por mantener el paso.

—¿Ha ocurrido algo?

—Si te soy sincero, no lo sé. Tiene que ver con Laura, podría haberse metido en un lío.

—¿Otra vez? —exclamó su amigo, incapaz de contenerse—. Vamos, voy contigo.

Mezzanotte estaba a punto de decirle que no hacía falta, pero pensó que tal vez contar con otra mano no estuviera de más.

—Vale, gracias. Pero espabila.

Mientras se acercaba, el usurero se quedó mirando a la muchacha de arriba abajo. La expresión ausente de sus ojos hacía pensar que se encontraba bajo el efecto de las drogas. Por otra parte, algo malo debía de tener, de lo contrario, una joven como aquella no habría puesto nunca los pies en semejante antro. Guapa lo era, aunque a él las mujeres le gustaban más entradas en carnes. Y encima tan joven. Y sofisticada. Un bocado para paladares finos. La raja de la falda, que dejaba ver el muslo de la pierna cruzada y vislumbrar el encaje negro de las bragas, bastaba para ponérsela dura.

Se paró delante de ella y apagó lo que le quedaba del puro en el cenicero que había en la barra.

—¿Te has perdido, princesita? —fue la forma que tuvo de abordarla—. No hay ningún baile por aquí.

—Pues a mí me parece que estoy en el sitio adecuado —contestó Laura, totalmente impasible—. Lo buscaba a usted.

—Ah, ¿sí? ¿Por qué? —preguntó Toni, recolocándose el artefacto endurecido en los pantalones.

—Necesito dinero y me han dicho que usted podría prestármelo.

De repente, el hombre se volvió cauteloso.

—¿Y quién te lo ha dicho?

—¿Qué más da? ¿Es así o no? Si me han informado mal, no lo molesto más —replicó la muchacha, e hizo ademán de bajarse del taburete. Toni la detuvo cogiéndola del brazo.

—Espera... ¿Qué prisa tienes? Si tenemos que hablar de negocios, vamos a mi despacho. Es más discreto.

Laura lo siguió hasta una puerta marcada con el letrero «Toilette». De golpe se vio sacudida por un estremecimiento y miró a su alrededor desorientada, como si no entendiera bien dónde se encontraba. Inmediatamente después, su rostro volvió a perder toda expresión.

El prestamista abrió la puerta, que daba a un pasillo, y la animó a pasar delante de él, poniendo una de sus manazas peludas entre sus hombros. Tenía una piel de seda...

Con los ojos clavados en la calzada y el pie pisando a fondo el acelerador, Mezzanotte explotaba al máximo el motor asmático de su cacharro. Traqueteando en el asiento del copiloto, Colella, pálido como la cera, se agarraba con una mano al tirador situado encima de la puerta y con la otra al salpicadero. Cuando el Panda se acercó a toda velocidad a una confluencia de calles con el semáforo en rojo, Filippo apretó los dientes y cerró los ojos. Se oyó el chirrido de los neumáticos y un escándalo de cláxones. Cuando volvió a abrirlos ya habían pasado el cruce.

El móvil de Mezzanotte sonó. Lo cogió y echó un vistazo a la pantalla. Puso el manos libres y se lo colocó entre los muslos para inmediatamente reducir la marcha y efectuar un adelantamiento temerario, por no decir otra cosa.

—Nina —dijo—, habla más fuerte, estoy conduciendo.

—He descubierto algo —le contó la joven agente, prácticamente chillando al micrófono—. Cardo, me temo que no te va a gustar.

—Ánimo, dispara.

—Esta tarde, mientras estaba conmigo, Manuel ha recibido una llamada y me ha dejado plantada. He decidido seguirlo. He ido detrás de él en moto hasta una cabaña en plena periferia, por la zona de Pantigliate. Mirando por una ventana he visto que dentro estaban Lupo, Tarantino y otro tipo al que no conozco. Todos ellos estaban alrededor de un hombre al que tenían atado a una silla. El sujeto tenía toda la ropa empapada de sangre y la cara tumefacta. No sé qué le han dicho a Manuel, pero él ha hecho luego una llamada muy breve y se ha ido.

—¡Mierda, lo sabía! —exclamó Mezzanotte golpeando el volante con la palma de la mano.

—Manuel está ahora de vuelta en su casa —añadió la agente especializada Spada—. Vuelvo con él e intento enterarme de más.

—No, es demasiado peligroso, Nina. No... —intentó disuadirla Riccardo, pero ella ya había colgado.

Sus peores temores se habían materializado. Carbone y los suyos habían cogido al hombre del General que había desaparecido. Si habían conseguido hacerlo hablar, sabrían cómo acceder al poblado subterráneo. De todas formas, ya faltaba poco: la trampa preparada para Venturi estaba a punto de accionarse y, si las cosas salían bien, pondría la palabra fin a toda aquella maldita historia.

Temblaba al imaginarse qué podría pasar si no era así.

La puerta del despacho de Toni estaba a mitad del pasillo, delante de la del váter. Un escritorio llenaba el estrecho cuarto carente de ventanas. En medio del desbarajuste de folios y cuartillas, tarjetas y cuadernos que invadían la mesa, destacaba, como un peñasco en medio del mar, un vetusto ordenador. Un ventilador de techo giraba chirriando perezosamente.

El usurero hizo sentar a la chica en una silla y en vez de ir a acomodarse en su sillón, al otro lado del escritorio, recostó el lomo en el borde de este último, muy cerca de ella. Tan cerca que obligó a la muchacha a aspirar la peste de su sudor.

Tras sacar un puro de una caja enterrada bajo todo el papeleo, Toni lo humedeció pasándoselo con voluptuosidad entre sus carnosos labios, para luego meterlo en una especie de guillotina en miniatura montada sobre una sólida base de mármol, que destacaba al lado del ordenador. Accionó una palanca y la hoja cayó de golpe; la punta cortada del puro rodó en el suelo.

En cuanto lo encendió, el apestoso humo saturó el aire de la habitación cubriendo cualquier otro olor.

—Entonces ¿para qué necesitas el dinero, princesita? —preguntó mientras miraba fijamente, sin el menor pudor, los pechos comprimidos dentro del corpiño.

—Eso no es asunto suyo, me parece a mí —contestó Laura con una voz átona.

Él frunció sus espesas cejas.

—¿De qué cifra estamos hablando?

—Diez mil euros serán suficientes.

Demasiado enfrascado en soltar la consabida letanía de tipos de interés, garantías y penalizaciones, Toni no se percató de que, mientras él parloteaba sin parar, la muchacha tuvo un par de pequeñas crisis, durante las cuales miró a su alrededor como si estuviera confundida, para recuperarse inmediatamente después. El prestamista le dio a entender que estaría dispuesto a satisfacer su petición y que le permitiría pagar parte de la deuda en carne.

Al término de su discurso de embaucador, frunció los labios en una sonrisa obscena y se inclinó hacia ella. Cuando alargó una mano para acariciarle el rostro, Laura, imperturbable, lo dejó hacer sin retroceder ni un milímetro. Toni restregó el pulgar sobre la boca de ella, haciendo que se le corriera toda la pintura de los labios: el hombre jadeaba ahora pesadamente. Intentó con insistencia meter el dedo gordo en la boca de ella, pero sus esfuerzos chocaron con la barrera infranqueable de los dientes apretados de Laura.

Al final, se enderezó, insatisfecho. La frustrante pasividad de aquella chica empezaba a sacarlo de quicio. Tenía unos magníficos ojos verdes ligeramente almendrados, pero se veían vacuos, como apagados. Debía de estar completamente colgada. Tan hermosa por fuera como podrida por dentro.

Si había una cosa que a Toni «Tenazas» le encantaba de su trabajo, casi más que las propias ganancias que le reportaba, era el poder absoluto que la desesperada necesidad de dinero de sus clientes le otorgaba sobre ellos. Aprovecharse de su desesperación para someterlos y humillarlos le producía un placer incomparable. Una vez, hacía unos años, había propuesto un trato a un pequeño empresario al borde de la bancarrota: le perdonaría el pago de un plazo de la suma que le debía si su esposa se le entregaba en su presencia. Los dos miembros de la pareja lloraban, mientras él se la clavaba a la mujer en todas las posturas imaginables ante los ojos de su marido. El mejor polvo de su vida.

Estaba saboreando ya la vergüenza y el asco que leería en la cara de aquella muchacha en el momento en que se diera cuenta de lo que la esperaba. Pero su total falta de reacción le quitaba todo el gusto al asunto. Empezaba a pensar que tendría que emplear maneras más rudas para vencer su pasividad.

—Entonces, princesita, ¿te ha quedado claro ya de qué va la historia? ¿Trato hecho? —ladró en un tono veladamente amenazador.

Ella no dio señales de haberlo oído. Dejó vagar su mirada por la habitación, como si buscara algo. Al ver el cortapuros encima del escritorio, lo agarró y le dio unas cuantas vueltas en la mano, estudiándolo con curiosidad. De repente, sin pestañear siquiera, le propinó con él un golpe al usurero en plena cara. El pico de la base de mármol le abrió una brecha en una mejilla.

Toni abrió los ojos como platos y se llevó una mano al rostro del que no paraba de salir sangre. Paralizado por la sorpresa y el dolor, observó, sin ser capaz de decir ni de hacer nada, cómo la chica se ponía de pie.

Otro golpe, esta vez asestado de arriba abajo en el cráneo y cayó abatido como un tronco.

Mezzanotte dio un frenazo delante de la galería comercial y bajó corriendo del Panda dejándolo en doble fila, peligrosamente cerca de los raíles del tranvía. Colella salió respirando afanosamente detrás de él.

Al verlos irrumpir en el salón de billares, los dos de uniforme, todos los presentes se quedaron inmóviles como estatuas. Cuando llegó a la barra, Riccardo preguntó al barman dónde estaba Toni «Tenazas». El barman vaciló lanzando miradas de temor en dirección a los hombres que hasta poco antes estaban jugando con el usurero; tres armarios más anchos que altos que habían empezado a acercarse con aire intimidatorio.

—Vosotros, ¡a la caseta! —exclamó Mezzanotte sacando la Beretta de la cartuchera, imitado inmediatamente por Colella. Luego agarró por el cuello de la camiseta al chico que estaba detrás de la barra y lo atrajo hacia sí.

—Venga, no tengo tiempo para gilipolleces —dijo meneando la pistola delante de sus narices—. ¿Dónde está Tenazas? ¿Había una chica con él?

—Sí, sí —farfulló amedrentado el barman indicando la puerta de los servicios—. Han ido a su despacho, no hace ni media hora...

Riccardo ordenó a su amigo que se quedara de guardia y se metió en el pasillo que había detrás de la puerta. Al quedarse solo en medio de la pequeña multitud hostil que lo rodeaba, con los tres guardaespaldas del usurero en primera fila, un sudor frío empezó a inundar el cuerpo de Colella, que empuñaba la pistola con manos temblorosas.

Cuando Mezzanotte abrió la puerta del despacho, se encontró con una escena de pesadilla. Toni «Tenazas» estaba de rodillas, con la cara y la ropa manchadas de algo de color rojo oscuro. Gemía con la boca llena de papeles y las manos atadas. Lo que quedaba de ellas, por lo menos. Los diez dedos habían quedado reducidos a otros tantos pequeños muñones ensangrentados. Las falanges cortadas yacían esparcidas unas por el suelo y otras encima del escritorio, alrededor de un objeto en forma de guillotina cuya hoja goteaba sangre. De pie, detrás del hombre y con la cara espantosamente inexpresiva, Laura sujetaba su cabeza por el cabello y apuntaba a su garganta con un cuchillo. Llevaba un traje de noche azul ensangrentado y salmodiaba una cantilena semejante a las que *maman* entonó durante la ceremonia a orillas del lago subterráneo.

—¡Quieta! ¿Qué estás haciendo? —gritó Riccardo a pleno pulmón.

Laura se giró y se lo quedó mirando con ojos vacuos. Luego empezó a temblar sacudiendo la cabeza con violencia, como si fuera presa de una especie de crisis. Mezzanotte aprovechó para ponerse delante de ella y agarrarle el brazo armado. La joven se recuperó e intentó zafarse volviendo hacia él el cuchillo. La pelea duró poco: un nuevo desfallecimiento la hizo perder las fuerzas entre los brazos de él.

—¿Qué...? ¿Qué ha pasado? —murmuró pestañeando cuando volvió en sí, unos segundos más tarde. Parecía confusa y acobardada.

La pareja madura que había detrás del mostrador observaba con perplejidad y recelo al extraño trío de individuos sentados desde hacía unos diez minutos ante una mesa del bar de una bocacalle de la via Torino, donde en aquel momento no había más clientes. Dos hombres de uniforme, con pinta de haber pasado un mal rato, y una chica que no debía de encontrarse muy bien, vestida con un traje llamativo pero zarrapastroso. De haber sido carnaval, los habrían tomado por unos juerguistas que volvían de a saber qué parranda. Pero no era carnaval. Por si fuera poco, solo habían pedido un té y un bocadillo de salchichón.

—Bueno, ¿qué? ¿Va todo mejor? —preguntó Mezzanotte.

—Sí, sí —masculló Colella con la boca llena—. No sé qué me pasa, pero comer siempre consigue calmarme. De todos modos, las he pasado putas, allí solo con aquel hatajo de canallas. Si hubierais tardado un poco más en salir...

—No te lo decía a ti —lo interrumpió Riccardo.

—Ah, perdona... —dijo el otro hundiendo la cabeza entre los hombros, y volvió a hincar el diente en su bocadillo.

Laura se contentó con asentir. Estaba muy pálida y, cuando levantaba la taza para tomar un pequeño sorbo de té, sus manos temblaban visiblemente. Todavía no había dicho ni una palabra desde que Mezzanotte le había contado lo que había ocurrido hasta donde había podido.

El joven miró la hora. Las diez pasadas ya, tenía que marcharse corriendo si no quería llegar tarde al lugar de la cita con Venturi. Cogió la mano de Laura y la estrechó entre las suyas.

—Lo siento mucho, pero ahora tengo que... —dijo—. En fin, ya sabes...

—Claro, vete —dijo ella con un hilo de voz—. Estoy bien.

—Entonces, me largo —anunció Mezzanotte a Colella, poniéndose en pie de un brinco—. Te encargas tú de acompañarla a casa, ¿verdad? —y salió corriendo sin aguardar respuesta.

—Yo... sí, pero... Cardo, espera, ¿adónde vas...? —intentó retener a su amigo, pero la puerta del bar se cerró tras él.

Laura lo siguió con la mirada mientras se marchaba. Ni siquiera lo que acababa de suceder era capaz de calmar la ansiedad que sentía por él. Riccardo parecía a una bomba de relojería, tanta era la furia y la tensión que lo embargaban.

—¿Adónde va tan deprisa? —preguntó Colella.

—Quizá no debería decírtelo. Él quería manteneros al margen a ti y a tus compañeros, creo que para protegeros, porque no es algo legal —respondió Laura—. Pero en estos momentos...

Y le contó todo: el asesinato de su padre, la implicación de Venturi, el falso chantaje. Luego le habló de su preocupación por el estado de ánimo de Riccardo.

—Mira —dijo Colella dándole la razón—, estoy de acuerdo contigo. No he visto nunca a Cardo tan estresado como en estos últimos tiempos. Y hoy, en particular, no parecía él. ¿Sabes una cosa? Creo que deberíamos encontrar la manera de reunirnos con él, para asegurarnos de que no hace ninguna gilipollez de la que pueda arrepentirse.

—Bueno, no sé si a él le gustaría...

—Es por su bien. Si tú estás de acuerdo, claro.

—Quizá tengas razón —acabó por convencerse Laura—. Sí, vamos, sé dónde ha ido.

—Estupendo, solo tenemos que ver cómo llegar allí...

Laura hurgó en su bolso. Antes, mientras buscaba el pañuelo, le pareció ver las llaves del Smart de Solange. Sí, ahí estaban.

—Según parece, he venido en coche —dijo enseñándoselas a Colella—. Pero no tengo ni idea de dónde estará aparcado, no me acuerdo de nada...

—Debe de estar en alguna parte cerca de la entrada de la galería comercial. Lo encontraremos —la tranquilizó el agente poniéndose en pie—. ¿Vamos?

—Vale, pero antes tendré que pasar un minuto por casa para cambiarme, no puedo andar por ahí con esta pinta.

De vuelta en la via Torino, mientras Colella vigilaba la galería comercial por temor a que los gorilas del usurero asomaran a la entrada —aunque era probable que en aquellos momentos estuvieran en urgencias con su jefe—, Laura andaba por los alrededores y apuntaba con la llave aquí y allá apretando el botón de abertura de las puertas.

—Ahí está —dijo llamando a Filippo cuando oyó saltar el resorte y vio parpadear los faros del coche un poco más adelante.

Se puso al volante y arrancó. Mientras conducía, empezó a ver flashes de lo sucedido. Se le presentaron en la mente imágenes angustiosamente nítidas y repulsivas de ella misma cortando los dedos del prestamista después de metérselos a la fuerza en el cortapuros. Se repitió que no era culpa suya; había sido *maman* la que había hecho aquellas cosas tan horribles. Pero eso no le bastó para contener las arcadas. Al cabo de un rato se vio obligada a arrimarse a la acera. Abrió la puerta del coche, se inclinó hacia el exterior y vomitó en la alcantarilla.

—¿Estás bien? —le preguntó Colella observando cómo se secaba la boca con un pañuelo de papel.

Laura asintió y arrancó el motor de nuevo. Poco a poco empezó a sentirse mejor. La envolvió una extraña calma, mientras por su cuerpo se propagaban cálidas oleadas de energía que le restituían el vigor y los arrestos. Sabía a quién agradecérselo: fuera divina o no, el mérito era de aquella presencia que habitaba en ella. Al pensar en lo sucedido, se dio cuenta de que también había opuesto resistencia al hechizo de la sacerdotisa, por momentos lo había debilitado y por fin había conseguido romperlo. Por eso se le habían quedado grabados en la memoria algunos fragmentos de lo que había ocurrido.

Maman debió de equivocarse en sus cálculos. La había iniciado en el culto con esa finalidad en concreto, por eso estaba tan segura de que se volverían a ver. Pero evidentemente no había previsto que, fuera lo que fuese lo que le hubiera metido dentro, la iba a proteger también de sus propias maniobras.

Laura no sabría explicar el motivo, pero estaba segura de que no se repetiría. Ella no lo iba a consentir.

Entre la gente del barrio era conocido como el «Palacio de Cristal», pero no tenía mucho en común con su homónimo del parque del Retiro, que Mezzanotte había visitado en ocasión de una breve y turbulenta estancia en Madrid para dar un concierto con los Ictus. Se trataba de una nave enorme dividida en tres cuerpos en medio de un complejo industrial en ruinas encastrado entre la via Rubattino y el viaducto de la Ronda del Este, en Lambrate. Cerrada desde hacía una década, había sido la sede del establecimiento donde la Innocenti había fabricado vehículos gloriosos, como la Lambretta o el Mini. De la nave solo se conservaban el esqueleto de hierro y una parte de los muros. Inmersa en medio de una vegetación exuberante, que crecía sin orden ni concierto tanto dentro como alrededor del edificio, en su momento fue refugio de emigrantes clandestinos y un centro de trapicheo de drogas. Más recientemente algunos la habían utilizado para quemar ilegalmente residuos, con mucha frecuencia tóxicos.

Allí era donde cinco años antes Venturi había atraído y asesinado al comisario Mezzanotte. Si a él le parecía bien, fue el razonamiento de Riccardo y Caradonna, ellos no tenían inconveniente. Y tampoco les desagradaba la simetría implícita en la idea de concluir aquella historia en el mismo sitio en el que había dado comienzo.

Toda la zona estaba vallada, pero Riccardo sabía dónde tenía que ir. Unos días antes habían efectuado una visita de reconocimiento, a la que los había acompañado Laura, y no les resultó demasiado difícil localizar varias brechas a través de las cuales se podía pasar.

Se metió por un agujero que había en la alambrada, encendió la linterna y avanzó entre los matojos, las malas hierbas y la basura. Sobre su cabeza, la luna asomaba creciente de vez en cuando entre las nubes deshilvanadas que surcaban el cielo oscuro.

Caradonna y Traverso lo esperaban en una zona destinada a oficinas, al fondo de la nave, constituida por unas cuantas pequeñas habitaciones y un local más amplio con un ventanal —del que solo había sobrevivido el marco— que daba al interior del edificio. Allí era donde habían establecido su sala de operaciones.

—¿Dónde coño te habías metido? Hace casi una hora —fue el áspero recibimiento que le dispensó Caradonna, ocupado en colocar un micrófono al falso chantajista.

—Perdona, me ha surgido un imprevisto. ¿Aquí todo está bien?

—Mis hombres ya han inspeccionado la zona. Está limpia. Aparte de eso, hace solo dos horas que hemos facilitado a Dario las coordenadas de la cita. No habrá tenido tiempo de preparar contramedidas.

«No —pensó Mezzanotte—, pero siempre le queda la opción de no presentarse a la cita...».

—¿Has dicho ya a todos que se vayan?

Caradonna hizo un gesto afirmativo con la cabeza. Habían acordado que lo mejor era que no hubiera nadie alrededor. Lo que estaban haciendo iba contra la ley y, además, era una cuestión personal. Les afectaba solo a ellos y a Venturi. Quizá, sin habérselo manifestado uno a otro, también temían que no todo saliera como tenían previsto, y, en caso de que las cosas tomaran un cariz no deseado, los dos preferían que no hubiera testigos.

—¿Las cámaras de vigilancia?

—Todas en su sitio y activadas, mira —respondió Caradonna acercándose a un ordenador portátil provisto de conexión vía satélite, que descansaba sobre una caja de madera, junto a una lámpara de camping. Activó en la pantalla una serie de ventanas que mostraban las grabaciones de las cámaras de visión nocturna colocadas en las brechas abiertas en el recinto vallado y dentro del edificio, en el punto en el que iba a tener lugar la reunión.

A las once menos veinte, los preparativos estaban ya listos, solo quedaba esperar la llegada de Venturi. Traverso fumaba cigarrillo tras cigarrillo, encendiendo uno con la colilla del anterior; Caradonna seguía saltando de una cámara a otra en la pantalla del ordenador. Mezzanotte volvía a mirar el reloj cada dos por tres. Nadie hablaba. Solo el sonido de los tortazos que uno u otro se daba a sí mismo para acabar con los voraces mosquitos que infestaban la zona rompía el silencio.

A las once y cinco todavía no había rastro alguno del subcomisario jefe en funciones. Llevaba retraso, y los tres estaban tan nerviosos que se subían por las paredes.

Entonces Caradonna hizo una seña a Mezzanotte. Había aparecido una figura en el encuadre de una de las cámaras que controlaban el recinto. Inmediatamente después otra silueta la siguió a través de la hendidura practicada en la valla. ¿Venturi no había ido solo?

—¿Qué cojones...? —susurró Tommaso extrayendo la pistola de la funda que llevaba debajo del sobaco.

—Espera —dijo Mezzanotte—. ¿Puedes darle al zoom?

En cuanto Caradonna hizo lo que Riccardo le había pedido, este dio un respingo y salió de la habitación lanzando imprecaciones.

—¿Qué diablo hacéis aquí? —exclamó al cabo de un rato, iluminando con la linterna las caras de Laura y Colella, que avanzaban a trompicones en medio de la oscuridad y que al verlo aparecer de repente dieron un brinco de pánico.

—Estábamos preocupados por ti... —respondió Laura, vestida con unos shorts de color caqui y una camiseta blanca, con una mirada contrita en sus dulces ojos verdes ante la cual Riccardo no pudo más que derretirse.

—Venga, seguidme —masculló poniendo los ojos en blanco.

Caradonna se mostró mucho menos comprensivo cuando entraron en la zona de los despachos.

—¡No, no y no! ¡Ni hablar! —exclamó cabreadísimo—. ¡Tenéis que iros de inmediato!

—Tommaso... —lo interrumpió Mezzanotte.

—¿Qué pasa? He dicho que no...

—Mira eso.

Caradonna volvió de nuevo la cabeza hacia donde estaba el

ordenador. Una de las cámaras de vigilancia mostraba otra figura que acababa de colarse en la propiedad.

—¡Me cago en la puta! ¡Ese es Dario! —exclamó tras aumentar el tamaño de la imagen—. Vale, ahora tenéis que quedaros. Pero quietos. ¡No os mováis! ¡No respiréis! ¿Entendido?

Mientras tanto, Venturi, que llevaba un maletín en la mano, se cepilló la chaqueta y volvió a ponerse en marcha, saliendo del encuadre.

—Ha llegado el momento. ¿Estás listo? —exclamó Caradonna dirigiéndose a Traverso.

Inescrutable cual esfinge y, como de costumbre, sin decir palabra, el expolicía hizo un gesto de asentimiento. Tiró al suelo el cigarrillo, que apagó con la puntera del zapato, se dio unos golpecitos en el pecho para asegurarse de que funcionaba el micrófono fijado con cinta adhesiva debajo de la camisa y se caló el pasamontañas, que solo tenía tres agujeros, sobre los ojos y la boca.

Cuando salió, con una pequeña mochila colgada a su espalda, todos contuvieron la respiración hasta que lo vieron entrar en el campo visual de una de las cámaras que grababan el interior de la nave, invadido de plantas y desechos.

—¡Bienvenido, Mario Rossi! Por aquí, por favor —le oyeron decir en voz alta.

Pasados un par de minutos, Venturi, que salió de detrás de un árbol cuyo follaje rozaba las vigas metálicas de la techumbre, apareció también en el encuadre.

«Ahí está, el Monje», pensó Mezzanotte con un escalofrío. Tan formal e impecable como siempre. ¿Se había mostrado así cuando, más o menos desde donde se encontraba en ese momento, había abierto fuego sobre su padre acribillándolo a balazos?

—¿Quiere dejar de llamarme así? —dijo en tono glacial Venturi, deteniéndose a pocos metros del falso chantajista.

Traverso soltó una risita maliciosa.

—Lo siento, pero tendré que registrarlo. Ya sabe, no te fíes de...

Se acercó a él y fue palpándolo con cuidado, para luego situarse a cierta distancia.

—No le aconsejo que intente gastar ninguna bromita, señor Venturi. De ningún tipo. Si mañana por la mañana no contacto con una persona de mi total confianza, el sobre del que le he hablado saldrá con destino a la fiscalía —le advirtió Traverso—. ¿Trae consigo el dinero?

El subcomisario jefe levantó el maletín.

—Pero antes quiero ver las pruebas, si es que las tiene.

—¡Oh, claro que las tengo! No tema —replicó el falso chantajista tocando la mochila.

—¿Y quién me asegura que después me dejará en paz? Por lo que sé, podría conservar copias del material y volver a la carga con nuevas peticiones de dinero.

—Mi intención es desaparecer de la circulación en cuanto tenga la pasta. Hay países en los que con una suma como esta se puede vivir como un pachá. Pero para eso tendrá que bastarle mi palabra. Aunque...

—¿Qué pasa?

—Nada, es que no puedo dejar de preguntarme cómo se le ocurrió matar a esas dos personas.

Venturi no contestó.

—Tenía que ser algo muy importante para que valiera la pena correr el riesgo. Y eso que, visto desde fuera, no da la impresión de que haya conseguido gran cosa.

—No tiene ni idea de qué habla —replicó Venturi dejando traslucir su irritación.

—¿Sabe lo que pienso? Que aunque parezca usted una persona inteligente, se equivocó mucho en sus cálculos. Se ha metido en un lío del que no sabe cómo salir, y no ha obtenido ventaja alguna.

—Cierre la boca —estalló Venturi—. No dice usted más que gilipolleces.

Era difícil afirmarlo con seguridad, debido a las imágenes

verduzcas y granulosas, pero Mezzanotte tuvo la impresión de que los rasgos de su cara estaban contraídos y alterados por la ira.

—Está usted hasta el cuello de mierda, se da cuenta, ¿verdad? —insistió Traverso—. Porque, incluso cuando se libre de mí, seguirá sintiendo en el cogote la respiración de ese policía que fue a la casa de reposo. Adelante, admítalo, se ha arrepentido usted de la gilipollez que cometió...

—Si uno no se arriesga, no se consigue nada —estalló Venturi, totalmente fuera de sí—. Y por lo que estoy a punto de conseguir, mataría a otras diez personas, incluso a usted...

—Vale. Ahora está bien jodido. Venga, Cardo, vamos a detenerlo —dijo Caradonna y salió hecho una furia de la habitación empuñando la pistola.

Mezzanotte fue tras él con una expresión de duda pintada en la cara, seguido de Laura y de Colella.

Todo había salido exactamente como esperaba o mejor incluso y, aun así, parecía percibir una nota fuera de tono. ¿Era posible que Venturi hubiera caído en la trampa tan deprisa y con tanta facilidad?

Al verlo poco convencido, Laura se colocó a su lado.

—¿Qué pasa, Cardo? Ha salido bien, ¿no? Deberías estar contento.

—No lo sé —respondió Mezzanotte sacudiendo la cabeza—. Solo estoy sorprendido. Ha sido incluso demasiado fácil...

Mientras tanto, habían llegado al centro de la nave, donde Traverso apuntaba a Venturi con su pistola.

—Se ha acabado, saco de mierda —exclamó Caradonna deteniéndose al lado del falso chantajista—. Acabas de cavarte tú solo tu propia tumba.

A pesar de las circunstancias, Venturi seguía manteniéndose frío y en apariencia bajo control. Parecía cualquier cosa menos un hombre acorralado.

—Tommaso, Cardo —dijo entornando los ojos—. ¿Por qué no me sorprende veros aquí?

—A tomar por culo, Dario —chilló Caradonna poniéndole la pistola en la cara—. Mataste a Alberto y te has tirado a mi mujer y, aun así, has continuado todos estos años fingiendo que eras un amigo. ¿Sabes qué me dan ganas de hacerte, cabrón asqueroso?

—Cardo, ¿qué dices? ¿Le pongo las esposas? —propuso Colella, deseoso de ser útil, y, ante el gesto distraído de asentimiento de su amigo, se dirigió trotando hacia el subcomisario jefe en funciones mientras Caradonna seguía despotricando.

La perplejidad de Mezzanotte indujo a Laura a levantar la campana de cristal para sondear las emociones de Venturi. Lo que percibió la dejó desconcertada. De aquel hombre lo único que emanaba era una calma glacial mezclada con una maligna satisfacción. Cardo no estaba equivocado del todo, había algo que no encajaba.

Sintió un azote de miedo y de ansiedad, pero no provenía de Venturi. Curiosamente, la fuente era Colella, que en ese momento había llegado a la altura del subcomisario jefe para ponerle las esposas. ¿Por qué estaba tan nervioso?

—¡Cardo —gritó intuyendo en un instante cuál podía ser el motivo—, cuidado con Filippo, va a...!

El fragor de dos disparos en rápida sucesión le cortó las palabras en los labios.

Sin comprender lo que estaba sucediendo, Mezzanotte vio primero que Traverso y luego Caradonna se desplomaban en el suelo, como fulminados por un rayo. Completamente atónito, dirigió de nuevo su mirada hacia Venturi. Ahora que Colella se había quitado de en medio y no le tapaba la visión, no tuvo dificultad en comprobar que Dario no estaba esposado, sino que empuñaba una pistola humeante.

Se llevó la mano al costado para sacar su Beretta, pero se sentía aturdido y tenía la sensación de moverse a cámara lenta.

—No te lo aconsejo, Cardo, por su bien —le advirtió Venturi señalando a Colella, que, un poco más allá, tenía un brazo alrededor del cuello de Laura y la hoja de una navaja suiza apuntando a su yugular.

Mezzanotte permaneció inmóvil un momento y luego levantó las manos por encima de la cabeza.

—¿De verdad pensabais que iba a ser tan fácil que yo perdiera los estribos? —dijo el subcomisario jefe en funciones acercándose a él con una sonrisa sardónica en los labios—. Lo confieso, ha sido divertido dejar que os hicierais la ilusión de que había caído en la trampa.

Tras sacar la pistola de Cardo de su funda, Venturi le dio un golpe en la frente con la culata de la que Colella le había entregado al fingir que iba a esposarlo.

6

—Bueno, ¿qué? ¿Lo has borrado todo? —preguntó con impaciencia Venturi, de pie detrás de Colella, que, encorvado sobre el portátil en la sala de la zona de despachos, golpeaba el teclado con portentosa agilidad con sus dedos regordetes.

—Sí, señor, absolutamente todo —respondió el agente pocos segundos después, empapado en sudor. Por la mirada que le dirigió se percibía con claridad el respeto que le tenía. Por decirlo con mayor claridad, le daba un miedo atroz.

—Bien. Ahora, ve a recoger las videocámaras que han colocado y el micrófono que encontrarás en uno de los cadáveres.

Colella asintió servilmente y se largó, no sin antes lanzar una mirada fugaz a Laura y a Mezzanotte, esposados a un radiador. La muchacha permanecía acurrucada con las piernas recogidas a la altura del pecho, mientras que Riccardo yacía exánime en el suelo. Tenía una excoriación en la frente, además de un chichón enorme. Justo en ese momento empezaba a volver en sí.

Cuando se dio cuenta de que Cardo había recobrado el sentido y movía la cabeza con aire de aturdimiento, Laura le preguntó cómo se encontraba.

—En fin... ¿Tú estás bien? —farfulló el joven inspector con dificultad.

Como toda respuesta, ella asintió con la cabeza.

Mezzanotte intentó dar algún que otro tirón a las esposas enganchadas a uno de los tubos del radiador, pero de inmediato se percató de que era perder el tiempo. Miró a Venturi, que en ese momento estaba marcando un número en el móvil.

—Déjala que se vaya, ella no pinta nada en todo esto.

El subcomisario jefe en funciones apartó la vista del teléfono. En su mirada glacial y despectiva vibraba una cruel satisfacción. Mezzanotte tuvo la impresión de ver por vez primera el verdadero rostro que Venturi escondía detrás de la máscara que había utilizado incesantemente desde hacía años.

—Lo siento, Cardo, pero sabe demasiado. Si no querías ponerla en peligro, no deberías haberla traído contigo.

—Lo has matado —dijo furioso Mezzanotte—. Has matado a Tommaso, exactamente igual que hiciste con mi padre. Ellos te querían, habrían hecho cualquier cosa por ti. ¿Cómo cojones has podido, Dario? ¿Por qué? ¿Por qué todo esto? ¿Por unas putas joyas?

¿Por qué? Venturi dio un suspiro y volvió la cabeza hacia la abertura que daba al interior de la nave. Allí, en algún sitio, en medio de la oscuridad, yacía boca abajo el cuerpo todavía caliente del amigo al que acababa de quitarle la vida, en el mismo lugar en el que se la había quitado también al jefe y mentor de ambos, al hombre al que debía un infinito agradecimiento, gracias al cual había conseguido los éxitos sobre los que había construido su envidiable carrera. En realidad, todo había empezado mucho antes, pero si le hubieran pedido que precisara un punto de no retorno, el momento exacto en el que su vida había cambiado irreversiblemente de rumbo, habría dicho que fue cuando dirigió su arma contra el comisario Alberto Mezzanotte.

Siempre he fingido. Siempre he mentido. Siempre, desde niño. Se me daba bien, me salía con facilidad, espontáneamente.

Y era necesario, porque, como pude comprobar muy pronto,

yo no era como todos los demás. No pensaba de la misma manera, no sentía lo que otros sentían. Si no quería que se dieran cuenta, tenía que mimetizarme, ponerme disfraces que me permitieran pasar desapercibido.

En realidad, había algo más. No solo me consideraba distinto, sino también superior. Creo que íntimamente tuve siempre el convencimiento de que los demás no existían. No de la misma manera que yo, al menos. Entre el resto de la humanidad y yo notaba la misma distancia que me separaba de los animales o de las cosas. Pensaba que yo era el único ejemplar de mi especie.

No sentía nada por las personas que tenía a mi alrededor. A lo sumo, me inspiraban desprecio y una vaga repugnancia. En su inmensa mayoría, eran gente débil, timorata e inepta, incapaz de liberarse de las redes de la ley y de la moral.

Despreciaba a mis humildes y entregados padres en particular, tan mediocres e insignificantes, resignados a su indigencia. Odiaba con todas mis fuerzas la decorosa pobreza en la que me habían condenado a criarme, y no tardé mucho en darme cuenta de cuál sería mi objetivo en la vida: elevarme socialmente conquistando prestigio y poder.

Me dedicaría con todas mis fuerzas a la consecución de ese objetivo. Lo perseguiría infatigablemente, sin rémoras ni vacilaciones, a cualquier precio, por cualquier medio. Ahogaría cualquier otro impulso, no me concedería ni pasatiempos ni distracciones. Muchos años después, esa línea de conducta, basada en una feroz autodisciplina, me valió el sobrenombre del «Monje».

Mi talento para el disimulo y la mentira resultaría muy útil para ese fin. De hecho, había comprendido que no servía solo para mimetizarme. Era un arma muy poderosa, a la que cabía recurrir para influenciar y manipular a las personas con el objeto de obtener lo que necesitaba de ellas.

Mis padres, que eran muy religiosos, me habían mandado al seminario y soñaban con verme hacer los votos. Fue la única de sus decisiones con la que me mostré de acuerdo. Destacaba en los estudios y, pese a no creer en Dios, era capaz de simular a la perfección el fervor de la fe. Me haría cura y escalaría los distintos grados de la jerarquía eclesiástica hasta llegar a cardenal, si no a papa incluso.

Me cautivaba la idea de vestir de sotana —en el fondo no era más que otra máscara— y el celibato no me daba miedo. Por el contrario, descubrí que tenía una marcada inclinación por la penitencia y la mortificación de la carne. De la abstinencia y el ayuno pasé enseguida al uso del cilicio y luego a la flagelación. En mi incapacidad fisiológica de sentir emociones, el sufrimiento era la única que conseguía procurarme placer y satisfacerme. Autoinfligírmelo me ayudó a perfeccionar el control de mí mismo, hasta lograr que fuera absoluto.

Pero durante el servicio militar cambié de idea y, tras tomar en consideración por un breve periodo la perspectiva de alistarme en el ejército, opté por ingresar en la policía. De todos modos, curas y policías no eran tan diferentes. Los dos vestían de uniforme y tenían que ver con el pecado, la confesión y el castigo. A los dos se les confería una autoridad sobre la vida de las personas. Pero los segundos ejercían su jurisdicción sobre los cuerpos, no sobre las almas. Y para mí, que no creía en el alma, se trataba de un poder mucho más tangible y real.

Cuando, siendo un joven inspector, al comienzo de mi carrera, conocí a Alberto Mezzanotte, poco después de que lo trasladaran a Milán, intuí de inmediato que aquel hombre poseía unas cualidades fuera de lo común y que estar a su lado representaba mi mejor baza para abrirme camino en el escalafón de la policía. Me esforcé por entender qué características debía poseer una persona para ser de su agrado y me convertí en su lugarteniente ideal. Interpreté ese papel durante tanto tiempo que acabé casi por convencerme de que realmente yo era así. Gracias a la fama conseguida como miembro de los Tres Mosqueteros y a la red de relaciones que había ido creando, emprendí mi imparable carrera hasta el vértice del cuerpo, repartiendo favores y exigiendo que fueran correspondidos, cabildeando y urdiendo tramas, adulando y amenazando, hasta convertirme en el número dos de la policía de Milán. El nombramiento de comisario jefe de la provincia estaba al alcance de mi mano, ya solo podía aspirar al cargo de comisario jefe de la Policía Nacional. Estaba a un paso de conseguir aquello a lo que aspiraba. O, mejor dicho, a aquello a lo que creía aspirar.

Todo cambió la noche de lluvia en la que Vanessa Fabiani se presentó a la puerta de mi casa, empapada y temblorosa, e hizo trizas todas mis certezas.

Cuando la vi por primera vez, más de diez años antes, en el curso de una redada en un antro clandestino, me bastó una mirada para comprender que ella y yo éramos iguales. Sus aires de virgen en un burdel no eran más que una pantomima. Fingía, exactamente igual que yo. Podía dársela con queso a todos los demás con la historia de la ingenua e inocente muchacha obligada a ejercer un trabajo que le resultaba odioso para saldar las deudas de su padre, pero yo no caería en la trampa. Estaba exactamente donde quería y hacía lo que le apetecía.

Hasta aquel momento, la soledad no me había pesado nunca. Solo sabía fingir la amistad y, como me ocurría con tantos otros sentimientos —vergüenza, remordimientos, culpa—, no sabía lo que era el amor. Las mujeres no me interesaban, las consideraba una fuente de distracción, una inútil pérdida de tiempo y de energías. En Vanessa —la primera persona semejante a mí con la que me había encontrado— reconocí a la compañera ideal. Con ella y solo con ella podría ser yo mismo.

Por desgracia, ella no me reconoció. Se dejó deslumbrar por las apariencias, no me quiso y prefirió a Tommaso Caradonna, convencida de que él le proporcionaría una vida mejor que la que podría ofrecerle yo. Inmediatamente después de conocer el amor, experimenté las penas a las que este puede dar lugar.

Fue la única vez que vacilé. Rápidamente volví a hacerme con el control de mí mismo y seguí por mi camino. La fusta, a la que recurrí después de mucho tiempo, fue mi gran consuelo.

Necesitó doce años, pero al final Vanessa comprendió que había cometido un error y, arrepentida, vino a mí. Aquella noche me dijo llorando que yo era el hombre adecuado para ella. Empezamos una relación clandestina, y descubrimos que, en materia de sexo, a los dos nos gustaba mezclar el placer con el dolor. Era en verdad mi alma gemela. Por fin nos habíamos encontrado y ya no volvería a estar solo.

En ese momento mis perspectivas cambiaron de manera radical. El poder y la carrera perdieron toda la importancia que habían tenido a mis ojos. Juntos nos pusimos a soñar con la idea de escapar y de empezar una nueva vida en otro sitio. Pero para eso se necesitaba dinero, mucho más del que yo ganaba como funcionario de policía. A ella le gustaba el lujo y enseguida dejó claro que no abandonaría a su marido para chapotear en la mediocridad. En cuanto a mí, quería ofrecerle lo mejor y estaba de acuerdo con ella en que no podríamos disfrutar plenamente de la vida sin la correspondiente disponibilidad financiera.

Un día Vanessa me trajo el diario de su abuela paterna, lo había encontrado en un viejo baúl cuando ponía orden en el sótano de la casa de sus padres. Me dejó leer algunas páginas en las que la mujer contaba cómo su marido, Guido Fabiani, inmediatamente después de que acabara la guerra, le había revelado que había dado un gran golpe en compañía de un amigo. Los dos, que eran miembros de la milicia fascista, habían robado y escondido un maletín lleno de joyas y piedras preciosas. Todavía no habían logrado recuperarlo, pero Guido había prometido a su mujer que, cuando lo consiguieran, serían ricos y su vida cambiaría para siempre. Sin embargo, murió —víctima de un ajuste de cuentas, por lo que cabía colegir— y no había vuelto a saberse nada del botín.

Pensé que era una historia en la que valía la pena profundizar. No me resultó demasiado difícil localizar al socio del abuelo de Vanessa, Tito Castrillo. Descubrí que todavía estaba vivo y le hice una visita en la casa de reposo donde vivía, en la que tuve la *precaución de presentarme con un nombre falso. El viejo iba en silla de ruedas y se encontraba un poco desorientado, pero el episodio del robo de las joyas lo tenía claramente grabado en la memoria. Era lo que más lamentaba, lo que había envenenado toda su existencia. Me lo contó todo: en junio de 1944, durante las operaciones de carga de un tren con destino a Auschwitz, un joyero judío les había ofrecido ingenuamente a Guido Fabiani y a él un maletín lleno de objetos preciosos a cambio de que lo salvaran a él y a su familia. Ellos se lo arrancaron de las manos, le dieron una paliza y lo metieron de cabeza en uno de los vagones mercancías. Por miedo a que lo requisaran las SS, escondieron el maletín en los sótanos de la Estación Central. Posteriormente, una serie de contratiempos les había impedido volver para recogerlo. Cuando por fin se les presentó la posibilidad de hacerlo, en el periodo inmediatamente posterior al término de la guerra, el maletín ya no estaba donde ellos lo habían dejado. Mientras lo buscaban, en las galerías oyeron los ecos de una cancioncilla infantil. La canturreaba una niña mugrienta y cubierta de harapos, que llevaba puestas algunas de las joyas. Corrieron tras ella, pero la pequeña desapareció en los meandros de la estación junto con un muchachito un poco mayor que ella. Cuando se marchaban con la intención de volver lo antes posible, se toparon con unos ferroviarios antifascistas que los reconocieron y los atacaron con unas barras de hierro: mataron al abuelo de Vanessa y a él le rompieron la columna vertebral. Posteriormente, Castrillo trató en varias ocasiones de convencer a otros de que intentaran recuperar las joyas para él, pero nadie se creyó su historia. Durante años estuvo hojeando los periódicos con la esperanza de leer la noticia del hallazgo de un tesoro debajo de la estación. Pero nunca la publicaron.*

Lo pinché afirmando que yo también opinaba que aquello no eran más que patrañas y él cayó en la provocación. Replicó que todo era verdad y que podía demostrarlo. El día del robo sacó un anillo del maletín. Vendió inmediatamente la piedra,

pero conservó la montura. La guardaba, junto con otros recuer-
dos de la época, en una caja de zapatos en su casa, en la que
ahora vivía su hija.

Con la intención de verificar su relato, fui a visitar a aquella
mujer con un pretexto cualquiera. Encontré la caja donde me ha-
bía dicho el viejo y dentro de ella la montura de plata del anillo.
Me la guardé, pero la hija de Castrillo se dio cuenta y montó una
escena, me acusó de haberla engañado y de pretender robarla.
Intenté calmarla, pero ella no paraba de chillar y de decir que me
denunciaría. No vi otra alternativa: le partí el cráneo con una
estatuilla. Antes de marcharme, eliminé cualquier rastro que pu-
diera haber dejado y escenifiqué un intento de robo para despistar
a los investigadores.

Durante los días siguientes, me mantuve al corriente de los
progresos de las pesquisas que llevaban a cabo mis compañeros
sobre el caso. Sentí un escalofrío al descubrir que en la escena del
crimen había olvidado una fotografía que sin darme cuenta se
había salido de la caja de los recuerdos de Castrillo durante la
pelea con su hija, pero, al parecer, nadie le había dado importan-
cia. Empezaba a creerme que había logrado salirme con la mía,
pero Alberto Mezzanotte se inmiscuyó en la investigación y, a
saber cómo, consiguió llegar hasta mí. Yo debería haber previsto
que, si había alguien capaz de desenmascararme, era él.

El día en que irrumpió en mi despacho de la Jefatura acusán-
dome, hice lo que mejor se me da: me refugié en un castillo de
mentiras. Le dije que las cosas no eran lo que parecían, que la
mujer y su padre eran meros peones de un juego mucho más com-
plicado y peligroso, de una oscura trama en la que estaban impli-
cados los servicios secretos. Le prometí que se lo contaría todo,
pero no allí y no en aquellos momentos, no era seguro. La idea
de que yo pudiera ser un asesino lo había alterado hasta tal punto
que decidió concederme al menos el beneficio de la duda. Quería
creerme y yo aproveché aquella debilidad suya. Le di cita al día
siguiente al amanecer en una zona industrial abandonada. Tras

asegurarme de que no había hablado todavía con nadie del asunto, le pegué un tiro.

Sentí tener que matarlo, la verdad sea dicha. A mi manera, lo respetaba, siempre se había comportado con lealtad conmigo y yo sabía que le debía mucho. Pero no tuve otra opción. Lo tenía que hacer y no me eché atrás.

En cuanto pude, volví al asilo a escondidas y me deshice del viejo Castrillo ahogándolo mientras dormía. Dejarlo vivo había sido un error: sin duda fue él quien facilitó mi rastro a Alberto.

En aquel momento me quedó claro que en el camino que había emprendido no cabía dar marcha atrás. Elaboré un plan de fuga para mí y para Vanessa, dispuesto a ponerlo en práctica en cualquier momento, cuando fuera necesario. Elegí un país sin acuerdos de extradición con Italia, abrí una cuenta secreta en un paraíso fiscal y me procuré documentación falsa.

La marca grabada en el interior de la montura del anillo me permitió averiguar la identidad del joyero. Me enteré de que, antes de verse obligado a cerrarlo debido a la promulgación de las leyes raciales, el taller de orfebrería que poseía era uno de los más grandes y acreditados de la ciudad, y que, justo inmediatamente antes de la deportación, el joyero había invertido todo su patrimonio y los ahorros de sus parientes en la compra de una enorme partida de diamantes. Ni él ni ninguno de sus familiares regresó del campo de exterminio.

Tras llevar a cabo largas y minuciosas investigaciones sin encontrar prueba alguna de que, desde los tiempos de la posguerra hasta nuestros días, se hubiera puesto a la venta ni en el mercado negro ni en el legal ninguna joya que pudiera relacionarse con el tesoro, me convencí de que cabía la posibilidad de que nunca hubiera salido de los sótanos de la estación.

No hace mucho ayudé a un funcionario de la policía a salir de un serio problema que amenazaba con destruir su carrera y de paso me gané su gratitud eterna. Orquesté su traslado al frente de la Unidad de la Policía Ferroviaria de la Central, con la misión de reclutar a unos cuantos hombres idóneos para la tarea y emprender en secreto la búsqueda de las joyas en el subsuelo.

Los primeros meses resultaron infructuosos, luego encontraron en posesión de un drogadicto detenido por una patrulla un collar que llevaba la marca del joyero. El hombre aseguraba que lo había hallado vagando por los túneles situados debajo de la estación. Por desgracia, una sobredosis acabó con él antes de que tuviéramos ocasión de presionarlo debidamente. Se trataba, en cualquier caso, de la primera confirmación segura de que el tesoro podía estar todavía donde lo habían perdido los dos camisas negras.

El problema era que aquellos malditos sótanos eran realmente enormes. Inspeccionarlos de arriba abajo sin ser descubiertos y disponiendo de pocos hombres era una empresa nada sencilla. Comprendí que exigiría más tiempo de lo previsto, aunque por entonces no me imaginaba que costara años. Necesitaba dinero para financiar tanto la búsqueda de las joyas como la fuga con Vanessa, en caso de que tuviéramos que salir pitando antes de habernos apoderado del tesoro. Por eso, en cuanto me enteré de la existencia de una banda de policías corruptos que extorsionaban a las prostitutas milanesas y a sus chulos, me encargué de ponerme al frente del negocio, y lo reorganicé de forma que resultara más eficaz y rentable. De todos modos, permanecí en la sombra, asegurándome de que fueran muy pocos los que supieran que el jefe era yo.

Todo marchaba como una seda, aunque las operaciones de búsqueda en la estación no consiguieran grandes resultados, hasta que Riccardo Mezzanotte empezó a crearme problemas. Vistas las cosas en retrospectiva, es probable que infravalorarlo haya sido el error más grande que he cometido en mi vida.

En mi fuero interno, siempre tuve el convencimiento de que el hijo descarriado de Alberto no era más que un inútil carente por completo de carácter. Hasta su padre lo consideraba un inadaptado que nunca haría nada de provecho. Había dejado el boxeo y la música, y yo estaba seguro de que, tarde o temprano, se aburriría también de la policía, en la que ingresó impulsivamente a raíz de la muerte de su padre, y se volcaría en alguna nueva afición igualmente pasajera.

Por eso no tuve reparos en entregarle los expedientes de la investigación sobre el asesinato de Alberto. Negarme a hacerlo habría podido resultar sospechoso y, si después de más de un año todo el cuerpo de policía de Milán había sido incapaz de sacar nada en claro, desde luego no iba a hacerlo aquel descerebrado.

El hecho de que resolviera el caso del asesino de las rondas me sorprendió, lo confieso. Me pregunté si me habría equivocado tal vez al juzgarlo. ¿Era posible que, a pesar de las apariencias, hubiera heredado una pizca de las capacidades de su padre?

Cuando al cabo de un tiempo tropezó casualmente con nuestros pequeños tejemanejes con putas y chulos, empecé a preocuparme en serio. Pero la enorme torpeza con la que manejó el asunto me tranquilizó al confirmarme que era el tipo de hombre que, en un momento dado, lo echa todo a perder. Después de que presentara la denuncia, no me costó ningún trabajo crear un ambiente hostil a su alrededor, hasta convertirlo en un paria entre sus compañeros. Fingía protegerlo, cuando, en realidad, fomentaba la inquina hacia su persona y contribuía a socavar su posición. Habría conseguido que lo echaran, de no ser por la estima que incomprensiblemente sentía por él el comisario jefe, en parte debido a su apellido y en parte porque le asombró el brillante resultado de la investigación que había llevado a cabo sobre el asesino en serie.

Conseguí al menos que lo trasladaran. Decidí relegarlo a la Polfer, en la Central, donde, a la espera de encontrar la manera de librarme de él de una vez por todas, tenía hombres de confianza que lo vigilarían estrechamente. Dalmasso encargó la tarea a un agente llamado Colella, que lo conocía desde los tiempos del curso de formación, y ordenó a sus hombres que lo provocaran de manera que perdiera los estribos y cometiera la gilipollez que me permitiera finalmente echarlo a la calle.

Pero, mientras tanto, la fiscalía había abierto una investigación y efectuado las primeras detenciones. Mi tapadera se tambaleaba. De momento, había logrado que los policías encarcelados que estaban al corriente del papel que desempeñaba yo en la banda guardaran silencio, a cambio de la promesa de que los sacaría del lío en cuanto me fuera posible, aunque no sabía cómo lo haría, y el riesgo de que alguno llegara a un acuerdo con los fiscales y se fuera de la lengua era cada vez mayor. Por si fuera poco, había corrido la noticia del inminente inicio de unas imponentes obras de reestructuración de la Central, en el curso de las cuales los sótanos se pondrían completamente patas arriba.

El tiempo apremiaba. O recuperábamos rápidamente las joyas o ya podíamos olvidarnos de todo el asunto. Animé a Dalmasso a acelerar las operaciones de búsqueda de cualquier modo posible. Podría haberme esperado cualquier cosa, salvo que también allí Cardo pudiera interponerse en mi camino.

Pero el tipo ese llamado el Fantasma comenzó a esparcir cadáveres de animales por la Central, y, al investigarlo, Mezzanotte empezó a meter la nariz en los sótanos, con lo que entorpecía nuestras actividades. Lo irónico es que fue precisamente Riccardo quien nos llevó a percatarnos de que el Fantasma la había tomado con nosotros y que diseminaba aquí y allá los frutos de sus sacrificios con el fin de atemorizarnos. En este sentido, involuntariamente, nos ayudó al demostrarnos que aquel loco pertenecía a la misteriosa comunidad de andrajosos que habitaba en las entrañas de la Central, cuya existencia conocíamos desde hacía tiempo, del mismo modo que nos habíamos percatado de que los sótanos eran más grandes de lo que se decía oficialmente. Sospechábamos que las joyas estaban en su poder, por lo que nos dedicamos a acorralar al Fantasma con el fin de darle caza, aunque nunca logramos capturarlo.

Cuando se le pasó por la cabeza la idea de raptar a una chica, resultó más difícil ignorar las apremiantes peticiones de Riccardo de peinar minuciosamente los sótanos. El día en que Dalmasso me llamó por teléfono para avisarme de que el joven Mezzanotte afirmaba que tenía pruebas de la implicación del Fantasma en el secuestro, se me ocurrió hacer llegar a los investigadores una carta de rescate falsa. Al principio la estratagema pareció funcionar de maravilla. Riccardo se puso como loco, y con ello proporcionó al comisario un pretexto estupendo para suspenderlo en sus funciones. Vino a llorar a mis brazos y me pareció que estaba destrozado. Fingiendo que quería consolarlo, me aseguré de que se hundiese más todavía en la desesperación.

Pero, contra todo pronóstico, no se dio por vencido. Esa misma noche, el agente Colella nos avisó de que no había renunciado a continuar indagando y que estaba siguiendo una nueva pista. Ordenamos a uno de los nuestros que le pisara los talones, y él solito nos condujo hasta un pasadizo que daba acceso al nivel secreto de los sótanos en el que se escondían «Los de ahí abajo». Llevábamos años buscando alguno sin conseguirlo. Pero cuando los hombres de Dalmasso lograron introducirse en él, encontraron una resistencia mayor de la prevista por parte de aquellos pordioseros, junto a los cuales combatía también, al parecer, Riccardo, y se vieron obligados a retirarse.

Luego Mezzanotte reapareció del subsuelo en compañía de la rehén. Había salvado a la chica y había matado al Fantasma. Tuve que cambiar mi opinión sobre él: en verdad poseía unas cualidades insospechadas. La buena noticia fue que los dos mantuvieron la boca cerrada sobre «Los de ahí abajo» y que, con las prisas por cerrar el caso, nadie investigó más a fondo la procedencia de la petición de rescate, precipitadamente atribuida a un imitador. La mala fue que Cardo debió de descubrir algo bajo tierra.

Por los informes de mis hombres, que se pusieron a pisarle los talones constantemente, deduje que había logrado establecer una relación entre la muerte de su padre y el tesoro. Intenté que lo mataran fingiendo un accidente, pero por desgracia el atentado fracasó. Logré hacer desaparecer a Vanessa poco antes de que

Tommaso Caradonna y él le pidieran explicaciones sobre el papel que había desempeñado en el asunto.

Me vi envuelto en una auténtica carrera contrarreloj. Mis planes corrían peligro de malograrse de un momento a otro. Riccardo y Tommaso sabían ya que detrás de todo aquello estaba yo, y aunque no parecía que tuvieran en sus manos pruebas suficientes para presentar una denuncia contra mí, tarde o temprano las conseguirían. Cualquier otro en mi lugar habría caído presa del pánico y habría tirado la toalla, pero yo no. Por estrecho que fuera, tenía todavía cierto margen de maniobra, lo intentaría antes de rendirme.

Cuando empecé a recibir las cartas intimidatorias, enseguida sospeché que eran obra de Cardo y de Tommaso. Pero ¿y si me equivocaba? ¿Y si de verdad alguien tenía las pruebas de mis delitos? No podía correr el riesgo de que llegaran a manos de los fiscales. No precisamente en ese momento, cuando estaba tan cerca de alcanzar lo que buscaba. De hecho, vino a reforzar mis esperanzas la noticia de que los hombres de Dalmasso habían capturado en la estación a uno de «Los de ahí abajo». Solo teníamos que tirarle de la lengua y sacarle lo que sabía.

Decidí seguirles el juego satisfaciendo las exigencias del chantajista: publiqué el anuncio en el periódico y acepté el encuentro que me propusieron por teléfono. Pero hasta el último momento no tuve la certeza de que me presentaría a la cita.

No faltaba ya mucho para la hora a la que debía reunirme con el chantajista cuando, esa misma tarde, después de días enteros de tortura, nuestro prisionero por fin se vino abajo y nos indicó otra vía de acceso al lugar en el que estaba guardado el tesoro. Movilicé a todos los hombres y todos los recursos disponibles para una operación en toda regla que debía efectuarse aquella misma noche. Tenían la orden de adueñarse de las joyas por todos los medios, aun a costa de desencadenar una matanza entre aquella banda de desechos humanos que vivía bajo tierra. Sería la expedición decisiva y, en cualquier caso, la última. Saliera como saliese, a la mañana siguiente pondría en marcha el plan de fuga preparado de antemano y me iría en compañía de Vanessa.

En ese momento, habría podido incluso evitar reunirme con el chantajista. Pero entonces ese agente de la Ferroviaria, Colella, que había recibido la orden de continuar pegado al culo de Cardo todo el día, para estar seguros de que no iba a gastarnos ninguna broma, se puso en contacto conmigo a través de un SMS que confirmó mis sospechas: detrás del chantaje estaban Mezzanotte y Caradonna. Eso me dio una idea. Era muy arriesgada, pero, si funcionaba, me los quitaría de encima de una vez por todas, así neutralizaría el peligro de que esa noche intervinieran para impedir la recuperación del tesoro. Valía la pena intentarlo. Ordené a Colella que hiciera todo lo posible para estar presente en el lugar de la reunión. Cuando llegara el momento, debía encargarse de ponerme las esposas. Pero lejos de hacerlo, lo que haría sería entregarme su pistola. Yo me ocuparía de lo demás.

Me dirigí a las inmediaciones de la zona industrial y me quedé esperando, mientras me preguntaba qué podía haber impulsado a Cardo y a Tommaso a escoger el mismo lugar al que yo había atraído a Alberto para matarlo.

Solo después de recibir el mensaje en el que Colella me confirmaba que estaba en su puesto, preparado para hacer todo lo que se le había ordenado, olvidé todas mis vacilaciones y me colé por el agujero abierto en la alambrada del recinto.

—¿Por qué? —repitió Mezzanotte.

Venturi salió de su absorto silencio y volvió a mirarlo.

—¿Por qué los maté? Pues por amor. ¿Por qué otro motivo, si no? —respondió abriendo los brazos con una sonrisa que dejaba sin respuesta, tan fuera de lugar que casi rayaba en la locura.

Una llamada del móvil atrajo su atención. Contestó y estuvo hablando en voz baja unos minutos.

—Por desgracia no puedo quedarme —anunció después de colgar—. De todas formas, aunque intentara explicártelo, dudo que lo comprendieras. Y total, ¿para qué? Antes del amanecer tanto tu chica como tú estaréis muertos. Solo tengo que decidir cómo, para que la culpa de todo recaiga sobre ti. Ahora tenéis que perdonarme, pero el deber me llama.

Antes de irse, ordenó a Colella, que en aquel momento había reaparecido cargando los equipos de videovigilancia, que se quedara de guardia con los prisioneros hasta nueva orden.

—No los pierdas de vista ni un instante —le ordenó. Luego, señalando a Mezzanotte, añadió—: Si intenta cualquier cosa, sea lo que sea, dispara primero a la chica.

Al quedarse solo con los prisioneros, traspasado por las miradas llenas de hostilidad de Mezzanotte, Colella se mostró compungido y consciente de su culpabilidad.

¿Cuánto hacía que se había vendido?, se preguntó Riccardo. Probablemente desde el primer momento. Seguramente fue él quien puso sobre aviso a los hombres de negro la noche en que bajó al refugio antiaéreo. No había hablado con nadie más.

—Filippo, cabrón de mierda, esta me la vas a pagar —exclamó a gritos.

—Lo siento, Cardo, de verdad —farfulló Colella atemorizado—. Yo no sabía que esto iba a acabar así. Solo tenía que vigilarte y contar lo que hacías. Nadie me dijo que iba a haber muertos...

—Si de verdad lo sientes, deja que nos vayamos —replicó Mezzanotte—. De lo contrario, cargarás también con el peso de nuestra muerte sobre tu conciencia.

—¿Y cómo lo hago? Intenta comprenderme, si os libero esos me liquidan...

—Yo te consideraba mi amigo, joder, siempre te he apoyado y te he protegido. ¿Cómo has tenido valor para hacerme esto?

—Me prometieron dinero, mucho dinero, y un puesto en la sección de informática de la Policía Postal —lloriqueó Colella—. Ya lo sabes, Cardo, en la Polfer estoy mal; además mi madre está cada vez peor, necesita más ayuda, pero no podemos permitírnosla. ¿Cómo podía negarme?

Riccardo le lanzó unos insultos más, luego volvió a calmarse y se encerró en un mutismo torvo y resentido.

Durante algún tiempo, el único sonido que se oyó en el lugar fueron los pasos irregulares con los que Colella medía el suelo yendo de un lado a otro.

—Filippo, necesito urgentemente hacer pis —comentó Laura en un determinado momento.

—Aguántate —replicó en tono quejoso Colella, sin interrumpir sus pasos—. O háztelo encima. Bastantes problemas tengo ya para ocuparme también de eso.

—Te lo suplico, tengo muchísimas ganas —insistió la muchacha—. Ahí hay un baño que no parece que esté en unas condiciones espantosas, lo he visto antes, cuando hemos llegado. No quiero ensuciarme de arriba abajo.

Riccardo le dirigió una mirada inquisitiva, pero ella no pareció percatarse. Enseguida se dio cuenta de que había algo raro en ella. Su actitud había cambiado, tenía la espalda recta, sacaba el pecho, y había extendido sus piernas, largas y esbeltas, de forma que resultara imposible no fijarse en ellas. Hasta su voz había experimentado una transformación: era más baja y más cálida, más sensual. No parecía la misma persona, y en sus ojos brillaba una luz ardiente que él ya le había visto. Fue durante la ceremonia de iniciación, cuando se comportaba como si estuviera poseída por Mami Wata.

Mientras tanto, Colella se rascaba la cabeza, sin saber qué hacer. Cogió el móvil y se quedó contemplándolo, mientras se preguntaba si era más grave tomar una decisión por su cuenta o molestar a sus jefes por semejante memez.

—Venga, Filippo, por favor, hazlo por mí. ¿Qué te cuesta? —volvió Laura a la carga, ignorando los intentos de Mezzanotte por disuadirla moviendo enérgicamente la cabeza de un lado a otro.

La mirada de Colella rebotó varias veces de las piernas desnudas de la chica a la pantalla del móvil.

—Bueno, vale —cedió por fin, guardándose el aparato—. Te llevo al baño, pero no quiero bromas. ¿Entendido?

Se sacó una llave del bolsillo y soltó a Laura del radiador. En cuanto la muchacha se levantó y recogió el bolso, Filippo volvió a cerrar las esposas que aprisionaban sus muñecas. Luego, bajo la mirada inquieta de Mezzanotte, que se agitaba impotente tirando de las esposas, la escoltó fuera de la habitación.

Mientras caminaban por el pasillo sumido en la oscuridad, Laura empezó a menear el culo ante su carcelero, que seguía sus pasos con la pistola en una mano y la linterna en la otra; ella no tenía necesidad de volver la cabeza para estar segura de que tenía los ojos de él pegados a sus glúteos, que se contoneaban de manera incitante. Con un disgusto al que se esforzaba por no prestarle atención, la chica notaba también la excitación cada vez mayor del agente, pues había bajado sus barreras psíquicas para poder captar hasta el más mínimo movimiento de su ánimo.

No se le habían escapado el estupor y la preocupación que poco antes había mostrado Cardo por su comportamiento, pero, aparte de que no había manera ni tiempo de hacerlo, ¿cómo habría podido explicárselo? ¿Cuál habría sido su reacción si le hubiera dicho que, por primera vez, la presencia que habitaba en ella se había manifestado con claridad, y ahora se inclinaba a creer que era realmente ella, la sirena, la encantadora de serpientes? Una voz resonó en su cabeza y Laura tuvo inmediatamente la certeza de que pertenecía a la mujer montada a lomos del cocodrilo que había visto en sueños; la voz que entonces no había logrado oír, porque todavía no se había abierto a ella ofreciéndole su devoción.

«Recuerda cómo él te miraba, aquella noche, en el centro social, y también en el coche, cuando veníais aquí —le susurraba Mami Wata—. Notabas su deseo. Aprovéchalo, úsalo como un arma contra él. Yo te guiaré».

Laura intuyó lo que debía hacer. Y dejó que la diosa —o el espíritu o lo que fuera— le enseñara cómo hacerlo.

Al llegar al baño, cuya puerta arrancada yacía hecha pedazos en el suelo, Colella ordenó que se detuviera e inspeccionó el interior del cuarto con el haz de luz de la linterna, alumbrando especialmente el ventanuco, demasiado pequeño y demasiado alto para que ella pudiera utilizarlo para darse a la fuga. El suelo estaba cubierto de escombros y basura, pero los sanitarios estaban prácticamente enteros.

Ante una seña de asentimiento del policía, Laura entró en el cuarto. Después de echar una ojeada al váter, cubierto de polvo y de telarañas, y carente de tapa, se volvió hacia Colella, que se había quedado a la entrada y en el que podía apreciarse cierto malestar.

—Está sucísimo —se quejó torciendo la nariz—. ¿Tendrías la amabilidad de limpiarlo un poquito?

El policía infló los mofletes dando un bufido, pero recogió un trapo viejo que había en el suelo y lo pasó de mala gana por el borde de la taza. Quiso dirigirse a la puerta, pero Laura lo detuvo.

—Espera —dijo lanzándole una sonrisa maliciosa—. Si no te fías de quitarme las esposas, me temo que tendrás que bajarme tú mismo las braguitas. Yo sola no puedo.

Colella se ruborizó. La escrutó con aire de sospecha, mezclada con llamaradas de temor y de deseo.

—Por favor —insistió Laura aflautando la voz y pestañeando.

Él se acercó, un poco intimidado. Puso la pistola en el borde del lavabo, se colocó la linterna debajo del sobaco y, tras unos instantes de vacilación, empezó a trastear torpemente con el botón y la cremallera de los pantalones de la chica. Se los bajó de un tirón hasta los tobillos e inmediatamente dio un paso atrás para recuperar la pistola.

—Las bragas también, si no te importa... —murmuró Laura clavando en sus ojos una mirada turbadora, cuya intensidad contribuyó a confundir por completo a Colella.

El gordinflón tragó saliva varias veces, luego volvió a apoyar la pistola en el lavabo, se puso en cuclillas delante de ella e intentó coger con la punta de los dedos la goma elástica del borde de la prenda sin tocarle la piel, como si temiera quemarse. En cuanto le bajó las braguitas se puso en pie como movido por un resorte, suspirando como si hubiera estado conteniendo el aliento todo el tiempo que había durado la operación. Luego, sin quitarle los ojos de encima ni un instante, se dirigió de nuevo hasta la puerta. Esta vez la pistola se quedó en el borde del lavabo.

Desnuda de cintura para abajo, Laura dejó que la mirara sin hacer nada por taparse. Aquel comportamiento tan desvergonzado, aquellas actitudes tan provocativas le eran completamente ajenas, pero no sentía ningún pudor. Era como si otra persona actuara en su lugar y ella no fuera más que una espectadora externa.

Mientras los ojos de Colella saboreaban con avidez las redondeces de sus nalgas, los mórbidos contornos de sus caderas, y la curva apenas insinuada del abdomen que confluía en el pubis cubierto de rizos, Laura sopesó la posibilidad de intentar coger la pistola, pero estaba demasiado lejos y ella nunca había utilizado ninguna; en caso de que su tentativa fracasara, no habría otra ocasión. No debía tener prisa, todavía no había llegado el momento oportuno.

Se sentó en el váter y miró a Colella, que permanecía vacilante junto al marco de la puerta. Ella se encargó de librarle del desasosiego.

—Tienes que vigilarme, ¿verdad? Quédate, no me molesta.

A fuerza de sentir en su interior lo que estaba sintiendo él, empezaba a hacerse una idea de las fantasías que el agente cultivaba en secreto, alimentadas por la contemplación de películas y vídeos pornográficos en dosis masivas. Dada su inexperiencia total, el apacible y cachazudo Colella se había formado del sexo una idea burda y brutal, según la cual las mujeres no eran más que perras calientes destinadas a caer en manos de machos de virilidad incontenible. Ella le daría lo que deseaba. O, al menos, eso le haría creer.

Orinó manteniendo los muslos impúdicamente abiertos, para que él pudiera verlo todo.

Con la cara enrojecida y por completo incrédulo, Colella quedó maravillado ante aquel espectáculo deliciosamente obsceno, del que no se perdió ni una coma.

«Ya falta poco —dijo la voz en el interior de la muchacha—. Un empujoncito más y lo tendrás en tu poder».

—¿Podrías pasarme un pañuelo de papel, Filippo, por favor? Están dentro de mi bolso.

Obnubilado por la libido, el agente no pareció advertir que lo tenía a su lado y que no necesitaba más que alargar los brazos para cogerlo ella sola. Se puso a hurgar en el bolso, sacó el paquete de pañuelos y se lo tendió.

Laura se levantó. Acercó su cara a la de él y susurró en tono lascivo:

—¿Quieres limpiarme tú?

Esta vez Colella no tuvo muchas dudas; el deseo estaba disolviendo cualquier inhibición que pudiera quedarle. Jadeando como un fuelle, cogió un pañuelo y le metió la mano entre las piernas. Laura soportó sin protestar que los dedos de él se detuvieran más de lo necesario sobre su sexo, sobándolo a través de la capa casi impalpable de papel de celulosa. Más aún, se atrevió a restregárselo encima y simular un suspiro de placer.

Cuando finalmente el policía gordinflón se dio por satisfecho y retiró el brazo, la voz le hizo saber: «Ahora es el momento. Lo tienes en un puño».

Entonces la joven apoyó las manos en la ingle de él e hizo una seña como si quisiera darle un masaje a través de la tela de los pantalones.

—¿Y ahora... no querrías quitarme las esposas? —le preguntó mostrándose disponible y lujuriosa, como él se la imaginaba.

—Olvídalo. También puedes hacerlo así —replicó Colella de

forma agresiva, agarrándola con fuerza por los hombros para obligarla a arrodillarse—. Usa solo la boca.

Identificado ya con el protagonista de alguna de sus películas, ante las cuales se masturbaba frenéticamente cada noche, en ese momento se sentía bastante seguro de sí mismo. Cachondo como estaba, no se daba cuenta de que solo resultaba ridículo y patético, ni de cuán irreal era que Laura, sobre todo en unas circunstancias como aquellas, pudiera tener las más mínimas ganas de mantener relaciones sexuales con él.

—Tienes razón, disculpa, puedo hacerlo también con las esposas puestas —le dijo, arrodillándose dócilmente a sus pies. En cuanto él empezó a desabrocharse el cinturón, lo detuvo.

—Espera. Ya me encargo yo.

Acabó de aflojárselo y, con estudiada lentitud, fue abriéndole la bragueta, sintiendo cómo el vientre blando y prominente del hombre se estremecía con cada botón que desabrochaba.

Una vez bajados los pantalones y los calzoncillos, alargó las manos, evitando siquiera rozar el pequeño pene todavía medio flácido, y agarró los testículos entre sus dedos.

Luego apretó con todas sus fuerzas.

En la sala en la que esperaba presa de una ansiedad casi febril, Mezzanotte se sobresaltó al oír el grito desgarrador que de pronto rompió el silencio de la noche.

Mientras Colella se retorcía en el suelo y aullaba de dolor, Laura metió las manos en los bolsillos de su uniforme en busca de las llaves. Se quitó las esposas, que utilizó para encadenarlo a él al desagüe del lavabo, recogió la pistola y la linterna y salió del baño.

—¿Qué ha sido ese grito? ¿Qué has hecho? —le preguntó Riccardo al verla aparecer sola, libre y armada.

—He hecho lo que tenía que hacer —lo cortó en seco Laura con inesperada dureza mientras le quitaba las esposas también a él.

Mezzanotte se acarició las muñecas mirando a su alrededor, recuperó su pistola y corrió a recoger también el móvil que vio tirado en un rincón. Gracias al cielo no se había roto al caerse, pero estaba casi sin batería. En el contestador automático había un mensaje de Nina Spada. Sintió una punzada en el corazón: si Colella estaba compinchado con el enemigo, era probable que Carbone supiera que la chica lo espiaba. Seleccionó la función buzón de voz. La agente Spada hablaba en voz baja y jadeando.

«Cardo, estoy en casa de Manuel. No tengo mucho tiempo, está dándose una ducha. En cuanto se ha levantado de la cama, me he dedicado a controlar su móvil; Manuel no sabe que conozco su clave de seguridad. Entre los mensajes enviados había uno que decía: "Era un hueso duro de roer, pero al final ha cedido". En otro preguntaba a Tarantino si ya se habían deshecho del prisionero. Había también varios SMS relativos a una operación programada para esta noche, a las dos en punto de la madrugada. Algo gordo, al parecer. Creo que...». En ese momento se oía al fondo la voz de Carbone.

«Nina, ¿con quién estás hablando? ¡Eh! ¿Por qué está encendido mi móvil?». «Con nadie, Manuel. Est...». «¡Cabrona de mierda!». Luego se oían solo unos ruidos sordos, golpes, gritos y gemidos hasta el final del espacio disponible para la grabación.

Profundamente afectado, Mezzanotte miró el reloj. Era la una y media pasada. Fuera cual fuese la operación a la que se hacía referencia en esos mensajes —y mucho se temía que sabía de qué se trataba—, daría comienzo en breve. Marcó el número de Minetti, que aquella noche estaba de guardia en la Central.

—¡Inspector! —contestó solícito el joven agente—. Precisamente quería llamarlo. Aquí está pasando algo.

—¿Qué sucede, Minetti?

—Hay movimientos extraños, gente desconocida que va y viene, provista de equipamientos de unidades tácticas. No había visto nunca tanto movimiento en la oficina en horario nocturno. Imagínese usted, en la Unidad se encuentra incluso el jefe. Está en su despacho junto a un tío con pinta de pez de gordo. Ningún compañero sabe con exactitud lo que ocurre, pero corren rumores de que está llevándose a cabo una operación secreta antiterrorista o algo por el estilo.

Justo lo que él sospechaba, pensó Mezzanotte. El hombre que estaba con Dalmasso sería Venturi. Estaban a punto de poner en marcha una nueva expedición a los sótanos, y el hecho de que ni siquiera intentaran ocultarse le hacía pensar que consideraban que era la definitiva —total, ya sabían cómo llegar al poblado— y que, fuera cual fuese su resultado, una vez hubiera acabado todo, Venturi se largaría, a saber dónde. Sobre los Hijos de la Sombra se cernía un peligro enorme y él no tenía ninguna forma de avisar al General.

«¡Para eso están los putos móviles, viejo gilipollas!», dijo para sus adentros.

—¡Pero qué operación antiterrorista ni qué niño muerto! —gritó al aparato—. No es más que una cortina de humo. Ellos son los hombres de negro. Pretenden bajar a los sótanos con todos sus efectivos. Minetti, escucha. Tienes que seguirlos. Es de vital importancia que descubras por dónde pasan para acceder al tercer nivel. Pero ten mucho cuidado, ¿me entiendes? Si te pillan, esos no se lo pensarán dos veces y te matarán. En cuanto a mí... ¡Joder, no lo sé...! Intentaré llegar lo antes que pueda.

—¿Qué pasa? —le preguntó Laura en cuanto colgó.

—¡Menudo follón! No sé qué hacer —gimió Riccardo llevándose las manos a la cabeza en un gesto de desesperación—. En la Central se disponen a atacar el poblado, pero tengo que ir a casa de Carbone a ver qué le ha pasado a Nina, no puedo dejarla en la estacada...

—Cardo —le propuso Laura—, voy yo a buscar a Nina. Tú ve corriendo a la estación.

—¿Estás segura? ¿Pero cómo harás para...?

—No te preocupes. Ya veré la forma de arreglármelas —lo tranquilizó la chica en tono perentorio.

Al salir a la carrera de la zona industrial, pasaron junto a los cadáveres de Traverso y de Caradonna. En cuanto el haz de luz de su linterna iluminó el rostro de este último, pálido y rígido ya, con los ojos vidriosos abiertos a la nada, Mezzanotte sintió que una auténtica mole de piedra le oprimía el pecho. Antes de seguir adelante, se arrodilló junto a él un segundo, le cerró los ojos y le acarició la frente.

Una vez fuera de la valla, Laura y Riccardo se dieron un abrazo apresurado y luego se separaron para dirigirse cada uno a su coche.

—¡Laura! —exclamó Mezzanotte cogiéndola de la mano.

—¿Sí?

—De no ser por ti, ahora seguiríamos esposados al radiador. Esta vez has sido tú la que nos ha salvado la vida a los dos. Gracias.

—No hay de qué —sonrió la joven dándole un pellizquito en la mejilla—. He tenido un buen maestro. Y ahora démonos prisa.

Iba a dirigirse a su Smart, pero él la detuvo de nuevo.

—¡Laura!

—Dime —dijo esta volviendo la cabeza y preguntándose con una pizca de impaciencia qué querría ahora.

—Te quiero.

Era la primera vez que él se lo decía. Era la primera vez que alguien se lo decía. En un arranque de felicidad, le echó los brazos al cuello atrayéndolo hacia sí para darle un beso tan breve como rebosante de pasión.

Por tercera vez en cuestión de horas, Mezzanotte se vio obligado a cruzar la ciudad de punta a punta a toda pastilla; durante el camino repasó los acontecimientos que estaban sucediéndose fuera de todo control.

Conducía como un loco, con los ojos nublados por lágrimas de rabia que desenfocaban el parpadeo amarillo de los semáforos fuera de servicio y el rojo de las luces de posición de los demás coches. Si no tuvo un accidente, fue por puro milagro.

Todo se había ido al traste por culpa de la traición de Colella. La enésima traición, una herida más que le escocía en el alma. Se había hecho la ilusión de haber encontrado una forma de engañar a Venturi, pero había sido este quien lo había engañado a él, exactamente como hizo con su padre. Y el que había pagado con su vida ese error había sido Caradonna, que nunca estuvo demasiado convencido de su plan. ¿Podría perdonárselo algún día?

Pero no era el momento de lloriqueos. No podía venirse abajo. Lo peor estaba todavía por llegar. Había que impedir a cualquier precio que los hombres de negro destruyeran y saquearan el poblado, y estaba el riesgo de que *maman* decidiera hacerlo saltar todo por los aires. Estaban en juego centenares de vidas inocentes. Era también la última ocasión que le quedaba de detener a Venturi antes de que se diera a la fuga. Tenía que pagarlas todas juntas, de un modo o de otro tenía que pagarlas.

Al llegar a la piazza Luigi di Savoia, dejó el coche y se precipitó a pie al interior de la estación. Respondió sin detenerse a la llamada de Laura. Por detrás de su voz se oía en segundo plano el aullido de una sirena. Le dijo que Nina estaba muy mal. Carbone la había dejado medio muerta a fuerza de puñetazos y patadas. Laura la había encontrado inconsciente en el piso de él, después de que el portero le abriera la puerta tras darle ella algún pretexto. Había llamado inmediatamente a una ambulancia y en ese momento se dirigían a toda velocidad al hospital.

Pobre Nina. Otra víctima colateral de su brillante plan. A Mezzanotte le habría gustado saber más sobre su estado, pero el móvil decidió apagarse justo en ese momento. Se había quedado sin batería.

«¡Cobarde hijo de puta!», exclamó para sus adentros pensando en Carbone mientras el eco de sus pasos resonaba en la vastedad de la estación desierta. De haberlo tenido en ese momento entre sus manos...

Pero ahora tenía otro problema: ¿cómo coño encontraría a Minetti? Ya no tenía forma de ponerse en contacto con él. Prefería no usar el radioteléfono de servicio, nunca se sabía quién estaría a la escucha.

Bajo las colosales marquesinas de la zona de las vías reinaba un silencio sepulcral. No se veía un alma por ninguna parte, no había un solo tren en movimiento. Escondido tras las persianas metálicas bajadas del puesto de periódicos, Mezzanotte vigilaba de lejos la entrada de la Unidad y estaba loco de impaciencia. No se atrevía a entrar no fuera que Venturi y Dalmasso hubieran dejado atrás a alguno de sus hombres. Por fin salió una patrulla que comenzaba su turno de ronda. Por lo que sabía, eran unos compañeros que no tenían nada que ver con los hombres de negro.

Los dos agentes pusieron cara de extrañeza al verlo ir a su encuentro con expresión descompuesta, una herida en la frente, y el uniforme medio roto y sucio de tierra y sangre.

—Inspector, ¿todo bien? —le preguntó uno de ellos.

Mezzanotte no quiso perder tiempo en explicaciones. Pidió o, mejor dicho, ordenó que le dejaran un móvil, marcó el número de Minetti, que le dijo dónde debía reunirse con él, y luego se alejó a toda prisa, sin siquiera darles las gracias.

A los lados del terraplén sobre el que discurrían las vías de entrada y salida de la estación, inmediatamente detrás de los depósitos del agua, se hallaban dos edificios decrépitos, largos y estrechos, que habían formado parte del viejo aparato de control ahora en desuso. Minetti lo esperaba en el exterior del de la izquierda.

Mientras le abría paso en el interior del edificio en ruinas, el joven agente le contó que el grupito al que había seguido estaba formado por una quincena de hombres, equipados con chalecos antibalas y visores de infrarrojos; llevaban metralletas, granadas e incluso un lanzallamas. Los acompañaban Dalmasso y el pez gordo.

Así, pues, pensó sombríamente Riccardo, la guerra presagiada por Dal Farra estaba a punto de estallar.

—¿Cuánta ventaja nos llevan?

Minetti consultó el reloj.

—Media hora larga, diría yo.

—¡Maldición! —farfulló entre dientes Mezzanotte. Solo cabía esperar que las defensas dispuestas por el General aguantaran el asalto el mayor tiempo posible.

Siguió a Minetti, que había entrado por una puerta, y bajó varios tramos de escalera a través de un túnel, hasta una especie de escondite secreto en el que había unas calaveras clavadas en unos postes.

—Mire, inspector, yo los he seguido hasta aquí. Luego he vuelto para esperarlo.

Una breve inspección le permitió localizar una trampilla. Metiéndose por ella se encontraron en el interior del hipogeo celta.

—Así que este es el tercer nivel... —murmuró Minetti mirando a su alrededor con asombro.

Empezaron a vagar por los húmedos pasillos excavados en la roca a la luz de sus linternas, mientras Mezzanotte intentaba orientarse sin demasiado éxito intentado recordar sus anteriores visitas.

Al cabo de un rato llegaron a las proximidades de la sala desde la que se accedía al pasadizo que Riccardo había recorrido en otra ocasión en compañía del General para llegar al templo, pero se encontraron con dos hombres que montaban guardia, armados con metralletas y con el rostro cubierto con un pasamontañas. Por su complexión física, Mezzanotte habría apostado que eran Lupo y Tarantino.

Acordó un plan de acción con Minetti. El agente debía esperar cinco minutos y a continuación abrir fuego para distraerlos, mientras él daba la vuelta para sorprenderlos por la espalda desde la parte opuesta del pasillo.

No tuvieron posibilidad de ponerlo en práctica. Mezzanotte no había dado más que unos pocos pasos cuando se desencadenó un verdadero infierno. Se vio arrojado al suelo por una serie de explosiones consecutivas que sacudieron el templo desde sus cimientos. Todo temblaba, se oyó una sucesión de estruendos sordos y clamorosos, se abrieron grietas en la roca que provocaron desprendimientos y derrumbes. Por unos instantes parecía que todo el hipogeo se vendría abajo. Luego, una violenta ráfaga de aire barrió los pasillos, que en nada se vieron invadidos por un denso humo negro.

Apabullado y dolorido, Mezzanotte logró ponerse en pie sacudiéndose de encima piedras y tierra, y recoger la linterna del suelo. No sabía cuánto tiempo había sido víctima del aturdimiento; en cualquier caso, el humo había empezado ya a disiparse. Tenía la boca y los ojos llenos de polvo, las vías respiratorias irritadas, y cardenales y contusiones por doquier. De todos modos, podía haber sido peor.

Cuando volvía donde estaba Minetti, pese a que las piernas apenas lo sostenían, tomó conciencia, espantado, de lo que acababa de ocurrir. Lo había hecho. Lo había hecho de verdad. *Maman* había decidido hacer estallar las cargas explosivas con las que había minado la caverna.

Encontró a su joven colega medio inconsciente: un gran bloque de piedra le aplastaba el brazo izquierdo hasta la altura del hombro. Con mucho esfuerzo, tras varios intentos logró apartar el pedrusco y liberar el brazo de su compañero. Parecía roto al menos por un par de sitios.

Minetti estaba muy pálido y sentía un dolor atroz. Riccardo lo ayudó a levantarse y, como su compañero apenas podía caminar, tuvo que sujetarlo pasando el brazo derecho del joven agente por encima de su cuello. Llegaron a la entrada del pasadizo que conducía al poblado subterráneo. Lupo y Tarantino habían tenido menos suerte que ellos. Los dos yacían muertos bajo un montón de escombros.

Mezzanotte le pidió a Minetti que se sentara y le preguntó si se sentía capaz de quedarse allí un rato esperándolo. El muchacho asintió apretando los dientes.

Mientras Riccardo se arrastraba a lo largo de aquel callejón abierto en la roca, no cesaba de atormentarlo la idea de lo que podía haber sido de los habitantes del poblado. Con toda seguridad aquellas personas, entre las que había mujeres y niños, habían sido víctimas de las explosiones, y él no había sido capaz de evitarlo. Estaba convencido de que tenía más tiempo, pensaba que el General tenía guardadas algunas sorpresas para sus enemigos —por ejemplo, algunas de las trampas usadas por el Vietcong que había enseñado a construir al Fantasma—, algo que por lo menos ralentizara su avance, pero no había sido así. Quizá *maman* había destituido al viejo debido a su traición. Dudaba que pudiera llegar nunca a saber cómo habían ido las cosas. Pero tampoco cabía excluir la posibilidad de que ahí abajo hubiera supervivientes que todavía pudieran salvarse.

En un momento determinado se encontró con el camino cortado por el hundimiento de la bóveda del pasadizo. Intentó abrirse paso excavando frenéticamente con las manos, pero era una empresa imposible y al final no tuvo más remedio que darse por vencido.

Oprimido por una desgarradora sensación de derrota, volvió al templo celta, cargó a hombros al pobre Minetti y se pusieron en marcha en busca de la salida. No tardaron mucho en oír unas voces, un poco más adelante, detrás de una curva del pasadizo. Mezzanotte apagó la linterna, dejó a Minetti en el suelo y observó desde el recodo.

Aunque todavía no había tenido ocasión de preguntarse por la suerte que pudieran haber corrido Dalmasso y Venturi, daba por descontado que tampoco ellos habían sobrevivido. Y, sin embargo, ahí estaban, cubiertos de polvo, pero ilesos. Por lo visto, no se habían colado por el túnel junto con sus hombres. Entre los dos, sentado en el suelo, con la cara entre las manos, Carbone no parecía estar pasando por su mejor momento. Tenía la ropa hecha jirones y le manaba sangre de una sien.

—Entonces ¿quieres decirnos de una vez qué diablos ha pasado ahí abajo? —gritó el comisario en un tono chillón que denotaba pura histeria.

—¡Un minuto, joder! —aulló Carbone. El respeto jerárquico se había perdido por el camino—. He estado a punto de perder el pellejo en ese túnel de mierda. He salido vivo de milagro.

Después de beber un trago de algo de una cantimplora y tomar aliento, empezó a contarlo todo.

Siguiendo las indicaciones arrancadas a su prisionero por medio de la tortura, Carbone y los demás habían recorrido aquella galería que se hundía en las entrañas de la tierra. Habían desembocado en un extremo de una enorme caverna sumida en las tinieblas. Al inspeccionarla con los visores de infrarrojos habían descubierto que —¡imposible dar crédito a sus ojos!— a sus pies se extendía un verdadero poblado de chabolas, no precisamente pequeño. Entre las viviendas no se percibía movimiento alguno, por eso el equipo había empezado a bajar empuñando las armas. Él, en cambio, se había quedado allí para coordinar las operaciones por radio desde arriba. Todo parecía ir como una seda y los hombres habían llegado a la entrada del poblado sin encontrar resistencia, cuando se produjo la primera explosión, tan potente que causó el derrumbamiento de toda la parte superior de una de las paredes de piedra de la caverna. Carbone se dio cuenta enseguida de que las cosas se ponían feas y se había precipitado de nuevo al interior de la galería y la había recorrido como loco cuesta arriba mientras se multiplicaban las deflagraciones. Era cuestión de segundos. Si no se daba prisa, no lo conseguiría; un tramo del pasadizo se había derrumbado inmediatamente después de que pasara por él. De los demás, no sabía nada, pero se apostaba el cuello a que la habían palmado todos.

—¿Crees que sería posible volver ahí abajo e intentar recuperar el tesoro? —preguntó Venturi, que, a diferencia de Dalmasso, era capaz, pese a todo, de conservar cierta apariencia de calma y de lucidez, incluso en una situación tan apurada.

Carbone negó con la cabeza.

—El pasadizo se ha derrumbado, ya se lo he dicho. Por ahí ya no se puede pasar. Y, en mi opinión, se ha hundido toda la caverna. A estas horas el poblado estará sepultado bajo toneladas de piedra.

Mientras Dalmasso se movía a su alrededor gesticulando y echando pestes, Venturi se llevó una mano a la barbilla en un esfuerzo por pensar.

—Señores —decretó finalmente con voz grave—, la misión ha fracasado. Debemos admitirlo. En este momento nuestros caminos se separan y, tal como se han puesto las cosas, os aconsejo que desaparezcáis de la circulación como tengo intención de hacer yo mismo.

—¿Cómo? ¿Desaparecer? ¿Y a mi mujer cómo se lo explico? No era así como tenían que salir las cosas, lo que habíamos acordado era muy distinto... —empezó a despotricar el comisario, presa de una crisis nerviosa en toda regla.

Estaba tan fuera de sí que Venturi se vio obligado a largarle un par de bofetadas para que se calmara. Reiteró a uno y a otro que no había nada que hacer; por muy lamentable que fuera, la situación era la que era y había que hacerle frente. Punto. Les prometió que les haría llegar dinero, pero que luego cada uno tendría que arreglárselas por su cuenta.

Mientras los tres se alejaban, Mezzanotte permaneció anonadado, presa de la incertidumbre durante unos segundos. No todo estaba perdido. Todavía tenía la posibilidad de atrapar a Venturi, sobre el cual recaía en último término la responsabilidad de aquella matanza, pero no podía correr tras él y dejar a su compañero herido.

—Inspector, váyase —dijo el muchacho intuyendo lo que le pasaba por la cabeza.

—Claro que no, Minetti, no voy a dejarte aquí.

—Solo me he roto el brazo. Por mucho que me duela, no voy a morirme por eso. De verdad, no los deje escapar...

—¿Estás seguro?

Minetti levantó el pulgar esforzándose por esbozar una sonrisa.

Mezzanotte se puso a seguir los pasos de los fugitivos y no tardó en recuperar terreno. Después de dejar el templo, Venturi y los otros dos no salieron a la superficie por el mismo camino por el que habían entrado; por el contrario, siguiendo a Carbone, se habían metido en una galería iluminada con tubos fluorescentes y atravesada por gruesas tuberías.

—¡Quietos! ¡Estáis arrestados! —tronó la voz de Riccardo a su espaldas plantándose en medio del túnel con las piernas abiertas y sujetando una pistola con las dos manos.

Los tres dieron media vuelta para mirarlo con una variedad de expresiones de incredulidad pintada en sus caras.

—¡Cardo! Pero tú no te rindes nunca, ¿verdad? —comentó Venturi haciendo una mueca.

A continuación, sacaron sus armas y empezaron a disparar a lo loco, obligando a Mezzanotte a precipitarse en busca de un sitio donde guarecerse. El subcomisario jefe en funciones ordenó a Carbone que se quedara allí y se ocupara de él. Agazapado detrás de los restos de un pequeño vagón para el transporte de equipajes, Riccardo vio a Dalmasso y Venturi emprender de nuevo la fuga a lo largo de la galería sin poder hacer nada por detenerlos.

—Ahora tendrás que vértelas conmigo, Mezzanotte —gritó Carbone desde la hendidura de la pared en la que permanecía emboscado—. Hacía mucho que esperaba este momento.

—No eres más que un gusano repugnante —gritó a su vez Riccardo—. Lo que le has hecho a Nina es indigno incluso de un hijo de puta como tú.

—La muy puta ha recibido lo que se merecía —dijo Carbone con un gruñido—. Al final me lo confesó, ¿sabes?, que te la habías tirado. Dentro de poco verás lo que tengo pensado para ti.

Estuvieron un rato intercambiándose disparos desde sus respectivos escondites, pero no consiguieron más que hacer alguna que otra fisura en las paredes del túnel y agujerear las viejas tuberías. Luego Carbone arrojó rabiosamente al suelo su pistola y salió por piernas. Había agotado las balas. Mezzanotte emprendió de inmediato su persecución.

Tenía que ser prudente, lo sabía, pero no podía perder tiempo si no quería dejar escapar a Venturi, que, sin duda alguna, había alcanzado ya una notable ventaja sobre él.

Al llegar a una curva de la galería, se asomó a la esquina mientras apuntaba con su Beretta. El camino parecía despejado, así que reanudó la carrera. No vio llegar el golpe. Cuando el tablón de madera se estrelló contra uno de los lados de su cabeza, a la altura de la oreja, estalló en sus ojos un rayo cegador. Dio unos pasos tambaleándose antes de desplomarse en el suelo y sentir cómo le retumbaba el cráneo. Medio aturdido, intentó ponerse en pie, pero sus músculos parecían de gelatina.

Se le había nublado la vista; por eso, más que reconocer, adivinó a Carbone en la figura borrosa que apareció dentro de su campo visual. Intentó apuntarlo con su pistola, solo para constatar que no tenía nada en las manos. Debía de habérsele escapado de entre los dedos cuando recibió el golpe. Tuvo la confirmación unos instantes después, cuando Carbone se inclinó a recogerla.

—Ahora vas a pagármelas todas juntas, Mezzanotte —le hizo saber en un tono rebosante de brutal satisfacción—. Voy a matarte como a un perro, vas a ahogarte en tu propia sangre.

A Riccardo le habría encantado responderle lo mismo, pero el dolor que le martilleaba la cabeza le impedía elaborar frases con pleno sentido. Mientras tanto, la figura de contornos desenfocados que hablaba con la voz de Carbone se acercó hasta ponerse encima de él. Inerme como estaba, notó que del cuerpo de su adversario salía una excrecencia, que debía de corresponder a su brazo armado, y que se levantaba en dirección a él.

En ese momento algo saltó en su interior. Lo invadió una calma resignada. Estaba acabado, no había nada que hacer. Podía dejar de combatir. Curiosamente, tomar conciencia de ello provocó en él una sensación casi de alivio. Cerró los ojos y acudió a su memoria la sonrisa extática y satisfecha de Laura después de hacer el amor. Si iba a marcharse, aquella era la imagen que deseaba llevarse consigo.

Esperaba que de un momento a otro estallase en sus oídos la detonación del tiro que acabaría con su vida, pero no se produjo. Lo que oyó fue una maldición ahogada, a la que siguió un barullo en el que se intercalaban aullidos y gruñidos.

Cuando se atrevió a abrir los ojos aún no podía enfocar con claridad las imágenes, por lo que al principio no entendió qué era aquella masa informe que se agitaba ante él.

Poco a poco se le aclaró la vista y distinguió, horrorizado, la pitón Dan enroscándose alrededor del cuerpo de Carbone con inexorable rapidez. Su piel escamosa estaba chamuscada y llena de heridas, pero el reptil no parecía moribundo, ni mucho menos. Carbone intentaba en vano liberarse de las espiras que lo oprimían. Disparó un par de balas, que se hundieron en la carne de la serpiente sin que aparentemente surtieran efecto alguno. Luego perdió el conocimiento y la pistola se le escapó de entre los dedos.

En cuanto consiguió movilizar las fuerzas necesarias para ponerse en pie, Mezzanotte rodeó al reptil manteniéndose a una distancia prudencial y se apoderó del arma. Se alejó tambaleándose, pegado a la pared, en la que de vez en cuando tenía que apoyarse para no perder el equilibrio. Al parecer, aún no había llegado su hora; ya descansaría más tarde, todavía tenía trabajo que hacer.

Poco después, un grito a sus espaldas lo obligó a volver la cabeza. Carbone había recobrado el sentido y se meneaba aterrorizado bajo la presión ejercida por Dan, que había abierto hasta lo inverosímil sus fauces y se lo estaba tragando. Las piernas ya habían desaparecido por completo en su boca. Mezzanotte no se habría maravillado tanto de haber sabido que las pitones poseen mandíbulas desarticuladas que les permiten engullir presas de grandes dimensiones.

Devorado vivo por una serpiente: qué muerte más asquerosa, se vio obligado a reconocer. Se preguntó si no debería tal vez volver sobre sus pasos e intentar ayudarlo, si es que aún era posible. Sin embargo, el recuerdo del estado en el que había dejado a Nina, que en aquellos momentos debía de yacer en la cama del hospital, le hizo apretar las mandíbulas. Dio media vuelta y reanudó la caza de Dalmasso y Venturi sin perder más tiempo. Los chillidos desgarradores de Carbone lo siguieron a lo largo de todo el túnel.

Temía que la desventaja acumulada fuera ya irrecuperable, pero lo cierto es que los alcanzó a los pocos minutos. El comisario y el subcomisario jefe en funciones se habían detenido en una encrucijada, no sabían qué dirección tomar. Al no tener consigo a su guía, se habían perdido en aquel laberinto de galerías.

—¡Quietos donde estáis! —les ordenó, pero los dos dispararon unos cuantos tiros a lo loco, para luego meterse por una puertecita que había a su lado.

A Mezzanotte le habría gustado responder al tiroteo, pero su Beretta falló. Extrajo de la culata el cargador vacío y metió el de reserva.

«¡Pero qué coño!», pensó. Ser policía a veces era una verdadera putada. Ser el primero en disparar sin necesidad de avisar le habría simplificado mucho las cosas.

Echó a correr otra vez, en la medida en que se lo permitían el cuerpo dolorido y la cabeza, dentro de la cual, después no ya de uno, sino de dos golpazos en una sola noche, le daba la impresión de que había un equipo de operarios que se ensañaban accionando sus taladros. Al otro lado de la puerta, una escalera de caracol iba retorciéndose hacia lo alto en las tinieblas hasta perderse de vista. Su aspecto decrépito daba a entender que llevaba bastante tiempo sin ser utilizada. Volvió a encender la linterna y empezó a subir los peldaños de tres en tres a fin de ir reduciendo progresivamente la distancia que lo separaba de los dos fugitivos. De vez en cuando se asomaba al estrecho hueco de la escalera dirigiendo el haz de luz de la linterna hacia arriba. Divisó varias veces a Venturi, que intentaba abrir las puertas por las que pasaba, pero las encontraba todas cerradas. Estaba ya a pocos metros de ellos cuando el subcomisario jefe en funciones, sin vacilar ni un instante, dio un empujón a Dalmasso, que se arrastraba detrás de él jadeando como un bisonte, y lo hizo rodar escaleras abajo. El corpachón inerte del comisario se derrumbó encima de Riccardo y lo arrastró consigo en su caída. Necesitó bastante rato para quitárselo de encima. Lo dejó allí exánime, sin siquiera molestarse en comprobar cuál era su estado. En aquellos momentos no era él quien le interesaba.

—¡Alto, Dario, detente! —gritó volviendo a subir la escalera—. Es inútil, no tienes escapatoria. ¿Dónde crees que vas a ir?

Por toda respuesta, Venturi comenzó a tirotearlo con su pistola. Mezzanotte disparó a su vez y vio cómo su contrincante desaparecía detrás de una puerta abierta al final de la escalera.

Una vez superados los últimos peldaños, se arrimó a la pared y, mientras aprovechaba para mirar a su alrededor, recobró el aliento. Había dos puertas más. Pensó que debían de corresponder a la escalera principal y a un ascensor. Intentó abrirlas: las dos estaban cerradas con llave. En ese momento se arriesgó a echar una ojeada al otro lado de la que estaba abierta.

¿Qué clase de sitio era aquel?

Tardó un poco en darse cuenta de que se trataba de un falso techo situado entre las bóvedas de uno de los salones de la Central y el techo propiamente dicho. Aquella especie de enorme desván se hallaba ocupado por un imponente armazón metálico en forma de arco constituido por una red de tirantes, vigas y enrejados.

Como no conseguía ver a Dario, avanzó con cautela por los bordes del andamiaje, apuntando con la pistola en todas direcciones. Al llegar ante un ventanal abierto que había al nivel del suelo, se asomó para mirar abajo. Sintió una ligera sensación de vértigo, pero comprendió con exactitud dónde se encontraba. Cuarenta y dos metros por debajo de él se extendía el vestíbulo de las taquillas, vacío y silencioso.

Vistas desde abajo, las bóvedas con sus toldos, cuya función era resguardar todavía más de la luz que entraba de día por el lucernario del techo, parecían de mármol sólido, pero en realidad eran de cemento más bien fino y lo que las mantenía suspendidas sobre las cabezas de los viajeros eran precisamente aquellas intrincadas armaduras de hierro. Su estado de mantenimiento dejaba mucho que desear. El metal estaba cubierto de herrumbre, y había polvo, excrementos de paloma y telarañas por doquier. Una débil luz se filtraba a través de las sucias vidrieras protegidas por toldos e iluminaba el lugar, de modo que la linterna resultaba innecesaria.

Precisamente en ese momento una diminuta figura humana atravesó corriendo el vestíbulo. A Mezzanotte le pareció reconocer a Laura, pero antes de que pudiera verificarlo sonó un disparo y una bala rebotó en una de las vigas a pocos centímetros de donde él estaba.

Se resguardó arrimándose todo lo que pudo a ella y vislumbró a Venturi, que desaparecía por la parte superior del andamiaje. Había unas escaleritas empinadísimas, probablemente destinadas a los encargados de efectuar controles técnicos, que ascendían hasta allí. Alcanzó una de ellas y empezó a subir manteniéndose encorvado. Al llegar a lo más alto, echó una ojeada al lado opuesto, pero no había ni rastro de Venturi.

¿Dónde se había metido? Se disponía a bajar por el otro lado, pero lo pensó mejor: la única forma de salir de allí era meterse por donde habían entrado. Si iba a buscarlo, corría el riesgo de hacerle el juego al ofrecerle la oportunidad de escabullirse a través de la puerta.

Se le ocurrió una idea mejor: se subió de un salto a la barandilla de la escalera y anduvo a lo largo de la parte superior de la bóveda. Tenía que ir con mucho cuidado y mirar dónde ponía el pie. Si resbalaba y acababa pisando uno de los paneles de vidrio, lo rompería y se precipitaría al vacío. Al llegar cerca de la entrada, se escondió y se mantuvo al acecho agarrado a un enrejado.

No se había equivocado. Al cabo de unos minutos, Venturi asomó y se dirigió a hurtadillas a la puerta que creía que no estaba vigilada. Cuando pasó por debajo de donde se encontraba Riccardo, este saltó sobre él y lo tiró al suelo. En la caída, a Venturi se le escapó la pistola de las manos. Mezzanotte fue el primero en ponerse en pie y la alejó de una patada.

—Se acabó, Dario —dijo apuntándolo con la suya. No había la menor sombra de triunfalismo en su voz, solo tristeza y cansancio—. Ahora se acabó de verdad. Quedas arrestado.

Tumbado todavía en el suelo, junto al ventanal abierto de par en par, Venturi le lanzó una gélida mirada de desafío.

—Ah, ¿sí? —replicó—. Encerrarme en la cárcel no va a ser tan fácil. ¿Te has olvidado de quién soy? He borrado las grabaciones; es tu palabra contra la mía. Si intentas acusarme, es más fácil que seas tú quien acabe entre rejas.

Mezzanotte se encogió de hombros.

—Puede que de momento nos metan en la trena a los dos, pero luego la verdad saldrá a la luz. Has dejado tras de ti demasiados rastros, demasiados testigos, demasiados cómplices de todo lo que ha ocurrido esta noche. ¿Crees que el comisario Dalmasso o el agente Colella no acabarán por hablar, si se ven acorralados?

Venturi acusó el golpe. Agachó la cabeza y permaneció largo rato inmóvil. Cuando volvió a levantarla, los rasgos de su cara se habían congelado en una expresión de odio y de maldad.

—¿Y qué? —dijo en tono despectivo, poniéndose en pie—.

¿Acaso te crees que meterme en la cárcel aplacará los sentimientos de culpa que sigues teniendo en lo referente a tu padre?

«¿Y ahora por qué coño saca a relucir a papá?», pensó Riccardo sintiendo que la sangre le hervía en las venas.

—Tal vez no, pero juré sobre su tumba que capturaría a quien lo mató —replicó apretando los dientes—, y esa promesa pienso cumplirla.

—¡Cuánta nobleza de ánimo! —fue el comentario sarcástico que hizo Venturi—. Ahora que Alberto está muerto te las das de hijo amantísimo, después de haber convertido su vida en un infierno.

—¿Cómo te atreves a pronunciar su nombre? ¡Precisamente tú, que lo asesinaste a sangre fría! —gritó Mezzanotte, incapaz de contener la ira, plantándole la pistola en la cara.

—Sí, tuve que matarlo. Pero hasta ese día siempre había estado a su lado. Tú no hiciste nada más que defraudarlo y amargarle la vida. ¿Tienes idea de lo duros que fueron para él los últimos dos años, sin poder verte ni hablar contigo? ¿Y quién piensas que estaba allí para consolarlo?

—Siempre estuvimos enfrentados, es verdad, y al final rompimos por completo nuestras relaciones —se vio obligado a decir Mezzanotte a modo de justificación, sin entender cómo era él quien había acabado en el banquillo de los acusados—. Durante años, mi conducta tuvo por objeto precisamente cabrearlo. En cualquier caso, aquello no es comparable, ni de lejos, a lo que tú le hiciste.

El subcomisario jefe en funciones movió la cabeza de un lado a otro.

—Con todo lo que sufrió por tu culpa, Cardo, estoy bastante seguro de que a Alberto le causaste tú mucho más dolor que yo.

Las palabras de Venturi eran como hundir todavía más los dedos dentro de la llaga purulenta de las relaciones, nunca solucionadas, de Riccardo con su padre, lo que despertaba todo el encono, el dolor y los remordimientos que llevaba dentro.

—¿Y lo que pasé yo dónde lo metes? ¿Eh? —gritó con voz aguda y vibrante, mientras su mano apretaba espasmódicamente la pistola—. ¿Sabes qué significa crecer con un padre que no hace más que ignorarte y criticarte?

—¡Pero si por amor a ti sacrificó todo lo que más quería! ¡Sus principios inquebrantables! ¿Qué más tenía que hacer?

—¿Y ahora de qué coño hablas? —estalló Riccardo acercándose a él con aire amenazador.

—¿Entonces no lo sabes? —exclamó Venturi con una sonrisa—. ¡Típico de Alberto! No te lo dijo nunca. O quizá no tuvo ocasión de hacerlo, dado que tú te negabas a hablar con él...

—¿No me dijo qué?

—El fascista acuchillado. Te acuerdas, ¿no? Estaban a punto de deteneros, a ti y a tus amigos del centro social. Fue Alberto quien lo impidió, y tuvo que falsificar algunos papeles para poder hacerlo. Convencer a los hombres asignados al caso para que lo enterraran no resultó fácil. Tuvo que humillarse y suplicarles que hicieran desaparecer las pruebas y mantuvieran la boca cerrada.

Esa revelación fue para Riccardo como si lo arrollara un tren en marcha. Si no era otra mentira —y en el fondo de su corazón tenía la sensación de que, entre todas las demás, eso, por lo menos, no lo era—, significaba que, tras la fatídica noche en la que había estado a punto de emprenderla a puñetazos con él, su padre había pisoteado todo aquello en lo que creía con el fin de salvarlo. Y él no lo había comprendido. Nunca lo había sospechado ni remotamente. De haberlo sabido, las cosas podrían haber ido de otra manera. Tal vez habría sido posible una reconciliación. Pero la furia lo había cegado.

—Eso fue lo que hizo Alberto por ti —repitió ensañándose el subcomisario jefe en funciones—. ¿Puedes llegar a imaginarte cuánto le costó?

—¡Para ya de una vez, joder! ¡Basta, cállate...! —dijo Riccardo con un chillido. La voz de Venturi resonaba como un arañazo dentro de sus oídos, como la tiza en una pizarra.

—¿Y tú? ¿Tú qué hiciste por él? ¿Eh, Cardo? Nada de nada.

Mezzanotte tenía la sensación de que iba a estallarle la cabeza, y no solo a consecuencia de los golpes recibidos. No quería seguir escuchándolo. Tenía que conseguir que aquella alimaña dejara de vomitar veneno.

—En cierto modo, puede decirse que a Alberto lo matamos juntos tú y yo.

El hombre que tenía delante, el hombre al que en otro tiempo había creído conocer y amar, era el Mal. Había engañado, traicionado, asesinado. Carecía por completo de escrúpulos y de conciencia, no había nada que no estuviera dispuesto a hacer con tal de alcanzar sus objetivos. Era un monstruo y había que impedir que siguiera haciendo daño. Había que eliminarlo para siempre de la faz de la tierra...

Su índice estaba a punto de apretar el gatillo, cuando en aquel enorme desván resonó una voz.

—¡Cardo, no!

Mezzanotte volvió la cabeza. En el umbral de la puerta estaban Laura y Minetti. El joven agente llevaba un brazo en cabestrillo, envuelto en un vendaje improvisado. Ella lo miraba con ansiedad e inquietud.

—No dispares, Cardo, por favor —le dijo en tono acongojado—. Tú no eres así. No eres como él. No eres un asesino. Si lo matas, después te arrepentirás. Y eso te perseguirá el resto de tu vida.

Aquello en lo que había fracasado la vocecita que llevaba en el interior de su cabeza, que desde hacía un buen rato le rogaba que recobrara la razón, lo consiguió Laura. No, Riccardo no era así. Y no era eso lo que habría deseado su padre. Tenía que recordar que estaba haciéndolo por él, no por sí mismo.

Sin embargo, lo que le dio la fuerza necesaria para desistir fue, además —y, sobre todo—, otra cosa. Con el atisbo de lucidez que las palabras de Laura le permitieron recuperar, se dio cuenta de que todo lo que había dicho Venturi tenía como único fin hacerlo enloquecer y que le pegara un tiro. Era él quien quería morir. Había visto que había llegado al final y que no tenía otra forma de evitar la derrota, el escarnio público y la cárcel.

Mezzanotte no tenía la menor intención de concederle lo que deseaba. Retiró con desgana el dedo del gatillo y bajó la pistola.

Una sonrisa asomó a los labios de Venturi, una sonrisa difícil de interpretar que era el reflejo de muchas cosas, pero nada parecido al arrepentimiento o al remordimiento se leía en ella. Se echó a un lado y se dejó caer a través del ventanal. Mezzanotte dio un paso adelante, pero no consiguió sujetarlo. Vio cómo el hombre se precipitaba en el vacío durante un tiempo que le pareció eterno, mantuvo sus ojos clavados en los de él hasta que se estrelló en el suelo con un ruido seco atenuado por la distancia.

Epílogo

Del cielo, de un gris uniforme, caía una lluvia fina que parecía que fuera a convertirse en nieve de un momento a otro. Con las manos hundidas en los bolsillos de su Barbour y el cuello levantado, Mezzanotte se apresuró a situarse debajo de las columnas que delimitaban la zona de carga en desuso situada a lo largo del flanco este de la Central, justo debajo de uno de los leones alados que con cara sombría supervisaban el tráfico ferroviario, no lejos del banco en el que había encontrado el cuerpo sin vida de Chute. Una gélida ráfaga de viento le arrancó de los labios la nube de aliento que emitió al pronunciar su propio nombre. Tras comprobar que estaba en la lista, los dos tipos bien abrigados que había delante del portón metálico lo dejaron pasar.

No había vuelto a poner los pies en las entrañas de la estación desde los dramáticos acontecimientos que habían tenido lugar siete meses antes. Lo acogió el estruendo chirriante de un tren por encima de su cabeza, tan fuerte que sintió vibrar el aire a su alrededor. Aunque todo estaba iluminado y pese a que le habían lavado un poco la cara para la ocasión, la terminal de carga subterránea no había perdido su carácter lúgubre y siniestro. Una joven azafata lo condujo al sitio que le habían asignado entre las decenas de sillas, casi todas ocupadas ya, que habían sido dispuestas entre los poderosos pilares de cemento, delante de la tarima en la que estaban sentadas las autoridades. Detrás de aquella platea improvisada, una larga mesa sobriamente engalanada esperaba a los invitados para el cóctel que seguiría a la ceremonia.

Mezzanotte reconoció al alcalde en el hombre que hablaba desde el pequeño podio situado en medio del escenario. Estaba subrayando la importancia de anunciar, en el día dedicado a la conmemoración de las víctimas del Holocausto, el comienzo inminente de las obras de construcción de un monumento conmemorativo precisamente en aquel lugar, desde el cual, durante la guerra, habían salido cientos y cientos de judíos con destino a los campos de concentración nazis. Aquel lugar, que fue el escenario de una de las páginas más oscuras de la historia de la ciudad, se convertiría así en una invitación permanente a recordar los horrores del pasado y a reflexionar sobre ellos, con el fin de impedir que pudieran repetirse en el futuro.

Mientras se abría camino hacia su silla, pidiendo disculpas a quienes ya estaban sentados, Riccardo buscó con la mirada a Laura; enseguida la localizó en primera fila susurrando algo al oído de la anciana de cabello corto y plateado que estaba a su lado. Él habría preferido estar junto a ella en una ocasión tan importante, pero consideraba justo que ella ocupara aquel sitio entre los invitados de honor: ese era su día, había sido ella quien lo había hecho posible.

En efecto, su aportación al proyecto, en el que ya llevaban algún tiempo trabajando varios organismos y asociaciones que no encontraban los fondos necesarios para hacerlo realidad, había sido determinante: había convencido a su padre no solo de que soltara pasta, sino también de que la ayudara a involucrar a otros patrocinadores, necesarios para la financiación de la empresa. A cambio, Laura había solicitado una sola cosa, sin aducir explicación alguna, a saber: que junto a los nombres de todos los deportados que se grabarían en una pared del monumento, se incluyera uno que no figuraba ni en las listas del IIJC ni en ninguna otra parte; por lo demás, eran tantos que nadie notaría, junto a los de Amos y Lia, la presencia indebida del nombre de Adam Felner. A pesar de todo lo que le había hecho, cuando había sondeado sus emociones Laura había podido ver que la naturaleza del Fantasma no era de por sí malvada. En cierto modo, también él debía ser considerado una víctima indirecta de las persecuciones nazis y merecía ser recordado junto a sus padres.

Mezzanotte se quitó la Barbour y tomó asiento. Su grueso jersey de lana quizá no quedara demasiado bien entre los elegantes trajes que vestía la mayor parte de los asistentes al acto, pero le daba calorcito y no le cabía duda de que, en aquel antro húmedo y helado, más de uno, en el fondo, se lo envidiaría.

Desde que había vuelto a entrar de servicio en Homicidios ya no estaba obligado a llevar uniforme, con gran alivio por su parte. Esta era solo una de las muchas cosas que habían cambiado para él en los últimos meses, y ni siquiera era la principal. Verdaderamente le habían ocurrido muchas desde la enloquecida noche de sangre y muerte de julio pasado.

Las horas inmediatamente posteriores al suicidio de Venturi habían sido convulsas y caóticas. A la estación no paraban de llegar unidades móviles de la policía y de los carabineros, ambulancias y camiones de bomberos, alertados por las numerosas llamadas de los vecinos del barrio, que se habían despertado de golpe en plena noche a causa de la sucesión de estruendos que habían sacudido la tierra y habían reducido a añicos los cristales de algunas ventanas y hecho saltar las alarmas de los coches aparcados en la calle. Como había sucedido ya unas semanas antes, cuando reapareció en compañía de Laura, Mezzanotte fue trasladado de nuevo a la Jefatura Superior entre un gran despliegue de sirenas, y lo encerraron en una de las salas de interrogatorios.

En esa ocasión permaneció en ella cuarenta y ocho horas seguidas, suspendido en una especie de limbo, en espera de que alguien se aclarara y decidiera qué había que hacer con él, obligado a repetir hasta la náusea su versión de los hechos a los investigadores que se presentaron sucesivamente ante él, para después marcharse moviendo la cabeza a uno y otro lado con suma perplejidad. No lo habían arrestado formalmente, pero le daban a entender que no saldría de allí hasta que quedara claramente definida su situación. Le preguntaron incluso si quería asistencia legal, pero él la rechazó.

Las fuerzas del orden se habían encontrado de pronto a uno de los colaboradores más estrechos del comisario jefe de la policía de la provincia espachurrado en el suelo del despacho de billetes de la estación, al jefe local de la Unidad de la Policía Ferroviaria pillado mientras intentaba escabullirse como un ladrón y, sobre todo, aquellas misteriosas explosiones debajo de la Central, que habían causado varios muertos y un número desconocido de desaparecidos entre los agentes de esa Unidad. A ello había que añadir también los dos cadáveres y el agente de la Polfer esposado a un lavabo encontrados en Lambrate, entre las ruinas de la vieja fábrica de la Innocenti.

Y en medio de aquel lío morrocotudo estaba él, Riccardo Mezzanotte, el único capaz de explicar qué demonios había ocurrido. Solo que su historia —él era el primero en darse cuenta cuando se ponía a contarla— sonaba absurda e inverosímil en muchos aspectos.

Pero poco a poco habían empezado a llegar las primeras confirmaciones, tanto a través de las inspecciones efectuadas en los escenarios de los crímenes, como a raíz de los interrogatorios de los principales testigos, entre ellos Laura, Minetti y Nina Spada, esta última desde la cama del hospital.

Los contornos del cuadro habían ido perfilándose trabajosamente, pero por fin aparecieron en toda su sorprendente claridad cuando Colella y Dalmasso, sometidos durante horas al tercer grado, empezaron a admitir los hechos. Esperaban de ese modo ganarse condenas más leves, aunque unos cuantos años de cárcel no se los quitaría nadie.

No obstante, fueron necesarias varias semanas para desenredar definitivamente aquel embrollo y arrojar luz sobre todos los aspectos y facetas del asunto. Imprescindible fue la ayuda proporcionada por Vanessa Fabiani, más profundamente implicada que nadie en los secretos de Venturi. Unos días después de que la noticia de la muerte del subcomisario jefe en funciones se hiciera pública, se entregó voluntariamente para ofrecer a los investigadores su valiosísima colaboración a cambio de la garantía de no ser acusada de complicidad. Al menos ella, por lo que parecía, había encontrado la manera de salir airosa.

Algunos de los detalles dilucidados gracias a la colaboración de Vanessa dejaron de piedra incluso a Mezzanotte. Él siempre había estado convencido de que la investigación llevada a cabo por la fiscal Trebeschi a partir de su denuncia no había sido lo bastante exhaustiva, y de que todavía no había aparecido la mente oculta que dirigía la banda de policías corruptos. Lo que no se le había pasado nunca por la imaginación era la sospecha de que quien daba las órdenes en la sombra pudiera ser precisamente Dario Venturi. En el curso de las primeras vistas del proceso, evaporada ya la ilusión de que su jefe los sacara del embrollo, algunos imputados habían solicitado confesar voluntariamente y reconocer sus culpas. Otros se disponían a imitarlos. La señora Trebeschi aseguró a Mezzanotte que, tal como estaban las cosas, el juicio oral acabaría muy pronto y con los mejores resultados, y que no sería necesario que él se presentara a declarar de nuevo en la sala.

El escándalo, como resulta fácil imaginar, fue mayúsculo y durante semanas monopolizó las primeras páginas de los periódicos de toda la nación. Que la corrupción existente dentro de la policía de Milán se extendiera mucho más allá de los límites de lo que había podido corroborar hasta aquel momento la investigación en curso, y que se viera implicado en ella uno de los máximos dirigentes de la Jefatura Superior, que había cometido delitos gravísimos, incluidos varios homicidios, entre ellos el del legendario comisario Mezzanotte, iba más allá de lo que pudiera pasársele a nadie por la imaginación.

El comisario jefe de la policía de la provincia, cuyo sillón empezó a tambalearse cuando los medios de comunicación comenzaron a preguntarse cómo era posible que no se hubiese percatado de la infidelidad de su brazo derecho, intentó mitigar los efectos del escándalo exaltando como contrapunto el papel desempeñado por Mezzanotte en el esclarecimiento de la verdad, y lo convirtió, en parte gracias al apellido que llevaba, en símbolo de una regeneración y una renovación cuyas raíces se hundían en la tradición. Riccardo representaba las fuerzas sanas del Cuerpo, capaces de erradicar la podredumbre existente dentro de él, y patatín y patatán.

Todo pura monserga, según Mezzanotte. La historia de siempre: sustancia frente a apariencia, como de costumbre, en detrimento de la primera. Al menos por una vez y, sin que él lo pretendiera, la cosa acabó resultando favorable para él.

La única parte del asunto sobre el que las autoridades consiguieron guardar silencio era la relacionada con los Hijos de la Sombra y la existencia del poblado subterráneo. Los repetidos intentos de los servicios de asistencia y rescate de llegar a la caverna resultaron vanos y, por otra parte, hacer pública, por si fuera poco, la noticia de la muerte de cientos de personas que desde hacía años vivían secretamente bajo tierra era algo de lo que todo el mundo estuvo más que dispuesto a prescindir. Sobre ese punto, se contó también con el acuerdo total de los directivos de la Central, preocupados por la posibilidad de que las obras de reestructuración de la estación sufrieran su enésimo parón si se hubiera llegado a conocer la existencia de un templo celta en sus entrañas. Por eso, en el lacónico comunicado emitido al respecto, la serie de explosiones de la noche del 2 al 3 de julio fueron atribuidas a una fuga de gas que había provocado la muerte de varios agentes que participaban en una operación de orden público y de cierto número de vagabundos, cuyos cadáveres, por desgracia, no había sido posible recuperar.

Y de ese modo Mezzanotte se había encontrado nuevamente en la brecha, ensalzado como un héroe, quizá incluso más que tras la captura del asesino en serie. Sin embargo él en absoluto se sentía así. Continuaba considerándose responsable en parte de la muerte de Caradonna, de la brutal paliza que había recibido Nina, de las lesiones de Minetti y de no haber sabido impedir que el poblado saltara por los aires junto con todos sus habitantes.

Pero una cosa sí había conseguido. Por lo menos una: aunque había necesitado años y pese a que el precio había sido espantosamente alto, al final había cumplido la promesa de hacer justicia a su padre desenmascarando al hombre que lo había asesinado.

Reconciliarse con su recuerdo sería un proceso largo y difícil, pero no perdía la esperanza de conseguirlo tarde o temprano. Se puso en contacto con uno de los viejos colaboradores de su padre y recibió la confirmación de que Venturi no había mentido. Aquel hombre añadió que podía estar tranquilo, ninguno de los que estaban al corriente de la historia rompería su silencio, se lo habían prometido al comisario y, en cualquier caso, sabían que quien había dado el navajazo a aquel fascista no había sido él. Alberto Mezzanotte no había sido un buen padre, y Riccardo no había sido un buen hijo; se habían hecho daño uno a otro, y mucho. Pero al igual que él ni siquiera en los peores momentos había dejado de quererlo, ahora estaba seguro de que también su padre lo había querido a él. Y aunque lo había descubierto cuando ya no estaba vivo, eso lo cambiaba todo. El vacío que había creado en su interior el hecho de haber crecido sin sentirse querido ya no le parecía insuperable.

Una salva de aplausos devolvió de nuevo a Mezzanotte a la tierra. Al término de los discursos institucionales, invitaron a tomar la palabra la anciana señora sentada al lado de Laura. Animada por esta última, la mujer se levantó y subió con paso vacilante los tres peldaños que conducían al escenario. Se llamaba Ester Limentani y era una de los pocos supervivientes milaneses de la Shoah que seguían vivos. Aquel día, por vez primera, iba a contar en público la historia de su deportación. Laura, que la había conocido durante la búsqueda de los dos hermanitos, la había convencido de que ofreciera al público su testimonio.

Una vez en el estrado, la señora fue presa de un acceso de emoción que la impulsó a buscar con la mirada el consuelo de la muchacha. Cuando empezó a hablar, su voz, aunque débil, se elevó límpida y clara entre las paredes de cemento de la vieja terminal de carga.

—Recuerdo todavía, como si fuera ayer, el día en que los alemanes vinieron a detenernos...

Mientras escuchaba sus palabras, Mezzanotte dejó vagar su mirada entre el público. Localizó en segunda fila al matrimonio Cordero y también a Belmonte, el jefe de estación que lo había acompañado en su primera visita a los sótanos. Un poco más allá, llamaban la atención los cabellos de color rosa de una muchachita delgada. Se acordaba de ella perfectamente: era la joven drogadicta que había arrastrado a Laura a aquel lío en la pensión Clara. Las dos hablaban a menudo por teléfono y se habían hecho grandes amigas. Sonia tenía muchas ganas de asistir a la ceremonia, y en el centro de rehabilitación estaban tan satisfechos de sus progresos que se lo habían permitido. Divisó también a Leonardo Raimondi junto a algunos de los voluntarios, entre ellos la exuberante Wilma, que en una ocasión lo sonrojó de mala manera al felicitarlo por sus vigorosas prestaciones entre las sábanas, sobre las cuales aseguraba que había recibido un detallado informe de Laura.

En la platea se encontraban también Marco Minetti y Nina Spada. La convalecencia de esta última había sido muy larga, pero los dos se habían recuperado por completo. Laura y Riccardo habían empezado a salir con ellos y la semana anterior, después de un par de meses sin verse, se habían reunido los cuatro para ir a tomar una copa. Ciertas actitudes de sus dos excompañeros de la Polfer habían inducido a Mezzanotte a sospechar que estaban juntos. Mejor para ellos, pero no tenía que olvidarse de decirle a la chica que fuera con cuidado, mucho se temía que los hombros de Minetti no fueran lo bastante fuertes para soportar el huracán Nina. A su pregunta de cómo iban las cosas en la Unidad, le hablaron de su nuevo superior, un buen tipo, aunque de carácter áspero. Luego lo pusieron al día de la última leyenda urbana que estaba propagándose entre los habitantes de la Central. Tenía que ver con una criatura monstruosa —unos hablaban de un dragón, otros de una serpiente gigantesca— que alguien había visto rondando por los subterráneos de la estación. «Larga vida a la vieja Dan», pensó Mezzanotte riéndose entre dientes.

Al final del intenso y desgarrador relato de Ester Limentani, eran pocos los presentes que conservaban los ojos secos y más de uno tuvo que sacar el pañuelo del bolsillo. Hubo unos pocos minutos de silencio, rotos por un largo aplauso atronador. Manifiestamente conmovida, la señora bajó del estrado y se dispuso a abandonar el escenario. Mientras bajaba los peldaños, se torció un pie y a punto estuvo de caerse. Quien intervino con más rapidez fue Laura, que se levantó de un salto y corrió ágilmente a socorrerla, a pesar del estorbo de su abultado vientre, cuyo diámetro no estaba muy lejos de poder compararse con el de una pelota de baloncesto.

Desde que ella le había comunicado que esperaba un niño y precisó de inmediato, para evitar malos entendidos, que tenía la intención de tenerlo, Riccardo se había visto sacudido por un sube y baja de felicidad y de terror. La perspectiva de convertirse en breve en responsable absoluto de otro ser humano, él, que hasta ese momento había desempeñado un papel pésimo a la hora de ocuparse solo de sí mismo, lo desestabilizaba bastante. Pero de una cosa estaba seguro: haría todos los esfuerzos necesarios para ser un padre distinto del suyo.

Desde el primer momento, aquel embarazo había pillado a los dos por sorpresa. Se preguntaron cómo había podido ocurrir, los dos estaban convencidos de haber tomado siempre todas las precauciones. Luego les vino a la cabeza que en realidad no era así. No siempre. Una vez no lo habían hecho. La primera. Aquella de la que ninguno de los dos recordaba qué había pasado.

No cabía otra posibilidad: su hija —porque era una niña, Riccardo quiso saberlo a toda costa, aunque Laura habría preferido que fuera una sorpresa hasta el final— había sido concebida a orillas del lago subterráneo, mientras la joven estaba poseída por una divinidad vudú, la noche en la que él había soñado con la pitón enrollada alrededor de sus cuerpos unidos en la cópula. Esperaba que solo hubiera sido un sueño.

Como siempre que pensaba en ello, un escalofrío recorrió su espalda. En ese momento Laura, tras ayudar a la señora Limentani a volver a su asiento, lo miró y le sonrió, acariciándose la barriga.

Con su sonrisa cálida y luminosa, aquella muchacha, de la que cada día estaba más enamorado, pese al hecho de que —total, ya lo sabía— estaba destinada a seguir siendo para él un misterio al menos en parte insondable, estaba diciéndole que todo saldría bien.

Él se aferró con todas sus fuerzas a esa sonrisa, quería creer que era verdad. Necesitaba desesperadamente que lo fuera.

Agradecimientos
(y una especie de bibliografía)

Cuando escribimos estamos solos. A veces, me dan ganas de decir, terriblemente solos. Sin embargo, tal vez este libro no habría visto nunca la luz sin la ayuda y el apoyo que a lo largo de los cerca de ocho años que he estado escribiéndolo he recibido de varias personas a las que deseo dar las gracias.

Con Marco Di Marco he contraído una deuda de reconocimiento que no creo que pueda saldar nunca. Aparte de mi mujer, fue el primero, y durante bastante tiempo el único, en leer lo que yo iba escribiendo, capítulo tras capítulo. Tanto sus palabras de ánimo como sus consejos, gran parte de los cuales he incorporado al texto, han sido para mí de vital importancia.

Han sido también valiosas las apreciaciones recibidas de Chiara Valerio y de Simone Sarasso, que leyeron algunas partes del texto a lo largo de su escritura.

Me siento profundamente agradecido a mi agente, Monica Malatesta, por haber visto potencialidades en el proyecto y, sobre todo, por el entusiasmo y la determinación con que las ha hecho realidad.

Vaya finalmente mi más sincero agradecimiento a Antonio Franchini y Sergio Giunti, que confiaron en mí antes incluso de que la novela estuviera acabada, y a Alida Daniele y todo el personal de la editorial Giunti por haberme acompañado paso a paso, con pasión y profesionalidad, en el trayecto a través del cual un documento de Word acaba convirtiéndose en un volumen impreso.

Está también la ayuda que he recibido indirectamente, obtenida de los innumerables textos, tanto en papel como online, a los que he recurrido para documentarme sobre los temas más dispares. Presentar una lista completa de ellos resultaría demasiado largo, pero deseo citar por lo menos las aportaciones más destacadas. Desaconsejo leer cuanto viene a continuación antes de acabar la novela, dado que incluye varios detalles que pueden revelar o adelantar información sobre la trama del libro.

Para reconstruir en todas sus facetas la Estación Central antes de su reestructuración, además de todos los artículos y reportajes publicados durante los últimos veinte años a los que pude echar mano, y a una interminable cantidad de material localizado en la red, me han sido de la máxima utilidad dos libros: *Confini dentro la città. Antropologia della Stazione Centrale di Milano*, de Enzo Colombo y Gianmarco Navarini, y *Stazione Centrale ore 24. Storie di emarginazione*, de Claudio Bernieri. He consultado también abundante material fotográfico y en vídeo: en particular la película *Oggetti smarriti*, de Giuseppe Bertolucci, me ha permitido echar un vistazo al interior del albergue diurno, y el documental de Alberto Angela *In viaggio alla scoperta dei segreti di Milano Centrale*, me ha sugerido la localización en la que está ambientada la última escena de la tercera parte.

Aunque hasta ahora nadie le había dedicado una novela entera, la Estación Central aparece en las obras de muchos escritores, desde Bianciardi hasta Guareschi, desde Testori hasta Mari, desde Pinketts hasta Colaprico. Entre las lecturas más ilustrativas, aparte de *Stazione Centrale ammazzare subito*, de Scerbanenco, que se cita en el epígrafe, deseo destacar las páginas dedicadas a la estación por Anna Maria Ortese en *Silenzio a Milano,* y *Oggi: gli Ultimi,* de Giuseppe Genna, quizá el autor al que la Central ha inspirado las sugerencias que siento más afines a mí.

A la hora de describir el Centro de Escucha, me he inspirado, tomándome algunas libertades, en una asociación que existe realmente, S. O. S. Stazione Centrale, un servicio del grupo Exodus, activo desde 1990. Aunque el personaje de Leonardo Raimondi es sustancialmente distinto de Maurizio Rotaris, el responsable histórico de la asociación, cuando tuve que escribir la escena en la que Raimondi explica a Laura la dificultad y la importancia del trabajo desarrollado en el Centro, consciente de que no habría sabido nunca encontrar unas palabras más hermosas y eficaces, me permití reelaborar algunas declaraciones del propio Rotaris. Para quien tenga interés en profundizar en el tema, remito a su libro *Passeggiata nel delirio. Romanzo di una vita ai margini.*

Ester Limentani es un personaje totalmente ficticio, pero para recrear las distintas etapas de su calvario me he basado en la historia de la deportación de Liliana Segre. Aparte de sus numerosas intervenciones públicas, que pueden localizarse fácilmente en internet, me he servido del libro *Sopravvissuta ad Auschwitz. Liliana Segre testimone della Shoah,* de Emanuela Zuccalà.

Aunque, como es evidente, Laura no tuvo nada que ver con su creación, existe realmente en la Central un Monumento Conmemorativo de la Shoah. Entre los lugares que fueron escenario de deportaciones, es el único de Europa que permanece intacto y aconsejo calurosamente su visita a todo el mundo; se puede reservar la entrada en la página www.memorialeshoah.it.

Una de las asociaciones que han contribuido a su realización ha sido el CDEC (Centro di Documentazione Ebraica Contemporanea), en el que me he inspirado para pergeñar mi IIJC. Entre otras cosas, el CDEC ha elaborado realmente una lista de las víctimas italianas de la Shoah, que también puede consultarse online en la dirección www.cdec.it.

Aunque no se parezcan en nada a mis desaliñados Piratas del Subsuelo, existe efectivamente en Milán un grupo de espeleología urbana. Su asociación se llama SCAM (Speleologia Cavità Artificiali Milano) y fue fundada por Gianluca Padovan e Ippolito Edmondo Ferrario. Los relatos de sus expediciones, contenidos por lo demás en el volumen *Milano Sotterranea*, me han resultado valiosísimos para reconstruir el aspecto de algunos de los lugares situados debajo de la estación en los que está ambientada la novela.

Las hazañas que he atribuido al padre del protagonista, el comisario Alberto Mezzanotte, en la realidad fueron llevadas a cabo por varios policías y magistrados famosos, entre ellos Achille Serra, por entonces al mando de la Unidad Móvil de la capital lombarda, y el fiscal Francesco Di Maggio. Me ha ayudado mucho a meterme en el ambiente de la Milán violenta de aquellos años el hecho de haber trabajado como editor de las dos novelas de Paolo Roversi, *Milano criminale* y *Solo il tempo di morire*.

En lo tocante al boxeo, más que en textos concretos me he inspirado en las vidas de dos púgiles, Patrizio Oliva y Giacobbe Fragomeni.

Si tuviera que desgranar la lista de todo lo que he leído para documentarme sobre el vudú africano, este libro acabaría por parecer una tesina. Me limito a señalar dos obras, *Il vodu in Africa. Metamorfosi di un culto*, de Alessandra Brivio, y *Viaggio tra gli dèi africani. Riti, magia e stregoneria del Vodoun*, de Mauro Burzio, y los nombres de los especialistas a los que he recurrido: Maria Luisa Ciminelli, Alfred Métraux, Maya Deren, Roberto Beneduce y Simona Taliani, Joseph Nevadomsky y Norma Rosen. Cuando las exigencias narrativas lo han requerido, no he dudado en trabajar utilizando la fantasía, por lo que los errores e inexactitudes que puedan encontrarse en la novela solo son imputables a mi persona.

«Para viajar lejos no hay mejor nave que un libro».

EMILY DICKINSON

Gracias por tu lectura de este libro.

En **penguinlibros.club** encontrarás las mejores
recomendaciones de lectura.

Únete a nuestra comunidad y viaja con nosotros.

penguinlibros.club

Penguin
Random House
Grupo Editorial

penguinlibros